grafit

Dieses Buch enthält, korrigiert nach den neuen Regeln deutscher
Rechtschreibung und neu gesetzt, die Kriminalromane:
Horst Eckert: Annas Erbe, © 1995 by GRAFIT Verlag GmbH und
Horst Eckert: Bittere Delikatessen, © 1996 by GRAFIT Verlag GmbH

© 2012 by GRAFIT Verlag GmbH
Chemnitzer Str. 31, D-44139 Dortmund
Internet: http://www.grafit.de
E-Mail: info@grafit.de
Alle Rechte vorbehalten.
Umschlaggestaltung: Kathie Wewer unter der Verwendung von
›Business-Mann in einer Passage‹ © Visionär – Fotolia.com und
›blue credit Monday‹ © himberry / photocase.com
Druck und Bindearbeiten: GGP Media GmbH, Pößneck
ISBN 978-3-89425-408-7
1. 2. / 2012

Horst Eckert

Die Festung

Zwei Kriminalromane
in einem Band

Der Autor

Horst Eckert, 1959 in Weiden/Oberpfalz geboren, lebt als hauptberuflicher Autor in Düsseldorf. Wie kaum ein Zweiter versteht er es, Spannung mit Tiefgang zu erzeugen, indem er Seelen in all ihren Schattierungen auslotet. Dabei erweist er sich zudem als schonungsloser Chronist unserer Zeit. Davon zeugen zahlreiche Auszeichnungen wie der ›Marlowe‹-Preis für *Aufgeputscht,* der ›Friedrich-Glauser‹-Preis für *Die Zwillingsfalle* und der ›Krimi-Blitz 2011‹ für *Schwarzer Schwan.* Eckerts Romane sind ins Tschechische, Französische und Niederländische übersetzt.

www.horsteckert.de

Inhalt

Annas Erbe

Vielen Dank an Kathie, Klaus, Henning und Michael für ihre Unterstützung.

EVA

1.

Er spürte den beißenden Gestank, der von draußen über den betonierten Vorplatz wehte und durch die Ritzen der Fenster in den Raum drang. Vielleicht war es auch der Arbeiter, dem der Ätzgeruch anhaftete wie das Himmelblau seiner Latzhose.

Der Mann kauerte ihm gegenüber und war so blass, als würde er im nächsten Moment ohnmächtig werden. Der Schock saß ihm sichtbar in den Knochen. Das Grauen, das er an diesem Morgen gesehen hatte, war bei Weitem schlimmer als all der Dreck und Gestank, dem der Deponiearbeiter Tag für Tag ausgesetzt war. Thann hatte Mitleid mit dem Mann.

»Setzen wir uns erst mal. Wir müssen die Befragung nicht gleich machen. Wenn Sie wollen …«

»Nein, danke, Herr Kommissar. Es geht schon.«

Thann sah aus dem Fenster des Personalraums. Ein himmelblau gestrichener Mülltransporter fuhr draußen am Pförtnerhäuschen vorbei aufs Gelände. Die Aufschrift in Großbuchstaben: A & F ENTSORGUNGSDIENST – SICHER UND SAUBER. Zwei Männer in ebenfalls himmelblauen Overalls stiegen aus und gingen zum Pförtner. Der Fahrer gab Gas und fuhr hinüber zur Deponie, eine schwarze Rußwolke zurücklassend. Hinter dem Transporter senkte sich die Schranke.

»Wann haben Sie …«, Thann zögerte, »… den Fund gemacht?«

Der Mann sah auf die Uhr über der Tür. »Vor einer Dreiviertelstunde, genau um acht. Es wurde gerade hell. Ich lief dann sofort hierher und rief die Polizei.«

Er hatte seine Planierraupe mitten auf der Deponie stehen lassen und war den ganzen Weg durch den tiefen, aufgeweichten Dreck zurückgerannt. Völlig von Sinnen. Nur allmählich war er etwas ruhiger geworden. Leise erzählte er weiter: »Ich sah ihn im Licht der Scheinwerfer. Ich war gerade beim Verdichten. So nennen wir das, wenn wir den Abfall zusammenschieben in eine Mulde. Und dabei fahren wir immer wieder hin und her, hin und her, damit das Volumen weniger wird, damit mehr auf die Deponie draufgeht.« Seine Hände arbeiteten, als wollte er die Luft verdichten.

Thann nickte. »Haben Sie eine Vorstellung, *wie* er auf die Deponie gekommen ist?«

Der Arbeiter schluckte. »Nein, keine Ahnung.«

Die Tür ging auf. Schneider und Dalla.

Dalla fuhr sich mit der Hand durch die zerzausten Haare. »Der Pförtner will von nichts etwas wissen, die anderen, die gerade kamen, auch nicht.«

Schneider ergänzte, die Mundwinkel zynisch nach unten gezogen: »Draußen haben sie weitere Teile entdeckt. Scheinen zusammenzugehören.«

»Ist gut, dann lasst uns noch mal rausfahren.«

»Okay, Chef.«

Thanns Magen krampfte sich zusammen. »Schneider, lass das!«

Zum ersten Mal hatte der Leiter des K1 ihm, dem jüngsten Oberkommissar, die Führung einer Mordkommission übertragen. Schneider und Dalla, beide im selben Dienstgrad, waren etwa zehn Jahre älter als er. Spott in jedem Wort, in jedem Blick der beiden.

Der Himmelblaue stand plötzlich auf, murmelte eine Entschuldigung und eilte zur Toilette. Es war etwas anderes als der Gestank, was ihm zu schaffen machte.

Sie fuhren mit ihrem Zivilwagen über die Deponie. Thann fühlte leichte Stiche in der Magengegend.

Es war der 13. Dezember, ein grauer Donnerstagmorgen. Ein schlammiger Pfad führte hinein in das Meer aus den toten Resten des Stadtlebens. Schwärme von Möwen kreisten über der Halde. Am Horizont flackerte das ewige Licht der Gase, die aus dem gärenden Leib der Deponie nach oben strömten, aufgefangen in einem Netz aus Rohren und ins Freie geführt von einem Kamin, an dessen Ende die Flamme, einmal entfacht, nie erlosch, weithin sichtbar von der Autobahn aus, die das Gelände auf einer Seite begrenzte.

Der Wagen hielt neben einer Planierraupe und drei Mannschaftswagen der Schutzpolizei. Möwengekreische, das Scharren der Schaufeln und Hacken, Blitzlichter und Flüche. Dreißig Beamte der Einsatzhundertschaft arbeiteten im Morast. Einige von ihnen hatten weiße Binden vor dem Gesicht.

»Verbandszeug. Damit wollen sie den Drecksgestank abhalten«, erklärte Dalla.

»Und, hilft's?«, fragte Thann.

»Ach was. Das stinkt durch alle Poren durch. Schlimmer kann es in der Hölle auch nicht sein.«

»Dort drüben!«, sagte Schneider und wies in Richtung des Polizeifotografen. Die Gruppe setzte sich in Bewegung, da ertönte weiter rechts ein Schrei.

»Hier ist das andere Bein!«

Einige der Uniformierten stapften auf den neuen Fund zu. Der Fotograf rammte sein einbeiniges Stativ in den weichen Grund. Wieder zerrissen Blitzlichter den Dämmer des Wintertages. Die anderen fuhren fort, im Müll zu graben. Nun setzte auch noch Regen ein.

Thann besah sich das, was der Müllarbeiter zuerst entdeckt hatte. Der Ort war mit einem Schild markiert. *Nummer eins.* Ein Kribbeln lief durch Thanns Körper. Der Regen lief ihm in den Kragen.

Blond und männlich, vermutete Thann. Sicher war er keineswegs. Die Haare und ein Teil des Gesichts waren verklebt mit schwarzem, geronnenem Blut. Das Kinn war rot angelaufen, die Haut an den Wangen und auf der Stirn mehrfach geschwollen und geplatzt. Die vorderen Zähne waren eingeschlagen, die linke Schädelseite zertrümmert. In seiner Vorstellung sah Thann eine Eisenstange oder einen Baseballschläger, mit Wucht geführt von einem Rechtshänder, der vor seinem Gegner stand, ausholte, den tödlichen Schlag gegen dessen Kopf setzte und, als dieser zu Boden ging, ein zweites Mal zuschlug und dabei die untere Gesichtshälfte traf.

In der Höhe des Kehlkopfes war der Hals abgetrennt. Wie das geschehen war, ging über Thanns Vorstellungskraft.

Um den Kopf hatte ein Kriminaltechniker die Markierung aus Kalk gestreut. Ein weißer Ring, der diesen menschlichen Überrest auf fast mystische Weise hervorhob. Thann stand wie gelähmt. Er vergaß Regen, Kälte und Gestank.

Gar nicht tot wirkten die Augen, die Thann entgegenstarrten. Das rechte war rot, blutunterlaufen und von einem roten Bluterguss umrahmt, der aussah wie ein Monokel. Das andere Auge war unversehrt. Beide fixierten ihn, als wollten sie ihn ansprechen, auf etwas aufmerksam machen. Wie ein letzter, verzweifelter Hilferuf des Opfers, persönlich an Thann gerichtet. Es dauerte eine ganze Weile, bis er sich bewusst wurde, dass er nur zufällig in die Blickrichtung der toten Pupillen geraten war, und auch dann schaffte er es nicht sofort, sich abzuwenden.

Es war das erste Mal, dass er als leitender Ermittler am Fundort einer Leiche stand, sein erster Mord. Thann schwor, diese Chance zu nutzen, der gesamten Kripo zu beweisen, was in ihm steckte. Der Spott sollte ihnen vergehen. Die Stiche im Magen nahmen an Heftigkeit zu.

Ein Kollege trat neben Thann. Er hatte die Hand in einer großen, transparenten Tüte, packte den Kopf bei den Haaren und stülpte beim Hochheben die Tüte über das Fundstück. Kaum mehr als eine flinke Handbewegung, ohne das Leichenteil direkt zu berühren, als hätte der Beamte Routine darin. In diesem Moment blitzte es, eine Kamera surrte kurz, es blitzte noch einmal. Thann fuhr herum. Das war *nicht* der Polizeifotograf. Es blitzte ein drittes Mal. Für einige Sekunden war Thann geblendet.

»WER SIND SIE? WIE KOMMEN SIE HIERHER?«, schrie er ins Weiße und ballte die Fäuste.

»Presse«, antwortete der Fotograf und wedelte mit einer Art Ausweis. Sein Grinsen zeigte eine Zahnlücke. Über dem Pullover trug er eine kakifarbene Weste mit Dutzenden kleiner Taschen. Auf seiner Schirmmütze stand *BLITZ*.

Thann hätte ihn am liebsten in den Müll gestoßen. Eine Ader begann auf seiner Stirn zu tanzen. »Blutpresse. Die Schlagzeile größer als das Hirn der Verfasser. Euch hab ich gern!«

Das Auto des Fotografen stand gleich neben ihrem Zivilwagen. Eine weiße Limousine mit Funktelefon und dem Namen der Zeitung auf der Tür.

Der Fotograf grinste noch immer. Thann packte ihn bei der Weste und schüttelte ihn. »Unerlaubtes Abhören des Polizeifunks und Behinderung der Ermittlungen!« Er bellte Schneider und Dalla an: »Stellt seine Personalien fest und überprüft sein Autoradio!«

Fast gleichzeitig ertönten die Rufe zweier Beamter. Nicht weit voneinander entfernt hatten sie die letzten noch fehlenden Teile der Leiche entdeckt. Der Polizeifotograf stieß weitere Schilder in den weichen Grund, die anderen Beamten beendeten ihre Grabungen. Kollegen in schwarzer Lederjacke oder grünem Parka näherten sich Thann. Sie stapften durch den weichen Morast, vermummt mit Mullbinden und Anorakkapuzen und mit Harken und Schaufeln bewaffnet.

Dalla kam vom Presseauto zurück. »Das Radio ist in Ordnung!«

»Ich glaube, wir müssen ihn laufen lassen, Chef«, sagte Schneider.

Thann ignorierte ihn und besah sich den Presseausweis. Udo

Korfmacher, 30 Jahre alt. Der Fotograf ließ erneut seine Zahnlücke sehen, als Thann den Ausweis zurückgab.

Thann war machtlos. »Verschwinden Sie jetzt! Aber schnell!« Er wandte sich an den Zugführer und die anderen umstehenden Beamten. »Die Suche wird fortgesetzt.« Murren und Flüche. »Achten Sie auf blutige Kleidungsstücke und mögliche Tatwerkzeuge sowie persönliche Gegenstände aus dem Besitz des Opfers, die der Täter möglicherweise auch hierher gebracht hat.« Thann nickte Schneider und Dalla zu. »Wir setzen die Befragung der Deponiearbeiter fort.«

Eine Windbö fegte über das Gelände, als sich die Beamten in Bewegung setzten. Der Regen war stärker geworden.

2.

Es war eine Besprechung unter vier Augen. Thann wischte sich an der Hose die Handflächen trocken, bevor er das Büro des Kripochefs betrat. Kriminaloberrat Bollmann, der nächste Vorgesetzte des Kommissariatsleiters, hatte Thann zu sich gerufen.

»Hallo Junior.« Bollmann streckte ihm seine Pranke entgegen.

Thann ließ sich von der väterlichen Art des Vorgesetzten nicht täuschen. Bollmann galt als der härteste Bulle des Präsidiums und als eiskalter Karrierist. Der Berater des Innenministers mit besten Aussichten, nächster Polizeipräsident zu werden, so hieß es.

Bollmann, groß und massig, aber nicht dick, ließ sich hinter dem Schreibtisch nieder. Seine kalten, graublauen Augen blitzten Thann an. »Mordfall Deponie – erzählen Sie mir alles!«

Thann schluckte. Er hatte nicht viel. »Der Tote ist ein männlicher Erwachsener. Er wurde erschlagen, die Leiche in sechs Teile zerlegt. Ein Deponiearbeiter fand den Kopf gegen acht Uhr heute Morgen, als er mit seiner Raupe drüberfuhr. Die anderen Leichenteile konnten inzwischen aus dem Müll geborgen und vollständig sichergestellt werden.«

Das war bis jetzt alles. Eine vollständige Leiche. Bollmann nickte anerkennend, doch Thann wusste, dass er rasche Erfolge liefern musste.

»Im Bereich des Fundortes konnten bislang keine Kleidungsstücke oder andere persönliche Gegenstände gefunden werden, die mit dem Toten in Zusammenhang stehen. Nach erster Leichenschau muss der Tod zwischen Mitternacht und höchstens fünf Uhr morgens erfolgt sein. Zu dieser Zeit arbeitete nur der Pförtner auf der Deponie. Er bewachte den Einfahrtsbereich und konnte nichts Ungewöhnliches beobachten.«

»Und was war das Gewöhnliche, was er beobachten konnte?«

»Sein Romanheft. Äh – ich meine nichts. Das erste Fahrzeug, das aufs Gelände fuhr, kam Viertel vor sechs. Auch die anderen Deponieangestellten haben nichts Ungewöhnliches festgestellt. Bis acht Uhr haben sieben Fahrzeuge Müll auf die Deponie gekippt. Die ersten vier davon zweimal. Alle brachten ihre Ladung in den Bereich des Fundortes, wo der Mann mit der Raupe arbeitete. Sein Dienstbeginn war um sieben Uhr. Auch in der Stadt hat keiner der Müllarbeiter etwas Verdächtiges bemerkt. Keine Blutspuren in irgendeinem Keller oder an einem Müllbehälter. Bis jetzt.« Thann dachte an die Augen der Leiche.

»Ich danke Ihnen.« Bollmann strich mit Daumen und Zeigefinger über seinen blonden, kurz geschnittenen Schnauzbart. »Wie groß ist die Kommission zurzeit?«

»Heute Morgen waren wir nur zu dritt. Aber das reicht nicht aus.«

»In einer Stunde will ich Ihre Berichte auf meinem Schreibtisch sehen. Hauptkommissar Fendrich wird die Leitung übernehmen.«

Thann schluckte. »Das ist mein erster Fall! Warum wollen Sie ihn mir wegnehmen? Ich ...«

Bollmann winkte ab. »Sie sind noch zu unerfahren, um einen

Fall zu leiten, der so ungewöhnlich ist und auf so große Aufmerksamkeit in der Öffentlichkeit stoßen wird. Sie sind erst sechsundzwanzig. Sie werden noch genügend Gelegenheit bekommen, sich zu beweisen. Fendrich ist älter und hat die nötige Erfahrung.«

Thann spürte sein Herz klopfen und seine Gedanken rasen. Fendrich, der Schleimer. Ein hohler Sprücheklopfer mit braun gebrannter, durchtrainierter Fassade. Wie konnte sich der Kripoleiter von dessen aalglattem Getue blenden lassen? Thann geriet in Fahrt.

»Herr Bollmann, ich mag noch jung sein, aber ich bin jetzt seit vier Jahren bei der Kripo. Ich habe Erfahrung, und in welcher Dienstvorschrift steht, dass Jugend ein Fehler ist? Sie waren auch erst sechsundzwanzig, als Sie Ihren ersten Mordfall aufklärten.«

Bollmann lachte. »Mein erster Fall war einfach, die Fakten waren nach drei Tagen klar. Hier haben wir nur eine Leiche, die keiner kennt und die nur durch einen dummen Zufall überhaupt entdeckt wurde. Junior, das ist eine Nummer zu groß für Sie.«

»Geben Sie mir wenigstens drei Tage, so lange wie Sie damals brauchten.«

Bollmann beugte sich vor und musterte Thann. »Sie sind ehrgeizig, das mag ich. Aus Ihnen wird noch was. Es gibt nicht viele, die mit Ihrem Eifer Polizeidienst tun. Der K1-Leiter mag Sie auch, stimmt's?« Kalte, stahlblaue Blitze.

Thann wusste nicht, was er sagen sollte.

»Also gut. Drei Tage.«

Thann atmete auf. Seine Hände waren längst wieder feucht geworden.

»Aber passen Sie auf. Verrennen Sie sich nicht in vage Ideen. Bewahren Sie kühlen Verstand. Kein Wort zur Presse. Sie berichten mir täglich. In drei Tagen können Sie etwas vorweisen. Wenn nicht, dann treten Sie wieder ins zweite Glied zurück. Oder Sie nehmen Ihren Weihnachtsurlaub. Verstanden?«

»Ja, Herr Bollmann.«

»Was haben Sie als Nächstes vor?«

»Schneider und Dalla überprüfen die Vermisstenliste. Ich spreche mit dem Gerichtsmediziner.«

»Wer macht die Obduktion?«

»Rosenbaum.«

»Gut, der Alte hat Erfahrung. Und weiter?«

»Ich brauche zwanzig Beamte, die die Routen der Müllabfuhr abklappern, Anwohner befragen und die Müllbehälter nach Spuren absuchen, besser dreißig.«

Die blauen Blitze stachen hart. »Schwachsinn! Den Aufwand können wir uns nicht leisten. Das würde viel zu lange dauern. So viele Beamte haben wir gar nicht. Konzentrieren Sie sich lieber auf die Vermissten. Befragen Sie noch einmal den Pförtner und die anderen auf dem Gelände. Vielleicht geschah der Mord vor Ort. Überprüfen Sie die Umzäunung. Befragen Sie Nachbarn der Deponie und den Geschäftsführer der Betreiberfirma. Und noch einmal: Vorsicht im Umgang mit der Presse. Hätten Sie den Fundort ordnungsgemäß absperren lassen, wäre Ihnen nicht diese dämliche Panne mit dem Fotografen passiert. Bis auf Weiteres kann ich Ihnen neben Schneider und Dalla fünf weitere Beamte geben. Das muss genügen.«

Thann fühlte sich wie ein Schuljunge, als der Vorgesetzte ihm beim Abschied mit seiner schweren Pranke auf die Schulter klopfte. Die Panne mit dem Fotografen. Der Kripochef musste einen Geheimdienst haben.

Thanns Magen schmerzte schon wieder.

3.

Im fensterlosen Obduktionssaal des rechtsmedizinischen Instituts war fast alles weiß. Bodenfliesen, Wände, Einrichtungsgegenstände, der Kittel des Gerichtsmediziners und auch dessen

Haare. Die sterblichen Überreste des jüngsten Falls hoben sich blutigrot ab. Sie benötigten gleich zwei der blank geputzten Stahltische. Sechs grob vom Deponieschmutz gereinigte Leichenteile, die nur entfernt an einen gesunden menschlichen Körper erinnerten, den das Opfer zu Lebzeiten besessen haben mochte.

Der Mediziner, rundlich, klein und dem Pensionsalter nahe, musterte Thann über seine runden Brillengläser hinweg. »Sie führen die Ermittlung?«

»Ja, wieso?«

»Viel Erfolg. Ein so bestialischer Fall ist mir noch nie begegnet.«

Stumm drehte der Arzt eine Runde um beide Tische, dann baute er sich neben dem einen auf, Thann den Rücken zuwendend.

Medizinerfloskeln zur Einleitung: »Natürlich stehe ich erst am Anfang der Untersuchung. Der Abschlussbericht wird Ihnen nicht vor morgen Mittag vorliegen.«

Thann versuchte, seine Ungeduld zu zügeln. In diesem Fall war er völlig auf die Hilfe des Mediziners angewiesen. Alles, was er hatte, war diese Leiche.

»Was ich Ihnen jetzt schon sagen kann, ist nicht viel.« Rosenbaum drehte sich um. Er verschränkte die Hände hinter seinem Kreuz, der Bauch spannte den weißen Kittel noch mehr als zuvor.

Ein Gockel, der sich aufplustert, dachte Thann.

»Kopf, Gliedmaßen und Rumpf gehören zu derselben Person. Das Opfer ist männlich, von schlankem Körperbau, etwa 1,75 groß, blond, bartlos und rund 50 Jahre alt, plus/minus fünf. Wir können dreierlei Verletzungen unterscheiden. Die, die dem Opfer vor dem Tod zugefügt wurden, die, welche zum Tode führten, und die, die dem Opfer nach dem Exitus zugefügt wurden.« Vorlesungston.

Rosenbaum wippte auf und ab. »Todesursache scheint eine Schädel-Hirnverletzung zu sein, bewirkt durch einen Schlag mit einem stumpfen Gegenstand auf die linke Kopfseite. An dieser Stelle finden sich keine Hämatome im Wundbereich. Um ein abschließendes Urteil abzugeben, bedarf es noch weiterer Untersuchungen. Inwieweit Drogen oder Gifte eine Rolle spielen, konnte ich bis zum jetzigen Zeitpunkt noch nicht überprüfen.«

Der Gerichtsmediziner setzte seine Wanderung um die Tische fort. Weit ausholende Gesten unterstützten seinen Vortrag. Thann lief hinterher, machte Notizen in seinen Ringblock.

»Der Tod ist zwischen Mitternacht und drei Uhr morgens eingetreten. An den Gliedmaßen beginnt sich jetzt allmählich die Totenstarre auszubilden. Post mortem wurde das Opfer zerstückelt. Nach erster Ansicht der Schnittstellen vermutlich durch eine Art Hacke. Das Gewebe ist zerrissen. Es finden sich zahlreiche Knochensplitter darin. Eine Säge beispielsweise hätte präzisere Kanten geformt.«

Rosenbaum bewegte ein Leichenteil. Thann konzentrierte sich auf den Ringblock.

»Ebenfalls post mortem wurden dem Opfer zahlreiche schwerste Quetschungen und Knochenbrüche zugefügt. Besser gesagt, den einzelnen Teilen. Stimmt es, dass eine Planierraupe über die Leiche gefahren ist?«

»Ja.« *Mach schon weiter, Doktor!*

Rosenbaum räusperte sich und verschränkte die Hände erneut im Kreuz. Ein Gockel in Weiß.

»Dem ersten Anschein nach«, er räusperte sich noch einmal und wippte weiter auf den Zehenspitzen, »scheinen die Leichenteile mit Gewalt in einen oder mehrere Behälter gezwängt worden zu sein. Arme und Beine wurden in unnatürlicher Weise angewinkelt. Zudem sind Oberschenkelknochen und Rippen zum Teil mehrfach gebrochen. Dies kann beim Transport der Leichenteile geschehen sein wie auch später durch die Behandlung mit der Planierraupe im Bereich des Fundortes. Die Wunden sind zum Teil stark verunreinigt gewesen. Diesen Konservendeckel habe ich zu Demonstrationszwecken im Oberschenkel belassen.«

Ein Sadist.

Thann schrieb in seinen Block und sah nicht hin.

»Kommen wir zu den Verletzungen, die dem Opfer vor dem Tod zugefügt wurden.«

Rosenbaum setzte seinen Rundgang um die beiden weißen Tische fort. Diesmal sah Thann hin. *Diese Augen.*

»Wie Sie sehen, erlitt das Opfer multiple Quetschungen und Prellungen im Gesichtsbereich. Einige der Hämatome sind fast vollständig ausgebildet. Zum größten Teil handelt es sich wahrscheinlich um Faustschläge und andere Schläge mit einem dumpfen Gegenstand. Ungewöhnlich sind diese Verletzungen: Parallele Risse oder Schnitte auf beiden Gesichtshälften. Ausgeführt mit einem Gegenstand mit zwei Klingen im Abstand von etwa einem Zentimeter.«

Als Thann den Kopf zum ersten Mal gesehen hatte, waren ihm diese Verletzungen unter all dem Blut und Dreck nicht aufgefallen. Jetzt sah er es deutlich: Sechs Schnitte auf der linken Seite, zwei zogen sich über die rechte Wange, etwa acht bis zehn Zentimeter lang.

»Die Tiefe dieser Schnitte beträgt etwa einen Zentimeter. Haut und Muskel wurden mehrfach durchtrennt.«

Rosenbaum zog die Wunde mit Daumen und Zeigefinger auseinander. Langsam, aber sicher wurde Thann übel.

»Ein Schlagring, vielleicht«, murmelte er.

»Ein ganz spezieller, vielleicht«, erwiderte der Mediziner. »Wie Sie weiterhin sehen, erlitt das Opfer beträchtliche Quetschungen im Genitalbereich. Vermutlich durch Schläge oder Tritte.«

Erneut fixierte er Thann über die Gläser seiner Brille hinweg. »Das Opfer wurde offenbar gefoltert, bevor es starb.«

»Wie lange?«

»Nach dem Blutaustritt ins Gewebe und den Schwellungen zu urteilen, wahrscheinlich mehr als eine Stunde.«

»Verdammt«, entfuhr es Thann. Die Spitze seines Bleistifts war abgebrochen. »Hat sich das Opfer gewehrt? Spuren unter den Fingernägeln?«

»Kaum. Nur einige Textilfasern. Befinden sich im Labor. Die Handgelenke weisen Scheuerspuren auf. Das Opfer scheint gefesselt worden zu sein.«

»Magen- und Darminhalt? Irgendetwas Auffälliges?«

»Der Magen enthielt Blut. Das Opfer aspirierte vor seinem Tod. Alles Weitere wird gerade im Labor untersucht.«

Thann nahm sich vor, bei Gelegenheit einige medizinische Fachbegriffe nachzuschlagen. »Noch einmal zu den Schnittwunden, die Sie mir zeigten, Doktor. Haben Sie jemals eine Art Schlagring gesehen, die dafür infrage kommt?«

Rosenbaum begann erneut zu wippen und zog eine seiner Augenbrauen in die Höhe. Er zögerte. »Nein, aber diese Art von Wunden habe ich schon einmal gesehen. Allerdings lässt es der gesunde Menschenverstand als unwahrscheinlich erscheinen, dass die beiden Fälle etwas miteinander zu tun haben.«

Ein Schauer lief über Thanns Rücken. »Welcher Fall war das?«

»Das muss jetzt etwa fünfundzwanzig Jahre her sein. Eine Frau, die von ihrem Liebhaber erschossen wurde. Kein Müll, keine Zerstückelung, schöne Leiche, klarer Fall. Man nannte den Fall nach seinem Tatort Friedrichstraßenmord. Die Leiche hatte ganz ähnliche Verletzungen. Aber, wie gesagt, lange her.«

Der Friedrichstraßenmord. Thann konnte mit dem Begriff etwas anfangen. Er nahm sich vor, die Akte zu besorgen. Als er den weißen, nur durch wenige hässliche Fleischtöne verschmutzten Raum verließ, wünschte der Gerichtsmediziner ihm ein zweites Mal viel Glück.

Noch nie war ihm sein Büro so eng erschienen. Gut zehn Quadratmeter, vollgestellt mit alten Möbeln: Schreibtisch, Beistelltisch für die *Olympia*, Regal, ein schmaler Spind und zwei Stühle, einer auf Rollen, einer aus Holz.

Thann versuchte, seine Gedanken zu ordnen. Er öffnete die Rollladenfront seiner rechten Schreibtischhälfte, zog einen leeren Aktenordner heraus und griff nach dem Glas und der

Weinbrandflasche, die er dahinter verbarg. Er goss sich ein, einen Finger hoch. Gegen den Ekel. Der erste Schluck des Tages. Noch während das heiße Gold die Kehle hinunterrann, spürte er den Großteil seiner Anspannung weichen. Für einen Moment schloss Thann die Augen, dann versteckte er die Flasche und das Glas. Er verwischte die Spuren.

Drei Tage hatte ihm Bollmann gegeben. Drei Tage, um zu zeigen, was er konnte. Zum ersten Mal in seiner Laufbahn witterte er eine Chance zu beweisen, dass er ein Kriminalbeamter mit Intelligenz und Spürsinn war. Andere machten ihre Karriere durch Sitzfleisch. Langsam, aber unaufhaltsam, alle fünf bis zehn Jahre einen Dienstgrad nach oben. Er wollte es durch Leistung schaffen. Und schneller.

Freunde hatte er im Polizeipräsidium keine. Die Jüngeren neideten ihm, dass er einer der Letzten war, die ohne den Dienst bei der Bereitschaftspolizei direkt nach der Verwaltungshochschule in die gehobene Laufbahn eingestuft wurden. Die Älteren nahmen ihn nicht für voll. Einmal hatte Bollmann von ihm wissen wollen, warum er den Polizeidienst gewählt habe. Thann hatte etwas von »Verteidigung der demokratischen und freiheitlichen Werte« gesagt und sich gefragt, ob Bollmann diese Frage jedem stellte oder nur ihm, dem Außenseiter.

Tatsächlich war er zur Polizei gegangen, weil er nach dem Abitur nicht wusste, was er studieren sollte. Die Fächer, die ihn interessiert hatten, verbot der Numerus clausus oder sie schienen als einzige Berufsperspektive den Job des Taxifahrers zu bieten. Als die Beamten vom Werbe- und Auswahldienst in der Abiturklasse auftraten, entsann sich Thann der Helden seiner Lieblingslektüre, der Cops im sonnigen Kalifornien, und wählte die Kombination aus kriminalistischer Spannung und sicherem Staatsdienst. Den Ausschlag für seine Entscheidung gab die Tatsache, dass er als Polizeianwärter keinen Militärdienst zu leisten brauchte. Nach vier Jahren im Kripo-Dienst war Thann klar geworden, wie weit sein Beruf von der Sonne Kaliforniens und dem Glanz der Helden seiner Jugend entfernt war. Krimis las er schon lange nicht mehr.

Der Weinbrand hatte seinen Magen mit Wärme gefüllt. Thann war sicher, dass er nicht vom Alkohol abhängig war. Immer, wenn er fürchtete, die Kollegen könnten von seinem regelmäßigen Konsum erfahren, setzte er ihn ab, für Tage, ja manchmal sogar für Wochen. Entzugserscheinungen hatte er dabei noch nie erlebt. Seit er dieses Büro für sich alleine hatte, stand die Flasche im Schreibtisch, mal als tatkräftige Helferin, mal nur als platonische Freundin.

Er griff ein zweites Mal zur Flasche. Ausnahmsweise. Einen Finger hoch, um den letzten Rest von Aufgeregtheit zu vertreiben. Er wollte cool sein, wenn er mit Schneider und Dalla, den beiden alten Hasen, zusammenarbeitete. Er wollte gelassen bleiben, nicht in Hektik geraten, auf keinen Fall unerfahren und lächerlich wirken. Er ärgerte sich über seinen Zusammenstoß mit dem Mann vom *BLITZ*, als er versucht hatte, den starken Mann zu spielen, und mit einer sinnlosen Überprüfung auf die Nase gefallen war.

Bollmanns Warnung: *Bewahren Sie kühlen Verstand.*

Bevor er sein Büro verließ, nahm er einen frischen Kaugummi, um seinen Schnapsatem zu verdecken. Die Sorte mit dem doppelten Pfefferminz-Effekt.

4.

»Ich habe Sie zu dieser Vorbesprechung eingeladen, da es wichtig ist, dass wir auf der anschließend stattfindenden Pressekonferenz die gleiche strategische Linie verfolgen, sozusagen mit einer Stimme sprechen. Der Polizeipräsident lässt sich entschuldigen. Er ist noch nicht so weit genesen, dass er den vollen Arbeitstag im Präsidium verbringen kann. Er hat mich gebeten, ihn zu vertreten.«

Bollmanns Stahlaugen blitzten in die Runde, sein Lächeln wirkte auf Thann künstlich. Es war eine kleine Versammlung. Thann erkannte neben dem Kripochef den Pressesprecher des Präsidiums und dessen Stellvertreter. Der Leiter des K1 fehlte. Urlaubsvorbereitungen, gerade jetzt. Stattdessen saß Hauptkommissar Fendrich in der Runde. Mit seiner Fönfrisur und der Solariumsbräune sah er aus wie ein Gigolo, nicht wie ein Bulle. Warum Fendrich? Eine kurze Verunsicherung, Thann wischte sie weg. *Er* hielt die Maschinerie am Laufen, setzte seit dem Morgen seine Leute ein, hatte die Fäden in der Hand. Zusätzlich zum Weinbrand brachte das regelmäßige Kauen des Pfefferminzgummis Beruhigung in seine Nerven.

»Am besten, der leitende Ermittler, Oberkommissar Thann, beginnt mit einem Bericht über den aktuellen Stand im Mordfall Deponie.«

Thann fasste zusammen, was Rosenbaum ihm am Mittag erklärt hatte. Er ließ Fotos der Leichenteile herumreichen. *Das Opfer wurde offenbar gefoltert, bevor es starb.* Lediglich die Schnittwunden im Gesicht und die Parallele zum Friedrichstraßenmord von 1968 erwähnte er nicht. Dann breitete er einen Plan der Deponie und ihrer Umgebung auf dem Tisch aus und schilderte, wie zur Stunde sieben Beamte beschäftigt waren, systematisch die Umzäunung der Deponie nach Spuren abzusuchen und Nachbarn zu befragen. Eine Reihenhaussiedlung reichte bis etwa dreihundert Meter an die Deponie. Etwa vierzig Familien wohnten hier. Bis zum Abend erwartete Thann die Rückmeldung der Beamten.

Die Überprüfung der Vermisstenmeldungen hatte noch nichts gebracht. Vier verschwundene Personen hatten Ähnlichkeit mit dem Toten, alle vier Meldungen stammten jedoch aus anderen Bundesländern und waren bis zu fünf Jahren alt. Thann hatte die Kollegen in den betreffenden Städten eingeschaltet. Wenig Hoffnung.

Er zog eine Zeichnung hervor. »So muss der Tote ausgesehen

haben. Wenn man sich all die Verletzungen wegdenkt, meine ich. Anfang bis Mitte fünfzig, blond, etwa 1,75 Meter groß, schlank. Ich schlage vor, dass wir die Zeichnung an die Presse geben mit der Bitte um Mitarbeit. Wenn irgendjemand den Toten erkennt, sind wir ein entscheidendes Stück weiter.«

Thanns Vorschlag fand Zustimmung. Er war stolz auf seine Idee, den Polizeizeichner, beraten von Rosenbaum, die Gesichtszüge des Toten rekonstruieren zu lassen. Zwar hatte der Zeichner nur einzelne Merkmale zu einem Gesicht zusammengefügt, wie er es immer tat. Dennoch vermittelte das Bild den Eindruck, als hätte eine lebende Person dem Zeichner Modell gesessen. Es war ein waches Gesicht, die Züge ein wenig bitter. Das Gesicht eines Menschen, der Ziele hatte, aber nur wenige davon erreichte. *Ein so bestialischer Fall ist mir noch nie begegnet.*

Der Letzte im Kreis gab die Zeichnung zurück.

Thann startete einen zweiten Versuch, seinen Vorschlag vom Vormittag durchzubringen. »Ich neige zu der Ansicht, dass Fundort und Tatort nicht identisch sind. Möglicherweise haben der oder die Täter die Leichenteile, so makaber es klingt, einfach in die Mülltonne gesteckt. Es ist schade, dass das Präsidium nicht mehr Beamte aufbieten kann. Man sollte meiner Meinung nach alle Wohngebiete durchsuchen, deren Mülltonnen heute Morgen geleert wurden. Das kann uns zum Tatort führen. Wir sollten in den betreffenden Straßen die Bevölkerung fragen.«

»Meine Herren, davon kann ich nur abraten«, meldete sich Bollmann zu Wort. »Wir müssen alles vermeiden, was die Öffentlichkeit in Unruhe versetzen könnte. Also: Keine Fotos von Leichenteilen an die Presse, kein Herumschnüffeln in Nachbars Müllbehälter.«

»Ich würde sogar sagen, wir bestätigen nur, was die Presse ohnehin weiß«, ergänzte der Pressesprecher. »Die Details, besonders die grausigen Details, behalten wir besser für uns. Das Einzige, wovon wir uns einen Nutzen durch eine Presseveröffentlichung erhoffen können, sind Bild und Beschreibung des Toten.«

»Und wehe, Thann, du wiederholst vor all den Pressefritzen dein Bedauern über unsere Personalnot. Das heißt dann in der Zeitung: Die Polizei hat es nicht im Griff, Banden und Verbrecher regieren die Stadt. Der Innenminister kastriert uns höchstpersönlich, wenn wir unser Image beschmutzen. Uns alle, wie wir hier sitzen.« Fendrich. Die Übrigen lachten, die Runde begann sich aufzulösen.

Thann hasste Fendrich für seine Art, sich auf Kosten seiner Kollegen bei den Chefs beliebt zu machen. Die Männer schoben sich durch die Tür aus dem kleinen Besprechungsraum ins Konferenzzimmer.

Die Pressevertreter verstummten, als die Polizisten eintraten und Platz nahmen. Rund ein Dutzend Mikrofone in der Mitte des Tisches, der die Barriere bildete zwischen den Hütern der Ordnung und den Vertretern der öffentlichen Sensationslust. Der Stellvertreter des Polizeisprechers verteilte Kopien der Zeichnung. Eine junge Frau in engem Rollkragenpullover und mit großer Oberweite postierte ihr Aufnahmegerät auf den Tisch und trat zurück in den Hintergrund. Für einen Moment war es so still, dass Thann glaubte, den Motor des kleinen Rekorders hören zu können. Dann eröffnete der Pressesprecher die Sitzung.

Die Kompetenzen waren klar verteilt. Der Sprecher des Präsidiums schilderte kurz den Mordfall, Kripochef Bollmann sprach einige Worte zur Organisation der Ermittlungen, und Thann als Leiter der Kommission erklärte die gegenwärtigen Ermittlungsschritte und wies auf die Zeichnung hin. Nervenkribbeln, Kloß im Hals.

Die Neugier der Presse äußerte sich ebenfalls arbeitsteilig. Die leichten Fragen stellten die Schreiber der lokalen Medien. Sie waren in der Mehrzahl. Die heiklen Fragen stellte der Reporter einer überregionalen Zeitung. Thann bewunderte die Routine des Polizeisprechers, der es schaffte, bei jeder Antwort das Eingeständnis zu vermeiden, dass sie nichts wussten und kaum etwas tun konnten.

Nur selten machte einer der Pressemenschen ein Foto. Die Zahnlücke Udo Korfmachers war nicht im Raum. Einer seiner *BLITZ*-Kollegen schien fürs freche Nachfragen zuständig. Er meldete sich als letzter Frager. »Stimmt es, dass das Opfer misshandelt und zerstückelt aufgefunden wurde?«

Schwer gefoltert, bevor es starb.

Der Präsidiumssprecher antwortete ausweichend.

»Der etwa Fünfzigjährige, dessen Porträtzeichnung Ihnen vorliegt, wurde Opfer einer schweren Gewalttat, wie es Mord nun einmal leider ist. Die Spuren der Gewaltanwendung haben wir in der Zeichnung nicht berücksichtigt, denn es kommt uns in erster Linie darauf an, dass sich Leser Ihrer Zeitungen bei uns melden, die uns Hinweise auf die Tat geben können. Für die Veröffentlichung der Zeichnung möchte ich Ihnen jetzt schon danken.«

Der Bursche vom *BLITZ* ließ nicht locker.

»In wie viele Teile wurde das Opfer zerstückelt?«

»Kein Kommentar. Und jetzt bitte ich Sie um Verständnis, dass wir die Pressekonferenz für heute beenden. Wir haben noch viel zu tun. Ich danke Ihnen.«

Mit seiner Bewunderung über die souveräne Reaktion des Pressesprechers schien Thann allein dazustehen. Bollmann versprühte schlechteste Laune, als sie auseinandergingen.

»Die Schlagzeile seh ich schon vor mir. ›Leiche zerstückelt, Polizei ratlos‹. In großen Lettern über die ganze Titelseite!«

Auch der Sprecher schien unzufrieden. Mürrisch sagte er: »Ich tu, was ich kann. Jetzt tun Sie bitte das Ihre.«

Bollmann bohrte seinen Zeigefinger in Thanns Brust. »Morgen um halb eins erstatten Sie mir Bericht, Junior.«

Diesmal klang es gar nicht väterlich.

5.

»Was wollen Sie eigentlich noch? Ich habe Ihnen doch heute Vormittag schon alles gesagt!«

Zweiunddreißig Deponieangestellte hatten Thann und seine Kollegen bereits befragt. So viele hatten an diesem Morgen auf der Deponie gearbeitet.

Es war die letzte Vernehmung an diesem Tag. Seit Stunden war es dunkel. Eine blanke Neonröhre und eine Schreibtischlampe Marke Ikea tauchten Thanns Büro in trostloses Licht. Er hatte Hunger und Magenschmerzen zugleich.

Thann erklärte seinem Gegenüber die Bedeutung des Falls. Er log, die Polizei würde diesen Fall mit höchster Priorität und noch nie dagewesenem Einsatz verfolgen.

»Aber ich habe doch schon alles erzählt!«

Keiner der Arbeiter hatte sich bisher darüber beschwert, dass er sie ins Präsidium bestellt hatte. Thann spannte ein frisches Blatt in die Maschine und sah in seine Notizen. »Sie heißen Herbert Kaminski, sind 46 Jahre alt und arbeiten seit sieben Jahren bei A & F Entsorgungsdienst als Pförtner auf der Deponie.«

»Ich weiß.« Kaminski rutschte auf dem Holzstuhl hin und her. Er trug wie am Vormittag einen himmelblauen Overall mit der Aufschrift »A & F«. Thann fragte sich, ob der Mann auch private Kleidung besaß. Wenigstens schien dieser Blaumann frisch zu sein. Thann roch nur den üblichen Polizeimief seines Zimmers. Und die Nervosität seines Gegenübers.

»Was sind Ihre Dienstzeiten?«

»Die Pförtner arbeiten in Schichten. Drei Tage von 22 bis 10 Uhr, dann vier Tage frei, dann drei Tage von 10 bis 22 Uhr.«

Thann hackte in die Mechanik seiner *Olympia*. »Ich kann mir vorstellen, dass man während einer Nachtschicht schon mal etwas die Konzentration verliert oder einnickt, stimmt's?«

»Und wenn schon. Wir haben ein zwei Meter hohes Tor und einen Zaun mit Stacheldraht rundherum. Da müsste schon ein Panzer kommen und durchbrechen. Und spätestens dann wär ich wach.«

»Also keine Chance, etwas auf die Deponie zu bringen?«

Kaminski wich Thanns Blick aus. *Da war was.*

»Nur mit regulär angelieferten Reststoffen.«

»Und das geht nur über Sie?«

»Ja.«

»Ich habe heute Morgen bemerkt, wie zwei Männer eines Transports zu Ihnen in Ihr Häuschen kamen. Ich nehme an, da plaudert man ein bisschen, und im Lauf eines Tages kommt eine Menge an Klatsch und Neuigkeiten zusammen, stimmt's?«

»Eigentlich nein. Nur hallo, wie geht's. Immer der gleiche Scheiß.«

»Bitte versuchen Sie sich zu erinnern. War heute irgendetwas anders als sonst?«

Der Müllpförtner schüttelte den Kopf.

»Irgendwelche Bemerkungen über eine Tonne, die schwerer war als sonst?«

Kopfschütteln.

»Blutflecken, seltsamer Geruch? Hat einer der Arbeiter oder Fahrer sich heute irgendwie anders benommen als sonst?«

»Nein. Und riechen tut's bei uns immer gleich.«

»Was ist mit dem Müll, den die Leute direkt zur Deponie bringen?«

»Sie meinen den Gewerbemüll? Der wird gewogen und inspiziert. Da müssen Papiere ausgefüllt werden. Und ich guck auch noch nach. Zumindest stichprobenweise, damit uns keiner Sonderabfall unterjubelt, denn der darf gar nicht bei uns drauf. Von denen kann übrigens keiner infrage kommen. Die kommen gar nicht so früh. Heute zum Beispiel kam der erste Gewerbekunde so gegen halb neun. Bauschutt.«

»Wann fangen Ihre Kollegen an?«

»Die Transportbesatzungen um fünf, dann fahren sie raus. Die anderen, die auf der Deponie arbeiten, erst später. So gegen sieben.«

Himmelblau-Kaminski spielte mit den Knöpfen seiner Hosenträger. Thann hörte auf, in die Maschine zu tippen. Er bereitete seinen Angriff vor.

»Von zehn Uhr abends bis fünf Uhr morgens sind Sie also ganz allein. Sieben Stunden. Kommt es da nicht mal vor, dass einer bei Ihnen klingelt und schwarz etwas abladen will? Ohne Kontrolle und ohne Gebühren zu bezahlen?«

Kaminski blickte auf seine Hände, verneinte, schluckte, sah auf Thann und fuhr sich durch die Haare.

Thann verlor die Geduld. Er wurde lauter. »Ich will jetzt eine ehrliche Antwort von Ihnen! Es geht um Mord! Ihre Scheiß-Nebengeschäfte sind mir völlig egal. Mir geht es darum, einen Mord aufzuklären, den Sie nicht begangen haben, zu dessen Aufklärung Sie aber beitragen können. Ich frage Sie noch einmal. Wer hat heute Nacht oder heute Morgen schwarz seinen Müll zu Ihnen gebracht?«

Der Pförtner schwieg.

Thann ballte die Fäuste und schrie: »ANTWORTEN SIE!«

»So etwas ist bei uns grundsätzlich verboten. Für so etwas gibt es bei uns eine Anzeige und die Kündigung.«

»WEN HABEN SIE DURCHGELASSEN?«

»Niemand!«

Thann sprang auf, packte Kaminski am Kragen seines Overalls, riss ihn hoch und knallte seinen Kopf gegen die Wand. Ein kleiner Blutfleck zeichnete sich auf der Raufasertapete ab. Kaminski wimmerte.

Thann schrie: »WER WAR'S? RAUS MIT DEM NAMEN!«

Er stieß Kaminski noch einmal gegen die Wand. Der Müllwärter wehrte sich nicht und heulte. Der rote Fleck war größer geworden. Thann ließ Kaminski zurück in den Stuhl fallen.

Die Gangart gewechselt. Jetzt ruhig, fast freundschaftlich:

»Herr Kaminski, wenn Sie mir den Namen sagen, will ich weiter nichts mehr von Ihnen. Keine Anzeige, keine Kündigung, ich werde nichts verraten.«

Herbert Kaminski heulte weiter vor sich hin. Erst als Thann kurz vor einem neuen Gewaltausbruch stand, begann er zu reden.

»Kaminski. Ralf Kaminski. Mein Bruder. Er hat einen Betrieb. Teppichböden, Fußbodenbeläge und so. Er kommt fast jede Nacht, wenn ich Dienst hab. Sie wissen gar nicht, wie hoch die Müllgebühren sind. Und der Wettbewerb in der Branche von meinem Bruder ist hart. Wenn ich ihn nicht schwarz durchlassen würde, hätte er längst Pleite gemacht, sagt er immer. Aber ich schwöre: kein Sonderabfall, nur Reste und alte Teppichböden.«

Der Mann im blauen Overall redete noch eine Weile weiter, unterbrochen von seinem eigenen Schniefen und Schnäuzen. Immer wieder beteuerte er, dass er niemals Sonderabfall auf die Deponie ließe. Thann überlegte, ob zu dieser Kategorie auch Leichen zählten.

Als sich Kaminski beruhigt hatte, bugsierte ihn Thann aus dem Raum. Dann hängte er die Zeichnung des Opfers über den roten Fleck an der Wand und genehmigte sich einen letzten Schluck Weinbrand.

6.

Thann fror, als er in seinem alten Golf durch Nacht und Regen nach Hause fuhr, und er fror, als er seine kalte Wohnung betrat. Während er sich aus den Resten, die der Kühlschrank hergab, ein Abendessen bereitete, rechnete er die Stunden zusammen, die er heute gearbeitet hatte, und kam auf vierzehn.

Er zog sich eine Strickjacke an und öffnete ein Bier. Auf der Suche nach Ablenkung schaltete er durch alle Fernsehprogramme, doch er fand nichts, was ihn interessierte. Er legte eine Platte auf. Jazz. Tony Williams. Es war seine Lieblingsmusik, doch an diesem Abend wirkte sie nicht. Sein Fall ging ihm nicht aus dem Kopf. *Die Augen.* Und Bollmann. *Junior, das ist eine Nummer zu groß für Sie.*

Das Telefon riss ihn aus der Grübelei. Es war Corinna. Corinna-Maus, der er kurz, aber heftig hinterhergetrauert hatte. Sie meldete sich zum ersten Mal seit ihrer Trennung vor einem halben Jahr.

»Wie geht's meinem Kater Carlo?«

»Ich bin nicht mehr dein Kater. Was gibt es?«

»Ich wollte nur hören, wie es dir geht.«

»Gut, wieso?«

»Ich musste neulich an unseren Urlaub denken. Sag mal, du hast doch noch die Fotos. Eigentlich stehen sie mir genauso zu, oder?«

»Ich werde Abzüge machen lassen und dir zuschicken. Du wohnst noch bei Holger?«

»Ja.« Bedrücktheit in ihrer Stimme.

»Wie geht's dir, Corinna?«

»Geht so. Muss.«

»Nicht mehr glücklich mit Holger?«

»Holger ist ein Arsch.«

»Selber schuld. Du hattest die Wahl.«

»Du bist auch ein Arsch.«

»Danke.« Im Vergleich zweier Ärsche war Holger der attraktivere. Er war Arzt und Sohn reicher Eltern.

»Ich bin schwanger.«

»Gratuliere.«

Der Arzt begann Thann leid zu tun.

»Meine Brüste sind schon richtig angeschwollen. Ich habe jetzt ein viel intensiveres Verhältnis zu meinem Körper.«

»Ach was.«

Noch intensiver. Thann konnte sich Corinna als Mutter nicht vorstellen.

»Wirst du Holger heiraten?«

»Ich weiß nicht. Vielleicht ziehe ich mein Kind alleine auf.«

»Wie ich dich kenne, weißt du nicht einmal, wer der Vater ist.«

Es kam wie immer. Das Gespräch endete im Streit. Thann war froh, dass es vorbei war. Nun hatte ein anderer die Probleme mit ihr. Seit es mit ihnen zu Ende war, hatte Thann sich gehütet, einer Frau Liebesgeständnisse zu machen. Die Einsamkeit, unterbrochen von wenigen kurzen Affären, zog er der Wiederholung eines Beziehungsdramas vor.

Allmählich spürte er die Wirkung des Alkohols. Er war müde und konnte dennoch lange nicht einschlafen. Seine Gedanken pendelten zwischen dem Kopf der Deponieleiche und Corinnas Brüsten. Er lauschte dem Verkehr draußen vor dem Fenster. Ein endloses Rauschen, das auch nachts nicht abbrach.

Er hörte das Prasseln des Regens und das Peitschen des Winds und ab und zu das Schlagen einer Kirchenglocke.

Gegen Morgen hatte Thann einen seltsamen Traum. Sein Büro war eine große Mülltonne. Schneider und Dalla saßen auf dem Deckel und ließen ihn nicht heraus. Dann kam er irgendwie raus, doch da er nackt war und nach Müll stank, wollten Schneider und Dalla ihn verprügeln. Er floh und gelangte in einen Raum voller Leichenteile. Gliedmaßen, Köpfe, Leiber, männlich und weiblich und alle voller Blut. Dazwischen überall blutunterlaufene Augen. Plötzlich tauchte hinter all den Leichenteilen Bollmann auf. Er zeigte auf Thann und lachte ihn aus. Zwei der Leichen entpuppten sich als Schneider und Dalla. Sie sprangen hoch, und die Verfolgungsjagd begann von Neuem. Sie rannten durch ein Gebäude, das eine Mischung aus Präsidium und Mülldeponie war.

Es wurde immer schwieriger für Thann. Er musste nicht nur fliehen, sondern auch vermeiden, anderen Menschen zu begegnen, weil er nackt war und stank. Er verlor die Orientierung. Zudem benötigte er immer dringender eine Toilette.

Thann wachte auf und ging pinkeln. Es war halb sechs, eine halbe Stunde, bevor der Wecker klingeln würde. Thann duschte und zog sich an. Sein Magen schmerzte, als wäre er voller Kieselsteine. Thann verzichtete wieder einmal aufs Frühstück.

Es war noch schwarze Nacht, als er zum Präsidium fuhr. Der Regen hatte aufgehört. Das Autoradio spielte Musik, die Thann schon vor zehn Jahren nicht hatte leiden können. Er spürte, wie eine nervöse Unruhe von ihm Besitz ergriff. Als er einen Zeitungskiosk sah, hielt er an.

7.

TOT IM MÜLL!
WAHNSINNIGER MÖRDER ZERSTÜCKELT LEICHE!
POLIZEI RATLOS – STADT IN ANGST

Die Schlagzeile nahm die halbe Titelseite ein. Darunter hatte der *BLITZ* zwei Fotos abgedruckt. Auf dem einen hielt ein Polizeibeamter einen Plastikbeutel, der deutlich erkennbar einen blutigen Kopf enthielt. Auf dem anderen erkannte Thann sich selbst. Der Fotograf hatte ihn mit einem besonders dämlichen Gesichtsausdruck erwischt. Das dunkle Haar vom Wind zerzaust, die Augen weit aufgerissen, den Mund offen.

Mit wachsendem Zorn las Thann weiter.

Sechsmal machte der Wahnsinnige hack-hack. Dann warf er sein Opfer auf den Müll. – Keine Spuren, keine Zeugen. Die Polizei: vor einem Rätsel. Wer schützt uns vor dem Wahnsinnigen?
Mehr auf Seite 4.

Dort brachten sie die Zeichnung. Daneben ein Dreispalter:

TOT IM MÜLL – WER KENNT DAS OPFER?

Großspurig verkündete die Zeitung, sie werde ihre Reporter aussenden, den Fall zu klären. Ein Universitätspsychologe wurde mit der Aussage zitiert, die Kriminalgeschichte zeige, dass es meist geistesgestörte Täter seien, die ihre Opfer zerstückelten. Und dann:

Nicht selten tun es Wahnsinnige wieder und wieder. Die Stadt ist in Angst. Und was tut die Polizei? Einzige Auskunft: »Kein Kommentar.« Lesen Sie ab morgen: Die schlimmsten Killer des Jahrhunderts. Die neue Serie im BLITZ! Exklusiv für Sie am Kiosk.

Thann erreichte das Präsidium. Der wuchtige Bau aus den späten Zwanzigerjahren wirkte auf ihn wie eine Festung. In der Nazizeit war hinter den abweisenden Mauern auch die Gestapo untergebracht gewesen. Im Innenhof soll es Erschießungen gegeben haben. Heute war hier der Parkplatz.

Unter den Autos der Kollegen, die anscheinend bereits arbeiteten, stand der rote Porsche des Kripochefs. Thann parkte am anderen Ende und beschwor sein Ziel: Er wollte noch schneller als Bollmann Karriere machen, mindestens so reich heiraten und sich auch ein solches Auto leisten können.

In seinem Büro hängte er die Titelseite der Zeitung neben die Fotos der Leiche, die Zeichnung des Opfers und den Plan der Deponie. Er betrachtete die Wand und gewann die Gewissheit, dass er den Fall lösen würde. Nicht einmal zwei Prozent aller Polizeibeamten gehörten wie Bollmann dem höheren Dienst an. Er würde es eines Tages schaffen.

8.

»Alle Nachbarn zu befragen, das ist doch gequirlte Kacke. Keiner von denen hat etwas gesehen.«

Sicherlich drückte Dalla nur aus, was auch die anderen dachten. Doch den aufsässigen Ton konnte Thann nicht durchgehen lassen. »Für konstruktive Kritik bin ich offen. Aber zügelt euer Mundwerk. Solange uns nichts Besseres einfällt, bleiben wir bei unserer Vorgehensweise. Außerdem war das Klinkenputzen die Idee von Bollmann.«

»Okay, Chef.« Schneider.

Die acht Polizeibeamten der Mordkommission hatten sich im Büro des Kommissariatsleiters zur Morgenbesprechung versammelt. Der Alte selbst fehlte. Ohne sich noch einmal nach dem Fall erkundigt zu haben, war er in Urlaub gefahren. Thann war jetzt auf sich allein gestellt.

Auf dem Tisch lag ein Plan der Deponie und ihrer Umgebung. Die Häuser, deren Bewohner bereits befragt worden waren, hatte Thann mit einem Kreuz markiert. Mehr als die Hälfte der Häuser hatte noch kein Kreuz. Vier Beamte sollten die Befragung fortsetzen, aufgeteilt in Zweierteams. Die Untersuchung der Deponieumzäunung hatte nichts ergeben. An keiner Stelle war der Zaun beschädigt, nirgendwo gab es Spuren.

Thann teilte die Teams ein.

»Miller, du bleibst hier. Du bekommst die Telefonnummer zugeschaltet, die wir gestern an die Presse gegeben haben. Ich rechne mit einem ganzen Haufen von Anrufen. Das meiste werden Spinner und Wichtigtuer sein, aber vielleicht kommen wir weiter. Schneider und Dalla, ihr fahrt mit mir zum Bruder dieses Pförtners. Wir werden seine Teppichfirma auf den Kopf stellen.«

»Ohne Durchsuchungsbefehl, Chef?«

»Ohne!« Thann hielt Schneiders Blick stand. »Der hat sich strafbar gemacht. Mehrfach. Der wird kuschen. Noch Fragen? Um zwölf Uhr sehen wir uns wieder, gleicher Ort. Auf geht's, Männer.«

Thann fühlte sich großartig. Die Nervosität war verflogen und die Magenschmerzen auch.

Sonnenaufgang. Das Schwarz der Nacht wurde zum Grau des Tages. Die Sonne blieb hinter einem dichten Wolkenschleier verborgen. Nieselwetter. Die meisten Autos fuhren mit Licht.

Dalla lenkte den Zivilwagen durch die Stadt. Der gleiche Kadett wie gestern. Aus irgendeinem Grund schaffte es Dalla, von der Verwaltung jedes Mal den gleichen Wagen zugewiesen zu bekommen und so den Ärger mit ausgelutschten Schrottautos zu umgehen.

Im Berufsverkehr ging es nur zäh voran. Ralf Kaminskis Firma für Bodenbeläge lag im Altbauviertel südlich des Bahnhofs. Das Viertel der Rentner, Studenten und Türken. Hier gab es noch die alten Mietskasernen und Hinterhöfe. Dalla parkte direkt unter dem Firmenschild auf dem Bürgersteig. Die drei Polizisten betraten den Beratungs- und Verkaufsraum und fragten nach dem Chef.

Ralf Kaminski sah seinem Bruder sehr ähnlich. Die gleiche Stirnglatze, der gleiche gebeugte Gang, nur der Bauch des Teppichbodenhändlers war wesentlich umfangreicher. »Was kann ich für Sie tun?«, fragte er, als habe er normale Kundschaft vor sich.

»Während sich meine Kollegen bei Ihnen ein wenig umsehen, möchte ich Ihnen einige Fragen stellen. Ihr Lager ist im Hinterhaus, wie ich gesehen habe. Haben Sie noch weitere Geschäftsräume?«

»Nein, aber was wollen Sie?«

Schneider und Dalla verließen den Raum.

»Es geht um den Mord auf der Deponie. Wo waren Sie gestern Nacht zwischen zwölf und vier?«

»Zu Hause.«

Fabelhaftes Bruderpaar. Thann wurde ungeduldig. »Ende der Märchenstunde! Wo waren Sie?«

»Ich habe geschlafen wie jeder anständige Mensch. Sie können meine Frau fragen.«

Blitzschnell holte Thann aus und gab Kaminski eine schallende Ohrfeige. »Dreckiger Lügner!«

Ralf Kaminski hielt sich die Backe und sagte nichts. Wenigstens flennt er nicht, dachte Thann.

»Wie lange geht das schon mit Ihnen und Ihrem Bruder? Die billigste Müllabfuhr der Stadt, nicht wahr? Und gestern auch noch der billigste Friedhof!«

Keine Antwort. Thann schlug ihm auf die andere Seite. Kaminski fasste sich auch dorthin und schwieg noch immer. Thann hielt ihm die Zeichnung des Opfers vors Gesicht.

»Wer ist das?«

»Ich weiß nicht.«

»Warum haben Sie diesen Mann umgebracht?«

»Umgebracht? Ich weiß gar nicht, wer das ist! Ich war's nicht, und wenn Sie mich zehnmal schlagen!«

»Was haben Sie gestern Nacht auf der Deponie abgeladen?«

»Nur Teppichbodenreste. Alte Böden und Verschnitt von neuem. Das ist so umweltfreundlich, das können Sie sich sogar in die Wohnung legen. Ich habe nie jemandem etwas zuleide getan.« Teppich-Kaminskis Gesicht glühte tiefrot.

»Wie sieht das aus, wenn Sie Ihren Müll schwarz auf die Deponie fahren?«

»Wie meinen Sie das?«

»Fährt Ihr Bruder das Zeug weg, und Sie bleiben am Eingang?«

»Nein, ich fahre es allein weg. Ich kenne mich aus auf der Deponie. Herbert bleibt am Eingang. Er geht dort nie weg. Er nimmt seine Arbeit sehr genau.«

»Mit kleinen Ausnahmen, wie man sieht. War außer Ihnen beiden noch jemand auf dem Gelände?«

»Ich habe niemanden sonst gesehen.«

»Hat Ihr Bruder irgendetwas bemerkt oder hat er sich anders als sonst verhalten?«

»Nein, alles war wie immer.«

Thann sah keinen Grund, ihm nicht zu glauben. Schneider und Dalla kamen zurück, ohne etwas gefunden zu haben. Damit hatte Thann gerechnet. Dalla starrte auf Kaminskis Gesicht, als wollte er die Finger zählen, die sich auf dessen Wangen abzeichneten.

»Gönnen Sie sich heute Nacht einmal etwas Schlaf!«, riet Thann dem noch immer verschreckten Teppichhändler. »Es ist ungesund, jede Nacht unterwegs zu sein. Erledigen Sie Ihre Geschäfte ab jetzt tagsüber, auch Ihre Abfälle.«

Er bohrte seinen Zeigefinger in Kaminskis Brust, wie es Bollmann bei ihm gemacht hatte. »Es ist, wie Sie sagten: Anständige Menschen schlafen nachts. Auf Wiedersehen.«

Thann ließ sich vor dem Hochhaus absetzen, in dem die Verwaltung des A & F Entsorgungsdienstes lag. Zu diesem Termin ging er allein. Vor dem Eingang sah er sich um. Friedrichstraße 17 hieß die Adresse. Das dreißigstöckige Bürogebäude musste jetzt etwa 23 Jahre alt sein. Bei seiner Einweihung war es das höchste der Stadt gewesen. Inzwischen war das gesamte Stadtzentrum voll von solchen Türmen. Früher hatten hier stattliche Altbauten gestanden, Stadthäuser reicher Bürger, gebaut noch vor der Jahrhundertwende. Kaum einer erinnerte sich heute noch an die Auseinandersetzungen, die sich hier abgespielt hatten, im alten Haus Nummer 17, bevor es abgerissen wurde und zusammen mit anderen dem Hochhaus wich. Hausbesetzer, Kommunarden und Demonstranten hatten die Stadt damals in Atem gehalten, mehr als ein Jahr lang.

Irgendwann vor dem Abriss war er geschehen – der Friedrichstraßenmord. Und Bollmanns erstes Glanzstück, die Aufklärung in nur drei Tagen. *Diese Art von Wunden habe ich schon einmal gesehen. Lange her.*

Im Foyer hing ein großes Kunstwerk, sehr bunt, genauso wie das überdimensionale Pult, hinter dem die Empfangsdame saß. Ihr Job schien darin zu bestehen, fremde Besucher zu ignorieren. Neben den Aufzügen zählte eine Tafel mindestens ein Dutzend Firmen auf. Thann fuhr in den achten Stock.

Der Geschäftsführer von A & F war ein voluminöser Mann und trug einen zweireihigen Anzug. Thann wunderte sich, wie gelassen dieser auf den Leichenfund auf seinem Betriebsgelände reagierte. Thann ließ sich aufklären, dass das Image der Deponie keine Rolle spielte. A & F Entsorgungsdienst hatte in der Stadt keine Konkurrenz, und die bald volle Deponie werde in naher Zukunft ohnehin durch eine weit modernere Verbrennungsanlage ersetzt, die A & F zu bauen gedenke. Das Gespräch brachte Thann nichts außer der Gewissheit, dass mit Dreck viel Geld zu verdienen war. Und die starke Vermutung, dass die Leiche wie normaler Hausmüll auf die Deponie gekommen war, ohne dass die Müllarbeiter beim Leeren der Tonnen die makabre Fracht entdeckt hatten. Als er sich von dem Geschäftsführer verabschiedete, hatte er das Gefühl, Zeit verschwendet zu haben.

Im Foyer fiel Thanns Blick noch einmal auf das Bild, das an der Längsseite hing und die Hälfte der Wand einnahm. Es war mit wildem, grobem Pinselstrich gemalt. Im Vordergrund leuchtete eine gelbe Fläche wie ein blühendes Rapsfeld. Daneben stand ein Haus, mit nur wenigen schiefen Strichen angedeutet.

Drei Kinder spielten vor dem Haus. Eins lief auf das Rapsfeld zu, ein anderes krabbelte hinterher. Das dritte blickte geradewegs aus dem Bild den Betrachter an. Über allem schwebten Vögel wie die Möwen über der Deponie, schwarz und unheimlich.

Wieder fielen Thann die toten Augen der Leiche ein und die zerschnittenen Wangen. Als er auf die Straße trat, spürte er ein nervöses Kribbeln von der Magengegend her aufsteigen. Er nahm die Straßenbahn zurück zum Präsidium.

Ein erster Erfolg – Miller hatte gute Nachrichten. Viele Anrufer wollten den Toten erkannt haben. Fast jede Zeitung hatte die Zeichnung gebracht. Der Mordfall Deponie war zum Gesprächsthema geworden. Miller war ganz Feuer und Flamme. Im K1 nannte man ihn Benjamin, da er mit vierundzwanzig der Jüngste war, erst seit wenigen Wochen im Kommissariat.

Einige Anrufer waren in der Tat ernst zu nehmen. Einer von ihnen war ein Sozialarbeiter, der in der Zeichnung einen kürzlich entlassenen Strafgefangenen zu erkennen glaubte. Ein Bewährungshelfer. Wenn er recht hatte, war seine Hilfe nicht länger nötig. Den Tod gab es nicht auf Bewährung.

Für seinen ersten Mordfall hätte sich Thann lieber ein prominenteres Opfer gewünscht als einen unbekannten Haftentlassenen. Je spektakulärer der Fall, desto größer die Verdienste des erfolgreichen Ermittlers. Andererseits konnte er froh sein, wenn der Hinweis stimmte und er wenigstens schon mal den Namen des Opfers hatte. Drei Tage – die Zeit drängte. Da Schneider und Dalla zur Deponie gefahren waren, um die Befragung der Nachbarn fortzusetzen, ließ sich Thann von der Verwaltung eins der klapprigen Zivilfahrzeuge zuteilen. Er orgelte eine ganze Minute, bis die Karre ansprang. Dann raste er los.

9.

Der Bewährungshelfer war sicher, den Toten identifizieren zu können. »Ich war überzeugt, er würde es schaffen. Ich habe noch keinen erlebt, der nach einem Vierteljahrhundert Strafvollzug so einen guten Eindruck gemacht hat. Herr Eich war hochintelligent, er wusste, was er wollte, und er hatte Freunde, die ihm halfen. Am Montag hätte er seine neue Arbeit antreten sollen. Und jetzt ist er tot. Ich kann es noch gar nicht glauben.«

»Wissen Sie, ob er Feinde hatte?«

»Nein. Herr Eich war eher ein verschlossener Typ. Über private Dinge haben wir wenig gesprochen. Vielleicht kann Ihnen Herr Beckmann mehr sagen.«

»Beckmann?«

»Ja, sein Freund, der ihm auch die Arbeit an der Universität verschafft hat. Soviel ich weiß, hatte Herr Beckmann den besten Kontakt zu Herrn Eich.«

»Ich hatte noch keine Zeit, mir die Unterlagen zu besorgen. Weshalb saß Eich hinter Gittern?«

»Wegen Mordes.« Der Sozialarbeiter blätterte in seinen Papieren. »1969 wurde er zu lebenslangem Freiheitsentzug verurteilt wegen Mordes an seiner damaligen Freundin. Sie werden sich nicht erinnern, aber der Fall schlug damals hohe Wellen. Das war die Zeit der ersten Hausbesetzungen, und ein Mord in diesem Milieu war ein gefundenes Fressen für die Presse und für die Hardliner in der Politik.«

Und ob er sich erinnerte. Der Friedrichstraßenmord schien ihn zu verfolgen. Das Hochhaus, die Schnitte im Gesicht beider Opfer und Bollmann: *Schöne Leiche, klarer Fall.*

Der Mörder von damals, nun selbst ermordet. In Thanns Hirn spielten die Gedanken Karussell. Beide Opfer trugen die gleichen Verletzungen. Eich konnte sie sich wohl kaum selbst beigebracht haben. Vielleicht war er es auch damals nicht gewesen. Thann sah sich bereits als gefeierter Held. Als Aufklärer *zweier* Fälle, des Leichenfundes auf der Deponie und des neu aufgerollten Mordfalls von 1968. Bollmann würde sich wundern. Nicht nur er – das ganze Präsidium.

Der Typ im selbst gestrickten Pullover sah Thann an, als warte er auf eine Antwort.

»Äh – wie bitte?«

»Ich fragte, ob Sie einen Kaffee wollen.«

»Ja, gerne. Danke.«

Der Bewährungshelfer schenkte ein. »Es tut mir leid, dass ich Ihnen nicht weiterhelfen kann. Ich habe zu viele Menschen zu betreuen. Das alte Lied. Es gibt zu wenig Sozialarbeiter. Der Staat gibt zu wenig Geld für Soziales aus, Haftentlassene haben eben keine mächtige Lobby.«

Gleich macht er den Bundeskanzler für den Mord verantwortlich, dachte Thann.

Das Telefon klingelte. Der Alt-68er nahm den Hörer ab und meldete sich. »Ja, der ist hier.« Er reichte den Hörer weiter.

»Thann.«

»Miller. Gut, dass ich dich erreiche. Zwei weitere Anrufer haben die Identität des Toten bestätigt.«

Telefonnummern und Anschriften: Eine Anwaltskanzlei und dieser Beckmann, den der Bewährungshelfer erwähnt hatte. Miller klang ganz aufgedreht. Thann legte auf. Der Idealismus des Kollegen rührte ihn für einen Moment, dann konzentrierte er sich auf sein Gegenüber.

Der Bewährungshelfer war noch nicht zum Ende gekommen. »Und zugleich sitzen jede Menge ausgebildete Sozialpädagogen auf der Straße. Wenn man es genau überlegt, ist es ein Skandal.«

Das alte Lied, das Thann nicht interessierte.

Weiter.

Professor Beckmann führte Thann in ein kleines, überheiztes Büro. Es war mit Möbeln eingerichtet, die mindestens schon zwanzig Jahre alt waren, abgeschabt, altmodisch und ohne Geschmack zusammengewürfelt. Wie im Präsidium, dachte Thann. Die Univerwaltung hatte anscheinend auch kein Geld.

»Das hier hätte sein Büro werden sollen. Günther hatte sich so auf den Job gefreut. Dabei ist es nur eine halbe Stelle, befristet auf ein Jahr.«

»Wie kann jemand nach einem Vierteljahrhundert Knast politische Wissenschaft betreiben?«

»Günther hatte immerhin promoviert. Und in all den Jahren hielt er sich auf dem Laufenden. Mehr noch, er nahm teil an der wissenschaftlichen Diskussion. Er veröffentlichte in Fachzeitschriften und erwarb sich einen gewissen Ruf auf seinem Gebiet. Sonst hätte ich ihm nicht diese Assistenzstelle verschaffen können. Sie wissen gar nicht, wie groß der Andrang auf jede noch so schlecht bezahlte Stelle an der Universität ist.«

Und du weißt nicht, wie schlecht Polizisten bezahlt werden, dachte Thann. Beckmann trug ein Designersakko über einem Seidenhemd. Klamotten, wie sie im Präsidium höchstens Bollmann oder der Polizeipräsident trugen. »Ich nehme an, Sie kannten Günther Eich am besten.«

»Ich glaube, ja. Ich bin der Einzige aus dem alten Freundeskreis, der den Kontakt mit ihm nicht abgebrochen hatte. Ich besuchte ihn regelmäßig. Und als er draußen war, sahen wir uns fast jeden Tag. Eigentlich wollte er heute Morgen ins Institut kommen, ich wollte ihn seinen künftigen Kollegen vorstellen. Als er nicht kam, versuchte ich ihn anzurufen. Dann sah ich seine Zeichnung in der Zeitung.«

»Hatte er Feinde?«

»Das habe ich mich auch gefragt. Nein. Nicht dass ich wüsste.«

»Ist Ihnen an seinem Verhalten etwas aufgefallen?«

»Jede Menge sogar. Er hatte sich im Lauf der Zeit sehr verändert. Er ist ein wenig eigenartig geworden. Verschlossen, misstrauisch. Früher war er der Sonnyboy. So ein Typ, der unbeschwert durchs Leben ging, der bei Frauen sehr beliebt war und auch sonst. Es ist eine Schande, was das Gefängnis aus einem Menschen macht. Und es ist ein Skandal, dass man ihn nicht viel früher entlassen hat. Normalerweise kommen wegen Mordes Verurteilte doch schon nach 15 Jahren raus, oder?«

Damit sie gleich den nächsten Mord begehen können, dachte Thann. Wieder so ein Sozialromantiker, diesmal als Yuppie verkleidet.

»Normalerweise ist relativ. Manche Länder kennen die Todesstrafe. Bei uns gibt es lebenslänglich. Nur bei guter Führung und entsprechenden Resozialisierungschancen gibt es die Möglichkeit der vorzeitigen Begnadigung. Die Möglichkeit, nicht mehr als das.«

»Wenn einer das verdient hätte, dann Günther.« Der Professor sah auf die Uhr. »Sie müssen mich jetzt entschuldigen. Ich habe ein Hauptseminar. Wenn Sie wollen, stehe ich Ihnen ab 16 Uhr zur Verfügung. Falls Sie noch Fragen haben.«

Thann verabschiedete sich.

10.

Die Anwaltskanzlei hatte ihren Sitz in einem der wenigen prächtigen Gründerzeithäuser, die die Sanierungswellen der Nachkriegszeit in diesem Teil der Innenstadt überlebt hatten. Dahinter überragte das Hochhaus an der Friedrichstraße die Häuserfront.

Drei Stufen führten zum säulengeschmückten Eingangsportal, ein zwischen Messingschienen gespannter roter Teppich zum Aufzug. Der Metallkäfig war so alt wie das Haus. Ächzend und bedächtig langsam brachte er Thann zur Kanzlei in den zweiten Stock.

Die Anwaltsgehilfin öffnete ihm. Für einen Moment hielt Thann den Atem an. Braune Augen, braunes Haar, volle Lippen. Ein unbekümmertes Lächeln. Unwillkürlich verglich er sie mit Corinna. Seine Ex verlor.

Ihre Stimme, weich wie Samt: »Sie sind der Kommissar von der Polizei? Herr Meier hat leider noch Besuch. Es kann nicht mehr lange dauern. Wenn Sie bitte hier solange Platz nehmen würden?«

Sie wies auf ein altes Ledersofa und verschwand in einem Nebenraum.

Thann sah sich in der Diele der Kanzlei um. Alles hier war alt und edel. An einer Wand standen Schränke bis zur Decke, an einer anderen eine Kommode, darauf ein Kerzenleuchter, wie in Großmutters Wohnzimmer. An den freien Wandflächen hingen Stiche mit Stadtansichten aus verschiedenen Jahrhunderten. Die Rheinfront der Stadt, das Schloss, das Rathaus mit dem Reiterstandbild.

Die Anwaltsgehilfin kam zurück und holte etwas aus einem der hohen Aktenschränke. Ihr Kostüm sah unauffällig aus und teuer. Der kurze Rock zeigte Bein, als sie sich nach oben streckte. Thann brachte seinen Blick nicht weg von dieser Frau. Ihr

Gang verriet Selbstbewusstsein. Bevor sie verschwand, warf sie ihm noch ein Lächeln zu. Die Tür ihres Büros blieb offen, doch von seinem Platz aus konnte Thann sie nicht sehen.

Nach etwa drei Minuten vernahm Thann die Stimmen zweier Männer, die sich verabschiedeten. Dann traten sie aus der Tür, blieben in der Diele stehen und schüttelten Hände. Der Anwalt hielt seinem Besucher die Eingangstür auf, schloss sie und wandte sich schließlich dem Polizeibeamten zu.

»Tut mir leid, dass Sie warten mussten. Meier ist mein Name. Der Tote war mein Mandant.«

Sie betraten das Vorzimmer.

»Eva, hast du unserem Gast bereits Kaffee angeboten? Nein? Blond und süß, Herr Kommissar?«

Schon der dritte Alt-68er an diesem Tag. Diesmal von der Sorte lässig-leger. Sie betraten das Büro des Juristen. Auch hier schien jedes Möbelstück eine Antiquität zu sein. Der Anwalt trug Jeans und eine knittrige Leinenjacke. Seine Aufmachung passte in diese Räume wie die Faust aufs Auge.

Auch Meier hatte keine Ahnung, wer seinen Mandanten umgebracht haben könnte und warum. Seit etwa zehn Jahren vertrat er Günther Eich. Einmal jährlich hatte er sich um dessen Begnadigung bemüht, erst jetzt mit Erfolg. Zuletzt hatte er Eich vorgestern gesehen, am Tag vor dem Mord. Am Nachmittag sei Eich ohne Voranmeldung ins Büro gekommen, um zu fragen, was er tun könnte, wenn es ihm gelänge, seine Unschuld zu beweisen.

»Der Friedrichstraßenmord hat ihn also noch sehr beschäftigt?«, fragte Thann.

»Ja, sehr. Er machte Andeutungen, er habe etwas in der Hand. Er wollte den Mann zur Rede stellen, von dem er annahm, er sei der wahre Mörder seiner Freundin. Wer das sei und was er an Beweismitteln oder Verdachtsmomenten in der Hand habe, das wollte mir Herr Eich jedoch nicht verraten. Leider, wie ich heute sagen muss.«

»Glauben Sie an Eichs Unschuld?«

»Mein Vater hat ihn im damaligen Prozess verteidigt. Ich stand damals kurz vor dem Examen und half meinem Vater in den Semesterferien. Ich habe erst vorgestern nach Eichs Besuch in den Unterlagen nachgesehen, soweit sie hier noch vorhanden sind. Es war ein reiner Indizienprozess. Ah, da kommt der Kaffee.«

Wieder lenkte die reizvolle Gehilfin Thanns Gedanken ab. Eva. Er fand, dass der Name zu ihr passte. Sie stellte die Tassen ab. Keine Ringe an ihren Fingern.

Meier gab Thann Kopien von Akten und Zeitungsausschnitten. »Vielleicht hilft Ihnen das weiter. Wie gesagt, es waren nur Indizien, aber in ihrer Gesamtheit erdrückende Indizien. Aus den Unterlagen konnte ich keinerlei Hinweise auf einen anderen Täter erkennen.«

Im Schriftwechsel der Juristen hieß die Friedrichstraßensache *Mordfall Korfmacher*. Thann fiel nicht ein, woher er den Namen kannte. Der Kaffee war stark. Ein leichtes Brennen im Magen machte Thann unruhig. Der Anwalt bekundete noch einmal sein Bedauern, dass er nicht besser zur Aufklärung beitragen konnte.

Dann stand Thann wieder vor der Tür der Kanzlei. Für den Weg nach unten wählte er die Treppe.

Der Hausmeister öffnete die Tür zu Eichs Wohnung. Beckmann, der Professor, hatte sie ihm besorgt. Die Hilfe des Sozialarbeiters hätte ihn eher in ein Obdachlosenheim gebracht als in diese gute Gegend. Thann betrat die Wohnung. Neugierig folgte der Hausmeister.

Vor einer Woche war der frisch Entlassene hier eingezogen. Offenkundig eine zu kurze Zeit, um es sich gemütlich zu machen, dachte Thann. Dann erst wurde ihm klar, dass die Unordnung einen anderen Grund hatte. Schubladen und Schranktüren standen offen, der Inhalt eines Umzugkartons war auf den Boden gekippt. Die Matratze war aus dem Bett gezogen und aufgeschlitzt, Bücher aus dem Regal geräumt, die wenigen größeren Möbelstücke von der Wand gerückt. Ein Einbruch.

Mithilfe eines Taschentuchs fasste Thann das Telefon an und verständigte die Spurensicherung. Als die Kollegen nach zehn Minuten eintrafen, wusste er, dass er von dem Hausmeister nichts Nützliches erfahren konnte. Trotz seiner Neugier hatte er nichts gesehen oder gehört, was Aufschluss darüber geben konnte, wer zu welchem Zeitpunkt die Wohnung des Toten durchsucht hatte. Der einzige Unbekannte, den er im Lauf der letzten Woche gesehen hatte, war Beckmann, der Freund des Toten.

Eich war ein ruhiger, unauffälliger und sehr angenehmer Mieter, soweit man das nach einer Woche schon beurteilen könne, meinte der Hausmeister. Thann verkniff sich die Bemerkung, Eich sei jetzt offensichtlich noch ruhiger geworden. Der Satz des Anwalts schoss ihm durch den Kopf: *Er wollte den Mann zur Rede stellen, von dem er annahm, er sei der wahre Mörder seiner Freundin.*

11.

Als Thann das Auto endlich zum Laufen gebracht hatte, begannen im Radio die Zwölf-Uhr-Nachrichten. Thann wurde klar, dass er zu spät zur Einsatzbesprechung kommen würde, und drückte aufs Gas. Der Drehzahlmesser zeigte in den roten Bereich, die Federung krachte. In jeder Kurve ließ die Lenkung ein Knacken hören.

Es regnete stärker als am Vortag. Das Wasser lief über die Straße. Thann ließ es weit aufspritzen. Die Nachrichten kündigten Überschwemmungen längs zahlreicher Flüsse an. Den Deponiemord erwähnten sie nicht.

Thann entschuldigte sich für die Verspätung, als er den Konferenzraum betrat. Alle waren da, Schneider, Dalla, Miller und die anderen. Sie sahen ihn erwartungsvoll an. Das Telefon klingelte.

»Wahrscheinlich der Kripochef«, sagte Miller. »Vor zehn Minuten hat er schon einmal versucht, dich zu erreichen.«

Es war Bollmann. Wegen einer wichtigen Besprechung sei er gerade im Innenministerium und wolle Thanns Bericht deshalb jetzt telefonisch bekommen.

Bollmann klang ruppig und kurz angebunden.

Thann verkündete stolz: »Wir kennen die Identität des Opfers.« Er blickte mit siegessicherer Miene in die Runde. Miller nickte ihm zu und hob den Daumen.

»Sie wissen, was Sie zu tun haben?«, fragte der Kripochef am anderen Ende.

»Die Befragung der engsten Bekannten hat bereits begonnen.«

Bollmann schien unbeeindruckt. »Hinweise auf den Täter?«

»Noch keine.«

»Gut, weitermachen. Angehörige, Hausbewohner und so weiter. Was sagen die Leute von der Deponie und die Nachbarn der Deponie?«

Thann gab die Frage weiter und erntete Kopfschütteln.

»Keine Hinweise von dieser Seite, Herr Bollmann.«

»Strengen Sie sich an. Aber eins sage ich Ihnen: keine Gewalttätigkeiten mehr gegenüber potenziellen Zeugen! Sie wissen, dass das nicht unser Stil ist!«

Dalla oder Schneider oder beide, fuhr es durch Thanns Kopf. Er allein genügte dem Kripochef anscheinend nicht als Berichterstatter. Spitzel, Verräter in der eigenen Mannschaft. Thann vermied es, Schneider und Dalla anzusehen. Es kribbelte in seinen Händen.

»Der Innenminister verfolgt unsere Arbeit in diesem Fall mit großem Interesse. Wir brauchen rasche Ergebnisse. Verstanden? Und um 18 Uhr bekomme ich einen ausführlichen Bericht von Ihnen«, fuhr Bollmann fort. »Mündlich *und* schriftlich. Und seien Sie diesmal pünktlich.«

»Ja, Chef«, sagte Thann, doch Bollmann hatte bereits aufgelegt. Thann atmete einmal tief durch. Die anderen sahen ihn an. Fakten.

»Der Tote heißt Günther Eich, 54 Jahre alt, Politologe und wohnhaft Goethestraße 32. Vor einer Woche, also am Freitag, dem siebten Dezember, wurde er aus der Haft entlassen, zu der er vor 25 Jahren als Schuldiger am Friedrichstraßenmord verurteilt worden war.« Thann spürte die Spannung seiner Kollegen. Er genoss die Wirkung seiner Worte.

»Sein Anwalt sagt aus, Günther Eich habe ihn am Vortag des Mordes aufgesucht und ihm gesagt, er kenne den wahren Täter des Friedrichstraßenmordes und wollte sich mit diesem treffen.« *Was er an Beweismitteln in Händen hielt, wollte er nicht verraten.*

»Hört, hört!« Schneider. Thanns Magen brannte wie die Hölle.

»Konkreteres weiß der Anwalt nicht. Die Wohnung Günther Eichs wurde aufgebrochen und von Unbekannten durchwühlt. Wenn es stimmt, dass Eich unschuldig am Friedrichstraßenmord und im Besitz von Beweismitteln für die Täterschaft eines anderen war, so kann dieser in Eichs Wohnung nach diesen Beweismitteln gesucht haben und kommt auch als Täter für den Mord an Eich infrage.«

»Wenn es stimmt«, warf Dalla ein. Thann ignorierte ihn.

»Wie der tote Eich oder besser seine Einzelteile auf die Deponie gelangt sind, wissen wir bislang nicht. Bis auf sieben Nachbarn haben wir inzwischen alle befragt. Ich schlage vor, wir verzichten auf die weitere Befragung dieser sieben.«

Thann vernahm das Aufatmen seiner Kollegen. »Stattdessen konzentrieren wir uns auf Folgendes.«

Thann entfaltete einen Stadtplan, auf dem die Routen der Mülltransporter eingezeichnet waren, die am Vortag bis acht Uhr, dem Zeitpunkt des Leichenfunds, ihre Ladung zur Deponie gebracht hatten. Es waren elf farbige Linien, die sich mäandernd durch verschiedene Viertel der Stadt zogen. Eine Linie verlief unter anderem durch die Goethestraße, die in den letzten Tagen seines Lebens Günther Eichs Adresse war. Auf diese Linie wies Thann.

»Wir werden uns jedes Haus an dieser Route vornehmen. Wir werden jeden befragen, den wir treffen. Wir werden in jede einzelne Mülltonne hineinschauen. Die Leichenteile waren blutig. Wo gibt es Blutspuren? Welcher Nachbar hat bemerkt, dass jemand seine Tonnen auswusch? Wer hat gesehen, wie sich jemand zwischen Mitternacht und dem frühen Morgen an den Mülltonnen zu schaffen machte? Günther Eich wurde gefoltert, bevor man ihn erschlug. Hat jemand Schreie gehört? Hat jemand Eich gesehen? Oder gesehen, wie ein Mann verschleppt wurde?«

Die Unruhe der Kollegen nahm immer mehr zu.

»Diese Route ist ganz schön lang.«

»Haben wir die Unterstützung der Schutzpolizei?«

»Nein«, antwortete Thann.

»Wie sollen wir das zu acht schaffen?«

»Zu viert. Schneider und Dalla nehmen sich das Haus vor. Goethestraße 32. Ich habe dort außer Eich sechs Mietparteien gezählt. Der Hausmeister hat keine Ahnung. Aber vielleicht ist aus den Bewohnern etwas herauszubekommen. Denkt daran: Der Einbrecher in Eichs Wohnung ist vielleicht auch sein Mörder.« Thann war in Schwung gekommen.

»Vielleicht«, sagte Dalla.

»Verdammt noch mal, mehr Einsatzfreude! Es geht um den spektakulärsten Mordfall der letzten Jahre. Die Bevölkerung erwartet, dass wir mit vollstem Eifer an die Sache gehen. Wenn wir von vornherein pessimistisch sind, wird nie was daraus. Ich hoffe, ihr habt mich verstanden. Miller, du bleibst hier und nimmst weiterhin alle eingehenden Anrufe entgegen. Sobald einer von uns etwas Sachdienliches erfährt, gibt er es an Miller durch. Was mich betrifft, ich kümmere mich weiter um Freunde und Angehörige des Opfers. Seine Mutter lebt noch. Ich werde sie verständigen. Wir sehen uns wieder um 17 Uhr, gleicher Ort. Ich wünsche uns allen gutes Gelingen.«

Das Mülltonnensuchspiel. Bollmann hatte es verboten. *Verrennen Sie sich nicht in vage Ideen. Wir müssen alles vermeiden, was die Öffentlichkeit in Unruhe versetzen könnte.* Thann wischte sich Schweißperlen von der Stirn.

Gemeinsam mit Miller stand Thann eine halbe Stunde später vor der Essensausgabe der Polizeikantine. Sein knurrender Magen hatte ihn erinnert, dass er bis auf zwei, drei Schlucke aus der Flasche noch nichts gefrühstückt hatte. Miller bekannte, dass er im Unterschied zu den anderen Thanns Vorgehensweise gut fände. Thann fragte sich, ob er sich über Miller freuen oder über die sechs anderen ärgern sollte.

Es gab drei Gerichte zur Auswahl. Keines davon sagte ihm zu. Miller verriet, dass er ab und zu außer Haus essen gehe, wenn die Zeit es erlaube. Ein kleines italienisches Restaurant eine Straße weiter biete einen preiswerten Mittagstisch. Thann sah demonstrativ auf die Uhr. Keine Zeit.

Er fragte sich, ob Miller sich bei ihm einschmeicheln wollte. Der jüngste Kollege schien intelligent zu sein und fleißig. Er war schmächtig, sein Verhalten zurückhaltend. Von den sieben Kollegen, die mit Thann am Deponiemord arbeiteten, war der Benjamin ihm am sympathischsten.

Sie wählten das Fischfilet mit Remouladensauce und setzten sich an einen Tisch mit Kollegen aus dem K2 – Sitte, Rauschgift und vermisste Personen.

Plötzlich hörten sie ein dumpfes Bohren, laut und durchdringend.

»Müssen die ihren Lärm machen, wenn wir essen?«

»Bauarbeiter machen eben früher Mittagspause.«

»Was wird da gebaut?«, fragte Miller.

»Das weißt du nicht? Der Zellentrakt wird umgebaut. Millionenprojekt. Dauert sicher Monate.«

»Sie haben herausgefunden, dass in jeder Zelle ein Kubikmeter fehlt. Zu wenig Luft zum Atmen für die Personen, die sich in Polizeigewahrsam befinden. Da hat so ein Sesselfurzer aus der Verwaltung einmal ein Metermaß in die Hand genommen, verstehst du?«

»Dabei riechen die Besoffenen nicht besser, wenn sie mehr Luft haben!«

»Hat schon mal jemand unsere Büros ausgemessen?«

Ein Sittenkollege winkte ab. »Die dürfen natürlich kleiner sein als die Gemächer der Herren und Damen Festgenommenen. Andere Bestimmungen.«

»Zurzeit findest du keinen Gefangenen wieder. Die Zellen sind während des Umbaus auf sämtliche Stockwerke verteilt worden. Die Kollegen vom K4 mussten schon dreimal umziehen.«

»Für das Geld sollten sie uns lieber endlich mal Computer kaufen.«

Der Fisch erwies sich als trocken, die Sauce als ölig. Weitere Kollegen kamen an den Tisch. Fotos gingen herum. Die Kollegen feixten. Neues Thema. Sie hatten am Vormittag ein Bordell durchsucht und geschlossen, das von Polen oder Russen geleitet worden war. Obwohl sie keine Drogen gefunden hatten, waren sie sicher, den Zugriff der gefürchteten Russenmafia auf die Unterwelt der Stadt abgewendet zu haben.

Aus seiner Zeit bei der Sitte wusste Thann, dass es seit Jahren gängige Praxis war, die einheimische Zuhälterszene ungeschoren zu lassen, solange es keine Beschwerden wegen Nepps oder Beischlafdiebstahls gab. Wenn eine verprügelte Nutte aus Brasilien oder Thailand Anzeige erstattete, wurde sie kurzerhand in ihr Heimatland abgeschoben. Stattdessen wehrte die Polizei jeden Versuch auswärtiger Banden ab, in der Stadt Fuß zu fassen. Die einheimischen Ganoven galten als Informanten. Auf diese Art konnten Kämpfe rivalisierender Banden erst gar nicht entstehen.

Beide Seiten, Ganoven und Polizei, lebten gut damit. Die

Unterwelt blieb das, was sie zu sein hatte, nämlich unsichtbar für den Normalbürger. Die Beruhigungsstrategie. Als ihr Erfinder galt Bollmann.

»Eigentlich war der Puff völlig sauber«, erklärte Thanns Tischnachbar, ein klein gewachsener Mittdreißiger mit dunklen Locken. »Doch dann fanden wir dies: Der Russenpuff war die Zentrale eines Pornorings. Guck mal, widerlich, nicht wahr? Wir haben dann gleich kurzen Prozess gemacht: Laden dicht und die Mädels zurück in die Taiga.«

Ein Blick auf die Fotos. Schund. Frauen beim Geschlechtsverkehr mit Tieren. Thann war der Appetit endgültig vergangen.

»Wenn ich meine Frau mit meinem Schäferhund erwischen würde, ich glaub, ich wüsste nicht, wen ich zuerst erschießen würde, meine Frau oder den Hund«, bemerkte ein anderer Sittenkollege mit vollem Mund.

»Ich finde, die Fotos haben was. Irgendwie scharf.«

»Ich kann dir ja mal meinen Hund ausleihen!«

Gelächter.

»Nee, lieber deine Frau.«

Größeres Gelächter.

Thann schob sein Essen von sich.

»Such dir welche davon aus. Gratis. Wir haben Hunderte davon. Und Videos noch dazu«, bot ihm ein Tischnachbar an.

Asservatenmissbrauch. Thann lehnte ab und trug seinen halb vollen Teller zum Geschirrwagen.

12.

Eichs Mutter wohnte außerhalb der Stadt in einem kleinen Ort auf dem Land, etwa eine halbe Autostunde entfernt. Sie war Witwe, Günther Eich war ihr einziger Sohn gewesen. Als Thann vor dem kleinen, alten Einfamilienhaus hielt, hatte der Regen nachgelassen. Er öffnete die verwitterte, niedrige Gartentür.

Der Vorgarten war verwildert, in den Büschen und Obstbäumen hüpften Meisen und suchten Schutz vor den Regentropfen. Rissige, quadratische Platten aus rötlichem Stein markierten einen Pfad, der an der Haustür endete. Daneben stand eine Regentonne, in die ein Strahl aus einer Regenrinne plätscherte. Immer wieder zerriss ein Windstoß den Strahl in tausend Tropfen.

Thann klingelte. Licht ging hinter dem Fensterchen an, das in die Tür eingelassen war. Eine kleine, runzelige Frau öffnete. Der Kripobeamte schätzte sie auf mindestens achtzig Jahre. Bläuliches, verwaschenes Schürzenkleid, weißes, ungekämmtes Haar, braune, mit Lammfell gefütterte Pantoffeln.

Sie führte ihn ins Haus. Die Decke war niedrig. Es roch nach Essen, und es war warm. Die Alte führte ihn in ein Zimmer, in dem der Fernsehapparat lief. Sie schaltete den Ton ab. Das Bild lief weiter. Eine dieser Quizsendungen für alte Leute.

Thann zeigte ihr die Zeichnung, und sie erkannte ihren Sohn. *Ein so bestialischer Fall ist mir noch nie begegnet.*

»Günther«, sagte sie leise.

Thann erklärte, ihr Sohn sei ermordet worden, und er habe den Auftrag, den Mörder zu suchen. Ob sie wisse, wer seinen Tod gewünscht haben könnte. Die alte Frau begann zu weinen. Thann wusste nicht, wie er sie trösten sollte. Scheißjob. Am liebsten wäre er sofort wieder gegangen.

Dann machte sie Tee und erzählte von der Kindheit ihres Sohnes. Zunächst sei er ihr ganzes Lebensglück gewesen. Doch dann sei er ein recht aufsässiger Junge geworden, der oft widersprochen habe. Schließlich habe er sich gar nichts mehr von ihr sagen lassen. Als er sich mit Anarchisten und Hausbesetzern eingelassen habe, sei ihr klar geworden, dass es mit Günther ein schlimmes Ende nehmen müsse. Wie oft habe sie ihm abgeraten von dieser Freundin. Eine Frau mit drei Kindern, und er selbst war nur ein Student. Er hätte ganz andere haben können, Töchter aus reichem Hause. Sie wolle gar nicht daran denken, was dann aus ihm hätte werden können. Wieder brach Eichs Mutter in Tränen aus. Minutenlang schluchzte die alte Frau vor sich hin, am ganzen Körper bebend. Sie schnäuzte sich lautstark in ein Taschentuch. Dann starrte sie lange auf einen Punkt, irgendwo zwischen Thann und dem Adventskranz, der auf dem Tisch stand. Ihre Hände bearbeiteten das Taschentuch.

Thann fragte sich, ob sie es bemerken würde, wenn er einfach das Haus verließe. Doch dann beruhigte sie sich und fuhr fort in ihrem Drang, sich dem völlig Fremden mitzuteilen. Dass ihr Günther ein Mörder sei, habe sie nie geglaubt. Dieses Flittchen sei selbst an ihrem Tod schuld gewesen.

»Sie meinen Frau Korfmacher?«, fragte Thann. *Mordfall Korfmacher.*

»Diese Anna, ja. Die hat's doch mit jedem getrieben, dieses Flittchen. Freie Liebe, Kommunismus und so. Die hat sich nicht wundern brauchen, dass einer sie totmacht. Ich will nicht sagen, dass sie's verdient hat. Aber ein Wunder war's nicht, oder?«

Schöne Leiche, klarer Fall.

»Haben Sie sie gekannt?«

»Nein, aber der Günther hat mir viel erzählt, damals. Immer wenn er Kummer hatte, ist er zu mir gekommen. Dafür war die alte Mutter gut. Betrogen hat sie ihn, über Monate ist das gegangen. Und ich hab dem Günther immer wieder gesagt: Vergiss das Flittchen. Andere Mütter haben auch schöne Töchter, hab ich gesagt. Und saubere. Aber der Günther hat halt nicht auf mich gehört.«

Mehr und mehr kam die Alte jetzt in Fahrt, froh, einen Zuhörer zu haben. Sie fragte Thann, ob er einen Likör wolle. Er nahm an, obwohl Süßes sonst nicht nach seinem Geschmack war. Im Handumdrehen standen zwei kleine Gläser und eine Flasche auf dem Tisch. Braunes Kräuterzeug.

Flittchen. Thann dachte an Corinna.

»Freude hat mir der Günther keine bereitet, als er älter war. Aber ein Mörder war er nicht. Das müssen Sie mir glauben. Ein anderer hat das Flittchen totgemacht, der auch eifersüchtig war. Und dann haben sie es meinem Sohn in die Schuhe geschoben. Mein Günther hat oft ausbaden müssen, was andere eingebrockt haben, schon auf der Schule.«

Sie kippte ihren Likör mit einer Bewegung, die Übung verriet. Thann tat es nach. Das Zeug klebte zwischen Zunge und Gaumen. Mutter Eich goss nach. Erst sich, dann ihm.

»Haben Sie eine Idee, wer der wirkliche Mörder gewesen sein könnte?«

»Nein. Ich hab die Burschen von dem Flittchen ja nicht gekannt. Und der Günther hat nur so sozialistisches Zeug erzählt. Die freie Liebe sei die menschlichste Form der Liebe, nur sei der Mensch von sich selbst entfremdet und noch nicht reif für die freie Liebe und für den Kommunismus. Das hab ich mir bis heute gemerkt, aber verstanden hab ich das nie. So einen Kram haben sie ihm auf der Universität beigebracht. Politolie, Politologie, bah! Diese Kommunisten und Anarchisten sind schuld, dass er jetzt tot ist.« Sie kippte das zweite Gläschen.

Thann blieb noch eine halbe Stunde. Er glaubte, dass diese Frau jemanden brauchte, um auszusprechen, was Jahrzehnte in ihr eingeschlossen war. Einen Zuhörer, der ihr half, über den Verlust ihres Sohnes hinwegzukommen, den sie bereits vor 25 Jahren verloren hatte.

Und jetzt für immer.

13.

Thann traf sich ein zweites Mal mit Klaus Beckmann, diesmal vor dem Haus in der Goethestraße. Schweigend stiegen sie die Treppe in den zweiten Stock hoch zur Wohnung des Toten. Von Dalla und Schneider konnte Thann nichts bemerken. Er vermutete, dass die beiden Kollegen gerade einen der Hausbewohner befragten.

Schweigend begutachtete der Professor die Einrichtung, wie der oder die Einbrecher sie hinterlassen hatten.

»Die Stereoanlage fehlt. Verstärker, Radio und CD-Spieler«, stellte Beckmann fest.

»Und sonst?«

Beckmann sah sich weiter um und schüttelte den Kopf. »Nichts.«

»Vielleicht doch nur ein normaler Einbruch.«

»Aber wer einbricht, um die Stereoanlage zu klauen, richtet doch keine solche Verwüstung an, oder? Ich meine, die haben doch nach etwas gesucht!«

»Es gibt die Möglichkeit, dass ein Junkie hier war, nach Drogen suchte und die Anlage mitgehen ließ, um sich den nächsten Schuss zu finanzieren.«

»Glauben Sie das?«

»Nein«, bekannte Thann. »Das kommt zwar vor und sieht dann auch so aus, aber meist in anderen Gegenden. Und dann war es der Junkie aus der Wohnung nebenan, und ich glaube nicht, dass es das in diesem Haus gibt.«

»Was jetzt?«

»Hat Günther Eich Ihnen gegenüber Bemerkungen gemacht, er hätte Hinweise, wer der wahre Friedrichstraßenmörder war? Und dass er ihn stellen werde?«

»So konkret nicht. Aber das würde einiges erklären, oder? Er hat immer beteuert, er sei es nicht gewesen. All die Jahre. Als ich ihn am letzten Freitag vom Gefängnis abholte, war eins seiner ersten Worte, er werde alles daran setzen, um seine Rehabilitierung zu betreiben. Er wollte sich mit Leuten treffen, die er von früher kannte. Leute, die auch mit Anna zu tun hatten.«

»Anna Korfmacher?«

»Ja.«

»Wie lange waren die beiden zusammen?«

»Etwa ein halbes Jahr. Kennengelernt hatten sie sich übrigens auf einer Party bei mir. Es war Liebe auf den ersten Blick. Die beiden hingen den ganzen Abend zusammen und knutschten. Günther war gar nicht ansprechbar.«

»Erzählen Sie mir mehr über Anna Korfmacher.«

»Sie war eine wunderbare Frau. Sie sah sehr gut aus, und es war toll, wie sie es fertigbrachte, zu studieren und zugleich ihre Kinder zu versorgen. Der Älteste ging bereits in den Kindergarten. Aber die Kleinen nahm sie oft mit ins Seminar. Der Kleinste war erst ein paar Monate alt, als Günther sie kennenlernte.«

Sie setzten sich an Eichs Küchentisch, mitten ins Chaos.

Beckmann fuhr fort. »Anna hatte zu der Zeit bereits eine Ehe hinter sich. Von dem monatlichen Scheck ihres Exmannes konnten sie und die Kinder gerade so leben. Sie hatte eine tolle Wohnung, die wenig Miete kostete. Es gab kaum ein Wochenende ohne eine Party bei Anna. Dann kam die Kündigung, und die Wohnungsgesellschaft bot ihr eine Menge Geld dafür, dass sie rasch auszog. Doch sie lehnte das Geld ab und blieb drin. Ihr Exmann hatte schon vorher in der Wohnung gewohnt oder so. Jedenfalls betrug die Kündigungsfrist mehrere Jahre.

Wir haben dann auch Geld gesammelt für einen Prozess. Während dieser Zeit sind die anderen Wohnungen besetzt worden, die leer standen, weil sie die Mieter hinausgeekelt hatten. Es war eine sehr politische Zeit, und Anna stand immer im Mittelpunkt. Nicht politisch, aber irgendwie war sie die Mutter der Bewegung.

Günther gefiel das schließlich nicht mehr. Er wollte sie ganz für sich haben. Er kämpfte zwar mit an vorderster Front für die Erhaltung des Hauses und gegen das Spekulantentum, aber insgeheim, glaube ich, wäre es ihm lieber gewesen, Anna hätte das Geld angenommen und wäre mit ihm und den Kindern in eine andere Wohnung gezogen. Vielleicht tue ich ihm auch unrecht. Aber er hat mir damals mehrfach gesagt, er käme sich bei Anna vor wie das fünfte Rad am Wagen. Dabei hat es Anna sicher nie so gemeint. Sie hatte einfach, wie soll ich es sagen, mehr Liebe als nur für einen ausschließlich.«

Ein anderer hat das Flittchen totgemacht, der auch eifersüchtig war.

Beckmann hielt inne und sah Thann forschend in die Augen. »Heute herrscht ein anderer Zeitgeist, und Sie sind zu jung, um das damals erlebt zu haben. Es war eine Zeit des Umbruchs, in gewissem Sinn eine revolutionäre Zeit. Auf kulturellem Gebiet, meine ich. Anna lebte das, was viele von uns als Ideal hatten, aber nicht leben konnten.«

Ende des Lieds von der Mutter Courage der Hausbesetzer, dachte Thann. Er wollte mehr wissen, Fakten statt Ideologie.

»Wer war der Mann oder Exmann von Anna Korfmacher?«

»Weiß ich nicht. Ich glaube, es war ein Beamter oder so. Mehr weiß ich nicht.«

»War sein Name Korfmacher oder war das ihr alter Mädchenname?«

»Ich glaube Letzteres. Ja, nach der Scheidung hatte sie ihren alten Familiennamen wieder angenommen.«

»Wer gehörte damals zum Freundeskreis von Frau Korfmacher?«

»Oje! Ihr Freundeskreis war so groß wie ihr Herz, und das war unendlich.«

Gleich spricht er sie heilig, dachte Thann. Die Mutter Gottes der Anarchisten.

»Im weiteren Sinn waren es die Hausbesetzer, die in zwei großen Wohnungen unter der von Anna lebten, die Kommilitonen in den Seminaren, die Anna besuchte, der ›Kapital‹-Lesekreis, den wir damals hatten, und die sozialistische Basisgruppe, zu der sie regelmäßig ging. Wer sie kannte, musste sie einfach mögen, und ihre Wohnung stand allen offen.«

»Und in engerem Sinn?«

»Unser engerer Freundeskreis zählte vielleicht zwanzig, fünfundzwanzig Personen.«

Soviel Freundschaft und Liebe erschien Thann verdächtig. »Haben Sie auch mit ihr geschlafen?«

Beckmann runzelte die Stirn und zupfte an seinem Hemdkragen herum. »Natürlich war ich auch ein wenig in sie verliebt. Die Aufmerksamkeit einer so fabelhaften Frau schmeichelt jedem, nehme ich an. Bei einer dieser Partys schlief ich dann auch mit ihr. Irgendjemand rief, lasst uns morgen mit einem ›Love-in‹ gegen die Universitätshierarchien demonstrieren. Ein anderer sagte, lasst uns das ›Love-in‹ doch gleich hier proben. Tja, und so geschah es auch zwischen Anna und mir. Es setzte sich noch ein paar Tage fort, doch dann wurde mir klar, wie sehr ich Günther verletzte. Außerdem begann meine damalige Freundin ebenfalls eifersüchtig zu werden.«

»Lockere Zeiten! Wer war denn noch so eifersüchtig, dass er Anna Korfmacher den Tod wünschte?«

»Das habe ich nicht gesagt, dass Günther oder meine damalige Freundin ihr den Tod wünschten!«

»Habe ich auch nicht so gemeint. Aber können Sie sich erinnern, wer mit Frau Korfmacher Streit hatte?«

»Die Wohnungsbaugesellschaft natürlich. Denen hatte sie erst mal das Geschäft vermasselt. Aber sonst, also aus Eifersucht zu streiten, das war unter uns damals tabu. Wer eifersüchtig war, hatte selbst Schuld und musste an sich selbst arbeiten, um die Eifersucht zu überwinden. So dachten wir damals eben. Nur einige Männer aus dem, ich will mal sagen, mehr proletarischen Milieu hatten Schwierigkeiten mit dieser Regel. Leider hatte Anna manchmal gerade für solche Burschen eine Schwäche. Da flogen schon mal die Fetzen. Erinnern kann ich mich an einen Streit mit einem Freund, den Anna vielleicht so zwei Wochen vor ihrem Tod hatte. Aber mehr kann ich beim besten Willen nicht aus meinen grauen Zellen leiern. Es ist eben schon lange her.«

»Wer war dieser Freund?« Vielleicht eine Spur.

»Heinz Pfaff, ein etwas einfach strukturierter Geist. Aber sicher kein Mörder.«

»Und Günther Eich hat keinen Namen aus früheren Zeiten erwähnt?«

»Nein. Wie ich schon sagte, er hatte sich verändert, ist viel verschlossener geworden. Er hat vieles angedeutet, er wollte Leute treffen, er wollte sich Klarheit verschaffen. Nichts Konkretes. Ich zweifelte, ehrlich gesagt, ob er wirklich jemandem auf der Spur war. Ich glaube, er wollte seinen Anwalt dransetzen, für seine Haftzeit als Unschuldiger eine Entschädigung zu bekommen. Sie haben mir Anna und einen Teil meines Lebens genommen, und dafür sollen sie bezahlen, das hat er einmal gesagt.«

»Wann haben Sie ihn eigentlich zuletzt gesehen?«

»Zuerst traf ich ihn täglich, dann zuletzt am Montag.«

In der Nacht zum Donnerstag war er ermordet worden.

»Keine Ahnung, wen er sonst sah?«

»Na ja, am Sonntag besuchte er seine Mutter. Und zu seinem Anwalt wollte er auch. Dann traf er einmal diesen Bewährungshelfer. Ach ja, Fritz Engels wollte er auch treffen, den alten Kommunarden. Doch ein Name aus früheren Zeiten, jetzt fällt's mir ein. Ich wusste übrigens gar nicht, dass der noch in der Stadt wohnt.«

Thann notierte die Namen: Engels und Pfaff. Er bedankte sich bei dem Professor. Trotz Designerklamotten und Revolutionsgefasel erschien ihm der Mann sympathisch. Mit seinen mehr als fünfzig Jahren strahlte er eine gewisse jugendliche Frische aus. Beckmann beteuerte, es sei ihm ein Herzensanliegen, dass dieser Fall aufgeklärt werde. Er sei jederzeit bereit zu helfen, wenn er könne.

Thann gab ihm die Bürotelefonnummer sowie seine private, für den Fall, er könne doch noch mehr aus seinen »grauen Zellen leiern«.

14.

Im Präsidium gab Miller Thann eine Liste mit weiteren Anrufern, die Eich identifiziert hatten. Vier Namen: drei Justizvollzugsbeamte aus dem Gefängnis, in dem Eich gesessen hatte, und ein Taxifahrer, der ihn zwei Tage vor seiner Ermordung gefahren hatte. Das war alles. Schneider und Dalla hatten die Befragung der Hausbewohner bereits am frühen Nachmittag abgeschlossen. Keiner im Haus Goethestraße 32 hatte etwas bemerkt, was mit dem Tod Eichs oder dem Einbruch in seiner Wohnung zu tun hatte, meldete Schneider.

»In nur einer Stunde habt ihr alle sechs Nachbarwohnungen besucht?«, fragte Thann.

»Ja, Chef«, antwortete Schneider.

Immer wieder der Versuch zu provozieren. *Ruhig bleiben.*

»Und was habt ihr danach gemacht?«

»Schreibarbeit. Wir haben keine Lust, jeden Tag zwölf Stunden auf Achse zu sein und womöglich nachts noch über den Berichten zu sitzen.«

Die letzten beiden Kollegen trafen ein. Entlang der Müllroute hatten sie etwa ein Sechstel der Häuser durchsucht und nichts erreicht, außer jeder Menge Aufruhr und Ärger.

»Scheißarbeit. Der Tiefpunkt meiner bisherigen Karriere«, maulte ein Kollege, es vermeidend, Thann in die Augen zu sehen.

Verrennen Sie sich nicht in vage Ideen.

»Ich hab versucht, es mit Humor zu nehmen«, berichtete ein anderer. »Wenn ich Papier oder Glas in der Tonne fand, hab ich den Nächstbesten erst mal zusammengeschissen. Verstoß gegen das Abfallgesetz. Wertstoffe gehören in den Recyclingcontainer und nicht in den Müll, haha. Ein Riesenspaß, aber gebracht hat's nichts.« Seitenblick zu Thann. »Kein Blut, keine Schreie, keine verdächtige Tonne, kein Folterkeller.«

Schneider und Dalla grinsten beide von Ohr zu Ohr. Thann wurde nervös.

»In dem Tempo brauchen wir einen Monat, bis wir alle Müllrouten abgeklappert haben«, beschwerte sich Dalla.

»Was wollen wir morgen anstellen?«, fragte Schneider.

»Das besprechen wir morgen früh, halb acht, gleicher Ort«, antwortete Thann, ratlos, müde und durstig. Wochenendarbeit stand an.

»Gleiche Welle, gleiche Stelle!«, versuchte Miller die Stimmung aufzubessern.

Die Männer erhoben sich und verließen den Besprechungsraum. Im Hinausgehen drückte Dalla Thann eine Videokassette in die Hand.

»Das ist von den Jungs von der Sitte. Das wird dich heute Abend auf angenehmere Gedanken bringen.«

Mit einem ganzen Stapel von Berichten betrat Thann um 18 Uhr das Büro des Kripochefs. Hier gab es Teppichboden, moderne Möbel und Bilder an den Wänden. Bollmann reichte ihm seine Pranke.

»Setzen Sie sich.« Kein Junior.

Der Kriminaloberrat warf einen raschen Blick in Thanns Bericht. »Soso. Der Eich. Kaum entlassen, schon tot. Hätte sich damals gleich erhängen sollen. Ein toter Mörder liegt dem Staat nicht auf der Tasche. Und nun zu Ihnen.«

Bollmanns Augen sandten stahlblaue Blitze auf Thann herab. Plötzlich ahnte der, was kommen würde.

»Der Innenminister war heute sehr erstaunt, als er erfuhr, wer im Deponiemord die Ermittlungen leitet. *Hat der Mann denn überhaupt die nötige Erfahrung für so einen herausragenden Fall?* Und wenn ich sehe, wie Sie es angegangen sind, muss ich ihm recht geben. Herr Thann, ich entziehe Ihnen hiermit diesen Fall. Hauptkommissar Fendrich übernimmt ab sofort die Leitung der Kommission. Fendrich ist der erfahrenste Mann im

K1, er weiß, wie man solche Fälle richtig angeht. Er wird sich heute noch mit Ihren Kollegen in Verbindung setzen.«

Thann rang nach Luft. Es pochte in seinem Körper. Ausgerechnet Fendrich, dieser hohle Typ. Er machte die Vorarbeit, und dieser Schleimer sahnte ab.

Doch bevor Thann etwas erwidern konnte, fuhr Bollmann fort, an Schärfe nachlegend. Seine fleischige Rechte mit dem schweren Siegelring krachte auf die Tischplatte. »Was fällt Ihnen eigentlich ein, Ihre Leute in den Mülltonnen unserer Stadt wühlen zu lassen? Sie bringen die Bevölkerung sinnlos in Aufregung und uns in Misskredit! Ich muss Sie vor sich selbst retten, denn Sie sind im Begriff, das Ansehen der Polizeibehörde zu verspielen. Warum haben Sie nicht im Gefängnis nachgefragt? Wo Günther Eich die letzten 25 Jahre lebte, wird doch noch am ehesten eine Spur zu finden sein, die zu seinem Mörder führt.«

Der blonde Bulle war um seinen Tisch gegangen und hatte sich gesetzt. Jetzt beugte er sich nach vorne und stieß mit seinem Zeigefinger in Richtung Thann. »Mensch, Sie haben noch eine Menge zu lernen, wenn Sie es bei uns zu etwas bringen wollen! Wir können froh sein, dass es nur ein Mord an einem Haftentlassenen ist. Da sieht uns die Presse nicht so genau auf die Finger.«

Thann kochte vor Wut. Er war überzeugt, kein anderer Ermittler wäre in zwei Tagen weiter gekommen als er, auch Bollmann nicht. Er wusste nicht, was er dem Vorgesetzten antworten sollte. Er fühlte sich hilflos, und das steigerte seine Wut noch weiter.

»Spannen Sie am Wochenende richtig aus. Gehen Sie an der frischen Luft spazieren, am besten mit einem Mädel am Arm. Sie haben Erholung verdient. Am Montag melden Sie sich bei der Sitte. Die haben im Moment eine Menge zu tun und können Sie gut gebrauchen.«

Sitte. Abgesetzt und ausgesperrt von seinem Fall. Thann stellte sich den Spott von Schneider und Dalla vor. Er versuchte zu protestieren.

»Sie können mich nicht ins K2 versetzen. Das ist mitbestimmungspflichtig. Der Personalrat …«

»Vorübergehend. Wir gründen eine übergreifende Arbeitsgruppe. Sie vertreten das K1. Von Versetzung kann keine Rede sein. Verstanden?«

»Herr Bollmann, ich …«

»Und noch etwas, Thann.« Aus den Blitzen wurden Laserstrahlen. »Sie trinken und Sie neigen zu Gewalttätigkeiten. Beides ist nicht gut. Überhaupt nicht gut. Ich habe schon gute Männer zugrunde gehen sehen, weil sie gesoffen haben. Reißen Sie sich also zusammen.«

Bollmann kniff die Augen mit ihren fast farblosen Wimpern zusammen und nickte seinem Gegenüber aufmunternd zu. Er breitete die Arme aus. Der Siegelring funkelte im Licht der Schreibtischlampe.

»Sie sind noch jung, und ich mag Sie. Aus Ihnen kann noch mal was werden, Junior.«

Der väterliche Ton konnte Thann nicht beruhigen. Wortlos stand er auf, grußlos verließ er den Raum.

In seinem Büro griff er als Erstes nach der Flasche. *Reißen Sie sich zusammen.* Thann nahm einen Schluck. Bollmann hatte ihn durchschaut und konnte wie mit einer Marionette mit ihm spielen. Ein zweiter, größerer Schluck. Für Bollmann war er ein kleines Würstchen, und dafür hasste er ihn. Er trank die Flasche aus und mit einem Wutschrei, der ihm fast die Lunge zerriss, schmetterte er sie gegen die Wand.

Ausgelaugt stand er da und wartete auf ein Echo seines Schreis. Als es ausblieb, begann er die Scherben einzusammeln. Er nahm alle Fotos und Zeichnungen von der Wand und packte sämtliche Unterlagen in seine Tasche, schloss sein Büro ab und verließ das Präsidium.

Es war längst finstere Nacht, und der Regen hatte wieder eingesetzt, noch heftiger als zuvor. Thann fuhr zum Bahnhof. Vor dem Gebäude lungerten Fixer und Dealer. Innen hetzten die letzten Pendler zur S-Bahn, die sie aus der Stadt bringen sollte, nach Hause in ein friedliches Wochenende mit Freunden und Familie. Thann ging in den Laden, der bis in den späten Abend geöffnet hatte, und kaufte eine Flasche Weinbrand und zwei Flaschen Cola. *Spannen Sie am Wochenende richtig aus.*

15.

Er hatte keine Lust, nach Hause zu fahren. Ziellos steuerte er seinen Wagen stadtauswärts. Weg von Wohnung und Präsidiumsfestung, weg von all den Menschen. Er fuhr, bis er die letzten Häuser hinter sich gelassen hatte, fuhr weiter, bis ihn der Wald verschlang, immer weiter, bergauf, bis sich eine weite Lichtung auftat. Er bog auf den Parkplatz, auf dem sich die Autos an sonnigen Wochenenden Blech an Blech drängten, der in dieser Nacht jedoch verlassen dalag. Er rollte bis an den Rand des asphaltierten Platzes. Von hier erstreckte sich die Sicht über die Baumkronen unter ihm und weiter über Felder und über die gesamte Stadt. Ein riesiges Lichtermeer, das im Dunst zu flimmern schien. Und zwischen den Millionen Lichtern lag die Bedrohung. Verzweiflung und pochende Gier.

Thann konnte die Türme der Innenstadt erkennen, auf denen sich die bunten Neontafeln drehten; von hier aus waren es nur kleine, grüne oder blaue Punkte. Er sah die Lichter der landenden und startenden Flugzeuge über dem Flughafen weit draußen, am anderen Ende der Stadt. Und er sah das Band der Autobahn, eine Kette weißer und roter Lichter, die sich am Horizont verloren. Daneben war es völlig dunkel. Die Deponie.

In diesem Moment hörte es mit einem Mal auf zu regnen, und die Wolkendecke riss auf am Horizont. Thann sah Sterne blinken. Er kurbelte das Fenster herunter und sog gierig die kalte Luft ein, die hier oben viel frischer war als in der Stadt. Würzig und rein. Er fühlte sich wohl an diesem Ort, aber dennoch war ein Kribbeln in seinem Körper, Unruhe und Hass. Er öffnete eine der Colaflaschen und goss ein Drittel des Inhalts aus dem Fenster. Dann schraubte er die Weinbrandflasche auf, billiger Fusel, und füllte mit dem braunen Zeug die Colaflasche bis zum Rand. Er ignorierte die Tropfen, die danebengingen, entlang seiner Hand liefen und auf der Hose landeten. *Ich muss Sie vor sich selbst retten.* Zum Teufel mit Bollmann!

Thann setzte den Flaschenhals an und trank. In der Lücke zwischen den Wolken war der Mond aufgegangen und schien durch die Windschutzscheibe auf die Flasche. Sein Spiegelbild tanzte auf der Flüssigkeit, die in Thanns Kehle floss.

Endlich kam er zur Ruhe. Wie lange er auf diesem Parkplatz saß und auf die Stadt hinuntersah, wusste er später nicht mehr zu sagen. Er ignorierte die Kälte, die durch das offene Fenster drang, und nahm ab und zu einen Schluck seiner Mischung. Irgendwann hörte er ein Auto näher kommen. Es parkte unweit von ihm, ebenfalls am Rand des Platzes mit Blick auf die Stadt. Noch ein Gast in der ersten Reihe.

Es waren zwei. Im Mondlicht konnte Thann beobachten, wie sie sich küssten, als gelte es, einen Wettbewerb im Dauerknutschen zu gewinnen. Dann senkten sie ihre Lehnen nach unten und versanken unter dem Horizont der Seitentür. Kurz darauf kletterte die Frau nach hinten, beugte sich über die Kofferraumabdeckung und streckte ihren blanken Hintern dem Mondlicht entgegen. Der Mann folgte ihr, drang in sie ein und fummelte mit seinen Händen unter ihrem Pullover. Sie waren beide noch sehr jung.

Thann sah wieder nach vorn auf die Stadt. Er stellte sich vor, jedes Licht sei eine Wohnung, in der ein glückliches Paar sich gerade liebte.

Neid und Kälte begannen durch seinen Körper zu kriechen. Er schloss das Fenster und die Flasche und fuhr los.

Zu Hause öffnete Thann seine Tasche und entnahm Stapel von Unterlagen. Es waren die Kopien der Berichte, die er und seine Kollegen geschrieben hatten, das Untersuchungsergebnis des Gerichtsmediziners und ein Protokoll der Spurensicherung, die er zu Eichs geplünderter Wohnung gerufen hatte. Daneben alte Akten über den Friedrichstraßenmord, vergilbte Papiere, und das Dossier, das Eichs Anwalt ihm gegeben hatte. Thann legte alles auf seinem Wohnzimmertisch zurecht, bis dieser vollständig bedeckt war. Das Glas, aus dem er trank, musste er auf den Boden stellen.

Die Fotos der Leichenteile hängte er an die Wand, dazu die Zeichnung des Opfers und den Lageplan der Deponie. Zuletzt befestigte er die Zeitung mit ihren übergroßen Schlagzeilen und den Fotos, die ihn am Morgen so geärgert hatten. Er war fest entschlossen, die Ermittlungen fortzuführen, und wenn es ihn jede freie Minute kosten würde. Dies war der einzige Weg zu beweisen, dass Bollmann sich in ihm geirrt hatte. Er schenkte sich nach.

Die Videokassette hatte er sich bis zum Schluss aufgehoben. Dalla hatte ihn aufmuntern wollen oder vielmehr verspotten. Nach den Fotos, die er in der Kantine gesehen hatte, ahnte er, was ihn nun erwartete.

Der Vorspann nannte als Hersteller eine Firma namens *Fun Production* und die Namen der Darsteller, allesamt englisch und ebenso fantasievoll wie falsch. Dann sah Thann eine Hausfrau, die dem Klempner die Tür öffnete und schon nach wenigen Sekunden vor den Augen des Handwerkers einen Striptease hinlegte. Sie trieben es in verschiedenen Stellungen, dann kam ihr Mann nach Hause, und sie machten zu dritt weiter. Thann ging über Minuten des monotonen Gerammels im Schnelllauf hinweg.

Szenenwechsel. Ein Mann las in einem Pornoheft und wichste. Dann betrat eine Frau den Raum. Thann stoppte das Bild. Die Anwaltsgehilfin!

Sein Herz schlug schneller. Der Puls zersprengte fast sein Hirn. Thann ließ das Bild weiterlaufen. Er hielt den Atem an. Seine Finger umkrallten die Fernbedienung, als wollte er sie zerdrücken.

Es war Eva und es war doch nicht Eva. Sie hatte eine andere Stimme und eine andere Frisur, eine lange blonde Lockenmähne. Sie trug Kleider wie aus dem Secondhandshop und wirkte etwas jünger als die Anwaltsgehilfin. Aber es war ihr Gesicht und ihre Figur.

Sie zog sich aus und legte die Hand auf die Augen des Mannes, als wolle sie ihn raten lassen, wer sie sei. Es folgte das übliche Spiel solcher Filme. Der Streifen war schlecht gedreht. Man sah die Mühe der Darstellerin, sich bei jeder Aktion so zu verrenken, dass die Kamera zwischen ihre Beine sehen konnte. Schlechte Schnitte, die Großaufnahmen und Totalen passten nicht zueinander. Dennoch sah Thann aufgeregt zu, wie zwei weitere Männer, in denen er den Klempner und den Ehemann aus dem ersten Teil des Films erkannte, in die Szene traten und sich am Spiel beteiligten.

Lasst uns das Love-in doch gleich hier proben.

Evas Zwillingsschwester tat es mit allen zugleich. Turnübungen, komplizierte Körperkombinationen. Thann zweifelte, ob das im wirklichen Leben überhaupt Spaß machen konnte. Dennoch nahm seine Erregung weiter zu. Zuletzt ergossen sich die Männer über ihrem Körper.

Erneuter Szenenwechsel. Jetzt fand das statt, was das Band so illegal und so wertvoll für seine Liebhaber machte. Das Vorspiel: Zwei Frauen Mitte dreißig machten auf einem Sofa aneinander herum. Alles, was sie trugen, waren kleine, schwarze Masken.

Dann führten Männer, deren Gesichter außerhalb des Bildrands blieben, Tiere in die Szene; Schäferhund, Ziegenbock,

Pony. Thann bekam eine neue Vorstellung des Wortes *Schoßtiere*. Es ekelte ihn an, und dennoch sah er gebannt hin.

Der Abspann. Thann spulte zurück zur Mitte des Bandes. Eva?

Er sah sich die Szene noch einmal an, wieder und wieder. Gebannt. Elektrisiert. Das Trinken hatte er ganz vergessen.

Irgendwann schaltete er den Fernseher aus und lauschte in die Nacht. Er hoffte, dass die Nachbarn das Stöhnen der Schauspieler nicht gehört hatten. Er fühlte eine Leere in seinem Körper, doch der Kühlschrank bot nichts Festes, womit sie zu füllen war. Thann hielt sich wieder an den Alkohol. Schnaps pur, bis die Flasche leer war.

Irgendwann fiel er ins Bett.

Sein Traum war diesmal noch weit beunruhigender als der der letzten Nacht. Immer wieder begegnete ihm Eva, mal blond, mal braun, das Gesicht durchfurcht von parallel geführten Schnitten. An mehr konnte er sich nicht erinnern, als er schweißgebadet erwachte. Dann schlief er wieder ein, doch es war kein Schlaf, der Erholung brachte.

16.

Als er zum zweiten Mal erwachte, blendete ihn das Grau des Tages. Sein Magen war wie mit Beton ausgegossen. Sein Kopf enthielt ein Hirn aus Blei, das bei jeder kleinen Bewegung gegen den Schädel schlug. Der Schmerz war unerträglich, sobald sich Thann bewegte.

Der Wecker zeigte zwölf Uhr. Thann fand ein Röhrchen Schmerztabletten und nahm gleich zwei Pillen. Als er duschte, versuchte er, an den dünnen Strahlen seinen Durst zu löschen, doch nach jedem Schluck war seine Zunge so trocken wie zuvor.

Er machte Kaffee und fand einen Apfel, doch sein Magen dankte das Frühstück nur mit weiteren Schmerzen. Sein Wohnzimmer sah aus wie ein Museum für ungeklärte Fälle. Die Zeitung vom Vortag klebte schief an der Wand, und beim Aufhängen musste Thann seinen Gummibaum umgerissen haben. Er stellte ihn wieder auf und tat die herausgefallene Erde zurück in den Topf. Seine Hände zitterten.

Thann räumte Gläser und Flaschen auf. Dann legte er sich wieder auf sein Bett und wartete auf ein Ende der Schmerzen in Kopf und Magen. Er war fast wieder eingeschlafen, als das Telefon klingelte. Ganz schrill mitten in seinem Hirn.

Seine Mutter. Sie wollte wissen, ob er am Sonntag zu Besuch käme. Auch das noch! Keine Lust. Er verneinte und legte auf, bevor sie weitersprechen konnte.

Draußen war es so trüb wie in seinem Kopf. An den vorbeifahrenden Autos liefen die Scheibenwischer, und Fußgänger trugen Schirme vor sich her. In den Eingang des Zeitungsladens drückten sich drei Penner und wärmten sich an Zigaretten und Schnaps.

Thann griff nach seinem Portemonnaie.

ZERSTÜCKELTE LEICHE IDENTIFIZIERT! WANN SCHLÄGT DER WAHNSINNIGE HACKER WIEDER ZU?

Unter der Überschrift zwei Fotos: Von dem einen grinste Thann das feiste Bullengesicht Bollmanns entgegen. Am liebsten hätte er es sofort zerrissen. Das andere zeigte Eich in seinen jungen Jahren. Er trug lange Haare und eine breite, groß gemusterte Krawatte. Späte Sechziger. Thann vermutete, dass nach ihm der *BLITZ* Eichs Mutter aufgesucht und ihr Geld für das Foto gezahlt hatte. Hoffentlich viel Geld.

Thann las weiter.

Sechs Tage in Freiheit, dann erschlagen und hack-hack. Kriminaloberrat Bollmann (Bumm-Bumm Bollmann) ermittelt. Wie will er den wahnsinnigen Hacker zur Strecke bringen? Lesen Sie auf Seite 4.

KEINER IST VOR IHNEN SICHER. SIE STECHEN, SÄGEN, HACKEN. DIE GRAUSAMSTEN SERIENKILLER DES JAHRHUNDERTS – EXKLUSIV!

Die neue Serie. Teil eins auf Seite 6.

Gestern hatten sie ihn noch auf der Titelseite abgebildet, heute hatte Bollmann ihn abgelöst. Auch im Innenteil wurde Thann nicht erwähnt. Über Fendrich ebenfalls kein Wort – ein schwacher Trost.

Fortsetzung von Seite 1: BLITZ sprach mit Kripochef Bollmann. Er selbst hatte vor 25 Jahren das Mordopfer hinter Gitter gebracht. Günther Eich, 54, jetzt zerstückelt, war selbst ein Mörder! Bollmann versichert: Die Polizei arbeitet mit Hochdruck, hat alle Kräfte mobilisiert. Mehr verrät er nicht. Bollmann: Es gibt Hinweise, aber um die Ermittlungen nicht zu gefährden, muss ich schweigen. BLITZ fragt: Wer hat Günther Eich so gehasst? Oder wurde er zufälliges Opfer eines Wahnsinnigen, der uns alle hasst? WER IST ALS NÄCHSTER DRAN?

In Thanns Kopf schwirrten noch mehr Fragen und unverdaute Erlebnisse. Die letzten vierundzwanzig Stunden. Eva und das Video. Er öffnete eine neue Flasche Weinbrand und goss einen Schuss in die Tasse mit kaltem Kaffee, um den Kater zu besänftigen. Wer hatte Günther Eich so gehasst?

Egal, ob er der Mörder an seiner Freundin war oder nicht, Anna Korfmachers Kinder mussten glauben, dass Eich der Täter war. *Sie* hatten Grund zu hassen. Genug, um zu morden? Drei Kinder, die heute 30, 27 und 26 Jahre alt sein mussten.

Die Vornamen fand Thann nicht in den Unterlagen, stattdessen stieß er auf ein Foto der Mutter.

Wieder glaubte er Eva zu sehen. Anna Korfmacher sah der Anwaltsgehilfin verblüffend ähnlich. Die gleichen Augen, die gleiche Nase, der gleiche Mund. Sie lächelte fröhlich in die Kamera und hielt ein Baby auf dem Arm. Ein zweites Foto zeigte sie mit Günther Eich und anderen. Sie hatten sich untergehakt und marschierten. Ein Transparent wehte über ihren Köpfen: »Keine Macht den Spekulanten«.

Das dritte Foto – *sein Albtraum*. Die tote Anna. Sie hatte ein Loch in der Stirn und auf den Wangen tiefe Schrammen. Zwei auf jeder Seite, parallel, mit einem Abstand von etwa einem Zentimeter. *Schöne Leiche, klarer Fall.*

Thann war froh, dass jemand die Augen der Toten verschlossen hatte, bevor die Aufnahme gemacht worden war. Ein Zittern ging durch seinen Körper. Er trank noch einen letzten Schluck kalten Kaffee mit Schuss.

17.

»Als ich gestern das Bild gesehen habe, da, in der Zeitung, hab ich mir gleich gedacht: den kennste doch. Beziehungsweise kannteste, denn da war er ja schon tot. So schnell kann das gehen, nicht wahr? Heute noch putzmunter, beziehungsweise Dienstag, am Dienstag war das, ja, und jetzt isser tot. Ermordet, hamse geschrieben, zerstückelt in sechs Teile, hack-hack. Das muss doch ein Wahnsinniger gewesen sein, der was einen zerstückeln tut, nicht wahr, Herr Inspektor?«

»Kriminaloberkommissar«, verbesserte Thann.

»Also, wenn ich da so an der Halte steh, und stehn tu ich den halben Tag, die Geschäfte gehen immer schlechter heutzutage, dann les ich immer in der Zeitung, denn lesen, das tut bilden, nicht wahr? Und als ich da gestern das Bild gesehen habe, da wusst ich gleich, Dienstagvormittag, Stadtfahrt, Goethestraße soundso nach Dresdner, Ecke Danziger. Für mein Gedächtnis da bin ich berühmt. 37 Jahre aufm Bock, immer kreuz und quer durch die Stadt, das hält jung. Ich merk mir jeden Fahrgast, besonders natürlich, wenn er viel Trinkgeld gibt oder keins.«

»Hat Herr Eich viel gegeben oder keines?«

»Nee. Mittel, ganz normal. An den erinner ich mich, weil wir uns interessant unterhalten haben. Der wusste noch, wie die Stadt früher ausgesehen hat. Und welche Häuser jetzt neu sind, das hat der gleich gemerkt. Ich hab ihn einen Umweg gefahren, durch die Kaiser-Wilhelm über Bismarckplatz und Friedrichstraße. Das wollte der so. Der hat gestaunt, als hätt er noch keine Hochhäuser gesehen. Und Sachen wollt der wissen, wer das gebaut hat und wem dieses gehört. Ich hab dann immer als Besitzer das gesagt, wo die Reklame am größten war, die wo da aufm Haus draufstehn tut. Das wird dann schon stimmen, nicht wahr? Also, eine richtige Stadtrundfahrt war das.«

»Hat er Ihnen gesagt, wo er hinwollte?«

»Sie sind lustig, Herr Chefinspektor. Wenn er das nicht gesagt hätte, wo er hinwollte, hätte ich ihn nicht fahren können, nicht wahr?«

»Ich meine, zu wem und was er vorhatte.«

»Das weiß ich nicht. Geht mich auch gar nix an. Er sagte Dresdner Straße 70, Ecke Danziger muss das sein. Ich sag, kenn ich, und los geht die Stadtrundfahrt.«

»Fiel Ihnen an ihm sonst noch etwas auf?«

»Also sonst, meinen Sie? Nein. Ich mein, er sah eigentlich ganz normal aus. Wissense, gar nicht wie ein Mörder. Und dann les ich heute in der Zeitung, dass das ein Mörder sein soll, beziehungsweise gewesen war. Erst Mörder und dann Mordopfer oder so. Stimmt das, Herr Chefinspektor?«

»Ich weiß nicht«, sagte Thann wahrheitsgemäß.

Die Dresdner Straße lag im Osten der Stadt. Thann fuhr seinen alten Golf, der weit besser in Schuss war als jedes halb so alte Dienstfahrzeug des Präsidiums. Im Radio spielten sie amerikanische Weihnachtslieder. Die Straßen waren voller Autos mit auswärtigen Kennzeichen. Von weither strömten die Leute zum Einkauf in die Stadt. Thann war froh, als er das Zentrum hinter sich ließ und schneller vorankam. Der Taxifahrer hatte sich korrekt erinnert. Dresdner Straße 70 war das Eckhaus zur Danziger Straße, ein gesichtsloser, vierstöckiger Bau aus den Sechzigerjahren, Teil eines Blocks aus gleich hohen Häusern, älteren und neueren.

Thann besah sich die Klingelschilder, und eins stach ihm gleich ins Auge. *Udo Korfmacher.*

Jetzt fiel der Groschen. Der *BLITZ*-Fotograf, das Zahnlückengrinsen. Daher war ihm der Name bekannt vorgekommen. Anna Korfmacher – Udo Korfmacher. Dem Alter nach könnte der Fotograf ihr Sohn sein. Der Sohn der ermordeten Schutzpatronin der Hausbesetzer und Anarchisten. Thann klingelte, doch die Tür blieb verschlossen.

Er ging durch den offenen, dunklen Hofeingang. Das Rückgebäude aus schmutziggrauen Ziegeln war weit älter als das Vorderhaus. Vor sechzig Jahren mochte es einmal eine Fabrik gewesen sein. Heute waren hier ein Fahrradladen, ein Karateklub und ein Fotostudio.

Thanns Schritte hallten über das nasse Pflaster, sonst war es vollkommen still. In keiner der Etagen brannte Licht. Die Eingangstür war angelehnt, Thann stieg die Steintreppe hoch in den zweiten Stock. Ein Schild: *Fotostudio Udo Korfmacher.* Die Tür war aus grauem Stahl, schwer und unbeweglich. Auch hier blieb Thanns Klingeln ohne Antwort.

Im Hof standen acht große Mülltonnen aus schwarzem Kunststoff. Jede trug einen blauen Aufkleber: *A & F, sicher und sauber.* Eine vage Vorstellung schoss durch seinen Kopf. Sein Puls beschleunigte sich. Thann hob einen Deckel nach dem anderen – Fehlanzeige von eins bis acht. An keiner Tonne hafteten Blutspuren, weder außen noch innen. Nachdem er den letzten Deckel geschlossen hatte, sah er sich um. Niemand hatte ihn beobachtet. Keine Silhouette an den Fenstern des Vorderhauses, die auf ihn herabsah. Keiner, der wegen des Fremden, der im Abfall schnüffelte, womöglich auf die Idee kam, die Polizei zu rufen. Allmählich beruhigte sich Thann wieder.

Der Regen prasselte, und eine Sturmbö riss die letzten braunen Blätter von den Ästen der Alleebäume. Als er an einer roten Ampel hielt, beobachtete Thann eine alte Frau, die mit den Elementen um die Herrschaft über ihren Schirm kämpfte. Die Radionachrichten sprachen von einer Jahrhundertflut an Rhein, Main und Mosel, schlimmer noch als im Jahr zuvor.

Die Gehsteige unter der Adventsbeleuchtung der Innenstadt waren inzwischen verwaist. Die Läden waren geschlossen, und hinter den Schaufenstern voller Glitzerkram und Weihnachtskitsch zählten die Besitzer ihre Rekordeinnahmen. Die Rezession schien vorbei zu sein.

Plötzlich brachten sie im Radio eine Nachricht, die Thann aufhorchen ließ. Er stellte es lauter. Am Montag werde Polizeipräsident Kurz voraussichtlich aus gesundheitlichen Gründen seinen Rücktritt vom Amt erklären, hieß es. Der Innenminister bedauere diese Entscheidung, hieß es weiter. Wer Nachfolger von Kurz werde, der das Amt acht Jahre lang innehatte, dazu wolle sich der Minister nicht äußern. Doch in gut unterrichteten Kreisen, so der Nachrichtensprecher, gelte als aussichtsreichster Kandidat Kriminaloberrat Bollmann, der bisherige Leiter der Kriminalpolizei.

Mit einem Fausthieb schaltete Thann den Apparat aus und stieg aufs Gaspedal. Die Reifen drehten auf dem nassen Asphalt durch.

18.

Bevor Thann das Haus betrat, atmete er mehrmals tief durch. Er hatte Durst. *Ruhig, du schaffst es* – sein Mantra. Doch der Gedanke an Bollmann ließ ihn nicht los.

Es war ein Haus am Stadtpark, allerbeste Wohnlage. Thann drückte auf die Klingel. Fritz Engels, vierter Stock.

Als er in Engels' Wohnzimmer stand, sah er aus dem Fenster. Der Park, dahinter die Hochhäuser. Draußen war es dunkel geworden. An einem der Bürotürme bildeten die erleuchteten Fenster die Form eines Weihnachtsbaums. Die frohe Botschaft eines Versicherungskonzerns, überdimensional und von überall aus zu sehen. Ein brauner Hund mit eingedrückter Schnauze schnupperte an Thanns Bein. Eine Bulldogge. Ihr Herrchen rief sie zu sich.

Thann kannte Engels vom Hörensagen. Er war in den längst vergangenen Zeiten der berühmteste der Kommunarden gewesen, der Clown der Studentenbewegung. Es hieß, Engels habe einst im Gerichtssaal auf die Aufforderung, beim Eintreten der Richter gefälligst aufzustehen, geantwortet: »Ja, wenn's der Wahrheitsfindung dient!«

Thann bewunderte die geschmackvolle, moderne Einrichtung des Apartments und fragte sich, wie ein ehemaliger Bürgerschreck an das Geld gekommen war, das ein solcher Wohnstil verlangte.

An den Wänden hingen Bilder, bunt und wild und zugleich realistisch. Thann war kein Kunstkenner, aber ihm gefiel der Stil. Ein Bild zeigte ein tanzendes Pärchen, die Glieder weit von sich werfend, ein anderes Taxis in einer nächtlichen Straßenschlucht, die roten Lichter an Autos und Ampeln groß und grell. Das dritte Gemälde bestand weitgehend aus einer leuchtend gelben Fläche, einem Rapsfeld unter einem Himmel aus tiefem Blau. Am Horizont zeichneten sich die vagen Umrisse der Stadt ab.

Engels bemerkte das Interesse des Kripomanns an seinen Bildern. »Der dies malte, wohnte auch in unserer Kommune, ein paar Monate lang. Damals teilten wir das Brot, den Wein und die Bettgefährtinnen, heute muss ich für seine Bilder viel Geld bezahlen. Auch so ein etablierter Arsch, der mich erst wieder kennt, seit ich viel Geld verdiene und mir seine Bilder leisten kann.«

Engels schenkte Thann einen Grappa ein und erzählte seine Geschichte. Er erzählte von der Zeit, die 25 Jahre zurücklag, voller Ironie. Doch Thann spürte die Sentimentalität, die Engels dahinter verbarg. Die berühmt-berüchtigte Kommune schien für Engels ein Lebensabschnitt zu sein, dem er hinterhertrauerte, ohne dies eingestehen zu wollen.

Im alten Haus an der Friedrichstraße habe es drei verschiedene Etagen gegeben, die verschiedene Szenen beherbergten, lernte Thann. Unten die Spontis und Anarchos, die mit ihren Demonstrationen, auf denen erst Steine, dann Molotowcocktails flogen, die Stadt in Atem hielten. Im ersten Stock die Kommune, für die eine Hausbesetzung mehr eine Art Kunstform gewesen sei.

Ihre Waffe gegen das *Establishment* sei nicht die Gewalt, sondern der Witz gewesen, erklärte Engels. Es sei ihnen darum gegangen, Rituale der bürgerlichen Gesellschaft zu entlarven. Dafür waren sie von den anderen Hausbewohnern rasch als unpolitisch gescholten, von den linksliberalen Medien jedoch geliebt und oft besucht worden. Auch Anna Korfmacher hätte zu denen gehört, die ihn und seine Kommunarden als »im Kern bourgeois« bezeichneten. »Dabei bin ich ein Spross der Arbeiterbewegung, nicht umsonst nannte mich mein Vater Friedrich!«, sagte Engels mit verschmitztem Lächeln.

An Anna konnte er sich gut erinnern. Sie habe im zweiten Stock gewohnt als einzige reguläre Mieterin im Haus. Ungeachtet aller ideologischen Differenzen seien die Beziehungen gutnachbarschaftlich gewesen. Anna habe mit Lebensmitteln ausgeholfen, wenn keiner der Kommunarden an den Einkauf gedacht hatte, und oft sei man zum Fernsehen nach oben gegangen, denn in der Kommune sei die Glotze verpönt gewesen, erklärte Engels mit spöttischem Zwinkern. Ein Idyll, das jedoch nicht lange hielt.

»Vier Monate, nachdem wir das Haus besetzt hatten, war Anna tot. Dann zerfiel alles, der kurze Sommer der Anarchie verblühte. Die aus dem Erdgeschoss begannen, Bomben zu basteln, wir kamen auf den Drogentrip und die ganze Guruscheiße, und die Soziologen im zweiten Stock zerstritten sich in Trotzkisten und Maoisten, in Stalinisten und Antirevisionisten. Die ganze Scheiße. Diese Studenten, die die Revo organisieren wollten, waren im Grunde die wahren Spießer. Nach einem Jahr war das Haus geräumt und abgerissen, und ich saß auf Formentera, nähte indische Gewänder und kiffte, was das Zeug hielt. Jede Stunde ein Joint, und der Tag ist dein Freund.«

Er sah, dass Thann der Grappa schmeckte, und schenkte nach. Thann fragte ihn nach Annas Kindern.

»Süße Blagen, zumindest die ganz Kleinen. Den Jüngsten hatte sie Karl genannt, nach unserem Gröphaz Karl Marx, dem größten Philosophen aller Zeiten. Wenn Sie den mal treffen, sagen Sie ihm einen schönen Gruß von Friedrich Engels, haha. Wie die anderen beiden hießen, weiß ich nicht mehr. Der Ältere war ein bisschen schwierig, vielleicht vermisste er den Vater oder hatte zu viele davon.«

»Erinnern Sie sich an Günther Eich?«

»Ja, der ging bei Anna ein und aus, meistens mit Büchern unter dem Arm. Er war ihr Haupt-Lover und zumindest für die zwei Kleinen so was wie ein Familienvater. Er dozierte einmal über die bürgerliche Kleinfamilie als Keimzelle des Kapitalismus, dabei war nicht klar, ob er nun dafür oder dagegen war. So sehr sahen die manchmal aus wie die heilige Familie. Er soll sie dann umgebracht haben.«

»Glauben Sie, dass er es war?«

»Kann sein. Alle wollten sie damals ihre Partei der Arbeiterklasse gründen und waren doch schlimmere Spießer als ihre verehrten Arbeiter. Das Motiv soll Eifersucht gewesen sein. Und Grund für Eifersucht hatte er sicher genug. Andererseits sagten wir damals immer, Annas Ermordung war ein Anschlag des kapitalistischen Staates, um unsere Bewegung im Kern zu treffen und zu spalten. Und jetzt wurde Günther Eich umgebracht, sagten Sie?«

»Ja. Ich hörte, er wollte Sie besuchen. War er bei Ihnen?«

»Ja. Am Montag. Es war eine peinliche Situation. Ich erkannte ihn nicht sofort. Er fragte mich nach etwas, von dem er meinte, ich hätte es all die Jahre über aufbewahrt, doch ich konnte es ihm nicht geben.«

»Was war das?«

»Eine Art Buch oder Album, an das er sich erinnerte. Es musste ihm sehr am Herzen gelegen haben. Er sprach von Fotos und Zeichnungen aus der Zeit von Annas Ermordung. Sie müssen wissen, als er in den Knast ging, übernahm die Kommune alles, was Anna gehört hatte. Aber an so ein Buch konnte ich mich nicht erinnern. Die Räumung, die Reisen – da ging viel verloren. Ich war ganz verlegen, als ich ihm das gestehen musste, und gab ihm den Rat, die Nostalgie zu vergessen. Schau lieber in die Zukunft, sagte ich zu ihm. Doch er meinte, gerade dafür bräuchte er das Album. Das war alles, was er wollte.«

Thann überlegte. *Ein Album. Fotos und Zeichnungen.* Die Aussage des Anwalts: *Er machte Andeutungen, er habe etwas in der Hand.* Das war zwei Tage später gewesen.

Engels kraulte seine Bulldogge. Sie wackelte heftig mit ihrem Stummelschwanz.

»Wer war Annas Mann?«

»Der ist da nie aufgekreuzt, soviel ich weiß. Sie sagte mal was von einem Beamtenarsch. Tut mir leid, Herr Kommissar, stammt nicht von mir.«

»Wissen Sie, was aus den Kindern von Anna Korfmacher wurde?«

»Nein. Jetzt, wo Sie danach fragen, fällt mir auf, dass wir alle vorgaben, für eine bessere Gesellschaft einzutreten, jeder auf seine Weise. Aber was aus den kleinen Waisen im zweiten Stock wurde, darum kümmerte sich keiner.«

Engels war plötzlich ernst geworden. Er musste jetzt rund fünfzig sein, schätzte Thann, sah jedoch aus wie sechzig oder mehr. Zerknittert und kraftlos. Das Leben als Kommunarde, Hippie und Apostel fernöstlicher Gurus war offensichtlich aufreibender, als Thann es sich vorgestellt hatte. Er überlegte, ob sein Gegenüber noch immer Drogen nahm. Wie in Gedanken schüttelte Engels kurz den Kopf. Seine Hängebacken vibrierten nach.

»Darf ich Sie fragen, womit Sie heute Ihr Geld verdienen?«, fragte Thann und wies mit einem Kopfnicken auf die Ölgemälde im Raum.

Engels lachte. »Hübsche Hütte, was? Gegenfrage: Womit kommt man heutzutage am schnellsten durch die Stadt?«

»Weiß nicht. Mit dem Auto jedenfalls nicht.«

»Eben. So habe ich einen Fahrradkurierdienst gegründet. ›Friedrich Engels' Rote Radler‹. Jetzt gibt es so etwas in jeder Stadt, aber ich war der Erste. Vor fünf Jahren bin ich selbst noch geradelt, als Ein-Mann-Betrieb. Jetzt beute ich Lohnarbeiter aus, kassiere den Mehrwert von achtundvierzig Roten Radlern. Ich habe endlich meinen Karl Marx begriffen und vermehre mein Kapital mit wachsender Profitrate. – Übrigens«, fügte er hinzu und deutete auf die Bilder. »Leo Frentzel kann Ihnen vielleicht noch mehr über Anna Korfmacher und Günther Eich erzählen. Er wohnte zwar nur wenige Wochen im Haus, aber er war mehr oben bei ihr als bei uns in der Kommune. Sein Frauenkopf, der in der Kunsthalle hängt, stellt übrigens Anna dar.«

19.

Der Regen trommelte aufs Autodach und legte einen Schleier auf die Scheibe, obwohl die Wischer mit höchster Geschwindigkeit hin und her fegten. Der Alkohol machte Thann zu schaffen, seine Sinne arbeiteten mit Verzögerung. Fast wäre er auf einen Lieferwagen geprallt, zu spät sah er die Bremslichter aufflammen. Nur Millimeter waren zwischen den Stoßstangen, als er zum Stehen kam.

Die Welt erschien ihm wie ein Bild von Leo Frentzel: Eine dunkle Straßenschlucht, Umrisse von Autos und die roten

Lichter der Ampeln und Autos, durch den Wasserfilm vor der Scheibe verzerrt auf eine unwirkliche Größe und Form.

Ein zweites Mal trieb es Thann in die Dresdner Straße, und wieder stand er vor verschlossenen Türen, sowohl am Vorderhaus als auch in der Fabriketage. Wieder keine Antwort auf sein Klingeln. Völlig durchnässt stieg er ins Auto und fuhr zurück, diesmal mit mehr Vorsicht. Vielleicht würden sie sogar einem Kollegen den Führerschein abnehmen, wenn er angetrunken in eine Polizeikontrolle geriet. Thann hatte allerdings noch nie von einem solchen Fall gehört.

Er steuerte durch das Türkenviertel südlich des Bahnhofs. Gestern hatte er in dieser Gegend den Bruder des Deponiepförtners befragt, auf seine Weise, doch der Mann war harmlos gewesen. Es kam Thann vor, als sei es viel länger her. Inzwischen hatte Bollmann ihm den Fall entzogen. Doch Thann wollte sich nicht stoppen lassen. Mit jeder Stunde, so schien es ihm, kam er der Aufklärung des Falls näher, als gäbe es ein Schicksal, das ihn antrieb und zum Ziel führte. Diese Vorstellung ließ eine Welle der Euphorie durch seinen Körper strömen.

Er suchte Eva. Die Anwaltsgehilfin sah dem Foto der Toten verblüffend ähnlich. Thann war überzeugt, dass Eva Annas Tochter war und Udo ihr Sohn. Zwei von drei Geschwistern. Von ihnen erhoffte er sich weiteren Anschub, Beschleunigung auf seiner Suche nach der Wahrheit, die ihm den Triumph über alle spöttischen Kollegen bringen sollte.

Er hatte die Adresse aus dem Telefonbuch. Er hielt vor einem renovierten Altbau in zweiter Reihe, lief zum Eingang und begann zu zittern, als er den Namen neben der Klingel las: *Eva Korfmacher.*

Er dachte an das Lächeln der Anwaltsgehilfin und drückte sanft auf den Knopf. Nach wenigen Sekunden summte der Türöffner. Thann hielt den Atem an, als er die Treppe hochstieg.

In der offenen Wohnungstür stand eine korpulente Frau von Ende dreißig in Schürze und Pantoffeln. Aus dem Hintergrund hörte Thann das Lärmen eines Fernsehgerätes und mehrerer Kinder. Die Frau fuhr sich mit den Fingern durchs Haar und blickte den Kripomann fragend an.

»Kann ich bitte Eva Korfmacher sprechen?«, fragte er, bereits ahnend, was folgen würde.

»Ja, das bin ich, was gibt es?«

Weder kannte sie seine Eva noch war sie mit Anna verwandt. Es war die einzige Eva Korfmacher im Telefonbuch.

Die Adresse des Malers Leo Frentzel hatte ihm der Altkommunarde Engels gegeben. Doch auch hier traf Thann niemanden an. Wieder machte er sich auf den Weg. Wenigstens Annas Porträt, das Frentzel gemalt hatte, wollte er sehen. Er fuhr in die Innenstadt, Richtung Kunsthalle, vorbei an Kaufhäusern und Kinos. Da wurde ihm klar, dass das Museum bereits seit Stunden geschlossen haben musste. Er umrundete die Kunsthalle, verwarf den Gedanken, noch einmal bei Udo Korfmacher oder Leo Frentzel zu klingeln, und gab für heute auf. Der Rausch seines Ermittlungseifers war dem Kater der Ernüchterung gewichen. Thanns Nerven waren gespannt und vibrierten. Er war unzufrieden mit dem Ergebnis des Tages. Von wegen Schicksal. Sein Körper verlangte nach Alkohol.

20.

Zu Hause im Mordmuseum. Weinbrand und Video.

Er holte sich Befriedigung von der Eva, die er auf Band hatte. Er stellte sich vor, sie sei die echte und gehöre ihm. Was sie tat, geschah nur für ihn, wenn sie einen dieser schmierigen Typen küsste, dann küsste sie in Wahrheit Thann.

Anschließend widmete sich Thann seinen Unterlagen. Vieles musste er zweimal lesen, denn er trank zügig und verlor rasch die Konzentration. Die Ähnlichkeit der Anwaltsgehilfin mit der

Frau im Pornofilm hatte ihn nachhaltig verwirrt. Er starrte auf die Bilder an der Wand. Tote starrten zurück. Er trank weiter.

Dann malte er sich das alte Haus an der Friedrichstraße aus, das Kommunenleben und die freie Liebe, die dort angeblich geherrscht hatte. Seine Fantasien führten ihn zurück zum Video, zurück zu Eva. *Spannen Sie am Wochenende richtig aus. Am besten mit einem Mädel.* Er zwang sie zum Sex mit wildfremden Männern, saß im selben Raum und genoss es, der Beobachter zu sein, der erst ganz zuletzt an der Reihe wäre. Diese Vorstellung brachte ihn erneut in Fahrt.

Gegen vier Uhr morgens erwachte Thann. Sein Kopf war taub, sein Körper gehorchte ihm nur zögernd. Die Mattscheibe flimmerte leer. Er schaltete den Apparat ab, trank noch das Glas aus und torkelte zum Bett. Er schlief unruhig und träumte gegen Morgen einen vom Rausch diktierten Traum.

Er sah sich selbst, wie er als prügelnder Bulle durch die Stadt lief. Auf jeden, der ihm begegnete, schlug er ein. Kollegen, unbeteiligte Passanten, blau gekleidete Müllmänner. Eine unsichtbare Macht, die ihm selbst Angst einjagte, trieb ihn dazu. Er konnte nicht anders: Er hieb seine Faust in das Gesicht Udo Korfmachers, und plötzlich stand er vor Eva oder Anna oder der Frau aus dem Video. Auch ihr gab er eine Ohrfeige. Sie fiel hin, und wieder sah er diese furchtbaren Schnitte in ihrem Gesicht. Und von überall her starrten ihn blutunterlaufene Augen an. Dann wollte Anna ihm etwas sagen. Sie rief nach ihm, doch er schaffte es nicht, näher zu kommen.

Mehrfach wachte er auf und schlief wieder ein. Als er am frühen Nachmittag endgültig aufstand, war der Kater so schlimm wie noch nie. Sein bleiernes Hirn drohte die Schädeldecke zu sprengen. In seinem Magen waren die Kieselsteine in wilder Bewegung. Er musste sich übergeben.

Thann sah auf seine Hände. Sie zitterten wieder. Er schwor, mit dem Trinken aufzuhören. Er machte sich eine Dosensuppe warm, dann holte er die Sonntagsausgabe der Zeitung, die er verachtete und dennoch immer wieder las.

16. Dezember. Dritter Advent.

Auf der Titelseite brachte der *BLITZ am Sonntag* fast ausschließlich die Überschwemmungskatastrophe. Auch innen fand Thann keine Nachricht, die seinen Fall betraf. Stattdessen widmete die Zeitung dem bevorstehenden Wechsel an der Polizeispitze einen kleineren Artikel auf Seite zehn. Von seinem Herzinfarkt vor einem Jahr habe sich Polizeipräsident Kurz nie so recht erholt. Noch im Lauf der Woche wolle der Innenminister seinen Nachfolger ernennen.

Minister Lemke zu BLITZ AM SONNTAG: »Die Stadt braucht Sicherheit und die Polizei braucht Führung. Es wird schwer, einen Mann wie Hans-Werner Kurz zu ersetzen.« Doch längst hat Lemke einen Freund und Helfer: Harald Bollmann, 51, Kriminaloberrat und seit Jahren Vertrauter und Berater des Ministers. An ihm führt jetzt kein Weg mehr vorbei.

Das Foto zu dem Text zeigte Lemke und Kurz beim Händeschütteln. Hinter den beiden stand blond und bullig Harald Bollmann. Dessen Augen waren in die Kamera gerichtet und trafen Thann bis in den Magen.

21.

»Natürlich kann ich mich an die Anna erinnern.« Heinz Pfaff öffnete ein Bier.

»Ich nehme an, Sie trinken nicht im Dienst, Herr Kommissar.«

Thann winkte ab, obwohl er Durst verspürte. *Ab heute nüchtern bleiben.*

Beckmanns Hinweis auf Pfaff: *Proletarisches Milieu. Einfach strukturierter Geist.*

»Wir waren rund ein halbes Jahr zusammen. Das war kurz nach ihrer Scheidung. In einer Diskothek hatten wir uns kennengelernt, und es hat gleich gefunkt zwischen uns. Sie müssen wissen: Das war eine echte Klassefrau. An der war was dran, und die zierte sich nicht so wie andere Mädels. Ich hab mir später oft vorgestellt, wie schön wär es, wenn wir noch zusammen wären. Aber als sie anfing, auf die Uni zu gehen und zu studieren, da war es dann schnell aus. Bei den ständigen Diskussionen über die Befreiung der Arbeiterklasse und der Dritten Welt und so, da konnte ich eben nicht mithalten. Das andere, das hat allerdings gestimmt, und wir haben uns auch später noch oft gesehen.« Er zwinkerte Thann zu und trank von seinem Bier.

»Vielleicht hätte ich bei ihr einziehen sollen«, fuhr Pfaff fort. »Dann wär sie vielleicht nicht so auf dumme Gedanken gekommen. Aber ich will Sie nicht langweilen. Was wollen Sie wissen?«

Pfaff zündete eine Zigarette an. Thann fragte nach Annas Kindern.

»Ja, die Kinder! Als wir uns kennenlernten, war das Mädchen gerade erst zwei oder drei Monate alt. Seit damals bin ich übrigens ein richtiger Kindernarr. Ich habe selbst zwei. Die sind schon außer Haus, aber die Älteste hat mir vor Kurzem einen Enkel gemacht, einfach goldig. Haben Sie Kinder?«

Thann verneinte.

»Na, Sie haben auch noch Zeit, Sie sind ja noch jung. Annas Ältesten hatte übrigens ihre Mutter aufgezogen«, fuhr Pfaff fort und blies den Zigarettenqualm zur Seite. *Der Ältere war ein bisschen schwierig.*

»Doch als das Mädchen da war, holte sie auch den Jungen zu sich. Da war der drei oder so. Als wir offiziell Schluss machten, war sie zum dritten Mal schwanger. Sie sagte, ich sollte mir keine Sorgen machen, sie käme schon zurecht. Zuerst war ich froh darüber. Später hab ich mir Gedanken gemacht. Da hast du einen Sohn und kümmerst dich nicht, hast keinen Einfluss, ob aus dem was Anständiges wird oder so. Ich hab die Anna oft besucht, als der Kleine da war. Ich hab ihn gewickelt und ihm Geschichten erzählt, auch wenn er noch nichts verstanden hat. Und wenn die Anna gewollt hätte, wär wieder was geworden mit uns, und dann wär ich auch eingezogen. Dann würd die Anna heute noch leben. Aber nein, die Anna hat mich zwar noch manchmal ins Bett mitgenommen, aber mehr war nicht drin.«

»Erinnern Sie sich an Günther Eich?«

»Ja, klar. Mit dem war sie zum Schluss zusammen. Das war dieser Theoretiker, mit dem sie zu den komischen Parteiveranstaltungen ging. Basisgruppe zum Aufbau der Kommunistischen Partei, nannten die sich. Das muss man sich mal vorstellen! Mich wollten sie auch dazukriegen, als Mensch aus der Arbeiterklasse. Ich sagte, sie sollten froh sein, dass sie keinen Kontakt zur Arbeiterklasse hätten. Die hätte ihnen höchstens was auf die Fresse gegeben. Von dem Eich war sie fasziniert, aber mehr wie von einem Lehrer, nicht wie von einem Liebhaber oder so, wenn Sie wissen, was ich meine.« Heinz Pfaff zwinkerte. Er winkte mit der Bierflasche. »Wollen Sie nicht doch eins?«

Eisern bleiben. »Hatten Sie Streit?«

»Die Anna und ich? Ja, oft. Wir waren beide Dickschädel. Drum haben wir zuerst so gut zusammen gepasst und später dann gar nicht mehr. Ich hab sie einmal gefragt, ob sie nicht rauswollte aus dem Chaotenhaus und wieder mit mir zusammen sein, aber da hat sie allergisch drauf reagiert. Da haben wir so heftig gestritten, dass ich hinterher gedacht hab: Ist vielleicht auch besser so. Danach hab ich sie nicht mehr gesehen. Zumindest nicht lebend.«

»Und mit Günther Eich?«

»Ob wir gestritten haben? Nein, wir sind uns einfach aus dem Weg gegangen. Er war nicht dumm oder so, aber ich habe ihn nicht leiden können. Als er sie dann aber umgebracht hat, da hätt ich schon für die Todesstrafe gestimmt, wenn man mich gefragt hätte.«

»Wussten Sie, dass er entlassen wurde?«

»Nein, erst als sie in der Zeitung brachten, dass er tot ist. Aber umgebracht hab ich ihn nicht, wenn Sie das meinen.«

»Sie sind überzeugt, dass er Anna ermordet hat?«

»Wer sonst? Auch wenn es in dem verrückten Haus damals keiner glaubte, aber er hatte doch diesen Prozess, wo sie es ihm nachgewiesen haben. Von den Hausbesetzern wollte es natürlich keiner glauben, denn so hatten sie ja einen Mörder in ihren eigenen Reihen, und das gibt doch keiner gern zu. Aber wer soll es sonst gewesen sein?«

Thann wäre froh gewesen, darauf eine Antwort zu haben.

»Ihre Kollegen haben es ihm damals nachgewiesen, dem Eich. Und solange es keinen Gegenbeweis gibt, gilt das Urteil von dem Gericht. Das ist der Rechtsstaat, und ich bin froh, dass wir einen haben. Aber was langweile ich Sie. Vom Rechtsstaat verstehen Sie viel mehr als ich.« Pfaff drückte die Zigarette aus und nahm einen Schluck aus der Flasche.

»Wie hießen die Kinder eigentlich?«, wollte Thann wissen.

»Die von der Anna? Also der Ältere, das war der Udo.«

Udo Korfmacher. Thann hatte es geahnt.

»Auf den Namen ist, glaube ich, ihr Mann gekommen. Aber die Namen der anderen beiden waren typisch Anna. Die Kleine nannte sie Eva.«

Treffer: Eva, die Anwaltsgehilfin.

»Eva, das war für Anna die Urmutter der Menschheit, so sagte sie mal. Und den Jüngsten nannte sie Karl. Das war in der Zeit, wo sie an der Uni all diese Theoriekurse hatte. Zuerst verehrte sie die Eva aus der Bibel, dann den Karl Marx aus dem Kapital. Das war immer so bei ihr. Mal so, mal so, aber immer hundert Prozent.«

»Und was wurde aus den Kindern nach Annas Tod?«

»Ich wäre froh, wenn ich das wüsste. Der Kleinste ist immerhin mein Sohn, auch wenn man sich bei den Weibern nie so ganz sicher sein kann.« Wieder zwinkerte Pfaff Thann zu.

»Ich hab oft noch überlegt, was aus den dreien wohl geworden ist. Das Letzte, was ich hörte, war, dass der Geschiedene von Anna die Kinder aufnahm, gleich nach dem Tod von Anna. Soviel ich weiß, war der Polizist oder so. Ich denk mir, das war das Beste für die Kleinen. Das Hausbesetzermilieu wäre nichts für die Kinder gewesen.«

Pfaff öffnete eine zweite Flasche. An den Namen von Annas Exmann konnte er sich leider nicht erinnern.

Plötzlich hörten sie Geräusche im Flur.

Heinz Pfaff beugte sich vor und sprach leise: »Das ist meine Frau. Die kommt grad nach Hause. Ich bitt Sie, Herr Kommissar, reden wir jetzt nicht mehr von Anna. Da ist sie nämlich ganz komisch, wenn es um alte Weibergeschichten von mir geht.«

Pfaffs Frau betrat den Raum, bepackt mit prallen Einkaufstüten. Weihnachtsgeschenke für die Kinder und den neuen Enkel, vermutete Thann.

»Eine letzte Frage habe ich noch, Herr Pfaff«, sagte Thann. »Die muss ich allen stellen, dafür haben Sie sicher Verständnis. Wo waren Sie in der Nacht von Mittwoch auf Donnerstag?«

»Da waren wir in Norddeutschland zu Besuch bei unserer Tochter«, erklärte Frau Pfaff anstelle ihres Mannes.

22.

Im zweiten Anlauf traf Thann den Maler in seiner Wohnung an.

Leo Frentzel war ein sechzigjähriger Schönling mit langem, weißem Haar. Er trug einen Hausmantel aus schwarzer Seide. Aus der Brusttasche hing ein weißes Tüchlein. Frentzel führte Thann in seine Wohnung.

»Sie haben Glück, dass Sie mich antreffen. Ich verlasse morgen die Stadt. Im Winter ist es mir unmöglich, hier zu arbeiten.

Der Winter hat kein Licht, keine Farben. Seit fünf Jahren gehe ich jeden Winter nach Mexiko, mit all meinen Skizzen, und dort gehe ich ans Werk. Bevor ich Mexiko entdeckte, hatte ich jeden Winter eine Krise. Das ist jetzt vorbei.«

Frentzels Wohnung sah ganz anders aus, als Thann sich die Bude eines Malers vorgestellt hatte. Keine künstlerische Unordnung, keine Farbkleckse auf dem Fußboden, keine Staffelei vor dem Fenster. An den Wänden hingen nur wenige Bilder, keines sah denen ähnlich, die Thann bei dem Altkommunarden Engels gesehen hatte. Kein Rapsfeld, keine nächtliche Großstadtszene, keine Tänzer.

»Sie vermissen Leinwand und Paletten, nehme ich an. Ich trenne zwischen Arbeit und Zuhause. In meinem Atelier sieht es natürlich ganz anders aus. Ich gehöre nicht zu denen, die ihre eigenen Werke zu Hause aufhängen. Wenn ich ein Bild fertig habe, muss es raus, sich sozusagen selbstständig draußen in der Welt bewähren. Das ist so eine Maxime von mir. Das einzige Bild, das von mir stammt, ist dieses.«

Der Maler führte Thann in einen zweiten Raum. Über einem Sofa hing das Porträt einer jungen Frau. Thann staunte, wie so wenige, grobe Pinselstriche ein Gesicht formen konnten, das so natürlich wirkte und den Charakter der Frau besser preiszugeben schien als alle Fotos, die er von ihr gesehen hatte.

»Anna Korfmacher«, entfuhr es ihm.

»Sie kennen sicher das Porträt, das in der hiesigen Kunsthalle hängt. Ein zweites besitzt ein Sammler in London. Ich habe sie nur dreimal gemalt, aber daran, dass dieses Bild bei mir in der Wohnung ist, sehen Sie, wie viel mir Anna bedeutete. Ihr Tod hat mich damals sehr getroffen, gewissermaßen mein Leben verändert. Aber setzen wir uns doch. Etwas zu trinken?« Leo Frentzel ging an die Bar.

»Mineralwasser, wenn Sie haben.«

»Kein Alkohol im Dienst, natürlich. Ich trinke ebenfalls nie bei der Arbeit. Das ganze romantische Gerede, dass Kunst durch den Rausch beflügelt wird, ist völliger Quatsch. Man verliert die Konzentration, und das ist in meinem Beruf so hinderlich wie in Ihrem.«

Die Möbel erinnerten den Kripomann an die Anwaltskanzlei, in der er Eva gesehen hatte. Alles war alt und gediegen. Im Kamin prasselte ein Feuer und ließ das garstige Wetter in Vergessenheit geraten.

»Anna war meine erste große Liebe. Davor war nur Liebelei. Noch lange nach ihrem Tod suchte ich in anderen Frauen immer nur Anna. Meine zahlreichen Reisen waren nur ein Versuch, über den Verlust hinwegzukommen. Lange Zeit ein hilfloser Versuch.«

Frentzel reichte Thann ein Glas Wasser. Er selbst trank eine goldbraune Flüssigkeit aus einem großen Cognacschwenker. Anscheinend hatte er heute nicht vor zu arbeiten.

»Anna war meine Muse. Zur gleichen Zeit, als ich sie kennenlernte, fand ich meinen Stil. Das war vor 27 oder 28 Jahren. Ich hatte die Akademie beendet und bereits meine ersten Erfolge. Die meiste Zeit lebte ich damals in London. Anna hatte auch andere Beziehungen. Ich wusste das, wir hatten keine Geheimnisse voreinander. Doch wenn ich in der Stadt war, dann gab es nur sie und mich. Sie wissen vielleicht, dass sie drei Kinder hatte. Das dritte war der Spross unserer Liebe.«

Der Maler nippte von seinem Glas. Noch ein Möchtegernvater wie Pfaff. *Der Kleine ist immerhin mein Sohn.*

»Ich war bei der Geburt dabei. Wir nannten es Karl. Leider nahm es dieser Polizist mir weg. Ich konnte es nicht verhindern. Ich hatte meine erste Ausstellung in den USA. Als ich zurückkam, ließ man mich meinen Sohn nicht besuchen. Ein Anwalt belehrte mich, dass ich keine Aussichten hätte, die Vaterschaft auf dem Rechtsweg zu erlangen. Ich geriet damals in meine depressivste Phase und konnte wochenlang nicht arbeiten. Schließlich verließ ich das Land und ging in die USA.«

»Kannten Sie Günther Eich?«

»Ich sah ihn einmal. Ein intellektueller Typ. Einer von Annas Freunden. Wie gesagt, mich interessierte nicht, was Anna tat, wenn ich nicht da war. Das berührte unsere Liebe nicht.«

»Wissen Sie, was aus den Kindern wurde?«

»Ich habe nie mehr danach geforscht. Ich verdrängte den Gedanken daran aus Angst, wieder in Depressionen zu verfallen.«

»Wer war der Polizist, der Annas Sohn Karl zu sich nahm?«

»Es war ihr geschiedener Mann. Er holte alle drei Kinder, als seien es alle drei die seinen. Sie müssten ihn eigentlich kennen. Er hat später Karriere gemacht, habe ich gehört. Kurz heißt er. Den Vornamen kenne ich nicht.«

»Hans-Werner Kurz, der Polizeipräsident?«

»Genau der.«

23.

Thann rekapitulierte: Seit Bollmann ihn abgesetzt hatte, war er bei vier Personen gewesen, die Eich gekannt hatten. Frentzel, Pfaff, der verrückte Engels und der Taxifahrer.

Fakt: Drei Kinder. Erstens Udo Korfmacher, der Fotograf. Zweitens Eva, die Anwaltsgehilfin. Nachname möglicherweise Kurz, nach dem Polizeipräsidenten, der die Kinder nach dem Tod ihrer Mutter aufgenommen hatte. Drittens Karl, noch unbekannt.

Fakt: Eich hatte nach einem Album gesucht.

Fakt: Eich war zwei Tage vor seiner Ermordung mit dem Taxi zu Udo Korfmacher gefahren.

Thann beunruhigte der Gedanke an seine Kollegen und an den Kripochef. Wenn Bollmann bemerkte, dass er auf eigene Faust weiterforschte, war Thanns Karriere wahrscheinlich beendet.

Ein Wettlauf.

Thann versuchte, seine Chance einzuschätzen. Bollmann würde vermutlich den Schwerpunkt seiner Ermittlungen auf Eichs

Gefängniskontakte legen und nur mit halber Kraft arbeiten. *Wir können froh sein, dass es nur ein Mord an einem Haftentlassenen ist.* Thann hatte den Vorteil, dass er nicht den Dienstvorschriften folgen musste und nur in die Richtungen zu forschen brauchte, die ihm am erfolgversprechendsten erschienen. Sein Nachteil lag darin, dass er allein war. Irgendwann würde Bollmann ihm auf die Schliche kommen. Seine einzige Chance bestand darin, den Mörder vorher zu finden.

Aus dem Regen war Schnee geworden, in dieser Gegend der erste des Jahres, der liegen blieb. Erst jetzt wurde Thann bewusst, wie nahe Weihnachten bevorstand. Die weiße Decke, die sich über alles legte, erhellte den Abend und ließ alle hässlichen Geräusche leiser erscheinen. Bedächtig rollten die Autos in den Straßen.

Wieder fuhr Thann die Dresdner Straße entlang, nachdem er in einer Gaststätte zum ersten Mal seit Tagen eine vollständige Mahlzeit zu sich genommen hatte. Es hatte ihm geschmeckt, und die Magenschmerzen, die sich nun einstellten, waren weniger heftig, als er befürchtet hatte.

Zum dritten Mal an diesem Wochenende klingelte er an der Tür von Udo Korfmacher, und wieder war es vergeblich. Doch diesmal war alles ganz anders.

Im Hinterhof fielen ihm zunächst die zahlreichen Autos auf, die hier parkten. Es waren acht, mehr hätten gar nicht hierher gepasst, ohne sich gegenseitig zu behindern. Die Fenster im zweiten Stock waren beleuchtet. Thann lief die Treppe hoch.

Er klingelte und klopfte an der Stahltür zum Fotostudio, doch niemand öffnete. Wie aus großer Ferne hörte er Musik und einzelne Rufe, die wie Kommandos klangen. Thann hörte die Klingel selbst nicht, vielleicht war sie defekt oder abgestellt. Er klopfte ein zweites Mal an die Tür, er hämmerte mit aller Kraft, bis seine Faust schmerzte, doch das dumpfe Dröhnen rief keinen herbei. Er legte ein Ohr an die Tür.

Frankie Goes to Hollywood – Relax! Die Bässe ließen den kalten Stahl vibrieren. Stimmen, die er nicht kannte. Rufe, die er nicht verstand. Ein letztes Hämmern gegen die Tür. Nichts. Thann ging zurück in den Hof.

Er notierte die Nummern der parkenden Autos und verwarf den Gedanken, sich mit Steinwürfen gegen die Fenster Aufmerksamkeit und Einlass zu verschaffen.

Senkrechte, weiße Stofflamellen verhinderten den Blick ins Innere. Das letzte Fenster war mit einer Folie verklebt, an deren Außenseite die Worte *Foto, Film, Video* standen. In diesem Moment wurde es geöffnet, etwas nach innen gekippt. *Welcome to the Pleasure Dome.* Der treibende Rhythmus schallte über den Hof.

Thann sah nichts als die weiße Decke. Er trat zurück, soweit es die Mauern zuließen. Das Einzige, was er erspähen konnte, war eine Deckenlampe mit nackten Birnen, die an Metallzapfen hingen. Der Charme der Siebzigerjahre. Er wartete zehn Minuten, bis er zu frieren begann, doch es tat sich nichts weiter.

Trotzig klingelte Thann noch einmal am Vorderhaus. Nichts. Er versprach dem Klingelknopf wiederzukommen.

Zu Hause zwischen all den Mordbildern und Unterlagen setzte er sich ans Telefon und wählte die Privatnummer dessen, der zumindest an diesem Abend noch Chef des Polizeipräsidiums war.

»Kurz.« Es war eine Frauenstimme.

»Kriminaloberkommissar Thann. Kann ich bitte Herrn Hans-Werner Kurz sprechen?«

»Mein Mann ist nicht da.«

»Und morgen?«

»Worum geht es?«

»Ich ermittle im Mordfall Günther Eich. Das ist der Tote, den man auf der Deponie gefunden hat. Der war wiederum der Mörder von Anna Korfmacher. Wir haben Anhaltspunkte, dass beide Morde zusammenhängen und der Schlüssel dazu möglicherweise bei den Kindern der Frau Korfmacher liegt. Wir sind im jetzigen Stand der Ermittlungen froh um jeden Hinweis und würden auch gern Ihren Mann dazu befragen.«

»Das wird nicht gehen. Wie Sie vielleicht gehört haben, hat er einen neuen Herzanfall erlitten und liegt zur Beobachtung in der Klinik. Ich muss Sie also enttäuschen.«

»Dann lassen Sie uns darüber sprechen. Würde es Ihnen morgen Abend passen?«

»Ich glaube nicht, dass ich Ihnen irgendetwas erzählen kann, was Ihnen weiterhilft.«

»Die besten Zeugen wissen manchmal nicht, wie wertvoll ihre Erinnerungen sind, Frau Kurz.«

»Na gut, aber nicht vor halb acht. Zuvor bin ich in der Klinik.«

Thann wünschte ihrem Mann gute Besserung.

24.

Eine vertraute Frauenstimme meldete sich.

»Thann.«

Der Gedanke an Weihnachten hatte den an seine Mutter fast zwangsläufig zur Folge. Er hatte ein schlechtes Gewissen, dass er gestern früh so schroff zu ihr gewesen war. Wie schroff, daran konnte er sich nicht mehr erinnern.

»Hier auch.« Nie hatte er sich anders gemeldet, wenn er seine Mutter anrief.

»Ach, Karl. Schön, dass du anrufst. Ich hab auch gerade an dich gedacht. Zu Weihnachten kommst du doch, nicht wahr?«

»Natürlich, Mama. Was wünschst du dir eigentlich?«

»Nichts. Nur, dass du kommst.« Nie hatte sie anders auf diese Frage geantwortet.

Seine Mutter wohnte eine gute Autostunde entfernt, zwischen Hügeln und Wäldern inmitten frischer Luft am Rande eines kleinen Dorfes. Dorthin war sie mit ihrem Mann gezogen, als dieser pensioniert worden war. Von dem, was die Lebensversicherung ihnen ausbezahlte, hatten sie ein Häuschen gekauft. Bei Renovierungsarbeiten hatte der alte Thann kurz darauf einen dummen, aber tödlichen Unfall gehabt. Das war vor zwei Jahren gewesen. Gudrun Thann war erst fünfzig. Sie reiste viel, doch wenn sie zu Hause war, fühlte sie sich meist einsam. Dennoch kam er höchstens einmal im Monat zu ihr ins Dorf und selten länger als einen Tag. Auch für Weihnachten wollte er ihr keinen längeren Besuch zusagen, solange er seinen Fall noch nicht gelöst hatte. Seine Mutter beschwerte sich nicht.

Spätestens am zweiten Tag würde sie ihn fragen, wann er sich denn eine Frau suchen und eine Familie gründen wolle. Dieses Thema war Thann lästig. Er wollte sich nicht drängen lassen. Sie gab ihm die Schuld an der Trennung von Corinna. Sie wollte eine Schwiegertochter und Enkelkinder. Jedes Mal fing sie damit an.

Einmal hatte sie ihm vorgeworfen, er würde immer schrulliger werden und deshalb niemals eine Lebensgefährtin finden. Daraufhin hatte er sich in ihrem Beisein betrunken und war am nächsten Tag ohne Frühstück und Abschiedswort abgefahren. Seitdem hatte er nicht mehr in ihrem Häuschen übernachtet.

Sie fragte ihn ein zweites Mal, ob er nicht doch über die Feiertage bei ihr bleiben wolle. Er erzählte von dem Mordfall Eich und vom damit zusammenhängenden Mordfall Anna Korfmacher. Und log: Sein Chef erwarte von ihm die rasche Aufklärung des Falls. Daraufhin schwieg sie.

Als Thann im Bett lag, musste er an Günther Eichs Mutter denken und an deren Verbitterung, als sie von ihrem Sohn gesprochen hatte. Dann überlegte er, wie Anna Korfmacher wirklich gewesen sein mochte. Jeder, den er bisher gefragt hatte, beschrieb sie anders. Sie war Flittchen und Muse, dickköpfig und weichherzig, Frau und Freundin für Kommunisten, Künstler, Proleten und Polizisten.

Und wer war Eva? Vielleicht wusste sie, wer Günther Eich nach 25 Jahren im Gefängnis den Tod gewünscht hatte. Vielleicht hatte sie eine Ahnung, was es mit dem Album, das Eich laut Fritz Engels gesucht hatte, auf sich hatte. Eva, die Anwaltsgehilfin. Sinnliche Stimme, warme Augen, heiße Schenkel. Schönheit und Klasse. Eva, die Pornodarstellerin. Dieselbe Frau? Er überlegte, wie es wäre, sie danach zu fragen.

Ab und zu pikste es in seinem Bauch, und er fühlte sich flatterig im ganzen Körper. Nach den Exzessen der letzten Tage hatte er den Sonntag ohne einen Tropfen Alkohol durchgestanden. Dafür büßte er nun mit Schlaflosigkeit. Eigentlich wollte er morgen ausgeruht und fit an die Sache gehen. Er wusste, dass das hochprozentige Schlafmittel ihm helfen würde, doch er widerstand. Er gab auch nicht der Versuchung nach, sich mithilfe des Videos zu zerstreuen.

Obwohl der Mond nicht durch die Wolken drang, flutete eine unwirklich scheinende Helligkeit von draußen in sein Zimmer. Der Schnee reflektierte die unzähligen Lichter der nächtlichen Stadt, und was der Schnee nach oben strahlte, warf die Wolkendecke zurück. Irgendwann zählte Thann die Schläge einer Kirchenglocke. Viertel vor zwei. Bald darauf ertönte eine zweite, entferntere Glocke, wie ein spätes Echo. Danach schlief er endlich ein.

UDO

25.

Montag, der 17. Dezember. Ein kalter, nebliger Morgen. Drei Schlagzeilen auf der Titelseite des *BLITZ:*

RUSSENMAFIA AUCH AM RHEIN!
34 FRAUEN AUS SEX-GEFÄNGNIS BEFREIT!
Viermal schlug die Polizei am Wochenende zu. Bordelle, Sexklubs, Drogenhöhlen. Viermal der Beweis: Die Russenmafia hat begonnen, ihr Netz über die Stadt zu breiten. 34 Frauen hielten die Russen als Sklavinnen. Zum Sex verkauft wider Willen. Ein Horrorleben. Alles über das Treiben der Russenmafia im BLITZ. Wie gründlich war der Schlag gegen den Iwan-Terror wirklich? Exklusiv auf Seite 4.

DROGEN, SEX, PLUTONIUM –
DAS TREIBEN DER RUSSENMAFIA IN DEUTSCHLAND!
Sie machen Milliardenumsätze, sie morden täglich, sie handeln mit dem Strahlentod! Millionen zittern vor ihnen. Sie halten Russland im Würgegriff – bald auch uns? Gennadij F., 37, Boss der Russenmafia, exklusiv gegenüber BLITZ: »Ich bin mächtiger als Jelzin und Clinton zusammen.« Wie sicher können wir noch schlafen? Hintergrund auf Seite 5.

GEFESSELT, GESCHLAGEN, MISSBRAUCHT –
SO MACHTEN SIE MICH ZUR SEXSKLAVIN!
Tanja war süße 16, als sie das Opfer der Russenmafia wurde. Ihre Peiniger machten sie zur Sexsklavin. Sie erzählt ihre Geschichte – herzzerreißend. Tränen laufen über die Mädchenwangen. Den Teddy

presst sie an sich. Kein Zweifel: Tanja ist fast noch ein Kind. Stunden-
lang wurde sie gefesselt, geschlagen und von fremden Männern zum
Sex gezwungen. Sie gesteht: »Ich wünschte mir den Tod.« Die neue
Serie ab sofort im BLITZ auf Seite 6:
DAS TAGEBUCH DER BLUTJUNGEN SEXSKLAVIN!

Thann parkte so weit von Bollmanns Porsche entfernt, wie es
ging, und hoffte, dem künftigen Polizeipräsidenten nicht über
den Weg zu laufen. Das Kommissariat zwei, Sitte, Rauschgift
und Vermisste, lag auf der anderen Seite der Festung, genau
gegenüber des Kommissariats eins, Tötungsdelikte.

Thann meldete sich im Vorzimmer des Kommissariatsleiters,
doch man schickte ihn weiter in einen Konferenzraum. Die
Morgenbesprechung hatte bereits begonnen. Er setzte sich in
die letzte Reihe.

Der Leiter des K2 war Hauptkommissar Fröhlich. Er war
Mitte vierzig, etwas dick um die Hüften, hatte grau meliertes
Haar und trug eine Brille. Er war heute so gelaunt wie er hieß.

Fröhlich sprach seinem Team Dank aus. Ein Großteil der
rund zwanzig Leute war am Wochenende im Einsatz gewesen.
Nachdem sie am Freitag bereits die *Oase* durchsucht und geschlossen hatten, hatten sie am Samstag drei weitere Klubs
überprüft und sämtliche Angestellten festgenommen. An der
Berichterstattung des *BLITZ* war zwar fast alles falsch, dennoch trug sie zur guten Laune des Dicken bei.

Nur eine Frau aus Lettland war zur Prostitution gezwungen
worden. Die anderen hatten es durchaus freiwillig getan, und
um auf die Zahl von 34 Frauen zu kommen, hatte die Zeitung
sogar Putzfrauen und Büroangestellte dazugezählt. Harte Drogen oder gar Plutonium hatten die Beamten nicht gefunden. Die
Mehrzahl der Vergehen bestand in fehlenden oder abgelaufenen
Touristenvisa der Mädchen.

Von organisierter Kriminalität konnte kaum die Rede sein.
Gegen zwei der Klubs hatte man so wenig in der Hand, dass

nicht einmal die Konzession entzogen werden konnte. Lediglich in der Rufschädigung, die mit der Razzia und dem Medienecho verbunden war, bestand in diesen Fällen der Schlag gegen die Betreiber. Fröhlich rechnete damit, dass sie ihre Geschäfte in eine andere Stadt verlegen würden.

Nicht unerheblich war allerdings der Fall von Menschenraub, den sie entdeckt hatten. Die Lettin war minderjährig. Man hatte ihr in Riga einen Job als Küchenhilfe versprochen, bei der Ankunft im Klub aber die Papiere abgenommen, sie eingesperrt und mit Prügel und Nahrungsentzug zur Prostitution genötigt. Noch war nicht klar, auf welchem Weg sie nach Deutschland geschleppt worden war und wer von den Angestellten des Bordells mitgewirkt oder sich zumindest durch unterlassene Hilfeleistung strafbar gemacht hatte.

Daneben werde wegen Förderung der Prostitution und wegen Steuerhinterziehung ermittelt, erklärte der K2-Chef.

Die meisten der festgenommenen Frauen stammten aus Osteuropa. Doch das war längst nichts Ungewöhnliches mehr. Auch in den anderen Klubs der Stadt arbeiteten Frauen aus Russland, dem Baltikum oder der Ukraine. Für Fröhlich war die aufgebauschte *BLITZ*-Geschichte dennoch eine gute Presse, ein Imagegewinn für das Präsidium und seine Abteilung. Und er hoffte auf weitere solche Schlagzeilen in den nächsten Tagen.

»Die Befragung der Angestellten der vier Schuppen wird die nächsten ein, zwei Tage Ihre Hauptbeschäftigung sein. Lassen Sie sich nicht von den heißen Russinnen anmachen.« Keiner lachte über Fröhlichs Scherz.

»Was ist denn mit den Tierpornos aus der ›Oase‹?«, fragte ein Kollege.

»Gute Frage. Sodomie an sich ist nicht strafbar. Wir leben in einem liberalen Land, und der eine oder andere von Ihnen mag das auch ab und zu genießen.« Der Dicke sah grinsend in die Runde. »Wie Sie wissen, ist Pornografie auch nicht strafbar. Aber Herstellung und Vertrieb sodomitischer Pornografie ist und bleibt ein Straftatbestand. Und dem gehen wir natürlich nach. Noch Fragen? Bönte, Bernhard und Thann, ich möchte Sie bitten hierzubleiben. Die anderen kümmern sich um die Festgenommenen. Vielen Dank.«

Allgemeines Stühlerücken. Die Beamten schlurften lustlos hinaus. Aus der Richtung des Zellentrakts war dumpf das Dröhnen eines Presslufthammers zu hören.

Fröhlich stellte Thann die Sittenkollegen vor, die im Raum geblieben waren. Neben den Kommissaren Bönte und Bernhard war das Oberkommissar Tommaso, den Fröhlich als »unseren Pornografen« bezeichnete. Tommaso war klein und dunkelhaarig. Thann hatte ihn schon öfter in der Kantine gesehen.

Tommaso schob eine Kassette in den Rekorder, den Thann erst jetzt bemerkte, und schaltete den Monitor ein.

»Im Altertum war Sodomie übrigens keineswegs verpönt, denken Sie an Leda und ihren Schwan«, belehrte Fröhlich die Anwesenden. »Es gab Theaterstücke, in denen die Schauspielerinnen Nymphen darstellten und ein Ziegenbock den Gott Pan, und dann ging's zur Sache im Amphitheater. Aber wir sind in der Neuzeit, nicht bei den alten Griechen. Machen Sie es sich gemütlich, meine Herren. Versuchen Sie, sich nicht nur auf das zu konzentrieren, was Sie jetzt zu sehen bekommen, sondern auch auf das, was Ihnen Tommaso erläutert.«

Thann kannte das Video. Die Beute aus der *Oase*. Wahrscheinlich kannte das halbe Präsidium den Film, jedoch keiner so gut wie Tommaso.

Das Band lief: Hausfrau und Klempner. Tommaso kommentierte: »Das Video besteht aus drei Teilen. Die ersten beiden stammen aus einer älteren Produktion und wurden verwendet, um das brisantere Material quasi zu strecken. Nicht sodomitische Szenen, um einen sodomitischen Film auf eine Stunde zu trimmen. Eine übliche Praxis, um das Material teurer verkaufen zu können.«

Fröhlich ergänzte für Thann: »Der Anfang des Videos wurde in der Bar vorgeführt, um die Kundschaft anzuheizen. Das letzte Drittel wurde nur in den Separees gezeigt. Dort wurde das Video an interessierte Kunden auch verkauft. Ein anonymer Hinweis brachte uns auf die ›Oase‹.«

Tommaso fuhr fort: »Sehen Sie nun den Raum, der das Wohnzimmer darstellen soll. Der Film wurde nicht in einem wirklichen Wohnzimmer gedreht, sondern in einem Studio. Die Möbel, der Teppich, der Fernsehapparat, den Sie in dieser Einstellung sehen, alles sind nur Requisiten. Hier sehen Sie den Fußboden, grau gestrichener Estrich. Das hat niemand in seinem Wohnzimmer. Sie werden in keiner der Szenen ein Fenster entdecken. Leider haben wir dadurch keinen Anhaltspunkt, wo sich das Studio befindet. Der Raum wurde durch drei Scheinwerfer beleuchtet, wie Sie hier an den Schatten erkennen können.« Der Pornospezialist deutete auf die Mattscheibe.

»Nun zu den Darstellern. Es sind weder erfahrene Profis noch konnten wir sie anhand unserer Kartei identifizieren. Sie haben zwar nichts mit den Tiergeschichten des letzten Drittels zu tun, könnten aber Hinweise geben auf Drehort und Produzent. Achten Sie auf das etwas grobkörnige Bild. Die Filmqualität ist schlechter als in der letzten Szene, wahrscheinlich bereits mehrfach kopiert. Und noch ein Unterschied: Während in den ersten beiden die Darsteller im Nachhinein synchronisiert wurden, liegt die dritte Szene im Originalton vor.«

Tommaso drückte auf den schnellen Vorlauf. Dann kam Teil zwei. *Eva.*

»Scharfes Weib!«, staunte Bönte und erntete einen zurechtweisenden Blick des Dicken. Thann fühlte sich unbehaglich.

»Hier sehen Sie besonders deutlich, dass Stimme und Lippenbewegungen nicht synchron sind. Das ist beim letzten Drittel anders. Dort wurde an der Nachbearbeitung gespart, wahrscheinlich um die Zahl der Zeugen gering zu halten«, erklärte Pornograf Tommaso.

Dann ließ er das Band erneut schneller laufen bis zu der Szene, in der die Tiere ins Spiel kamen. *Hund, Ziegenbock, Pony.*

»Die Darsteller waren sich offenbar der Illegalität bewusst. Nur die Frauen sind vollständig zu sehen, dafür tragen sie Masken. Es sind Masken, wie man sie in der Karnevalszeit überall kaufen kann. Der Raum ist der gleiche wie in den Szenen zuvor, die gleichen Möbel. Neu dazugekommen ist dieser Teppich. Von den Tieren können wir uns kaum Anhaltspunkte erwarten. Sie können in einem Tierheim gelandet sein, im Ausland oder unter der Erde. Die Tiere können wir vergessen. Von den Männern sehen wir kaum mehr als die Beine. Auch die können wir vergessen, bis auf diesen.«

Er hielt das Bild an.

»Sie sehen die Narbe, quer unter dem Knie. Es sieht aus wie nach einer Meniskusoperation. Wenn wir vom Bein auf den Rest schließen, haben wir hier einen Mann, der etwas Übergewicht hat, stark behaart ist und einmal am Knie operiert wurde. Oder er hatte einen Unfall, der eine ähnliche Narbe zurückließ.« Tommaso ließ das Band weiterlaufen.

Tommaso ging über zu den beiden Frauen. Immer, wenn er ein Detail erwähnte, das ihm wichtig schien, hielt er das Band an. Er referierte über auffällige Merkmale, von der blonden Locke, die unter der dunklen Perücke hervorspitzte, bis hin zur unreinen, schwammig wirkenden Gesichtshaut, die auf hohen Alkohol- oder Tablettenkonsum hinwies.

Doch Thann interessierte das alles nicht mehr. Er hörte nicht mehr zu, als Tommaso über die allenfalls halb professionelle Art der Kameraführung und des Schnitts dozierte, und auch nicht, als Tommaso zum Schluss bedauerte, nicht mehr Anhaltspunkte gefunden zu haben.

Thann hatte genug gesehen. Bereits in einer der ersten Einstellungen des tierischen letzten Drittels hatte die Kamera schräg nach oben gefilmt, an den Beinen der einen Frau entlang. An der Decke hing eine Lampe aus Chrom und mit vielen kleinen Birnen. Die selbe, die er gestern im Hinterhaus der Dresdner Straße 70 gesehen hatte. *Udo Korfmacher.*

Ende der Vorführung. Thann murmelte eine Entschuldigung und stürzte hinaus. Die erstaunten Gesichter der anderen waren ihm egal.

Die Verwaltung hatte sämtliche Dienstwagen bereits vergeben. Thann hatte die Wahl zwischen öffentlichem Nahverkehr und Privatwagen. Er nahm seinen Golf und fuhr ihn etwas schonender, als er ein Dienstfahrzeug behandelt hätte.

26.

Der Schnee blendete Thann, als er den Friedhof betrat. Er kniff die Augen zusammen. Nur hier und da hatte ein Angehöriger eine Steinplatte freigefegt oder eine Blume aufs Grab gestellt. Sonst herrschte das Weiß, es bedeckte Kreuze, Hecken und Bäume. Bereits nach wenigen Schritten war der Lärm der Stadt weit entfernt, kaum noch zu ahnen. Thann genoss die Ruhe des Ortes. Er sog die Luft ein, die ihm hier, mitten in der Stadt, doch ein wenig klarer schien. Er dachte an Weihnachten und an seinen Vater. Bei dessen Beerdigung war Thann zuletzt auf einem Friedhof gewesen.

Die weiße Decke würde nicht mehr lange halten. Es war wärmer geworden. Von der Dachrinne der Friedhofskapelle rann das Wasser in einem dünnen Strahl und plätscherte auf den Asphalt. Das lauteste Geräusch weit und breit. Die Tür zur Kapelle war verschlossen. Thann wartete draußen.

Zuerst kam der Sarg. Die sechs Teile der Leiche Günther Eichs, verpackt in einer Holzkiste. Vier Männer in Schwarz mit schneeweißen Handschuhen schoben den Sarg durch die Tür, gefolgt von einem Pfarrer und der kleinen, gebeugten Mutter des Toten. Der Sohn hatte ihr zu Lebzeiten nur wenig Freude bereitet, ihr Gesicht zeigte keine Anzeichen von Trauer.

Dann kam Klaus Beckmann, der Professor und einzige Freund, der Eich nach 25 Jahren Haft geblieben war. Zuletzt trat eine Frau aus der Kapelle. Es war Eva.

Thann folgte der kleinen Trauergemeinde, die schweigend an den Gräberreihen vorbeizog. Sein Herz klopfte. Eva hatte er hier nicht erwartet.

Der Wagen, auf dem der Sarg lag, begann hässlich zu quietschen, als der Asphaltweg bergauf führte. Auf halber Höhe verließ der Zug den Weg und bewegte sich zwischen Grabsteinen und Kreuzen auf eine Lücke zu. Thann erinnerte sich, dass ein Grab aus Platzmangel nach zwanzig Jahren gekündigt wurde. Der Sarg hatte sich bis dahin aufgelöst, der Tote war verwest. Ein neues Loch konnte ausgehoben werden. Nur einige Knochen erinnerten noch an den Vorbesitzer.

Thann hielt einige Gräberreihen Abstand und beobachtete, wie die vier Totengräber den Sarg vom Wagengestell nahmen und im Loch versenkten.

Er wollte den Mann zur Rede stellen, von dem er annahm, er sei der wahre Mörder seiner Freundin.

Nacheinander warfen die drei Trauergäste etwas Erde auf den Sarg. Eine stille Geste des Abschieds. Die alte Mutter dankte dem Pfarrer mit einem kurzen Händeschütteln.

Günther Eich, vor nicht einmal zwei Wochen aus der Haft entlassen, die sein halbes Leben gedauert hatte, lag nun in seinem letzten Gefängnis, einen Meter und siebzig Zentimeter tief, den unerbittlichen, letzten Mächten ausgeliefert: der Fäulnis, der Verwesung und dem Vergessen. *Gefoltert, bevor er ermordet wurde.*

Als Eva und Beckmann den Parkplatz betraten, sprach Thann sie an. Beide hatten es eilig. Beckmann war auf dem Sprung nach Mailand zu einem Kongress. Sein Koffer lag gepackt im Wagen, das Flugzeug ging in einer Stunde. Eva musste dringend zurück in die Kanzlei. Thann fragte, ob er sie nach Dienstschluss treffen könne. Sie willigte ein. Ihre Samtstimme ließ Thanns Puls schneller gehen.

Beckmann hatte unterdessen seine Wagentür aufgeschlossen. »Was machen die Ermittlungen, Herr Kommissar? Schon was rausgekriegt?«

»Ja und nein. Wir haben weder Mörder noch Einbrecher, aber ich bekomme allmählich eine Vorstellung, wie die Stadt vor 25 Jahren aussah. Ich habe eine Frage an Sie. Sie haben noch genügend Zeit nachzudenken und zu antworten, bevor Sie zum Flieger müssen. Es geht um ein Fotoalbum. Eine Art Familienalbum Anna Korfmachers oder ihrer Kinder. Können Sie sich daran erinnern, dass Anna so etwas hatte? Erwähnte Eich ein solches Album Ihnen gegenüber?«

Fotos und Aufzeichnungen aus der Zeit von Annas Ermordung. Thann sah dem Kleinwagen nach, mit dem Eva den Parkplatz in Richtung Innenstadt verließ.

Beckmann legte die Professorenstirn in Denkerfalten. »Ein Familienalbum? Hat das mit dem Mord zu tun?«

»Vielleicht.«

»Nein, ist mir kein Begriff. Sicher, Günther war auf der Suche nach irgendetwas. Ich habe mich aber nicht darum gekümmert, weil ich nicht an den Nutzen dieser Vergangenheitsbewältigung glaubte. Ich wollte, dass er sich um seine Zukunft kümmerte. Und er sprach nicht über alles, was ihn bewegte. Tut mir leid.«

27.

Goethestraße, Nummer 32. Zum dritten Mal ließ sich Thann Eichs Wohnung aufsperren. Zum letzten Mal, bevor irgendein Trödelhändler die Hinterlassenschaft des unglücklichen Mieters plündern würde. Der Erlös würde an den Vermieter gehen, die Wohnung weiter vermietet werden an neue Bewohner, die vielleicht nie vom Schicksal ihres Vorgängers erfahren würden.

Thann hatte Mühe, den Hausmeister abzuwimmeln, der begierig war, der Polizei bei der Ermittlung eines Mörders beizuwohnen. Als Thann endlich allein war, nahm er sich die privaten Dinge Eichs vor. Viel gab es nicht. Eich benutzte Elektrorasierer und billiges Aftershave, trug nachts Schlafanzüge und besaß nur wenig an Kleidung. Da er weder Mantel noch Winterjacke fand, vermutete Thann, dass Eich die Wohnung verlassen hatte und außerhalb ermordet worden war.

Es gab viele Bücher, bekannte und unbekannte Schriftsteller aus aller Welt sowie Fachliteratur und Fachzeitschriften aus drei Jahrzehnten. Kein Fotoalbum, keine Tagebücher. Ein Karton hatte Briefe enthalten. Auch ihn hatte der Einbrecher ausgekippt, die Briefe lagen über den Boden verstreut. Thann überflog Schreiben seines Anwalts und zwei Briefe seiner Mutter, die mit fünf Jahren Abstand den Tod naher Verwandter aufzählte und Eich Vorwürfe machte, er lasse sie im Stich. Daneben fand Thann Briefe Beckmanns, der mit Eich politische Wissenschaft und das jeweils aktuelle politische Geschehen diskutierte. In den letzten ging es vor allem um Eichs bevorstehendes Leben in Freiheit. Kein Wort von Feinden oder Gefahr, kein Wort von Anna Korfmacher und ihren Kindern. Dann gab es noch Briefe von anderen Wissenschaftlern und von Fachverlagen, mit denen Eich in Verbindung gestanden hatte. Einige Veröffentlichungen hatten etwas Geld gebracht.

Ein letzter Brief lag zerknüllt etwas abseits, als habe der Einbrecher ihn gelesen und mit besonderer Verachtung weggeworfen. Er trug die Unterschrift von Eva Kurz.

Herr Eich,
mein Name ist Eva Kurz. Mit diesem Namen können Sie sicherlich wenig anfangen. Umso mehr aber mit dem Namen meiner Mutter. Wie ich vor einigen Jahren von meinen Pflegeeltern erfuhr, bin ich Anna Korfmachers Tochter. Also der Frau, die Sie ermordet haben. Ich arbeite als Anwaltsgehilfin

in der Kanzlei Meier, also bei dem Anwalt, der Sie vertritt.
Als ich auf Ihren Fall stieß, wurde ich neugierig. Ich habe mir
alle zugänglichen Akten besorgt, um mir ein Bild zu machen,
was für eine Person meine Mutter war.

Ich weiß nicht, ob Sie das nachvollziehen können, aber seit
ich weiß, dass die Frau, die ich seit meiner frühen Kindheit
für meine Mutter gehalten habe, gar nicht mit mir verwandt
ist, bin ich auf der Suche nach den Wurzeln meiner eigenen
Identität.

In den nächsten Tagen werden Sie aus der Haft entlassen. Ich
würde mich gerne mit Ihnen treffen, um etwas über meine
wirkliche Mutter zu erfahren.

Ich hoffe, Sie verstehen das. Haben Sie keine Angst. Ich hege
keinen Hass gegen Sie. Ich weiß, dass Sie immer Ihre Schuld
am Tod meiner Mutter abgestritten haben. Ob das die Wahr-
heit ist, weiß ich nicht. Tatsache ist, dass Sie vom Gericht für
schuldig befunden wurden und inzwischen Ihre Strafe länger
als üblich verbüßt haben. Lassen Sie uns deshalb nicht über
den Tod meiner Mutter sprechen, sondern über ihr Leben.

Sie können mich in der Anwaltskanzlei erreichen. Ich würde
verstehen, wenn Sie mir aus dem Weg gehen wollten. Wenn
nicht, dann rufen Sie bitte an.
Mit freundlichen Grüßen
Eva Kurz

Die Suche einer Waisen nach ihren Wurzeln. Oder die Falle
einer rächenden Tochter? Nein, das glaubte Thann nicht. Vielleicht hatten Eva und Eich sich getroffen. *Was er an Beweismit-*
teln in der Hand habe, wollte Herr Eich jedoch nicht verraten.
Vielleicht wusste Eva mehr.

Die Spurensicherung hatte an mehreren Stellen Fingerabdrücke genommen. Soviel Thann wusste, ohne Ergebnis. Ratlos
verließ er die Wohnung.

Vor der Tür stellte ihn eine misstrauische Nachbarin, die wissen wollte, wer er sei. Thann wies sich aus. Die Dame war beruhigt.

»Wissen Sie, in diese Wohnung ist eingebrochen worden. Und ein paar Stunden später hat man den Mann ermordet. Und ich wohne gleich nebenan, Wand an Wand. Ist es nicht natürlich, dass man dann Angst bekommt?«

Einen ängstlichen Eindruck machte sie allerdings nicht. Eher den einer alleinstehenden Frau, die allzeit hungrig nach Neuigkeiten und Unterhaltung war. Zusammen mit dem Hausmeister musste sie ein fabelhaftes Gespann abgeben.

»Woher wissen Sie, dass der Mord nach dem Einbruch geschah?«

»Na, weil der Eich noch einmal da war an dem Mittwochnachmittag.«

Thann wurde hellhörig. Die neugierige Alte, dein Zeuge und Helfer. »Und der Einbruch? Wann war der?«

»Das war so am frühen Nachmittag gegen halb zwei. Zuerst hab ich gedacht, mein Nachbar hat einen Tobsuchtsanfall, so ein Krach war das, mindestens eine halbe Stunde lang. Man denkt sich dann ja allerlei als alleinstehende ältere Frau. Wenn was passiert, wie soll man sich dann wehren? Dann sah ich so ein Polizeiauto von Ihnen auf der Straße stehen und wollte schon rauslaufen und Ihre Kollegen holen, doch dann war der Krach wieder zu Ende. Zwei Stunden später kommt mir der Eich auf der Treppe entgegen, wie ich den Müll runterbringe. Da war der ganz normal und grüßte. Das kam mir schon komisch vor. Und dann sagt der Hausmeister am Freitag, zwei Tage später zu mir, Sie, Frau Singelstein, sagt er, stellen Sie sich vor: Ihr Nachbar ist tot. Ermordet. Und eingebrochen haben sie auch. Da wusste ich auf einmal, was das für ein Krach war. Vielleicht hätte ich doch die Kollegen von Ihnen holen sollen. Aber man kann ja nicht alles rechtzeitig wissen.«

»Haben Sie das meinen Kollegen erzählt, die am Freitag alle Bewohner hier im Haus besuchten?«

»Uns hat doch niemand gefragt. Ich hab den ganzen Tag gewartet, nachdem der Hausmeister mich informiert hatte. Man hält sich ja bereit als mögliche Zeugin, das ist doch staatsbürgerliche Pflicht, nicht wahr? Aber kein Mensch wollte etwas von uns wissen. Erst jetzt kommen Sie daher. Das ist doch typisch: Erst denken Sie, Sie finden die Täter ganz allein, und dann gucken Sie ganz erstaunt und sperren den Mund auf vor Staunen.«

Uns hat doch niemand gefragt. Thann schloss den Mund. Dalla und Schneider hatten nichts getan. Blaugemacht, seine Anordnungen missachtet. Wahrscheinlich hatten sie sich hinter seinem Rücken über ihn lustig gemacht und waren zu Bollmann gelaufen, um ihn, Thann, anzuschwärzen.

Plötzlich formte sich in Thann ein Gedanke: »Wie sahen die Männer aus, die während des Einbruchs in dem Streifenwagen saßen?«

»So genau konnte ich das nicht sehen. Das Auto stand weiter drunten, Richtung Schillerstraße. Aber es war nur einer, vielleicht groß und kräftig.«

Das passte auf fast jeden.

»Haben Sie irgendjemanden gesehen, den Sie mit dem Einbruch nebenan in Verbindung bringen können?«

»Ich hab mich nicht getraut, ins Treppenhaus zu schauen. Und als der Krach vorbei war, da war ich erst mal froh. Rüberlaufen wollte ich nicht. Ich dachte ja zuerst, der Eich sei übergeschnappt. Da wollte ich mit ihm erst mal nichts zu tun haben, nicht wahr? Der Eich war schon vorher recht komisch. So still, fast, als wollte er einem aus dem Weg gehen. Dabei sollten Nachbarn doch eine Gemeinschaft bilden.«

Thann war froh, Frau Singelstein nicht zur Nachbarin zu haben.

28.

Dresdner Straße, Nummer 70. – Diesmal war Udo Korfmacher zu Hause.

»Was wollen Sie? Ich habe nicht viel Zeit. Ich muss ein Shooting vorbereiten. In einer halben Stunde kommt das Model. Ich weiß wirklich nicht, was Sie wollen. Ich habe mit dem Mord nichts zu tun. Sie haben mich schon auf der Deponie schikaniert. Was wollen Sie?«

Zu viele Worte für einen, der mit nichts etwas zu tun hat. »Wie kamen Sie so rasch zum Fundort der Leiche?«, fragte Thann.

»Die Zeitung hat mich angerufen. Ich hatte Bereitschaft. Woher die es wussten, weiß ich nicht. Es gab keine Absperrung, und so bekam ich, was ich wollte.« Korfmacher zeigte auf die Wand des Flurs.

Dieselben Fotos, die der *BLITZ* am Morgen nach dem Leichenfund auf Seite eins hatte. Und noch ein weiteres: Der zerschundene, blutverkrustete Kopf des toten Günther Eich in Großaufnahme, ein Auge rot, das andere unversehrt. Noch einer, der die Angewohnheit hat, seinen neuesten Fall zu Hause an die Wand zu hängen.

Thann schob sich an Korfmacher vorbei in dessen Wohnzimmer. Auch hier jede Menge Fotos, meist vergrößert auf Posterformat. Reportagefotos, Prominentenporträts, nackte Mädchen. Alles bunt durcheinander und dicht an dicht. Thann wurde fast schwindelig.

»Wann erfuhren Sie, wer der Tote war?«

»Einen Tag später als Sie, denke ich. Am Samstag aus der Zeitung.« Korfmacher grinste. Die Zahnlücke war gefüllt.

»Ich sehe, Sie waren beim Zahnarzt«, bemerkte Thann.

Korfmacher verzog den Mund. »Wie gesagt, ich habe keine Zeit. Ich muss jetzt ins Studio. Ich habe zu tun.«

»Macht nichts. Ich begleite Sie.«

Thann folgte Korfmacher durch den Hof ins Hinterhaus. Er trug die gleiche Tausend-Taschen-Weste wie bei ihrer ersten Begegnung. Die braunen Stoppelhaare kamen Thann noch kürzer vor als vor vier Tagen.

»Sie wissen, dass Günther Eich der Freund Ihrer Mutter war und als Mörder Ihrer Mutter verurteilt worden war?«

Korfmacher lief hastig die Treppe hoch. Unwirsch, ohne anzuhalten. »Auch das las ich in der Zeitung. Aber das ist schon 25 Jahre her. Ich war damals fünf, und heute bin ich dreißig. Meine Mutter ist mir so fremd wie der Weihnachtsmann. Dieser Eich ist mir egal.«

Der Fotograf sperrte die Stahltür auf, an der Thann am Abend zuvor vergeblich geklopft hatte. Sie betraten einen großen Raum mit weißen Wänden und grau gestrichenem Fußboden. Möbel und Scheinwerfer standen herum. Thann folgte Korfmacher in den nächsten Raum, der ähnlich aussah.

»Haben Sie Eich vor seinem Tod gesehen?«

»Vielleicht als ich vier oder fünf war, aber daran kann ich mich nicht erinnern. Das Einzige, was ich bewusst von ihm wahrnahm, war sein Kopf, wie ihn Ihr Kollege in eine Tüte steckte. Das Foto brachte mir ein hübsches Honorar.« Korfmacher grinste wieder. Dann begann er, sich an Stativen und Lampen zu schaffen zu machen. Thann wusste, dass Korfmacher gelogen hatte.

»Wo waren Sie in der Nacht von Mittwoch auf Donnerstag letzter Woche?«

»Ich war's nicht, Kumpel.« Korfmacher grinste noch breiter. »Zur fraglichen Zeit war ich bis drei oder halb vier auf der Weihnachtsparty des *BLITZ*. Dreihundert Zeugen, vom Verleger bis zum Oberbürgermeister. Zuletzt vielleicht noch hundert. Dann bin ich mit dem Taxi direkt nach Hause gefahren. Der Taxifahrer erinnert sich bestimmt noch an meine Fahne. Ich schätze, Sie müssen woanders nach dem Täter suchen.« Er drückte einen Schalter. Einige Strahler zeichneten ein Lichtmuster auf die Rückwand.

»Andere Frage: Kennen Sie Ihre Geschwister?«

»Wissen Sie was? Meine Geschwister sind mir genauso egal, wie meine Mutter oder dieser Tote. Ich scheiße auf meine Familie.«

Der Ältere war ein bisschen schwierig. Vielleicht vermisste er den Vater oder er hatte zu viele davon. Thann spürte die Unruhe des Fotografen. »Was machen Sie eigentlich so, wenn Sie nicht für die Zeitung unterwegs sind?«

»Ich bin Freelancer. Neben meiner Arbeit als Fotoreporter habe ich mich auf People spezialisiert. Porträts, Aufnahmen für Kalender, Werbung und so weiter.«

Thann überlegte, warum ihm Korfmacher so unsympathisch war. Seine Stimme, sein Gesicht, seine Ausstrahlung: Unberechenbarkeit, Lüge, Gier.

Der Fotograf holte eine Kamera aus dem dritten Raum. Für einen Moment konnte Thann durch die offene Tür sehen. Ein Kühlschrank, ein Monitor und eine Stereoanlage neben einer Couch. Auf dem Boden lag ein brauner Teppich. An der Decke hing die Lampe aus dem Video. In Thann kochte Hass hoch.

Korfmacher kam zurück.

Thann schaltete auf Angriff. »Was ist mit nacktem Fleisch?«

»Das interessiert Sie, was?« Korfmacher grinste, trat dabei von einem Bein aufs andere. Thann wartete.

Korfmachers Unruhe nahm zu. »Ja, auch nacktes Fleisch, wenn Sie den Ausdruck gerne hören. Ich beliefere regelmäßig die Seite drei des *BLITZ*. Und namhafte Zeitschriften haben schon Aktaufnahmen von mir gedruckt.«

»Und Pornos?«

Korfmacher stutzte. Thann legte sofort nach: »Was ist mit so richtig geilen Tierpornos, du Schwein? Frauen mit Hunden und Ziegenböcken?« *Nymphe und Pan, und dann ging's zur Sache. Die Frauen mit den schwarzen Masken. Die Narbe am Knie.* Thann sah rot.

Der Fotograf wich seinem Blick aus. »Wie kommen Sie denn darauf?«

Thann schlug seine Rechte mit voller Kraft in Korfmachers Gesicht. Fast hätte er sich die Finger dabei gebrochen. Der Fotograf taumelte, ging in die Knie. Thann zählte leise. Bei fünf kam Korfmacher wieder hoch, leicht schwankend. Blut schwappte über seine Unterlippe.

»Scheiße!«, schrie er und spuckte einen Zahn aus. »Die neue Brücke!«

Er griff in einen Karton, zog eine leere Sektflasche heraus und schlug an der Wand den Boden der Flasche ab. »VER-SCHWINDE JETZT. DU STÜCK ABSCHAUM. DU DRECK. DU STÜCK SCHEISSE. HAU AB!« Korfmacher streckte Thann die scharfen Kanten der Flasche entgegen und näherte sich Schritt für Schritt.

Thann ließ ihn herankommen. Dann schlug er mit einem Tritt die Flasche aus Korfmachers Hand und hieb ihm eine linke Gerade ins Gesicht. Der Fotograf heulte auf und hielt seine Nase.

Thann musste sich zwingen, nicht weiterzuprügeln. »Du Ratte!«, zischte er.

»Was wollen Sie?«, jammerte Korfmacher. Er drückte ein Taschentuch gegen seine Nase. »Das wird Ihnen leid tun. Ich habe gute Beziehungen zur Polizei.«

»ZU WEM?«, schrie Thann.

Korfmacher antwortete nicht.

Bewahren Sie kühlen Verstand. »Günther Eich war hier. Gib's zu!«

Korfmacher blieb stumm. Sein Gesicht blutete, und die Nase war angeschwollen.

»In wessen Auftrag wurden die Tierpornos gemacht?«

»Sie werden es bereuen!«

Thann packte Korfmacher am Kragen. Auge in Auge. »Ich lasse Ihren Pornoladen hochgehen, wenn Sie nicht kooperieren.«

»Dann sind Sie dran wegen Misshandlung. Ich verklage Sie, wenn Sie mich nicht sofort in Ruhe lassen. Das wird ein Nachspiel haben.«

Thann packte ihn bei der Weste und hieb seine Stirn gegen Korfmachers rote Nase. Der Fotograf heulte auf und glitt zu Boden, als Thann ihn losließ. *Ich muss Sie vor sich selbst retten.*

Verschnaufpause. Der Schmerz hatte Tränen in Korfmachers Augen getrieben. Thann wischte sich Blut von der Stirn. Eva und Udo – wie konnten Geschwister nur so unterschiedlich sein?

Noch ein Anlauf. »Reden Sie jetzt. Was war bei Ihrem Treffen mit Günther Eich?«

»Sie wissen nichts. Sie können mir nichts anhaben.«

»Ich komme wieder. Beim nächsten Mal werden Sie reden.«

Korfmacher verzog seine blutiges Gesicht zu einem Grinsen. Die Zahnlücke war wieder da. Korfmachers Zahnarzt musste noch einmal ran. Dennoch schien sich der Geschlagene als der Stärkere zu fühlen.

Thann unterdrückte den Impuls, seine Wut an all den Lampen und Kameras auszulassen.

Auf dem Hof begegnete Thann einem Mädchen, das auf Plateausohlen mit großen, wippenden Schritten auf das Hinterhaus zuging. Sie trug eine braune, ausgestellte Hose und eine Jeansjacke, unter der ein Strickpullover hervorlugte. Sie hatte sehr langes Haar und eine Pudelmütze auf dem Kopf. Der Hippielook, den Anna Korfmacher auch getragen hatte. Das Mädchen war kaum älter als 18. Ein »Shooting« für die Seite drei des *BLITZ* oder für die anderen Schweinereien dieser Ratte, dachte Thann.

Sie lächelte und winkte, als sie näher kam. Er grüßte zurück. Sein Magen schmerzte, seine Nerven flatterten.

Rastlos fuhr Thann durch die Stadt. *Sie werden es bereuen. Sie können mir nichts anhaben.* Zu wem mochte Korfmacher so gute Beziehungen haben, dass er ihm drohte, obwohl er blutend in der Ecke lag? Thann kaute Kaugummi, ohne getrunken zu haben. Alkohol hätte ihm jetzt gutgetan. Doch er wollte sich beweisen, dass es ohne ging. Und er wollte nüchtern sein, wenn er Eva traf.

Er fuhr Richtung Innenstadt. Es wurde dunkel. Der Schnee war fast vollständig weggeschmolzen. Regen hatte eingesetzt. Durch die angelaufenen Scheiben sah die Stadt wieder aus wie von Frentzel gemalt.

Die Weihnachtsbeleuchtung in den Straßen konnte ihn ebenso wenig heiter stimmen wie die Lieder aus dem Radio, die von Frieden, Freude und Glockengeläut kündeten. Als er die Friedrichstraße erreichte, parkte er gegenüber dem Hochhaus. Ein Kinderchor sang von Erlösung durch den Heiland. Ein Trupp holländischer Touristen lief am Auto vorbei, jeder von ihnen trug eine Weihnachtsmannmütze.

Thann kaute auf seinem Gummi herum. Noch fünfzehn Minuten bis zu seiner Verabredung. Er hoffte, dass die Zeit reichte, seine inneren Wogen zu glätten.

29.

Sie saßen in einem italienischen Restaurant der gehobenen Klasse. Keine Toscana-Poster, kein kitschiger Stuck an den Wänden, keine Pizza. Dafür Tischdecken und Servietten aus weißem Leinen und verschiedene Gläser neben jedem Teller. Thann war noch nie in diesem Lokal gewesen. Eva hatte ihn hierhergeführt, nachdem sie beide festgestellt hatten, wie hungrig sie waren. Es lag ganz in der Nähe der Anwaltskanzlei. Zu Fuß waren sie unter Evas Regenschirm durch die Straßen gelaufen. Thanns Herz klopfte, wie er es seit seiner Jugend nicht mehr erlebt hatte.

Vor dem Fenster sah man das, was die Stadt ihre Skyline nannte. Im Vordergrund den dreißigstöckigen Büroturm an der

Friedrichstraße. Thanns Appetit nahm schlagartig ab, als er die Preise für Lammrücken oder Seezunge las. Er war froh, als Eva nur ein Nudelgericht bestellte, und tat das Gleiche.

»Vini?«, fragte der Kellner.

Eva bestellte Weißwein, Thann ein Mineralwasser. Er kam zur Sache. »Sie sind die Tochter von Anna Korfmacher, die ermordet wurde, als Sie zwei Jahre alt waren. Sie arbeiten in der Kanzlei, die den Mann vertreten hat, der als Mörder Ihrer Mutter verurteilt wurde. Zufall?«

»Ja. Zufall. Ich arbeitete bereits ein halbes Jahr bei Meier, als ich es bemerkte. Damals stand ein neuer Anlauf zur Begnadigung von Günther Eich an. Ich habe mich noch nie so sehr für einen Fall interessiert. Natürlich wegen meiner Mutter.« Ihre braunen Augen strahlten Wärme aus.

»Sie schrieben Eich einen Brief, als er noch im Gefängnis saß. Haben Sie sich mit ihm getroffen?«

»Sie wissen erstaunlich viel über mich.«

»Ich interessiere mich für Sie.«

»Glauben Sie, dass ich ihn umgebracht habe?«

»Ich glaube gar nichts. Ich hoffe, dass Sie es nicht waren.« Thanns Herz klopfte so stark, dass er fürchtete, sie könnte es hören.

Eva lächelte. »Ich habe ihn getroffen. Sogar zweimal. Das erste Mal am Sonntag, also gestern vor einer Woche. Wir trafen uns am Abend in einem Café. Er hatte mich auf den Brief hin angerufen. Zuerst hatte ich Angst, er würde den ganzen Abend über nur beteuern, dass er meine Mutter nicht umgebracht hätte. Natürlich tat er das dann auch, aber es war doch ein interessanter Abend. Ich erfuhr viel über meine Mutter. Es war eine ganz andere Sichtweise als die, die ich von meinem Vater, das heißt, von meinem Adoptivvater kannte. Eich muss sie sehr geliebt haben, auch wenn er meinte, dass sie eigentlich nicht zusammengepasst hätten. Dann erzählte er von all den Indizien, die zu seiner Überführung beigetragen hatten. Alles habe gepasst und sei perfekt arrangiert gewesen. Er sagte: Wer auch immer es war, der mich hereinlegte, er ist intelligent und verdammt gerissen. Trotzdem wollte Eich versuchen, den wahren Mörder zu finden.«

»Haben Sie diese Geschichte geglaubt?«

Eva zögerte. »Ja, ich glaubte ihm. So, wie er über meine Mutter sprach, kann er sie nicht umgebracht haben. Aus Eifersucht? Nein, das glaube ich nicht.«

Der Kellner brachte die Getränke.

Eva fuhr fort: »Er wirkte irgendwie besessen und zugleich kühl, nicht fanatisch, wenn Sie wissen, was ich meine. Er hatte ein Vierteljahrhundert Zeit gehabt zum Nachdenken. Man muss sich das mal vorstellen! Fünfundzwanzig Jahre im Gefängnis für einen Mord, den jemand anders begangen hat! Er war recht verschlossen, aber ich spürte, dass er heiß darauf war, seine Unschuld zu beweisen.«

Sie nippte an ihrem Wein. Thann wartete, bis sie weitersprach.

»Ich fragte ihn, ob er wisse, aus welchem Motiv meine Mutter ermordet worden sei. Er sagte, die einzige Erklärung, die er sich vorstellen könnte, sei Geld. Beim Streit um Abriss oder Erhalt des Hauses, in dem meine Mutter lebte, sei es um viele Millionen gegangen. Und nicht die Hausbesetzung hätte letztlich den Abriss aufgehalten, sondern nur die Weigerung meiner Mutter, auf die Kündigungsfrist zu verzichten und eine Ersatzwohnung zu akzeptieren. Sie hatten zuletzt 100.000 Mark geboten und eine große, schöne Wohnung gegen geringe Miete. Doch sie blieb stur, aus Romantik oder Ideologie oder aus Mitgefühl für die Hausbesetzer – ich weiß es nicht. Jedenfalls hat erst der Tod meiner Mutter den Spekulanten den Weg frei gemacht für ein schnelles und richtig großes Geschäft.« Eva machte eine Handbewegung. Hinter ihr funkelten die Lichter des Hochhauses durch den Dunst der Stadt.

»Und noch einen Verdacht hatte Eich. Einen Verdacht, der sich gegen Sie richtet.« Sie zeigte mit dem Finger auf Thann, die

Stirn in Falten gelegt. »Er glaubte, die Polizei hätte ihre Finger im Spiel gehabt bei der Konstruktion der Indizien gegen ihn. Vielleicht sogar beim Mord selbst. Er meinte, sich zu erinnern, dass Anna vor seiner Zeit einmal eine Beziehung zu einem Polizisten hatte. Damit meinte er nicht meinen Adoptivvater, sondern einen anderen. Er erinnerte sich an ein Foto, auf dem Anna mit diesem Polizisten und meinem größeren Bruder zu sehen war. Er meinte, nur ein Polizist könne so perfekt die Schuld einem anderen in die Schuhe schieben. Er fragte mich, ob ich mich an ein Fotoalbum erinnern könnte, aber ich musste passen.« Eva fuhr sich mit der Hand durch ihr Haar.

Eine Art Album, das ihm am Herzen lag. »Was halten Sie davon? Nur weil Eich sich vage an ein Foto erinnert, soll ein Polizist der Mörder sein?«

»Ich glaubte auch nicht daran«, antwortete Eva. »Jedenfalls vor einer Woche nicht. Aber jetzt ist Günther Eich tot.«

Endlich kam das Essen.

»Pepe?«, fragte der Kellner und schwang eine Pfeffermühle, so groß, dass er Ochsen damit hätte erschlagen können.

Beide aßen mit großem Appetit, und das Gespräch schweifte ab. Sie kamen von einem Thema zum anderen. Thanns Begeisterung für Eva wuchs.

Eva bestellte ein zweites Glas Weißwein.

»Dolci?«, wollte der Kellner wissen.

Eva fragte Thann, ob sie sich ein Dessert teilen sollten. Es schmecke hier so herrlich, doch sie habe Angst um ihre Figur, wenn sie eine ganze Portion essen würde. Thann lachte, machte Komplimente und willigte ein. Dann besann er sich auf seine Ermittlung.

»Ihr Treffen mit Eich. Was geschah weiter?«

»Also, beim ersten Treffen beschlossen wir, gemeinsam nachzuforschen. Er meinte, vielleicht hätten meine Brüder das Album, wahrscheinlich der ältere, denn der war auf dem Foto drauf und beim Tod meiner Mutter immerhin schon fünf. Wahrscheinlich hat er es quasi als Erbe mitbekommen. Meinen älteren Bruder kenne ich. Der hätte Eich das Album nicht gegeben, zumindest nicht umsonst. Wenn Udo merkt, dass etwas für irgendjemand wertvoll ist, würde er sofort versuchen, Geld daraus zu machen. Udo ist eine geldgierige, asoziale Ratte. Vielleicht schockiert es Sie, dass ich so über meinen Bruder rede, aber ich habe ihn kennengelernt.«

Ein Schimmer von Hass in ihren Augen. Thann musste an das Video denken.

»Eichs Idee war, dass ich mich erkundige, wo Udo seine Kindheit verbrachte. Vielleicht wüsste dort jemand was über das Album, und dann könnte Udo zumindest nichts abstreiten, wenn Eich ihn danach fragen würde. Parallel wollte er es bei ehemaligen Hausbewohnern versuchen, ob das Album vielleicht irgendwo anders gelandet ist. Wie gesagt, das Album hatte es ihm angetan, und zu dem Zeitpunkt hielt ich die Idee für sehr vage. Trotzdem habe ich die Adressen besorgt.«

Der Kellner brachte das Dessert. »Grappe, Espressi?«

Sie ignorierten ihn. »Schon am nächsten Tag konnte ich ihm durchgeben, wo Udo bis zu seinem achtzehnten Lebensjahr gelebt hatte. Es waren zwei verschiedene Heime und zweimal Pflegeeltern. Keiner hat es lange mit ihm ausgehalten. Am Dienstag trafen wir uns dann zum zweiten Mal, im gleichen Café. Stellen Sie sich vor: Eich war kurz vorher bei Udo gewesen und hatte sich mit ihm geprügelt. Eich hatte ein Veilchen und erzählte, er hätte Udo einen Zahn ausgeschlagen. Also, er kam geradewegs von dieser Prügelei mit meinem Bruder ins Café. Damals konnte ich darüber lachen, da lebte Eich noch. Bis auf das Veilchen ging es ihm gut. Ich hatte keine Ahnung von der Gefahr, in der er steckte.

Er war sicher, dass Udo das Album hatte. Er sagte, er wolle sich das Album holen, so oder so, auch wenn es mein Bruder nicht freiwillig herausgebe. Wahrscheinlich hat Udo sofort gemerkt, dass es mit dem Album eine besondere Bewandtnis haben muss, und wollte es Eich nicht einmal zeigen. Ich glaube, dass er ein Geschäft witterte. In solchen Dingen ist Udo großartig. Er presst aus allem Geld, wo auch nur ein Pfennig drinsteckt. Die Ratte.«

Eva schüttelte sich das Haar aus dem Gesicht. Tiefe Falten durchfurchten ihre Stirn. »Was Eich sagte, klang nach Einbruch. Ich sagte, wenn Sie erwischt werden, übernimmt die Kanzlei Meier die Verteidigung. Ich meinte das als Scherz. Erst am nächsten Tag erkannte ich, dass alles viel ernster und gefährlicher war, als ich bis dahin dachte.

Also, am Mittwoch kam ich erst gegen ein Uhr nachts nach Hause, denn wir hatten eine Art Weihnachtsfeier bei Meiers zu Hause. Auf meinem Anrufbeantworter war ein Anruf. Es war Eich. Er sagte, eigentlich habe alles geklappt, doch jetzt hätten sie bei *ihm* eingebrochen. Er sei nun in der *heißen Phase*, sagte er, und fragte, ob ich einen sicheren Ort für ihn wüsste. Zu Hause fühle er sich nach diesem Einbruch nicht mehr sicher genug. Ich rief zurück, doch er hob nicht ab. Ich versuchte es immer wieder, die ganze Nacht und auch am Donnerstag. Den Rest kennen Sie. Am Freitag zeigte mir Meier sein Gesicht in der Zeitung und sagte: Das ist doch unser Mandant.«

Eva sah Thann an, als erwarte sie, dass er das Rätsel löste, jetzt sofort. Diese Augen. Dieser Mund.

»Warum haben Sie mir das nicht schon am Freitag erzählt, als wir uns zum ersten Mal sahen?«

»Weil, na ja, wenn die Polizei mit dem Mord an meiner Mutter zu tun hatte, dann war es vielleicht ratsam, vorsichtig zu sein.«

Eichs abstruse Verschwörungstheorie. »Und heute Abend haben Sie sich entschlossen, unvorsichtig zu werden?«

Eva lächelte wieder. »Irgendwie glaube ich, dass ich Ihnen vertrauen kann. Sie werden mich doch nicht enttäuschen, oder?«

»Ich hoffe nicht. Was ist eigentlich mit Ihrem jüngeren Bruder? Was sagt der zu Eichs Theorie?«

Sie klang bedrückt. »Ich kenne ihn gar nicht. Ich weiß nicht, ob er lebt, und wenn ja, wo. Ich habe auch nie herausbekommen, wer mein leiblicher Vater ist. Leider. Ich habe keine Familie. Mein Stammbaum ist abgebrochen, als hätte ein Blitz ihn gefällt.« Ihre Hand fällte einen Baum aus Luft. Dann landete sie in der Mitte des Tisches.

Thann ergriff sie.

Eva sah ihm forschend in die Augen. Ein Moment der Verlegenheit.

Erst jetzt bemerkten sie das Dessert, das der Kellner längst gebracht hatte. Ein ganzes Gebirge aus Kalorien und Cholesterin. Es schmeckte wundervoll.

Thann begann zu erzählen: Von den gleichartigen rätselhaften Verletzungen, die sowohl Evas Mutter als auch Eich zugefügt worden waren. Von seinen Besuchen bei den Leuten, die Anna Korfmacher gekannt hatten. Und von seinem eigenen Zusammenstoß mit dem Fotografen. Kein Wort davon, dass Bollmann ihm den Fall entzogen hatte. Kein Wort von dem Pornovideo.

Es regnete noch immer, als sie das Lokal verließen. Thann hielt ihren Schirm, und Eva ging dicht neben ihm. Er spürte ihren Atem, ihre Wärme. Er bot an, sie nach Hause zu fahren. Sie lehnte ab. Ihr Auto stand gleich um die Ecke.

»Schade, dass Sie schon nach Hause wollen. Ich würde gern den ganzen Abend mit Ihnen verbringen«, bekannte Thann, gespannt, was nun kommen würde.

Eva lächelte spöttisch, als habe er einen Scherz gemacht.

Herzklopfen. »Wann sehen wir uns wieder?«, fragte er.

»Ich habe eine Bitte«, antwortete sie, plötzlich ganz ernst. »Ich weiß, die Polizei will nicht, dass man sich einmischt. Aber ich möchte an diesem Fall mitarbeiten.«

»Als Hilfssheriff? Das gibt es bei uns nicht.«

»Ich habe bereits Günther Eich geholfen. Ich kann Ihnen genauso helfen. Bitte! Es geht um meine Familie. Lassen Sie mich mitarbeiten. Ich habe ein Recht darauf zu erfahren, wie meine Mutter lebte und wie sie starb!«

»Erst einmal geht es um Eich, wie er starb und durch wen.«

»Bitte, ich bin sicher, Ihnen helfen zu können!«

Thann gab nur zu gerne nach. Er konnte Hilfe gebrauchen, mehr als sie ahnte. Und vielleicht würde sie ihr Herz nicht nur an den Fall hängen, sondern auch an ihn.

»Es kann gefährlich werden, Eva.«

»Trotzdem.«

»Ich verstehe Sie gut. Ich werde Sie auf dem Laufenden halten. Wollen wir uns morgen wiedersehen? Wir könnten bei mir zu Hause die Unterlagen durchgehen.«

Um ihre Lippen spielte wieder dieses spöttische Lächeln. »Das klingt ganz nach der berühmten Briefmarkensammlung.«

»Die zeige ich nur ganz besonderen Frauen.«

»Oh. Ich dachte immer, ich sei eine ganz besondere Frau.«

Dieses Lächeln, diese Figur. »Da können Sie recht haben.«

»Dann kann es also gefährlich werden, wenn ich zu Ihnen komme?«

»Nur wenn Sie die Gefahr reizt. Wenn nicht, dann studieren wir einfach nur die Akten. Wie Brüderchen und Schwesterchen beim Mördersuchspiel. Abgemacht?«

Eva lachte.

Thann versprach, sie wiederum nach Feierabend von der Kanzlei abzuholen.

Er stand im Regen und sah Evas Kleinwagen hinterher. Dann machte er einen Luftsprung vor Freude. Er landete in einer Pfütze und wäre beinahe gestürzt. Überglücklich machte er sich auf den Weg zu seinem Auto.

30.

»Mein Gott, Sie sind ja völlig durchnässt. Kommen Sie rasch herein. Ich nehme Ihren Mantel. Wollen Sie einen Schnaps zum Aufwärmen?«

Thann nahm dankbar an. Zum Aufwärmen, zur Feier des Tages und überhaupt. Er hatte lange genug ohne Alkohol durchgehalten, um sich zu beweisen, dass er nicht abhängig war.

Frau Kurz schenkte ihm Cognac ein, besseres Zeug, als er sonst trank. Sie war klein, mollig und lebhaft, doch die Sorge um ihren Gatten stand ihr ins Gesicht geschrieben. Thann erkundigte sich nach dem Mann, der eben als Polizeipräsident zurückgetreten war.

»Es geht ihm besser, danke. Die Ärzte wollen ihn noch ein wenig beobachten. Mit einem kranken Herzen ist jeder Schritt ein Risiko. Was mir mehr Sorgen macht, ist, dass mein Mann sich seelisch verändert hat. Er hat seinen alten Kampfgeist verloren. Aber damit will ich Sie jetzt nicht behelligen.«

Für Thann bedeuteten die Krankheit und der Rücktritt des Präsidenten, dass die Gefahr gering war, dass Kurz und Bollmann über den Fall sprachen und er deshalb aufflog.

Er trank von dem flüssigen Gold, das Frau Kurz ihm reichte, und spürte, wie der Stress des Tages auf Distanz ging. Schnaps, dein Freund und Helfer.

Er fragte die Frau nach Anna Korfmachers Kindern.

»Eva ist für mich wie eine richtige Tochter. Und seit dem Tod unseres leiblichen Sohnes vor bald zehn Jahren ist sie unser einziges Kind. Als sie erwachsen wurde, gab es die üblichen Schwierigkeiten, doch die gibt es in vielen Familien. Eigentlich wollte mein Mann damals auch die beiden Söhne seiner Exfrau zu uns nehmen. Doch ich war dagegen. Den Kleinen gaben wir zu Freunden meines Mannes, die selbst kein Kind bekommen konnten. Der Große musste ins Heim, der war schwierig, richtig verhaltensgestört. Ist ja genau betrachtet auch kein Wunder bei der Art von Erziehung, die seine Mutter ihm gab.«

»Der Kleine hieß Karl, wenn ich richtig informiert bin. Wissen Sie, wo ich ihn antreffen kann? Trägt er noch den Namen Korfmacher oder den seiner Pflegeeltern?«

»Da bin ich überfragt. Aber wenn Sie wollen, frage ich meinen Mann, der müsste sich erinnern.«

»Ich würde mich freuen, wenn Sie mir Bescheid geben könnten. Eine andere Frage: Kennen Sie ein Fotoalbum aus Anna Korfmachers Besitz mit Erinnerungsfotos oder Ähnlichem?«

»Nein. Eva hatte so etwas nicht, vielleicht ihre Brüder. Das meiste, was Anna Korfmacher besessen hatte, war von sehr geringem Wert. Das haben sich diese Kommunarden aufgeteilt, glaube ich. Eva hat keine solchen Dinge ins Haus gebracht. Wir wollten das auch gar nicht. Sie sollte von Anfang an das Gefühl haben, unsere Tochter zu sein. Das Einzige, was sie von früher behielt, waren ihre Spielsachen. Solche Erinnerungsstücke wie ein Fotoalbum finden Sie höchstens bei ihren Brüdern.«

»Wissen Sie von einem Bekannten Anna Korfmachers, der Polizist war wie Ihr Mann?«

»Also, man soll nicht schlecht über Tote sprechen, aber Bekannte hatte diese Frau sehr viele. Für unseren Geschmack zu viele. Ich wollte davon nie etwas hören. Mein Mann machte nur Andeutungen, als er erklärte, wie es zu seiner Scheidung kam. Ich ermunterte ihn zur Vaterschaftsklage, als ich ihn kennenlernte, und tatsächlich: Er war nicht einmal der Vater von Udo. Schon drei Jahre vor der Scheidung hatte diese Frau Verhältnisse, da waren sie gerade ein Jahr verheiratet. Wie gesagt, mit wem sie Umgang pflegte, das interessierte mich nicht. Auch da kann Ihnen besser mein Mann helfen. Wenn er wieder gesund ist, können Sie ihn einmal fragen. Ich kann Ihnen nicht behilflich sein, tut mir leid.«

Sie schenkte ihm nach.

Zu Hause machte sich Thann daran, die kreuz und quer hängenden Zeichnungen, Fotos und Zeitungsausschnitte neu zu ordnen. Er nahm einen letzten Absacker, um sich zu entspannen. Dann schaltete er das Video ein. *Ja, auch nacktes Fleisch.*

Es war Eva, er war sich nun sicher. Von Tommaso hatte er gelernt, dass die Szene vor einigen Jahren aufgenommen worden war, dass die Stimmen synchronisiert waren und dass Pornodarstellerinnen manchmal Perücken trugen. Er dachte sich die Haare dunkler und die Stimme anders, und er sah Eva, wie sie als Studentin ausgesehen haben mochte. *Scharfes Weib.* Er schaltete den Rekorder ab.

In diesem Moment hasste er alle, die das Video je gesehen hatten. Tommaso, der es studiert hatte, Dalla, der es ihm gegeben hatte, Udo Korfmacher und sich selbst.

Das Video hatte die Wirkung des Alkohols zunichte gemacht. Er war aufgewühlt. Dennoch verzichtete Thann darauf, sich Erleichterung zu verschaffen und noch mehr zu trinken.

Es dauerte lange, bis er einschlief.

Wieder träumte er:

Tommaso erklärte vor versammelter Mannschaft ein Video. Die intimsten Szenen und größten Schweinereien kommentierte er völlig sachlich. Plötzlich kam eine Stelle, in der alle Thann als Darsteller erkannten. Die Kollegen grölten und klopften sich auf die Schenkel. Dann stand Bollmann auf und befahl, sämtliche Polizeihunde auf Thann zu hetzen. Er konnte fliehen.

Danach saß er mit Eva im italienischen Restaurant. Plötzlich stürmten die Schäferhunde mit gefletschten Zähnen und erigierten rosa Penissen ins Lokal. Der Kellner half Eva durch einen Hinterausgang ins Freie, während Thann mit bloßen Fäusten versuchte, die tierischen Angreifer abzuwehren. Einer der Hunde hatte eine Zahnlücke. Ein anderer hatte einen blonden Schnurrbart und stahlblaue Augen.

Schließlich rannte auch Thann durch den Hinterausgang und geriet in eine Versammlung von Hausbesetzern. Es war ein

Raum voller Leute, die sich heftig über irgendetwas stritten. Ganz hinten im Raum erkannte er Anna. Sie wollte ihm etwas mitteilen, doch er konnte sie nicht verstehen.

31.

Dienstag. Er hatte keinen Wecker gestellt. Als er wach wurde, war es bereits Vormittag. Es war etwas wärmer geworden. Ab und zu blitzte sogar die Sonne durch die Wolken. Die Hoffnungen auf eine weiße Weihnacht waren geplatzt. Thann war das egal.

Er kaufte ein und deckte eine fürstliche Frühstückstafel ganz für sich allein. Während der Kaffee durch die Maschine lief, griff er sich das Telefon.

»Anwaltskanzlei Meier.«

»Hier ist Thann. Einen wunderschönen guten Morgen, Eva. – Sie wollten mir helfen? Sie haben doch die Adressen der Heime und Pflegeeltern Ihres Bruders.«

Sie hatte sie sogar bei sich im Büro. Zwei Adressen in der Stadt, zwei in der näheren Umgebung.

»Vielen Dank. Die Zusammenarbeit klappt ja bereits hervorragend.«

»Dafür halten Sie mich bitte auch immer auf dem Laufenden. Wie abgemacht.«

»Natürlich. Da fällt mir noch etwas ein. Wer steckt eigentlich hinter der Wohnungsgesellschaft, der das Haus gehörte, in dem Ihre Mutter wohnte? Wissen Sie das?«

»Nein, keine Ahnung. Aber ich werde mich umhören. Ich kann das recherchieren.«

»Wunderbar. Sie sind ein Schatz, Eva.«

»Von mir aus können wir uns gerne duzen.«

»Gern. Heute Abend trinken wir Bruderschaft. Mit Sekt und Kuss.«

»Ach ja?«

»Küsschen.«

»Mal sehen.«

Er sah ihr spöttisches Lächeln vor sich.

Thann schlug die Zeitung auf. Die Seiten mit den großen Überschriften und den vielen Fotos waren schnell durchgeblättert, die Sensationslust rasch enttäuscht. Die Serie über die angebliche Sexsklavin lief noch immer. Auf Seite 3 gab es das obligatorische Busenmädchen. *Ja, auch nacktes Fleisch.*

Auf der vorletzten Seite gab es eine Rubrik »Stadtgespräch«. Ein Foto fiel Thann ins Auge. Es zeigte Bollmann auf irgendeiner Feier. Er trug einen Smoking und hielt ein Sektglas in der Hand. Neben ihm strahlte eine Blondine, die zwanzig Jahre jünger schien. Darunter stand:

KRIMINALOBERRAT BOLLMANN LACHT.

Designerklamotten (Armani), Porsche (250 PS) und Ferienhaus (Südfrankreich). Harald Bollmann, 51, kann es sich leisten, seit er mit Nicole, 36, Millionärswitwe, verheiratet ist. Harald im Glück: Nun winkt der Posten als Polizeipräsident. Bumm-Bumm-Bollmann (schwarzer Gürtel, Dienstwaffe immer dabei), der erste Polizeichef, der es niemals nötig hätte, sich bestechen zu lassen. Gratulation! Die Mafiosi zittern!

An ihm führt jetzt kein Weg mehr vorbei. Thanns Magen meldete sich. Die Kiesel hatten scharfe Kanten und bohrten sich in die Magenwand.

32.

»Das Gleiche hat mich vor gut einer Woche schon einmal jemand gefragt.«

Die Heimleiterin war eine zierliche Person mit grauen Haaren, die zu einem Pferdeschwanz gebunden waren.

»Ich konnte mich gleich an Udo erinnern. Er war ein sehr schwieriges Kind, aber auch sehr lieb, auf seine Art. Am Anfang ließ er keinen an sich heran. Er kapselte sich regelrecht ab. Gegenüber den Erziehern genauso wie gegenüber den anderen Kindern. Am Anfang war er unser Problemfall Nummer eins. Er war etwa ein Jahr bei uns. Im Lauf des Jahres veränderte er sich sehr, zu seinem Vorteil.

Mit seinen Pflegeeltern kam er allerdings nicht zurecht. Und so war er nach einem Jahr wieder bei uns. Mit zehn kam er dann in die zweite Familie. Wieder eine neue Mama, ein neuer Papa, neue Geschwister. Dort blieb er, glaub ich, bis er vierzehn war. Dann kam er in ein Heim für Schwererziehbare. Der Mann, der vor einer Woche nach ihm fragte, sagte mir, Udo sei heute Fotograf. Dann hat er also Tritt gefasst? Das freut mich sehr. Sie sehen, Heimkinder landen keineswegs automatisch auf der Straße oder im Gefängnis.«

Das kann ja noch kommen, dachte Thann. »Und ein Fotoalbum? War so etwas unter seinen persönlichen Dingen?«

»Ja. Komisch, der Mann vor einer Woche fragte auch danach. Ja, er hatte ein Album. Am Anfang war er von seinen Sachen gar nicht zu trennen. Er spielte nie mit anderen, nur mit seinem Spielzeugauto oder seinem Teddy. Oder eben mit diesem Album. Ich war damals noch eine ziemlich unerfahrene Erzieherin und dachte, es wäre besser für ihn, wenn er sich von seiner Vergangenheit lösen könnte. Als ich ihm das Album einmal wegnehmen wollte, fing er an zu schreien und war nicht mehr zu beruhigen. Ich musste es ihm zurückgeben.

Erst später sah ich, dass er viel Spaß am Zeichnen hatte. Indem ich mit ihm und anderen Kindern gemeinsam malte, konnte ich ihn an die Gemeinschaft gewöhnen. Er zeichnete besser als die meisten anderen in seinem Alter. Und er hatte Spaß daran und taute auf. Es war ein großer Erfolg für mich.«

»Was war das für ein Spielzeugauto?«

»So grün-weiß mit Blaulicht. Ein Polizeiauto.«

»Erinnern Sie sich, ob er Besuch bekam? Vielleicht von einem Polizisten?«

»Er bekam sehr selten Besuch. Eigentlich nur von seinem Onkel. Ob das ein Polizist war, weiß ich nicht. Uniform trug er jedenfalls keine.«

Anna Korfmacher hatte keinen Bruder gehabt. Soviel wusste Thann aus seinen Unterlagen. Onkel – der Bruder des Vaters? Der Vater selbst?

»Können Sie ihn beschreiben?«

»Oh nein, das ist wirklich zu lange her. Groß war er. Kräftig. Ach, und einen Vollbart trug er. Blond. Nein, braun. Nein, doch blond. Ach, ich weiß es nicht mehr. Tut mir leid.«

Thann zeigte ihr die Zeichnung des Mordopfers. Sie erkannte den Mann, der sich am Montag letzter Woche nach Udo Korfmachers Album erkundigt hatte.

Auf der Rückfahrt resümierte Thann. Ja, es gab das Album. Mit dieser Information war Eich zu Korfmacher gefahren. Der hatte abgestritten, es zu besitzen. Daraufhin hatten sie sich geprügelt. Udo Korfmachers Zahnlücke war das Ergebnis dieses Zusammenstoßes. Eich wollte sich danach das Album per Einbruch aneignen. Hatte er es bekommen? Wenn ja, hatte möglicherweise Korfmacher den Einbruch in der Goethestraße begangen, um es Eich wieder abzujagen. Die paar Fotos schienen verdammt wichtig zu sein.

33.

Auf seinem Schreibtisch im Präsidium lag ein Zettel. Thann las: »Bitte melden Sie sich bei mir, sobald Sie eintreffen. Dienstag, 8:30 Uhr, Hauptkommissar Fröhlich.« Vor drei Stunden geschrieben.

Er konnte sich denken, was der Dicke von ihm wollte. Doch

es gab Wichtigeres, als dem Schmuddelkram aus der *Oase* nachzugehen. Der Linoleumboden knarrte unter seinen Schuhen. Links lagen hinter weiß lackierten Türen die Büros, rechts sah er durch Sprossenfenster auf den Hof und die parkenden Autos. In diesem Moment stieg Bollmann aus einem Streifenwagen, winkte dem Fahrer zu und lief zu einem der Festungseingänge. *Harald im Glück.* Thann beschleunigte seinen Schritt und hoffte, Bollmann nicht über den Weg zu laufen.

Thann erreichte das Treppenhaus mit seiner weit ausholenden Wendeltreppe. Fast wäre er mit zwei Beamten zusammengestoßen.

Es waren Schneider und Dalla.

»He, Thann! Bist du auf der Flucht oder arbeitest du immer in dem Tempo?«

Frau Singelstein, Eichs Nachbarin: *Uns hat doch niemand gefragt.* Bollmann war vergessen.

»Was macht der Deponiemord?«

Die beiden sahen sich an und schienen belustigt.

»Steht kurz vor der Aufklärung«, sagte Schneider.

»Fendrich macht das ganz gut«, erklärte Dalla. Ein Seitenhieb gegen Thann.

»Und wer war's?«

Schneider und Dalla strebten bereits auf die Treppe zu und drehten sich noch einmal um. »Die Knastmafia. Irgendein Racheakt. Glücksspiel, Drogen oder so. Ich hoffe, du bist darüber hinweggekommen. Bis bald!«

Sie verschwanden nach oben. Thann bezweifelte, dass Fendrich mit Eifer bei der Sache war. Und Bollmann schien ohnehin anderes im Kopf zu haben als die Aufklärung eines Mordes an einem Haftentlassenen.

Im gegenüberliegenden Flügel war es das gleiche Linoleum und der gleiche rissige Lack an den Türen. Ein Schild: *Knut Fröhlich, Leiter Kommissariat II.*

»Es geht nicht, dass Sie losgehen und arbeiten oder nicht arbeiten, ohne dass Sie sich abmelden. Sie haben gestern Morgen das Präsidium verlassen und kommen heute gegen Mittag wieder rein, ohne dass Sie jemandem Bescheid gesagt haben, wo Sie erreichbar sind oder was Sie überhaupt tun. Verdammt noch mal! So geht das nicht, Thann!« Hauptkommissar Fröhlichs Ton entsprach diesmal überhaupt nicht seinem Namen.

»Wir sind hier *eine* Arbeitsgruppe. Wir arbeiten zusammen an *einem* Ziel. Da geht es nicht, dass jemand ausschert und keiner weiß, was der Mann tut. Auch nicht, wenn er aus dem K1 kommt. Nur gemeinsam können wir arbeiten. Im Team, verstehen Sie mich?«

Fröhlich nahm seine Brille ab und putzte sie mit kleinen, hektischen Bewegungen.

»Ich verlange deshalb von Ihnen einen detaillierten Bericht darüber, was Sie in den letzten 24 Stunden getrieben haben. Und in Zukunft machen Sie keinen Schritt mehr, ohne dass ich oder ein Kollege davon weiß. Sonst muss ich dem Kripochef Meldung machen. Verstanden?«

Der Dicke setzte seine Brille auf, wuchtete den Körper aus dem Stuhl, bewegte sich um seinen Schreibtisch und ging ans Fenster. Pause. Thann ließ einige Zeit verstreichen, bevor er antwortete. Er bemühte sich, ruhig und gelassen zu erscheinen.

»Ich verstehe Sie gut. Aber ich werde mich nicht an Ihre Regeln halten. Ich biete Ihnen einen Handel an. Sie fragen mich nicht, was ich den Tag über tue. Dafür nenne ich Ihnen morgen Abend das Studio, in dem die Tierpornos gedreht wurden. Und den Namen des Besitzers. Morgen Abend. Einverstanden?«

Verdutzt fragte der Sittenchef: »Wo ist das Band denn produziert worden?«

Thann schüttelte den Kopf. »Morgen Abend, Herr Fröhlich.«

Fröhlich sah Thann lange an. Er fuhr mit seinen fleischigen Händen durch die grauen Schläfen. Dann streckte er sie beschwörend gegen die Decke.

»Das gibt's doch nicht. Ich weiß nicht, was Sie im Schilde führen. Mein lieber Thann. Wenn Sie es jetzt schon wissen, dann reden Sie jetzt.«

»Vor morgen Abend um sechs weiß ich es nicht. Bis dann lassen Sie mir bitte freie Hand.«

»Na gut. Ich hoffe, Sie wissen, was Sie tun. Machen Sie keine Dummheiten, Thann.«

Telefonate. Zuerst gab Thann die Nummern der Fahrzeuge durch, die er am Sonntagabend im Hof der Danziger Straße 70 aufgeschrieben hatte. In einer Stunde würde er die Namen haben. Dann fragte er nach, ob am frühen Nachmittag des Mittwochs vergangener Woche ein Streifenwagen in die Gegend Goethestraße gerufen worden war. Hier erhielt er die Antwort sofort: Nein.

Er spannte ein Papier in die *Olympia*. Ein Bericht für seine eigene Akte zum Fall Eich. Nach der ersten Zeile streikte das Gerät.

Er wählte die Nummer der Verwaltung.

»Kann ich bei Ihnen Tipp-Ex bekommen? Und ein neues Farbband?«

»Ja, natürlich. Dafür sind wir doch da. Nächstes Jahr wieder.«

»Was?«

»Sie wissen doch: Materialausgabe nur am Montagnachmittag. Heiligabend und Silvester fallen aus. Also erst wieder am siebten Januar.«

»Das darf doch nicht wahr sein!«

»Doch. Wärense gestern gekommen!«

»Da hatte ich keine Zeit.«

»Und wir haben jetzt keine Zeit.«

»Ich brauche die Sachen aber jetzt! Ich habe zu arbeiten!«

»Tun Sie nicht so, als würde die Verwaltung nicht arbeiten.«

»Bitte, nur Tipp-Ex und ein ganz normales Farbband für meine *Olympia*.«

»Geht nicht. Wo kämen wir hin, wenn jeder sein Tipp-Ex holen würde, wann es ihm einfällt!«

»Bitte! Ich komme rasch vorbei, ganz unbürokratisch. In fünf Minuten bin ich bei Ihnen.«

»Dann sind wir in Mittagspause.«

»SIE BLÖDES ARSCHLOCH! SIE VERDAMMTER SESSELFURZER!«

»Wie war Ihr Name? Das gibt eine Disziplinarbeschwerde!«

Thann schlug den Hörer auf die Gabel.

Miller saß am hintersten Tisch der kleinen Trattoria unweit des Präsidiums. Thann hatte gehofft, ihn hier anzutreffen, um ihn über die Fortschritte der Kollegen im Mordfall Deponie aushorchen zu können. Er setzte sich zu ihm und bestellte eine Lasagne. Es war ein kleines, billiges Lokal. Hier gab es Stuck und Toscana-Poster. Die Bedienung hantierte mit großer Hektik zwischen Tischen und Tresen. Es war laut, und in der Luft hingen Schwaden von Zigarettenqualm.

Der junge Kommissar plauderte gern. Fendrich leitete jetzt den Fall, aber sie sahen ihn nur einmal am Tag zur Morgenbesprechung. Sie hatten begonnen, die ehemaligen Knastgenossen Eichs unter die Lupe zu nehmen. Eine Arbeit, die ebenso aufwendig war wie die Überprüfung der Mülltonnen. Aber sie waren froh, nicht mehr im Müll schnüffeln zu müssen.

In dem Maß, wie der Fall aus den Zeitungsseiten verschwand, nahm auch der Druck auf die Ermittler ab. Noch immer gab es nicht einmal die Andeutung eines Mordmotivs. Schneider und Dalla hatten Thann angelogen.

Seit Thann nicht mehr die Ermittlungen leitete, war keine einzige Überstunde mehr angefallen. Eine ruhige Kugel schieben – das war für die meisten Kollegen die angenehmste Begleiterscheinung.

Miller ließ durchblicken, dass er Fendrich nicht mochte und den schleppenden Gang der Ermittlungen missbilligte.

Thann war in Sorge, Bollmann könnte von seinem Alleingang erfahren. Vorsichtig sondierte er: »Habt Ihr mal seine Freunde von früher befragt? Aus der Zeit, bevor er in den Knast ging?«

»Nein. Fendrich sagt, das bringt nichts. Nach so vielen Jahren kennt den keiner mehr.«

»Was ist mit dem Wohnungseinbruch?«

»Ist aufgeklärt, soviel ich weiß. Ein Drogensüchtiger. Schneider und Dalla schnappten ihn, als er Eichs Stereoanlage an den Mann bringen wollte.«

»Hm. Wisst Ihr, wie Eich seine letzten Tage verbrachte?«

»Ich glaube, da sind Schneider und Dalla dran, das zu rekonstruieren. Aber soviel ich weiß, tappen die auch im Dunkeln. Vielleicht war es tatsächlich ein Wahnsinniger, dem dieser Eich zufällig übern Weg lief, so wie es in der Zeitung stand. Was meinst du?«

»Vielleicht«, sagte Thann und bezahlte sein Essen. Er scheute davor zurück, Miller ins Vertrauen zu ziehen. Als er das Lokal verließ, atmete erst einmal kräftig durch. Sein Magen brannte etwas, nicht weiter schlimm. Die Wolkendecke hatte sich verdichtet. Es sah wieder einmal nach Regen aus.

Zurück in seinem Büro klemmte Thann den Hörer zwischen Schulter und Ohr und notierte Namen und Adressen der Halter, deren Autos vorgestern bei *Foto Korfmacher* geparkt hatten.

Treffer – einer der Namen war ihm nur allzu bekannt: Bodo Schneider, Kriminaloberkommissar. Dass sich viele Polizeibeamte nur mit einer Nebenbeschäftigung über Wasser halten konnten, wusste Thann. Dass es Schneider zum Film gezogen hatte, fand er hochinteressant.

34.

Es war genau zwei Uhr, als Thann die Dresdner Straße 70 erreichte. Er sah weder Korfmachers Auto noch Licht in dessen Wohnung oder Studio. Mit einem Dietrich öffnete er die Haustür, mit einer Metallnadel Korfmachers Wohnungstür. Er hoffte, das Album zu finden. Wenn Korfmacher es zurückgestohlen hatte, musste es hier sein. Thann war nervös. Jeden Moment konnte der Fotograf nach Hause kommen. Als Freiberufler hatte er wahrscheinlich keine festen Arbeitszeiten.

Es war eine Dreizimmerwohnung mit Küche und Bad. Als Erstes nahm sich Thann das Büro vor. An drei Wänden standen Regale bis zur Decke. Diakästen, Bildbände, Zeitschriften, Aktenordner, Karteikästen, Schubladen mit Unmengen von Fotos und Negativfilmen. Thann rief sich zur Ruhe und begann, systematisch vorzugehen. Er gab sich Mühe, nichts zu verändern, als er den Schreibtisch durchsuchte und in den Regalen nach versteckten Winkeln forschte. Er kroch unter den Tisch und stieg auf Stühle. Er bewegte die halbe Einrichtung und brachte alles wieder an seinen Platz, vom Leuchtkasten bis zum Brieföffner. Nichts. Kein Album.

Zwei Uhr dreißig.

Thann durchsuchte Wohnzimmer und Schlafzimmer, Küche und Bad, ohne zu finden, was er suchte. In keinem Schrank hatte es einen Safe gegeben. Gerade, als Thann begann, Bilder abzuhängen und Poster abzutasten, klingelte es. Sein Herz begann, wild zu pochen.

Es war das Telefon im Arbeitszimmer. Thann beruhigte sich und betrat das Büro. Nach dem dritten Klingeln begann der Anrufbeantworter zu klicken. Mit einem leisen Rauschen drehten sich die Spulen der Kassette. Dann hörte Thann die unbekannte Stimme des Anrufers.

»Hallo, Korfmacher, Auftrag vom Boss. Am Freitag steigt 'ne Party, 'ne richtig große Party. Das Jahr war erfolgreich. Es gibt vieles zu feiern. Ort ist wieder das ›Belle‹. Du sollst diesmal die Mädels besorgen. Der Boss will junges Blut, keine Profinutten. Es ist 'ne dicke Provision drin für dich. Ruf zurück, sobald du kannst.«

Es klickte, die Spulen liefen zurück. Klick, klick – Stille. Ein Lämpchen blinkte. Thann besaß keinen solchen Apparat. Es lohnte sich für ihn nicht. Es gab zu wenige, die ihn zu Hause anriefen.

Zehn Minuten vor drei.

Thann setzte die Suche im Wohnzimmer fort und wurde hinter einem gerahmten Poster fündig. Mithilfe seines Werkzeugs hatte er den Safe rasch geknackt. Wieder Fehlanzeige. Statt eines Fotoalbums lagen in dem kleinen Stahlkasten nur ein Bündel Geldscheine, ein Karton mit Fotos und ein kleines, abgegriffenes Notizbuch.

Es war eine Fotosammlung der besonderen Art. Die Abzüge steckten in Klarsichthüllen und waren auf der Rückseite jeweils mit Namen, Datum und Nummer versehen. Auf der Vorderseite übten sich Damen und Herren in verschiedenen Varianten des Geschlechtsverkehrs, *ja, auch nacktes Fleisch*. Es waren etwa sechzig Fotos. Auf vier davon war Eva zu sehen.

Das Notizbuch hatte für jede Seite eine Nummer. Daneben standen die Namen der Filme und der Darsteller. Darunter gab es jedes Mal eine Liste mit Jahreszahlen und Monatsangaben und Geldbeträgen. *Er presst aus allem Geld, wo auch nur ein Pfennig drinsteckt.* Penible Buchführung. Die Summen lagen zwischen 500 und 5.000 Mark und flossen teils monatlich, teils vierteljährlich. Die einen bezahlten seit mehreren Jahren, andere hatten nur wenige Male bezahlt.

Thann überschlug, dass Korfmacher in den letzten sieben Jahren insgesamt 24 Personen in der Mangel hatte und auf diese Weise jährlich auf ein unversteuertes Nebeneinkommen von etwa 100.000 Mark gekommen sein musste. Mit steigender Tendenz.

Eva war die Nummer acht. Die Filme hießen *Hot Shots III, Geil und ohne Hemmungen* sowie *Sünde am Nachmittag*, produziert in den Jahren 1988 und 1989. Die Erpressung hatte vor drei Jahren begonnen. Udo hatte von seiner Schwester zunächst monatlich 500 Mark erhalten, im Vergleich zu anderen Opfern kaum der Rede wert. Doch nach vier Monaten war die Summe in die Höhe geschnellt, auf 1500 Mark, Monat für Monat. Thann fragte sich, wie Eva so viel von ihrem Gehalt als Anwaltsgehilfin abzweigen konnte. Die letzte Eintragung war vom November dieses Jahres.

Thann blätterte weiter. Die anderen Namen sagten ihm nichts. Er legte Buch und Fotos zurück. Nur die vier Bilder mit Eva steckte er ein.

Ein Blick auf die Uhr: Fünf Minuten nach drei.

Thann vermutete, dass im Büro weitere interessante Einzelheiten über Korfmachers Schweinereien zu finden wären. Doch er hielt sich schon zu lange in dieser Wohnung auf und wollte sein Glück nicht zu sehr herausfordern. Er vergewisserte sich, dass er alles hinterließ, wie er es vorgefunden hatte, und trat in den Flur. Er hatte bereits die Hand auf der Klinke, als er im Treppenhaus Schritte und Stimmen hörte. Thann hielt die Luft an und sah durch den Spion.

Draußen standen zwei Personen. Er erkannte Korfmacher. Der Fotograf wühlte in seiner Tasche nach dem Schlüssel. Sein Gesicht wirkte riesig und verzerrt, als es sich der Tür näherte. Thann sah die Zahnlücke und hörte ein Kratzen im Schloss. Korfmacher hatte den Schlüssel gefunden.

Mit drei Schritten verschwand Thann im Badezimmer. Er ließ die Tür angelehnt. Es war dunkel und muffig. In seinen Kniekehlen spürte er das Klo.

Er hörte, wie die beiden den Flur betraten und unmittelbar vor der Badezimmertür stehen blieben. Noch nie war sich

Thann seiner Atmung so bewusst gewesen wie in diesem Moment. Er zwang sich, flach und gleichmäßig Luft zu holen, aber es schien ihm, als keuchte er fürchterlich laut. In seinen Ohren dröhnte der Pulsschlag. Er zitterte am ganzen Leib.

»Saß ein bisschen zu locker, dein neuer Zahn, was?« Die Stimme des Zweiten – Schneider!

»Willst du mich verarschen, Bodo? Das Schwein weiß Bescheid. Das sag ich dir.« Korfmacher.

Thann vernahm mit Erleichterung, dass die beiden weitergingen. Im Wohnzimmer knarrte ein Sessel, in der Küche hörte er die Kühlschranktür und das Öffnen zweier Bierflaschen.

»Woher soll der Idiot etwas wissen? Der hat nur geblufft. Das ist alles, was der kann. Dem fließt der Ehrgeiz aus beiden Ohren, aber drauf hat er nichts. Du hattest doch gut aufgeräumt?«

»Natürlich. Ich bin doch nicht blöd.«

»Na siehst du. Kein Mensch ahnt, woher die Viechereien stammen. Ich weiß das. Unser Mann im Sittendezernat passt auf.«

»Aber er ahnt etwas. Das Schwein hat mich aufs Korn genommen. Ich schwör's dir.«

»Der Chef wird ihn zur Brust nehmen. Ich habe mit ihm geredet. Notfalls wird er kaltgemacht.« Schneider rülpste laut. »Komm, mach kein solches Gesicht, du trübe Linse. Prost!«

Die Flaschen klirrten gegeneinander.

»Eins muss ich dir sagen, Udo. Zahnlücke mag ja ganz extravagant sein, aber ohne gefällst du mir besser, hahaha!«

»Du Arsch!«

»Das Bier treibt. Ich bin gleich wieder da.«

Thann hörte Schneiders Schlurfen näher kommen. Unwillkürlich wich er zurück, taumelte und bekam den Toilettendeckel zu fassen. Sein Herz raste. Thann sah sich nach einem Versteck um. Nur schemenhaft konnte er das Innere des Badezimmers erkennen.

»Und wenn dieses Schnüfflerschwein nicht locker lässt?«

»Jetzt mach dir mal nicht in die Hosen.« Schneiders Stimme,

bereits im Flur. »Wir haben alles im Griff, Udo. Und jetzt lass mich bitte pissen gehen.«

Thann tastete sich aus seiner Ecke heraus. Das Einzige, was ihn verbergen konnte, war der Duschvorhang. Beim Einstieg in die Dusche schlug er sich das Schienbein an. Fast hätte er mit dem Ellbogen ein Regal mit Shampoos und Duschgels abgeräumt. Er roch den schimmeligen Plastikstoff des Vorhangs. Die Anspannung schnürte ihm den Brustkorb ein. Sein Bein schmerzte.

Das Licht ging an. Grelles Weiß blendete Thann. Sein dringendster Wunsch war in Erfüllung gegangen: Der Duschvorhang war *nicht* transparent. Thann hörte Schneiders Reißverschluss und ein Plätschern. Er hielt die Luft an. Schneider hörte nicht auf zu pinkeln. Thanns Brustkorb drohte zu platzen. Es plätscherte schier endlos. Thann wusste nicht, wie er Luft holen sollte, ohne dass Schneider es hören würde. Endlich erlöste ihn das laute Rauschen der Klospülung.

Thann atmete tief durch, während Schneider den Raum verließ. Es wurde wieder dunkel in Thanns Versteck. Dunkel und muffig und eng zwischen Plastikstoff und Shampooregal.

Die beiden setzten ihre Unterhaltung fort.

»Wie konntet ihr nur so dämlich sein und Eich in den Müll stecken?«

»Wie konntest du nur so dämlich sein und all die Jahre dieses Album aufbewahren? Wo mag es nur sein? Bei Eich war es jedenfalls nicht. Ich glaube nicht, dass wir es übersehen haben. Dein dämliches Album macht dem Chef viel mehr Sorgen als unsere Viechereien.«

»Vielleicht hat Thann das Album?«

»Jetzt mach mal halblang. Nur weil er dich einmal verprügelt hat, brauchst du nicht zu glauben, er sei Superman.«

»Vielleicht hat es Eva? Du hast selbst gesagt, dass Eich sich mit ihr getroffen hat.«

»Das war, bevor er es bei dir holte. Verstehst du? Bevor!«

»Ist ja schon gut.«

»Du bist reichlich nervös. Du solltest mal Urlaub machen. Kennst du die Hütte, die unser Chef in Südfrankreich hat? Ich war mal dort. 400 Quadratmeter Wohnfläche, Swimmingpool, Tennisplatz und alles auf einer Klippe hoch über dem Meer. Unten ist ein kleiner Privatstrand. Da bist du ganz ungestört. Kannst ja eine deiner Miezen mitnehmen.« Schneider stieß noch einen seiner großen Rülpser aus. »So, jetzt muss ich gehen, mein Junge.«

»He, du wolltest mir die Kohle geben.«

»Hab ich nicht vergessen.«

Thann hörte ein leises Rascheln.

»5.000 Eier, du kannst nachzählen. Dem Chef hat das gut gefallen. Manchmal bist du dämlich wie Pisse, aber ab und zu kann man dich gebrauchen, Udo. Wie viel hast du denn von der Konkurrenz für die Viechereien bekommen?«

»Betriebsgeheimnis.«

Die Stimmen kamen näher.

»Erst den Polen den Schweinkram teuer verkaufen und sie dann hopsgehen lassen. Guter Dreh. Bis auf Weiteres haben wir die Ostkonkurrenz vom Hals. Beruhigungsstrategie.« Schneider lachte kurz und trocken.

»Nun seht ihr aber zu, dass deine Kollegen mir nicht auf die Schliche kommen.«

Schneider und Korfmacher standen im Flur. Schneider verabschiedete sich. »Keine Sorgen. Wann sehen wir uns wieder?«

»Wenn du willst, morgen Abend um halb acht. Ich kann noch einen Stecher gebrauchen.«

»Wie viel?«

»150 für zwei Stunden. Wenn ich deinen Polizistenschädel nicht aus dem Bild lassen müsste, gäbe es das Doppelte.«

»Na gut, 150. Was ist mit Frau und Hund?«

»Kannst du zu Hause lassen. Von Viechereien lasse ich für die nächste Zeit die Finger.«

Die Tür fiel hinter Schneider ins Schloss. Thann hörte Schritte auf und ab gehen und wagte sich nicht aus der Dusche. Seine Hoffnung, auch Korfmacher würde die Wohnung verlassen, wurde enttäuscht. Im Gegenteil.

Das Licht ging an. Nur der weiße Vorhang trennte Thann und den Fotografen. Weiß mit Blümchen und Stockflecken. Korfmacher summte eine Melodie. Thann hörte Kleidungsstücke zu Boden fallen und das Knarren eines Wäschekorbs. Längst hatte er aufgehört zu atmen. Er sah sich verzweifelt in der Dusche um. Kein Versteck. Kein Notausgang. Beginnende Panik.

Korfmachers Summen wurde leiser, er ging in Richtung Schlafzimmer. Thann lauschte, dann beschloss er, den Ausbruch zu wagen. Doch schon war Korfmacher wieder im Badezimmer. Er kam näher. Plötzlich beulte sich der Duschvorhang nach innen. Ein nackter Arm tastete sich von der Seite herein. Thann wich aus, soweit er konnte. Die Hand erfasste die Armatur und drehte das Wasser auf.

Eiskalt und laut prasselte es auf Thann herab und gegen den Vorhang. Thann wartete, doch nichts geschah. Das Wasser wurde allmählich wärmer. Da hörte er durch das Prasseln das Klingeln des Telefons. Das Wasser wurde so heiß, dass es schmerzte. Thann fasste sich ein Herz und stieg aus der Dusche, bereit, sich ein zweites Mal mit dem Fotografen zu prügeln. Doch der war nicht mehr im Raum.

Korfmacher schien ans Telefon gegangen zu sein. Thanns Kleidung tropfte und hinterließ eine Pfütze auf dem Badezimmerboden. Hinter ihm prasselte die Dusche weiter. Dampf quoll über die Oberkante des Plastikvorhangs.

Thann schlich auf den Flur. Die Tür zum Büro stand offen. Am Telefon stand Korfmacher, nackt und hager, mit dem Rücken zu Thann und ins Gespräch vertieft.

»Gratuliere, Vater.« … »Meinst du?« … »Genauso zähle ich auf dich.« … »Danke, Vater.«

Thann öffnete leise die Wohnungstür, verschloss sie vorsichtig hinter sich und bewegte sich nach unten, erst langsam schleichend, dann immer schneller. Eine Spur von Wassertropfen markierte seinen Weg ins Freie, weg von dieser Wohnung und diesem Versteck.

Er atmete auf, als er draußen auf der Straße stand. Der Druck, der seine Brust zusammengeschnürt hatte, ließ allmählich nach. Es regnete, und keinem Menschen fiel auf, wie nass er war.

35.

Wie konntet ihr nur so dämlich sein und Eich in den Müll stecken. Als er in seiner Wohnung ankam, wurde Thann erst richtig klar, was er bei Korfmacher gehört hatte. Er konnte nur hoffen, dass Schneider das Haus nicht beobachtet hatte, als Thann es verließ. Schneider war einer der Mörder, und Korfmacher steckte mit ihm unter einer Decke. *Dein dämliches Album macht dem Chef viel mehr Sorgen als unsere Viechereien.* Schneider war in Eichs Wohnung eingebrochen und hatte das Album gesucht. Vergeblich. *Wo mag es nur sein?*

Wie konntet ihr nur so dämlich sein und Eich in den Müll stecken. Jetzt kannte Thann einen der Täter und hatte dennoch nichts in der Hand. Korfmacher würde nicht gegen Schneider aussagen. Dafür hatte er zu viel Angst. Thann musste diesen »Chef« ausfindig machen.

Und mit wem hatte Korfmacher zuletzt telefoniert? *Gratuliere, Vater. Danke, Vater.* Thann dachte an die Verletzungen in Eichs Gesicht. *Gefoltert, bevor er starb.* Und die toten Augen, die ihn auf der Deponie angefleht hatten. Es lief ihm kalt den Rücken hinunter. *Der Chef wird ihn sich zur Brust nehmen. Notfalls wird er kaltgemacht.*

Thann ging ins Bad, um seine Haare trocken zu föhnen. Ein Frösteln blieb.

Den Rest des Nachmittags verbrachte er beim Einkaufen. Er hatte sich vorgenommen, für Eva einen Menüvorschlag seines Kochbuches nachzukochen. Er stürzte sich in Unkosten und besorgte Wachteln, Rehfilet und ausgefallene Früchte, guten Sekt und Wein. Und als er in der Lebensmittelabteilung des Kaufhauses den Salat auswählte und das Gemüse abwog, da schaltete er ab, ohne dass es ihm bewusst wurde. Für eine kurze Zeit dachte er nicht an seine Arbeit, nicht an Mord, Prügelei und Pornografie, nicht einmal an die schreckliche Viertelstunde hinter Korfmachers weißem, nach Schimmel riechenden Duschvorhang.

36.

»Es schmeckt wunderbar. Wie machst du das Schokoladenmousse?«

»Eier, Sahne, Schokolade natürlich und etwas Weinbrand. Ich kann dir mein Kochbuch leihen, wenn du möchtest.«

»Auf alle Fälle werde ich mich revanchieren. Das nächste Mal essen wir bei mir.«

Das nächste Mal. Thann jubelte innerlich.

»Einen Digestif?«

»Nein danke, ich glaube, ich habe schon zu viel von dem leckeren Wein getrunken.«

»Wir haben auch Mineralwasser da.« Thann goss Wasser in die leer getrunkenen Sektgläser, die auf dem Tisch standen.

»Hast du was dagegen, wenn ich kurz auf deinen Balkon gehe, um eine zu rauchen?«

»Du kannst auch im Zimmer rauchen. Ich habe nichts dagegen«, log er.

Zu seiner Erleichterung bestand sie auf den Balkon.

Er räumte den Tisch ab und legte eine neue Platte auf. Stan Getz, ruhigen Jazz, den er schon lange nicht mehr gehört hatte.

Er hatte überhaupt zu wenig Musik gehört in der letzten Zeit, zu selten gekocht und noch seltener Besuch einer schönen Frau gehabt.

Ihre Zigarette glimmte im Dunkeln auf. Er trat zu ihr nach draußen.

»Es soll Sturm geben heute Nacht.«

»Lass es doch stürmen, Eva. Wir machen es uns trotzdem gemütlich.«

»Aber nicht mehr lange. Morgen früh muss ich zur Arbeit wie jeden Tag.«

Sie schwiegen. Thann legte seinen Arm um Eva und spürte, dass ihr das angenehm war.

»Du hast mir schlimme Dinge erzählt. Du hast sie auf dich aufmerksam gemacht, als du bei meinem Bruder warst. Und du weißt nicht, wem du bei der Polizei vertrauen kannst. Du musst vorsichtig sein.« Sie stieß den Rauch aus und drückte das Zigarettenende in die nasse Erde eines Blumentopfes. »Was hast du jetzt vor?«

»Ich weiß nicht. Ich muss das Album finden und den Mörder deiner Mutter.«

»Genau das hat Eich auch gesagt.« Sie sah ihm in die Augen. »Sei vorsichtig. Du kochst zu gut, um zu sterben.«

Sie lachten beide nur zaghaft. Dann streichelte er mit einem Finger ihre Wange. Ihre großen, braunen Augen machten ihn verrückt. Er küsste sie auf den Mund. Sie erwiderte den Kuss.

Sie gingen ins Zimmer und küssten sich weiter. Ein wildes Spiel der Zungen, das Thann erregte. Er tastete nach ihren Brüsten. Plötzlich hielt Eva inne.

»Das Küsschen zum Bruderschafttrinken.« Eva lachte. »Das genügt für heute.«

Er versuchte weiterzumachen, doch sie stoppte ihn. »Vielleicht beim nächsten Mal. Ich glaube, es ist besser, du fährst mich jetzt nach Hause.«

»Bleib bei mir. Morgen fahre ich dich zur Arbeit. Du hast

dein Auto dort stehen und nicht zu Hause. Es ist also praktischer, wenn du hier übernachtest.«

Sie lächelte stumm.

»Außerdem habe ich leckere Sachen fürs Frühstück eingekauft.«

»Ich habe in einem Ratgeber für Frauen gelesen, dass man erst nach dem dritten Abend eine solche Einladung annehmen darf.«

»Was steht noch in diesem Ratgeber?«

Eva begann zu lachen. »Eigentlich nur Unsinn!«

»Na, siehst du. Alles Unsinn.«

Sie küssten sich wieder. Ein Kleidungsstück nach dem anderen löste sich und fiel zu Boden.

Thann trug Eva ins Schlafzimmer. Er war hingerissen von ihrem schlanken, gut geformten Körper, von ihrem paradiesischen Kostüm. Auf dem Bett machten sie weiter. Zwei Leiber, die sich verschlangen. Gierig stillten sie den Hunger.

Als Eva fröstelte, gab er ihr einen seiner Pyjamas. Er streifte seinen schwarzen Morgenmantel über, legte Miles Davis auf und holte den Rest des Weins. Sie saßen im Bett, nippten an ihren Gläsern und lauschten der Musik, die aus dem Wohnzimmer herüberdrang. Thann fühlte sich wohl.

»Ich glaube, ich bin verliebt.«

Eva sah ihn an. Er konnte sich kein schöneres Gesicht vorstellen.

»Und du?«, fragte Thann.

»Ich glaube, ich auch.«

»Jetzt erzähle mir bitte nicht, du seist bereits verheiratet oder verlobt.«

»Na gut, dann erzähle ich dir das nicht.«

»Was?«

Eva lachte. »Ich bin's auch nicht. Mein letzter Freund hat mich vor einem halben Jahr verlassen. Deshalb lese ich jetzt diese Ratgeberbücher.«

»Dich verlassen? Du bist zu schön, als dass man dich verlassen könnte.«

»Schmeichler.«

Sie küssten sich wieder. Draußen hatte der Sturm zu toben begonnen. Er zerrte an Dächern und Fenstern, doch Thann und Eva achteten nicht darauf. Eine Bö nach der anderen fegte über die Stadt, der Regen peitschte gegen die Häuser. Ganze Bäche flossen durch die Straßen. Der Himmel tobte, als probte er den Weltuntergang, doch Thann hörte nur das leichte Schmatzen ihrer Lippen und das leise Duett von Trompete und Saxophon aus den Lautsprechern seiner Anlage.

Leise flüsterten sie liebe Worte einander ins Ohr.

Schließlich musste Thann sie danach fragen. Hot Shots. Geil und ohne Hemmungen. Liebe am Nachmittag.

»Wie bist du dazu gekommen, in diesen Pornofilmen mitzuspielen?«

Eva war entsetzt. Sie rückte ab von ihm, soweit das Bett es zuließ. »Woher weißt du das?«

»Ich weiß, dass dein Bruder die Filme drehte und dass er dich erpresst. Ich habe in seinem Safe seine Buchführung gefunden und die Fotos, mit denen er eine Menge Leute erpresst.«

Eva zündete sich eine Zigarette an und begann, das Schlafzimmer zu verqualmen.

»Ich weiß, es ist fünf Jahre her und du hast damit nichts mehr zu tun, Eva.« Thann hoffte es zumindest. »Es macht mir nichts aus, Eva. Erzähl mir, wie du dazu kamst. Ich werde dich vor diesem Erpresser schützen.«

»Meine letzte Beziehung war die Hölle von dem Augenblick an, als mein Freund erfuhr, dass ich in Pornos mitgemacht habe. Es macht jedem Mann etwas aus. Auch dir. Alles andere ist eine verdammte Lüge. Früher oder später hasst mich jeder.«

Eva warf die Zigarette in ihr Glas und brach in Tränen aus. Thann versuchte sie zu trösten, doch sie blieb auf Distanz.

Dann erzählte sie die Geschichte.

Es war ihr sechzehnter Geburtstag, als ihre Eltern ihr gestanden, dass sie nicht ihre Eltern waren. Sie sagten, sie sei alt genug, um es zu erfahren, und sie hofften, an ihrem Verhältnis würde sich nichts ändern.

Es änderte sich alles.

»Sie dachten, es sei das richtige Alter, um die Wahrheit zu erfahren. Irgendwann hätte ich es sowieso erfahren. Aber wahrscheinlich gibt es dafür kein richtiges Alter. Es war für mich eine tiefe innere Verletzung. Keine richtigen Eltern zu haben, empfand ich plötzlich als Mangel, der an mir haftete, als sei ich kein normaler Mensch. Ich fing an, meine Mitschüler um ihre Eltern zu beneiden. Dabei gaben sich Marlies und Hans-Werner alle Mühe, mir zu zeigen, dass sie für mich wie richtige Eltern waren. Es half nichts. Ich hatte mein Urvertrauen verloren.«

Misstrauisch begann sie, nach Zeichen fehlender Zuneigung zu suchen. Immer öfter gab es Streit. Ein Jahr später zog Eva aus. Ihre Adoptiveltern bezahlten ihr eine Wohnung und etwas Taschengeld. Eine Zeit lang waren sie für Eva nur noch Namen auf dem Kontoauszug.

In einer Diskothek lernte sie einen Fotografen kennen, der sie zu Aufnahmen in seinem Studio überredete. So kam sie zu gelegentlichen Aufträgen als Model für Werbefotos. Der Name des Fotografen war Udo Korfmacher. Sie erkannte, dass sie Geschwister waren. Zu ihrer Überraschung schien er es gewusst zu haben. Dennoch wollte Udo sie bereits damals zu freizügigeren Fotos überreden, doch sie lehnte ab. Seitdem hasste sie ihn.

Sie schaffte das Abitur und schrieb sich an der Universität zum Jurastudium ein. Doch Diskotheken und Freunde waren ihr wichtiger als Seminare und Vorlesungen. Als sie zwanzig war, verliebte sie sich in einen Musiker. Seine Art, den Augenblick über die Zukunft zu stellen und sein Ego über das Befinden der anderen, imponierte ihr. Er sprach über seine Musik, und Eva himmelte ihn an. Sie ging auf alle seine Konzerte. Er war so cool. Zu cool. Bald bemerkte sie, dass es nur eines gab, was er wirklich liebte: Heroin.

Er versuchte, sie zu einem Schuss zu überreden, doch sie weigerte sich. Sie sah, wie er mehr und mehr zum Sorgenkind der Band wurde. Sie wollten sich von ihm trennen. Eva konnte sie dazu überreden, es weiter mit ihm zu versuchen. Je mehr er ihrer Fürsorge bedurfte, desto mehr liebte sie ihn.

Sie begann, Nacktfotos zu machen, um die Sucht ihres Freundes zu finanzieren. Schließlich ließ sie sich von Udo zu ihrem ersten Pornofilm überreden.

»Mit Spaß hatte das nichts zu tun, das kannst du mir glauben. Ich überstand das meistens nur mehr oder weniger betrunken. Ich musste mich ständig verrenken und Sachen tun, die ich vorher noch nie getan hatte. Diese Ratte. Ob es mir wehtat oder wie ich mich dabei fühlte, war Udo völlig gleich. Zuerst hatte ich gedacht, im Kino küssen sie sich und im Porno geht man eben nur einen Schritt weiter. Nur eine Art der Schauspielerei. Das war alles Lüge. Keine Hure hat so einen Drecksjob, wie ich ihn tat. Ich brachte das Opfer für meinen Freund. Er war der Einzige, dem es nichts ausmachte.«

Weil er Heroin mehr liebte als Eva. Eine Woche Dreharbeiten finanzierten zwei Wochen seiner Sucht. Sie machte bei drei Filmen mit. Dann starb ihr Freund. Sie hatten ihm Stoff verkauft, der reiner war als sonst. Nach einiger Zeit erkannte Eva, dass es für sie eine Erleichterung war, und vielleicht auch für ihn.

Udo lag ihr noch einige Wochen im Ohr. Immer wieder rief er an. Er versprach ihr, sie zum Star der Pornoszene zu machen. Er sprach von Dreharbeiten in einer Luxusvilla in Südfrankreich und nannte immer höhere Gagen, um sie zu locken. Sie legte jedes Mal auf, sobald er sich nur meldete. Dann ließ er sie zwei Jahre lang in Ruhe.

Irgendwie hatte Udo eines Tages davon erfahren, dass sie ihr Studium abgebrochen hatte und ihr erstes Geld als Anwaltsgehilfin verdiente. Plötzlich begann die Erpressung. Er drohte damit, Polizeipräsident Kurz von ihrer Vergangenheit als Pornodarstellerin zu erzählen. Sie bezahlte viermal. Dann vertraute sie sich Kurz an.

»Ich sagte Udo, er könne mich mal. Es war eine große Erleichterung für mich. Seitdem rief Udo nur noch zwei oder drei Mal an und quatschte dummes Zeug. Ich ließ ihn jedes Mal abblitzen. Er konnte mir nicht mehr damit drohen, zu Kurz zu gehen, denn ich hatte meinem Adoptivvater alles gebeichtet. Es war mir schwergefallen, aber es hat sich gelohnt. Ich habe gelernt, dass Offenheit der beste Weg ist, Erpresser abzuwimmeln. Zumindest war es in diesem Fall so.«

»Laut Korfmachers Buchführung ging die Erpressung aber weiter. Nach vier Monaten stieg die Summe sogar aufs Dreifache.«

»Das verstehe ich nicht.«

»Es stand kein anderer Name in seinem Notizbuch, aber die Zahlungen gingen weiter bis letzten Monat. Kann es sein, dass dein Adoptivvater weitergezahlt hat?«

»Wie kann ein mieser Erpresser Geld von einem Polizeipräsidenten verlangen?«

»Ganz einfach: Wenn Sie nicht bezahlen, gehen die Fotos Ihrer Tochter an die Presse.«

Eva brach in Tränen aus. Mitleid mit dem kranken Kurz und Wut auf ihren Bruder. Thann nahm sie in den Arm. Irgendwann bemerkte er, dass sie eingeschlafen war. Er wagte es nicht, in eine bequemere Stellung zu wechseln.

Der Sturm hatte seinen Höhepunkt erreicht. Thann hörte Dachziegel zu Boden klirren, und irgendwo schlug ständig eine Tür. In der Ferne jaulte ein Martinshorn auf. Dann ließ der Sturm nach, und es blieb das Prasseln des Regens.

37.

Ein neuer Dezembertag. Thann setzte Eva vor dem Eingangsportal des alten, prächtigen Hauses ab, in dem die Kanzlei ihren Sitz hatte. Zuvor hatte er ihr nach viel zu kurzem Schlaf ein Frühstück gemacht, wie es seine Küche noch nicht gesehen hatte. Rührei mit Schnittlauch, Croissants, frisch gepresster Orangensaft und vieles mehr. Liebe geht durch den Magen, hatte seine Mutter früher oft gesagt.

»Feine Adresse für einen Anwalt«, bemerkte Thann. Er bewunderte die Säulen, die Löwenköpfe aus Gips, die zahlreichen Simse und die ganze Großzügigkeit des Gebäudes mit seinen hohen Decken und großen Fenstern.

»Heute würden sie solche Häuser nicht mehr abreißen.«

»Heute gibt es Denkmalschutz. Der Einsatz der Generation deiner Mutter hat sich vielleicht doch gelohnt.« Thann dachte, dass seine Eltern bestimmt nicht an der Seite Annas und Günther Eichs gegen Spekulanten und Häuserabriss demonstriert hatten.

Sie verabredeten sich für den Abend des nächsten Tages und küssten sich ein letztes Mal. Dann ergoss sich ein Regenschauer, und Eva beeilte sich, ins Haus zu kommen.

Thanns Freude über sein sich anbahnendes neues Glück konnten auch die Nachrichten nicht trüben, die sie im Autoradio brachten. Eine zweite Welle der sogenannten Jahrhundertflut hatte erneut Tausende von Menschen obdachlos gemacht. Sie würden Weihnachten in Turnhallen und anderen Notunterkünften verbringen müssen. Umweltschützer machten den Raubbau an den Gebirgswäldern und die Kanalisierung der Flüsse für die Überschwemmungskatastrophe verantwortlich. Die Pegelstände würden weiter steigen. Der Höhepunkt der Flutwelle an Rhein, Donau und zahlreichen Nebenflüssen werde für den morgigen Tag erwartet.

An einem Kiosk hielt Thann und kaufte den *BLITZ*. Bevor er weiterfuhr, sah er rasch die Zeitung durch. Auf der Titelseite waren einzelne Wörter so groß wie seine Hand:

KOMA! MANN VON DACHZIEGEL ERSCHLAGEN!

Im Innenteil fand Thann eine Meldung, die Bollmann ärgern würde.

KEINE SPUR IM HACKER-MORD! SCHLÄFT DIE POLIZEI?

Morgen ist es eine Woche her, dass der Politikwissenschaftler Dr. Günther Eich (54) erschlagen und auf bestialische Weise zerhackt auf der hiesigen Mülldeponie gefunden wurde. Bis heute tappt die Polizei im Dunkeln auf der Suche nach dem unheimlichen Hacker. Sie hat auf Schneckentempo geschaltet: Ganze vier Polizeibeamte arbeiten an dem Fall. Fortschritt nach einer Woche: gleich null! Drei Fragen an die Verantwortlichen:

Glaubt die Polizei, nur weil der Tote vorbestraft war, sei er ein Mordopfer zweiter Klasse?

Glaubt die Polizei, die Bürger der Stadt könnten ein so bestialisches Verbrechen vergessen?

Glaubt die Polizei, wir hätten keine Angst vor dem unheimlichen Hacker, solange dieser frei sein Unwesen treiben kann?

Unbequeme Fragen. Doch die Verantwortlichen sind den Bürgern die Antwort schuldig.

Bumm-Bumm-Bollmann (51, bald Polizeipräsident), mach dich an die Arbeit!

38.

Auf Thanns Tisch lag eine Notiz: »Melde dich bitte bei mir. Bertram Fendrich, Mi. 8:50.« Bollmanns Liebling, der Schleimer.

Thann wählte Fendrichs Nummer. »Was gibt's?«

»Ach, Thann, gerade haben wir eine Besprechung. Kannst du gleich anschließend einmal vorbeikommen?«

»Komm du zu mir. Du weißt besser, wann deine Besprechung vorbei ist.«

Fendrich trug wie immer einen Anzug, grau, mit Krawatte. Sein Gesicht war rot. Anscheinend hatte er gestern zu lange unter der Sonnenbank gelegen. Jetzt, da Fendrich als Liebling des künftigen Polizeipräsidenten beste Karriereaussichten hatte, konnte Thann ihn noch weniger leiden als bisher.

Fendrich zeigte sein falsches Lächeln. »Mein Lieber, uns gefällt nicht, dass du immer noch deine Nase in den Fall Eich steckst.«

»So, tu ich das?«

»Und zwar mit beiden Fäusten, wie man hört.«

»Wer erzählt denn so etwas?« *Ich habe gute Beziehungen zur Polizei. Sie werden es bereuen.*

»Pass auf, du hast hier keine dummen Fragen zu stellen. Absolut nicht. Ich leite die Ermittlungen, und ich kann mich nicht erinnern, dich beauftragt zu haben, durch die Stadt zu laufen und uns in die Ermittlungen hineinzupfuschen.« Fendrich war laut geworden. »Weißt du, was du bist, mein Lieber?«

Er deutete mit dem Zeigefinger auf Thann. Diese Geste hatte er von Bollmann abgeguckt. *Der Chef wird ihn zur Brust nehmen.*

»Du bist ein Provinzbulle mit nichts als Stroh im Kopf. Du kannst nicht einmal von einem Schluck Schnaps bis zum nächsten denken. Ein Zeitintervall, das bei dir ohnehin knapp bemessen ist. Weißt du, dass ich im Moment alle Hände voll zu tun habe, eine Klage gegen dich abzuwenden? Und wenn ich das nicht schaffe, weißt du, was dir dann droht? Der Hinauswurf aus dem Polizeidienst!«

»Ausgerechnet du setzt dich also für mich ein, Fendrich?«

»Absolut.«

»Weißt du, was du bist? Ein aufgeblasener Dressman, der vor

Einbildung gleich platzen wird. Und weißt du, was für ein Hinauswurf dir gleich drohen wird?« Thann stand auf.

Fendrich wich zurück.

»Jetzt mach mal langsam. Ich habe da eine Anzeige am Hals, die dir verdammt schaden kann. Und Bollmann ist auf deine Gewaltausbrüche ohnehin nicht gut zu sprechen. Da hilft es dir nichts, dass der K1-Chef dich mag. Der ist ohnehin seit Tagen in Urlaub. Ich sehe nur einen Weg für dich, da heil rauszukommen.« Er zupfte nervös an seiner Nase. »Halt dich ab jetzt aus Geschichten raus, die dich nichts angehen. Du arbeitest jetzt für Fröhlich. Und wenn du zurückwillst ins K1, dann sei hübsch brav. Du weißt wie ich, dass in den nächsten Wochen einige Personalveränderungen anstehen. Da gibt es für einen Oberkommissar wie dich vielleicht die ein oder andere Chance. Also überleg's dir. Chance oder Abstellgleis, du hast die Wahl.«

»Lässt Bollmann dich das ausrichten?«

»Ich sage dir das von Kollege zu Kollege.«

»Schon mal in die Zeitung gesehen heute? ›BLITZ‹, Seite 4?« Thann tippte auf das Blatt, das vor ihm lag. ›Keine Spur. Schläft die Polizei?‹ »Damit meinen die dich, Kollege!«

Das saß.

Fendrich schrie fast: »Du willst mich auf die Palme bringen, doch das schaffst du nicht, absolut nicht!«

Thann lachte.

Fendrich zupfte an seiner Nase herum und beruhigte sich. »Die Presse bringen wir noch heute auf unsere Seite, du wirst sehen. Ab heute haben wir wieder eine richtige Führung im Haus. Die laschen Zeiten sind vorbei. Und jetzt sprich: Hältst du dich ab jetzt raus aus meinem Fall?«

»Komm, verpiss dich. Kriech zurück in Bollmanns Arsch. Und sag ihm, wenn er mir drohen will, muss er mir schon Männer von etwas mehr Kaliber schicken. Hau ab. Ich habe zu arbeiten.«

Fendrich protestierte und sagte etwas von »Konsequenzen selber tragen«. Doch als Thann ein zweites Mal aufstand und drohend auf ihn zuging, verschwand der Hauptkommissar aus dem Zimmer.

In einem hatte Fendrich recht: Zu gern hätte Thann jetzt eine Flasche aus seinem Schreibtisch gezogen. Doch er hatte vergessen, für Nachschub zu sorgen. Thann war sich über die Bedeutung der Szene mit Fendrich im Klaren. Es war eine Kampfansage gegen Bollmanns Liebling und damit gegen Bollmann selbst. Jede Seite würde ohne Rücksicht kämpfen. Auf Thanns Seite stand die Wahrheit, auf Fendrichs die Macht.

39.

»Stell dir vor, sie haben mich jetzt auch von dem Fall abgezogen.« Miller rührte aufgeregt in seinem Kaffee. Er hatte Thann angerufen, gleich nachdem Fendrich gegangen war. Sie hatten sich rasch in der Kantine getroffen.

»Es sollte eine Besprechung sein, doch nur Bollmann und Fendrich kamen dazu. Bollmann knallte die Zeitung auf den Tisch und fuhr mich an, wie ich dazu käme, solche Sachen der Presse zu erzählen. Ich fragte, was für Sachen, doch Bollmann brüllte nur rum.«

Miller nahm einen hastigen Schluck. »Ach, Scheiße, jetzt hab ich mir den Mund verbrannt. Warum ist der Kaffee nur so heiß!«

»Und, hast du tatsächlich mit einem Zeitungsfritzen gesprochen?«

»Nein, wirklich nicht! Der hat uns belauscht. Ich sitze mit Dalla beim Bier, nach Dienstschluss, in einer Kneipe in der Altstadt. Gestern, so gegen sechs. Weißt du, seit unserem Mittagessen beim Italiener sind mir ein paar Dinge nicht mehr aus dem Kopf gegangen. Ich sage also zu Dalla, dass ich es komisch finde, dass wir immer nur die Knastkameraden des Ermordeten befragen. Ich frage ihn, was mit Eichs alten Freunden ist, ob es da nicht eventuell ein Mordmotiv gibt. Oder die Geschichte mit dem Mord an seiner Freundin damals. Vielleicht wollte jemand Rache an Eich üben. So viele Möglichkeiten, denen wir noch nicht nachgegangen sind.« Miller hatte sich in Rage geredet. Er blies so heftig auf den Kaffee, dass er überschwappte. Dann nippte er vorsichtig an der Tasse.

Thann war neugierig. »Und was sagte Dalla dazu?«

»Der wiegelte nur ab. Natürlich sei er da dran. Doch Genaues wollte er mir nicht sagen. Ich hatte den Eindruck, dass er sich für den Fall gar nicht interessiert. Wir kommen also richtig ins Diskutieren, da mischt sich dieser Typ ein. Dalla sagt: Pass auf, das ist einer vom ›BLITZ‹. Ich sage nur, na und. Ich war so richtig in Fahrt. Ich sage zu Dalla, findest du es nicht komisch, dass nur vier Leute in der Mordkommission arbeiten, Fendrich mitgezählt, und das, obwohl der Fall noch vor ein paar Tagen so große Schlagzeilen machte? Der Typ spricht uns wieder an und will wissen, ob wir Polizisten sind und ob wir den Zerstückelten von der Deponie meinen. Ich sage Ja, und Dalla will, dass wir das Lokal wechseln. Der Typ steckt mir sein Visitenkärtchen zu. Erst da kapiere ich. Wir hauen ab, doch da ist es schon zu spät. Und jetzt habe ich den Ärger. Jetzt heißt es, der redet mit der Presse und schwärzt Kollegen an.«

Miller trank seinen Kaffee aus. »Weißt du was, Thann? Bollmann ist ein Arsch und Fendrich sein Kriecher! Du hättest die Szene vorhin mal miterleben sollen.«

Thann wartete, bis zwei Kollegen auf ihrem Weg zum Selbstbedienungstresen vorbeigegangen waren. Er beugte sich vor und legte Miller die Hand auf den Arm. »Du hast völlig recht. Die suchen nur nach einem Vorwand, dich loszuwerden. Du hast unbequeme Fragen gestellt. Du machst die ganze Verschleppungsarie nicht mit. Du willst wie ich, dass der Fall aufgeklärt wird. Und die wollen das anscheinend nicht. Das war's, und nicht die Zeitung. Wenn die Presse uns ein wenig Druck macht, dann ist das in diesem Fall ganz in Ordnung.«

Und dann verriet ihm Thann einen Teil dessen, was er wusste. Korfmacher, Schneider, der Einbruch, das Album.

Immerhin hatte der Artikel im *BLITZ* für so viel Wirbel gesorgt, dass sich die Chefs veranlasst fühlten, die Journalisten einzuladen, obwohl sie nichts zu sagen hatten. Es war derselbe Raum wie der am letzten Donnerstag, als der leitende Ermittler noch Karl Thann hieß. Doch diesmal betrat er den Raum von der anderen Seite her, zusammen mit den Presseleuten. Am Kopfende des Raumes saßen der Polizeisprecher und sein Vize sowie Fendrich. Bollmann fehlte.

Dressman Fendrich zog sich geschickt aus der Affäre. Er tat, als ob er fast vor der Ergreifung des Täters stünde. Als arbeiteten weit mehr Beamte als offiziell bekannt an dem Fall. Und als könne er Nachfragen nicht beantworten, weil er die Ermittlungen damit gefährden würde. Die billigste Masche der Polizei im Umgang mit kritischen Fragern. Und an diesem Tag schluckten die Presseleute alles. Thann konnte Fendrichs Glück nicht fassen. Sogar diejenigen Reporter, die in ihrer Zeitung frei vom Leder ziehen durften, waren plötzlich so zahm, dass sie kaum Fragen stellten.

Nach nur zwanzig Minuten war alles vorbei. Stühlerücken, Gemurmel. Die Meute setzte sich in Bewegung zum nächsten Termin.

40.

Der Festakt fand in der Turnhalle statt, dem größten Raum des Präsidiums. Als Thann eintrat, war die Show bereits in vollem Gange.

Marlies Kurz, klein, mollig und in festlichem Kleid, stieg gerade auf die Bühne, um sich vom Innenminister einen Blumenstrauß überreichen zu lassen. Ihr Mann lag noch immer im

Krankenhaus. Nach Minister Lemke erhob sich der Oberbürgermeister von seinem Platz auf dem Podium. Auch er ließ es sich nicht nehmen, der Frau des Expräsidenten die Hand zu schütteln. Im Mittelgang und an den Seiten der Bühne standen die Fotografen und ließen ein Blitzlichtgewitter auf die händeschüttelnde Dreiergruppe los. Dann durfte Frau Kurz zu ihrem Platz in der ersten Reihe zurückkehren.

Mehr als zweihundert Menschen saßen in den Stuhlreihen, schätzte Thann. Noch einmal rund fünfzig hatten keinen Sitzplatz gefunden und drückten sich im hinteren Teil der Turnhalle und an den Seiten herum. Er erkannte die Halle, in der er im Winter manchmal Fußball spielte, kaum wieder.

Blumen und Girlanden schmückten die Wände. An der Stirnseite hatten sie den Basketballkorb abmontiert und ein Transparent angebracht, auf dem in etwas zu grellen Farben die Wappen des Landes und der Stadt neben einem überdimensionalen Polizeiabzeichen aufgemalt waren. Auf der improvisierten Bühne stand ein Tisch, an dem jetzt der Innenminister, sein Staatssekretär und der Sprecher des Präsidiums saßen. Zwei Stühle waren frei. Am Rednerpult stand der Oberbürgermeister und referierte über die Stadt im Allgemeinen und die Rolle der Polizei im Besonderen.

Thann drängte sich an den Kollegen vorbei weiter nach vorne. Rund die Hälfte der Anwesenden waren Polizisten, die anderen waren Mitarbeiter des Ministeriums, Journalisten, Vertreter der Stadt und lokale Prominenz. Einer der Fotografen im Mittelgang trug eine helle Weste mit zu vielen Taschen. Er hatte kurze braune Haare, die in alle Richtungen wegstanden. Udo Korfmacher bei einem seiner Jobs. Er bemerkte Thann nicht.

Der Oberbürgermeister hatte sich wieder an seinen Platz auf dem Podium gesetzt. Der Polizeisprecher kündigte den nächsten Star an und rief Bollmann auf die Bühne. *An ihm führt jetzt kein Weg mehr vorbei. Harald im Glück.* Aus einem Lautsprecher klang Musik, als ginge es um die Oscarverleihung. Mit dynamischen Schritten sprang Bollmann auf die Bühne. Ein blonder Bulle, verkleidet als Schauspielstar. Allein Anzug und Schuhe mochten so viel gekostet haben, wie ein Polizeimeister im Monat verdiente, schätzte Thann.

Jubelnder Applaus von einhundert Untergebenen begleitete den neuen Polizeipräsidenten. Als Minister Lemke ihm das Ernennungsschreiben überreichte, schwoll der Beifall noch einmal an. Zwei Kollegen liefen zur Bühne und entfalteten ein Spruchband.

ALLES GUTE, BUMM-BUMM-BOLLMANN!

Thann erkannte die Oberkommissare Schneider und Dalla. Der neue Polizeipräsident lachte, zeigte ein Siegerwinken und gab seiner Frau, die an den Bühnenrand trat, einen Kuss auf die Wange. Das Blitzlichtgewitter riss nicht ab. Thann verließ fluchtartig die Halle. In seinem Magen turnten die Kieselsteine.

41.

Der weiße Wagen mit der Aufschrift *BLITZ* parkte im Innenhof des Präsidiums, obwohl dieser Platz den hier arbeitenden Beamten vorbehalten war. Korfmacher verließ das Gebäude in Begleitung eines schlaksigen Typen mit Trenchcoat und einer Mappe unterm Arm, wahrscheinlich sein Kollege von der schreibenden Zunft. Die Krönungszeremonie war zu Ende, die Oscars verteilt. Korfmacher steuerte den Wagen aus dem Hof, und Thann folgte mit einigem Abstand.

Der Fotograf fuhr zum Verlagsgebäude am Stadtrand. Er verschwand in dem modernen Betonbau. Nach einer Viertelstunde kam er wieder, nahm seinen Privatwagen und fuhr auf die Autobahn. Es war ein schnittiges Coupé japanischer Bauart; gerade richtig, um den Schulmädchen zu imponieren, die er fotografierte, dachte Thann. Bei der nächsten Ausfahrt verließen sie die Autobahn.

Sie waren jetzt am anderen Ende der Stadt und fuhren weiter, stadtauswärts. An einer Gaststätte am Waldrand hielt Korfmachers Coupé. Thann fuhr vorbei, wendete und rollte zurück. Im Schutz einiger Büsche blieb er stehen und behielt das Haus im Auge.

Es war das *Belle Nuit,* ein Nachtklub und Bordell der Nobelklasse. Der Anruf, den Korfmacher auf Band bekommen hatte: *Am Freitag steigt 'ne Party. Ort ist wieder das ›Belle‹. Der Boss will junges Blut.* Ein Auftrag für Udo Korfmacher, den Vielseitigen: Zeitung, Pornos, Puff.

Hier war Thann noch nie gewesen. Er konnte sich nicht erinnern, dass es hier jemals eine Razzia gegeben hätte. Das *Belle Nuit* gehörte zu dem Teil der Szene, der von der Polizei nichts zu fürchten hatte und als Gegenleistung niemals unangenehm von sich reden machte. Der geduldete Teil der Unterwelt, die kanalisierte und kontrollierte Sünde gemäß der Beruhigungsstrategie, die Bollmann in seiner Zeit als K2-Chef eingeführt hatte.

Es begann wieder zu regnen. Von Zeit zu Zeit schaltete Thann den Scheibenwischer an. Damit die Scheiben nicht anliefen, ließ er das Seitenfenster offen. Er fror, und seine Schulter wurde allmählich nass.

Nach zwanzig Minuten verließ der Fotograf den Schuppen, gefolgt von einer aufgedonnerten Blondine im Pelzjäckchen. Sie blieb unter dem Vordach des Eingangs stehen und spannte einen Schirm auf, um ihre dauergewellte Frisur auf den fünf Metern bis zum Auto nicht zu ruinieren. Korfmacher ließ den Motor an und öffnete von innen die Beifahrertür. Auf ihren Stöckeln stakste die Blondine vorsichtig durch den Matsch. Thann starrte auf ihre langen Beine. Als sie sich in das Coupé zwängte, konnte Thann für einen Sekundenbruchteil unter ihren Minirock sehen. Entweder trug sie einen fleischfarbenen Slip oder keinen.

Die Fahrt ging zurück in die Stadt. Dresdner Straße. Korfmacher bog in die Toreinfahrt zum Hinterhof. Thann passierte das Haus und fuhr zur Festung zurück. Korfmacher hatte den Star des heutigen Drehs ins Studio gebracht. Thann hatte genug gesehen.

Aber der Tag war noch nicht zu Ende.

42.

Fröhlich kam gerade von einem kleinen Umtrunk, den Bollmann gegeben hatte.

»Haben Sie die Zeremonie gesehen heute Mittag? Großartig! Solche Feiern schweißen den Laden zusammen. Solche Reden tun gut. Gerade in diesen Zeiten, da wir so überbeschäftigt sind und so unterbezahlt, sind solche Signale einfach wichtig, stimmt's?«

Fröhlich war aufgekratzt. Thann fragte sich, ob er ihm trauen konnte.

»Es geht um unseren Pornofall.«

»Genau, Thann. Ihre Frist läuft ab. Sie wollten den Täter besorgen. Haben Sie ihn?«

»Unser Täter ist heute Abend mit einem neuen Filmprojekt beschäftigt. Und wir sollten ihn dabei stören, auch wenn es diesmal wahrscheinlich nicht um Tiere geht, sondern nur um Männlein und Weiblein.«

Fröhlich wurde zusehends nüchtern. »Was haben wir in der Hand?«

Er sagte *wir*, nicht *Sie*, registrierte Thann. Immerhin. Die Chance, dass er nicht ein Mann aus Bollmanns Clique war, betrug mindestens 50:50.

»Wir brauchen vier Mann, besser acht. Zwei Gruppen. Da ist zum einen das Studio im Hinterhaus. Tommaso wird die Möbel wiedererkennen, eine hässliche Deckenlampe und einen schmutzigen Teppich. Er muss aufpassen, dass unser Regiewunder keine Beweismittel unterschlägt. In einem der Räume, die zum Studio gehören, lagern sicherlich weitere Tierfilme.«

Fröhlich wählte eine Nummer innerhalb des Hauses und orderte Tommaso zu sich.

Thann fuhr fort.»Ein Spezialist in Sachen Buchführung und Steuern sollte sich zeitgleich die Wohnung unserer Kinohoffnung vornehmen. Es würde mich nicht wundern, wenn in seinem Büro einige Belege für unversteuerte Einnahmen zu finden sind. Einnahmen durch Erpressung in mehreren Fällen beispielsweise und andere illegale Geschäfte. Es gibt einen eingemauerten Safe in der Wohnzimmerwand hinter einem Pin-up-Poster.«

»Wie kommen Sie auf Erpressung?«

Berufsgeheimnis. Thann ignorierte die Frage. »Unser Tierfilmer heißt Udo Korfmacher, Dresdner Straße 70, Ecke Danziger. Wohnung und Büro sind im Vorderhaus, dritter Stock.«

Tommaso betrat den Raum.

»Das Studio ist im Hinterhaus, zweiter Stock. Vorsicht, vielleicht gibt es einen zweiten Ausgang. Es kann sein, dass man Ihr Klopfen oder Klingeln nicht hört. Die Tür ist aus Stahl.«

»Hören Sie sich das an, Enrico«, sagte Fröhlich. »Der Junge hat Neuigkeiten.«

»Bei Korfmacher werden Sie das Original sehen, nicht nur die Videoaufzeichnung«, fuhr Thann fort. »Dreharbeiten. Wahrscheinlich ohne Tiere, aber es ist der gleiche Ort und es ist der gleiche Produzent und Kameramann. Vielleicht erkennen Sie auch einige der Akteure wieder.«

Tommaso bekam den Mund nicht zu. Fröhlich rieb sich die Hände.

Thann kam zu seinem Hauptanliegen: »Nehmen Sie Udo Korfmacher fest wegen aller infrage kommenden Delikte. Stecken Sie ihn in Haft und lassen Sie keinen an ihn heran. Ich habe nämlich den dringenden Verdacht, dass er als Zeuge in einer anderen Sache noch weit wichtiger ist. Ich will ihn zum Singen bringen, und seine Freunde würden dabei nur stören.« Die klare Solostimme ohne den Bass von Schneider oder Bollmann.

»Was ist das für eine andere Sache?«

»Mord.«

Und Folter und Zerstückelung.

»Noch etwas: Sie werden wahrscheinlich einen Kripo-Kollegen beim Nebenerwerb antreffen. Auch wenn er heute Abend vielleicht nichts Strafbares tut, sollten Sie ihn festnehmen. Er hat bei der kleinen Tierschau als Hundeführer mitgespielt. Lassen Sie ihn nicht ungeschoren davonkommen, nur weil er ein Kollege ist. Ihn will ich auch wegen der anderen Sache vorsingen lassen.«

»Wir werden sehen, Herr Thann. Enrico, du schnappst dir Bönte und Bernhard. Ich hoffe, die sind noch nicht nach Hause gegangen. Keine Streifenwagen, kein Blaulicht. Und denk daran: Stahltür, möglicher Hinterausgang und so weiter. Ich leite die Durchsuchung von Wohnung und Büro. Thann, Sie kommen mit mir!«

»Ich fahre lieber nicht mit. Es gibt da eine Spur. Einen Hinweis auf eine Dame mit Hund, dem ich nachgehen möchte. Die beiden haben in diesem Tierfilm eine Hauptrolle gespielt.«

43.

»Frau Schneider?«

Vor ihnen stand eine Frau um die 35, mit kurzem, blondem Haar und Schürze. Sie wischte sich die Hände ab. »Ja, was gibt es?«

»Wir heißen Miller und Thann und kommen vom Tierschutzbund. Wir wollen wissen, wie sehr Sie Ihren Hund lieben.«

Statt einer Antwort ertönte ein Bellen aus dem Hintergrund. Miller musste grinsen. Thann hatte den Benjamin des K1 als

Partner mitgenommen und hoffte, es würde keine Enttäuschung werden. Thann zeigte seinen Ausweis.

Bodo Schneiders Frau staunte. »Polizei? Was soll das?«

Thann und Miller drängten sich in die Wohnung.

»Wir haben Ihren Film gesehen. Großartige schauspielerische Leistung. Muss man schon sagen«, lobte Thann. Miller kam aus dem Grinsen nicht mehr heraus.

»Mein Mann ist auch Kriminalpolizist. Kriminaloberkommissar. Sie können mir nichts tun.«

»Mal sehen«, sagte Miller.

»Wie kamen Sie zu dieser Hauptrolle?«

»Bodo sagte, das ist ganz legal, und keiner wird mich erkennen.«

»Zweimal falsch.«

»Wieso?«

»Wir werden Ihre Aussage zu Protokoll nehmen. Vom Grad Ihres Entgegenkommens wird das Strafmaß abhängen.«

»Wieso Strafmaß? Wie entgegenkommen?«

»Sagen Sie uns einfach alles, was wir wissen wollen«, riet Miller.

Bodo Schneider war pervers. Er zwang seine Frau zum Sex mit ihrem Schäferhund und filmte sie dabei mit seiner Amateurkamera. Weigerte sie sich, so gab es Prügel. Ihn brachte das in Fahrt. Ihren Ekel spülte sie mit Alkohol hinunter. Vor zwei Monaten nahm er sie und den Hund auf eine Party mit, zu einem »toleranten Kreis«, wie er es nannte. Er stellte ihr dafür eine Geschirrspülmaschine und den langersehnten Urlaub auf Gran Canaria in Aussicht. Dies und die erneute Androhung von Prügel zerstreuten ihre Zweifel. Die Party entpuppte sich als Filmaufnahme. Gegen neue Bedenken gab es die Maske und neuen Alkohol.

Frau Schneider schwor immer wieder, sie habe nicht gewusst, dass es gegen solche Arten der Freizeitbeschäftigung Gesetze gab. Währenddessen kraulte sie Brust und Bauch ihres Hundes, der neben ihr lag. Der Hund bedankte sich, indem er ihre Jeans leckte. Erst an der Wade, dann etwas höher hinauf.

Ein gut dressiertes Tier, dachte Thann. »Wer waren die anderen?«

»Ich kannte keinen davon. Da war dieser Kameramann, der hieß Udo. Von den anderen weiß ich nicht einmal den Namen.«

»Spielte Ihr Mann auch mit?« *Ich kann noch einen Stecher gebrauchen. 150 für zwei Stunden.*

»Erfährt Bodo, was ich Ihnen sage?«

»Nein, Frau Schneider. Ehrenwort.«

»Ja, er hat mitgemacht. Aber nur von der Gürtellinie an abwärts. Es gab nämlich nur zwei Masken. Udo hatte keine für die Männer.«

»Was machte Udo außer die Kamera zu bedienen?«

»Muss ich das vor Gericht auch alles erzählen?«

»Nein, es bleibt unter uns.«

»Also, Udo sagte immer, was wir tun sollten und was wir sagen sollten. Und er holte die Getränke und so.«

»Wer machte die Tonaufnahmen und die Beleuchtung?«

»Das Mikrofon halten? Auch Udo.«

»Was taten die anderen Männer?«

»Bodo und die beiden anderen passten auf die Tiere auf. Festhalten und so. Und mit uns bumsen und so.«

Geschirrspüler und Gran Canaria. »Bis zur Gürtellinie.«

»Ja, Gürtellinie.«

Miller konnte sein Kichern nicht stoppen. Thann musste ihn zur Ruhe ermahnen.

»Wurde Ihnen mit Gewalt gedroht?«

»Ja. Ich wollte nicht das Pony ... – Sie wissen schon. Es hat so gestunken. Bodo hat mir den Arm verdreht. Dann ... Das ist mir peinlich. Sie erzählen auch wirklich nichts weiter?«

»Nein, garantiert nicht.«

»Ich wollte die Tiere erst einmal waschèn. Aber das wollte Udo nicht wegen der Produktionspause oder so. Jede Minute kostet Geld beim Film. Die andere war nicht so pingelig, dafür fiel sie manchmal um, weil sie so blau war.«

Ein toleranter Kreis. »Wer war die zweite Frau?«

»Die hatte einen französischen Namen, war aber Deutsche, glaube ich. Die war vielleicht blau! Bodo sagte, ich war viel besser, Ulf hat Mist angeschleppt.«

Thann wurde hellhörig. »Ulf Dalla?«

»Ja, eine Frau aus so einem Nachtklub. Aber keine Tänzerin oder so, sondern eine Garderobenfrau.«

»Wie heißt sie?«

»Weiß nicht. Irgendwie französisch.«

»Wie heißt der Klub?«

»Das ist auch so ein französischer Name.«

Thann riet ins Blaue: »›Belle Nuit‹?«

»Ja, kann sein. Aber sagen Sie Bodo nicht, dass ich Ihnen das alles gesagt habe.«

Auf die Idee, sich von diesem Mann zu trennen, schien sie nicht zu kommen.

Sie fuhren auf derselben Landstraße, die Thann vom Nachmittag kannte. Bevor sie den Waldrand erreichten, brach Miller das Schweigen. »Dalla arbeitet im ›Belle Nuit‹ als Sicherheitsbeauftragter oder so. Diese Garderobenfrau heißt Caroline und ist seine Freundin. Dalla hat es mir mal in der Kneipe erzählt.«

»Was? Dalla hat einen Nebenjob im Puff? Das darf nicht wahr sein. Zuerst Schneider als perverser Pornograf, jetzt auch noch Dalla als Beschützer von Nutten und Zuhältern? Das darf doch nicht wahr sein!«

»Doch. Er sagte, Bollmann habe nichts dagegen. Seit er mit Bollmann bei der Sitte war, verdient er sich in dem Laden ein fettes Zubrot und kann zugleich Erkenntnisse sammeln, die seiner Polizeiarbeit zugutekommen. Verdeckte Ermittlungen. Beruhigungsstrategie. So gesehen, klang das ganz in Ordnung.«

Thann hielt auf dem matschigen Platz vor dem Haupteingang des Nachtklubs. Über dem Vordach aus rotem Plastik war jetzt das Reklameschild mit dem Namen des Schuppens eingeschaltet. Daneben blinkten die in Neon geformten Umrisse einer Frau, die eine überlange Zigarettenspitze in den Fingern hielt.

44.

Es war noch früh am Abend. Nur wenige Gäste saßen an der Bar. Die Bühne und die kleine Tanzfläche lagen im Dunkeln. Nur die Rückwand der Bühne war angestrahlt. Auch hier leuchteten die Umrisse der Schönen mit ihrer Zigarettenspitze, gezeichnet mit bläulich-floureszierender Farbe. Die Sitzgruppen aus rotem Plüsch waren leer. Die Garderobiere war nicht an ihrem Platz. Thann fragte an der Bar nach dem Geschäftsführer. Die Barfrau verschwand nach hinten und kam gleich darauf mit einem kleinen Mann mit Anzug und Fliege zurück. Dieser geleitete Thann und Miller zu einer der roten Sitzgruppen. Sie versanken im tiefen Polster.

»Herren von der Polizei, seltener Besuch!«, begann der Geschäftsführer, als freute er sich. Er klang wie ein Deutscher, der sich um einen französischen Akzent bemühte, um sich interessanter zu machen.

»Es geht eigentlich gar nicht um Ihr Lokal, sondern um Ihre Garderobiere. Wir würden sie gerne sprechen.«

»Caroline? Hat sie etwas ausgefressen, die Gute?« Der Kleine zog die Silbe in die Länge. Caro-liiiehn.

»Nein, nein«, beschwichtigte Thann, der auch hier das Wort führte. »Wir wollen sie als mögliche Zeugin sprechen. Mit ihrer Beschäftigung hier hat das wirklich nichts zu tun.«

»Caroline arbeitet nur am Wochenende hier. Freitag bis Sonntag. An den anderen Tagen brauchen wir keine Garderobiere. Wie Sie selbst sehen, ist es wochentags nicht so voll.«

Die Barfrau brachte drei Gläser Champagner. Als Thann von seinem trank, traute sich auch Miller.

»Keine Shows, keine Mädchen?«

»Doch, doch, meine Herren. Im ›Belle Nuit‹ kommt man immer auf seine Kosten. Wir haben von Montag bis Donnerstag zwei Darbietungen pro Nacht. Und wer ein Mädchen sucht, ist im ›Belle Nuit‹ immer fündig geworden. Ich lade Sie gerne ein, unsere heutige Darbietung zu verfolgen. Sandrine kommt aus Frankreich. Sie ist reizend und von einer Beweglichkeit, die ihresgleichen sucht. Unsere beste Tänzerin. Leider müssen Sie noch ein wenig warten. Ihr Auftritt ist erst gegen 22 Uhr.« Sondriiiehn. Fronkreisch.

»So viel Zeit haben wir leider nicht.«

Thann ließ sich die Adresse der Garderobiere geben. Der Kleine war sehr entgegenkommend. Helf ich dir, dann lässt du mich gewähren. Beruhigungsstrategie.

Thann fragte nach Dalla.

Der Geschäftsführer setzte eine besorgte Mine auf. »Ich hoffe, die Ansichten Ihres Hauses haben sich nicht geändert. Ihr Kollege wird doch nicht plötzlich Unannehmlichkeiten wegen seiner Nebenbeschäftigung in meinem Lokal bekommen?«

»Nein, eigentlich wollten wir nur Hallo sagen.«

»Ulf arbeitet wie Caroline nur von Freitag bis Sonntag hier. Kommen Sie doch einmal am Wochenende, meine Herren. Dann haben wir sogar vier Livedarbietungen, die erste bereits um 21 Uhr. Sie sind meine Gäste.«

Meine Erren. Thann wunderte sich, dass er nicht *Ulf* sagte.

»Vielleicht am kommenden Freitag«, schlug er vor.

»Das tut mir aber leid. Übermorgen haben wir geschlossene Veranstaltung. Aber sonst jederzeit gerne, meine Herren!« *'ne richtig große Party.*

Der Nachtklubmanager verbeugte sich fast bis in die Waagerechte, als Thann und Miller gingen.

Caroline Lamprecht hatte sich offensichtlich auf einen gemütlichen Abend vor ihrem Fernseher eingestellt. Sie trug bereits ein Nachthemd, darüber einen Bademantel aus rosa Plüsch. In den Haaren steckten Lockenwickler, ihr Atem roch leicht nach Alkohol.

Thann spielte den Netten. »Wir ermitteln gegen einen Produzenten illegaler Pornofilme und benötigen Ihre Zeugenaussage, Frau Lamprecht.«

»Was habe ich denn damit zu tun?«

»Schauen Sie, als Darstellerin kommen Sie mit einer geringen Strafe davon, vielleicht sogar straffrei, wenn Sie uns weiterhelfen.«

»Ich habe mit keinem Schweinkram etwas zu tun!«

Thann rieb sich an der Nase. Das war das Zeichen für Miller, den Rabiaten. Das Rollenspiel hatten sie für verstockte Zeugen vereinbart.

»Hör mal, du Schlampe. Wir nehmen dich auf der Stelle fest und machen eine Gegenüberstellung mit den anderen Zeugen. Die haben nämlich bereits ausgepackt. Dann wird dir dein feines Getue vergehen, das schwör ich dir.«

»Manieren hat der«, beschwerte sich Caroline Lamprecht.

Thann gab Miller ein Zeichen. Für den Anfang nicht schlecht. »Er ist manchmal etwas jähzornig, Frau Lamprecht. Aber im Grunde hat er recht. Sie erzählen uns jetzt, was Sie wissen, oder wir müssen Sie mit ins Präsidium nehmen, so leid mir das tut.«

Die Lamprecht verzog nur die Mundwinkel. »Mein Freund ist auch bei der Polizei. Und mit eurem Chef ist er gut befreundet. Ich glaub nicht, dass euer Chef das gut findet, was ihr hier macht.«

Das wird Ihnen leid tun. Sie werden es bereuen. Korfmacher, Schneider und Dalla, und ganz oben Bollmann. Die Bande, die die Macht auf ihrer Seite hatte. Sogar diese Schlampe traute sich, Thann zu drohen.

Miller legte los. Er hatte Thanns erneutes Zeichen verstanden. »Halt's Maul, du alte Hippe! Der Chef hat uns geschickt. Er will von dir wissen, wie viel es kostet, damit du's mit stinkigen Tieren treibst. Und er will wissen, wie viel dein Zuhälter Dalla dafür kassiert hat. Wenn du nicht sofort singst, geht deine Geschichte an die Presse, mit Namen und Fotos.«

Das saß.

Nach einer Schrecksekunde heulte sie los. Dann sprudelte es aus ihr heraus. Dalla sei kurzfristig in einer finanziellen Klemme gewesen, und sie habe es nur aus Liebe zu ihm getan. Die 2.000 Mark Gage hätten sie sich geteilt. Was sie bei Korfmacher tun musste, sei so widerwärtig gewesen, dass sie es nur mithilfe einer Flasche Whisky ertragen hätte. Sie könne sich kaum noch erinnern. Im Übrigen bestätigte sie, was Schneiders Frau erzählt hatte. Auch Caroline Lamprecht dachte, nichts Unrechtmäßiges getan zu haben. Im Gegenteil. Dalla habe ihr gesagt, sie helfe dem *Belle,* Konkurrenz auszuschalten, und damit der Polizei, die Stadt sauber zu halten.

Thann fragte sie, ob ihr nicht ein Widerspruch darin aufgefallen wäre, dass die Stadt ausgerechnet durch solche Pornografie sauber gehalten werden sollte. Doch diese Frage schien sie nicht zu verstehen.

Auf der Fahrt ins Präsidium diskutierten Thann und Miller über Pornografie.

»Also, irgendwo glaub ich, hat den beiden Frauen der Dreh bei Korfmacher doch auch Spaß gemacht. Hast du gesehen, wie die Schneiderin mit ihrem Hund umging? Ein Stück weit ist doch da auch Spaß dabei, wenn die's vor der Kamera treiben. Was meinst du?«, fragte Miller.

»Und wozu dann die Schläge und der Alkohol? Nein. Weil bestimmte Schweinereien in deiner Fantasie dadurch aufregender sind, dass du dir vorstellst, auch Frauen hätten Spaß daran, musst du nicht glauben, dass sie tatsächlich Frauen Spaß machen könnten«, antwortete Thann. »Pornografie wird im Wesentlichen nur für das Vergnügen von Männern gemacht.«

Diese Sätze hatte er von Eva.

45.

Es war kurz vor neun, als sie mit Fröhlich zusammentrafen. Der Dicke war ganz aufgeregt. Während er mit zwei Kollegen die Wohnung durchsucht hatte, waren Tommaso und seine Leute in das Studio eingedrungen und hatten eine peinliche Entdeckung gemacht. Sie trafen nicht nur Schneider mit heruntergelassenen Hosen an, sondern entdeckten eine ganze Reihe von Bekannten. Mehr als die Hälfte der Darsteller hatte sich als Beamte des Präsidiums herausgestellt. Keine Tiere, aber jede Menge Bullen.

»Ich sehe schon die Schlagzeile vor mir: Die Porno-Polizei!« Der Dicke bebte.

Schneider hatte fünf Kollegen zu einem verkehrsreichen Nebenverdienst verholfen. Und das nicht nur einmal. Für Polizeimeisterin Kraftschik war es bereits der dritte Film.

Fröhlich war außer sich. »Sogar die kleine Sigrid Kraftschik! Es ist nicht zu fassen.«

Thann sah, dass Miller schon wieder einem Lachanfall nahe war. Im Präsidium war es ein offenes Geheimnis, dass Fröhlich mit der hübschen Polizeimeisterin aus dem Schutzbereich Innenstadt ein Verhältnis hatte.

»Die Pornobranche zahlt eben hohe Gagen«, kommentierte Miller kichernd.

»Nein. Das Maß ist voll. So etwas können wir nicht tolerieren, bei aller Großzügigkeit in der Genehmigung von Nebenbeschäftigungen. Das nicht!«

»Hat Schneider gestanden?«

»Nein. Wir konnten ihm noch nichts Strafbares nachweisen. Aber es wird dienstrechtliche Konsequenzen geben. Da können Sie sicher sein!«

»Mehr noch. Wir haben die Aussage seiner Frau. Schneider

nötigte sie mit Gewalt zur Teilnahme an den Tierpornos. Außerdem spielte er einen aktiven Part bei der Produktion.«

»Auch das noch!«, stöhnte Fröhlich. Er begann, in dem kleinen Raum auf und ab zu laufen und dabei seine Brille zu putzen.

»Und auch Dalla brachte seine Freundin zum Film. Er selbst arbeitet als Rausschmeißer im Nobelpuff ›Belle Nuit‹.«

»Unglaublich! Was soll ich tun? Der neue Polizeipräsident hat es sich einfach gemacht. Herr Bollmann weilt nebst Gattin seit der Feier heute Nachmittag im Urlaub. Und einen neuen Kripochef haben wir natürlich noch nicht. Ich kann das wieder einmal allein durchstehen.«

Das Telefon klingelte.

»Fröhlich. ... Ja, Herr Minister, einen Moment, Herr Minister.«

Der Chef der Sitte bat Thann und Miller, draußen zu warten.

Zwei Büros weiter stand die Tür offen. Ausgelassener Lärm lockte Thann und Miller an. Tommaso und die anderen Kollegen, die bei Korfmacher im Einsatz gewesen waren, standen noch auf ein Bier zusammen. Hier herrschte Schadenfreude, nicht Trübsal.

»Ihr hättet Schneider sehen sollen, nackt mit der Unterhose um die Füße. Sein Gesicht, als wir kamen! Der war vielleicht verdattert!«, berichtete Bönte.

»Und die kleine Kraftschik kniete vor ihm und versuchte gerade, seinen Schniedel hochzukriegen!«, ergänzte Bernhard.

»Die schrie vielleicht, als sie uns sah! Sagt bloß nichts dem Fröhlich, hat sie gesagt. Und ich: Wird sich wohl nicht vermeiden lassen, werte Kollegin.«

Allgemeines Gelächter.

»Aber süß sah die aus. An den Äpfelchen hätte ich auch gern mal genascht!«

»Die Schärfste war diese Blondine, ausnahmsweise keine von uns.«

Bönte und Bernhard überboten sich gegenseitig in der Schilderung der Reize, mit denen die Frau, die Thann bereits am Nachmittag gesehen hatte, die Kollegen schier geblendet haben musste.

»Solche Möpse! Solche Kurven!«

»Und eine Ausstrahlung! Von so was kann Otto Normalverbraucher im Bett nur träumen.«

»Die Muschi hatte sie rasiert! Und geschämt hat sie sich überhaupt nicht. Die lief rum, total nackt und beschimpfte uns. Ein Vokabular hatte die!«

»Und dir wären beinahe die Augen herausgefallen, was, Bönte?«, warf Tommaso lachend ein.

Thann erfuhr, dass die Kollegen den Inhalt des Safes und zahlreiche Unterlagen aus dem Büro beschlagnahmt hatten. Korfmacher war festgenommen und saß in Polizeigewahrsam. Morgen musste man prüfen, was das Material hergab.

Ein erster Sieg. Nur eines bereitete ihm ein ungutes Gefühl: Schneider hatten sie laufen lassen.

Kommissariatsleiter Fröhlich stand in der Tür und nahm Thann zur Seite.

»Ich habe dem Minister Meldung gemacht. Er nimmt die Sache sehr ernst. Er schlägt vor, dass wir eine interne Untersuchungskommission einrichten. Er sorgt sich natürlich um die Reputation der Polizei. Er versucht, den Polizeipräsidenten zu erreichen. Er kennt Bollmanns Ferienhaus bei Nizza. Bis jetzt ist er nicht durchgekommen. Ich hoffe, Bollmann kommt morgen zurück. Der neue Präsident kann in einer solchen Situation unmöglich in den Weihnachtsurlaub gehen. Wir haben morgen eine Sitzung mit dem Minister, hier in meinem Büro um neun, gleich nach der Morgenbesprechung. Ich möchte, dass Sie dabei sind. Sie haben alles ins Rollen gebracht.« Das klang fast wie ein Vorwurf.

Fröhlich, du Weichei, dachte Thann.

Er fuhr durch die Nacht, und die Scheibenwischer quietschten. Das Radio spielte wieder einmal Weihnachtslieder, doch Thann hörte nicht hin. Er ekelte sich vor zu Hause. In der Küche Essensreste, verkrustete Herdplatten und Berge von schmutzigem Geschirr, im Wohnzimmer Bilder von Toten an den Wänden. Er sehnte sich danach abzuschalten. Er sehnte sich nach Alkohol, als er seine vier Wände betrat.

Gerade hatte er eine Flasche Bordeaux geöffnet, die vom Vorabend übrig geblieben war, als es an der Tür klingelte. Es war Eva.

»Was für eine Überraschung!«

»Freust du dich nicht?«

»Doch sehr!«

»In meinem Ratgeber steht, frau soll sich vor allem am Anfang rar machen. Das erhöht den Reiz und das Verlangen des Mannes. Aber wir haben beschlossen, dass im Ratgeber nur Quatsch steht, nicht wahr?«

Sie gerieten in Bewegung wie Verdurstende beim Anblick einer Wasserstelle.

46.

Es war eine Woche vergangen, seit sie Eichs Überreste gefunden hatten.

Wieder ein grauer Donnerstagmorgen, einer dieser trübseligen Dezembertage. Regenwetter, was sonst. Während andere das Weihnachtsfest vorbereiteten, jagte Thann Mördern und Pornografen hinterher, üblen Gestalten aus dem eigenen Präsidium und Phantomen aus der Vergangenheit.

Eva war gegen Mitternacht nach Hause gefahren und hatte ihn allein gelassen mit einem wüsten Traum, an den er sich am Morgen nur noch schemenhaft erinnern konnte. Blut war geflossen, sehr viel Blut. Manchmal ängstigte er sich vor den eigenen Träumen mehr als vor allen Mördern und Polizeikollegen der Stadt zusammengenommen.

Es war kurz nach acht, als Thann gemeinsam mit Miller das Büro des Dicken betrat, in dem zur Morgenbesprechung ratlose und unausgeschlafene Kollegen zusammengekommen waren, die auch nicht in besserer Stimmung waren. Die Helden des vergangenen Abends. Zu jedermanns Erleichterung lautete die Schlagzeile im *BLITZ* nicht: »Die Porno-Polizei«. Anscheinend hatten alle dichtgehalten.

Fröhlich führte das Wort. Er war so nervös wie am Abend zuvor und hatte schon wieder seine Brillengläser in Arbeit. »Wir stehen unter Zeitdruck. Heute Mittag, Punkt zwölf hat dieser Fotograf seinen Haftprüfungstermin. Ich kenne den Richter, der heute dafür zuständig ist. Ein verdammter Liberaler. Wir brauchen Beweise. Was macht die Pornosache?«

Tommaso antwortete. Ringe unter den Augen, als hätte er durchgemacht. »Wir fanden das ungeschnittene Material und drei Masterbänder mit verschiedenen Versionen des Materials. Korfmacher gibt an, das Material nicht zu kennen. Er behauptet, er würde das Studio samt Ausrüstung und Schnittplatz häufig an verschiedene Bekannte verleihen. Er habe so viele Schlüssel herausgegeben, dass er gar nicht weiß, wer wann das Studio benutzt.«

»Wir haben die Aussage von Schneiders Frau, die Korfmacher belastet«, warf Thann ein.

»Ein Anwalt rief an und sagte, seine Mandantin zieht die Aussage zurück. Er behauptet, Frau Schneider sei von euch eingeschüchtert worden und habe alle Vorwürfe nur aus Angst bestätigt«, berichtete Bernhard.

»Und die Aussage von Dallas Freundin?«

»Derselbe Anwalt, derselbe Anruf, derselbe Vorwurf.«

»Unglaublich!«

»Was heißt das?«, fragte der Sittenchef ungeduldig.

»Ich finde Korfmachers Ausrede faul wie einen zehnjährigen Apfel. Fragt sich nur, wie es der Richter sieht«, antwortete Tommaso.

Der Dicke fuhr fort: »Nächster Punkt: Erpressung.« Er warf Thann einen Blick zu. *Wie kommen Sie auf Erpressung?*

»Nun«, begann eine Kollegin, »wir haben eine Liste mit Namen in Zusammenhang mit Fotos, und wir haben entsprechende Kontobewegungen. Es riecht verdammt nach Erpressung. Nur, das wichtigste fehlt im Moment noch. Nämlich eine Bestätigung der Leute auf der Liste, dass sie erpresst wurden. Eine Anzeige. Seit zehn Minuten klappern zwei Kollegen die Namen ab. Es sind insgesamt 24. In den letzten Jahren hat sich keiner von ihnen über Korfmacher beschwert. Ich hoffe, sie tun es heute.«

»Bernhard, Bönte und Frau Heinrich, Sie machen sich ebenfalls an die Befragung der Leute auf der Liste. Zeit bis Mittag! Verdammt noch mal, das darf doch nicht wahr sein! Hieb- und stichfest haben wir also nur die Steuerhinterziehung! Der Mann hat allein in den letzten vier Jahren weit über eine Viertelmillion auf die hohe Kante gelegt. Von dem, was er versteuert hat, kann das nicht kommen. Ich habe die Kollegen vom Finanzamt verständigt, doch die Steuerhinterziehung reicht als Grund für Untersuchungshaft nicht aus. Dafür ist der Fisch zu klein. Hat noch jemand eine Idee?«

Die *Oase*. Ein Satz, den Thann unter der Dusche gehört hatte: *Erst den Polen den Schweinkram verkaufen und sie dann hopsgehen lassen.*

Er meldete sich zu Wort. »Was ist mit den Leuten aus dem Puff, an die er den Schund verkauft hat? Belasten die Korfmacher nicht?«

Fröhlich räusperte sich, bevor er antwortete. »Die haben ausgesagt, die Videos über Chiffreanzeigen in einschlägigen Magazinen erworben zu haben, ohne den Absender zu kennen.«

»Und jetzt sitzen sie in Polen oder Russland und machen Witze über uns«, flüsterte Tommaso Thann zu.

»Abgeschoben, vielleicht ein wenig zu schnell.« Bernhard, von der anderen Seite.

Thann fühlte sich leer, ausgelaugt.

Als er sein Büro betrat, öffnete er erst einmal das Fenster und sog die Stadtluft in seine Lungen. Es war grau und düster draußen. Der Regen machte gerade Pause. Thann spürte, wie die Anspannung an seinen Kräften zehrte. Er hatte Udo Korfmacher, wenn auch nur bis Mittag. Wenn dieser nicht redete, musste er sich an den nächst größeren Brocken wenden, an Schneider. Diesem feinen Kollegen hatte er gestern eins ausgewischt. Das könnte ihn gesprächig machen. Oder auch gefährlich.

Er brach eine neue Weinbrandflasche an und goss sich einen Finger hoch ein. Dann rief er Eva an. »Hallo Liebes, ich möchte dich etwas fragen. Kannst du dir vorstellen, deinen Bruder anzuzeigen, wegen Erpressung? Er hat 24 Menschen ausgequetscht wie dich und deinen Adoptivvater, wahrscheinlich tut er es trotz der Razzia weiterhin. Wenn keiner von ihnen Anzeige erstattet, geht Korfmacher straffrei aus.«

Eva überlegte. Nein, sie habe keine Angst vor den möglichen Folgen einer Anzeige. Sie würde es verkraften, sogar wenn Udo ihre Fotos publik machen würde, erklärte sie. Sie fühlte sich allerdings verpflichtet, zuerst das Einverständnis ihres Adoptivvaters einzuholen, der offensichtlich jahrelang gezahlt hatte. Bei allem Hass, den sie gegen ihren Bruder hegte, müsse sie auf den herzkranken Kurz Rücksicht nehmen.

Thann verstand.

47.

Noch nie zuvor hatte Thann mit einem Minister an einem Tisch gesessen. Axel Lemke war etwa so alt wie Bollmann und etwa so groß. Weiter schienen die Gemeinsamkeiten nicht zu gehen.

Lemke hatte braunes Haar mit grauen Schläfen und einen mit grauen Fäden durchsetzten, sorgfältig zurechtgestutzten Seemannsbart auf Kinn und Wangen. Seine Züge waren hager, und auf seiner Nase leuchteten feuerrote Äderchen, als würden sie jeden Moment platzen.

Als der Minister zu sprechen begann, begriff Thann, warum dieser Mann als Politiker Erfolg hatte. Es war seine gewählte Sprache und es war seine Stimme, die laut vernehmbar den gesamten Raum ausfüllte. Dieser Mann sprach nicht, sondern ließ seine Stimme tönen. Er sagte die Worte nicht, sondern setzte sie ein.

»An der Tatsache, dass ich einen Kabinettstermin nicht wahrgenommen habe, um zu Ihnen zu kommen, können Sie vielleicht ersehen, wie ernst ich den Vorfall nehme. Ich hoffe, Sie nehmen die Sache genauso ernst. Wenn der Vorfall von gestern Abend durch eine Indiskretion an die Presse dringen sollte, wird derjenige, der seinen Mund nicht halten konnte, den Unmut seiner Kollegen auf sich ziehen. Man würde ihn schwerlich länger im Amt halten können. Ich hoffe, Diskretion ist Konsens, und bitte Sie, in Ihren jeweiligen Bereichen genauso zu verfahren. Also: Halten Sie den Kreis derer, die von dem Vorfall Kenntnis haben, so klein wie irgend möglich und schärfen Sie jedem ein, wie wichtig Diskretion für das Ansehen der Polizei und damit für die Sicherheit im Lande ist. Ich schlage nun vor, da wir uns nicht alle kennen, dass sich reihum jeder kurz vorstellt.« Er zeigte auf seine Brust. »Axel Lemke, Innenminister.«

Neben dem Minister waren sein persönlicher Referent, ein beflissen scheinender Typ namens Brunn, sowie Fröhlich, Tommaso, Miller, Thann und Fendrich im Raum. Die Anwesenheit Fendrichs war ein Widerspruch zur bisherigen Rede des Ministers, fand Thann. Dieser Mann gehörte nicht in diesen Kreis.

»Ich habe mit dem neuen Polizeipräsidenten die Lage telefonisch erörtert. Er ist entsetzt über die Vorfälle. Er bittet mich,

Ihnen mitzuteilen, dass Kriminalhauptkommissar Fendrich die interne Untersuchung leiten soll. Er erwartet, jederzeit auf dem Laufenden gehalten zu werden, und erwägt, gegebenenfalls seinen Urlaub in Südfrankreich zu unterbrechen. Des Weiteren bitte ich Sie, Herr Fendrich, meinen Referenten, Herrn Brunn, über sämtliche Schritte zu informieren. Herr Fendrich, gibt es schon erste Vorschläge, wie wir verfahren sollten?«

Fendrichs Antwort bewies, dass er sich schon sehr früh an die Arbeit gemacht hatte. Der Schleimer hatte seine Chance erkannt. In Thanns Magen rumorte es, während Streber Fendrich beim Innenminister Eindruck schindete.

»Ich habe bereits mit einigen der entgleisten Kollegen gesprochen. Ich denke, jeder, der von sich aus den Polizeidienst quittieren möchte, soll dies tun können. Eine Kollegin hat bereits den Wunsch danach geäußert. Wir sollten in jedem Einzelfall eine Art Legende schaffen, die das Ausscheiden begründet, ohne dass der gestrige Vorfall zur Sprache kommt. Einige Kollegen zeigen sich leider uneinsichtig, als sei das, was sie taten, ein Freizeitvergnügen, das den Arbeitgeber nichts anginge. So geht das natürlich nicht, aber wir sollten in jedem Fall eine einvernehmliche Lösung anstreben und dabei berücksichtigen, dass viele dieser Kollegen jahrelang ihren Dienst ohne Beanstandung versehen haben.«

»Was ist, wenn das, was wir gestern entdecken mussten, nur die Spitze eines Eisbergs ist? Sollten wir nicht generell alle Mitarbeiter des Präsidiums auf ungenehmigte Nebentätigkeiten hin überprüfen?« Der Vorschlag kam von Tommaso.

»Können Sie sich vorstellen, dass weitere Ihrer Kollegen in solche Dinge verwickelt sind?«, fragte Lemke und schaute in die Runde.

Fendrich verneinte sofort. Fröhlich blieb stumm.

»Seit gestern kann ich mir vieles vorstellen«, sagte Thann. Ein böser Blick von Fendrich. Ein erstaunter von Lemke.

48.

Udo Korfmacher setzte sein freches Grinsen auf, als er in ein Büro geführt wurde, das als Vernehmungsraum diente. Es gab einen Tisch mit zwei Stühlen in der Mitte des Raums und einen zweiten Tisch, an dem Miller saß, als Zeuge und Protokollant. Seit gestern hatte Thann sich den Benjamin zum Partner erkoren.

»Ihr Trottel!«, begrüßte sie Korfmacher, als er sich an den Tisch gegenüber Thann setzte. Sein Anwalt schien ihm mit der Aussicht auf baldige Entlassung Mut gemacht zu haben.

Thann sah, dass Korfmacher ein zweites Mal beim Zahnarzt gewesen war. In drei Tagen eine neue Brücke. Wahrscheinlich Serienproduktion.

»Wer hat einen Schlüssel zu Ihrem Studio?«, begann Thann. Millers *Olympia* klapperte los.

»'ne Menge Leute.«

»Namen!«

»Es sind so viele, die fallen mir einzeln gar nicht ein.«

»Damit lässt Sie der Haftrichter niemals frei.«

»Mal sehen.«

»Was war das für ein Notizbuch in Ihrem Safe?«

Eva war die Nummer acht.

»Welches Notizbuch?«

»Zu dem Notizbuch gehörten Fotos, die Sie ebenfalls im Safe lagerten. Pornofotos. Und im Notizbuch standen die Namen und Geldsummen.«

»Na und? Ich mache Fotos, denn ich bin Fotograf. Ich drehe Filme, denn ich bin Kameramann. Ich mache Pornos, na und? So etwas bringen sie jetzt sogar schon im Fernsehen. Da ist nichts dabei. In meinem Safe liegen Fotos und ein Notizbuch, na und? Was beweist das schon?«

Miller hackte in lautem Stakkato Kurzfassungen der Fragen und Antworten ins Protokollformular.

»Welche Bedeutung hat das Notizbuch?«

»Keine. Manchmal kritzle ich eben irgendwelche Dinge vor mich hin.«

»Auch diese Aussage wird auf den Haftrichter schlechten Eindruck machen.«

100.000 Mark jährlich. 24 Personen. In den letzten Jahren hat sich keiner von ihnen beschwert.

»Mal sehen.«

»Wir befragen zur Stunde jeden auf der Liste, verstanden? Jeden! Wenn nur einer angibt, dass er von dir erpresst wurde, Bürschchen, dann bist du dran.«

Korfmacher sah auf seine Hände und sagte nichts.

»Was ist das eigentlich für ein Gefühl, wenn man Frauen mit Tieren verkuppelt?«

»Weiß nicht. Hab's nie ausprobiert.«

»Hast du sie mit Gewalt dazu gebracht?«

»Sprechen Sie mit mir?« Er fuhr mit der Hand durch seine Stoppelfrisur.

Keine Produktionspause. Jede Minute kostet Geld beim Film.

»Den Ziegenbock hättest du wenigstens waschen können.«

»Ich glaube, den Bock schießen Sie.« Korfmacher spielte den harten Brocken.

Thann ballte die Fäuste. »Wie bist du an Schneider gekommen?«

»In einer Kneipe angesprochen.«

»In-einer-Kneipe-angesprochen«, wiederholte der tippende Miller.

Ich kann noch einen Stecher gebrauchen.

»War es seine oder deine Idee, mit Tieren zu drehen?«

»Sie können sich Sex anscheinend nur mit Tieren vorstellen.« Korfmacher grinste, als sei er stolz auf seine Antwort.

Die zweite Beleidigung. Thann wechselte das Thema.

»Hast du dir eigentlich mal überlegt, was du mit dem Leben anderer Menschen anrichtest, wenn du sie erpresst, Bürschchen?«

»Für dich immer noch Herr Korfmacher.«

»Was machst du eigentlich mit dem ganzen Geld, *Herr Korfmacher?*«

»Wenn ich's hätte, würde ich mir einen Gorilla mieten, der mir Leute vom Leib hält, die nur blöde Fragen stellen.«

»Was haben dir die Polen für deine Viechereien bezahlt? Tausend? Zweitausend?«

Korfmacher blieb stumm.

»Was hat die Gegenseite dafür bezahlt, dass du die Polen bei der Polizei verpfiffen hast?«

»Woher ...« *Dem Chef hat das gut gefallen.*

»Woher ich das weiß?«

»Nein, woher jeder annimmt, ich hätte was mit Tierpornos zu tun.« Der Fotograf verschränkte die Arme.

Gerade noch einmal die Kurve gekriegt.

»Spiel nicht das Unschuldslamm! Wie viel hat dir Schneider vorgestern gebracht?«

Korfmacher riss die Augen auf.

»So viel, wie du Schneider dafür gegeben hast, dass er Frau und Hund für deine Viechereien zur Verfügung stellte?«

»Ich hör immer nur Bahnhof.« Korfmacher hatte sich wieder rasch gefangen.

»Deine Viertelmillion wird dir wenig nützen, wenn du für fünf Jahre in den Knast einfährst. So viel gibt es nämlich, wenn du jetzt nicht auspackst!«

Das Galgengesicht zeigte seine makellos scheinenden Zähne. Thanns Urteil über den Fotografen festigte sich: Verlogen, geldgeil, zutiefst asozial. »Dallas Freundin sagte, du hast zweitausend Eier bezahlt.«

»Sie hat die Aussage widerrufen, wie Sie wissen.«

»Sie sagt, du hättest ihr literweise Schnaps eingeflößt.«

»Wenn sie das sagte, wird sie auch das widerrufen haben.«

Miller machte tacktacktack.

Thann versuchte es mit Provokation. »Sie sagt, du hättest einen Steifen bekommen, als sie es mit dem Pony machte.«

»Du Arsch.«

Drei Beleidigungen hatte Thann ihm zugestanden. Jetzt war das Maß voll. Thann machte Miller ein Zeichen, das Protokoll zu unterbrechen.

Plötzlich war es still.

»Was für ein Album wollte Günther Eich von dir?«

Als ich ihm einmal das Album wegnehmen wollte, fing er an zu schreien.

»Jetzt geht das wieder los!«

»Was ist an dem Album so besonderes, dass man dafür in Wohnungen einbricht?«

»Ich kenne kein solches Album.«

Wie konntest du nur so dämlich sein, es all die Jahre aufzubewahren?

Thann näherte sich dem Fotografen.

»Udo Korfmacher, wir wollen dir nur helfen. Du bist an üble Typen geraten. Wenn du uns hilfst, sie zu kriegen, lassen wir dich sofort frei. Du hast deine Chance in der Hand.«

Korfmacher lehnte sich zurück und setzte eine Miene auf, die Langeweile signalisieren sollte.

Es war Zeit, einen stärkeren Gang einzulegen. »Du scheißt auf deine Familie, stimmt's?«

»Wenn du meinst.«

»Du scheißt auf deinen Vater, stimmt's?«

»Lass meinen Vater aus dem Spiel.«

Ich zähle auf dich. Danke, Vater.

»Ein Waisenknabe aus dem Waisenhaus, den keine Pflegefamilie haben wollte, sehnt sich nach einem Vater und hat doch gar keinen.«

»Scheißkerl!« Korfmacher spuckte nach Thann.

Eine Beleidigung zu viel. Thann sah rot. Er trat Udo gegen

die Brust. Ein plötzlicher Stoß, der ihn mitsamt Stuhl nach hinten krachen ließ. Korfmacher rappelte sich hoch, schwer atmend. Er wandte sich an Miller.

»Haben Sie gesehen, wie dieser Bulle mich misshandelt? Ist das bei euch üblich? Helfen Sie mir gefälligst!«

»Wenn mir jemand sagen würde, bei der Polizei würden Leute misshandelt, bekäme ich Lust, ihn zu verprügeln«, antwortete Miller und zeigte ein freudloses Lächeln.

»Scheißkerle!«

Miller tat gelangweilt: »Ach, schreib doch ein Buch drüber.«

»Du blödes Stück Scheiße!«

»Pass auf, sonst ist dein Zahn schneller wieder draußen, als er eingesetzt wurde.«

Korfmacher starrte hasserfüllt auf Thann. Leise durch die Zähne gepresst drohte er: »Mein Vater macht dich kalt!«

Gratuliere, Vater. Danke, Vater.

»Nenn mir doch seine Adresse.«

Korfmacher schwieg.

Thann wechselte die Tonart: »WARUM HAST DU EICH UMGEBRACHT?«

Der Fotograf schrie zurück, fast genauso laut: »ICH WAR'S NICHT!«

Thann zielte auf Korfmachers Leber und traf. Der Fotograf war hart im Nehmen. Er ging nicht zu Boden, krümmte sich nur und rang schwer nach Luft.

Thann zählte bis zehn. Dann legte er nach.

»WER WAR'S DANN? ICH WILL JETZT DIE WAHRHEIT HÖREN!«

Korfmacher keuchte.

»WAR ES SCHNEIDER?« Thann packte ihn, riss ihn hoch und schüttelte ihn durch.

Wie konntet ihr nur so dämlich sein und Eich in den Müll stecken.

»Sag schon! Wir garantieren dir *Schutz*, wenn du auspackst.«

Stille.

Thann flehte: »Sag mir, dass es Schneider war! Ich brauche deine Aussage. Ich kann dir einen Deal mit der Staatsanwaltschaft versprechen.«

Keine Wirkung.

Korfmacher packte Thanns Handgelenke.

Der Kripomann war stärker. »Welchen Grund hast du, nicht zu reden?«

Korfmacher spuckte und boxte. Thann verpasste ihm eine Rechts-Links-Kombination auf Kinn und Leber. Korfmacher sackte bewusstlos zusammen. Erst bei zehn schlug er wieder die Augen auf. Mühsam rappelte er sich hoch.

Thann verließ den Raum. Miller kam hinterher.

»Du bist ganz schön hart, Karl.«

»Weich sein ist etwas für Käse, nicht für Männer«, entgegnete Thann. Er fühlte sich müde und war sich seiner Worte nicht so sicher. *Dem fließt der Ehrgeiz aus beiden Ohren, aber drauf hat er nichts.*

49.

Ein Anruf von Beckmann brachte Thann neuen Auftrieb.

»Was? Das Album?«

»Ja, ob Sie immer noch daran interessiert sind. Ich habe es nämlich erhalten. Ich glaube, es ist das, was Sie suchten.«

»Wo sind Sie jetzt?«

»Ich bin an der Uni. Ich kann gerade nicht weg. Das Album habe ich zu Hause. Wir könnten uns heute Nachmittag bei mir treffen.«

»Oh mein Gott!«, rief Thann. Er lauschte hinaus auf den Gang. Keine Geräusche. Er sprach leise weiter: »Wegen dieses Buchs gab es bereits eine Schlägerei und zwei Einbrüche, wahrscheinlich auch einen Mord. Und jetzt liegt es bei Ihnen zu Hause herum! Wenn es da noch liegt.«

»Keine Angst, Herr Kommissar. Es weiß niemand, dass ich es habe.«

»Wie kommen Sie überhaupt daran?«

»Als ich gestern Abend aus Mailand zurückkam, fand ich im Briefkasten diesen roten Benachrichtigungsschein von der Post. Sie wissen schon: nicht angetroffen, Päckchen zur Abholung bereit am Schalter soundso. Der Schein trug das Datum vom Montag, als ich nicht da war. Sie können sich denken, wie erstaunt ich war, als ich heute Morgen bei der Post war. Da halte ich ein Päckchen von Günther in der Hand, abgeschickt am Mittwoch vor einer Woche. Also unmittelbar vor seinem Tod.«

Acht Tage war das Familienalbum, hinter dem mehrere Menschen hergejagt und für das einige Menschen auch vor Verbrechen nicht zurückgeschreckt waren, aus der Welt verschwunden. Die Post machte es möglich. Am liebsten wäre Thann gleich losgefahren und bei dem Professor eingebrochen, bevor es ein anderer tat. Selten hatte Thann eine Verabredung in so große Anspannung versetzt wie diese mit Beckmann.

Noch drei Stunden, bis er das Album sah.

Der nächste Anruf stellte sich als nicht weniger aufregend heraus. Thann war gerade im Begriff gewesen, zur Kantine aufzubrechen.

Er meldete sich und wollte bereits wieder auflegen, weil er nur ein Rauschen hörte. Da hörte er eine Stimme, die ihm bekannt vorkam und zugleich völlig fremd. Es klang wie die Stimme eines Betrunkenen oder Sprachgestörten und doch ganz anders.

»Hil-fe!«

»Wer spricht da?«

»Hilf mir!«

»Wer spricht? Wo bist du?«

Es war ein leichtes Hüsteln und dann eine Männerstimme. Mehrere undeutliche Worte. Thann meinte, einen Namen herauszuhören. »Miller, bist du's?«

»Ja.«

Dann wieder das Hüsteln. Miller sprach weiter. Er schien zu wiederholen, was er vorher gesagt hatte. Allmählich verstand Thann mehr. »Oberrather Landstraße ... Stadtgrenze ... Schweine ... Vorsicht!«

Thann packte seinen Anorak und rannte los. Den Hunger hatte er vergessen.

50.

Es war eine Gegend südlich der Deponie. Ein noch nicht vollständig bebautes Gewerbegebiet auf der anderen Seite der Autobahn. Thann raste, was sein alter Golf hergab, und überquerte mehrere Kreuzungen bei Rot. Zusätzlich zu seiner Dienstpistole hatte er mehrere Magazine eingesteckt. Wenn es nicht der Hilferuf seines Partners war, dann war es eine Falle. Als Thann den Autobahnzubringer erreichte, ging es nur noch geradeaus. Er beschleunigte weiter. Zweimal überholte er einen Lastwagen. Als er zum dritten Überholmanöver ansetzte, bemerkte er erst im letzten Moment ein entgegenkommendes Auto und musste auf die Bremse steigen. Er wurde etwas vorsichtiger.

Oberrather Straße, dann Oberrather Landstraße. Die letzten Häuser vor der Autobahnunterführung. Dann das Gewerbegebiet: Hallen aus Leichtmetall, ein Markt für Billigmöbel, ein Wohnwagenhändler. Thann fuhr langsamer und hielt nach einer Telefonzelle Ausschau. Nichts, stattdessen Baustellen, Brachflächen, eine Bachüberquerung, ein kleines Wäldchen. Das Ortsschild hatte Thann längst hinter sich gelassen. Er begann zu zweifeln, ob er den Anrufer richtig verstanden hatte. Hinter dem Wäldchen gab es einige Bauernhöfe. Dort wollte er wenden.

Plötzlich sah er die Telefonzelle. Direkt an der Straße, zweihundert Meter vom nächsten Bauernhof entfernt. Neben der Zelle kauerte ein dunkles Etwas. Es war Miller.

Sie hatten ihn übel zugerichtet. Sein Kopf war blutüberströmt. Er hielt sich den Leib, stöhnte und hechelte, kurz und schnell. Als Thann sich über ihn beugte, sah Miller hoch und sagte: »Holzshampoo«. Dabei bluteten seine aufgeplatzten Lippen.

Eins seiner Augen war blutunterlaufen und von einem roten Bluterguss umringt. Das gleiche Monokel, das auch der Kopf des toten Eich getragen hatte. Das Zeichen eines schweren Schlages gegen den Schädel. *Gefoltert, bevor er starb.*

Thann half dem Kollegen ins Auto. Von selbst konnte er sich nicht mehr auf den Beinen halten. »Holzshampoo«, so nannten es rechtsradikale Jugendbanden, wenn sie ihren Gegnern den Baseballschläger über den Kopf zogen. Auch manche Ausbilder der Bereitschaftspolizei gebrauchten den Ausdruck, wenn es darum ging, wie man eine Demonstration auflöste.

»Holzshampoo«, sagte Miller auf dem Weg ins Krankenhaus noch einmal. Nur mühsam brachte er die Worte hervor. »Dalla und Schneider … Glauben, ich habe dir von Caroline erzählt … Schuld an Razzia … Pass auf … Wollen dich auch …«

Notfalls wird er kaltgemacht.

»Die beiden haben dich so zugerichtet?«

Miller schien seine Frage nicht gehört zu haben. Plötzlich erbrach er sich auf seine Jacke. Er hustete. Es schien ihm große Schmerzen zu bereiten.

Thann öffnete das Fenster ein wenig und sah zu seinem Beifahrer hinüber. Miller war zusammengesackt. Offensichtlich hatte er das Bewusstsein verloren. Auf seiner Stirn standen Schweißperlen.

Thann umklammerte das Lenkrad. Er fuhr noch schneller. *Dalla und Schneider.* Er hätte schreien können vor Hass.

Miller lag auf der Liege des Ambulanzraums. Er war nicht wieder zu sich gekommen.

Der Arzt leuchtete in seine Augen. »Reflexe normal«, sagte er zur Krankenschwester.

Sie hatte Blutdruck und Pulsfrequenz gemessen. »Neunzig zu sechzig, Puls 130.«

»Patient im Schockzustand«, stellte der Arzt fest.

Vorsichtig machten sie Millers Oberkörper frei. Während der Arzt sich mit einem Gerät an Millers Brust und Bauch zu schaffen machte, fragte er Thann, wie er ihn vorgefunden hatte.

»Man hat ihn mit einem Baseballschläger misshandelt. Er war noch bei Bewusstsein. Er schien große Schmerzen in der Brust zu haben und atmete sehr schnell und flach.«

»Schonatmung, Verdacht auf Rippenserienfraktur. Reagierte er auf Fragen?«

»Teils, teils. Was machen Sie da?«

»Ultraschall.«

Der Arzt war fertig und wandte sich an die Schwester. »Wahrscheinlich Milzruptur. Freie Flüssigkeit in der Milzloge. Not-OP vorbereiten.«

Neben dem Glaskasten des Krankenhauspförtners waren die Telefone. Thann verständigte Tommaso. Der Videospezialist vom K2 war nach Miller der Nächste, zu dem Thann Vertrauen hatte.

Er bat ihn um die Festnahme von Schneider und Dalla wegen aller infrage kommenden Delikte: Nötigung, schwere Körperverletzung, Mordversuch. Wahrscheinlich noch mehr. Tommaso zeigte sich entsetzt und sagte seine Mithilfe zu.

Nebenbei erfuhr Thann, dass der Haftprüfungsrichter Korfmacher inzwischen freigelassen hatte. Thann ballte die Fäuste und schlug die Stirn gegen den Telefonkasten.

51.

Thann wusste nicht, in welchem Auto Schneider und Dalla unterwegs waren. Immer wieder kontrollierte er, ob ihn jemand verfolgte. Er wechselte mehrfach die Richtung, obwohl sein Verstand ihm sagte, dass er unbehelligt war. Als er in der Innenstadt beim Abbiegen im Strom der Fußgänger stecken blieb, verriegelte er die Türen. *Weich wie Käse.* Soweit hatten sie ihn schon.

Thann drückte auf die Klingel einer Zahnarztpraxis. Die Tür summte, Thann trat ein. Es war ein feines Haus mit gepflegtem Eingang, Marmor und Spiegel. Der Professor wohnte im ersten Stock über der Zahnarztpraxis. Thann war eine halbe Stunde zu früh. Er setzte sich vor die Wohnungstür und bewachte sie und das Album.

Beckmann kam pünktlich.

Es war ein großer, wattierter brauner Umschlag, mit Kugelschreiber adressiert. Außer dem Album steckte nur ein gelblichgrünes Postformular drin, auf der Rückseite mit demselben Stift beschrieben. Der Brief eines Toten, Eichs letzte Zeilen, improvisiert auf einem Postamt irgendwo zwischen Korfmachers und seiner Wohnung.

Lieber Klaus!
Wundere dich nicht über das seltsame Päckchen. Das Fotoalbum ist für mich sehr wichtig, ein Beweisstück für meine Rehabilitierung. Im Moment ist es auf der Post am besten aufgehoben, denn man wird wahrscheinlich versuchen, es mir wieder wegzunehmen. Bitte sag mir Bescheid, sobald es dich erreicht. Wir sehen uns ohnehin in den nächsten Tagen.
Alles Gute, Günther

Beckmann standen Tränen in den Augen.

»Mir wünscht er alles Gute, ein paar Stunden vor seinem Tod.« Er schnäuzte sich. »Er hat geahnt, dass sie bei ihm einbrechen würden. Also das ist es, was sie bei ihm gesucht hatten.«

»Ich glaube ja.« Thann hielt das heiß umkämpfte Stück in der Hand. Eingebunden in weißes, rissiges Plastik.

Es war das Familienalbum einer niemals intakten Familie. Das Erinnerungsstück eines Waisen, der sich nach einer Familie sehnte. Auf der Innenseite des Deckels stand in Erwachsenenschrift: »Für Udo zum dritten Geburtstag«.

Auf den ersten Seiten waren die ersten Jahre eines Jungen dokumentiert. Ein nacktes Baby lachte in die Kamera, ein Kleinkind lag im Schaumbad, der Junge wurde größer. Auf manchen Bildern war die Mutter dabei, Anna Korfmacher, wie Thann sie von anderen Fotos her kannte. Sie sah Eva auch hier sehr ähnlich.

Nur wenige Fotos zeigten weitere Erwachsene. Thann kannte sie nicht. Schließlich gab es ein Bild mit Anna und allen drei Kindern. Hier war Udo vielleicht schon fünf. Das Galgengesicht des Fotografen begann sich bereits abzuzeichnen.

Dann ein Zeitsprung. Etwa zehn Jahre in die Zukunft. Vier fast identische Fotos einer Schulklasse, vermutlich anlässlich Udos Hauptschulabschlusses. Thann erkannte ihn sofort an seinem frechen Grinsen. Er stand außen in der letzten Reihe. Es schien, als hielte sein Nebenmann Abstand zu Udo.

Jedes der Bilder nahm eine gesamte Seite des Albums ein. Thann blätterte weiter.

Ein zweiter Zeitsprung. Rückblende: Fotos aus Udos Kindheit, als er im Heim lebte. Udo mit der heutigen Heimleiterin beim Zeichnen, Udo und andere Heimkinder mit übergroßen Schultüten.

Ein Bild zeigte den vielleicht siebenjährigen Korfmacher zwischen seinen Pflegeeltern. Beider Gesichter waren mit grünem Buntstift übermalt. Ein greller, tief ins Foto geprägter Fleck. *Mit seinen Pflegeeltern kam er wenig zurecht.*

Spätere Fotos hatten Unterzeilen in ungelenker Kinderschrift. »Osterfest im Kinderheim«, »Plätzchenbacken mit Schwester Resi« und mehr in dieser Art.

Beim nächsten Umblättern sah Thann Bollmann.

Udo Huckepack auf Bollmanns Schultern, Udo und Bollmann irgendwo in den Bergen. Darunter Kinderschrift. »Ferien mit Papi«, und: »Eine schöne Zeit«. Harald Bollmann, jung, schlank und mit Vollbart. *Ich zähle auf dich, Vater. Danke, Vater.*

Thanns Puls ging schneller. Er blätterte zurück. Tatsächlich: Auch auf einem der ersten Bilder war Bollmann zu sehen. Ein Foto aus der Distanz, viel Landschaft, die Personen leicht unscharf. Bollmann hob Klein-Udo hoch, der ein Pony an den Haaren zog. *Nur ein Polizist könne so perfekt einem anderen die Schuld in die Schuhe schieben.*

Ganz zurück. Das allererste Bild. Die blond behaarten Männerhände, die den Säugling hielten, der in die Kamera grinste. Thann erkannte den klobigen Siegelring am rechten Ringfinger. Bollmanns Ring. Thann rechnete. Die Aufnahme musste etwa zwei Jahre vor Annas Scheidung von Kurz entstanden sein. Doch auf keinem der Fotos war Kurz zu sehen.

Thann blätterte den Rest durch. Einmal war Bollmann noch zu sehen. Udo war vielleicht fünfzehn. Stolz posierte er neben seinem Vater. Dabei machte er eine eher lächerliche Figur. Dürr, spindelig und immer noch einen Kopf kleiner als Bollmann. Dieser schien ihm zu dieser Zeit eine Kamera geschenkt zu haben, denn von da an überwogen Fotos, auf denen Udo nicht abgebildet war. Mit achtzehn schien ihm die Lust am Album verloren gegangen zu sein. Das letzte Bild zeigte eine Horde betrunkener Bundeswehrrekruten. Irgendwo von links hinten grinste Korfmacher ins Objektiv.

Thann klappte das Album zu.

»Zeigen Ihnen die Fotos etwas, was Ihnen weiterhilft?«, fragte Beckmann.

52.

Durch die Glasscheibe konnte Thann Miller sehen. Er hing an zahlreichen Schläuchen. Einer davon führte in seinen Mund. Im Hintergrund standen Maschinen und Monitore. Es rauschte, zischte und piepte. Miller war noch immer ohne Bewusstsein. Thann sah, dass sich das Monokel um sein rotes Auge inzwischen blau verfärbt hatte.

Der Arzt kam in Begleitung einer großen Rothaarigen, die ihre Lockenpracht mit einem Pferdeschwanz bändigte – Millers Frau. Thann hatte nicht einmal gewusst, dass Miller verheiratet war. Er hatte überhaupt nichts über seinen Partner gewusst. Er hatte nur einen Gehilfen gebraucht und ihn in Gefahr gebracht.

Der Arzt versuchte, Millers Frau zu beruhigen. »Machen Sie sich keine Sorgen. Er ist jung und von guter Konstitution. Wir mussten Ihrem Mann die Milz entfernen. Aber damit kann er gut leben. Den Blutverlust konnten wir mit Blutkonserven ausgleichen. Er schläft jetzt.«

Holzshampoo. Schuld an Razzia.

»Was sind das für Maschinen?« Die Rothaarige war blass und den Tränen nahe.

»Er wird noch einige Stunden wegen einer Lungenverletzung beatmet. Die Herzkreislaufsituation ist inzwischen stabil. Ihr Mann wird keine bleibenden Schäden zurückbehalten. Er ist über den Berg.«

»Was ist mit seinem Auge?«

»Ein Hämatom. Er hat eine Gehirnerschütterung. Aber auch der Neurologe konnte keine ernsthaften Verletzungen feststellen.«

»Wann kann ich mit ihm sprechen?«

»Spätestens morgen. Und in zwei Tagen werden wir ihn voraussichtlich auf die normale Station verlegen können.«

Gute Nachrichten. Dennoch heulte die Rothaarige los. Thann ließ sie mit dem Arzt allein und verließ die Intensivstation. Sie hatten Miller für mehrere Wochen außer Gefecht gesetzt. Dabei hatte Miller den Kopf nur für ihn hingehalten.

Im Präsidium war Tommaso wegen Miller ganz aus dem Häuschen. Er bat Thann um einen Beitrag für Blumen und Pralinen, die er im Namen der Kollegen für den Verletzten kaufen wollte. Er hatte mit dem Krankenhaus telefoniert und danach die Fahndung nach den beiden Schlägern eingeleitet.

Dalla und Schneider waren seit dem Morgen verschwunden. Seiner Frau hatte Schneider erzählt, er wolle mit Dalla einen mehrtägigen Angelausflug machen. Sie hatte es geglaubt, bis sie seine Angelausrüstung sah, vollständig und gut verpackt im Keller verstaut. Er hatte nur eine Tasche mit einigen Klamotten und Rasierzeug mitgenommen. Auch in Dallas Wohnung gab es keinen Hinweis auf das Reiseziel der beiden.

Tommaso hatte dafür gesorgt, dass ihre Fotos an alle Polizeistationen der Republik gingen. Thann fluchte darüber, dass die Kollegen Bodo Schneider nicht schon am Abend vorher in Gewahrsam genommen hatten.

Es klopfte an Thanns Bürotür.

Fendrich trat ein. »Mein Lieber, lass uns das Kriegsbeil begraben.«

»Was führst du jetzt schon wieder im Schilde?«

»Ich habe mit Bollmann gesprochen. Er ist entsetzt über Schneider und Dalla. Er hat sie für gute Leute gehalten, sagt er. Er hat Dalla in bester Absicht auf das ›Belle‹ angesetzt. Er hätte nie gedacht, dass einer von beiden über die Stränge schlagen würde, geschweige denn zu solch einer Entgleisung fähig sei. Er wird dafür sorgen, dass Schneider und Dalla mit aller Härte bestraft werden. Die Entlassung von Schneider und Dalla aus dem Polizeidienst haben wir bereits in die Wege geleitet. Die Fahndung läuft. Bollmann selbst will morgen zurückkehren.«

Morgen.

»Auch wenn es sich bei den beiden und dieser Pornosache um Einzelfälle handelt, will Bollmann, dass wir das Präsidium umkrempeln. Eine interne Untersuchung. Er möchte, dass du für mich die Befragungen durchführst. Er hält dich für integer. Du hast doch keine Nebenbeschäftigungen irgendwelcher Art?«

»Das Einzige, was ich nach Feierabend tue, ist Saufen und Einmischung in die Ermittlungen anderer.«

»Lass die Scherze! Der Chef will, dass du dir die Kollegen zur Brust nimmst, die in die Pornosache verwickelt sind, und dass du herausfindest, wen Schneider und Dalla noch in diese Geschichte hineingezogen haben. Hier sind die bisherigen Protokolle der Befragungen. Hier ist eine Liste aller Kollegen, die mit den Betroffenen näher zu tun haben, und hier ist ein Fragenkatalog, den man allen Beamten des Hauses vorlegen sollte. Das Vorgehen habe ich mit dem Innenministerium abgesprochen. Wenn Bollmann morgen Nachmittag wieder da ist, will er deinen ersten Bericht haben. Also, frisch an die Arbeit!«

Fendrich hinterließ einen Stapel Papiere. Ein Ablenkungsmanöver. Der neue Auftrag bedeutete, dass sich Thann nicht mehr mit Eich und Korfmacher beschäftigen konnte. Zu seiner Beruhigung nahm Thann einen Weinbrand und beschloss, erst recht weiterzumachen.

53.

Das Innenministerium war ein moderner Bau aus Glas und Aluminium, nur zwei Autominuten vom Präsidium entfernt. Es war Feierabendzeit. Dutzende von Ministerialbeamten strömten aus dem Gebäude.

Beim Pförtner musste Thann sich ausweisen. Einer der Aufzüge trug ihn ins oberste Stockwerk. Die Sekretärin ließ Thann ein paar Minuten warten, ohne Kaffee, ohne Unterhaltung. Sie lackierte ihre Fingernägel, blätterte in einer Zeitschrift und warf ihm missbilligende Blicke zu. Zwischen zwei solchen Blicken entsorgte er seinen Kaugummi an der Unterseite des Stuhls.

Dann erschien Brunn, der Referent des Ministers. »Wir freuen uns, dass Sie sich so engagiert zeigen. Der Minister möchte selbst mit Ihnen sprechen.«

Was Thann für selbstverständlich gehalten hatte, ließen Brunns Worte als Gunst seines hohen Herrn erscheinen. Brunn führte Thann ins Ministerbüro. Es war so groß wie ein Ballsaal. Hinter dem Chefsessel bot eine Glasfront Avisblick auf das schwarze Band des Rheins und die Lichter der gegenüberliegenden Stadtteile. Die Anlage des Kraftwerks am Rheinhafen funkelte wie ein Sternenhaufen. Die Sonne war untergegangen, der letzte graue Schimmer des Tageslichts zog sich zurück.

Der große Mann mit Seemannsbart war aufgestanden. Sein Händedruck war weit kräftiger, als die hagere Gestalt es vermuten ließ. Während Axel Lemke seinem Gast einen Platz am Besprechungstisch zuwies, verließ sein Kofferträger den Raum. An der Wand, die Thann gegenüberlag, hing ein Bild, das mit wenigen groben, scheinbar flüchtig aufgetragenen Pinselstrichen Lemke darstellte. Auf einem Messingschild stand: »Leo Frentzel, Neues-Leben-Preisträger 1989«. Davor nahm der Innenminister Platz.

»Mein Referent sagte mir, Sie hätten Sorge, dass Ermittlungen in Verbindung mit dieser Pornosache verschleppt werden.«

Seine Chance. Thann holte aus. Er berichtete, dass Bollmann ihm im Mordfall Eich von Beginn an zu wenige Beamte zugeteilt hatte. Er erzählte, wie die Ermittlungen in Stillstand getreten waren, seit ihm der Fall entzogen worden war. Thann sprach von Schneiders und Dallas Nichtstun in der Goethestraße und beschrieb die besonderen Beziehungen der beiden zu Bollmann. Er versuchte, sich kurz und verständlich auszudrücken.

Lemke zeigte sich interessiert.

Dadurch ermuntert, berichtete Thann weiter. Von Udo Korfmacher und dem Gespräch mit Schneider, das er belauscht hatte. Dass Udo der Sohn der Frau war, die Eich ermordet haben sollte. Und Bollmann deren Geliebter und Vater des Fotografen. Offenheit sei der beste Weg, hatte Eva gesagt.

»Worauf wollen Sie hinaus?«, ließ Lemke seine Ministerstimme tönen, als Thann fertig war.

Jetzt. Sein Verdacht. Zumindest ein Teil davon.

Thann unterdrückte das Zittern in seiner Stimme so gut es ging. »Ich glaube, dass Bollmann, als er den Mord an seiner früheren Freundin aufklären sollte, voreingenommen gegen Eich vorging und einseitig gegen ihn ermittelte. Ein Unschuldiger wurde verurteilt, weil Bollmann einen schnellen Erfolg suchte und vielleicht von Hass auf den vermeintlichen Mörder geleitet war. Ich nehme an, dies ist ihm inzwischen klar geworden. Vielleicht befürchtet er, dass die Aufklärung des Mordes an Eich ihn in einem anderen Licht erscheinen lässt. Deshalb ist er bestrebt, eine rasche Aufklärung zu verhindern. Und Schneider und Dalla haben ihm dabei geholfen.«

»Ein schwerer Vorwurf gegen den Polizeipräsidenten. Und Kriminaloberkommissar Schneider soll an der Ermordung Eichs beteiligt gewesen sein?«

»So klang das, was ich in Korfmachers Wohnung belauschte.«

»Warum sollte Schneider das getan haben?«

»Vielleicht hatte er Bollmann missverstanden oder war einfach übereifrig.« Thann arbeitete an einem Kloß im Hals. »Schneider beging kurz vor der Ermordung Eichs einen Einbruch in dessen Wohnung. Dabei ging es um ein Fotoalbum. Das Album zeigt, dass Bollmann wahrscheinlich der Vater Korfmachers ist und der Geliebte der toten Anna Korfmacher war.«

Eichs letzte Zeilen: *Ein Beweisstück für meine Rehabilitierung.*

»Wo ist dieses Fotoalbum jetzt?«

Thann schluckte. Der Brief an Beckmann: *Denn man wird versuchen, es mir wieder wegzunehmen.*

Seine Stimme wurde leise: »Ich habe es.«

»Was beweist das Album außer dieser Verwandtschaftsbeziehung?«

Die Frage, die Thann sich selbst unaufhörlich stellte.

»Eigentlich nichts weiter. Aber für Eich, Korfmacher und Schneider schien es sehr viel zu bedeuten. Irgendetwas muss dran sein.«

»Ehrlich gesagt, scheint mir die Geschichte reichlich verworren. Was soll ich damit anfangen?«

Gib mir eine Chance. Bitte.

Thann schluckte den Kloß hinunter. »Ich möchte, dass Sie mich von der Aufgabe entbinden, die Nebenjobs meiner Kollegen zu durchleuchten. Stattdessen möchte ich die Leitung im Fall Eich zurückbekommen. Ich möchte freie Hand in der Auswahl der Kollegen, mit denen ich arbeite. Und ich will, dass der Polizeipräsident sich dabei nicht einmischt. Sie sind der Einzige, der das durchsetzen kann.«

»Junger Mann. Ich finde das alles sehr interessant. Aber die Geschichte scheint mir noch zu unausgegoren, als dass ich intervenieren könnte. Außerdem müssen Sie eins einsehen: Harald Bollmann ist Ihr Chef. Und ich sehe zur Stunde keinen Anlass, daran etwas zu ändern. Bis jetzt kannte ich ihn nur als hervorragenden Polizeibeamten. Lassen Sie mich einen Vorschlag machen: Sie machen genau den Job, den der Polizeipräsident Ihnen aufgetragen hat. Nebenbei halten Sie die Augen offen und erstatten mir persönlich Bericht, sobald Sie etwas Neues erfahren. Und ich stelle meinerseits einige Nachforschungen an, verdeckt und ohne dass Bollmann etwas bemerkt. Ich habe da meine Leute. Wiegen wir ihn erst einmal in Sicherheit und sammeln unterdessen weitere Fakten. Einverstanden?«

Ende der Ministerrede.

Voller Hoffnung und Zuversicht verließ Thann das Büro.

Als er am Pförtner vorbei nach draußen kam und an der glänzenden Fassade zurück nach oben blickte, begannen Zweifel und Unsicherheit zu überwiegen. *Der Innenminister war sehr erstaunt, als er erfuhr, wem ich den Deponiemord übertragen habe.* Er wusste nicht, wieweit Lemke ihn ernst nahm. Immerhin hatte Bollmann bislang zu seinen Beratern gehört. Und erst gestern hatte Lemke persönlich dessen Ernennung zum Präsidenten ausgesprochen.

Als Thann im Auto saß, fühlte er sich wieder stark. Er hatte sich einem Mann anvertraut, der im Zweifelsfall mächtiger als Bollmann war. Er war überzeugt, dass Lemke ihn verstanden hatte.

54.

Zum dritten Mal an diesem Tag betrat Thann das Krankenhaus. Diesmal, um einen Patienten nach Hause zu begleiten.

Er hatte sich mit Eva verabredet. Sie half ihrem Adoptivvater gerade beim Packen, als Thann das Zimmer betrat. Es dauerte eine Weile, bis Hans-Werner Kurz seine Trinkgelder an das Pflegepersonal der Station verteilt hatte. Dann fuhren sie in Thanns Auto zum Haus des Expräsidenten.

Kurz erklärte, er habe sich immer auf den Ruhestand gefreut, auch wenn er nicht damit gerechnet habe, bereits mit 59 Jahren in Pension zu gehen. Auf Thann machte Kurz einen sehr hinfälligen Eindruck. Noch nie war ihm sein ehemaliger Chef so alt erschienen. Während dieser davon sprach, demnächst Weltreisen unternehmen zu wollen, zweifelte Thann, dass dieser weißhaarige Mann mit der leisen Stimme jemals die Kraft dafür würde aufbieten können.

Die Wochen des Krankenhausaufenthalts hatten seine einst rosigen Wangen einfallen lassen. Man hatte ihn auf Diät gesetzt, um sein Übergewicht abzubauen. Nur ein kleiner Kugelbauch war geblieben.

Frau Kurz hatte Abendessen vorbereitet. Ihr Mann aß nur wenig. Er sprach von den Dschungeln Brasiliens und von den Gewürzinseln Indonesiens. Jetzt hätte er endlich die Zeit, seine Träume Wirklichkeit werden zu lassen. Keiner wagte es, sein Fernweh zu bremsen.

Nach dem Essen tat Hans-Werner Kurz sein Bedauern kund, dass die Ärzte ihm das Rauchen verboten hatten. Während seine

Frau den Tisch abräumte, führte er Eva und Thann ins Wohnzimmer.

Endlich kamen sie zur Sache.

Tatsächlich. Kurz hatte gezahlt. Der Fotograf hatte ihm einen der Fotoabzüge aus seiner Sammlung geschickt und mit einem Skandal gedroht. Der Polizeipräsident war eingeschüchtert gewesen. Kurz hatte nicht einmal seiner Frau davon erzählt. Es hatte ihm viel Mühe bereitet, die ständigen Zahlungen vor ihr zu verbergen. Kurz deutete an, dass damals sein Herz zum ersten Mal begann, verrückt zu spielen. Als seine Krankheit in den letzten Wochen schlimmer geworden war, habe er beschlossen, das Amt aufzugeben und die Zahlungen einzustellen. Zu einer Anzeige gegen Korfmacher sei er bereit, wenn auch Eva einverstanden wäre.

Thann setzte die Aussage auf, die Kurz unterschrieb. Thann atmete auf. Mit diesem Papier in der Hand würde es morgen für sie einfach sein, Korfmacher endgültig hinter Gitter zu bekommen. Dann *musste* er auspacken. Thann war dem Ziel näher gekommen.

Er lenkte die Unterhaltung auf Bollmann. Sofort ergriff Kurz die Gelegenheit, einem Hass auf seinen Nachfolger Luft zu verschaffen, der jahrzehntelang in ihm genagt haben musste.

Bollmann war vor mehr als dreißig Jahren sein Rivale um Annas Gunst gewesen, schon bald nach der Hochzeit. Kurz hatte immer vermutet, dass Udo Bollmanns Sohn war. Dennoch kämpfte er weiter um Anna, die sich weigerte, sich für einen von beiden zu entscheiden. Mal verließ Kurz die gemeinsame Wohnung, dann zog er wieder ein. Erst als er erfuhr, dass Anna auch mit weiteren Männern Affären hatte, reichte er die Scheidung ein. Kurz vermutete, dass Annas Beziehung zu Bollmann kaum länger gehalten hatte.

Drei Jahre später wurde Anna ermordet. Bollmann bekam den Fall übertragen. Dass dieser dann alles daran setzte, Annas

Mörder rasch zu überführen, wertete Kurz als eiskalten Versuch, Punkte zu sammeln im Wettlauf der Rivalen auf der Karriereretreppe. Er glaubte nicht, dass Bollmann von anderen Gefühlen getrieben war als von Ehrgeiz. Die Beziehung der beiden Kollegen hatte einen neuen Tiefpunkt erreicht.

»Bollmann ist so kalt wie seine Augen. Wenn er sich freundlich gibt, dann nur aus Berechnung. Alles, was für ihn zählt, ist Macht. Er hat jede meiner Schwächen ausgenutzt. Er hat intrigiert und seine Gefolgsleute um sich geschart. Man könnte denken, da steckt noch etwas anderes dahinter. Aber nein! Er ist einfach machtversessen.«

Den Karrierewettlauf hatte zunächst Kurz gewonnen, als der Ältere, Erfahrenere. Doch Bollmann entwickelte sich zum Machtfaktor innerhalb des Präsidiums. Und seine Arbeit gefiel dem Innenminister. Bollmann war politisch aktiv. Bollmann hatte Erfolg. Er wurde das beste Pferd im Stall des Polizeipräsidenten Kurz. Sogar die guten Beziehungen, die Bollmann in seiner Zeit als Chef der Sitte zu Teilen der Unterwelt knüpfte, konnte Kurz nicht verurteilen. Der Innenminister lobte den neuen Stil der Verbrechensbekämpfung. Bollmann bot keine Blöße.

Jetzt hatte Kurz den Kampf verloren. Der verhasste Rivale hatte ihn endgültig überholt. »Es hat etwas Gutes. Ich habe etwas begriffen: Wer ständig kämpft, findet keine Zeit zu leben. Ich habe viel zu lange gekämpft. Jetzt will ich die Zeit nutzen, um zu leben«, verkündete Kurz mit leiser Stimme.

Für seine 59 Jahre sah Kurz viel zu alt aus. Thann befürchtete, dass er nicht mehr viel Zeit für seine geplanten Reisen haben würde. Auch Eva sah sorgenvoll drein.

Kurz hatte zu lange gekämpft. Oder nicht gut genug.

Als sie sich verabschiedeten, wandte sich Kurz noch einmal an Thann. »Wie war noch einmal Ihr Name?«

»Karl Thann.«

»Sind Sie verwandt mit Gudrun Thann? Das war einmal eine gute Freundin von mir.«

»Meine Mutter heißt Gudrun.«

»Ihre Mutter?«

»Ja.«

Kurz war die Überraschung anzusehen. »Ihre Mutter. Ach, ich habe eine Ewigkeit nichts mehr von ihr gehört. Grüßen Sie sie von mir. Lebt ihr Mann noch?«

»Mein Vater ist vor zwei Jahren gestorben.«

Thann erklärte, wo seine Mutter jetzt wohnte. Er fragte sich, ob Eva ihrem Adoptivvater bereits von ihrem Verhältnis erzählt hatte.

55.

»Wo hast du eigentlich das Album?«, fragte Eva, als Thann vor ihrer Wohnung hielt.

Statt einer Antwort öffnete er den Kofferraum und griff nach dem Erste-Hilfe-Kissen. Ein besseres Versteck war ihm nicht eingefallen. Er sah sich auf der Straße um, bevor er das Album herausnahm.

Wortlos stiegen sie nach oben. Eva war aufgefallen, dass Thann nervöser war als sonst und dass er während der Fahrt öfter in den Rückspiegel gesehen hatte als nötig. Thann hatte keine Verfolger bemerkt. Kein Schneider, kein Dalla, niemand.

Evas Wohnung war so klein wie seine, zwei Zimmer, Küche und Bad. Altbau, vermutlich billig, aber sorgfältig und mit Geschmack eingerichtet. Thann bat Eva, die Wohnungstür abzuschließen.

Im Flur hing ein Frentzel. Ein gerahmter Nachdruck eines der Porträts, die er von Anna gemalt hatte. Thann erzählte, dass er mit dem Maler gesprochen hatte.

Evas Wohnzimmer war angefüllt mit exotischen Reiseandenken, Mitbringsel aus Thailand, Indien, Nepal und anderen Ländern. Bilder, Masken, hölzerne Statuen. Thann staunte. Er war nie über Griechenland hinausgekommen.

Eva öffnete eine Flasche Sekt. »Zur Feier des Tages! Wir haben endlich das Album!«, sagte sie, doch ihre Stimme klang bedrückt.

Dann wollte sie es sehen. Thann beobachtete, wie sie es durchblätterte. Er wies sie auf Bollmann hin. Sie studierte jedes einzelne Foto. Die durchgestrichenen Gesichter der ersten Pflegeeltern Udos erschütterten sie.

»Er hat sie gehasst.«

»Wer weiß, was sie ihm antaten?«

»Oder er akzeptierte ausschließlich Bollmann als seinen Vater.«

Eva blätterte bis zum letzten Bild, dann begann sie von vorn.

»Irgendetwas muss dieses Album verbergen, was man auf den ersten Blick nicht sieht«, vermutete sie. »Sonst hätte es keinen Sinn gehabt, deswegen zu rauben und zu morden.«

Thann gab ihr recht. *Wie konntest du nur so dämlich sein, all die Jahre das Album aufzubewahren. Der Chef macht sich Sorgen.*

Sie durchforschten jedes einzelne Bild, diskutierten jedes Detail und rätselten über jede Person, jeden Ort. Schließlich langten sie an den Fotos der Schulabschlussklasse an.

»Zweiunddreißig Schüler und ein Lehrer. Der Lehrer wird wohl kaum Annas Mörder sein.«

»Und Udos Mitschüler kaum die Mörder Eichs.«

»Ganz normale Fotos.«

»Auffällig ist, dass sie mitten unter den Bildern aus Udos früherer Kindheit sind. Ganz gegen die chronologische Reihenfolge.«

»Schau mal: Alle Abzüge sind mit Fotoecken festgemacht, nur diese vier Bilder nicht. Die sind festgeklebt.« Eva drängte darauf, die vier Klassenfotos abzulösen.

Sie versuchten es mit heißem Dampf, doch der löste nur die Fotoecken der anderen Bilder.

Es blieb nur der Weg der Gewalt.

Eva brachte eine Rasierklinge. »Vielleicht geht es damit.«

»Du rasierst dich?«, fragte Thann und musste an die Blondine denken, die vor dem *Belle* in Udos Sportwagen gestiegen war.

»Ja, manchmal, unter den Achseln. Wieso?«

Es ging unerwartet einfach. Sie starrten auf eine weiße Seite. Plötzlich glaubte Eva, etwas zu sehen.

»Beweg mal die Seite ein wenig. Siehst du das? Das ist eine Zeichnung auf der anderen Seite des Blatts, unter dem zweiten Foto!«

Vorsichtig lösten sie auch dieses ab. Dann die übrigen, immer hastiger, immer aufgeregter. Nachdem sie alle vier Fotos entfernt hatten, starrten sie auf bunte Zeichnungen.

Erst später sah ich, dass er viel Spaß am Zeichnen hatte. Er hatte Spaß daran und taute auf.

Es waren Szenen von Verbrechen und Tod, krakelig zu Papier gebracht. Thann fragte sich, was im Kopf des Fünfjährigen vorgegangen sein mochte.

56.

Ich liege unter dem Sofa und gucke. Mama und Papa streiten. Papa haut Mama. Mama schreit. Ich habe Angst. Mama sagt böse Sachen zu Papa. Papa haut Mama, denn Strafe muss sein. Unter dem Sofa ist es eng. Ich kriege keine Luft. Mama fällt hin und hat Blut im Gesicht. Papa hat eine Pistole. Es macht einen lauten Bums. Ich habe Angst und muss weinen. Mama hat ganz viel Blut im Gesicht. Papa nimmt mich auf den Arm. Mama ist ganz still. Papa sagt, ich brauche keine Angst haben. Er hat mich lieb. Wenn ich groß bin, werde ich stark wie Papa und habe auch eine Pistole. Mama hat geblutet, weil sie böse war zu Papa. Mama spricht nicht, weil sie Udo nicht lieb hat.

Ich male gern mit Stiften. Das Heim ist doof. Nur Schwester Resi ist manchmal lieb. Ich male Papa und Mama beim Streiten. Ich male den Bums von der Pistole. Immer wieder. Das Blut ist rot. Schwester Resi sagt, meine Bilder sind doof. Sie mag die Pistole nicht leiden. Ich haue ihr mit dem Stift ins Gesicht. Strafe muss sein. Schwester Resi darf mein Album nicht kriegen. Das Album gehört Udo ganz allein. Schwester Resi ist doof. Alle sind doof. Nur mein Papa hat mich lieb. Immer und immer und immer.

KARL

57.

Mitternacht. Im Autoradio brachten sie Nachrichten, doch an Thann rauschten die Sätze vorbei. Seine Gedanken drehten sich im immer selben Kreis. Die Kinderzeichnungen in Korfmachers Fotoalbum hatten von seinen Gehirnzellen Besitz ergriffen.

Udo könnte einem fast leid tun, hatte Eva gesagt. Ein solches Erlebnis im Alter von fünf Jahren musste ein Trauma sein, das die Seele für immer verbog. Sie ahnten den Schock, unter dem das Kind gestanden hatte, als es diese grellen und groben Äußerungen zu Papier brachte, auch wenn dabei vielleicht schon Wochen seit dem Verbrechen vergangen waren.

Sie hatten überlegt, ob Udo diese Zeichnungen jemals einem anderen Menschen gezeigt hatte, vielleicht einer Erzieherin im Kinderheim.

Thann konnte sich gut vorstellen, dass die Gedankenwelt eines Kindes durch die Beobachtung einer solchen Gewalttat ins Wanken geraten war und Udo die Tat gezeichnet hatte, um anhand der Reaktionen Erwachsener zu überprüfen, was er von der Tat und vor allem vom Täter zu halten hatte.

Thann und Eva waren sich einig: Die Zeichnungen waren der Aufschrei eines kindlichen Zeugen, der das schlimmste Verbrechen zu verstehen versuchte, den Mord an seiner Mutter. Und mehr noch. Der Täter war als eine große Figur mit großen Händen und einer übergroßen Pistole dargestellt. Haare und Bart waren mit gelbem Buntstift gezeichnet. Sie kannten nur einen, auf den das Bild passte. Polizeipräsident Harald Bollmann, Udos eigener Vater.

Thann fragte sich, ob ein solches Bild als Beweismittel taugte. Wenn er handeln könnte, wie er wollte, würde er morgen Kollegen losschicken, um sämtliche ehemaligen Erzieher und Pflegeeltern Korfmachers mit dem Album zu konfrontieren. Vielleicht hatte der Junge über sein Erlebnis gesprochen. Thann würde sämtliche Bekannten Annas befragen, ob sie weitere blonde, bärtige Männer kannten, die mit Anna oder Udo Kontakt hatten. Wenn Bollmann der Einzige gewesen war, wuchs die Wahrscheinlichkeit, dass er der Mörder war. *Dein Album macht dem Chef Sorgen.*

Es war zum Verzweifeln. Der morgige Tag würde anders aussehen, als Thann es sich wünschte. Kollegen befragen, die sich für Schweinkram hergegeben hatten, den Handlanger Fendrichs spielen, den Befehlsempfänger Bollmanns. Vor Wut schlug Thann aufs Lenkrad. Er sah nur einen Ausweg.

Er nahm sich vor, einen zweiten Anlauf bei Minister Lemke zu unternehmen. *Erstatten Sie mir Bericht, wenn Sie etwas Neues erfahren.* Immerhin hatte er etwas in der Hand. Es lag im Kofferraum, verpackt als Verbandszeug. Udo Korfmachers einzigartiges Familienalbum musste Lemke zum Handeln zwingen.

Thann bemerkte, dass er eine Abbiegung verpasst hatte. Er wendete. Es war nur wenig Verkehr, der Regen fiel schwach. Die Wischer quietschten, und die Scheibe beschlug. Die Weihnachtslichter in den Bäumen der noblen Haupteinkaufsstraße erinnerten Thann daran, dass er noch Geschenke zu kaufen hatte. Vielleicht morgen.

Er nahm den Wetterbericht wahr. Nachlassender Regen, Übergang zu Schauertätigkeit. Ein Wort, unter dem sich Thann nur die Fortsetzung des Regens vorstellen konnte. Er war müde und freute sich auf sein Bett und einen letzten Schluck.

Als er den Schlüssel umdrehen wollte, bemerkte Thann, dass seine Wohnungstür unverschlossen war. Er hielt den Atem an, griff nach seiner Dienstwaffe und entsicherte sie.

Sein Herz klopfte, der Pulsschlag arbeitete mächtig zwischen seinen Rippen. Thann gab sich Mühe, die Tür lautlos zu öffnen, doch als sie aufsprang, klickte es vernehmbar. Er streckte die Waffe mit beiden Händen in Schulterhöhe von sich und zielte in den dunklen Flur. Er wartete und lauschte.

Stille.

Schritt für Schritt schob er sich in die Wohnung. Sein Herz schien den Brustkorb sprengen zu wollen. Langsam erreichte Thann die Tür zum Wohnzimmer – offen! Er hielt inne. Kein Geräusch, weder Schritte noch das Atmen einer anderen Person. Die Türen zu den übrigen Räumen waren verschlossen. Kein Lichtstrahl, kein Laut. Thann nahm die linke Hand von der Pistole und tastete vorsichtig nach einem Schalter. Die Pistole in seiner Rechten zitterte stark. Die Finger krampften sich um das kalte Metall. Die Linke bekam den Lichtschalter zu fassen. Das Wohnzimmer stand in gleißendem Licht.

Obwohl geblendet, sah er sofort, dass niemand im Zimmer war.

Er fuhr herum und hielt die Waffe in Richtung Küche, Bad und Schlafzimmer. Keine Regung. Drei verschlossene Türen, die ihn drohend anschwiegen. Thann blickte noch einmal zurück, um sich zu vergewissern.

Er sah ein Bild der Verwüstung. Alle Schränke und Regale waren geleert, die Wände beschmiert, der Fernsehapparat in Trümmer zerschlagen. Langsam schlich er in den Flur, die Waffe noch immer zitternd von sich gestreckt.

Erst als er sich überzeugt hatte, allein in der Wohnung zu sein, atmete Thann auf. Er schloss die Wohnungstür, sicherte seine Waffe und verständigte die Nachtschicht des nächsten Schutzbereichs. Dann befiel ihn von Neuem die Panik. *Denn man wird versuchen, es mir wieder wegzunehmen.*

Das Album!

Er hatte es im Auto zurückgelassen. Er rannte hinunter. Da stand sein alter Golf, friedlich unter der Straßenlampe. Thann nahm das Erste-Hilfe-Kissen aus dem Kofferraum und presste es atemlos gegen seine Brust.

Eine Stunde später schmiegte er sich an Evas warmen Körper, zwei Hände ineinander verflochten. Thann wusste nicht, ob er in dieser Stellung einschlafen konnte. Er wusste nicht, ob er überhaupt schlafen würde. Egal! Evas Nähe tat ihm gut.

Als die Kollegen den Schaden aufgenommen und ihre Spurensuche beendet hatten, war ihm klar geworden, dass seine Wohnung in dieser Nacht nicht sein Zuhause sein konnte. Es waren nicht die Zerstörungen. Es war nicht einmal die Drohung, mit schwarzem Filzschreiber an die Wand geschmiert, an der vorher die Unterlagen zu seinem Fall gehangen hatten. Es war das Bewusstsein, dass die Tür jederzeit wieder von ungebetenen Besuchern geöffnet werden könnte.

Sein privatester Ort trug eine unsichtbare Verletzung, so furchtbar wie der Satz an der Wand seines Wohnzimmers:

THANN, DICH MACHEN WIR ALLE!

Als er spürte, dass Eva in tiefem Schlaf lag, stand er vorsichtig auf und schlich im Dunkeln zu seiner Sporttasche, in die er in seiner Eile das Nötigste gepackt hatte. Er tastete zwischen Kleidungsstücken und Rasierapparat, bis seine Hand fasste, was er jetzt brauchte.

In seinen Fingern wölbte sich das schwere Glas. Er schraubte am Verschluss, hob die Flasche gegen den trüben Schein der Straße, der durchs Fenster fiel, und setzte zu einem einzigen, langen Schluck an, der ihm Frieden und Schlaf bringen sollte.

58

Freitag, der 21. Dezember. *BLITZ*, Seite 1:

DIE TEUERSTE ATEMLUFT DER WELT!
POLIZEI VERSCHWENDET MILLIONEN!
Der neueste Schildbürgerstreich. Zum Totlachen, wenn es nicht so traurig wäre! Was kostet ein Kubikmeter Atemluft? Der Polizeipräsident weiß es: 8,5 Mios! So viel verschlingt zurzeit die sinnloseste Baustelle Deutschlands. Ort der Verschwendung: Das Präsidium. Alle 52 Zellen des Polizeigewahrsams werden derzeit vergrößert. Von 28,9 Kubikmeter Rauminhalt auf 30. Kosten: 8.495.000 Mark! Ein Sprecher des neuen Präsidenten Harald (Bumm-Bumm) Bollmann: Verwaltungsvorschrift. Die Festgenommenen brauchen so viel Luft zum Atmen. Ist Bumm-Bumm balla-balla? Zum Vergleich: Durchschnittsgröße eines Polizistenbüros: 26 Kubik. Architektennorm für Kinderzimmer: 25 Kubik. Umkleidekabine im Sportverein (immer dicke Luft!): 11 Kubik!
BLITZ empfiehlt: Luft anhalten und Geld sparen!

Im Büro. Pornostars vernehmen. Scheißjob.

»Ich bin heute den letzten Tag hier. Da kannst du dich darauf verlassen. Wenn es sein muss, lass ich mich krankschreiben. Es ist nicht zum Aushalten. Das reinste Spießrutenlaufen, ehrlich. Ich hätte nicht gedacht, dass das Präsidium voller Spießer steckt. Ihr zwingt mich, das Filmen zur Hauptbeschäftigung zu machen, das sag ich dir!«

Sagt bloß dem Fröhlich nichts. Polizeimeisterin Sigrid Kraftschik saß in Thanns Büro und zündete sich eine Zigarette an. Er hatte nicht die Energie, sich dagegen zu wehren.

Eva hatte am Morgen seine Fahne wahrgenommen und die angebrochene Flasche neben dem Bett liegen sehen. Es war ihm peinlich gewesen, und er hatte sich nicht getraut, nach einem Kopfschmerzmittel zu fragen.

Die kleine Kraftschik schob trotzig ihr Kinn nach vorn. Trotz der Uniform war sie hübsch. »Im Grunde ist es nämlich ein Job wie jeder andere. Und das Geld ist schneller verdient als bei diesem Haufen hier, das kannst du mir glauben. Den nächsten Job habe ich gestern schon vereinbart. Im Januar geht's auf eine Berghütte in die Alpen und im Februar an die Côte d'Azur. Udo wird mich ganz groß rausbringen, hat er gesagt. Glotz nicht so blöd. Du bist der gleiche Spießer wie die anderen, das sag ich dir!«

Udo Korfmacher und sein Album. Eva hatte es in die Kanzlei mitgenommen. Ihr Anwalt hatte einen großen, gut gesicherten Safe. Thann hatte sie dorthin begleitet, seine Nervosität beim Autofahren hatte sich nicht gelegt. Eva verstand nun, warum er stets Umwege fuhr und den nachfolgenden Verkehr im Auge behielt.

»An der Côte hat Udo eine Villa mit geheiztem Swimmingpool. Im Februar ist dort schon richtig Frühling. Wir drehen ein paar Stunden am Tag mit internationalen Stars und machen den Rest des Tages dolce vita oder wie man auf Französisch sagt. In einer Woche mach ich so viel Kohle wie du in einem Monat nicht, das kannst du mir glauben.«

Kennst du die Hütte, die unser Chef in Südfrankreich hat?

Thann hatte gleich am Morgen versucht, den Innenminister zu erreichen. Die Sekretärin vertröstete ihn auf Brunn oder den späten Vormittag. Mit Brunn wollte sich Thann nicht zufriedengeben.

Tommaso hatte sich wie Thann über die Anzeige gefreut, die er dem kranken Kurz abgeschwatzt hatte. Bönte und Bernhard lauerten nun Korfmacher auf. Noch hatte der sich nicht blicken lassen.

Außerdem hatte Thann der Spurensicherung einen Tipp gegeben. Er vermutete, dass die Fingerabdrücke, die die Einbrecher in seiner Wohnung hinterlassen hatten, mit denen in Eichs aufgebrochener Wohnung übereinstimmten. Und mit denen von Schneider oder Dalla oder beiden. Von den Holz-Shampooisten fehlte jede Spur. Miller ging es den Umständen entsprechend, hieß es.

Ihr Kommissariatsleiter hatte eine Urlaubskarte geschickt. Der Alte war jetzt in Florida. Der K1-Chef würde sich wundern, wenn er wüsste, was inzwischen alles vorgefallen war.

Die adrette Kleine auf der anderen Seite des Schreibtisches plapperte munter weiter von den Vorzügen ihres neuen Gelderwerbs. Thann war schlecht. *Die kleine Kraftschik kniete vor Schneider und versuchte gerade, seinen Schniedel hochzukriegen.*

Als sie zu einer neuen Geißelung des Spießertums ansetzte, stoppte er sie. Er wies sie darauf hin, dass ihr Produzent und Kameramann in den nächsten Jahren ein sehr unzuverlässiger Brötchengeber sein würde. Er zählte die Liste der infrage kommenden Delikte auf, inklusive einiger dazugedichteter wie Unzucht mit Minderjährigen und Missbrauch Schutzbefohlener.

»Im Knast wird dein Udo nicht mehr filmen können. Da wird er allenfalls selbst gefickt. Vielleicht solltest du daran denken, deinen süßen Arsch woanders zu verkaufen, wenn dir der Polizeidienst nicht mehr gut genug ist.«

Sigrid Kraftschik war plötzlich stumm.

»Und warst du schon beim Arzt? Drei Filme macht etwa zehn Partner. Fremde. Ungeschützt. Wer weiß, was du dir da schon gefangen hast.«

Die Polizeimeisterin sank in sich zusammen. Sie zog hektisch an ihrer Zigarette. Tiefe, senkrechte Falten waren auf ihrer Stirn erschienen.

»Pass auf. Du sagst mir jetzt, wie du zum Pornofilm kamst und wer von unseren Kollegen alles beteiligt war. Wir werden dafür sorgen, dass das Spießrutenlaufen aufhört. Wenn du willst, kannst du bei uns bleiben. Weniger Kohle als beim Film, aber gesicherter Pensionsanspruch.«

Er nahm ihr den Stummel aus der Hand und drückte ihn im Waschbecken aus. Während Thann lüftete, begann die Kollegin zu reden.

Der zweite Klient.

Sein Name war neu im Spiel: Moor. Sigrid Kraftschik hatte ihn angesprochen, wie vorher Schneider sie angesprochen hatte. Michael Moor war nicht unter denen gewesen, die sie am Mittwochabend bei Korfmacher überrascht hatten. Er hatte laut der kleinen Kraftschik in einem früheren Film eine hervorragende Rolle übernommen. »Michi« Moor war Führer einer Hundestaffel der Polizei.

Am Telefon hatte Thann etwas von einer Routinebefragung im Rahmen einer internen Untersuchung erzählt.

Als Moor den Raum betrat, überraschte ihn Thann mit einer ungewöhnlichen Aufforderung. »Hose runter!«

»Was?«

»Soll ich's zweimal sagen? Hörst du schlecht?«

Michi Moor nestelte an dem Gürtel, der seinen Bierbauch festhielt. Bevor er seine Hose fallen ließ, blickte er Thann noch einmal fragend an.

»Na, mach schon. Ich beiße dir schon nichts ab.«

Der Hundetrainer trug weite, gelbe Boxershorts. Seine weißen Beine waren stark behaart. Quer unter seinem linken Knie verlief eine Narbe. *Wie nach einer Meniskusoperation.*

59.

In der Dresdner Straße, wo Bernhard und Bönte lauerten, war Korfmacher noch immer nicht aufgetaucht. Thann fuhr hinaus zum Verlagsgebäude des *BLITZ*. Auch dort war er nicht. Thann bemerkte, wie wenig er von Udo Korfmacher wusste. Nichts über eine Freundin, bei der er sich vielleicht gerade aufhielt, nichts über Freunde, bei denen er untertauchen konnte. Vielleicht kaufte er auch nur Weihnachtsgeschenke ein oder ging irgendwelchen Geschäften nach.

Geschäfte!

Es war Freitagvormittag. *Am Freitag steigt 'ne Party. Auftrag vom Boss. Im ›Belle‹. Mädels besorgen, junges Blut, Provision.* Thann ließ den Motor seines Autos höher drehen und nahm die Auffahrt zur Autobahn. Diesmal hatte er von der Verwaltung ein Zivilfahrzeug zugeteilt bekommen. Einen Audi mit Startproblemen.

Nach dreißig Minuten war er am anderen Ende der Stadt.

Wieder passierte er den Nobelpuff, wendete im Wald und fuhr langsam zurück. Er parkte auf einem Waldweg in der Deckung von Bäumen und Gestrüpp. Zu Fuß näherte er sich dem *Belle Nuit,* das tagsüber recht glanzlos neben der Landstraße lag. Der Parkplatz war leer. Hinter dem Haus standen drei Autos, Korfmachers Japaner war nicht dabei.

Aus einem Fenster, das im ersten Stock des Hauses offen stand, hörte Thann Stimmen, die ihm bekannt vorkamen. Als er näher kam, wurde das Fenster geschlossen. Er lehnte sich gegen die Mauer. Er glaubte nicht, dass sie ihn gesehen hatten. Er versuchte, die Hintertür zu öffnen. Sie gab nach. Thann betrat das *Belle Nuit.*

Er stand im Gang, der vom Gastraum zu den Toiletten führte, so seine Vermutung. Es war dunkel, nur am Ende des Gangs fiel etwas Licht durch einen Vorhang aus bunten Plastikstreifen. Von den Stimmen war hier nichts zu hören.

Der Gastraum war leer. Abgestandener Rauch hing in der Luft. Alle Lampen waren eingeschaltet. Die knisternde Atmosphäre, die nachts vergnügungswillige Männerherzen höher schlagen ließ, war einer kalten Nüchternheit gewichen. Auf dem Bartresen standen leere Cognacflaschen und eine Kiste billigen Weinbrands. Daneben lag ein Trichter aus Kunststoff.

Die Tür hinter der Bar war angelehnt. Durch das Büro kam

Thann in einen Gang, der zu einem Raum hinter der Bühne führte. Er kehrte um und suchte den Weg nach oben. Vor dem Gastraum wurde er schließlich fündig. Zwischen Garderobe und Vordereingang hing ein Vorhang aus rotem Stoff. Dahinter lag die Treppe.

Er stieg leise nach oben. Immer deutlicher konnte er die Stimmen hören.

Oben waren die Zimmer, in die die Mädchen nachts ihre Freier schleppten. Jetzt standen die Türen offen, durch die Fenster fiel Tageslicht. Zu dieser Stunde fehlte auch diesem Teil des Hauses das Flair des Verrufenen völlig. Am Ende des Flurs sah Thann eine zweite Treppe hinter einer Tür, die ebenfalls offen stand. Die Stimmen kamen aus dem letzten Zimmer.

»Ihr könnt hier nicht länger bleiben. Das sagt auch der Boss. Ab Montag wieder, okay. Aber nicht am Wochenende. Bald macht euch der Boss zu Teilhabern, dann wisst ihr, warum ihr am Wochenende nicht ein einziges der Zimmer blockieren könnt.« Ein französisch klingender Akzent. Der kleine Geschäftsführer.

Thann schlich in das vorletzte Zimmer und drückte sich hinter die Tür.

»Ihr habt genügend andere Schlupfwinkel. Und heute Abend könnt ihr hier durchmachen, wenn ihr wollt. Nur ein Zimmer gibt es leider nicht.« Eine andere Stimme. Thann hatte sie schon einmal gehört: Es war die des unbekannten Anrufers auf Korfmachers Anrufbeantworter.

Die Antwort war ein unwirsches Grunzen. Auch dieses Organ kam Thann bekannt vor.

»Was ist mit den Mädels, Freddy?«, fragte der Geschäftsführer.

»Ich hab Korfmacher gesagt, dass wir keines haben wollen, das wir schon auf der letzten Weihnachtsfeier hatten. Er hat zehn Tussis versprochen.« Freddy, der unbekannte Anrufer.

»Wunderbar«, antwortete der Geschäftsführer, »Bumm-Bumm will auch kommen. Er unterbricht extra seinen Weihnachtsurlaub. Seine Frau denkt, es sei dienstlich. Wenn ihr beiden kommt, zieht bitte etwas Feines an. Schwarzen Anzug, wenn ihr keinen Smoking habt.« Unterbrischt. Dienst-lisch.

Wieder dieses Grunzen als Antwort. Thann hörte Schritte und drückte sich gegen die Wand. Er hielt die Luft an.

»Mein Anzug hängt bei meiner Alten. Aber da lauern sie auf mich. Scheiße, ihr müsst mir was borgen.« Schneiders Stimme.

»Mir auch.« Dalla, ganz nahe.

Thanns Herz begann heftig zu pochen. Gelegenheit zur Festnahme. Einer gegen vier oder fünf. Thann nestelte mit zittrigen Händen an seinem Pistolenhalfter. Als er die Waffe endlich in die Hand bekam, trat er auf den Gang.

Er sah gerade noch, wie Schneider und Dalla hinter den anderen am Ende des Flurs verschwanden. Die Tür fiel ins Schloss, bevor Thann sich bemerkbar machen konnte. Er stürzte hinterher, doch der Türknauf ließ sich nicht bewegen. »Privat« stand groß auf dem Türschild. Er hörte das Poltern von eiligen Schritten auf einer Holztreppe.

Thann machte kehrt und stürzte die Treppe hinab, die er gekommen war. Unten hörte er Schneider und Dalla im Gang zu den Toiletten. Als er außer Atem die Hintertür erreichte, starteten sie bereits ihren Wagen. Thann versuchte, sich die Autonummer einzuprägen, dann rannte er zu seinem Auto. Die kalte Luft stach in seinen Lungen.

Der Anlasser jaulte. Wertvolle Sekunden verstrichen. Endlich sprang der Audi an. Thann stemmte sich gegen das Gaspedal. Die Reifen drehten durch. Der Audi beschleunigte rasch, doch der Vorsprung der beiden war zu groß. Bereits an der ersten Kreuzung musste Thann aufgeben. Er hatte sie verloren. In seinen Notizblock notierte er das Kennzeichen. *Bumm-Bumm kommt auch.*

Thann fuhr zurück ins Präsidium.

60.

Wieder hatte er es im Ministerium versucht, doch noch immer war Lemke nicht zu sprechen. Kaum hatte Thann aufgelegt, klingelte der Apparat.

Es war Eva.

»Schatz, ich hab's. Die Firmen, die das Haus an der Friedrichstraße abrissen und daran verdienten. Und wer dahintersteckt.«

»Ja, und?« Thann griff nach Notizblock und Bleistift.

»Es war wirklich nicht einfach. Es ist ein ganzes Geflecht. Firmen, die miteinander Geschäfte machen, aber denselben Leuten gehören. Unternehmen, die Pleite machten und unter neuen Namen neu gegründet wurden. Und immer wieder die gleichen Hintermänner.«

Thann goss sich Weinbrand ins Glas, langsam und leise, damit Eva es nicht bemerkte.

»Also, der Büroturm an der Friedrichstraße gehört der ›City-Immobilien GmbH und Co KG‹. Gesellschafter sind folgende drei Konzerne: die ›Secura Feuer&Leben‹, der französische Baukonzern ›Dubuffet et Fils‹ und die hiesige ›LeKo-Bau‹.«

Thann kannte die *LeKo*, eine der Big Five der deutschen Baubranche.

»Hinter ›LeKo-Bau‹ steckt zum einen die Erbengemeinschaft Konrad. Ist dir Mark Konrad ein Begriff? Er war so etwas wie eine Industriellenlegende. Vom einfachen Bauzeichner zum Gründer eines der größten Konzerne der Nachkriegszeit. Das ist die offizielle Version. Inoffiziell heißt es, dass er der größte Profiteur der Judenenteignungen während der Nazizeit in unserer Stadt war, doch das nur nebenbei. Vor acht Jahren starb er im biblischen Alter von 98 Jahren. Die Erbengemeinschaft, das sind drei Söhne und die Witwe seines vierten Sohnes. Du kennst sie.«

»Woher?«

»Ihr Name ist Nicole Konrad-Bollmann. Klingelt's jetzt?«

Es klingelte in jeder Nervenfaser Thanns. Die junge, reiche Frau des neuen Polizeipräsidenten. *Porsche, Villa, Designerklamotten.* Thann trank sein Glas auf einen Ruck leer. Der Schnaps reichte nicht aus, um seine Magenschmerzen zu betäuben.

»Der zweite Gesellschafter von ›LeKo-Bau‹ ist die Stiftung ›Neues Leben‹. Du kennst die Wohnblocks im Osten der Stadt. Sozialer Wohnungsbau. Der Stiftung gehören Tausende von Wohnungen in der ganzen Republik. Sie gilt als gemeinnützig und ist daher von Steuern befreit. Offiziell ist der Zweck der Stiftung also nicht, Gewinn zu machen. Stattdessen werden die Überschüsse wieder investiert oder für kulturelle Zwecke ausgegeben.«

»Offiziell macht sie keinen Gewinn. Und inoffiziell?«

»Wie es bei gemeinnützigen Gesellschaften oft so üblich ist, sind die Managergehälter bei der ›Neues Leben‹ äußerst üppig. Das Jahreseinkommen der Chefin der Geschäftsleitung wird auf fünf Millionen Mark geschätzt. Sie heißt übrigens Marianne Seilmann-Lemke und ist …«

»Die Frau des Innenministers!«

»Richtig. Dessen Vater, Hermann Lemke, hatte in den Fünfzigern zusammen mit Mark Konrad die ›LeKo-Bau‹ gegründet. Der Minister ist sein einziger Erbe.«

Thann erinnerte sich an die Bemerkung des kranken Kurz: *Manchmal dachte ich, da steckt noch etwas anderes dahinter.*

»Das heißt, Lemke ist ein großer Hai in der Baubranche und über die Stiftung an ›LeKo‹ beteiligt. Und über seine Frau sahnt er ab.«

»Genau so. Als Lemke in die Politik ging, hatte sein Vater ihm gerade alles vermacht. Da der Baukonzern bei den Wählern einen schlechten Ruf als Sanierungshai hatte, gründete Lemke die Stiftung und hielt sich offiziell aus deren Aktivitäten heraus. Das hat ihm damals viel Ansehen verschafft. Vermutlich verdient er aber nicht nur über seine Frau am Erbe, sondern nutzt auch sein Amt, um der *Neues Leben* und der ›LeKo‹ Landesaufträge zu verschaffen.«

»Und jetzt verrätst du mir, was das Ganze mit unseren Morden zu tun hat.«

»Pass auf. Es war einmal vor 27 Jahren. Da gab es einen jungen Immobilienmakler namens Axel Lemke. Der spätere Minister. Lemke war nur mäßig erfolgreich, er lebte eigentlich nur von Aufträgen, die ihm sein Vater zuschanzte. Bis eben vor 27 Jahren. Da bekam Axel Lemke Wind von der Friedrichstraße 17, in der meine Mutter wohnte. Das Haus gehörte einer Erbengemeinschaft, die heillos zerstritten war, und die als einzigen Ausweg den Verkauf des Hauses sah. Das war Lemkes große Chance. Da ihm für den Kauf das nötige Kleingeld fehlte, tat er sich mit Michael Konrad zusammen, einem der Söhne des alten Mark Konrad. Gemeinsam gründeten sie die Firma ›Immo-Service‹.«

Thann notierte die Namen der Personen und Firmen. Immer neue Verflechtungen entstanden auf seinem Notizblock.

»Die Firma gibt es übrigens heute noch, nur der Name ist jetzt ein anderer. Unter anderem verdient sie an Verträgen mit der ›Neues Leben‹. Ein weiterer Weg, wie Lemke über seine Stiftung zu Geld kommt. Aber das nur nebenher.

Das erste Geschäft der ›Immo-Service‹ war der Kauf der Friedrichstraße 17 zum Spottpreis von fünf Millionen. Allein das Grundstück war damals bereits mindestens das Dreifache wert. Innerhalb eines Jahres hatten sie es geschafft, dass alle Mieter draußen waren, frage mich nicht, wie. Meine Mutter blieb als Einzige.

Du weißt, wie es weiterging. Eine Woche nach dem Tod meiner Mutter verkaufte die ›Immo-Service‹ das Grundstück an die ›LeKo-Bau‹ zu einem Preis von dreißig Millionen D-Mark. Also 25 Millionen Gewinn in einem Jahr. Eine glänzende Verzinsung, nicht wahr?«

»Macht geteilt mit seinem Partner zwölf Komma fünf Millionen für Axel Lemke. Ganz ordentlich!«

»Nicht ganz. Es waren nämlich drei, wie ich seit heute weiß. Halt dich fest, wenn ich dir sage, wer der Dritte ist.«

»Axel Lemke, Michael Konrad und wer noch?«

»Harald Bollmann.«

Thanns Finger umschlossen das Glas. Seine Knöchel wurden weiß. Bollmann war schon lange vor seiner Heirat reich gewesen. Draußen auf dem Gang hörte Thann Schritte. Er wartete wortlos.

Die Schritte schienen näher zu kommen. Also keiner, der gelauscht hatte und nun ging.

»Schatz, bist du noch dran? Ist dir die Luft weggeblieben?«

Thann fragte mit gedämpfter Stimme zurück: »Woher hatte Bollmann das Kapital, um sich an dem Geschäft zu beteiligen?«

Ihm lag die Antwort selbst auf den Lippen. Er ließ einen kleinen Schluck Weinbrand durch die Kehle rinnen.

Plötzlich klopfte es an Thanns Bürotür. Er verschluckte sich und musste husten.

Eva antwortete zögernd: »Vielleicht brachte er einfach nur den Tod meiner Mutter ein.«

Das Motiv. *Der Innenminister verfolgt unsere Arbeit mit großem Interesse.*

Die Tür ging auf. Thann hustete noch immer.

»Was hast du?«, fragte Eva.

Ein kurz geschorener, blonder Schädel schob sich durch die Tür. Bollmann. *Der Boss.*

Der Weinbrand ätzte weiter in Thanns Bronchien, doch er unterdrückte den Hustenreiz. Bollmann sah Flasche und Glas und schüttelte missbilligend den Kopf. Thann wusste nicht, wie er reagieren sollte. Fast gleichzeitig redeten die Stimmen auf ihn ein. Er war wie gelähmt.

Bollmann, polternd: »Na, Junior, habe ich Sie erschreckt? Schlechtes Gewissen, was?«

Eva, fast in seinem Ohr: »Das heißt, Anteile gegen Killerjob. Denkbar ist es. Bollmann als Killer für Lemke. Es ist natürlich nur Spekulation. Aber was meinst du? Traust du das den beiden zu?«

Bollmann: »Privatgespräch? Na, da will ich nicht stören. Ich komme später noch einmal vorbei.«

Eva: »Was hast du gesagt?«

Thann gab sich einen Ruck. Seine Stimme zitterte: »Der Herr Polizeipräsident«, erklärte er in den Hörer.

Eva fragte ganz leise: »Wer, Bollmann?«

Bollmann hatte bereits die Klinke in der Hand. »Schönen Gruß. Bis später.«

Tür zu. Spuk vorbei.

Thann atmete auf.

»Bollmann? Ist er wieder weg?«, fragte Eva.

Bollmann, Killer und Karrierebulle. Und Lemke vielleicht sein Auftraggeber. *Erstatten Sie mir Bericht, wenn Sie etwas Neues erfahren.* Wenige Stunden, nachdem er Lemke von dem Album erzählt hatte, war der Einbruch in seine Wohnung geschehen. Thann wurde schwindlig.

»Ja. Ich traue es ihnen zu.«

»Dann haben wir den Fall gelöst?«, fragte Eva.

Thann lachte grimmig. Er wischte sich die Schweißtropfen von der Stirn. »Was haben wir in der Hand? Einen vagen Verdacht. Und wenn er zutrifft, dann stehen gegen uns lediglich das Innenministerium dieses Landes und seine nachgeordneten Polizeibehörden.«

Was blieb übrig? Selbstmord, Kapitulation oder *allein* gegen den Filz aus Polizei, Politik, Verbrechen und Geschäft. Thann entschloss sich für das Letztere. Es war so gut wie Selbstmord. Aber ehrlicher als aufzugeben. In Thanns Magen spielte sich ein Gewitter ab. Leise stellte er die Flasche zurück in ihr Versteck.

Die Stimme im Hörer gab ihm Kraft: »Weißt du was, Schatz?«

»Was denn, Eva?«

»Ich liebe dich!«

Es klopfte wieder. Diesmal war es Tommaso.

61.

»SCHEISSE! WARUM?«

»Er sagt, er wusste nicht, was er da unterschrieb. Er habe eine Art Blackout gehabt. Das käme von seiner Krankheit.« Tommaso zuckte mit den Schultern.

»Aber er wurde von Korfmacher erpresst! 45.000 Mark in drei Jahren!«

»Er sagt, er hat ihn unterstützt. Der Fotograf war mit ihm irgendwie verwandt.«

»Du weißt wie ich, dass Korfmacher die Leute erpresste, Enrico«, sagte Thann fast flehend. Wahrscheinlich hatte Korfmacher Kurz erneut unter Druck gesetzt. Doch woher konnte der Fotograf von der Anzeige wissen?

»Und du weißt genau, dass wir nichts in der Hand haben, ihn einzusperren. Kurz zieht seine Anzeige zurück, und auch sonst gibt es keinen, der sich erpresst fühlt. Tut mir schrecklich leid.«

»SCHEISSE!«, schrie Thann.

»Ich weiß nicht, warum du dich so aufregst. Vielleicht hat Kurz diesen Fotografen wirklich nur unterstützt. Vielleicht warst du ein bisschen übereifrig. Das kann dem besten Kripomann passieren, dass er sich in etwas verrennt.«

In etwas verrennt. Übereifrig. Thann sah rot.

»ES REICHT! HAU AB!« Er warf die Tür hinter Tommaso krachend ins Schloss. Wieder war ihm Udo Korfmacher entglitten. *Ich habe gute Beziehungen zur Polizei.* Wie ein Stück nasse Seife. Ohne Korfmacher als Zeugen stand Thann da wie ein Ochse vor dem Stadttor. Dumm und hilflos.

Thann nahm einen großen Schluck direkt aus der Flasche. Er lief hin und her. Er hieb mehrmals mit der Faust auf seinen Tisch. Dann schrie er gegen die nackte Bürowand. Ein Urschrei der Wut.

Diesmal blieb das Echo nicht aus. Bollmann riss die Tür auf.

»Was ist mit Ihnen los, Junior? Man muss ja Angst um Sie bekommen! Ich bitte Sie, stellen Sie diese Flasche weg und beruhigen Sie sich. Sieht so ein Kriminaloberkommissar unserer Polizeibehörde aus?«

Vielleicht brachte er den Tod meiner Mutter ein. Bollmann war braun gebrannt, als sei er von einer Woche Karibik zurückgekommen und nicht von einem Tag Südfrankreich. *Seine Frau denkt, es sei dienstlich.* Er trug einen teuer aussehenden Zweireiher und grinste. Statt ihn zu erschießen, gehorchte Thann und stellte die Flasche in seinen Schreibtisch. Blut schoss in seinen Kopf und ließ die Gesichtshaut pulsieren.

Bollmann öffnete das Bürofenster und gab sich wieder einmal väterlich. »Jetzt atmen wir tief durch und kommen zur Ruhe. Ich habe gehört, dass Sie in den letzten Tagen viel Staub aufgewirbelt haben. Wahrscheinlich stehen Sie unter Stress. Gut, dass das Wochenende und die Feiertage vor der Tür stehen. Was haben Sie nur angestellt? Plötzlich wurden aus netten Kolleginnen kleine Huren, aus Hundeführern Sodomisten und aus bewährten Kräften brutale Schläger. Gibt es bereits eine Spur von Schneider und Dalla?«

Thann versuchte, seinen Hass zu unterdrücken. Da saß ein Mörder im Fell des Polizeipräsidenten und spielte den Harmlosen. Thann schluckte, bevor er antwortete.

»Wir überwachen ihre Wohnungen rund um die Uhr. Wir wissen inzwischen, dass sie es waren, die bei Eich einbrachen. Sie wissen, Eich, der Tote auf der Deponie. Und bei mir haben sie gestern Abend auch eingebrochen. Sie gaben sich nicht einmal Mühe, ihre Fingerabdrücke zu verwischen. Sie scheinen sich sehr sicher zu fühlen, obwohl wir ihnen wenig Grund dazu geben, wie ich zumindest hoffe.« Thann sah Bollmann herausfordernd an.

»Was haben sie denn bei Ihnen gesucht?« Bollmann erwiderte den Blick.

»Ich weiß es nicht.« Thann wollte nicht der Erste sein, der auswich.

»Statt sie zu schnappen, lassen Sie sie also sogar in Ihre Wohnung.«

»Vielleicht hätten Sie mir die Leitung der Ermittlung geben sollen und nicht Bertram Fendrich.« Noch hielt Thann Bollmanns kalten Blitzen stand.

»Ich habe Ihnen schon einmal gesagt, was ich von Alkoholikern halte, die sogar im Dienst nicht von der Flasche lassen können.« Das saß.

Thann wich aus. Er hatte das Duell verloren. Seine Gesichtshaut pochte. Er wünschte sich nur noch, Bollmann würde ihn in Ruhe lassen.

»Kopf hoch, Junior. Ich werde demnächst einen Suchtbeauftragten für das Präsidium einstellen. Vielleicht bekommen wir Sie dann trocken. Am Wochenende spannen Sie erst einmal richtig aus. Und am Montag heißt es: Ärmel aufkrempeln und den Stall ausmisten. Sie werden Fendrich helfen, den Sumpf der unerlaubten Nebenbeschäftigungen trockenzulegen, bevor die verdammte Presse Wind davon bekommt.«

Bollmann klopfte Thann väterlich auf die Schulter.

Den Nachmittag verbrachte Thann erneut damit, Kollegen nach ihren Nebenbeschäftigungen auszufragen. Er war mit wenig Schwung bei der Sache und schaffte es dennoch, sich unbeliebt zu machen. Er bemerkte, dass sich die Pornoaffäre bereits herumgesprochen hatte. Wo er auch hinkam, war die Stimmung meist aufseiten der Kollegen, die bei Korfmacher vor der Kamera Hure oder Hurenbock gespielt hatten, und gegen Thann, den Schnüffler. Geldknappheit war für viele schlimmer geworden als das, wofür sich Sigrid Kraftschik und Michi Moor hergegeben hatten. Thann musste sein Verständnis dafür verbergen. Immer wieder war ihm, als redete er mit Wänden. Er vermutete, dass viele Kollegen nach Feierabend ein Doppelleben jenseits des Gesetzes führten. Doch die Entdeckung der Narbe des Hundeführers blieb sein einziger Erfolg an diesem Tag.

Die Dämmerung brach herein, und die frühe Dunkelheit brachte dichten Nebel mit sich. Die Lichter auf den Straßen wurden zu Lichtbällen, rot und gelb und unfassbar. Selbst der Weg nach Hause, tausend Mal zurückgelegt, erschien Thann an diesem Abend fremd. Er fuhr langsam dahin, im Strom der vielen, die von der Arbeit kamen oder die letzten Stunden vor Ladenschluss zum Einkauf genutzt hatten. Thann hatte wieder dieses Gefühl von Verletztheit und Unruhe, als er seine Wohnung betrat. Die Versicherung würde die Schäden bezahlen, die Unordnung konnte er am Wochenende beseitigen, doch so heimisch wie zuvor würden ihm diese Räume niemals mehr erscheinen. Er las noch mal die Drohung Schneiders und Dallas an seiner Wand:

THANN, DICH MACHEN WIR ALLE!

Er trug den demolierten Fernsehapparat in den Keller und kam zurück mit einem Rest weißer Wandfarbe. Während er die beschmierte Wand überstrich, beschloss er, Eva zu bitten, ihn für ein paar weitere Tage zu beherbergen. Gedanken an den Mordfall Eich schossen durch seinen Kopf. Die Entdeckung auf der Deponie vor gut einer Woche. Es kam ihm viel länger vor.
Gefoltert, bevor man ihn ermordete.
Thann räumte ein wenig auf und überstrich die Wand ein zweites Mal. Auch danach schimmerten die bösen Worte noch durch. Ein Menetekel des Feindes in der eigenen Wohnung. Die Handschrift der Mörder Eichs. Feine Kollegen.

Ein so bestialischer Fall ist mir noch nie begegnet.
Thann nahm einen großen Schluck. Er hatte keine Idee, wie
er Bollmann packen konnte.
Junior, das ist eine Nummer zu groß für Sie.
Er sah nur noch eine Chance. Er verschloss den Farbeimer
und fuhr zurück ins Präsidium.

62.

Noch nie hatte Thann mit solch innerer Anspannung an einer
Einsatzbesprechung teilgenommen. Es sollte eine Razzia der
besonderen Art werden. *Am Freitag steigt 'ne Party. Das Jahr
war erfolgreich. Bumm-Bumm kommt auch.*
Thanns Hände zitterten. Er hatte dem Weinbrand zu viel
Kaffee nachgegossen.
Sie waren zwanzig Mann. Er, Tommaso, Bönte und Bernhard
sowie 16 Uniformierte der Schutzpolizei, die erst jetzt informiert wurden. Es sollte ein Überraschungsschlag werden. Die
erste siegreiche Schlacht in diesem Feldzug, der seit einer Woche fast nur Niederlagen gebracht hatte. Hoffentlich.
Nicht einmal den Vorgesetzten Fröhlich hatte Thann eingeweiht, gegen alle Dienstvorschriften. Er verteilte Fotokopien,
die er gemacht hatte, und erläuterte das Innere des Hauses.
Letzte Einsatzbefehle, dann fuhren sie los. Zwei Zivilfahrzeuge
und zwei Mannschaftswagen, ohne Sirene und Blaulicht.

Der Nebel trug den roten Neonschein des *Belle Nuit* bis weit
auf den Parkplatz und die Straße. Dazu kam das Aufblinken der
Dame mit der Zigarettenspitze wie ein Schuss Sahne in eine
trübe Suppe. Sie rollten auf den Parkplatz. Thann führte die
Hälfte der Leute zur vorderen Tür, Tommaso lief mit den anderen zum Hintereingang. Der Nebel verschlang sie im Nu. Ihre
Schritte verhallten.

Thann hörte Musik nach außen dringen, es war ein getragener Popsong aus der Zeit, als er noch ein Schüler war. *A Whiter Shade of Pale*. Zu viel Orgel und melancholischer Gesang. Thann packte die Klinke und trat ein.

Nur die Bühne war erleuchtet. Blaues und rotes Scheinwerferlicht fiel auf eine Frau. Sie kniete, beugte den Oberkörper weit zurück und warf die Arme in wellenförmigen Bewegungen zur Seite. Sie trug nichts als eine Art Körperbemalung aus roter und blauer Farbe. Sie zuckte mit dem Becken, griff sich an die blau-roten Brüste und vollführte eine Reihe weiterer Bewegungen, die erotisch wirken sollten. Thann brauchte einige Sekunden, bis er die Augen von der Bühne wegbekam.

Ein einziger Zuschauer saß im Gastraum und starrte zwischen die Schenkel der Tänzerin. Es war der kleine Geschäftsführer. Die Musik war so laut, dass er das Kommen der Beamten nicht wahrgenommen hatte. Thann wies seinen Leuten den Weg nach oben und suchte hinter der Bar nach dem Lautstärkeregler der Musikanlage. Mit einem Griff beendete er die künstlerische Darbietung.

Der Kleine fuhr aus dem Sessel hoch und lächelte, als hätte er Thann erwartet.

»Guten Abend, mein Herr. Schön, dass Sie meiner Einladung gefolgt sind. Leider kann ich Ihnen heute nicht viel bieten. Ich sagte ja, am Freitag geschlossene Veranstaltung.«

»Wo sind Ihre Gäste?«

»Heute habe ich keine Gäste, heute habe ich Casting. Vortanzen. Sandrine hat Urlaub. So muss ich mich nach Ersatz umsehen. Barbara macht es ganz gut. Komm, Barbara, sag dem Herrn Kommissar guten Abend.« Barba-raah.

Thann genierte sich vor ihrer Nacktheit, als die farbenfrohe Tänzerin ihm die Hand gab.

»Ein schmerzvoller Geschäftsverlust an diesem Abend, leider«, erklärte der Geschäftsführer. »Aber mit Hilfe von Barbaras Kunst werden wir das am Wochenende und an den Feiertagen spielend wieder aufholen, nicht wahr, Barbara?« Der laufende Meter sah zu ihr hoch. Er reichte ihr gerade bis zu den Brüsten. Barbara lächelte den Polizisten an.

»Ich sehe, ihr unterhaltet euch blendend.« Die Stimme kam von hinten. Es war Tommaso.

»Was ist?«

»Alles leer.«

»Hinter der Bühne? Hinter der Bar? Oben in den Zimmern?«

»Niemand da.«

»Das darf doch nicht wahr sein!« Thann wurde laut und rot. Nervenflattern. Sein Magen rotierte.

»Bitte, beruhige dich.«

»DIESER MANN PANSCHT SEINEN SCHNAPS!«, schrie Thann und zeigte auf den Geschäftsführer. »ER BETRÜGT DIE GÄSTE UND DIE STEUER! ER FÖRDERT DIE PROSTITUTION! FESTNEHMEN UND DIE BÜCHER BESCHLAGNAHMEN!«

»Lasst ihn in Ruhe«, befahl Tommaso den verdutzten Uniformierten.

»Hast du vielleicht gesungen? Bist du der Spitzel, den die Bande in der Sitte hat?« Thann packte Tommaso am Kragen. »DU HAST ALLES KAPUTT GEMACHT, DU VERRÄ-TERSCHWEIN. DU STECKST MIT BOLLMANN UNTER EINER DECKE.«

Tommaso befreite sich aus Thanns Griff. »Entschuldige mal. Ich hab zu niemandem etwas gesagt. Hier gibt es keine Spitzel. Und was hast du mit Bollmann? Mit dem stecken wir alle unter einer Decke, denn er ist unser Präsident. Beruhige dich. Ich glaube, du leidest unter Paranoia!«

Thann kochte vor Wut. Tommaso hatte alles kaputt gemacht. Tommaso oder Bönte oder Bernhard. Er hätte sie am liebsten alle verprügelt. Und diesen Geschäftsführer dazu.

Der Kleine in Anzug und Fliege stand da, als sei er Publikum einer Komödie, sichtlich seiner Unantastbarkeit bewusst. Nie hatte es im *Belle* eine Razzia gegeben, und auch diesen Besuch konnte man nicht dazuzählen.

63.

Erst in Evas Bett schwand Thanns schlechte Laune allmählich. Sie unterhielten sich lange über ihre Theorien. Alle Möglichkeiten, alle Beteiligten. Eva verstand ihn. Sie hielt zu ihm. Als Einzige.

Später schliefen sie miteinander. Die Erinnerung an das Video brachte ihn in Fahrt. Alle Varianten, alle Mitwirkenden. Diese Fantasien behielt er allerdings für sich.

Danach fiel Thann in einen tiefen, traumlosen Schlaf.

Als irgendwann in der Nacht das Telefon klingelte, und Eva ins Nebenzimmer ging, wurde er nur langsam wach. Erst ein Schrei Evas weckte ihn.

»Diese Ratte!«

Eva legte auf, kam jedoch nicht zurück. Thann hörte das Rascheln der Kleidung, die sie im Nebenraum ausgezogen hatten.

»Eva, was gibt es?«

»Mein Adoptivvater ist gestorben!«

Thann sah Eva im Licht der Tür. Sie war angezogen. »In einer halben Stunde bin ich wieder da. Ich muss nur etwas erledigen.«

Dann hörte er die Wohnungstür ins Schloss fallen.

64.

Der Nebel lag noch immer in den Straßen der Stadt. Für einen Moment war Thann verunsichert. Tatsächlich: Sein Auto war nicht mehr da. Eva musste es genommen haben, vielleicht, damit er ihr nicht folgen könnte. Er lief zur Hauptstraße.

Die Luft war so feucht, dass er allmählich nass wurde. Müdigkeit und Witterung machten es ihm schwer, die Autos zu unterscheiden. Vorsichtshalber winkte er nach jedem Auto, das vorüberfuhr. Er hatte Glück. Nach nicht einmal einer Minute hielt ein Taxi.

»Guten Morgen, Sie kenn ich doch. Herr Inspektor! Immer noch dem Mörder von dem Gehackten hinterher? Nee, heute ist Nachtleben angesagt, was, Herr Inspektor?«

»Dresdner Straße 70, bitte.«

Das Taxi fuhr los.

»Also doch dienstlich! Dresdner 70, Ecke Danziger. Für mein Gedächtnis bin ich berühmt. Direkt oder Stadtrundfahrt wie der Gehackte kurz vor seinem Ableben?«

»Direkt, bitte. So schnell wie möglich. Mit mir an Bord dürfen Sie die Höchstgeschwindigkeit überschreiten. Dafür zahle ich das Doppelte.«

»Wissense, für Sie fahr ich gratis. Ist mir doch ein Vergnügen. Wie sagt man, der Polizei ein Freund und Helfer, das soll man immer sein. Nicht wahr, Herr Inspektor?«

»Wenn schon, dann Kriminaloberkommissar.«

»Hat er noch mal zugeschlagen oder habense ihn nu gekriegt, den Irren, der wo die Leute zerhacken tut? In der Zeitung hab ich gelesen, dass die Polizei nicht so viel tut, wie die Bürger gerne wollen. Aber machense sich nichts da draus. Diese linken Schreiberlinge wollen nur Gesetz und Ordnung durch den Kakao ziehen. Der Dings, der Strauß, hat schon recht gehabt. Alles Ratten und Schmeißfliegen, nicht wahr?«

Diese Ratte. Udo. Evas Adoptivvater war gestorben, und sie schien Udo dafür verantwortlich zu machen. Doch was wollte sie mitten in der Nacht? Thann verfluchte die Reste von Alkohol und Müdigkeit, die sein Hirn benebelten wie die feuchte Luft die Straße vor ihm.

Rote Ampel. Thann trommelte auf den Vordersitz.

»Man sollte gar keine Zeitungen mehr lesen, nicht wahr? Da drüben an dem Kiosk hab ich übrigens meine Lieblingshalte, denn da wohn ich. Wenn ich da steh und Hunger hab, dann hup ich einfach und meine Alte bringt mir was runter. Haben Sie Hunger? Ich brauch nur zweimal zu hupen.«

Grün. Weiter.

»Aber ich seh schon: Sie haben keine Zeit. Tag und Nacht im Dienst. Jetzt kommt gleich die Dresdner. Schaunse, wie ich Gas geben tu. So was von abdüsen. Fehlt nur noch das Blaulicht. Und alles gratis für Sie, Herr Oberkrimikommissar.«

Thann stürmte die Treppe hoch. Durch die Ritzen der Tür und durchs Schlüsselloch fiel Licht. Er hörte lauten Streit. Er legte das Ohr ans Holz der Tür und vernahm deutlich die Stimmen Evas und Udos, ganz nah, als stünden sie im Flur, nur durch die Wohnungstür von Thann getrennt. In diesem Moment erlosch die Beleuchtung des Treppenhauses. Thann tastete nach Lichtschalter und Klingelknopf.

Plötzlich krachte ein Schuss. Holz splitterte direkt neben Thanns Kopf. Er sprang zur Seite. Ein zweiter Schuss. Thann erwischte den Lichtschalter. Noch ein Schuss. Thann drückte den Klingelknopf und ließ ihn nicht mehr los. Ein vierter Knall mischte sich in den Lärm der Klingel. Wieder splitterte Holz. Thann drückte sich gegen die Tür der Nachbarwohnung. Noch drei Schüsse, rasch nacheinander. Dann war es völlig still.

Thann fuhr an seine Hüfte, doch seine Dienstwaffe schien er in Evas Wohnung vergessen zu haben. Er entschloss sich, etwas zu tun, was gegen sämtliche Sicherheitsregeln verstieß, die man ihm je beigebracht hatte.

Er nahm Anlauf und warf sich gegen die Tür zu Korfmachers Wohnung. Das Schloss krachte auf, doch die Tür bewegte sich nur wenig.

Etwas Schweres schien sie zu blockieren. Da sah Thann die Blutlache, die unter der Ritze der Tür nach außen ins Treppenhaus sickerte. Er stemmte sich gegen die Tür und drückte sie auf. Es war ihm egal, dass er dem Schützen nun ein Ziel bot.

Der Schütze war Eva.

Sie stand da, zitternd und weinend, und zielte noch immer auf Udo Korfmacher, den Thann gegen die Wand geschoben hatte. Thann begann, beruhigend auf Eva einzusprechen. Sie weinte und zitterte und wischte sich mit der Hand, die die Waffe hielt, die Tränen aus dem Gesicht. Udo Korfmacher war tot. Mehrere Schüsse hatten ihn getroffen, mindestens einer davon mitten ins Gesicht, das nur auf den zweiten Blick an den Fotografen erinnerte.

Thanns Zeuge war tot. Die Seife wieder entglitten, diesmal für immer. Was auch immer Korfmacher über Bollmann, Schneider und Dalla und vielleicht auch über Lemke gewusst hatte, er nahm es mit in die andere Welt, in die ihn Eva befördert hatte. Ins Nichts.

Evas Beine knickten weg. Sie ließ sich an der Wand zu Boden gleiten.

»Hilf mir. Bring ihn weg.«

»Das geht nicht, Eva. Die Nachbarn haben die Schüsse gehört. Gleich werden meine Kollegen da sein. Pass auf, Eva. Du wolltest mit ihm reden, denn er wollte dich wieder erpressen. Du hattest Angst vor ihm, denn er war gewalttätig. Deshalb hast du die Waffe von mir geklaut. Nicht aus Vorsatz, ihn umzubringen, sondern zum Schutz, weil du weißt, dass er manchmal jähzornig ist. Und tatsächlich ging er plötzlich auf dich los, als du ihn zur Rede stellen wolltest. Es war reine Notwehr. Du wolltest ihn nicht töten, nur stoppen, verstehst du?«

Thann lief ins Büro und holte Korfmachers silbernen Brieföffner. Er nahm die rechte Hand der Leiche und drückte ihr das lange, spitze Ding zwischen die Finger. Dann verständigte er Evas Anwalt. Sie hatte aufgehört zu weinen und beobachtete wortlos jeden seiner Schritte. Von der Straße drang das schrille Geheul der Polizeisirenen nach oben.

Eva hielt noch immer die siebenschüssige Sig-Sauer P6 fest umklammert – Thanns Dienstpistole. Wer sich die Waffe stehlen ließ, hatte für gewöhnlich das Ende der Karriere erreicht. Auch für sich selbst musste Thann eine gute Geschichte erfinden, um im nun fälligen Disziplinarverfahren mit einem Verweis davonzukommen.

65.

Es war kaum Verkehr zu dieser frühen Morgenstunde. Der Nebel schien noch dichter geworden zu sein. Thann gebrauchte die Scheibenwischer. Er war froh, dass es nicht Fendrich oder Bollmann gewesen waren, die ihn und Eva vernommen hatten. Eva hatten sie für ein weiteres Verhör dabehalten. Anwalt Meier, ihr Chef, war bei ihr. Thann glaubte sie in guten Händen. Wenn Eva bei der Version blieb, die er ihr eingetrichtert hatte, konnte nichts passieren. Im Lauf des Vormittags würde er sie abholen können.

Nach all der Aufregung dieser Nacht fühlte Thann die Müdigkeit zurückkehren. Er freute sich auf das Bett in Evas Wohnung. Sein alter Golf rumpelte in den Stoßdämpfern, als er zu schnell über eine Baustelle fuhr. Plötzlich blendeten ihn die Lichter des nachfolgenden Autos im Rückspiegel. Auch dieses war ins Schaukeln geraten. Die Lichter gingen auf und ab.

An der nächsten roten Ampel versuchte Thann, seinen Hintermann zu identifizieren. Es war ein großer weißer Wagen älterer Bauart. Die zwei Insassen hatten etwa die gleiche Statur. Mehr war bei der Dunkelheit und dem Nebel nicht zu erkennen. Es war ein anderer Wagen als der, mit dem Schneider und Dalla am Vortag das *Belle* verlassen hatten. Dennoch war Thann beunruhigt. Er bedauerte, dass er nicht auf eine Ersatzwaffe bestanden hatte. Seine Pistole hatte man zur Spurensicherung ins Labor gebracht.

Er erreichte das Viertel, in dem Eva wohnte, und bog ab. Der große alte Wagen war weg. Thann änderte noch ein paar Mal seine Richtung. Er blieb allein auf der Straße. Keine Verfolger. Er atmete auf.

Eva hatte ihm einen Zweitschlüssel gegeben. In ihrer Wohnung fühlte sich Thann inzwischen heimischer als in seiner eigenen. Es war wohlig warm. Er löschte das Licht und sah noch einmal durchs Fenster. Links und rechts der Straße parkten die Autos dicht an dicht. Kein Mensch war zu sehen. Weit reichte der Blick nicht. Der Nebel hatte sich in der Stadt festgesetzt.

Thann konnte trotz seiner Müdigkeit nicht einschlafen. Er traute sich nicht, noch mehr Alkohol zu trinken. Er wollte einen klaren Atem haben, wenn er Eva vom Präsidium abholte. Er lag wach und ließ die ereignisreichen letzten Stunden Revue passieren. Die Rücknahme der Anzeige durch Kurz. Die gescheiterte Razzia im *Belle Nuit*. Kurz tot. Korfmacher tot. Eva festgenommen. Bollmann wieder da und so fest im Sattel wie je. Minister Lemke möglicherweise selbst ein Teil der Mörderbande. *Junior, das ist eine Nummer zu groß für Sie.*

Mit dem Einbruch in seine Wohnung hatte der vergangene Tag begonnen.

THANN, DICH MACHEN WIR ALLE!

Plötzlich hörte er ein Kratzen im Schloss der Wohnungstür. Sofort war Thann hellwach. Er stand auf, drapierte das Bettzeug, als liege jemand auf der Matratze. Schnell und leise drehte er in Flur und Wohnzimmer die Birnen aus der Fassung. Er wollte im Dunkeln kämpfen.

Noch immer hatten sie das Schloss nicht aufbekommen. Thann wählte Tommasos Nummer. Die einzige Privatnummer eines Kollegen, die er auswendig wusste.

Vielleicht war Tommaso nicht zu Hause. Vielleicht ging seine Frau ran und legte wieder auf. Vielleicht war er sauer auf Thann wegen ihres Streits im *Belle*. Vielleicht gehörte er auch zu Bollmanns Bande. Oder er war auf Draht.

Thann legte den Hörer neben den Apparat. Er hörte das Schloss aufspringen. Jetzt ging alles sehr schnell.

Thann stand neben der Tür und war mit einer schweren Holzfigur bewaffnet. Er hörte vorsichtige Schritte im Flur, dann das Atmen eines großen, schweren Mannes dicht neben seinem Kopf. Im schwachen, diffusen Licht der Straßenlampen, das von unten durchs Fenster drang, zeichnete sich eine Gestalt ab, die sich ins Zimmer schob. Sie hob den Arm und feuerte drei Schüsse aus einer schallgedämpften Pistole auf das Bettzeug ab. Tausende von Federn flogen durch das Zimmer.

Ein Krächzen drang aus dem Telefonhörer. Der Eindringling schoss in Richtung Telefon und fluchte. Es war Schneider.

»SCHNEIDER IST BEI EVA KURZ!«, schrie Thann.

Bevor die dunkle Gestalt auf ihn feuern konnte, sprang er nach vorne und hieb dem Eindringling die Figur über den Kopf.

Doch Schneider war hart im Nehmen. Er taumelte und schoss in Thanns Richtung. Thann spürte einen Schlag gegen die Holzfigur. Er holte ein zweites Mal aus, traf aber nur Schneiders Arm. Die Pistole flog durch den Raum, die Figur hinterher. Schneider stolperte über einen kleinen Tisch, dann bekam er den Lichtschalter zu fassen. Es blieb finster. Schneider fluchte erneut. Als Thann sich nach der Holzfigur bückte, warf sich der massige Gegner auf ihn. Thanns Kopf schlug gegen ein Regal. Für einen Moment verschwamm seine Wahrnehmung. Schneider versuchte, seine Kehle zu packen.

Es war ein Ringen um Leben und Tod. Thann spürte Schneiders schweren Atem in seinem Gesicht. Auch Thann versuchte, ihn bei der Gurgel zu erwischen, doch Schneider war schneller und kräftiger. Thann spürte die Daumen des Gegners auf seinem Kehlkopf. Mit seiner Stirn schlug er gegen Schneiders Nase. Ein Grunzen kam als Antwort. Warmes Blut tropfte auf Thanns Gesicht herab. Sein Hals war für einen Moment frei. Er versuchte, den schweren Eindringling mit dem Knie zwischen den Beinen zu treffen, doch es misslang.

Sie versuchten beide, sich gegenseitig mit schweren Schlägen außer Gefecht zu setzen, doch der Bewegungsspielraum war zu gering. Keiner von beiden schaffte es, hochzukommen. Keiner konnte sehen, wohin er traf.

Mit seiner rohen Kraft gewann Schneider mehr und mehr die Oberhand. Schließlich war er wieder soweit und griff Thanns Kehle an. Diesmal passte Schneider auf. Sein Gewicht presste Thann gegen den Boden und machte ihn wehrlos.

Thann sah, wie sich die fleischigen Hände des Gegners vor seinen Augen abzeichneten. Er hielt Schneiders Handgelenke umfasst und bot alle Kraft auf, den tödlichen Griff abzuwehren. Sie zitterten und keuchten vor Anstrengung. Zwei erbitterte Kämpfer, zum Äußersten entschlossen. Schneiders dicke Daumen zielten auf den empfindlichen Kehlkopf. Thann spürte, wie seine Kräfte allmählich nachließen. Er bäumte sich noch einmal auf und versuchte wieder, seine Beine frei zu bekommen.

Plötzlich bekam er unerwarteten Spielraum und rollte zur Seite. Seine ganze Kraft legte er in einen Fausthieb gegen Schneiders Kopf, doch dieser ging ins Leere. Schneider war aufgestanden und polternd hinausgelaufen.

Dann hörte Thann das aufgeregte Hupen von draußen. Aus der Ferne kam eine Polizeisirene näher. Schneider polterte das Treppenhaus hinunter. Thann sprang auf, um hinterherzulaufen. Doch nun stolperte er über den kleinen Tisch, schlug ein zweites Mal gegen das Regal und verlor die Besinnung.

»Verdammt, wieso geht das Licht nicht an?« Diese Worte des Streifenbeamten waren das Erste, was Thann wahrnahm.

Seine Retter waren zu zweit. Statt Schneider zu verfolgen, waren sie nach oben gekommen, um nach dem Rechten zu sehen. Thann konnte es ihnen nicht verübeln. Ohne die beiden wäre er jetzt tot.

Sein Kopf pochte und dröhnte und seine Knie waren weich wie Grütze. Ein Kollege stützte ihn, der andere schraubte die

Birnen fest. Regal und Tisch waren umgestürzt, überall lagen kleine, weiße Federn. An der Figur klebte etwas Blut, im Holz steckte eine Kugel.

Thann versprach dem Buddha, künftig an ihn zu glauben. Zumindest im nächsten Leben, wenn er ihm eine Wiedergeburt nach einem erfolgreicheren Angriff Schneiders bescheren würde.

66.

Samstag. Der Nebel war verschwunden. Eine schwere, schwarze Wolkendecke lag über der Stadt. Die tief stehende Sonne brach ihre Strahlen durch eine Lücke über dem Horizont. Das grelle Licht blendete Thann.

Sein Kopf schmerzte wie von einem schweren Kater. An seinem Schädel fühlte Thann mehrere Beulen, zum Teil blutverkrustet. Er wusste, dass er nicht gut aussah, und freute sich dennoch auf Eva, als er mit seinem Auto die Festung ansteuerte.

Im Radio brachten sie nichts über den Tod des Expolizeipräsidenten und nichts über die Schießerei bei Korfmacher. Stattdessen kündigten sie Regen an. Wenn es so weitergeht, können sie den Wetterbericht auf Band sprechen und täglich wiederholen, dachte Thann.

An einem Zeitungsstand hielt er und kaufte den *BLITZ*.

Die Überschrift war in fettem Schwarz und rot unterstrichen. Durch Thanns Nervenbahnen krochen Ameisen.

DIE PORNO-POLIZISTEN!
KÖNNEN UNS DIESE BEAMTEN VOR DEM VERBRECHEN SCHÜTZEN?

Das Foto auf der ersten Seite zeigte die Kraftschik mit einem Kollegen in eindeutiger Pose. Eine Momentaufnahme aus einem der zahlreichen von Udo Korfmacher produzierten Videos.

Obwohl Geschlechtsteile und Augen mit schwarzen Balken abgedeckt waren, empfand Thann die Bilder als obszön. Der Text war angetan, das Verhältnis zwischen Polizei und Presse auf Jahre zu vergiften.

Zwei Polizeibeamte beim delikaten Nebenjob. Pornodreh nach Dienstschluss. Bumsfidel, während das Verbrechen in der Stadt überhandnimmt! Voller Einsatz vor der Kamera statt gegen Ganoven! Und immer mehr Polizisten arbeiten in ihrer Freizeit im Grenzbereich zwischen Legalität und Mafia! Polizeipräsident ›Bumm-Bumm‹ Bollmann über seine ›Bums-Bums‹ Beamten: Untersuchungskommission überprüft. Alles nur Einzelfälle. BLITZ enthüllt: So tief ist der Sumpf der Porno-Polizei wirklich!

Und weiter:

MEIN GEHEIMES DOPPELLEBEN ALS PORNOQUEEN!
Immer mehr tun es, keiner spricht darüber. Zum ersten Mal offenbart sich eine Polizeibeamtin schonungslos. Wie sie von Kollegen zum Sex vor der Kamera gezwungen wurde, welche perversen Praktiken sie mitmachen musste. Jetzt musste sie untertauchen, aus Angst vor der Rache der Porno-Polizei!
Schockierende Einzelheiten auf Seite 4!

67.

Eva schlief bis weit in den Nachmittag. Thann hielt Wache. Er hatte in Evas Küche mehrere große Messer entdeckt und sie an strategisch wichtigen Orten versteckt. Und er hatte mit Tommaso telefoniert und sich bedankt. Er wusste nun, dass er auf den Kollegen zählen konnte, und bedauerte sein Verhalten im *Belle*. Tommaso schien keinen weiteren Groll gegen ihn zu hegen.

Als Nächstes rief Thann Marlies Kurz an und sprach sein Beileid aus. Sie erzählte ihm, was sie in der Nacht bereits zu Eva gesagt hatte. Korfmacher war bei Kurz gewesen. Die beiden waren in Streit geraten. Sie hatte den Eindruck, es sei um Geld gegangen. Ihr Mann verbat sich ihre Einmischung, doch als Korfmacher gegangen war, begannen seine Schmerzen.

Es war sein vierter und letzter Herzinfarkt.

Eva schlief unruhig. Kein Wunder. Auch wenn sie seinen wichtigsten Zeugen für immer stumm gemacht hatte, verstand Thann die Tat nur zu gut. Udo, die Ratte – er ruhe in Frieden.

Hauptkommissar Fendrich hatte Eva gegen Morgen noch einmal verhört. Als Eva dies bei der Rückfahrt vom Präsidium erzählte, waren wieder die Ameisen durch Thanns Nerven gekrochen. Doch Fendrich schien sich fair verhalten zu haben. Meier hatte aufgepasst, und Eva hatte sich kein einziges Mal verplappert.

Es war Notwehr gewesen, kein Zweifel.

Thann kannte eine Konditorei unweit Evas Wohnung an der Hauptstraße. Er wagte es, die Wohnung zu verlassen. Jetzt, kurz vor Einbruch der Dunkelheit, schienen die Wolken noch schwärzer und bis zum Bersten gefüllt. Ein steifer, kalter Wind blies Thann ins Gesicht. Im Café war es warm. Vor der Tortentheke drängelte sich ein Trupp älterer Damen.

Als Thann zurückkam, murmelte Eva etwas im Schlaf. Unter ihren Lidern gingen die Augen hin und her, eine senkrechte Falte stand auf der Stirn. Ein schlechter Traum. Sanft berührte Thann Evas Wange.

Die Kaffeemaschine brodelte, und Eva erwachte. Thann hatte den Tisch gedeckt. Sie fielen sich um den Hals, während der Himmel alle Schleusen öffnete und einen wahren Wolkenbruch auf die Stadt niederschüttete.

68.

Regen und Wind verursachten in ihrer seltenen Heftigkeit ungewohnte Geräusche. Immer wieder erschraken Thann und Eva. Er suchte unter ihren CDs nach einer Platte, die er kannte, und fand Jazz. Parker und Gillespie. Die Anspannung blieb.

Plötzlich hörten sie ein Klirren in der Küche. Thanns Herzklopfen war wieder da. Er griff nach einem der großen Messer und gab Eva ein Zeichen zurückzubleiben.

Die Küchentür lag angelehnt. Dahinter war es finster. Thann schlich langsam näher, das Messer nach vorn gestreckt. Da war es wieder, ein leises Scheppern, als habe jemand etwas umgestoßen. Thann trat die Tür auf und machte zugleich das Licht an. Er stieß das Messer in den Raum.

Die Gardine wehte ihm entgegen. Der Wind hatte das Fenster aufgedrückt und zwei Blumentöpfe umgeworfen. Thann verschloss sorgfältig das Fenster und hob die Scherben auf. In diesem Moment klingelte das Telefon. Er hörte Eva, die den Hörer abnahm.

»Ja? Wer ist da? … Hallo?« Sie legte auf. Es klingelte wieder.

»Lass mich mal.«

Thann hob ab. »Hallo?«

Durch das Rauschen der Leitung drang nur der Regen, der auf ein Blechdach trommelte. Dann fuhr ein Auto vorüber. Thann erinnerte sich, dass unweit des Hauses eine Telefonzelle stand.

»Schneider? Dalla?«

Ein Grunzen, dann: »Thann, du trübe Tasse, das nächste Mal kriegen wir dich!« Ein kurzes, trockenes Lachen folgte.

Es war Schneider. Thann hörte, wie er einhängte. *Thann, dich machen wir alle.*

Eva schlug vor, die Nacht bei Marlies Kurz zu verbringen. Ihre Adoptiveltern hatten ihr Haus mit allerlei Alarmanlagen ausgerüstet. Dort würden sie sich sicher fühlen, hoffte sie. Mit Messern bewaffnet, stiegen sie in Thanns Auto. Unbehelligt fuhren sie durch den schweren Regen.

Frau Kurz freute sich über die Gesellschaft. Sie schilderte die letzten Stunden ihres Mannes. Eva erzählte, wie sie Korfmacher getötet hatte. Die Notwehr-Version. Thann berichtete von Bollmann, Schneider und Dalla. Sie tranken etwas Wein. Bald spürte Thann, wie ihm die Augen zufielen. Marlies Kurz gab ihm einen Revolver ihres Mannes, als sie schlafen gingen. Thann und Eva bekamen das Gästezimmer, das früher einmal Evas Zimmer gewesen war.

Endlich fiel die Angst von ihnen ab. Die Anspannung verflog, für kurze Zeit vergaßen sie die tödliche Bedrohung. Sie schliefen miteinander in dieser besinnungslosen Freude darüber, dass sie jemanden in den Armen hielten, der sie begehrte. Und so, wie sie lagen, als sie fertig waren, schliefen sie ein.

Thann lief durch ein Labyrinth aus Spiegeln. Immer wieder grinste ihm Bollmanns Bild entgegen. Er rannte und rannte, um es abzuschütteln. Plötzlich merkte er, dass er auf einem Laufband lief und in Wirklichkeit nicht vorwärtskam. Er wollte abspringen, doch unter ihm lauerten Dalla und Schneider. So sprang er über eine der Spiegelwände hinweg und landete mitten in den Dreharbeiten für einen Pornofilm. Sie zogen ihn aus, und er sollte mitmachen. Eva war auch dabei. Plötzlich ging die Tür auf. Razzia. Die Kollegen nahmen ihn fest und sperrten ihn ein. Keiner glaubte ihm, dass er unschuldig war. Er floh und geriet dabei wieder in das Spiegelkabinett, in dem Schneider und Dalla mit Messern auf ihn warteten. Er rief nach Tommaso.

Eva rüttelte ihn wach.

69.

Am nächsten Morgen verabschiedeten sie sich von Marlies Kurz. Ihr Bruder hatte Frau Kurz eingeladen. Eva und Thann hatten sie überredet, nicht ihretwegen abzusagen. Stattdessen hatte Thann vorgeschlagen, den Sonntag bei seiner Mutter zu verbringen. Er hatte Kollegen gegenüber niemals seine Familie erwähnt und hoffte, Schneider und Dalla würden nichts von seiner Mutter wissen.

Als sie losfuhren, sah Thann im Rückspiegel ein großes, weißes Auto älterer Bauart aus der Reihe der parkenden ausscheren. Es blieb hinter ihnen, und Thann begann daran zu zweifeln, dass seine Idee gut war.

Als er auf die Autobahn fuhr, sah Eva ihn erstaunt an. »Warum fährst du Richtung Norden? Ich denke, deine Mutter wohnt in …«

»Es braucht nicht jeder zu wissen, wo sie wohnt.« Thann deutete mit dem Daumen nach hinten. Der weiße Straßenkreuzer war noch immer da.

Thann konnte sich denken, wer darin saß. Die Angst kroch in ihm hoch. Sie passierten den Flughafen und kamen aufs Autobahnkreuz. Thann wählte die Route nach Osten. Hier war nur wenig Verkehr. Der große Weiße blieb ihnen weiterhin auf den Fersen.

Als die Verfolger näher kamen, trat Thann aufs Gaspedal. Doch der andere Wagen war schneller. Er schob sich immer näher. Thann wechselte unmittelbar vor dem Straßenkreuzer nach links, überholte einen Kleinwagen und setzte sich vor diesen. Die Verfolger mussten abbremsen, doch rasch war der weiße Wagen wieder gleichauf.

Dalla saß am Steuer, Schneider daneben, gerade einen Meter von Thann entfernt. Sein Fenster war offen. Der Fahrtwind formte Schneiders Haar zu einer grotesken Frisur. Grinsend hob er eine Pistole und zielte auf Thanns Kopf.

Thann riss das Lenkrad nach rechts, geriet auf den Standstreifen und trat auf die Bremse. Der Schuss ging ins Leere. Quietschend und schlingernd kam Thanns Golf zum Stehen. Der Kleinwagen raste vorbei. Schneider und Dalla waren bereits um die nächste Biegung verschwunden.

Thann und Eva holten tief Luft. Thanns Finger krampften sich ums Steuer, damit Eva sein Zittern nicht bemerkte. Sie sah sich um. »Hinter uns ist frei«, flüsterte Eva.

Thann fuhr los und beschleunigte. Die Tachonadel ruckte immer weiter nach rechts. Ein Schild kündigte eine Ausfahrt an. Ein Kilometer. Thanns Puls klopfte in der Brust und im Kopf. Bleifuß. Höchstgeschwindigkeit.

Unmittelbar vor der Ausfahrt wartete der weiße Wagen. Sie passierten ihn und hofften, der Vorsprung würde reichen. Vier Kilometer bis zur nächsten Ausfahrt. Als sie den Kleinwagen ein zweites Mal überholten, zeigte ihnen der Fahrer einen Vogel. Thann lachte. Der weiße Verfolger wurde im Spiegel immer größer, doch der Abstand genügte. Sie verließen die Autobahn und rasten in den nächsten Ort.

Es war ein Gewirr kleiner Gassen. Immer wieder bogen sie ab. Dann steuerte Thann auf einen Parkplatz und zwängte den Golf in den Durchgang zwischen einer Kirche und dem Nachbarhaus. Hier warteten sie eine halbe Stunde, bis spielende Kinder sie belehrten, dass an dieser Stelle das Parken verboten sei.

Auf Landstraßen fuhren sie jetzt Richtung Süden. Jedes weiße Auto ließ Thann in Schweiß ausbrechen. Immer wieder glaubte er, Schneiders windzerzauste Fratze zu sehen. Als sie schließlich bei seiner Mutter ankamen, waren beide erschöpft wie von einem Marathonlauf.

70

Der Empfang war eiskalt.

Thanns Mutter schien sich nicht zu freuen. Gern hätte Thann ihr Blumen oder Pralinen mitgebracht, doch daran konnte es nicht liegen. Als er ihr Eva vorstellte, ignorierte Gudrun Thann sie einfach. Auch beim Kaffeetrinken blieb sie einsilbig und merkwürdig verschlossen. Thann konnte sich ihr Verhalten nicht erklären.

Eva war erleichtert, als Thann vorschlug, zu zweit einen Spaziergang durch die Wälder oberhalb des Dorfes zu unternehmen. Der Weg war matschig, und der Regen prasselte auf ihren Schirm. Dennoch erschien es ihnen gemütlicher als in Mutters guter Stube.

»Glaubst du, sie ist eifersüchtig auf mich?«, fragte Eva.

»Vielleicht. So habe ich sie noch nie erlebt.«

Rasch brach die Dämmerung herein und zwang die beiden zur Rückkehr.

Am Abend erfuhr Karl Thann die Wahrheit.

Sie wollten frühzeitig schlafen gehen, und Gudrun Thann brachte Bettzeug. »Eva, Sie schlafen oben im Gästezimmer. Karl, dein Bett mache ich hier auf dem Sofa.«

»Nicht nötig, Mutti, das Bett im Gästezimmer ist breit genug.«

»Nein, das kommt gar nicht infrage!« Gudrun Thann sah ihn streng und bestimmt an. »Ihr könnt nicht zusammen schlafen!«

»Wenn du willst, verloben wir uns noch heute Abend, Mutti, damit du zufrieden bist.«

»War das jetzt ein Antrag, Karl?«, fragte Eva. Ihre braunen Augen leuchteten, und ihre vollen Lippen lächelten fast unbeschwert glücklich. Thann schien es, als habe er Eva noch nie so schön gesehen.

»Ihr könnt nicht miteinander schlafen. Das ist Inzest. Ihr beide seid Geschwister.«

71.

Karl Thann erstarrte. *Inzest. Ihr seid Geschwister.* Worte, die wie Beilhiebe trafen.

Gudrun Thann begann leise zu schluchzen. Thann versuchte, sie zu trösten, obwohl er selbst nichts verstand.

Dann begann Gudrun Thann zu erzählen.

Hans-Werner Kurz und die Thanns waren gute Freunde gewesen. Als Kurz sich von Anna trennte, zog er zunächst als Untermieter bei ihnen ein. Da ihr Mann oft auswärts zu tun hatte, lud Gudrun abends gern Kurz ein, um nicht allein vor dem Fernsehapparat zu sitzen. Und er nutzte die Gelegenheit, um sein Herz auszuschütten. Sie trösteten sich gegenseitig. Dabei erfuhr Kurz, wie sehr sich Gudrun Thann Kinder wünschte. Doch nach drei Fehlgeburten hatte sie die Hoffnung aufgegeben.

Nach einem Jahr hatte Kurz den letzten Versuch aufgegeben, sich mit Anna zu versöhnen. Er nahm eine eigene Wohnung und lernte seine zweite Frau kennen. Bei den Thanns ließ er sich nur noch selten blicken. Dann starb Anna. Kurz bat das kinderlose Paar, den Jüngsten aufzunehmen. Mit Freude sagten die beiden zu. Es war Karl.

»Du warst damals gerade elf Monate alt. Ein süßes Kerlchen. Wir waren so glücklich. Wir hatten einen Sohn.«

Gudrun Thann weinte. Gleichzeitig lächelte sie in Erinnerung an ihr damaliges Glück. Thann schoss ein Satz von Marlies Kurz durch den Kopf: *Den Kleinen gaben wir zu Freunden meines Mannes.*

Ab und zu hörten sie noch voneinander. So wusste Gudrun Thann, dass Kurz Karriere bei der Polizei gemacht hatte und dass Eva inzwischen über ihre Herkunft aufgeklärt worden war.

Gudrun jedoch wagte es nicht, Karl aufzuklären. Sie fürchtete, ihn von sich zu entfremden.

Als ihr Mann starb, beschloss sie, Karl niemals die Wahrheit zu sagen. Sie hatte Angst, er würde sich abwenden und sie den letzten Rest von Familie verlieren.

»Dann kam der Anruf von Hans-Werner. Vorgestern war das. Ihr wart bei ihm gewesen, und er glaubte, dass ihr … Als ich euch heute sah, war mir alles klar. Es musste raus. Die Wahrheit. Ihr seid Geschwister. Und ich bin nicht deine leibliche Mutter. Ich habe dich all die Jahre belogen. Karl, verzeih mir.« Sie sank in sich zusammen, von Weinkrämpfen geschüttelt.

Thann fühlte sich wie in einer Achterbahn, die durch eine Welt der Erinnerungen raste. Karl Korfmacher – Karl Thann. Anna, seine wirkliche Mutter, die ihn nach Karl Marx benannt hatte. *Wenn Sie den mal treffen, sagen Sie ihm einen Gruß von Friedrich Engels.* Er selbst war das kleine Baby auf einem der Fotos in Udos Album. Es war auch *sein* Familienalbum. Und Bollmann hatte auch *seine* Mutter ermordet.

Nicht der verstorbene Thann war sein wirklicher Vater, sondern wahrscheinlich der biertrinkende Einfaltspinsel Heinz Pfaff oder der aufgeblasene Künstler Leo Frentzel. Udo war sein Bruder gewesen. *Die Ratte.* Thann überlegte, ob er die gleichen Charaktereigenschaften geerbt hatte wie dieser Erpresser und Pornograf. Jetzt verstand er, was Eva bewegt hatte, als sie begann, die Geschichte ihrer Mutter zu erforschen.

Thann zitterte und fror. Bevor sie schlafen gingen, versprach er Gudrun Thann, sie nie im Stich zu lassen. Sie sollte weiterhin die Mutter für ihn sein. Er wünschte Eva gute Nacht, ohne Kuss, ohne Zärtlichkeit. Er hatte eine Schwester gewonnen und eine Geliebte verloren. Er wusste nicht, wie er damit fertigwerden sollte. Was er an diesem Abend erfahren hatte, drohte ihn weit mehr aus der Bahn zu werfen als alles, was er in den letzten eineinhalb Wochen erlebt hatte. *Eine Nummer zu groß.*

Thann war müde, doch er konnte auf diesem Sofa nicht einschlafen. Karl Korfmacher, Annas Sohn. Evas Bruder. *Ihr könnt nicht miteinander schlafen. Das ist Inzest. Ihr seid Geschwister.* Er spürte plötzlich eine Geilheit in sich, die er nie mehr würde befriedigen können.

Er stand auf und suchte nach Alkohol, um sich zu betäuben.

Er fand Weinbrand, Gin und Wodka, Liköre und Fruchtsäfte. Er stellte die Flaschen auf den Wohnzimmertisch und begann Cocktails herzustellen, immer neue Mischungen, die er auf einen Zug wegtrank. Er fand heraus, dass sie umso besser schmeckten, je hochprozentiger sie waren. Er prostete den Gespenstern der letzten Tage zu, bis er in einen bleiernen Schlaf fiel.

72.

Er erwachte von einem großen Druck auf seine Blase. Es war völlig dunkel. Kein Lichtschalter in Reichweite. Thann stand auf und torkelte gegen einen Schrank. Nur allmählich kam seine Erinnerung zurück. Das Wohnzimmer seiner Mutter. Er suchte die Tür. Ein Möbelstück schlug gegen sein Schienbein. Der Druck in seiner Blase wurde unerträglich.

Gerade rechtzeitig fand er zur Toilette. In seinem Kopf dröhnte der Pulsschlag wie eine tonnenschwere Bronzeglocke. Der Geschmack in seinem Mund war scheußlich. Alkohol. Zu viele Cocktails. *Inzest. Ihr seid Geschwister.* Der Traum war vorbei. Es war zu schön gewesen, um wahr zu sein. In Wahrheit gab es keine Liebe. Nur das sinnlose Suchen nach ihr. Es war besser, diese Suche aufzugeben. Ein für allemal.

Über das Waschbecken gebeugt trank er kaltes Wasser. Es war zu kalt. Sein Magen rebellierte. Thann unterdrückte den Brechreiz. Der allmorgendliche Kater. Diesmal noch etwas schlimmer als sonst.

Er räumte die Flaschen auf und packte seine Sachen. Er hatte noch immer Schwierigkeiten, das Gleichgewicht zu halten. Sein Bronzekopf hörte nicht auf zu dröhnen. Er nahm zwei Schmerztabletten mit etwas Wasser.

Jetzt begann auch noch das Magenstechen.

Die Uhr am Armaturenbrett zeigte kurz vor sieben, als Thann das Dorf verließ. Eva und seine Mutter schliefen noch. Schwester und Adoptivmutter. Sein Kopf war voller Gedanken an die Ereignisse der letzten Tage und Stunden. *Bewahren Sie kühlen Verstand.* Ein Gewirr von Erinnerungsfetzen und Schlussfolgerungen, die sich ständig verflüchtigten, bevor er sie fassen konnte. Gleich darauf tauchten sie in neuer Kombination wieder auf. *Dem fließt der Ehrgeiz aus den Ohren.* Sein Gehirn war wie gelähmt. *Aber drauf hat er nichts.*

Jede Menge Restalkohol. Er konnte sich nicht konzentrieren. Nicht auf das, was war, und nicht auf das, was vor ihm lag.

Er fuhr langsam. Als er endlich die Stadt erreichte, war es Tag geworden, und sein Kopf war etwas klarer. Die Schmerzen waren geblieben. Der einsame Kämpfer meldete sich zurück. Allein gegen Polizei, Verbrechen und Politik. Sinnlos und stur.

Seit Tagen hatte Thann den Briefkasten nicht mehr geleert. Werbeprospekte flogen ihm entgegen, die er gleich in den Papierkorb steckte, der neben den Briefkästen stand. Corinna hatte eine Karte geschrieben. Weihnachtsgrüße an ihren *Kater Carlo.* Sie schien sich von Holger getrennt zu haben. Von ihrer Schwangerschaft kein Wort.

Seine Wohnung versetzte Thann in einen erneuten Schock. Es war kalt. Von seinen bisherigen Aufräumarbeiten war wenig zu erkennen. Die Drohung seiner Feinde stand noch immer sichtbar an der Wand, der weiße Farbschleier hatte sie kaum weniger furchtbar gemacht. Er schob eine Kommode gegen die Tür, legte sich ins Bett und schlief rasch ein. Die Pistole, die er von Marlies Kurz bekommen hatte, lag neben dem Kopfkissen.

Das Telefon schrillte. Thanns Kopfschmerzen waren sofort wieder da. Er zitterte am ganzen Körper. Tommaso meldete sich.

»Sag mal, Karl, hast du Weihnachtsurlaub oder Dienst heute?«

Montag. Heiligabend.

»Scheiße, wie spät ist es?«

»Mittag, zwölf vorbei. Wenn ich mit dir rechnen darf, dann schieb bitte deinen Arsch ins Präsidium. Ich brauche jeden Mann. Vielleicht schnappen wir Schneider und Dalla!«

»Wie geht es Miller?«

»Besser. Man kann mit ihm schon sprechen.«

73.

Tommaso zeigte ihm den *BLITZ am Sonntag,* die Zeitung von gestern. Seite vier. Thann erkannte Schneider und Dalla.

»Ich hab's an die Zeitung gegeben. Ich weiß, es wirft kein gutes Licht auf uns. Aber wir müssen die Schweine kriegen.«

Thann las den Artikel, den sie zu den Fotos geschrieben hatten. Er war wirklich nicht schmeichelhaft für die Polizei.

DIE SCHLÄGER DER PORNO-POLIZEI
AMOK-KOMMISSARE UNTERWEGS!
Bodo Schneider, 37, und Ulf Dalla, 36, Kriminaloberkommissare. Seit Donnerstag laufen sie Amok, haben einen Kollegen lebensgefährlich verletzt, auf einen zweiten einen Mordanschlag verübt. Die Polizei ist ratlos, bittet dringend um Hinweise. Die Schläger der Porno-Polizei sind auf der Flucht. Als ihre Kontakte zur Unterwelt aufflogen, drehten sie durch. Wo halten sie sich auf? Vorsicht! Sie sind bewaffnet und schrecken vor keiner Gewalttat zurück.

»Seit gestern klingelt hier das Telefon, und ich bin völlig allein. Reaktionen auf den Artikel. Gut, dass du reingekommen bist. Mein Gott, bist du krank?«

»Sag Karl zu mir.«

»Du siehst nicht gut aus.«

»Danke.«

»Magst du einen Kaffee? Hast du gefrühstückt?«

»Nein danke, Enrico. Was gibt's Neues von den beiden?«

»Ein Pizzafahrer will Schneider erkannt haben. Ein Tankwart will Dalla erkannt haben. Und ein Spaziergänger will beide gesehen haben.«

»Wann?«

»Alle Angaben beziehen sich aufs Wochenende.«

»Wer arbeitet noch dran?«

»Es ist Heiligabend, Karl. Ich bin froh, dass die Schutzpolizei wenigstens die wichtigsten Punkte überwacht: ihre Wohnungen, die von Dallas Freundin und den Nachtklub.«

»Also tatsächlich nur wir beide.«

»Einer von uns befragt die Zeugen, der andere bleibt hier als Anlaufstelle.«

Thann war bereits an der Tür. »Ich melde mich, Enrico!«

Eigentlich hatte er ihn noch nach einer Schmerztablette fragen wollen.

74.

»Ach, Sie sind's. Hereinspaziert!«

Thann betrat die Wohnung. Die Bilder an der Wand erschienen ihm bereits wie alte Bekannte. Rapsfeld, Straßenschlucht, tanzendes Pärchen. Die Bulldogge schnupperte an seinen Beinen und wedelte mit ihrem Stummelschwanz.

»Sie haben die beiden Gesuchten erkannt?«

»Ja. Ich war mit dem Hund raus, gleich hier draußen im Park.«

Thann sah durchs Fenster auf die Bäume, den Park und das Hochhaus, dessen erleuchtete Fenster einen Weihnachtsbaum formten. Heiligabend. »Sind Sie sicher?«

»Ja, ich habe die beiden Gesichter wiedererkannt. Bullenvisagen. Entschuldigung. Sie nehme ich natürlich aus. Ich habe noch nie jemanden an die Polizei verpfiffen. Aber als ich die Zeitung las, dachte ich mir, es geht nach dem Motto: gute Bullen gegen böse Bullen. Und da sind mir die guten lieber. Dass ich Sie wiedersehe, ist 'ne echte Überraschung, Herr Kommissar.«

»Was haben Sie genau gesehen?«

Die Bulldogge lief durchs Zimmer. Das wackelnde Hinterteil wirkte grotesk.

»Es war gestern früh, draußen im Park. Ich hörte die drei schon von Weitem.«

»Drei?« Bollmann?

»Ja, Ihre beiden gesuchten Kollegen und ein Dritter. Sie stritten sich. Ich habe nicht hingehört, aber es ging um eine Wohnung, mit der die beiden nicht zufrieden waren, und um Hausaufgaben, die sie nicht gemacht hätten, wie der Dritte meinte.«

»Wie sah der Dritte aus?«

»Groß und breit, feiner dunkler Mantel, sehr kurze, blonde Haare, Schnurrbart. Alter irgendwo zwischen vierzig und sechzig.«

Bollmann! Schneider und Dalla hatten ihn getroffen. *Hausaufgaben nicht gemacht.* Karl und Eva waren noch am Leben.

»Und weiter?«

»Ich lief dem Hund hinterher, bis er sein Geschäft machte. Auf dem Rückweg sah ich die beiden wieder, ohne den Dritten. Sie gingen in Richtung Straße, und der eine stolperte fast über die Hundeleine. Wirklich unangenehme Typen, Ihre bösen Kollegen.«

Wo sie danach hingegangen waren, hatte Fritz Engels nicht mehr verfolgt. Immerhin. Für den alten, zerknitterten Exkommunarden dennoch eine gute Leistung.

»Was macht eigentlich Ihre Suche nach Annas Erbe?«

»Ihr Gruß an Karl ist angekommen. Schönen Gruß zurück.«

75.

»Er ist mir aufgefallen, weil er nicht genügend Geld hatte. Er musste zurück zum Auto. Dann kam er mit einem Fünfhunderter. Da hatte ich Probleme mit dem Herausgeben.«

Thann legte dem Tankwart ein Foto Dallas vor.

»Ja, das war er. Sagen Sie, ist er wirklich bewaffnet gewesen?«

Bewaffnet und als Killer unterwegs. *Hausaufgaben machen. Thann, dich machen wir alle.*

»Wann war das?«, fragte Thann statt einer Antwort.

»Gestern am frühen Nachmittag. Das war aber auch eine Tankrechnung. Fast siebzig Liter hatte der geschluckt. Ich hab dem Typen hinterhergeguckt. Hübsche alte Karre. Die säuft natürlich was weg.«

»War noch jemand im Auto?«

»Ja. Ich weiß aber nicht, ob es der andere Typ aus der Zeitung war.« Der andere Typ: Schneider.

76.

Pizza-Pronto hieß der Laden. Er lag im Viertel südlich des Bahnhofs. Die Betreiber waren Türken. Der Fahrer hatte auch an diesem Tag Dienst. Während Thann auf ihn wartete, spendierte ihm der Chef des Unternehmens eins seiner runden, original italienischen Erzeugnisse. Noch während Thann aß, begann sein Magen zu rumoren. So schlimm, dass er die Nahrungsaufnahme abbrechen musste.

»Schon fertig? Geschmeckt?«

»Danke.«

»Das hier ist Stefan. Er hat Mann gesehen. Aber machen kurz. Nächste Kunde warten schon auf ›Pizza-Pronto‹.«

Thann machte es kurz. »Sie haben uns angerufen?«

»Stimmt. Ich habe ihn gesehen, vorgestern.«

Stefan war ein schmuddeliger Typ mit Ohrring und Pferdeschwanz. Thann ließ ihn den Mann aus dem Gedächtnis beschreiben. Es stimmte. Schneider.

»Wo war das?«

»Blumenstraße, Neubauviertel. Da, wo alle Häuser gleich
aussehen. Und dann noch der Nebel vorgestern, o Mann. Ich
war froh, dass sie da so große Schilder für die Hausnummern
haben, sonst wär die Pizza noch kälter gewesen, als ich ankam.«

»Und welche Hausnummer war das?«

»Blumenstraße 17, zweiter Stock links. Statt eines Namens
hatte ich nur diese Beschreibung. Ein unfreundlicher Typ, Mann.
Kein Trinkgeld. Stattdessen beschwert er sich, die Pizza sei kalt.
Ich sage: Stimmt nicht, ›Pizza-Pronto‹ hat die Thermo-Kartons.
Natürlich war die Pizza ziemlich kalt. Mann, bei der langen
Anfahrt. Aber fünf Minuten in den Ofen, und sie ist heiß. Der
soll sich nicht so aufführen, hab ich mir gedacht. Dann meint
er, ich soll nicht so frech sein, und droht mir Prügel an. Lange
Fahrt, Nebel, kein Trinkgeld und dann noch blöd anquatschen
lassen. O Mann!«

»War noch jemand in der Wohnung?«

»Weiß nicht. Ich hab ihm zwei Stück Pizza gebracht. Vielleicht war da noch jemand. Ich hätte ihm die Pizza ins Gesicht
klatschen sollen. Andererseits, in der Zeitung steht, er ist gefährlich. Sagen Sie, kriege ich jetzt eine Belohnung?«

»He, Stefan! Genug quatschen! Nächste Kunde warten schon
auf ›Pizza-Pronto‹!«

77.

Thann fuhr durch den Regen. Blumenstraße. Endlose Reihen
schräg zur Straße stehender Betonblöcke, grau und gleichför-

254

mig. Sozialer Wohnungsbau. *Neues Leben. Die Chefin heißt übrigens Marianne Seilmann-Lemke.*

Die Nummer 17 war der linke Eingang eines der Blöcke. An der Hälfte der Klingelschilder fehlten die Namen. Die Briefkästen waren aufgebogen. Die Haustür stand offen. Neben der Treppe lag Müll. Es stank fast wie auf der Deponie.

Zwei Kollegen in Uniform begleiteten Thann nach oben. Zweiter Stock links. Als sich auf ihr Klingeln und Klopfen nichts tat, öffneten sie die Tür mit Gewalt. Die beiden Kollegen hatten ihre Waffen gezogen.

Sie stürmten hinein.

Die Wohnung war leer. Völlig leer, bis auf zwei Matratzen, Schlafsäcke, Bierflaschen und Pizzakartons. Thermokartons für kalte *Pizza-Pronto.* Einen Herd gab es nicht in dieser Wohnung. Die Heizung war abgedreht oder ausgefallen. Es war kalt und dennoch stickig. Das Notquartier zweier Gauner auf der Flucht.

Auf dem nackten Fußboden lag ein Stadtplan. Etwa da, wo die Wohnungen von Eva, Kurz und Thann lagen, waren mit blauem Kugelschreiber Kreuze eingezeichnet. Um Eichs Wohnung in der Goethestraße war ein blauer Kringel.

Die beiden Uniformierten bezogen in der Wohnung Posten und warteten auf Schneider und Dalla.

Im nächsten Block hatte der Hausmeister seine Werkstatt. Er gab an, die beiden nicht zu kennen und nicht zu wissen, wer ihnen die Schlüssel zu der leer stehenden Wohnung gegeben hatte.

Noch eine Adresse, die observiert werden musste. Immerhin. Thann hoffte, dass die beiden Kollegen der Schutzpolizei nicht *zu* gut mit Schneider und Dalla befreundet waren.

Inzwischen hatten bei Tommaso weitere Personen angerufen und angegeben, die Gesuchten gesehen zu haben. Der eine entpuppte sich als ein Witwer, neunzig und senil, der jemanden brauchte, mit dem er reden konnte. Eine andere als Kellnerin im

Operncafé, die Thann schöne Augen machte. Sie trug einen sehr tiefen Ausschnitt und zu viel Make-up und war sich bezüglich ihrer Aussage nicht sicher. Thann merkte sich das Café für alle Fälle.

Den Rest der Anrufer hob er sich für den nächsten Tag auf. Eine bessere Beschäftigung konnte er sich dieses Jahr für den ersten Weihnachtstag ohnehin nicht vorstellen. Er wünschte Tommaso ein frohes Fest im Kreise der Familie.

78.

Plötzlich begann es zu schneien. Die weiße Weihnacht, von der so viele träumten. Im Licht der Scheinwerfer führten die Flocken ihren Tanz auf, ein himmlisches, schwereloses Ballett.

Es war die Stunde, in der die Familien in ihren warmen Stuben Bescherung feierten. Wer es sich leisten konnte, war erst gar nicht in der Stadt geblieben. Thann fiel nichts ein, auf das er sich freuen konnte, als er nach Hause kam. Es war kalt und wüst. Und wenn jemand zu Besuch käme, führte er wahrscheinlich nichts Gutes im Schilde. Schneider und Dalla waren unterwegs. *Hausaufgaben machen.* Er oder sie.

Zwanzig Uhr. Thann hatte Hunger und bestellte etwas bei *Pizza-Pronto*. Sie lieferten auch an diesem Abend. Eine halbe Stunde Wartezeit, hieß es. Er begann sich zu langweilen. Zuvor hatte er endlich alles aufgeräumt und noch einmal die Wand gestrichen. Mindestens ein Dutzend Mal war er zwischen Wohnung und Keller hin und her gelaufen, Kurzens Pistole im Hosenbund. Dabei war ihm warm geworden.

Gern hätte Thann noch einmal das Video gesehen. Doch erst nach den Feiertagen würde er sich einen neuen Fernsehapparat kaufen können. Er schenkte sich Weinbrand ein. Auch dieser Vorrat würde bald zur Neige gehen. Sogar die Lautsprecher seiner Musikanlage waren zerstört. Kein Jazz, keine Musik, die ihn aufheitern könnte.

Er blätterte lustlos in einem Buch, das er einmal geschenkt bekommen hatte. Ein Kriminalroman. Er spielte in Los Angeles und schon nach den ersten Seiten war alles klar. Thann warf das Buch in die Ecke. Sein Magen knurrte. Frohe Festtage.

Er sah aus dem Fenster. Weder Killer noch Pizzabote. Noch immer fielen dicke Flocken und packten alles weiß ein. Bald würde der Großstadtdreck das, was liegen blieb, ergrauen lassen. Und dann wäre alles nur noch Matsch.

Endlich klingelte es. Thann betätigte den Türöffner und lauschte ins Treppenhaus. Hoffentlich der Bote von *Pizza-Pronto*. Für alle Fälle lag ein Messer auf der Kommode und die Pistole neben dem Bett.

Auch das Telefon klingelte. Es war Tommaso, der von zu Hause anrief. Er klang aufgeregt. Aus dem Treppenhaus schallten die Schritte immer lauter nach oben. Thann glaubte, ein Grunzen zu hören.

»Stell dir vor, Karl. Endlich. Wir haben's geschafft.«

Die Schritte und ein Keuchen erreichten die offen stehende Wohnungstür. Thann umklammerte die Pistole.

»Was gibt's, Enrico? Sprich!«

»Volltreffer, Karl. Du kannst ab sofort ruhig schlafen!«

Der Bote stand im Flur, völlig außer Atem. In der Hand hielt er einen Karton und die Rechnung.

»Die Wohnung wurde ihnen zur Falle. Vor zwei Minuten bekam ich den Anruf. Wir haben Schneider und Dalla!«

Thann rannte aus der Wohnung. Der Pizzabote sah ihm sprachlos hinterher. Der Inhalt des Thermokartons verlor weiter an Temperatur.

Mit blockierenden Reifen rutschte Thanns alter Golf auf den Parkplatz und kam neben dem roten Porsche zum Stehen. Thann hastete ins Gebäude.

Er lief durch die Baustelle des Zellentraktes. Überall lagen Werkzeugkisten und Zementsäcke. Kein Licht. Thann stolperte über einen Presslufthammer. Es war staubig und leer.

Die Behelfszellen erstreckten sich über alle fünf Stockwerke der Festung. Thann rannte die Treppe nach oben. Endlich traf er einen Kollegen, der ihm Auskunft geben konnte. Der Polizeipräsident hatte die beiden in ein Büro ins Kellergeschoss gebracht. Zum Verhör, sagte der Kollege.

Thann rannte zurück nach unten, durch die Baustelle und weiter. Kellergeschoss. Ein Gang mit mehreren Türen. Es war völlig still. Vielleicht waren die beiden längst befreit und über alle Berge.

Thann öffnete die erste Tür, stürmte hinein und rammte einen großen Blonden, größer und weit schwerer als er – Bollmann.

79.

Eine Schrecksekunde lang starrten sie sich an. Dann sah Thann die Leichen. Er roch das Blut. Ihm wurde schwindlig. Es waren seine Verfolger, Schneider und Dalla, blutüberströmt, auf dem Boden liegend. Sie waren übersät mit Stichwunden, vor allem in Brust und Hals. Sie trugen Handschellen. Blutspritzer waren überall an den Wänden. Auch Bollmann war blutbefleckt. Er hielt ein Messer in der Hand. Thanns Knie wurden weich, und ein Brechreiz überfiel ihn.

»Sieht nicht gut aus, Junior. Was?«

Auch auf der Decke waren Blutflecken. Bollmann musste mindestens einen der beiden an der Halsschlagader erwischt haben.

»Ich sag dir, wie's war. Dalla hatte gerade Schneider kaltgemacht, als ich reinkam. Er wollte auf mich los. Keine Ahnung, wie er an das Messer kam. Ich konnte es ihm abringen. Er griff mich weiter an. Ich musste mich wehren. Ganz einfach, Junior.

Kapiert?« Bollmann legte das Messer auf den Verhörtisch und drehte die Handflächen nach oben. Seine Augen verschickten stahlblaue Blitze.

»Ich dachte schon, Sie wollten sie entwischen lassen«, sagte Thann.

»Was?«

»Aber Sie sind auf Nummer sicher gegangen. Die beiden werden nichts mehr gegen Sie aussagen können.«

»Du tust mir leid, Junior. Du bist schwer von Begriff. Wer nicht kapiert, den bestraft das Leben.«

Bollmann griff mit einem harten Schlag an. Thann ging sofort in die Knie. Bollmann setzte nach und trat gegen sein Kinn. Thann verlor das Bewusstsein.

Sein Kopf dröhnte. Bronzeglocken. Der gleiche Klang wie am Morgen. Thann schlug die Augen auf. Ihm war übel.

Es war der gleiche Raum, nur aus anderer Perspektive. Thann lag auf dem Fußboden, seine Hände waren an den Heizkörper gefesselt. Die beiden Leichen waren immer noch da. Vor Thanns Augen stand in edlen, polierten Schuhen eine perfekt gebügelte Wollhose, die nur wenig Blut abbekommen hatte. Bollmann starrte auf ihn herab.

»Stunde der Wahrheit, Junior. Erzähl mir, was du weißt!«

»Stadt, Land oder Fluss?« Das Sprechen bereitete ihm große Mühe.

»Du spielst mit deinem Leben. Ist dir das klar?«

Thanns Kopf fühlte sich an wie eine einzige Beule. Das Kinn war taub. Die Beine drohten einzuschlafen. Sein Mageninhalt drängte nach oben.

»Wo ist das verdammte Album?«

Ein Beweisstück für meine Rehabilitierung. Zumindest das Denken funktionierte noch. Thann bewegte sich ein wenig. In seinem Kinn spürte er ein Kribbeln. Die Zunge tastete nach den Zähnen, sie schienen noch da zu sein.

Bollmann beugte sich zu ihm hinunter. »Spuck's aus, verdammt noch mal.«

Das blonde Bullengesicht war so nah, dass er Bollmanns Atem roch. Er sammelte Spucke in seinem Mund. Sein Gegner drohte ihm mit der rechten Faust, zwei Zentimeter vor Thanns Nase. Auf der Oberfläche des dicken Siegelring spiegelten sich die Neonröhren. Mit Daumen und Zeigefinger der anderen Hand spielte Bollmann an dem Ring, dann drückte er zu.

Schnapp.

Zwei Klingen stachen hervor, ausgelöst von einem verborgenen Mechanismus. Zwei Klingen, blitzend, scharf und ganz nah.

Eichs toter Kopf. *Sechs Schnitte auf der einen Seite, zwei auf der anderen.* Rosenbaums Vortrag. *Das Opfer wurde offenbar gefoltert, bevor es starb.* Das Foto von Annas Leiche. *Die gleichen Schnitte. Ein ganz besonderer Schlagring.* Thann starrte auf die beiden Klingen.

Bollmann grinste. Seine Augen blitzten. Er fuchtelte mit seiner Faust hin und her.

»Wo hast du das Album deines Bruders versteckt?«

Das dämliche Album macht dem Chef Sorgen. Thanns Herz klopfte wie noch nie. Sein Kopf dröhnte. Alles andere kribbelte und zitterte.

Plötzlich stieß Bollmann die Faust in Thanns Gesicht. Seine Wange brannte, als hätte man Säure darauf gegossen.

»Wenn Sie mich töten, sind Sie dran, Bollmann.« Seine Stimme klang verändert. Ihm war, als schmeckte er Blut.

»Stunde der Wahrheit, Junior. Drohen kannst du mir nicht.«

Gefoltert, bevor er starb.

»Ich habe eine Person meines Vertrauens eingeweiht. Wenn mir etwas zustößt, werden sofort Anwälte und Presse informiert. Dann sind Sie dran. Lassen Sie mich sofort frei!«

Bollmann lachte. »Eva, das Flittchen. Deine Schwester ist so gut wie tot, Junior. Du weißt doch, dass es deine Schwester ist, mit der du geschlafen hast, du Hurensohn!«

Thann sah Blut auf seine Jacke tropfen. Das Brennen war stärker als alle anderen Schmerzen. Die Faust Bollmanns war wieder ganz nah. An den Klingen waren Blut und Hautfetzen.

»Jetzt rede, oder du überlebst die nächsten fünf Minuten nicht.«

»Schlagen Sie ein Thema vor, Herr Polizeipräsident.«

Bollmann trat zu. Einer der schwarz glänzenden Schuhe traf Thann mit Wucht, knapp unter den Rippen. Ihm blieb die Luft weg. Er krümmte sich. Angst. *Milzruptur, freie Flüssigkeit in der Milzloge, Not-OP.* Es dauerte eine Weile, bis Thann wieder normal atmen konnte. Bollmann betrachtete die Wirkung seines Tritts.

Plötzlich sah Thann eine Bewegung hinter dem Rücken des Polizeipräsidenten. Eine Bewegung, die er nicht begriff, denn außer ihm und Bollmann gab es hier nur Leichen.

»Du wirst reden, Junior. Früher oder später redet jeder. Fragt sich nur, wie viel Schmerzen vorher nötig sind. Spiel nicht den Harten, Junior. Du bist schwach und einsam. Nur mit meiner Hilfe kann aus dir etwas werden. Das ist ein Angebot. Also, wo ist das Familienalbum deines Bruders?«

»Machen Sie mich los, dann sage ich alles. Ich will erst Ihre Garantie, dass Sie mir nichts tun.«

»Ich gebe dir die Garantie, dass mein scharfer Freund auch deine andere Wange küsst, wenn du nicht sofort redest.« Der blonde Bulle fuchtelte wieder mit seiner klingenbewehrten Faust.

Irgendetwas regte sich hinter Bollmann. Thann sah nicht hin, um seinen Gegner nicht darauf aufmerksam zu machen.

»Na gut, Chef. Das Album ist in einem Safe. Wir haben Fotos von den Zeichnungen gemacht. Die Filme lagern in einem anderen Safe. Und ein Anwalt hat in einem dritten Safe einen Umschlag mit der Niederschrift der ganzen Geschichte. Zu öffnen im Fall meines Todes. Jetzt lassen Sie mich endlich frei.«

Bollmann kam noch näher und drückte Thann die blutigen Klingen an die Nase.

»Du bluffst. Ich reiße dir beide Nasenlöcher zugleich auf. Das tut mir genauso weh wie dir. Glaube mir, mein Sohn. Rede, lass uns die Sache gut hinter uns bringen. Karl, ich lass dich am Leben. Ich mach was aus dir.«

Mein Sohn? Ja, Vater. Danke, Vater.

Da geschah es – eine große, blutüberströmte Gestalt wankte auf Bollmann zu. Thann erschrak. Dalla, auferstanden von den Toten!

Bollmann fuhr herum. Zu spät.

Dalla stach zu mit beiden Händen und all seiner letzten Kraft. Dann ließ er das Messer los und taumelte. Er öffnete den Mund. Doch was immer er auch sagen wollte, es gab nur ein Blubbern. Ein Schwall Blut floss über die Lippen.

Bollmann zog seine Waffe aus dem Hosenbund und schoss Dalla aus nächster Nähe ins Gesicht. Dalla fiel nach hinten. Blut und Hirn spritzten durch den Raum.

Bollmann wandte sich wieder Thann zu. Doch sein Gesicht war angsterfüllt, seine Bewegungen seltsam verlangsamt. Er hob die Waffe, wankte in Thanns Richtung und zielte. Sein Mund verzerrte sich, seine Linke fasste auf den Rücken. Er knickte um. Im Fallen löste sich ein Schuss. Die Kugel drang in die Wand.

Bollmann landete mit seiner ganzen Masse auf Thann. Der Präsident drehte den Kopf hoch, starrte ihn aus kürzester Entfernung an und öffnete den Mund. Nur mit Mühe verstand Thann die letzten Worte Harald Bollmanns.

»Warum musstest du auf der falschen Seite … alles kaputt gemacht … nach so langer Zeit … den blöden Spinner auf dem Müll verrotten lassen … wir … eine Familie … es ging nicht anders … Anna.«

Dann war Schluss. Aus seinem Rücken ragte der blutige Griff des Messers.

80.

Mitten in der Nacht kam Thann nach Hause. Es war kalt und roch nach Wandfarbe. Thann hatte eine lange Vernehmung durch Fendrich hinter sich. Er fühlte sich ausgelaugt und leer.

Eine halbe Stunde hatte er in diesem Raum voller Leichen gelegen, gefesselt an den kalten Heizkörper und halb begraben unter Bollmanns schwerem Körper, den er nicht abschütteln konnte.

Er hatte geschrien, was die Lunge hergab, bis man ihn endlich fand.

Das Schlimmste waren die Augen gewesen. Bollmanns weit aufgerissene, stahlblaue Augen, die ihn mit der gesammelten Bösartigkeit des allmählich erkaltenden Polizeichefs angestarrt hatten. Eine halbe Stunde mit diesen Augen.

Mindestens die nächsten beiden Tage würde er der Festung fernbleiben. Seine Wange pochte unter einem großen Pflaster, das sie ihm verpasst hatten, zusammen mit einer Spritze und ein paar Nähten. Sein Kopf dröhnte noch immer, sein Kinn war blau angelaufen. Sollten sie doch zu ihm kommen, wenn sie noch mehr wissen wollten.

Bertram Fendrich hatte über die Feiertage Bereitschaftsdienst für das K1. Er war unerwartet fair zu ihm gewesen. Der Anblick der Leichen und der Tod seines großen Ziehvaters hatten Fendrich kleinlaut gemacht. Wenn er etwas von den kriminellen Machenschaften Bollmanns gewusst hatte, ließ er es sich zumindest nicht anmerken.

Nach der Vernehmung war Minister Lemke gekommen. Er spielte den Fassungslosen. Thann erinnerte sich an jedes seiner Worte.

»Wie konnten wir uns in Harald Bollmann nur so täuschen. Sie waren der Einzige, der einen Verdacht hatte. Gute Spürnase.

Alle Achtung! Was haben Sie nur mitgemacht in diesem Ver-
hörraum! So darf das natürlich nicht an die Presse gelangen! Eine
Frage, Herr Thann. Wenn es wahr ist, dass Bollmann vor fünfundzwanzig Jahren diesen ersten Mord begangen hat – aus welchem Motiv könnte er es getan haben? Was sagt Ihre Spürnase?«

Thann hatte sich um eine klare Antwort gedrückt. Er hatte
auf seine Schmerzen verwiesen.

Dann hatte man Thann in einem Funkwagen nach Hause gebracht.

Er sah aus dem Fenster. Das Schneegestöber dauerte an. Hinter
vielen Fenstern war noch Licht. Die Menschen feierten das Fest
der Liebe.

Zu viele Tote. Anna und Eich. Udo und Kurz. Schneider,
Dalla, Bollmann.

Miller und er waren gerade noch einmal davongekommen.

Zwölf Tage hatte der Kampf gedauert, der ihm Vertrauen und
Sicherheit geraubt und stattdessen Härte verliehen hatte. Am
Ende hatte Thann gewonnen, aber nicht als Sieger, sondern als
Überlebender.

81.

Er lag im Bett und fürchtete sich vor kommenden Träumen.
Von draußen drang ein Lichtschein ins Zimmer, als würde der
Schnee leuchten. Thann hörte Kirchenglocken. Die Botschaft
eines Friedens, von dem in dieser Nacht alle sprachen, an den er
jedoch nicht mehr glauben konnte.

Als er fast eingeschlafen war, klingelte es an der Tür. Thann
schreckte hoch und griff instinktiv nach der Pistole.

Es war Eva.

Sie zögerte einzutreten. Er wusste nicht, was er sagen sollte.
Sie fielen sich in die Arme. Thann spürte ihren Körper. Sie sa-

hen einander an. Plötzlich hielt sie nichts mehr. Thann vergaß all seine Wunden und Schmerzen.

Es war der Hunger zweier Menschen nach Liebe und Fleisch. Atemloses Ringen, immer neue Anläufe, bis sie endlich hatten, was sie brauchten.

Dieses Gefühl der Liebe war es, was Anna Korfmacher ihnen hinterlassen hatte. Keine Macht der Welt sollte es ihnen wegnehmen. Niemals.

Sie lagen aneinandergeschmiegt in Thanns Bett. Eva war die Erste, die etwas sagte.

Das Strahlen ihrer Augen wirkte stärker als jede Medizin. Ihr Lächeln machte den Alkohol überflüssig. Ihre Stimme war Musik.

»Frohe Weihnachten, du sturer Bulle!«

Bittere Delikatessen

Kritik und Ansporn haben mir die Arbeit erleichtert. Vor allen anderen geht mein Dank an Kathie, Klaus, Stefan und Cornelia.

SONNTAGABEND

1.

Das Gratin war fertig. Durch die Scheibe des Backofens konnte er sehen, wie die Sahne auf den Kartoffelscheiben braune Blasen warf. Er reduzierte die Hitze und stellte einen Teller zum Vorwärmen in den Ofen. Dann wischte er sich die Finger an der Schürze ab, die sich über seinem mächtigen Bauch wölbte, und warf einen Blick in seinen *Bocuse.*

Alle Rebhuhnbrüstchen von jeder Seite leicht mit Salz und Pfeffer würzen. Auf der Hautseite zuerst in heißer Butter anbraten.

Er gab Butter in die Pfanne, nicht zu knapp, und schaltete das Schnellkochfeld auf mittlere Stärke. Während das Fett schmolz, schnitt er die fertig geputzten Steinpilze in dünne Scheiben. Dann befolgte er die Anweisung des Kochbuchs. Es zischte und begann sofort zu duften.

Seit Jahrzehnten lebte er vom Handel mit kulinarischen Genüssen. Mit einem Partyservice hatte es begonnen, eine Kette exklusiver Restaurants war daraus geworden. Und Kochen war sein Hobby. Kochen, Essen und Trinken. Auf die Kalorien zu achten, hatte er schon vor vielen Jahren aufgegeben. Jeden Sonntagsbend bereitete er einen kleinen Festschmaus, ganz für sich allein.

Es war sein heiliges, privates Ritual, das am Vortag begann, wenn er in seinen Büchern blätterte. Ein ganzes Regal umfasste die Sammlung verschiedenster Rezepte, von der Hausmannskost vergangener Jahrhunderte bis zu neuesten Einfällen sterngekrönter Kochkunst. Seite für Seite wuchs seine Vorfreude. Das Wasser lief ihm im Mund zusammen, und wenn er sich auf eine bestimmte Menüzusammenstellung festlegte, richtete er sich ausschließlich nach der Willkür seiner Begierde, denn unabhängig von den Jahreszeiten bot der Markt am Karlsplatz alles frisch, wonach ihm gelüstete, von Kalbsbries und Gänsestopfleber bis zum wilden Spargel aus Italien oder Thailand. Und was es dort nicht gab, konnte er in seinem eigenen Feinkostgeschäft bekommen, geräuchertes Krokodilfleisch zum Beispiel oder Austern, am Morgen gefischt und vom eigenen Charterservice aus Irland eingeflogen.

Der Einkauf am Samstag war der erste Höhepunkt des Wochenendes. Den Nachmittag verbrachte er gewöhnlich mit Vorbereitungen in seiner Küche. Fonds mussten gekocht werden, Pasteten gebacken. Er nahm stets die Mengen, die die Rezepte für vier Personen vorsahen, denn er war ein guter Esser, und schon während der Zubereitung konnte er sich das Naschen nicht verkneifen. Er wusste, dass Völlerei als eine der sieben Todsünden galt. Sie würde ihm den Einzug in den Himmel verwehren, doch er fühlte sich bereits zu Hause im Paradies, wenn er ihr an jedem Wochenende hemmungslos frönte. Nur noch selten dachte er an längst vergangene Zeiten, als auch andere Todsünden sein Leben bestimmt hatten.

Den Sonntag begann er mit einem besonders ausgedehnten Frühstück, denn dies war das letzte Mahl vor dem abendlichen Festschmaus. Danach ging er spazieren, am Rhein oder durch den Wald oberhalb der Rennbahn, selbst bei schlechtem Wetter; solange, bis er Appetit verspürte, also selten länger als eine halbe Stunde. Der Nachmittag gehörte dann der Küche. Nur selten bemerkte er, dass er etwas einzukaufen vergessen hatte. In diesem Fall genügte ihm ein Anruf, jederzeit konnte er sich von einem seiner Angestellten nach Hause liefern lassen, was ihm fehlte. Er brauchte nur zu schnippen, und sie sprangen. Er hatte den Laden gut im Griff.

Heute war es der Wein gewesen. Zwar war sein Weinschrank stets gefüllt, doch kurzfristig hatte er sich für einen Tropfen entschieden, den er nicht zu Hause vorrätig hatte. Es hatte Vorteile, einen Partyservice zu betreiben. Man war flexibel.

Der dicke Mann goss sich etwas von dem Roten ein, der jetzt seit gut einer Stunde chambrierte, roch daran und ließ einen Schluck langsam über Zunge und Gaumen gleiten. Ein 82er Brunello, *Il Poggione*, wuchtig, majestätisch. Ein letzter Blick ins Kochbuch.

Dann wenden und fertig braten. Die Brüstchen sollen innen noch rosa sein.

Er tat wie geheißen. *Brüstchen*, das Wort gefiel ihm.

Es klingelte an der Tür.

Verdammt! Gerade jetzt. Er riss sich die Schürze über den Kopf und walzte den Flur entlang. Schnaufend spähte er durch den Spion. Er erkannte den Rücken einer Person, die einen Trenchcoat trug. Seltsam, an diesem Sommerabend. Und er sah langes, blondes Haar. War das etwa ...? Sein Herz klopfte, als er die Tür öffnete.

»Du bist es? Was soll die alberne Verkleidung?«

Sein unerwarteter Gast trat wortlos ein. Im Hintergrund zischte es. Die Brüstchen!

»Warte eine Sekunde. Ich habe etwas auf dem Herd.« Keuchend trabte er zurück. »Bin gleich bei dir!«

Das Rebhuhn rasch vom Herd, fast hätte er die Weinflasche umgestoßen.

»So!«

Der Flur war leer. Er schloss die Wohnungstür, folgte dem Gast ins Wohnzimmer und blickte auf ein großes Küchenmesser, von der gleichen Sorte wie das, mit dem er gerade noch die Pilze geschnitten hatte. Bereits der erste Hieb durchtrennte seinen Kehlkopf und die Halsschlagader.

Der Puls presste eine Blutfontäne aus der klaffenden Wunde. Heinz Fabian fasste sich an den Hals. Überraschung, dann erst Angst.

DER ABGRUND.

Er versuchte zu schreien. Es wurde nicht mehr als ein Röcheln. Ein Schwall warmen Blutes rann über seine Finger auf die Brust hinunter. Ein hässlicher roter Fleck auf seinem Hemd, der rasch immer größer wurde. Fabian taumelte und brach zusammen.

DIE FINSTERNIS.

Die Fontänen aus dem Hals wurden mit jedem der letzten Pulsschläge kleiner.

Der Gast zog den blutbespritzten Mantel aus und wickelte das Messer darin ein. Und hatte ein Gefühl von Macht. Das Gefühl, eine Grenze überschritten zu haben.

MONTAG

2.

Morgenpost, 26. Juni, Lokales:

POLIZEIPRÄSIDENT FANSELOW BALD IN PENSION?
POSTENKARUSSELL IM PRÄSIDIUM DREHT SICH WEITER
Die Nachwehen der Affäre Bollmann halten an.

Carlhanns Fanselow, der nach dem Tod Harald Bollmanns vor erst sechs Monaten als neuer Behördenchef vom Innenministerium zur Polizei versetzt worden war, scheint bereits über sein Ausscheiden nachzudenken. Wie aus informierten Kreisen bekannt wurde, will Fanselow bei den Landtagswahlen im nächsten Jahr für ein Mandat kandidieren und vorher in den Ruhestand gehen. Innenminister Lemke steht damit erneut vor dem Problem, die Führung des Polizeipräsidiums zu besetzen.

Als möglicher Nachfolger gilt unter anderen der Leiter der Kriminalpolizei, Kriminaloberrat Clemens Sonntag (56), nach Fanselow ranghöchster Polizeibeamter. Gegen ihn spricht der oft geäußerte Wunsch Lemkes, die Führungsspitzen im Lande verjüngen zu wollen.

Im Dezember letzten Jahres war Fanselows Vor-Vorgänger Hans-Werner Kurz aus gesundheitlichen Gründen vom Amt des Polizeichefs zurückgetreten. Dessen Nachfolger Harald Bollmann war nur sechs Tage im Amt. Bollmanns Tod und die damit verbundene Affäre hatten ein Postenkarussell in Bewegung gesetzt, das sich auch jetzt noch weiterdreht.

Die Oppositionsparteien im Landtag warfen Innenminister Lemke vor, die Behörde als Karriereleiter für Freunde und Parteimitglieder zu missbrauchen. Statt endlich Ruhe in den Polizeiapparat zu bringen, gefährde er so die öffentliche Sicherheit. Ein Sprecher des Innenministers wies gestern die Vorwürfe als unbegründet zurück.

Blitz, 26. Juni, Innenteil, Rubrik »*Watzmannhaus intim*«

WATZMANNHAUS IN BLITZ UND DONNER
KOMPARSE FAST IN FLUTEN ERTRUNKEN

Von Alex Vogel. Während uns am Rhein das Hoch »Xaver« zu schaffen macht, krachen in den Bergen die Gewitter. Die gestrigen Dreharbeiten zu Europas größter TV-Serie fielen buchstäblich ins Wasser. Beim Versuch, sich vor einem plötzlichen Wolkenbruch ans Ufer zu retten, kenterte auf dem Hallstädter See ein Ruderboot mit fünf Komparsen. Ein Nichtschwimmer konnte im letzten Moment gerettet werden. Die für heute geplanten Außenaufnahmen bei Bad Goisern wurden um eine Woche verschoben. Chefregisseur Dietling gibt sich dennoch optimistisch: »Das Watzmannhaus liegt gut im Zeitplan.«

Sämtliche Hauptdarsteller sind inzwischen in den MMD-Studios eingetroffen, wo am Samstag die Innenaufnahmen begonnen haben (BLITZ berichtete). Hektisches Treiben in den Hallen am Rhein: Während die Stars vor der Kamera bereits ihr Bestes geben, wird nebenan noch an der Kulisse gebaut. Mögliche Mehrkosten der Pro-Sat-Produktion durch den Wetterschock im Salzkammergut: 2 Mios! »Das kriegen wir wieder rein«, so der Kommentar eines Assistent-Managers. Ironie des Wettergottes: Am richtigen Watzmann in Oberbayern, nur 50 Kilometer entfernt, blieb es gestern trocken. Aus Kostengründen hatte man die Außenarbeiten nach Österreich gelegt!

Blitz, letzte Seite:

XAVER LÄSST DIE DEUTSCHEN SCHWITZEN

Drei Dinge bestimmen das Wetter in der kommenden Woche: Sonne, Sonne, Sonne. Hochkonjunktur für Bademeister und Eisverkäufer! Ein stabiles Hoch über Skandinavien bringt bis zum Freitag trockene Heißluft aus dem Osten. Die Wetterforscher nennen es Xaver – für

Tiefs gibt es weibliche Namen. Dabei tragen gerade jetzt die Frauen dazu bei, dass wir so viel Spaß am Sommer haben, wie ein Bummel über die Rheinwiesen zeigt (Foto). Petra (16, Schülerin) lacht. Sie findet Bikinioberteile doof, sagt sie. Und bekräftigt diese Aussage mit zwei besonders hübschen Argumenten. Weiter so, Sommer!

3.

Tom hatte den *Blitz* von hinten, mit dem Wetterbericht und dem Sportteil beginnend, nach vorn durchgearbeitet. An dem Foto auf Seite 3 blieben seine Augen hängen. Es zeigte zwei junge Frauen im Dirndl, die von Helfern aus einem See gezogen wurden. Die Brüste der beiden zeichneten sich deutlich unter dem durchweichten Stoff ab.

Das Boulevardblatt war immer für eine Augenweide gut.

Ein Krächzen des Polizeifunks riss Tom aus seinen Träumen. Bönte spielte gelangweilt an den Schaltern und ging die Frequenzen durch. Rauschen, Stimmen, Einsatzbefehle.

»Brauning«, sagte der Kollege zu Tom und drehte die Lautstärke hoch. Irgendwo in der Stadt raunzte ein leitender Beamter Befehle in seine Sprechmuschel. Es ging um eine männliche Leiche, und der Beamte verlangte nach Kollegen aus seinem Kommissariat sowie der Kriminaltechnik. Soviel konnte Tom verstehen.

»Ein Mord in Oberkassel. Kennst du Brauning?«

Tom schüttelte den Kopf. »Ich hatte leider noch nicht das Vergnügen.«

»Vergnügen? Na ja. Der Chef des K1. Vor dem musst du dich in Acht nehmen. Rottweiler, so nennen ihn alle. Er ist ein brutaler Typ. Manche sagen, er sei trotzdem ein guter Bulle. Hat eben seine eigenen Methoden.«

Tom knabberte nachdenklich an den Spitzen seines Schnurrbarts. *Ein Mord in Oberkassel. Das K1.*

Das Kommissariat für Tötungsdelikte galt als ein Sprungbrett innerhalb der Behörde. Dort wollte er hin, soviel stand für Tom fest. Rottweiler hin oder her. Wer im K1 eine gute Figur machte, hatte freie Bahn auf der Karriereleiter, das wusste Tom bereits nach drei Wochen Zugehörigkeit zur Kripo.

Stattdessen saß er nun seit Tagen mit Bönte in diesem schäbigen Zivilfahrzeug und observierte noch schäbigere Dealer. Routinearbeit, grauer Alltag beim K2 – Sitte, Rauschgift, vermisste Personen.

Während das Krächzen und Knacken des Lautsprechers eine Pause machte, rammte ihm sein Kollege den Ellbogen in die Seite.

»Da kommt er!«, rief Bönte.

Tom warf den *Blitz* nach hinten, nahm seine Brille ab und versuchte durchs Fernglas zu spähen.

Der Junge trat aus dem Tor. Sein heller Anzug leuchtete in der Morgensonne.

Es dauerte ein paar Sekunden, bis Tom die Schärfe gefunden hatte. Dann erkannte er den Dealer.

Langes, schwarzes Haar fiel dem Jungen ins Gesicht, als er eine Zigarette anzündete.

»Ich seh was«, sagte Tom leise. »Die Jacke ist ausgebeult. Enzo hat etwas geholt.« Er ließ das Fernglas sinken und schaute grinsend seinen Nebenmann an.

»Das Depot!«, bestätigte Bönte und hob seinen rechten Daumen. »Hat sich also doch gelohnt, hier rumzuhängen!«

Tom richtete den Blick wieder auf den Jungen. Dieser blickte sich mehrfach um, bevor er zu seinem Wagen ging. Den weißen Vectra seiner Beschatter konnte er nicht sehen.

»Ich bleib hier und seh mich um«, sagte Tom.

»Bloß kein Risiko! Vielleicht ist da drin noch ein Komplize!«

Sie hörten das Starten des Automotors vor der Lagerhalle.

Tom sprang aus dem Wagen. »Mach schon, sonst verlierst du ihn!«

»Du kannst da nicht allein reingehen, Thomas! Ich funke die Kollegen an. Rühr dich nicht von der Stelle, bevor die Streifenwagen da sind!«

»Jaja.«

»Versprochen? Fröhlich reißt mir den Kopf ab, wenn dir etwas passiert.«

»Scheiß auf den Dicken!« Tom fasste sich an die Seite, wo seine Waffe saß. »Mach schon! Fahr los!«

»Wart auf die Verstärkung!«

Tom grinste bloß und zeigte seinerseits den rechten Daumen. Schotter spritzte auf, als Bönte die Verfolgung des Jungen aufnahm. Ein Schwarm Stare stob in die Luft.

Nach einigen Sekunden legten sich der Staub und das Geschimpfe der Vögel.

Es war wieder still wie zuvor.

Nichts schien sich in der Lagerhalle zu regen. Es war ein verlassenes Gebäude im Osten der Stadt. Seit Jahrzehnten schien es keine Güter mehr beherbergt zu haben. Der Maschendrahtzaun bog sich an mehreren Stellen bis tief zum Boden, die Mauern waren verwittert, und das große Tor stand weit offen.

Ein schwarzes, gähnendes Loch.

Tom befingerte das Leder des Holsters und schluckte. Der Kies knirschte unter seinen Turnschuhen, als er langsam darauf zuging.

4.

Um 9:10 Uhr erreichte Ben die Markgrafenstraße. Überall rotierten Blaulichter. Vor dem Haus Nummer 17 war der Teufel los.

Bens Magen knurrte, er hatte nicht gefrühstückt. Und in seinem Büro wurde gerade der Kaffee kalt, den er sich geholt hatte, bevor ihn Braunings Auftrag erreichte.

Drei Grünweiße und einen Transit der Einsatzhundertschaft zählte Ben, dazu gleich zwei Krankenwagen. Alles parkte in zweiter Reihe, der Verkehr war ins Stocken geraten. Er näherte sich mit seinem Dienstwagen, soweit es ging, und hielt vor einer noch nicht zugestellten Garageneinfahrt. Um ihn herum ertönte ungeduldiges Hupen, Nachbarn lehnten sich aus ihren Fenstern, immer mehr Passanten blieben vor dem Haus stehen. Ben schälte sich aus dem Auto und vergrub seine Fäuste in den Taschen seiner Leinenhose.

Der Uniformierte am Eingang erkannte ihn: »Zweiter Stock, Kollege. Du kannst es nicht verfehlen.«

»Wollt ihr nicht eure Leuchtreklame ausmachen?«, antwortete Ben und wies auf die Grünweißen. Der Uniformierte grinste nur.

Ben betrat ein düsteres, muffiges Treppenhaus. Zwei Sanitäter kamen ihm entgegen. Auf ihrer Bahre lag eine ältere Frau mit Kopftuch, blass, aber bei Bewusstsein. Oben standen Hausbewohner und versuchten, einen Blick durch die offene Wohnungstür zu werfen. Ein zweiter Uniformierter schirmte sie ab. Der K1-Beamte drängelte sich zu ihm durch.

»Wer war das?«

»Die Putzfrau. Türkin. Hat den Steifen entdeckt. Sieht nicht gut aus, da drin.«

Ben duckte sich, als er seine einszweiundneunzig durch die Tür schob. In der Wohnung hing ein dünner Nebelschleier. Es roch verbrannt. Im Flur, in der Küche, überall fummelten die Jungs von der Kriminaltechnik. Ben bahnte sich den Weg ins Wohnzimmer. Hier dominierte der Geruch nach Blut. Jetzt verstand er, warum die Putzfrau einen Schock erlitten hatte. So etwas hatte auch er noch nie zuvor gesehen.

Der Tote lag auf dem Rücken, fast die gesamte Vorderseite war rot. Er mochte etwa sechzig Jahre alt gewesen sein und unglaublich dick. Was Ben vor allem anderen so erschrecken ließ, war dessen Hals.

Die Kehle des Mannes war eine einzige klaffende Wunde, quer durchs Doppelkinn von Ohr zu Ohr. Ein zweiter Mund, der hässlicher grinste, als es der erste jemals gekonnt hätte.

Blutspritzer waren an den Wänden und sogar an der Decke, jede Menge Blut auf dem Teppichboden. Ein Kriminaltechniker kniete neben der Leiche. Zwei Weißkittel warteten mit ihrer Trage auf das Ende der ersten Leichenschau.

Frank »Rottweiler« Brauning war auch schon da.

»Ich hoffe, Sie haben schon gefrühstückt, Engel«, sagte Bens Chef und zeigte auf den Toten. »Der kriegt seinen fetten Arsch ohne fremde Hilfe nicht mehr hoch. Heinz Fabian, der Wohnungsinhaber. Feinkost-Fabian, Sie wissen schon. Muss irgendwann gestern Abend passiert sein.«

Ben kramte in seinem Gedächtnis: *Feinkost-Fabian* – Fresstempel, Schickeria, Geld.

Der Kriminaltechniker erhob sich und wischte sich die Hände ab. »Todesursache: Verblutung infolge einer Schnittverletzung im Halsbereich«, erklärte er.

»So was Ähnliches hab ich mir fast gedacht«, höhnte Brauning.

Der Kollege ließ sich nicht beirren. »Es war ein einziger Schnitt. Tatort und Fundort sind identisch. Es gibt keine Spuren eines vorherigen Kampfes, keine Abwehrverletzungen. Der Schnitt war alles.«

»Danke«, sagte Ben und ging dann in die Küche, dem Rauch entgegen.

Er quoll aus dem Herd, den noch immer niemand ausgeschaltet hatte. Ein Designerstück, das aussah wie ein Fernsehapparat. Ein makabres Programm, dachte Ben. Die Innenbeleuchtung ließ eine Schüssel mit verkohltem Inhalt erkennen. Die Arbeitsplatten ringsherum waren aus Edelstahl. Sie erinnerten Ben an die Obduktionstische im rechtsmedizinischen Institut, auf denen Fabian gleich landen würde. Fliegen kreisten um Teller und Schüsseln voller Lebensmittel – vertrocknete Fleischstücke, zerlaufene Butter, vergammelte Pilze. In der Spüle war Salat ertrunken, in einem Topf hatte Sauce eine Haut angesetzt. Dazwischen standen Flaschen mit edlen Etiketten. Wein, Öl, Aceto Balsamico. Zwei Uniformierte waren dabei, jede glatte Fläche in diesem Raum nach Fingerabdrücken abzusuchen.

Ben stellte den Herd ab. Ein Schlachtfeld. *Du machst ein Schlachtfeld aus deiner Küche,* hatte eine Freundin einmal zu Ben gesagt, als er ein Essen für sie bereiten wollte, um die Risse in ihrer Beziehung zu kitten. Das Essen wurde ein Misserfolg.

»Bist du verrückt? Hier wird nichts angefasst, solange wir nicht fertig sind«, protestierte einer der beiden Kriminaltechniker. Ben ignorierte ihn.

Er hörte das Bellen des Rottweilers: »Greifen Sie sich schon mal die Nachbarn. Halten draußen Vollversammlung. Irgendwer hat sicher etwas spitzgekriegt. So was geht nicht ohne Zeugen ab.«

Draußen stieß Ben auf Ria Pohl. Die Kollegin hatte der Rottweiler also auch herbestellt. Sie begrüßten sich stumm mit Handschlag und machten sich an die Befragung der Nachbarn, die im Treppenhaus lauerten. Ein Rentnerpärchen und eine junge Frau, die einen Säugling hielt.

Doch keiner von ihnen hatte etwas gehört oder gesehen. Nichts, *nada, niente.* Zwar hatte die junge Mutter den Geruch wahrgenommen, der sich im Laufe der Nacht breitgemacht hatte. Doch erst am Morgen gegen acht, als sie die Schreie der Putzfrau hörte, hatte sie die Polizei gerufen. Ria notierte die Namen, Ben verteilte Visitenkarten. Bevor sie die drei weiter befragten, machten sie die Klingeltour an den Türen der übrigen Bewohner, vom Erdgeschoss bis unters Dach. Vergeblich, alles ausgeflogen.

Die Sanitäter verließen die Wohnung mit der verhüllten Leiche. Sie ächzten schwer, als sie die Bahre die Windungen des Treppenhauses hinunterwuchteten. Der Rentner hatte plötzlich einen Fotoapparat bei sich und knipste hinterher, angefeuert von seiner Frau. Ben ballte die Fäuste.

Er spürte Rias Hand auf seiner Schulter. »Lass ihn«, sagte sie leise. Ben schob die Hand weg. Der Vergleich seiner Küche mit einem Schlachtfeld stammte von Ria. Für sie hatte er damals gekocht.

Der Uniformierte an der Tür räusperte sich. »Haben Sie schon gehört? An der Tür sind keine Spuren eines gewaltsamen Eindringens. Und auf der Klingel sind keinerlei Fingerabdrücke. Komisch, was?« Ben sah Ria an und verdrehte die Augen.

Brauning trat zu ihnen. »Engel, Sie leiten die Sache. Pohl, Sie arbeiten mit, außerdem Baumann, Schranz und Miller. Alles ausquetschen, was rumläuft! Nachbarn, Geschäft, Familie und so weiter. Der Fall wird Schlagzeilen machen. Feinkost-Fabian – das gibt Druck. Ich seh den Staatsanwalt schon rumhampeln. Wir müssen sehen, dass wir das rasch klären, verstanden?«

»Na klar, Boss, wie immer«, sagte Ria.

Ben nickte der jungen Mutter zu, und sie ging voraus.

5.

Das Knirschen des Schotters dröhnte in Toms Ohren. Sein Herz klopfte, als er die Waffe aus dem Holster nahm. Er hatte keine Lust, bis zum Eintreffen der Streifenwagen zu warten.

Der Junge, den sie beschatteten, sollte die Beamten des K2 zu seinen Hintermännern führen. Die Festnahme eines großen Drogenkuriers – so hatte sich Tom seinen Einstand bei der Kripo erträumt. Ein solcher Erfolg würde auch Leute wie Brauning auf ihn aufmerksam machen.

Und der Erfolg war umso größer, wenn er sich ihn nicht mit anderen teilen musste.

Als er das Tor erreichte, ging er in die Hocke, um kein Ziel zu bieten. Tom hoffte, dass nur er das Knacken seiner Knie hören konnte. Langsam gewöhnten sich seine Augen an die Dunkelheit. So lautlos wie möglich schob sich Tom ins Innere.

Am ersten Hindernis machte er halt. Tom kauerte vor dem Gerippe eines Regals. Seine Hand krampfte sich fester um die P6. Er sah sich um.

Nichts als Regale, soweit er sehen konnte. Reihe um Reihe. Verrostet. Leer.

Er lauschte, doch er hörte nur den eigenen Atem. Es war eine Stille wie in der Sekunde vor einer Detonation.

Toms Brille rutschte. Er schob sie zurück und drückte sie wie zur Beschwörung fest gegen die Nasenwurzel. Er roch altes Eisen und Staub. Der Betonboden unter seinen Knien war kalt und hart.

Tom verlor die Geduld und sprang auf, die Waffe mit beiden Händen nach vorne gestreckt. Er rannte die Reihen entlang, bereit, sofort jeden Schuss zu erwidern. Er hetzte in den nächsten Gang, seine Schritte schallten durch die Halle, das Blut rauschte in seinem Kopf. Immer wieder schrammten seine Schultern gegen rostige Eisenträger. Er spürte es nicht.

Außer Atem erreichte er das Ende der Halle.

Kein Schuss, kein Drogenkurier, niemand.

Nur ein paar Sektkartons im hintersten Winkel der leeren Halle.

Keuchend blieb Tom stehen. Die Aufschrift nannte eine Marke, die sich seine Familie allenfalls zu Silvester leistete. Vier Kartons und jede Menge Holzwolle. Tom durchwühlte einen nach dem anderen, dann fand er den Stoff.

Es waren drei flache Plastikbeutel, bretthart und prall gefüllt mit weißem Pulver. Tom schätzte das Gesamtgewicht auf rund ein Pfund – Kokain im Wert von vielleicht fünfzigtausend Mark. Der Rest des Depots, das Enzo und seine Bande hier angelegt hatten.

Tom war beeindruckt. Für einen Moment musste er an Gabi und den Kleinen denken und daran, was sie sich alles für diese Summe leisten könnten. Als er sich umwandte, machte sein Herz einen Knall.

Er sah in die Mündungen dreier Pistolen.

Tom ließ sofort seine Waffe fallen und streckte die Hände in die Luft.

Es dauerte einige Minuten, den Kollegen klarzumachen, wer er war.

6.

»Eine schöne große Wohnung haben Sie«, sagte Ben und ließ den Blick schweifen. »Ich liebe hohe Decken. Bei mir zu Hause sieht's leider anders aus. Dachwohnung. Ich stoße ständig mit dem Kopf gegen die Schrägen.«

Sie lachte. »Eigentlich ist das hier zu groß für mich und Felix. Ich suche etwas Kleineres. Aber ich habe es nicht eilig. Mein Exmann zahlt die Miete.«

Sicher nicht wenig, dachte Ben.

Felix streckte die Hand durchs Laufstallgitter und begann zu quengeln. Sein Schnuller lag außer Reichweite. Die junge Mutter blickte ungerührt zu Ben auf.

»Die Wohnung von Fabian liegt genau unter Ihnen. Er lebte allein?«

»Ja. Auch geschieden, soviel ich weiß. Aber schon lange.«

»Hatten Sie Kontakt?«

»Nein, kaum. Wir trafen uns nur ab und zu am Briefkasten oder bei den Mülltonnen. Er war ein netter Mann. Klar, auf den ersten Blick wirkte er hässlich, weil er so dick war. Aber er war immer freundlich und höflich.«

»Kennen Sie Bekannte von ihm? Angehörige?«

Die Frau schüttelte den Kopf. »Von Angehörigen hat er nie gesprochen. Ich weiß nicht, ob er überhaupt welche hatte. Meistens hat er nur über Wein und Trüffel geredet und so.«

»Hatte er in der letzten Zeit irgendwelchen Ärger? Hatte er sich irgendwie verändert?«

»Er stöhnte höchstens über die Steuer und über faule Angestellte, aber das tat er oft.«

»Namen?«

Sie schüttelte den Kopf.

»Wer besuchte ihn?«

»Keine Ahnung. Davon bekam ich nichts mit. Das Haus ist gut saniert worden. Durch diese Wände dringt kaum ein Laut. Höchstens ...«

»Ja?«

»Na ja, höchstens, wenn die Studentin nebenan Besuch von ihrem Freund hat. Sie ist ein wenig laut, Sie wissen schon, was ich meine. Aber von unten hört man hier nichts.«

»Und gesehen?«

»Nein. Aber fragen Sie doch den alten Schmitz, der gegenüber von Fabian wohnt. Der weiß alles, was im Haus vorgeht. Ich glaube, der verbringt den halben Tag am Schlüsselloch.«

»Gestern Abend waren Sie die ganze Zeit zu Hause?«

»Ja, seit der Kleine da ist, bin ich auch am Wochenende meistens daheim.«

»Wirklich nichts gehört oder gesehen? Streit? Geräusche? Ein lautes Wort?«

»Nein, nichts. Nur ...«

»Von nebenan.«

»Genau.«

Felix quengelte wieder. Sie hob ihn aus dem Laufstall. »Ich glaube, er hat Durst«, sagte sie.

Ben verabschiedete sich.

Auf diesem Stockwerk gab es zwei weitere Türen. An der einen war ein Holzschild mit handgemalten Blümchen und dem Namen *Valetta*, aus der anderen kam gerade Ria Pohl.

»Und?«, fragte Ben.

Seine Kollegin Ria verdrehte nur die Augen.

7.

Auf dem Rückweg hatte Tom einen Ventilator gekauft. Es gebe nur noch eine Sorte, Restposten, hatte der Verkäufer gesagt, als Tom völlig durchgeschwitzt die Elektroabteilung gefunden hatte. Er müsse sich rasch entscheiden, hatte der Mann im Kittel gedrängt, denn innerhalb der nächsten Stunde wäre alles verkauft.

Xaver hieß das Hoch, und wenn Tom dem Wetterbericht glauben konnte, würde es sich bis weit in den Juli halten. Tom hatte genug geschwitzt in der letzten Stunde.

Die Kollegen hatten sich geweigert, ihn auch nur bis zur Bushaltestelle zu bringen. Nicht einmal den Weg hatten sie ihm gezeigt.

Sture Idioten. Sie waren schuld, dass er sich die Seele aus dem Leib rennen musste.

Aus einer glühend heißen Telefonzelle hatte er der *Sonderkommission Koks* Meldung gemacht. Der Junge, das Depot, kein Wort jedoch von seinem Alleingang und dem Krach mit den Kollegen.

Dann hatte ihn ein übervoller Bus auf Schleichwegen durch die Stadt geschaukelt. Mit seinen großen Scheiben war er Tom wie ein fahrendes Treibhaus erschienen. Und dort hatte er die Maskenbildnerin kennengelernt.

Tom drückte die raschelnde Kaufhaustüte an seine Brust, als er das Präsidium betrat. Die Festung, so nannten die Kollegen das Gebäude. Mit dem Taxi wäre er dreimal so schnell hier gewesen. Doch die Behörde bezahlte ihm so etwas nicht.

Auf die Idee mit dem Ventilator hatte ihn die Maskenbildnerin gebracht. Sie hatte eine ganze Weile neben ihm gesessen, und Tom hatte die Gelegenheit benutzt, seinen Charme zu erproben. Seit er verheiratet war und erst recht seit der Kleine auf der Welt war, brauchte er das ab und zu. Den Beweis, dass er noch flirten konnte und auch andere Frauen als Gabi Gefallen an ihm fanden.

Sie hatte ihn an Sinead O'Connor erinnert, die Sängerin. Auf dem Kopf hatte sie nur millimeterkurze Haarstoppeln. Ihr Lachen hatte ein angenehmes Kribbeln durch Toms Brust gejagt. Sie kannte eine Menge Prominente, und, um mitzuhalten, hatte er ein wenig mit seiner Arbeit geprahlt. Schließlich waren sie auf die Schweinehitze zu sprechen gekommen. Ohne Ventilator würde sie es an ihrem Arbeitsplatz, in der *Maske*, gar nicht aushalten, hatte sie gesagt.

Mit großen Schritten durchquerte Tom die Halle. Er war sicher, die Kleine beeindruckt zu haben. Sein Charme funktionierte noch, darauf war Tom stolz. Und ebenso stolz war er darauf, dass er das Depot entdeckt und allein untersucht hatte. Sie würden lange suchen müssen, um einen zweiten Nachwuchsmann mit so viel Mumm zu finden.

Als Tom den Paternoster bestieg, stieß er mit dem Leiter des K1 zusammen. *Rottweiler, so nennen ihn alle. Ein brutaler Typ.* Unwillkürlich duckte sich Tom.

»So, den Vormittag mit Shopping verbracht, junger Mann?« Brauning grinste und musterte Tom herablassend.

Knarrend bewegte sich die Holzkabine nach oben. Tom fiel keine Antwort ein. Vor Menschen, die ihre Macht mit Genuss zur Schau stellten, wurde er urplötzlich ein anderer: klein, hilflos, unbedeutend.

»Wie heißen Sie?«

»Swoboda, Thomas Swoboda, Kommissar im K2.«

»Der Bruder von Mike Swoboda?«

Auch das noch. »Äh – ja.« *Scheißbruder.*

»Na, da sehen Sie mal zu, dass Sie Ihrem Namen alle Ehre machen. An schönen Tagen wie diesem hat er es locker auf zwei, drei Festnahmen gebracht! Wie lange sind Sie schon bei der Kripo?«

»Drei Wochen.« Tom spürte schon wieder Schweißtropfen auf seiner Stirn.

»Ein Frischling also.« Brauning blickte auf die Tüte.

Tom meinte, eine Erklärung abgeben zu müssen: »Ventilator.«

»Geht heiß zu bei Rauschgift und Sitte, was?« Braunings Grinsen wurde breiter.

»Ja, äh – Wiedersehen.« Gerade noch rechtzeitig sprang Tom ab. Beinahe wäre er mit Brauning in die Chefetage gefahren.

8.

Als Erstes öffnete Ben das Küchenfenster, um den Geruch nach Verbranntem abziehen zu lassen.

»Was sagen die zwei Alten?« Ben sah sich um. Eine Riesenküche.

»Fabians Geschiedene ist Schauspielerin, lebt aber schon lange nicht mehr in der Stadt. Seine Tochter ist auch Schauspielerin, aber auch sie hat hier nie jemand gesehen. Fabian soll ein Einzelgänger gewesen sein. Viel unterwegs, selten Besuch. Gestern Abend war es völlig still, bis auf …«

»Ich weiß.« Wo in der Wohnung darüber der Laufstall stand, war hier eine Art Vitrine. Ben sah nichts als Flaschen. Der Schrank summte leise.

»Die zwei haben mich vielleicht genervt!«, klagte Ria. »Die haben vor Monaten Anzeige erstattet, weil ihre Nachbarin stöhnt. Die Kollegen haben nichts unternommen, und die Alten wollten ihren Ärger an mir auslassen.«

Ben öffnete die Glastür. Es war ein Kühlschrank. »Wozu braucht man so was?«

»Lauter edle Tropfen«, sagte Ria und strich ihre langen, dunklen Locken aus dem Gesicht. »Wahrscheinlich war Fabian zu faul zum Treppensteigen. Oder der Keller ist zu warm, um guten Wein zu lagern.«

»Damit kenne ich mich nicht aus.«

»Immer noch Antialkoholiker?«

Ben brummte statt einer Antwort. Vor einem halben Jahr war Ria ins K1 versetzt worden, seitdem mussten sie zusammenarbeiten. Sie hatten vereinbart, so zu tun, als sei nie etwas gewesen. Ben rechnete nach. Fünf Jahre war es her. Sie hatten beide kurz vor dem Abschluss der Verwaltungshochschule gestanden. Ria war seitdem etwas rundlicher geworden, doch ihr Gesicht war noch genauso hübsch wie damals. Über ihr jetziges Privatleben wusste er nichts. Es ging ihn nichts an.

Sie folgte ihm ins Wohnzimmer. »Was sagt die junge Mutter?«

Ben schüttelte nur den Kopf.

Eine Kreidespur markierte die Umrisse des Toten auf dem Teppichboden. Bis auf die Blutflecken gab es keine Spuren eines Kampfes. Auf den ersten Blick schienen keine Gegenstände zu fehlen.

»Er hat seinen Mörder gekannt und wurde überrascht.«

»Na prima, das schränkt den Kreis der möglichen Täter schon mal ein. Wie viel Bekannte wird ein Gastronom wohl haben, der mehrere Läden betreibt und einen Partyservice?«

Ben telefonierte mit der Festung und setzte Baumann, Schranz und Miller in Bewegung. Sie sollten die Angestellten des Fressimperiums unter die Lupe nehmen.

Als er auflegte, zeigte Ria ihm ein Fotoalbum. »Das einzige. Besonders sentimental war Fabian anscheinend nicht.«

Ben sah Hochzeitsfotos. Sechzigerjahre, schätzte er. Der Bräutigam war der Feinkost-König, damals noch schlank. Die Braut kam Ben bekannt vor.

»Angelika Franke«, erklärte Ria. »Die habe ich erst neulich im Fernsehen gesehen. Samstagabend, die UNICEF-Gala.«

»Seit wann guckst du dir so was an?«

Ria wandte sich ab und legte das Album zurück. Ben beeilte sich, mit dem Wohnzimmer fertig zu werden. Zu viel Blut. Zu wenige Spuren.

Die Wohnung hatte drei große Zimmer, Diele, Küche und Bad. Die Decke schien hier noch höher zu sein als im Stockwerk darüber.

Hätte hier kein Toter gelegen, würde ihm die Wohnung gefallen. Selten hatte Ben in Innenräumen so viel Luft über dem Kopf gehabt.

Bevor er die Spiegeltüren des Schlafzimmerschranks öffnete, hielt er einen Moment inne. Die Sonne fiel auf sein braunes Haar. Er trug es kurz und zurückgekämmt. Noch hatte er keine Spur von Grau entdeckt, und künftige Geheimratsecken deuteten sich nur zaghaft an. Er hatte die Zukunft noch vor sich, aber keinen Schimmer, was sie bringen könnte. Vielleicht besser so.

Im Schrank hing ein Dutzend zeltähnlicher, grauer Sakkos, und mehrere Stapel korrekt gefalteter, weißer Hemden lagen in den Fächern. In einer Kommode stieß Ben auf Zeitungsausschnitte. Mit der Schere säuberlich aus *Blitz* und *Morgenpost* ausgeschnitten und in einer Schublade verwahrt. Artikel, die erst wenige Tage alt waren. Immer wieder las Ben die Namen *Watzmannhaus* und Nora Fabian. Ein Foto zeigte eine attraktive Blondine, auch sie kam Ben bekannt vor. Er rief Ria.

»Nora Fabian – seine Tochter«, sagte sie.

»Also zumindest ein *bisschen* sentimental«, sagte Ben. »Hast du noch etwas entdeckt?«

»Nein. Für jemanden, der schon seit Jahren hier wohnt, wirkt die Wohnung sehr clean. Zu clean für meinen Geschmack. Das wär's dann wohl.«

»Muy bien«, meinte Ben. »Dann nehmen wir uns die Tochter vor.«

Ria streifte seine Schulter. »Gehst du noch zum Spanischunterricht?«, fragte sie.

»Nein.«

»Ich habe auch nicht wieder angefangen, seit damals. Ich sage immer, ich habe keine Zeit. Aber in Wirklichkeit bin ich einfach zu faul.«

»Ich habe auch keine Zeit«, sagte Ben. Er warf einen Blick in die Nachtkästchen zu beiden Seiten des Betts.

»Spielst du noch manchmal den großen Tröster?«, fragte Ria unvermittelt.

Ben fuhr herum. *Der große Tröster.* Sein alter Spitzname. »Woher ...«

»... ich das weiß? Hör mal, wir arbeiten in ein und derselben Behörde. Solche Dinge sprechen sich herum.«

»Das war, als ich Streifendienst machte. Das ist lange her. Ich hatte genug Probleme damit. Und jetzt ist Schluss, verdammt noch mal! Ich will davon nichts mehr hören.« Verärgert stieß Ben mit dem Fuß gegen einen Stapel Zeitschriften, der zwischen Bett und Fernsehgerät lag. »Und was ist das?«

»Sexheftchen. Harmlos.«

Ben hob das oberste auf. *Jung und frei – das FKK-Magazin.* Das Titelbild: Zwei nackte Mädchen, die eine vielleicht neun Jahre alt, die andere etwas älter mit ersten Anzeichen sprießender Brüste.

»Harmlos nennst du das?«

Ria Pohl zuckte mit den Schultern.

Weitere Hefte: *Neues aus der internationalen Welt der FKK-Jugend.* Im Inneren der Hefte weitere Nackte: Familien beim Volleyballspiel am Strand, Frauen am Strand – und immer wieder Kinder. Überschriften: *Mit Papi in die Ferien* und *Nackt sein – die natürlichste Sache der Welt.*

Kinder beiderlei Geschlechts, schräg von unten fotografiert, an nichts Böses denkend, lachten sie in die Kamera. Ein nacktes Mädchen, das auf dem Rücken eines dicken FKK-Anhängers ritt. Ein nackter Junge, gefesselt an einen Baum. *Die natürlichste Sache der Welt.*

Ben sah rot. Auf seiner Stirn übte eine Ader Stepptanzen.

»Daran hat er sich aufgegeilt, dieser Kinderficker! Das nennst du harmlos? Das ist eine Wichsvorlage für VERDAMMTE KINDERFICKER!«

»Schrei mich nicht an, Ben. Ich sag doch nur, dass das ganz legale Hefte sind. Die kriegst du an jedem Kiosk. Deswegen wird kein Mensch umgebracht.«

»EIN SCHEISS-KINDERFICKER!« Ben trat nach dem Stapel. Die Zeitschriften flogen durch das Zimmer.

»Beruhig dich, Ben! In der ganzen Wohnung gibt es sonst keinerlei Anhaltspunkte auf abartige Neigungen. Fahren nicht alle Männer auf Fotos von nackten Mädchen ab?«

»Spinnst du, Ria?«

»Stimmt. Nicht alle. Du stehst mehr auf reifere Frauen.«

»Schluss jetzt! Lass uns gehen.«

Im Treppenhaus fiel Bens Blick auf das Türschild gegenüber. Geschwungene, lateinische Buchstaben auf Messing: *J. Schmitz.* Er drückte auf den Klingelknopf – keine Reaktion.

»Der ist nicht da«, erklärte eine junge Frauenstimme. Ein Pärchen, bepackt mit Einkaufstüten, kam die Treppe emporgestiegen. »Wie sind Sie überhaupt ins Haus gekommen?«

Ben antwortete: »Kriminalpolizei. Sie wohnen hier?«

»*Ich* wohne hier, wieso?«, sagte das Mädchen. Ihr Misstrauen hatte nicht nachgelassen.

»Valetta? Einen Stock höher?«, fragte Ben. Ria grinste.

»Valetta Brunner, ja, wieso?«

»Herr Fabian, Ihr Nachbar, wurde gestern Abend ermordet. Ich weiß, dass Sie zu Hause waren. Haben Sie irgendwas gehört oder gesehen?«

»Ermordet? Der Fabian?«

»Besucher? Streit?«

»Nein«, sagte Valetta.

»Doch«, mischte sich ihr Freund ein. »Kein Streit, aber ein Besucher. Als ich gestern Abend die Treppe hochging, kam mir ein Mann entgegen, dem ich hier noch nie begegnet bin. Das war so um sieben – oder, Valetta?«

»Später, glaube ich«, sagte die Studentin zögernd.

»Oder acht«, fuhr der Junge fort. Und dann beschrieb er ihn.

9.

»Wir arbeiten hier jeden Tag und rund um die Uhr. Unser Studio ist eines der drei größten in Deutschland. Und mit Abstand das produktivste«, sagte der Mann, der sich als Produktionsassistent vorgestellt hatte.

Ben war froh, dass die lange Fahrt an den Stadtrand zu Ende war. Ihm war unbehaglich, wenn er mit Ria allein im Auto saß, und er hasste dieses Gefühl.

»MMD arbeitet nicht nur für *Pro-Sat*. Aber das *Watzmannhaus* ist derzeit unser größter Auftrag. An jedem Drehtag produzieren wir eine Folge von knapp dreißig Minuten. Fünfundzwanzig Folgen hat die erste Staffel, und für die zweite haben wir mit *Pro-Sat* bereits eine Option unterzeichnet.«

Sein Leinenjackett hatte Ben im Kadett zurückgelassen. Mit wehenden Locken schritt Ria über den Asphalt. Zwischen ihnen ging der Produktionsassistent. Er redete wie ein Wasserfall und lobte seine Firma, als habe er es mit Kunden aus der Fernsehbranche und nicht mit Polizisten zu tun.

»So eine Daily Soap ist wie ein Kreuzfahrtschiff, das man auf Kurs halten muss. Man weiß, wo es an Land gehen soll, und diese Punkte muss man präzise und pünktlich ansteuern. Tag für Tag.«

Sie hatten das Studiogelände nicht gleich gefunden. Für eine Traumfabrik lag es recht unidyllisch in einem Gewerbegebiet zwischen Möbelmarkt und Schlachthof. Irgendwo dahinter vermutete Ben den Rhein. Das Schild hätten sie beinahe übersehen. *MMD*. Weiß der Himmel, wofür das stand.

Erst vor wenigen Monaten hatte sich die Produktionsgesellschaft hier niedergelassen. Presse und Lokalpolitik hatten die Entscheidung als erfolgreiche Standortpolitik gefeiert und als Imagegewinn im Vergleich zur ewig rivalisierenden Nachbarstadt stromaufwärts. Auch der Sender *Pro-Sat* hatte hier einige Büros angemietet. Weiß der Teufel, wie viel an Subventionen das den Stadtkämmerer gekostet hatte.

»Letzte Woche haben wir in den österreichischen Alpen mit den Außenaufnahmen begonnen. Seit Samstag drehen wir parallel hier. In dieser Halle entsteht die Indoor-Location für das *Watzmannhaus.* Zwanzig Sets auf insgesamt 1700 Quadratmetern Studiofläche. Es wird die größte Daily, die es jemals im deutschen Fernsehen gab. Ein Riesenaufgebot an richtig großen Stars. Das Starprinzip ist unser selling point. Nora Fabian wird nur einer von vielen klangvollen Namen sein, wenn auch der wichtigste. Und dabei sind die Kosten revolutionär niedrig. Ein Controller-Team überwacht die Produktion. Alles nur eine Frage des Managements.«

Der Assistent sagte »Lokäschen« und »Prodakschen«. Er trug Zweireiher, bunte Fliege und einen Brilli im Ohr. Sie näherten sich einem Gebäude, dessen Tore weit aufstanden. Menschen gingen geschäftig ein und aus, ein Gabelstapler brachte Kisten, Ben hörte Baulärm.

Drinnen war es noch heißer als vor dem Tor. Es roch nach Lack, Staub und Ozon.

Brilli-Boy stolperte über ein Kabelgewirr und warnte: »Vorsicht.« Dann zückte er ein Mobiltelefon und wählte. »Einen Moment, bitte.«

Die Halle war so groß, dass man glauben konnte, im Freien zu stehen, solange man nicht nach oben sah. Hoch unter dem Dach überspannte ein Stahlgerüst fast die gesamte Konstruktion, zahllose Scheinwerfer hingen daran. Einige brannten, andere wurden ein- oder ausgeschaltet. Leute im Blaumann liefen umher, Typen mit Baseballkappen und Walkie-Talkies; aber Kameras oder Schauspieler bemerkte Ben nicht. Neben ihnen wurden große, bemalte Spanplatten aufgerichtet und zusammengenagelt. Es sah weder nach Watzmann aus noch nach einem richtigen Haus.

»Werd nicht ungeduldig, Ben«, sagte Ria. »Wir haben doch schon die genaue Beschreibung eines wichtigen Zeugen, vielleicht ist es sogar der Täter. Und vielleicht kann uns die Tochter sagen, wer das ist.«

»Vielleicht, vielleicht.«

Der Produktionsassistent steckte das Handy weg. »Sorry. Ich erfahre gerade, dass die Schauspieler einen Tag off haben.«

»Off?«

»Ja, drehfrei. Sorry. Nora Fabian können Sie erst morgen wieder hier antreffen.«

Das hätte er ihnen auch gleich sagen können.

Beim Hinausgehen lief ihnen der *Blitz*-Reporter über den Weg. Ben nahm Alex Vogel beiseite, außerhalb der Hörweite der anderen, während Brilli-Boy unbekümmert auf Ria einquasselte.

»Alex, ich hab was für dich«, sagte Ben leise. Der Bulle und der Schreiberling, eine alte Bekanntschaft zum gegenseitigen Nutzen. Geben und Nehmen – Infos und Kohle. »Ein toter Promi, ermordet.«

Der schmächtige Vogel winkte ab. »Ich weiß, Feinkost-Fabian. Wenn du etwas wirklich Neues hast, ruf mich an.«

»Seit wann interessiert sich der *Blitz* nicht mehr für Blutgeschichten?«

»Da sind schon längst Kollegen dran. Zu denen kein Wort! Die sollen selbst recherchieren. Du arbeitest nur für mich, verstanden?«

»Wie bei uns. Die Konkurrenz sitzt im eigenen Haus.«

»Du hast mich verstanden.«

»Alex, du hättest die Leiche sehen sollen. So viel Blut könnt nicht einmal ihr auf die erste Seite packen.«

»Na prima, aber mich interessiert zurzeit nur das *Watzmannhaus*. Die Mutter aller Seifenopern. Backstage-Geschichten für die Hausfrau in der Kittelschürze. Der ganze Tratsch. Jeden Tag eine *Blitz*-Geschichte, weil unser Verleger auch bei *Pro-Sat* mit drinhängt. Weißt du, was das bedeutet? Jeden Tag hängt mir der Lokalchef in den Ohren: Denk an die Kittelschürze! Harte Arbeit, sich ständig was aus den Fingern zu saugen, das sag ich dir. Ich bin mehr in diesen blöden Studios als in der Redaktion.«

Ben ließ sich nicht abwimmeln. Vogel kannte Gott und die Welt und sicher auch den Toten. »Es gibt Berührungspunkte, Alex. Der Star deiner Seifenoper ist die Tochter des Toten. Wir arbeiten an der gleichen Geschichte. Lass uns kooperieren, gib mir einen Tipp!«

Der Reporter riss die Augen auf und hackte seinen Zeigefinger in Bens Brustbein. »Bingo, Großer! Am Samstag hatte die Diva ihren ersten Arbeitstag hier. Und gleich nach Drehschluss war auch der dicke Kaviar-Dealer da. Es soll Krach gegeben haben in der Garderobe. Gib mir die schmutzigen Details! Fünfmal Clara Schumann, wenn du mir steckst, worum es ging! Abgemacht?«

»Abgemacht.«

»Sehen wir uns heute Abend im *Notorious?*«

»Abgemacht.« Ben rieb sich die Brust. Das würde einen blauen Fleck geben.

Er ließ Vogel stehen, fragte Brilli-Boy nach der Adresse Nora Fabians und schickte Ria zum Herumhören in die Garderoben.

Bingo: Krach zwischen Tochter und Vater am Vortag des Mordes.

Bingo: Ein mögliches Motiv.

Und Bingo: Fünf Scheine vom *Blitz* – die Nebeneinnahmen flossen weiter.

10.

Beobachtungsposten in der Goldsteinstraße, Innenstadt. Jugendstilhäuser mit Parkblick. Hier würden die Makler einem

Polizeibeamten im gehobenen Dienst keine Chance geben. Jeder Kokaindealer hatte es da leichter, dachte Tom.

Ein Haus am Park wäre ideal für Tobi, seinen Kleinen. Tom hatte sich vorgenommen, den Aufstieg zu schaffen, bevor er alt und grau werden würde. Sein Sohn sollte stolz auf ihn sein.

Der Vectra stand zum Glück im Schatten. Toms zweites Zuhause. Bönte kam von der Imbissbude zurück. Frikadellen mit Kartoffelsalat und Mineralwasser, das nach Dose schmeckte. Wenigstens war es kalt.

Bönte sagte: »Du siehst doch ein, dass es besser war, dass ich zwei Streifenwagen angefordert habe? Du hättest da unmöglich allein reingehen können. Auch wenn wir außer dem Spaghetti niemanden gesehen haben. Hätte doch jemand drin sein können. Das tut man einfach nicht.«

Tom nickte eifrig. »Völlig klar.«

Er ärgerte sich über Fröhlich, den Dicken. Ungerührt und ohne jede Anerkennung hatte er Toms Bericht entgegengenommen und ihn zurück zu Bönte geschickt. Hoffentlich würden die Streifenbeamten ihn nicht bei Fröhlich verpfeifen. Das fehlte noch.

»Und das Depot war leer?«, fragte Bönte.

»Fast. Gerade mal ein Pfund, wo vielleicht mal zehn Kilo lagen.« Toms Gehirn ratterte: Zehn Kilo Kokain gleich eine Million Mark Endverkaufspreis. Und das alles in einem unbewachten Schuppen, in offenen Sektkartons. Wahnsinn.

Bönte nickte in Richtung Jugendstilfassade. »Wahrscheinlich pfeift er sich grade 'ne Prise von dem Schnee rein.«

Die Order des K2-Chefs: Verschärfte Bewachung von Spaghetti-Enzo. Über den Jungen sollten sie die richtig großen Fische schnappen. Die Sonderkommission war in fiebriger Aufregung, vor allem Hauptkommissar Fröhlich. Der K2-Chef witterte seine Chance, beim Innenminister Eindruck zu schinden. Wahrscheinlich hatte er es bitter nötig.

»Da kommt der Spaghetti!«, rief Bönte.

Sie starteten und verfolgten den Jungen zum Bahnhof. Aus der Distanz beobachteten sie, wie er sich mit Kleindealern traf, ausgemergelten Gestalten, die in Grüppchen auf dem Vorplatz herumstanden. Sie kratzten sich die Arme, während Enzo mit ihnen tuschelte.

»There is no business like snowbusiness«, kommentierte Bönte.

Sie blieben sitzen. Die Order Fröhlichs: Nicht einschreiten, nur beobachten. Tom bediente die Videokamera.

Der langhaarige Junge kam mit federndem Schritt zurück und stieg in sein Auto. Bönte setzte den Vectra wieder in Bewegung.

Nach kurzer Verfolgung sagte Tom: »Er besucht seine Freundin.«

Sein Kollege verzog die Mundwinkel. »Fernseh-Tussi, Schickeria. Das meiste von seinem Pulver setzt er in diesen Kreisen ab, nicht am Bahnhof. Da kannst du Gift drauf nehmen. Für das Geld, das die ausgeben, um sich eine Prise in die Nase zu jagen, könnte ich wahrscheinlich eine Woche lang in Altbier duschen. Diese Fernsehschnösel würde ich zu gern mal hochgehen lassen!«

11.

Von der Straße aus gesehen war es ein unscheinbares Haus. Niedrig, kleine Fenster, eine dunkle Holztür mit Vordach. Ben parkte neben der efeuumrankten Mauer, die das Grundstück uneinsehbar machte. Es war still, nicht einmal ein Vogellaut. Die Mittagshitze schien alles Lebende zu lähmen.

Als Ben vor der Tür stand, rekapitulierte er, was er über Nora Fabian wusste. Seine Erinnerung, die frühen Siebziger: *Die Kinder vom Ammerhof,* ein süßes Mädchen in einer Fernsehserie seiner Kindheit, die Tochter eines Ponyhofbesitzers. Die späten Siebziger und frühen Achtziger: die Entdeckung durch den neuen deutschen Film und Starruhm in Frankreich. In den Jahren danach: Affären, Alkohol und der Absturz, den die Hauptrolle in einem Softsex-Film beschleunigte statt aufhielt. Und jetzt: das Comeback der Nora Fabian, *Pro-Sat* hatte ihr die Hauptrolle im *Watzmannhaus* gegeben. Neuer Glanz und vermutlich dicke Gage, Nora Fabian offensichtlich trockengelegt. Aus der Tochter war die Besitzerin geworden und aus dem Ponyhof ein Ferienhotel in den Alpen.

Ben drückte auf die Klingel.

Es blieb still.

Er sah sich um. Viel Grün, von den Nachbarvillen war nur wenig zu sehen. Außer seinem klapprigen Dienstwagen parkte kein Auto in der Straße. Hier hatte man selbst für Besucher Garagen. Über dem weichen Asphalt flirrte die Luft. Zwei Fliegen jagten sich vor seiner Nase, ließen sich kopulierend auf dem Türknauf nieder.

Als Ben ein zweites Mal die lautlose Klingel drücken wollte, ging die Tür auf. Die Fliegen schossen hoch, und er sah in das Lächeln einer Frau. Mitte zwanzig, schulterlanges braunes Haar und von einer unbeschwerten Frische, die mit Abkühlung nichts zu tun hatte.

»Engel. Benedikt Engel, Kriminalpolizei.«

»Ich wusste gar nicht, dass bei der Polizei so attraktive Männer arbeiten.«

Ben lächelte zurück. »Zwecklos. Mit Komplimenten lasse ich mich nicht bestechen.«

»Womit dann?«

»Ich möchte Nora Fabian sprechen.«

»Schade. Nora Fabian?«

»Sie haben es exakt erfasst.«

»Na gut, weil Sie es sind. Kommen Sie rein, folgen Sie mir.«

In der Eingangshalle hingen Filmplakate. Eine Blondine mit wechselnden Filmpartnern. Umarmungen, Kussszenen, gestellte Standfotos. Darunter die Titel: *Ein Käfig voller Irrer – Die erste Metro – Sommer der Leidenschaft.* Die Brünette führte Ben eine Wendeltreppe hinab. Er roch ihr Parfüm und war irritiert.

Sie trug eine weiße Kittelschürze, war aber ganz anders als die Zielgruppe von Alex Vogels Klatschgeschichten.

Sie standen auf einem grellbunten Designerteppich und sahen durch die Glasfront auf einen weitläufigen Garten, der sanft abfiel. Über blühende Hortensiensträucher ragte ein roter Sonnenschirm.

Die Brünette schob eine Tür zur Seite. »Nora ist unten am Pool.«

Sie saß im Schatten, in einen leichten, goldenen Kimono gehüllt. Das Wasser warf Lichtreflexe auf ihr Gesicht und ihr langes, blondes Haar. Sie hatte volle, ungeschminkte Lippen, hohe Wangenknochen, und auf einem war ein kleiner Schönheitsfleck.

Ben schätzte die Schauspielerin auf sein Alter, Mitte dreißig. Sie machte sich gut vor den Sträuchern mit ihren dicken, blauen Blüten. *Flora del mundo,* dachte Ben.

Nora Fabian zog die Brauen hoch, die Mundwinkel schräg und schien zu verkünden: Die Welt ist ein Witz, mir macht keiner etwas vor.

Die Fassade eines Stars, dachte Ben. Haarfarbe vielleicht echt, Schönheitsfleck aufgemalt.

Als er sich vorgestellt hatte, bot sie ihm mit einer Geste den zweiten Gartenstuhl an. Der Kimono klaffte für einen Moment auseinander und enthüllte eine Menge an sonnengetönter Haut. Die Schauspielerin zog den goldenen Stoff ohne Hast zurecht und sah Ben mit unverändertem Lächeln ins Gesicht: Euch Männer wickle ich um den Finger.

Auf einem Tischchen stand Kaffee, daneben lagen Zeitschriften. Irgendwo zirpten Grillen. Ein leichter Wind kräuselte das Wasser und ließ die Reflexe tanzen.

Wie angenehm, ein Serienstar zu sein.

Weniger angenehm war Bens Rolle – Madame, Ihr Vater ist tot. Er hatte diesen Part schon mehrmals spielen müssen. Doch die Schauspielerin schaffte es, ihn diesmal zu überraschen.

Sie nahm die Sonnenbrille ab und blinzelte ihn an. Kurzes Schweigen, dann ihr Antworttext: »Ich spielte einmal in *Derrick* mit. Da kam die Polizei immer zu zweit.«

»Und nur so, wie man es im Fernsehen sieht, ist es richtig, wollen Sie sagen?« Ben kramte in der Innentasche seines Sakkos und wies sich aus. »Urlaubszeit. Personalknappheit. Da kommt es schon mal vor, dass wir allein aufkreuzen.«

»Nein, ich glaube Ihnen«, sagte die Luxusblondine. Sie zündete sich eine Zigarette an. Goldenes Feuerzeug, zitternde Finger. »Soll Iris Ihnen Kaffee bringen?«

»Bitte, machen Sie sich keine Umstände.«

»*Sie* machen sich Umstände. Um mir zu sagen, dass Fabian tot ist, hätten Sie nicht hierherzukommen brauchen, nicht mal allein.«

»Er wurde ermordet.«

Hastiges Inhalieren. »Ermordet? Und jetzt wollen Sie von mir hören, wer Fabian umgebracht hat?«

Ben versuchte, hinter die Fassade zu sehen. »Und?«

»Ich weiß es nicht. Es interessiert mich nicht. Ich habe zwanzig Jahre lang nichts von ihm gehört.« Sie sog tief und lange an der Zigarette.

»Stimmt nicht. Vorgestern war er bei Ihnen.«

Sie schnippte Asche auf das Gras. »Ja, nach zwanzig Jahren zum ersten Mal. Ohne Voranmeldung. Irgendein Idiot hat ihn ins Studio gelassen. Ich wollte ihn nicht sehen.«

»Zeugen sagen, Sie haben gestritten.«

»Ich habe ihn hinausgeworfen.« Ihre grünen Augen schienen zu leuchten.

»Kein sehr inniges Verhältnis.«

»Er war nicht mein richtiger Vater. Er war Mamas zweiter Mann.« Sie stellte ihr Lächeln noch schräger. »Meine Kindheit war die Hölle.« Sie drückte die Zigarette aus. Nein, sie schlug mit dem Stummel auf den Aschenbecher ein.

Schritte klapperten auf den Steinfliesen. Es war Iris, die vornehme Kittelschürze. Sie trug das gleiche frische Strahlen wie zuvor, nur schien es Ben plötzlich fehl am Platz. Iris stellte ein Tablett auf den Gartentisch. Zwei Gläser mit Wasser und Eiswürfeln sowie ein kleiner Teller. Sofort griff die Schauspielerin danach.

»Danke, Iris. Eine Erfrischung, Herr Engel?«, fragte Nora Fabian und reichte ihm ein Glas. Mit der anderen Hand ließ sie das, was auf dem Teller gelegen hatte, in der Tasche ihres Kimonos verschwinden.

Doch Ben hatte die Tabletten gesehen. Kleine Bomben, gelb und grün.

Iris ging, ihr Gesicht mit dem Tablett gegen die Sonne abschirmend. Eine Wespe surrte um den Tisch. Die Schauspielerin ließ das Eis in ihrem Glas klackern.

»Sie sehen, ich kann Ihnen nicht weiterhelfen.« Klack-Klack.

»Mit wem hatte er sonst noch Streit?«

»Keine Ahnung.« Klack-Klack.

»Hatte er Feinde? Wer waren seine Freunde?«

»Keine Ahnung.« Klack-Klack-Klack.

»Kennen Sie einen stämmigen, muskulösen Mann um die vierzig?« Ben sah in sein Notizbuch. »Goldkettchen, Schnauzbart, rund einen Kopf kleiner als ich und lange graue Haare, zum Pferdeschwanz zusammengebunden?«

Sie schüttelte die blonde Mähne. »Klingt ja reizend. Ist das der Mörder?«

»Ich fragte, ob Sie ihn kennen.«

»Nein. Ich kenne keine kleinen Muskelmänner mit Goldkettchen.«

»Wo waren Sie denn gestern Abend zwischen acht und elf Uhr?«

»Sie verdächtigen doch nicht etwa *mich*?« Sie stellte ihr Glas ab und tat überrascht – oder war es wirklich. Unschuld oder verdammt gute Schauspielerei.

Ben sah dünne, weiße Linien, die quer über die Innenseiten ihrer Unterarme liefen. Für einen Moment war er irritiert.

»An einem Tag streiten Sie mit ihm, am nächsten ist er tot. Und Sie sind auch noch erleichtert darüber. Was soll ich davon wohl halten, Frau Fabian?«

»Also gut. Mein Alibi.« Sie zündete sich eine neue Zigarette an. Ihr Zittern war stärker als zuvor. »Zwischen acht und elf.« Sie blies eine Menge Qualm mit voller Kraft aus ihrer Lunge. »Da war ich bei Max. Er wird es Ihnen bestätigen.«

»Max und wie noch?«

»Max Traube. Ein sehr guter Freund und Kollege. Wir haben die ganze Zeit zusammen verbracht. Text einstudiert für das *Watzmannhaus*. Ich bin erst so gegen Mitternacht zurückgekommen.«

»Mit dem Taxi?«

»Nein, äh, Max hat mich nach Hause gefahren.« Flehende Augen, keine Fassade.

Ben notierte die Adresse des Freundes.

»Ich weiß, es muss befremdend auf Sie wirken, Herr Kommissar, aber ich möchte nicht die trauernde Tochter spielen. Das wäre Heuchelei. Sie wissen jetzt, dass ich trotzdem keine Mörderin bin. Fragen Sie Max.«

»Sicher. Ich bitte Sie, noch einmal sorgfältig nachzudenken, ob Ihnen nicht doch noch etwas einfällt, was zur Aufklärung beitragen kann. Vielleicht hat Heinz Fabian eine Andeutung gemacht, als er Sie am Samstag besuchte. Feinde, Konkurrenten, irgendetwas, was ihn beunruhigte. Oder es gibt eine Sache von früher. Vielleicht fällt Ihnen ein, ob er Feinde hatte oder Streit in der Zeit, als Sie noch Kontakt zu ihm hatten.« Er gab ihr sein Kärtchen. »Ich möchte Sie bitten, morgen ins Präsidium zu kommen. Wir nehmen dann Ihre Aussage zu Protokoll. Sie wissen ja, wie das bei uns Beamten so ist. Wir brauchen alles schriftlich.«

Sie standen auf. Nora gab ihm die Hand, einen kleinen Moment zu lange. »Morgen? Ich glaube nicht, dass ich da Zeit habe. Wissen Sie was? Kommen Sie doch heute Abend noch einmal vorbei. Vielleicht fällt mir bis dahin etwas ein. Ich werde mir Mühe geben. So gegen sechs, wie wär's?« Dabei pflückte sie eine Blüte vom Strauch und steckte sie Ben ans Revers.

Er roch den Duft und sah den kleinen, braunen Punkt auf ihrer Wange ganz nah. Ben dachte an Vogels Auftrag. »Okay.«

Sie nestelte noch immer an der Blüte herum. »Wissen Sie, wie man diese Blumen in Spanien nennt? Weltblume. Die blauen sehen tatsächlich aus wie kleine Erdkugeln.« Nora Fabian trug wieder ihr patentiertes Starlächeln: Ihr Männer seid alle gleich. Ihr lauert nur darauf, dass sich mein Kimono wie durch Zufall öffnet.

Vielleicht ist es auch umgekehrt, dachte Ben. Leberfleck echt und Haare gefärbt.

12.

Max Traube wohnte in einem Haus, das zu einem sogenannten *Aparthotel* gehörte. Es bot Wohnungen für Geschäftsreisende, die länger als nur ein paar Tage blieben und mehr Auslauf in ihren vier Wänden brauchten als ein normales Hotelzimmer bot. Der Mann an der Rezeption verwies Ben zum Nebengebäude. Dort gab es einen separaten Eingang mit Klingelschildern, auf denen die Namen berühmter Maler standen. Ben drückte bei *Rembrandt.*

Als Traube ihn an der Wohnungstür im ersten Stock empfing, erkannte Ben, dass er den Schauspieler an diesem Tag schon einmal gesehen hatte – auf einem der Filmplakate in Nora Fabians Villa.

Traube war ein schlanker, asketisch wirkender Endfünfziger. Grau meliertes, sehr kurz geschnittenes Haar. Im *Watzmannhaus* spielte er den Hausdiener, eine komische Rolle. Auf den ersten Blick schien er alles andere zu sein als ein Komödiant, doch gerade darin musste er gut sein.

Ben hatte Traube einmal im Kino gesehen, in der Rolle des unglücklich Verliebten. Der Titel des Films fiel ihm nicht mehr ein.

Traube bat Ben in sein Apartment. Es wirkte so kalt und anonym, wie es bereits die Fassade des Hotels versprochen hatte. Gegenüber der Küchenzeile hing das einzige Bild, eine Reproduktion: Der Mann mit dem Goldhelm.

»Womit kann ich Ihnen behilflich sein?« Traube fuhr sich über das Stoppelhaar. Er bemühte sich um ein Lächeln, doch es wirkte melancholisch.

Der Raum war perfekt aufgeräumt, was den Eindruck der Kälte noch verstärkte. Entweder kam zweimal täglich ein Zimmermädchen, oder Traube war ein Pedant. Ben blickte auf dessen Bügelfalten und tippte auf Letzteres.

»Wo waren Sie denn gestern Abend zwischen acht und elf Uhr?«

»Wieso wollen Sie das wissen? Wessen verdächtigen Sie mich?« Traube riss seine ohnehin großen, dunklen Augen noch weiter auf. Dadurch wirkten sie erst recht traurig.

Ben sagte: »Erst Sie, dann ich.«

»Nun gut. Ich war hier. Zusammen mit Nora, meiner Kollegin Nora Fabian. Wir aßen eine Kleinigkeit zu Abend, tranken Tee, redeten und übten für unsere Serie. – Jetzt sind Sie dran.«

»Nora Fabians Vater wurde ermordet, und …«

»Ach, ermordet?«

»… und Nora hat Sie als Alibizeugen benannt.«

»Heißt das, Sie verdächtigen Nora Fabian?«

Ben schwieg und wartete.

»Nun, sie war es nicht, weil sie bei mir war, womit sich Ihr Verdacht in Wohlgefallen auflöst. Das wär's dann wohl?«

»Warum proben Sie, wenn am nächsten Tag drehfrei ist?«

»Wir proben jeden Tag. Wir gehören nicht zu der Sorte Schauspieler, die erst auf dem Set zum ersten Mal in ihren Text schaut. Wir sind Profis vom alten Schlag. Nora hat viel von mir gelernt. Und wir mögen es, den Abend gemeinsam zu verbringen. Wir sind befreundet. Schon lange.« Traube versuchte, sich wieder ein Lächeln abzuringen.

»Haben Sie etwas miteinander?«

»Ich bitte Sie, Sie fragen reichlich direkt!« Traube spielte den Empörten. Vielleicht hatte Nora auch ihm einen Blick auf ihre Brüste gegönnt. »Wir sind seit Jahren gute Freunde. Diese Auskunft muss Ihnen genügen.«

»Kannten Sie Heinz Fabian, Noras Vater?«

»Stiefvater«, verbesserte der Schauspieler.

»Genau. Und?«

Traubes Antwort kam zögernd. »Nein.«

»Was wissen Sie über ihn? Nora hat Ihnen sicher viel von ihm erzählt.«

»Nein, hat sie nicht. Und jetzt bitte ich Sie, mich zu entschuldigen. Ich habe zu tun.«

»Okay. Letzte Frage: Haben Sie Nora ein Taxi gerufen, oder verließ sie die Wohnung einfach so?«

»Weder noch. Ich fuhr sie persönlich nach Hause. Das war gegen Mitternacht.«

»Haben Sie dafür Zeugen?«

Traube lief rot an und wurde laut. »Wieso fragen Sie das? Wieso um alles in der Welt brauche ich dafür einen Zeugen?«

Ben antwortete ruhig: »Weil es besser wäre. Für Nora, für Sie und für mich. Können Sie beweisen, dass Nora Fabian bei Ihnen war?«

»Unverschämtheit!«, kreischte Traube. Auf seiner Stirn traten die Adern hervor. »Ich brauche keinen Zeugen! Nora Fabian ist mein Zeuge! Sie wissen anscheinend nicht, mit wem Sie es zu tun haben! Ich werde mich bei Ihrem Vorgesetzten über Sie beschweren!«

Offensichtlich ein Hysteriker, dachte Ben. »Tun Sie das. Machen Sie einen Termin im Präsidium. Bei der Gelegenheit können wir Ihre Aussage auch gleich zu Protokoll nehmen.«

Als er die Tür des Apartments hinter sich schloss, fiel ihm der Titel des Films ein: *Die Rache des Musketiers.* Traube spielte darin eine fröhliche Rolle.

Zum Totlachen komisch.

13.

Kommission Fabian nannte sich die kleine Gruppe, die im Büro des K1-Chefs versammelt war. Wie immer ließ sich Brauning keinen Ermittlungsschritt entgehen.

Ben hatte gerade den Bericht des Pathologen erhalten. Schnelle Arbeit, aber keine neuen Anhaltspunkte. Tatwaffe war wahrscheinlich ein großes Messer mit glatter Klinge gewesen. Ein einziger Hieb hatte genügt, Fabians Hals zu zerfetzen. Der Schnitt ging bis an den Halswirbel.

Jeder gesunde Erwachsene war kräftig genug für eine solche Tat. Der Gerichtsmediziner konnte nicht einmal sagen, ob der Täter ein Rechtshänder war.

Fabian hatte mehrere Restaurants besessen, dazu einen Feinkostladen mit Edelimbiss und einen Partyservice. Baumann und Schranz hatten bereits mit einem Großteil des Personals gesprochen. Auch nichts, *absolutamente nada.* Die Buchhaltung war in Ordnung. Die Lokale florierten und hatten keinen schlechten Ruf.

Miller hatte Akten gewälzt.

Fabian war nicht vorbestraft gewesen, er hatte nie ein Ermittlungsverfahren am Hals gehabt. Keine Anzeige wegen Unzucht mit Minderjährigen, nicht einmal Steuerbetrug. In keiner Untersuchung wegen Schutzgelderpressung war je der Name Fabian gefallen. Auch beim Ordnungsamt hatte Miller nachgefragt. Fehlanzeige.

Fabians Imperium schien sauber zu sein. Morgen wollten sie Laden und Partyservice besuchen.

Ria Pohl berichtete von der Aussage einer Maskenbildnerin in den MMD-Studios – Nora Fabians Streit mit ihrem Stiefvater. Laut der Zeugin hatte die Fabian mit Handgreiflichkeiten gedroht und war nahezu durchgedreht.

Brauning zog die Stirn kraus, Baumann schnippte mit dem Finger.

Ria sagte: »Wenn ihr mich fragt ...«

»Sie hat ein Alibi«, unterbrach Ben. »Sie sagt, sie war in der fraglichen Zeit bei einem Kollegen namens Traube, und der bestätigt es in allen Details.«

»Weitere Zeugen?«, fragte Brauning.

»Nein. Als ich Traube darauf ansprach, führte er sich auf wie Rumpelstilzchen.«

Ria schüttelte ihre Locken. »Ein windiges Alibi«, insistierte sie.

»Was würdest du tun?«, fragte Ben.

»Vielleicht war sie wirklich bei Traube, hat aber den Mord zuvor in Auftrag gegeben. Vielleicht ist der Grauhaarige, den der Junge im Treppenhaus gesehen hat, ein Auftragskiller gewesen.«

»Vielleicht, vielleicht.«

»Eine Festnahme gibt es nicht ohne Beweise. Finger weg!« Rottweilerbellen. »Für die Statistik des Staatsanwalts zählt nur die Quote der Verurteilungen. Wenn der die Möglichkeit sieht, dass ein Anwalt den Angeklagten rauspaukt, dann erhebt er erst gar nicht Anklage. Und eine wie die Fabian kann sich verdammt gute Anwälte leisten. Leute, ihr kennt das doch: Ein Festgenommener, den wir wieder laufen lassen müssen, weil der Staatsanwalt ihn nicht will, der ist nicht gut für *unsere* Statistik. Also, solange wir das Alibi der Fabian-Tochter nicht widerlegen können oder sonst wie Beweise haben, gibt es keine Festnahme, verstanden?«

Ben beschwichtigte: »Ist doch klar, Chef. Ich nehme die Frau unter die Lupe.« Er spürte den Seitenblick von Ria und fuhr fort: »Ich fasse zusammen: Wir haben eine Stieftochter, die mit

Fabian gestritten, aber ein Alibi hat. Und wir haben die Beschreibung des Grauhaarigen. Phantombild?«

Brauning nickte. »Ja. Sobald wie möglich an alle Dienststellen, aber noch nicht an die Medien.«

»Organisierst du das, Ria?«, fragte Ben, während Brauning versuchte, den Polizeizeichner telefonisch zu erreichen.

»Ja, mach ich.«

»Und wenn du schon rausfährst, kannst du auch noch mal bei Schmitz klingeln. Der soll sehr neugierig sein. Vielleicht hat er etwas bemerkt.«

Ria nickte.

»Und außerdem …«

»Ich weiß. Außerdem die anderen Nachbarn, die wir am Vormittag nicht angetroffen haben. Na prima, das kann spät werden. Dann wünsch ich schönen Feierabend.«

»Von wegen Feierabend«, sagte Ben. »Ich fahre noch einmal zur Stieftochter raus. Das kann auch spät werden.«

Die Kollegen grinsten. Ria verdrehte die Augen.

14.

Scheißventilator. Das Ding war eine Enttäuschung.

Tom putzte seine schweißverschmierte Brille und starrte das blöde, surrende Ding an. Gequirlte Heißluft. Gut zum Haaretrocknen, doch der Raum blieb so heiß wie eine Sauna in der Wüste, falls es so etwas gab. Nach einem kalten, verregneten Frühjahr nun das andere Extrem. Den ganzen Nachmittag hatte die Sonne in den Raum geknallt. Es war das mieseste Büro der gesamten Festung, mutmaßte Tom. Wahrscheinlich hatte er es deswegen bekommen, als Neuling im zweiten Kommissariat – Sitte, Rauschgift, vermisste Personen. Ein Scheißkommissariat.

Toms Schicht ging endlich zu Ende. Zwei Kollegen hatten die weitere Observierung Spaghetti-Enzos übernommen. Der junge

Dealer war jetzt bei seiner Freundin. Wenn die beiden Kollegen Glück hatten, würde es für sie immerhin eine ruhige Nacht werden – bei angenehmeren Temperaturen.

Siebzehn Uhr. Noch genug Zeit für den Supermarkt. Tom hatte versprochen, beim Grillabend der Eltern für das Essen zu sorgen.

Seinen Bericht hatte er getippt: die Entdeckung des Depots, der Weiterverkauf an die Kleindealer. Ein guter Bericht. Tom war zufrieden. Wenn die *Sonderkommission Koks* die Hintermänner des Jungen schnappte, würde ein gehöriges Stück des Erfolges auf ihn abfallen. Und mit einer guten Beurteilung durch den dicken Fröhlich könnte er es ins K1 schaffen. Braunings Abteilung, das Sprungbrett. Tom verschloss seine P6 in der Schreibtischschublade.

Er dachte an Nackensteaks und Bratwürste, als das Telefon klingelte.

Es war Sinead O'Connor aus dem Bus. Eigentlich hatte Tom ihr seine Visitenkarte nur aus Prahlerei gegeben. Doch sein Adrenalinspiegel explodierte, und er verstand nur *Watzmann*. Die Maskenbildnerin musste alles zweimal sagen, bis er kapierte: Sie wollte mit ihm auf ein Sommerfest gehen, das ihr Arbeitgeber am Dienstag Abend veranstaltete. Sie hatte zwei Karten, und Tom sollte sie morgen bei sich zu Hause abholen.

Das Kribbeln in Toms Brust war wieder da. Er hörte ihr Lachen, und er sagte Ja. Sinead hieß Jeannette. Sie sprach von Stars, Musik und *fun*, und Tom dachte daran, dass er eine Ausrede für Gabi erfinden müsste.

Eine leichte Übung.

15.

Nora öffnete selbst. Sie hatte den Kimono gegen eine lange, eng anliegende Hose und ein einfaches T-Shirt getauscht. Die Haare hatte sie hochgesteckt. Als sie Ben erkannte, zog sie die Augenbrauen hoch. »Was wollen Sie schon wieder?«, schnauzte sie ihn durch die halb geöffnete Tür an.

»Ich dachte, Sie hätten mich eingeladen.«

»Seit wann fangen Bullen an zu denken?«

»Gut, dann eben nicht. Wiedersehen«, sagte er, ohne sich von der Stelle zu bewegen. Sie ist schön, dachte er. Richtig schön.

Die Schauspielerin begann zu grinsen. »Jetzt kommen Sie schon rein!«

Er folgte ihr an den Plakaten vorbei und die Treppe hinab. Mitten im Raum blieb sie stehen. Mit einer theatralischen Armbewegung deutete sie auf den Couchtisch. »Trinken Sie mit mir?«

Ben sah die volle, geöffnete Flasche und das leere Glas. »Danke. Ich trinke keinen Alkohol.«

Nora kicherte. »Ich trinke auch nicht, Herr Kommissar.« Sie lachte laut auf. Sie bog sich und schlug die Hände zusammen. Irgendetwas schien äußerst amüsant zu sein, zumindest in ihrer Vorstellung. Ben wartete ab, bis sie sich beruhigte.

Das Lachen mündete in einen tiefen Seufzer. »Besser gesagt: ich darf nicht.«

Jetzt machte sie einen vernünftigen Eindruck. Beachtlich – von irre auf ernst in zwei Sekunden.

»In meinem Vertrag steht: kein Alkohol, keine Drogen, keine Straftaten, keine Kontakte zu Rechtsradikalen. Natürlich weiß Marco, dass ich Alkoholikerin bin – inoffiziell. Das heißt, ich darf unter keinen Umständen rückfällig werden. Sonst ist es aus. Nicht nur mit der Rolle.«

Marco, das war Marco Gladisch, der Programmdirektor von *Pro-Sat*. Sie duzte ihn, und er wusste inoffizielle Dinge von ihr. Ein inniges Verhältnis, kombinierte Ben. Nora Fabian nahm die Flasche und goss den gesamten Inhalt in einen Pflanzenkübel.

»Wenn sie mich aus der Serie werfen, kann ich meinen Job an den Nagel hängen. Dann bin ich für immer weg vom Fenster. Einmal Alkoholikerin, immer Alkoholikerin.«

Ben roch den Schnaps. Die Pflanze tat ihm leid. Es war Bambus. Sie kicherte wieder. Ben hatte Angst vor einem neuen Lachanfall der Schauspielerin. Schön, dachte er. Schön verrückt.

»Was soll das Ganze?«

»Ich glaube, ich halte das nicht durch. Irgendwann mache ich Schluss. Manchmal ist mir danach zumute.« Sie sprach, als plante sie einen Fahrradausflug. Doch ihre Augen blieben ernst: Wenn die Welt wüsste, welche Abgründe in meiner Seele lauern. »Kapitulieren ist so viel einfacher als Hartbleiben. Geht es Ihnen nicht auch manchmal so?«

»Nein«, antwortete Ben. »Ich hänge am Leben. Das sollten Sie auch tun. Wer kapituliert, kommt nicht ans Ziel.« Zum Teufel, welches Ziel? Er wusste nicht einmal, dass er eins hatte.

Aber Nora nickte und lächelte ihn an. »Es klingt gut, so, wie Sie es sagen.«

Sie deutete auf das große, frei im Raum stehende Ledersofa. Ben ließ sich in die Polster sinken. Nora setzte sich neben ihn, nahm die Füße auf das Leder und umfasste die Knie. Wie ein Kind, dachte Ben.

»Dann machen Sie's. Seien Sie stark«, sagte er.

»Ich versuche es ständig. Aber ich scheitere an mir selbst. Es ist etwas Dunkles in mir. Ich wünschte wirklich, ich wäre tot. Ich mache alle Leute um mich herum nur unglücklich.«

»Das kann ich nicht glauben.«

»Ich langweile Sie mit meinem Selbstmitleid.«

»Nein. Schütten Sie Ihr Herz aus. Das gehört zu meinem Job. Legen Sie Ihre Beichte ab.«

Sie lächelte ihn an. »Sind Sie mein Retter?«

»Brauchen Sie einen?«

»Manchmal.«

»Warum?«

»Manchmal ist es gut, wenn einen jemand bei der Hand nimmt, damit man nicht ständig Fehler macht.«

»Sie meinen das Trinken?«

»Zum Beispiel.«

»Oder meinen Sie Mord?«

Ihre Züge versteinerten sich. Ben fuhr fort: »Wenn Sie gestehen, wird es Sie erleichtern. Es wird Ihnen helfen. Glauben Sie mir.«

»Müssen Sie denn immer wieder damit anfangen?«

»Das ist mein Job.«

»Haben Sie nie Feierabend?«

Ben hatte das Gefühl, dass sie jeden Moment gestehen würde. Er wartete, dass sie weitersprach.

»Ich war's nicht«, sagte sie schließlich. »Trotzdem, ich fühle mich schuldig, weil ich Erleichterung über den Tod meines Stiefvaters empfinde. Aber das können Sie nicht verstehen.«

»Doch, ich verstehe das.«

Sie sah ihn ungläubig an. »Nein, ich verstehe nicht einmal mich selbst. Manchmal fühle ich mich innerlich eiskalt, und meine Oberfläche ist hüllenlos. Ich scheine zu fließen und überzulaufen, als ob mich nichts zusammenhält. Oder ich verlasse meinen Körper und stehe neben mir. Ich beobachte Nora Fabian und frage mich, was das alles für einen Sinn hat. Einmal saß ich in einem Restaurant und hatte plötzlich den Geschmack am Essen verloren. Ich blickte auf die Leute draußen, sie schienen glücklich zu sein. Das Leben war hinter der Glasscheibe. Und ich saß da, schmeckte nichts, fühlte nichts und hatte furchtbare Angst, ich könnte niemals mehr etwas fühlen. Das kann niemand verstehen.«

Etwas an ihren Worten hatte Ben schockiert. »Vielleicht hat das mit Ihrer Kindheit zu tun.«

»Alles hat mit unserer Kindheit zu tun. Ist es nicht so? Meine Analytikerin nennt es posttraumatische Belastungsstörung. Wir arbeiten daran. Ich mache Fortschritte, sagt sie. Vielleicht sind es aber auch nur die Pillen, die sie mir gibt.«

Nein, sie würde nicht gestehen, dachte Ben. Sie war keine Mörderin, ihr Streit hatte nichts mit der Tat zu tun. Ein Gefühl –

sicher war Ben sich nicht. Sein Interesse an ihr war durch ihre Worte jedoch nicht geringer geworden. »Was für ein Mensch war Ihr Stiefvater?«

»Damals war er gut aussehend, noch nicht so fett. Für seine Familie war er ein Held, er war erfolgreich und beliebt. Natürlich nicht so attraktiv wie Sie.«

Ben tat, als habe er das Letzte überhört. »Woher kam es, dass Sie sich nicht verstanden?«

Sie legte eine Hand auf seinen Mund und erklärte damit ihre Beichte für beendet. »Nicht jetzt. Nicht heute Abend.« Ihre Hand glitt auf seine Brust. »Sie sind groß und stark. Sie stehen mit beiden Beinen fest auf der Erde. Seien Sie froh, dass Sie nicht meine Probleme haben.«

»Sie kennen mich nicht.«

»Sie strahlen so viel Sicherheit aus. Warum hängen *Sie* denn am Leben?«

»Weil es schön sein kann. Zumindest manchmal.«

»Wenn ich Sie ansehe, könnte ich es fast glauben.«

»Tun Sie's einfach. Vergessen Sie Ihren Stiefvater. Vergessen Sie den Schnaps.«

Ungläubig lachend rückte sie näher und legte ihre Arme auf seine Schultern. Ihr Gesicht kam ganz nah. »Verrat mir, wer du bist!«

»Benedikt Engel, Kriminaloberkommissar, 34 Jahre alt.« Er spürte ihren Atem, ihre Wärme und ihre Nervosität.

»Nein, wer bist du wirklich?«

So genau hatte Ben es selbst noch nie wissen wollen. Er schob die letzten Bedenken zur Seite, umfasste ihre Taille und zitierte einen Film: »Ich bin nur ein alter Großstadtcowboy, der versucht, nicht aus dem Sattel zu fallen.«

»Ich bin schwer rumzukriegen, Cowboy, aber du brauchst nur zu pfeifen.« Auch das klang in seinen Ohren wie ein Filmzitat.

Sie drückte sich gegen seinen Körper. Ben spürte ihre Zähne an seinem Hals, dann ihre Zunge an seinem Ohr. Mörderin oder nicht, verrückt oder nur ein bisschen – egal. Ihm gefiel, wie sie sich ranschmiss.

»Hältst du mich immer noch für verdächtig?«, flüsterte sie.

»Nur ein bisschen.«

»Wenn du den Täter gefunden hast, wirst du wissen, dass du mich zu Unrecht beschuldigt hast.«

»Vielleicht lerne ich bis dahin pfeifen.«

»Lügner, du kannst es schon jetzt.«

Ben zog ihren Kopf heran. Ihre Lippen waren weich wie heiße Schokolade. Ohne zu zögern, begann ihre Zunge zu arbeiten. Ben fühlte sich, als wäre er ein Komparse in einer Filmszene, einem Schauspiel. Aber es machte Spaß.

Er liebte gute Filme.

16.

Auf dem Parkplatz der Festung tauschte Ben den Dienstwagen gegen seinen privaten Golf. Er kurbelte das Fenster herunter und genoss die warme Abendluft, als er den Weg zum Hafen einschlug. Die Sonne hatte die Farbe einer Orange und ließ sich Zeit auf ihrem Weg zum Horizont. Davon, dass laut Kalender die Tage bereits wieder kürzer wurden, war nichts zu merken.

Ein paar Stufen führten hinunter in das Lokal. Ben gefiel das *Notorious* wegen seiner italienischen Küche und wegen der Musik. Zudem war der Jazzschuppen am Rheinhafen jetzt fast leer, die Luft angenehm frei von Zigarettenqualm. Es würde so bleiben. An einem Abend wie diesem drängten die Leute in die Biergärten oder auf den heimischen Balkon.

Ben bestellte *Spaghetti Vongole* und ein Mineralwasser. George, der Schwarze hinterm Tresen, nickte ihm zu und legte Pop auf. *Tomorrow's Girls* von Donald Fagen.

Ben hatte die CD zu Hause, er kannte den Text. Es ging um eine Invasion außerirdischer Frauen. Sie suchten auf der Erde

Spaß. *They're on a party run.* Eine heitere Musik, die zum Sommer passte, doch in Bens Brust machte sich kribbelndes Unbehagen breit. Er konnte nicht aufhören, an Nora zu denken.

Lord help the lonely guys hooked by so hungry eyes, klang es aus den Boxen. Nora Fabian war keine Außerirdische, aber man konnte sie für eine Mörderin halten. Als er sich das letzte Mal mit einer Kriminellen eingelassen hatte, wäre er um ein Haar aus dem Polizeidienst geflogen.

Anita, die Kellnerin, brachte das Wasser. Sie trug wie immer ihr eng anliegendes, graues Cat-Suit, die Uniform für die weiblichen Angestellten des Hauses. Ben dachte an Noras Worte. *Meine Kindheit war die Hölle. Alles hat mit unserer Kindheit zu tun.*

Das Kribbeln in Bens Brust nahm zu, Erinnerungen meldeten sich. Bilder aus *seiner* Kindheit. Er versuchte sie wegzuwischen, doch sie kamen wieder.

Manche Bilder bleiben im Hirn kleben wie Kaugummi. Meist sind es die hässlichsten.

Alex Vogel kam gerade recht. Er stürmte ins Lokal und setzte sich neben Ben. »Fünfmal Clara Schumann, Alter!«, rief Vogel außer Atem.

»Vergiss es.«

»Wieso?«

»Nora konnte Heinz Fabian nicht ausstehen. Er war ihr Stiefvater, der zweite Mann ihrer Mutter. Mehr ist an der Story nicht dran, tut mir leid. Keine schmutzigen Details. Und sie hat ein Alibi.«

»Wer? Ach was! Ich hab was Neues, viel Heißeres!«

»Wenn's heiß ist, wird's teuer, Alex. Ich weiß nicht, ob Fünfhundert dann reichen.«

»Prego.« Anita stellte einen Teller dampfender Nudeln auf den Tisch. Ihr Einteiler lag hauteng an und hatte ein großes Dekolleté. Auch das trug dazu bei, dass es Ben im *Notorious* so gut gefiel.

Vogel klopfte nervös mit der flachen Hand auf den Tisch. »Dazu ist jetzt keine Zeit, Ben. Wir müssen los.«

Ben begann, eine Strähne Spaghetti aufzuwickeln. Danach schaufelte er in aller Ruhe Sauce und Muschelfleisch über das Nudelknäuel auf seiner Gabel.

Vogel trommelte mit beiden Händen. »Nichts da, du schuldest mir einen Gefallen. Jetzt!«

Ben schob die Portion genüsslich in den Mund. »Ich schulde dir gar nichts«, sagte er mit vollem Mund.

Vogel ignorierte den Einwand und packte Bens Handgelenk. »Wir müssen los! Um halb elf ist absoluter Redaktionsschluss!«

Es war gerade erst halb neun.

»Erzähl erst mal, was los ist!«

Vogel beugte sich vor und erklärte seinen Plan – ein sensationeller Aufmacher für die morgige Ausgabe des *Blitz*. Eigentlich hatte er eine Titelgeschichte über die Fabian als Hauptverdächtige bereits fertiggestellt: ein gekonntes Gemisch aus Tatsachen, Gerüchten und Spekulationen – Vogels Spezialität. Doch jetzt habe er etwas weitaus Besseres, sagte der Reporter und klopfte auf seine Uhr: vorausgesetzt, sie machten sich unverzüglich auf den Weg.

Ben begriff, und die Pasta auf seinem Teller wurde kalt. Es ging um eine andere Frau aus der selben Fernsehserie. Und um ein Delikt, das gar nicht in Bens Zuständigkeitsbereich lag. Aber Vogel brauchte Ben. Und Ben konnte die Kohle gebrauchen. Ein Drecksgeschäft, eins wie viele zuvor. Höchstens eine Spur gemeiner.

Zehn Minuten später brachen sie auf. Ben war nicht wohl dabei. Er spürte, wie das Adrenalin seine Nerven kitzelte.

Immerhin hatte er Vogel auf einmal Gebrüder Grimm hochgehandelt.

17.

Währenddessen kam Tom fast das Kotzen.

Es war anscheinend unvermeidlich, aber er hatte sich immer noch nicht daran gewöhnt. Für den Alten schien es der Höhepunkt jeder geselligen Runde zu sein.

»Trinken wir auf Michael! Er wäre jetzt bestimmt schon Kriminalhauptkommissar.«

Mutter hatte Tränen in den Augen. Der Alte erhob sein Glas. Auch das noch.

»Auf Michael Swoboda, er war ein guter Sohn und Ehemann, ein großartiger Vater und ein vorbildlicher Polizist. Michael, wenn du uns jetzt, dort droben, hören kannst, so rufe ich dir zu: Michael, in unseren Herzen lebst du weiter. Wir sind stolz auf dich.« Der Alte hatte seiner Zunge bereits eine gewisse Schwere angetrunken.

Es war immer das Gleiche. Weihnachten, Ostern, an einem einfachen Grillabend wie heute, sogar auf Toms letztem Geburtstag durfte die Lobeshymne auf den großen Bruder nicht fehlen. Sie stießen mit ihren Biergläsern an: Vater, Mutter, Michaels Witwe Marianne, Gabi und Tom.

Vor fast zwei Jahren war Michael bei einer Bergtour tödlich verunglückt. Tom hatte damals nicht trauern können. Die beiden Brüder waren sich immer fremd geblieben. Zu groß war der Altersunterschied. Zu oft hatte Vater ihm den Älteren als Vorbild gepredigt.

Mutter weinte, Marianne nahm sie in den Arm und heulte mit. Seit damals hatte die junge Witwe keinen anderen Mann mehr angesehen. Unglaublich. Ihre ganze Wohnung hing voller Fotos des Toten. Tom ging nur hin, wenn er unbedingt musste.

Der Alte kramte weiter in den Erinnerungen an seinen Lieblingssohn. Tom widmete sich den Steaks und Würsten. Er bekämpfte die aufkommende Übelkeit. Es würde vorbeigehen. Nur einmal hatte er sich mit seinem Vater angelegt. Es hatte damit begonnen, dass Tom sagte, Michael sei nur deshalb zur Polizei gegangen, um nicht zur Bundeswehr eingezogen zu werden. Es war zum Streit gekommen, und einen Monat lang hatten sie nicht miteinander gesprochen.

Kindergeschrei. Gabi schritt ein und rettete Sohnemann vor Mariannes beiden schrecklichen Gören. Sie nahm Tobias auf den Arm und gab ihm den Schnuller. Rasch beruhigte er sich.

Der Alte beugte sich über den Kleinen und strahlte: »Markantes Kinn, wache Augen. Ein echter Swoboda.« Gabi verdrehte die Augen. In diesem Punkt war sie mit Tom einer Meinung. Dann war das Fleisch endlich fertig.

Nach dem Essen nahm der Alte Tom beiseite, eine Schnapsflasche mit zwei Gläsern in der Hand.

»Du bist jetzt seit drei Wochen im K2, stimmt's?«

»Ja, wieso?«

»Wie kommst du zurecht?«

»Ich kann mich nicht beklagen.«

»Und Hauptkommissar Fröhlich?«

»Mein Chef? Geht so. Im K2 nennt man ihn Weichei. Ich werde zusehen, dass ich so bald wie möglich ins K1 komme.«

»Meine Güte, das K1! Du weißt, dass ich es lieber gesehen hätte, wenn du die Kommissarstelle im Schutzbereich zwei angenommen hättest. Oder noch besser, wenn du in die Verwaltung gegangen wärst. Du bist zu sensibel für die Kriminalpolizei.«

»Bitte, lass das. Die Diskussion führt zu nichts.«

Schon vor seiner Pensionierung hatte der Alte seine Energie in die Karriereplanung seiner Söhne gesetzt. Michael hatte er noch hochhieven können. Erst Kriminalkommissar beim K1/Tötungsdelikte, dann Kriminaloberkommissar beim K3/Betrug. Doch inzwischen war sein Einfluss geschwunden. Auf den Laden wie auf Tom.

Trotzdem ließ der Alte nicht locker. »Über die Verwaltung kommst du viel schneller nach oben. Du kannst ins Ministerium gehen und schaffst es bis zum Ministerialrat. Oder du nimmst es als Sprungbrett und wirst Polizeipräsident. Warum nicht?«

Alfred Swobodas Traum. Die Krönung von drei Generationen Polizeidienst. Die Wirklichkeit war alles andere als traumhaft. Der Vater hatte Studenten verprügelt, der Großvater Juden zum Abtransport eingesammelt. Der Alte füllte die Gläser. Tom versuchte, nicht laut zu werden.

»Du selbst bist nicht in die Verwaltung gegangen, und Michael auch nicht. Zwing mich nicht, einen Traum zu verwirklichen! Ich gehe *meinen* Weg! Und das ist verdammt noch mal nicht ein Scheißsessel in der Scheißverwaltung!«

Die Frauen unterbrachen ihre Unterhaltung und starrten Tom an.

»Tommi, ich meine es doch nur gut. Ausgerechnet das K1! Ich glaube nicht, dass es dir dort gefallen würde. Wärst du denn bereit, einem Verdächtigen Belastungsmaterial unterzuschieben, wenn ein Chef wie Brauning es verlangt? Einen wehrlosen Festgenommenen zu verprügeln, bis er singt, weil ein scharfer Hund wie der Rottweiler es von dir will?«

»Das sind doch Horrormärchen.«

»Schön wär's. Ich sag nur: Michael war dort, und er hat es durchgestanden. Du bist nicht der Typ dafür.«

Die Galle schoss in Tom hoch wie Öl aus einem geplatzten Rohr. »VATER! BITTE!«

Die Frauen sahen zu Boden. Tobi begann zu weinen. Tom biss die Zähne zusammen.

Der Alte lenkte ein. »Schon gut. Ich sehe, du hast deinen Willen. Ich will tun, was ich kann. Ich werde mit meinem alten Freund Clemens Sonntag sprechen, damit er ein Auge auf dich wirft.«

Tom bemühte sich, leise zu bleiben. »Bitte, misch dich nicht ein. Bitte. Das schadet mir nur. Meine Kollegen glauben ohnehin schon, dass der Laden voller Freunde des alten Swoboda steckt, die mich protegieren. Lass den Kripochef aus dem Spiel. Bitte. Lass mich meinen Weg alleine gehen!«

»Na, schön. Du hast zwar nicht den Mut und die Intelligenz deines Bruders, aber du machst es mit deiner Hartnäckigkeit wieder wett. Ich wünsche dir viel Glück.« Der Alte hob sein Glas. Tom spielte mit, und sie stießen an.

Sein Bruder: Ein Drückeberger, faul, mit mehr Glück als Verstand. Bergwandern war sein ganzer Spaß gewesen, nicht die Familie, nicht der Polizeijob.

Der Alte würde es nie begreifen.

18.

Plötzlich setzte die Musik ein.

Ben stand im Dämmerlicht eines engen Hinterhofs und orientierte sich. Karateklub, Fotostudio, darüber die erleuchteten Fenster des Lofts. Sie standen offen, und die Musik war laut.

It's hard for me to say what's right if all I wanna do is wrong.

Der Eingang zum Hinterhaus war unverschlossen. Er eilte die Treppe empor. Auf dem Absatz des zweiten Stocks stolperte er über eine Mülltüte und schlug hin. Fast wäre er mit dem Kopf gegen die Tür geknallt, aus der gerade der Refrain des Stückes drang.

Twenty three positions in a one-night stand.

Ruhig bleiben. Nicht nervös werden, nur weil für tausend Eier der Job auf dem Spiel steht. Er sah, dass er nicht allein vor der Tür stand. Zwei Katzenaugen glimmerten ihn an. Das Tier begann, um seine Beine zu streichen, doch er hatte keinen Schlüssel.

In the pantry on the shelf I guarantee you won't be bored.

Ein einfaches Sicherheitsschloss, für sein Werkzeug kein großes Hindernis. Als es aufschnappte, zog er die P6 und gab der

Tür einen Tritt. Das Licht blendete ihn. In voller Lautstärke brandete der harte Rhythmus entgegen: *GET OFF.*

Sie waren noch bei Position eins gewesen: Fummeln und Knutschen. Fassungslos starrten sie ihn an. Die Katze lief durch den großen Raum zum Fressnapf. Der Junge riss die Hände hoch. Strähniges Haar verdeckte seine Gesichtszüge zum Teil. Das Mädchen flennte. Ein Strohhalm lag auf dem Tisch, ein Spiegel mit Resten des weißen Pulvers. Daneben ein Tütchen, vielleicht zehn Gramm. Ein Blick genügte, um zu sehen, dass beide unbewaffnet waren. Sie trug nur einen Slip, er nur Socken, seine Erregung schrumpelte dahin. Sie waren beide kaum über zwanzig. Ben schaltete die Musik ab und warf dem Jungen Slip und T-Shirt zu.

»Wo ist das Telefon?«

Das Mädchen weinte lauter und zeigte nach hinten. Ben fesselte die beiden mit seinem Fangeisen aneinander und verständigte die Jungs vom nächsten Revier. Dann gab er der Katze Futter.

Es dauerte keine drei Minuten. Die zwei Uniformierten pfiffen leise durch die Zähne, als sie das Mädchen sahen. Beim Hinunterführen begann sie, Widerstand zu leisten. Sie trat und spuckte. Ben hielt ihren Arm fest umschlossen.

Als sie auf den Hinterhof traten, zerriss das Blitzlicht den Dämmer. Einmal. Zweimal. Dreimal.

»Smile!«, rief Vogel und knipste weiter. »Smile!« Ben ließ ihm den Spaß. Vogel war in seinem Element, und das hieß Dreck.

Das Mädchen begann sich erneut zu wehren. Ben warf ihr das Sommerkleidchen zu, das auf dem Telefon gelegen hatte.

19.

Das *Notorious* war jetzt voller geworden. Es war die Zeit, da die Biergärten wegen der Nachtruhe schließen mussten. Die meisten waren jünger als Ben, schwarz gekleidet und Raucher.

Ben ging an den Tresen und bestellte sein *Pellegrino*. George spielte noch immer Pop, ein guter Rhythmus. Eine alte Nummer, die Ben ebenfalls erkannte: *Why did you do it?*

Eine Leiche, eine Frau, ein Tausend-Mark-Job. Ben versuchte, Ordnung in seine Gedanken zu bringen – vergeblich. Er kippte das Wasser auf einen Zug. Als er sich dabei ertappte, wie er die Schnapsflaschen hinter dem Barmann musterte, legte er Kleingeld neben das Glas und ging nach draußen.

Es war erst jetzt richtig dunkel geworden. Sein Auto hatte Ben zwei Blocks entfernt geparkt. Er war alles andere als müde und beschloss, einen Gang durch das Viertel zu machen. Die schlecht beleuchtete Straße war menschenleer. Bleierne Hitze lag über der nächtlichen Stadt und schien sie zu einer Brutstätte des Wahnsinns zu machen.

Unruhig strich Ben umher.

Der nahe Rhein ließ die Luft nach Algen und Moder riechen. Ben lauschte den Geräuschen. In den dünnen Alleebäumen zwitscherten ein paar Vögel, die auch keine Ruhe fanden. Aus dem Inneren des Hafengeländes drang das stete Brummen der Getreidemühlen.

Nach und nach erloschen die Lichter in den grauen Häusern, und die Stimmen, die aus den Eckkneipen schallten, wurden weniger. Ben sah ein paar schwankende Gestalten auf ihrem Heimweg und das bläuliche Hackern der Fernsehgeräte in den Wohnzimmern. Aus einer Wohnung im Erdgeschoss drang Musik. *Guns 'n' Roses.*

Er kannte das Viertel seit der Zeit, als er hier Streifendienst gemacht hatte. Damals war er Hauptwachtmeister gewesen und hatte auf das Ticket nach Münster gewartet, wie sie eine günstige Eignungsbeurteilung durch den Vorgesetzten nannten. In Münster fand der Auswahllehrgang statt, der an die Verwaltungshochschule führte. Und deren erfolgreicher Abschluss war Voraussetzung für die Beförderung zum Kommissar. Er hatte lange auf das Ticket warten müssen, zu lange. Es war sein eigenes Verschulden gewesen. *Der große Tröster.* Ria wusste davon. Wer noch?

Schwalben jagten in waghalsigem Flug laut sirrend um die Dächer. Viel hatte sich seit den Jahren des Streifendienstes nicht geändert. Es war die gleiche Mischung aus heruntergekommenen Altbauten und billigen Mietshäusern aus den Fünfzigerjahren. Nur wenige Gebäude waren saniert worden.

Bens Beine schmerzten an den Stellen, wo die Tritte des Mädchens ihn getroffen hatten. Plötzlich tat sie ihm leid. Sie hatte niemandem etwas getan. Trotzdem hatte er sie Vogel zum Fraß vorgeworfen und Tausenden von sabbernden, sensationsgeilen *Blitz*-Lesern. Er hätte sie nicht so entwürdigen dürfen.

Ben beschloss, zum Auto zurückzukehren.

Bon Jovi hatte die *Guns 'n' Roses* abgelöst. Vereinzelt huschten Silhouetten hinter gardinenverhangenen Fenstern. Irgendwo schepperte eine Blechdose. Ben kramte in der Hosentasche nach dem Autoschlüssel.

Plötzlich hörte er Geschrei.

»WO WARST DU DIE GANZE ZEIT?« – »RÜHR MICH NICHT AN!«

Ein Klatschen wie von Ohrfeigen, zweimal, heftig. Das Aufheulen einer Frau in einem der Hauseingänge weiter vorn.

Vor Bens Augen wurde es weiß, dann rot.

Ben rannte. Ein Mann schüttelte die Frau und holte zu einer weiteren Ohrfeige aus. Ben packte ihn und riss ihn herum. Der Mann verlor das Gleichgewicht. Als er Bens Augen sah, wollte er sich losreißen und ins Haus fliehen, doch es war zu spät. Ben schlug ihm die Rechte hart ins Gesicht. Der Mann nahm die Hände hoch, und Ben bearbeitete die Rippen.

»Aufhören!«, rief die Frau.

Der Mann ging endgültig zu Boden, und Ben trat zu. Der andere wimmerte und wollte sich durch die offene Tür ziehen. Ben trat noch einmal zu.

»Aufhören!«, wiederholte die Frau und berührte seinen Arm.

Ben sah zu, wie der Mann ins Haus kroch, und gab ihr ein Taschentuch. »Kann ich Sie nach Hause bringen?«

»Ich wohne hier. Was haben Sie mit meinem Mann gemacht?«

Ben rieb seine Knöchel. »Wo kann ich Sie hinbringen?«

»Zu meiner Mutter. Sie wohnt am anderen Ende der Stadt.«

»Warten Sie!« Ben betrat das Haus und knipste das Licht an. Der Mann kauerte auf dem Treppenabsatz und heulte auf, als er Ben sah. Ben packte ihn am Kragen und zog ihn zu sich heran. »Du rührst diese Frau nicht mehr an! Verstanden?«

Der Mann nickte heftig.

»Sag es!«, forderte Ben.

»Was?«

Ben schlug ihm mit der flachen Hand ins Gesicht.

»Ich rühre sie nicht mehr an«, wimmerte der Mann.

Ben ließ ihn auf die Treppe gleiten.

Beim Einsteigen fiel das Licht der Innenlampe auf ihr Gesicht. Sie war nur wenig älter als Ben, vielleicht Anfang vierzig, herb, aber hübsch. Beide Wangenknochen waren von Schlägen gerötet, die Lippe blutig. Das rechte Auge hatte einen dunkelvioletten Schatten. Ihr Mann hatte sie also auch schon früher geschlagen.

»Was wollen Sie jetzt machen?«, fragte Ben.

»Ich weiß nicht.«

Ben roch, dass sie Alkohol getrunken hatte. »Suchen Sie sich einen anderen!«

Die Frau begann zu weinen.

Ben fuhr nach ihren Angaben, doch in Gedanken war er ganz woanders. Er fuhr wie ein Roboter, seine Gefühle waren gefangen in einer Welt, die fast dreißig Jahre zurücklag. Bald nahm er nicht einmal mehr wahr, ob die Frau neben ihm etwas sprach.

Nach zwanzig Minuten hielten sie vor einem Wohnblock. Vorplatz, Pflanzenkübel und Gebäude schienen aus der gleichen

Sorte Beton gemacht zu sein. Die Gegend hatte die Art von Stil, der selbst die Gnade der Dunkelheit nichts von ihrer Trostlosigkeit nehmen konnte. Die Frau schnäuzte sich noch einmal in Bens Taschentuch. In ihrem Blick lag Verzweiflung.

»Danke«, sagte sie, zögerte jedoch auszusteigen.

Ihre Augen glänzten und musterten ihn fragend. Sie legte ihre Hand auf seinen Schenkel, und ihr Atem kam näher. Ben hörte etwas Weiches in ihrer Stimme: »Meine Mutter wird schon schlafen. Vielleicht ist es besser, wenn ich bei Ihnen übernachte.«

Ben gab sich einen Ruck. »Ich glaube nicht.«

»Sie sind groß und kräftig«, schmeichelte die weiche Stimme. »Sie haben mir geholfen. Ich möchte mich bei Ihnen bedanken.« Ihre Hand glitt an Bens Bein hoch. »Bitte.«

Ben langte an ihr vorbei und öffnete die Beifahrertür.

»Ich bin sicher, dass Sie einen anderen finden werden. Schlafen Sie heute Nacht bei Ihrer Mutter! Und gehen Sie auf keinen Fall zu Ihrem Mann zurück! Verstanden? Er ist es nicht wert. Er wird sich nicht ändern.«

Sie stand regungslos unter der einzigen Straßenlampe und wurde im Rückspiegel immer kleiner. Sie sah ihm lange hinterher.

Der Tag hatte die Dachwohnung aufgeheizt, die Nacht keine Kühlung gebracht. Ein einzelnes Auto ratterte draußen über das Kopfsteinpflaster. Vom Bett aus sah Ben die Aluminiumfassade eines nahen Hochhauses. Er glaubte zu erkennen, dass sie bereits den ersten Schein der Morgendämmerung reflektierte. Auf seinen Wecker wollte er lieber nicht sehen.

In Bens Kopf rannten Gedanken und alte Erinnerungen wirr durcheinander. Er war müde und konnte trotzdem noch immer keine Ruhe finden. Schließlich warf er den CD-Spieler an und versuchte es mit Jazz.

Es begann mit einem schlichten Schlagzeugrhythmus, dazu ein akustischer Bass, funky, treibend, lockend. Dann setzte das

Piano ein. Frei improvisiert, mal plätschernd, dann heftiger, eindringlich. Es dauerte mehr als zwei Minuten, bis es zum Thema fand. Dann setzten die Bläser ein. Ganz sanft. Saxophon und Trompete in wunderschönem Zweiklang, fast *zu* schön. Wayne Shorter und Wallace Roney, ein melancholischer Refrain, immer wieder.

Elegy.

Manchmal kamen ihm die Tränen, wenn er solche Töne hörte, einfach so. Dann stellte er sich einen Sonnenaufgang vor, eine Fahrt in eine andere Welt, ein anderes Leben, ohne Erinnerung.

Doch diesmal funktionierte es nicht. Die Bilder blieben im Hirn kleben.

Er machte Licht und schrieb die Namen auf, die zu seinem neuen Fall gehörten. Von Fabian, dem toten Geschäftsmann, bis Traube, dem Komödianten mit den traurigen Augen. Er versuchte, sich ganz auf seinen Fall zu konzentrieren. Vergeblich. Die Erinnerung fraß weiter in seinem Kopf.

Er konzentrierte sich auf Nora. Ihr blondes Haar war echt, genauso das kleine Muttermal, das eine ebenso niedliche Schwester auf der rechten Brust hatte. Ihre besitzergreifenden Küsse, der Körper, dem man das Alter nicht ansah, ihre vielen Gesichter. Noras wilder Hunger auf ihn, ihre heiße Gier. Es half. Einen kurzen Moment lang.

Dann waren die alten Bilder wieder da, deutlicher als je zuvor.

Ein großer, stämmiger Mann im Unterhemd. Die Hosenträger baumeln an seiner Seite herab. Er stinkt nach Alkohol, Schweiß und Zigaretten. Immer wieder schlägt er auf eine zierliche Frau ein, bis sie blutverschmiert und reglos am Boden liegt. Seine Schreie. Ihr Weinen und Flehen.

DIE DÄMONEN.

DIENSTAG

20.

Morgenpost, 27. Juni, Seite 3, »An Rhein und Ruhr«:

GASTRONOM IN SEINER WOHNUNG
ERMORDET AUFGEFUNDEN
Gestern Morgen wurde der bekannte Gastronom Heinz Fabian (»Zum
Jägerhof«, »Marktbistro«) in seiner Wohnung tot aufgefunden. Laut
Polizeiangaben war er bereits am Sonntagabend einer Gewalttat zum
Opfer gefallen. Einen Raubmord schließt die Polizei aus. Der 61-jährige
Tote war bis vor drei Jahren Präsident des Hotel- und Gaststättenver-
bandes der Stadt. In den Sechzigerjahren hatte er als »Feinkost-
Fabian« mit einem Lebensmittelgeschäft begonnen, ein Partyservice
kam rasch dazu. Als Playboy füllte er die Klatschspalten, bis er 1973
die Schauspielerin Angelika Franke heiratete. Nach zwei Jahren wurde die Ehe geschieden. In der Folge konzentrierte sich Fabian auf den
Ausbau seiner Restaurantkette. Heinz Fabian wird bereits heute bei-
gesetzt.

Blitz, 27. Juni, Titelseite:

»SCHWESTER BEATE« DEM KOKAIN VERFALLEN
SCHÄFERSTÜNDCHEN IM DROGENRAUSCH –
JETZT GEFÄNGNIS
Sie war der Shootingstar auf Deutschlands Bildschirmen. Millionen
liebten sie als »Kinderschwester Beate«. Doch alles war nur schöner
Schein. Barbara Hahn, 23, und zurzeit für die TV-Serie »Watzmann-
haus« vor der Kamera, ist süchtig. Drogen bestimmten ihr Leben. Bis

gestern Abend. Eine Polizeirazzia setzte ihren Kokainorgien ein Ende. Mit ihrem Freund Enzo T., 22, wurde sie festgenommen, als sie ihr Liebesspiel im Rausch feiern wollten. Das Ende einer Starkarriere: Nackt im eisigen Wind der Sucht. Bei ihrer Festnahme schrie sie: »Lasst mich sterben!« Mehr dazu auf Seite 5.

Blitz, Innenteil, Rubrik *»Watzmannhaus intim«:*

KOKAINSKANDAL IM WATZMANNHAUS

Von Alex Vogel. Marco Gladisch, Programmdirektor von Pro-Sat, reagierte sofort: »Ich habe Barbara Hahn aus der Besetzungsliste der Serie gestrichen.« Nach »Kinderschwester Beate« wäre es ihre zweite große TV-Rolle geworden. In der aufwendigsten deutschen Fernsehserie über das turbulente Leben in einem Alpenhotel (BLITZ berichtet täglich) hätte sie an der Seite von Hotelchefin Nora Fabian die Rolle der ständig neu verliebten Empfangsdame gespielt. »Die ist mir wie auf den Leib geschrieben«, so Barbara Hahn noch vor zwei Tagen gegenüber BLITZ. Jetzt muss Marco Gladisch rasch Ersatz finden.

Barbara Hahn ahnte nicht, dass sie überwacht wurde. Gemeinsam mit ihrem Freund nahm sie die Droge. Es sollte der Auftakt zu einem besonderen Schäferstündchen werden, doch Kriminaloberkommissar Benedikt Engel machte dem Laster ein Ende. Festnahme, Gefängnis, Geständnis.

Der Anwalt des TV-Stars behauptet jetzt: »Es war nur eine geringe Menge. Eigenbedarf. Ich erwarte, dass sie rasch wieder auf freien Fuß gesetzt wird.« Ihre Mutter Gudrun Hahn (Unternehmerin, 55): »Bin tief erschüttert. Hätte das nie von meiner Tochter gedacht.«

Blitz, letzte Seite:

SIEBENSCHLÄFER, WAS WIRST DU UNS BRINGEN?

Wie es morgen wird, so wird der ganze Sommer. Morgen Pech – sieben Wochen Pech. Also: Aufgepasst! Keinen Unfall bauen, freundlich zum Chef sein, den Ehepartner nicht ärgern! Denn morgen dicke Luft bedeutet wochenlanges schlechtes Klima. Die Wetterfrösche wissen schon jetzt: Der ganze Sommer wird wie der morgige Tag – heiß und schwül. Aber nicht nur beim Wetter gilt das Siebenschläfer-Gesetz!

21.

Es gibt Tage, die man am liebsten ein zweites Mal starten möchte.

Die ganze Nacht hatten ihm die Steaks schwer im Magen gelegen, und lange vor Sonnenaufgang hatte Tobi ihn geweckt.

Danach hatte Tom nicht mehr einschlafen können. Zu viel war ihm durch den Kopf gegangen: Die Pannen – sein Zusammenprall mit den Streifenbeamten in der leeren Halle, dann mit Brauning im Paternoster. Beide Male hatte Tom sich dämlich verhalten, hoffentlich ohne Folgen. Und die Chancen – bei der Ergreifung der Kokainmafia und bei Sinead-Jeannette. Ein beunruhigendes Wirrwarr an Gedanken, das er nicht mehr abstellen konnte.

Als er am Frühstückstisch saß, fühlte er sich, als hätte er Matsch im Schädel.

Und dann kam dieser idiotische Vorschlag seiner Frau: »Hast du dir schon einmal überlegt, auf Kontaktlinsen umzusteigen?«

»Was?«

»Ja, Kontaktlinsen. Statt Brille.«

»Wie kommst du darauf?«

Tobias begann zu quengeln. Gabi hob den Schnuller auf, lutschte ihn ab und gab ihn dem Kleinen. Tom massierte die Schläfen, als könne er die Kopfschmerzen wegdrücken.

»Eine Brille ist etwas für Büroangestellte. Oder für Künstler. Vielleicht auch für Lehrer. Aber zu einem Polizisten passt das nicht recht, meine ich.«

»Wieso? Mein Chef trägt auch 'ne Brille.«

»Und wie nennt ihr ihn? Weichei! Genau das meine ich.«

Tom war sprachlos.

329

Gabi kam in Fahrt. »Hast du schon mal einen erfolgreichen Sportler mit Brille gesehen? Oder einen Soldaten? Wenn du im Film einen Soldaten mit Brille siehst, dann ist es immer der, der als Nächstes erschossen wird.«

»Spinnst du jetzt?«

»Ein Kripomann mit Brille ist wie … – Ich meine, eine Brille muss bei der Kripo doch ein regelrechtes Karrierehemmnis sein. Beim Verwaltungsdienst wäre das vielleicht anders.«

Verwaltungsdienst. *Vater.* Tom lief rot an. »AUF DIESE SCHEISSIDEE BIST DU DOCH NICHT VON SELBST GEKOMMEN! HAT DICH MEIN ALTER BEAUFTRAGT, MIR DIESE SCHEISSKONTAKTLINSEN EINZUREDEN?«

Der Kleine spuckte den Schnuller aus und begann zu plärren.

Gabi fauchte Tom an: »Schrei doch nicht so!«

Es tat ihm leid. »Ich schreie nicht«, flüsterte er.

»Alfred meinte nur, ein etwas härteres Aussehen würde Eindruck auf deine Vorgesetzten machen, wenn du schon unbedingt Karriere bei der Kripo machen willst.«

»Vater lebt im letzten Jahrhundert, Gabi. Bin ich dir zu wenig hart?«

»Natürlich nicht.«

»Oder willst du, dass ich dich ab und zu auspeitsche, dich beim Sex fessele und dazu Lederklamotten trage und … – Kontaktlinsen?«

Tobias sah ihn mit großen Augen an.

Gabi und Tom mussten lachen.

22.

Ria knallte den *Blitz* auf seinen Tisch. Ihre Augen funkelten. »Bist du jetzt völlig durchgeknallt?«

Ben schluckte. Er sah die Überschrift: blutrote Buchstaben, zwei Finger hoch. Er sah das Foto: fast eine halbe Seite groß.

Das Mädchen und der Junge. Sie starrte in die Kamera, die Augen vor Kokain und Entsetzen aufgerissen.

»Wie kannst du zulassen, dass die Frau unbekleidet vor die Presse kommt?«

Neben den beiden stand er, Benedikt Engel, die Festgenommene am Arm festhaltend.

Ria schlug auf die Zeitung. »Wie kommst du überhaupt dazu? Das hat doch nichts mit unserem Kommissariat zu tun!«

Ben las, was unter dem Foto stand: *Das Gesicht von der Droge gezeichnet. Verhaftet beim Kokain-Sex. Der tiefe Sturz eines TV-Stars!*

»Ein alter Informant aus meiner Zeit beim K2«, murmelte Ben. »Das musste schnell gehen. Deshalb bin ich selbst hingegangen.«

»So was kannst du mit dem Mädel nicht machen. Das hätte ich nicht von dir gedacht.« Ria Pohl warf ihm Fotokopien auf den Tisch. »Hier ist übrigens das Phantombild!«

Ein Galgengesicht starrte Ben aus eng zusammenstehenden Augen entgegen. Fabians unbekannter Besucher trug einen walrossähnlichen Schnauzer, stramm aus der Stirn gekämmtes Haar, Kettchen und einen Ring im linken Ohr. Die Kunstabteilung hatte gut gearbeitet.

»Und Schmitz, Fabians Nachbar?«

»Nicht da.« Ria rauschte ab.

Ben atmete auf. Müde zog er sein Jackett aus und hängte es über die Stuhllehne. Richtigen Schlaf hatte er erst gefunden, als es schon wieder Zeit zum Aufstehen gewesen war. Ben glättete die Zeitung.

Schwester Beate alias Barbara Hahn.

Die Sache hatte sogar den Mord an Feinkost-Fabian an den unteren Rand gedrängt. Die Leute vom *Blitz* wussten, was ihre Leser am stärksten anmachte. Zumal sie es exklusiv hatten.

Am Kaffeeautomaten traf er Baumann und Schranz. Johlen und Feixen.

»So süße Titten würde ich auch gern einmal festnehmen, Benni!«

»Nimm mich doch beim nächsten Mal mit!«

»Der *Blitz* hat dich wieder mal groß rausgebracht, Großer! Wie machst du das bloß?«

»Hast du ihr auch deinen Schwanenhals reingesteckt, bevor du sie gefesselt hast?«

»Oder danach?« Gelächter. Inzwischen war der Flur voller Kollegen. Jeder hatte die Zeitung gelesen.

»Passt bloß auf, dass euch keine Kollegin hört!«, riet Miller.

»Wieso eigentlich Schwanenhals?«, fragte Baumann. »So lang kann dem Ben seiner gar nicht sein. Ihr wisst doch: Umgekehrt proportional zur Körpergröße.« Zur Verdeutlichung spreizte er Daumen und Zeigefinger und streckte erst den einen, dann den anderen nach vorne.

Ben tätschelte Baumanns Kopf. »Das hättest du gern, du laufender Meter!« Das Gelächter nahm noch zu.

Benjamin Miller konnte sich die Frage nicht verkneifen: »Was wird Brauning dazu sagen, dass du eine Festgenommene oben ohne ablichten lässt?«

»Ach was«, feixte Baumann weiter, »der Rottweiler steht doch auch auf junge Titten!«

»Und Kripochef Sonntag?«

»Komm, Benni, lass dir nicht den Spaß verderben!«, rief Schranz.

Eine Tür ging auf, und Ria trat mit fragendem Blick auf den Gang. Verlegene Stille.

Ben begann, jedem eine Fotokopie in die Hand zu drücken. »Das ist unser unbekannter Zeuge. Er ist einer der Letzten, der Fabian lebend gesehen hat. Vielleicht ist er der Täter. Kräftiger Typ, mittelgroß, lange, graue Haare. Her mit ihm!«

23.

Das Siegel an Heinz Fabians Tür war unverletzt. Ben grübelte. Hier hatte der Täter gestanden und geklingelt. Fabian hatte geöffnet und ihn ins Wohnzimmer geführt, wo er von ihm überrascht wurde. Der Täter hatte weder etwas gestohlen noch Spuren hinterlassen.

Wer wollte an Fabian Rache üben? Wem war Fabian im Weg? Ben fiel auf, wie wenig er über das Privatleben des Feinkostkönigs wusste.

Er wandte sich der Nachbartür zu und klingelte. Josef Schmitz öffnete so rasch, als habe er darauf gewartet.

»Kommen Sie rein«, sagte er, als Ben sich ausgewiesen hatte.

Schmitz führte Ben in die Küche. »Wollen Sie auch etwas zu trinken?« Auf dem Tisch stand eine geöffnete Bierflasche. Ben schüttelte den Kopf. Es war neun Uhr, Schmitz trug eine Art Hausmantel. Ben erfuhr, dass der Alte den Montag im Krankenhaus verbracht hatte. »Die Nieren«, erklärte Schmitz. »Bier hilft.«

»Haben Sie am Sonntagabend etwas Verdächtiges im Haus gesehen oder gehört?«

Schmitz' Kinnlade klappte auf. Der Geruch nach abgestandenem Bier strömte heraus.

»Hat Ihr Nachbar, Heinz Fabian, am Abend Besuch gehabt? Haben Sie vielleicht Streit gehört?«

Schmitz hatte noch nichts von Fabians Tod vernommen. Er war entsetzt, vor allem darüber, es als Letzter im Haus zu erfahren. Ausgerechnet er. Schmitz erregte sich so sehr über die mangelnde Kommunikation unter den Hausbewohnern, dass Ben seine Fragen wiederholen musste.

»Warten Sie mal«, sagte Schmitz, kräuselte die Stirn und nickte bedächtig, als ginge es um weit zurückliegende Ereignisse. »Da war der neue Freund von dieser Studentin im dritten Stock. Ein unangenehmer Typ. Meinen Sie, dem würde mal die Tageszeit einfallen, wenn man ihm begegnet? Keine Manieren. Den hab ich die Treppe hochgehen sehen. – Dann war da so ein junger Mann mit Pferdeschwanz. Der ging zu Fabian!«

»Jung?«

»Vielleicht vierzig Jahre.«

Ben nickte. Schmitz ging auf die siebzig zu.

»Ist das der Mann?« Ben zeigte ihm das Phantombild.

»Genau. Das ist er.«

»Haben Sie ihn schon öfter bei Fabian gesehen?«

Die Stirn kräuselte sich wieder. »Kann sein. Ab und zu. Selten.«

»Und ist Ihnen etwas aufgefallen? Streit? Geräusche wie von einem Kampf?«

»Nein. Kurz darauf ist er wieder gegangen.«

Schmitz schien tatsächlich den Tag am Spion seiner Wohnungstür zu verbringen.

»Was für ein Mensch war Fabian eigentlich?«

»Geschäftsmann. Höflich, korrekt, aber auch eingebildet. Hat nicht mit jedem geredet. Wie oft hab ich ihn auf einen Umtrunk hereingebeten, aber er wollte nicht. Wochentags war er fast nie zu Hause. Tja, da ist man Nachbar und weiß nichts voneinander. Das sind die modernen Zeiten, sag ich immer. Nicht doch ein Bier? Ist gut für die Nieren!«

Ben winkte ab und wandte sich zum Gehen. Schmitz schlurfte hinterher. Ben spürte den Bieratem in seinem Rücken.

»Und dann«, sagte Schmitz, als Ben schon die Klinke in der Hand hielt, »war da noch eine Person mit langen, blonden Haaren und Regenmantel. Am Sonntagabend. Komisch, wo es doch gar nicht geregnet hat.«

Lange blonde Haare. »Wie lang?«, fragte Ben.

Schmitz zeigte etwa die Haarlänge, wie sie Tausende von Frauen in der Stadt trugen. Noras Haarlänge. »Hab ich leider nur von hinten gesehen«, fuhr er fort. »Heutzutage weiß man gar nicht mehr, ob Männlein oder Weiblein! Jetzt, wo die Hippiemode wieder in ist!«

»Welche Person war am Sonntagabend zuletzt bei Fabian? Die Blonde oder der mit dem Pferdeschwanz?«

Schmitz raufte sich das dünne Haar und nickte in Zeitlupe. Je angestrengter er versuchte, den Abend zu rekonstruieren, desto mehr brachte er durcheinander. Schließlich war die Frau im Regenmantel grauhaarig, der Mann auf der Fotokopie blond und der Freund der Studentin der wahrscheinliche Mörder. Offensichtlich verbrachte Schmitz die Stunden am Türspion nicht allein. Sein Nierenmittel war immer bei ihm.

24.

»Natürlich haben wir ihn reingehen sehen, aber wir haben ihn nicht mit dem Spaghetti in Verbindung gebracht«, sagte Bernhard. »Leider hatte Schwester Beate schon ihr Kleidchen angezogen, als er sie auf die Straße brachte.«

Einige lachten. Doch Tom sah seine Felle davonschwimmen. Dieser Engel hatte die Soko um Wochen zurückgeworfen. Durften die Leute vom K1 denn machen, was sie wollten?

Fröhlich betrat den Besprechungsraum. Er machte ein Gesicht, als hätte er einen Frosch verschluckt, der nun in seinem Bauch hüpfte und quakte. Der Dicke nahm seine Brille ab und begann, sie zu putzen. Ohne Brille sah sein Gesicht fremd aus. »Das Depot ist so gut wie leer. Das heißt, dass eine Lieferung bevorsteht.«

Genau das hast du gestern schon gesagt, dachte Tom.

»Wer kommt jetzt für den Deal infrage?«, fragte Fröhlich.

Es fielen ein paar Namen. Vermutungen, Spekulationen.

»Bislang hat Enzo noch nicht gesungen«, sagte der K2-Chef. »Wir haben ihn seit der Nacht in der Mangel, doch er ist zäher, als ich dachte. Vorläufig gibt es nur eins: Wir überwachen *alles*.

Das Depot und jeden der möglichen Händler. Es gibt nur ein Problem: Auf die Schnelle kriege ich kein MEK.«

Ein Raunen ging durch den Raum. »Auch das noch«, hörte Tom Bönte sagen. Die Kollegen des Mobilen Einsatzkommandos waren eigentlich für Aktionen dieser Größenordnung zuständig.

Fröhlich hob die Hände. »Vielleicht ab morgen früh. Aber bis dahin müssen wir selbst ran. Ihr wisst, was das bedeutet. Anders geht das leider nicht.«

»Überstunden?«, fragte Tom leise.

Bönte nickte.

»Denkt dran, Leute: umso größer wird der Erfolg. Stellt euch vor, wir schnappen sie bei der Übergabe mit zehn, zwanzig Kilo Stoff. Und das, ohne dass wir wie die bayerischen Kollegen einen Scheinkauf fingieren müssen. Ihr habt es gelesen: Den Idioten ging dabei eine Million Mark verloren!«

Auch diese Ansprache hatte der Dicke so ähnlich schon gestern gehalten. Vor der großen Panne.

Fröhlich nickte zum Zeichen, dass die Morgenbesprechung zu Ende war.

»Was geschieht mit KOK Engel?«, wollte Tom wissen.

Erst an der Tür blieb Fröhlich stehen. »Ich, äh«, er räusperte sich, »ich habe mit, äh, Brauning gesprochen. Ich bin sicher, Hauptkommissar Brauning wird die richtigen Konsequenzen aus dieser voreiligen Aktion ziehen.« Dann war er verschwunden.

Weichei, dachte Tom.

25.

Bis auf einen Spalt waren die Vorhänge geschlossen. Nur ein schmaler Lichtstreifen fiel quer durch den Raum bis zum Schreibtisch und ließ weißes Papier grell leuchten. Brauning hielt sich dahinter im Schatten.

Er kam ohne Einleitung zur Sache. »Was zahlt die Blutpresse für so einen Schnappschuss?«

»Glauben Sie, ich bin käuflich?«

»Schon gut, Engel. Raten Sie mal, *wessen* Anruf meinen Arsch heute Morgen aus dem Bett geschmissen hat?«

»Der Präsident?«

»Der schlägt um halb sieben noch kein Auge auf, geschweige denn die Zeitung. Nein, der Kripoleiter, Sonntag.«

Inga, Braunings Sekretärin, kam mit dem Kaffee. Sie schenkte Ben ein Zwinkern.

»Und jetzt schieb deinen süßen Hintern durch die Tür, und mach von außen zu, Inga-Schatz«, sagte Brauning.

Inga ließ sich Zeit. Ihr enger Minirock erlaubte keine großen Schritte.

Der Rottweiler fuhr fort. »Sie wissen, dass ich Sie für einen der Besten halte, Engel. Sie gehören zu einer Spezies, die leider ausstirbt: Sie sind Bulle aus Leidenschaft. Sie können gar nicht anders. Sie wissen, warum, und ich weiß es. Die nächste Stelle als Hauptkommissar sollte Ihre sein, obwohl Sie erst gut vier Jahre im gehobenen Dienst sind.«

Plötzlich änderte Brauning die Tonart. Er wurde laut. »Doch dann bauen ausgerechnet Sie Scheiße! Jesus, Maria, sehen Sie zu, dass Sie Ihren verdammten Arsch da wieder herausbekommen!« Er schlug mit beiden Händen flach auf den Tisch, dass die Tassen schepperten. »Seit einem halben Jahr arbeite ich hier wirklich hart, um das K1 aus der Scheiße zu ziehen, in die mein Vorgänger den Karren gefahren hat. Ein Stück Bollmann-Scheiße klebt an jedem von uns. Ich habe das Kommissariat mit dem übelsten Ruf übernommen und will das mit dem besten daraus machen. Das geht nur, solange hier keiner Unsinn baut!«

Ben nickte.

»Ich habe hier Ihren Bericht.« Der Chef nahm ein Papier in die Hand. Ben hatte noch am Vorabend auf dem Revier eine Kurzfassung in die nächstbeste *Olympia* getippt.

»Die wichtigsten Fragen haben Sie nicht beantwortet. Und zwar die Fragen, die uns Sonntag und der Präsident in einer Stunde stellen werden. Sonntag sieht zwar aus wie ein alter Trottel, aber er ist die intriganteste Wildsau, die ich kenne. Diese ganze Saubermannscheiße ist nur Fassade! Sonntag könnte schon längst im Ruhestand sein und den Bauch auf Mallorca in die Sonne legen, aber er will unbedingt noch Fanselows Nachfolger werden. Er steht über mir, glaubt aber, ich sei sein Konkurrent. Sooft er nur kann, will er mir an den Arsch. Spielen Sie Schach?«

»Ein wenig.« Ben hätte sich nie träumen lassen, dass der Rottweiler das Spiel auch nur kannte.

»Ich habe genau zwei Möglichkeiten: Bauernopfer oder Angriff. Entweder ich liefere den Obermuftis Ihren Arsch, oder ich lasse Sonntag auflaufen, damit er gegenüber dem Präsidenten dumm dasteht.« Brauning lehnte sich zurück. Ben glaubte, ein Knurren zu hören. Bislang hatte er nicht zu denen gehört, die sich durch Braunings Art einschüchtern ließen.

»Ich bin natürlich für Letzteres«, fuhr der K1-Chef fort. »Aber wir müssen uns gut präparieren. Sie haben schon viel Mist gebaut in Ihrer früheren Laufbahn. Ich weiß Bescheid. Mir macht das nichts aus. Aber wir brauchen jetzt ein paar verdammt gute Antworten auf ein paar verdammt naheliegende Fragen, um da gut rauszukommen. Verstanden?«

Ben verstand. Eine eisige Hand strich über sein Rückgrat.

Brauning deutete mit seinem Kugelschreiber auf Ben, als sei er ein Dartpfeil, den er auf ihn werfen wollte. »Frage eins: Was zum Teufel tun Sie nach Feierabend in einer Drogensache, die Ihr Kommissariat einen Scheißdreck angeht? Ihre Antwort: Benedikt Engel hat noch jede Menge alter Informanten aus seiner Zeit beim K2. Und Sie mussten selbst ran, denn Sie wollten die süße Kokserin und ihren Freund auf frischer Tat ertappen. Gut. In diesem Punkt klingt Ihr Bericht glaubwürdig. Und der Leiter des K2 ist mir einen Gefallen schuldig. Deshalb sitzt er in diesem Moment über einer schriftlichen Mitteilung an den Präsidenten, dass Ihr Coup von gestern Abend ein voller Erfolg im Sinne seines Kommissariats war. Dabei kocht natürlich seine Galle, denn in Wirklichkeit hasst er Sie dafür. Sie haben nämlich beim K2 immensen Schaden angerichtet, Benedikt! Soll aber nicht unsere Kacke sein.«

Ben wurde allmählich schwindelig.

»Doch hier endet die Weisheit Ihres Berichts, nicht wahr? Dabei werden die Fragen jetzt erst richtig knifflig!« Brauning trank von seinem Kaffee. »Aaah, ein Kaffee ist das! Frage zwei: Was zum Teufel macht die Blutpresse am Tatort? Na? Ganz einfach: Nicht Sie, sondern Ihr Informant hat die Kameras hinbestellt und die Hand aufgehalten. Quasi ein Doppelagent. Seinen Namen können wir natürlich trotzdem nicht preisgeben. Sorgen Sie dafür, dass die *Blitz*-Leute unsere Version stützen, sonst braten Ihre Eier in Teufels Küche!«

Brauning kramte nach irgendeinem Papier. »Und jetzt kommt die Preisfrage: Warum zum Teufel hängt das Flittchen seine Titten ins Blitzlicht?« Er hatte das Blatt gefunden und reichte es an Ben weiter. »Wissen Sie, was das hier ist? Eine Anzeige wegen Nötigung. So schnell können Anwälte sein! Die Koksnutte hat nach ihren Klamotten verlangt, behauptet dieser Arsch. War's so?«

Ben fror.

»Gucken Sie nicht so belämmert, mein Sohn! Das biegen wir wieder hin. Jeder gute Polizist bekommt einmal im Jahr eine solche Retourkutsche, das wissen Sie doch. Viel Feind, viel Ehr! Und so ein Fernsehsternchen ist eben nicht irgendwer. Anwälte schlagen aus solchen Sachen gern ihren Profit. Aber der wird schnell den Schwanz einklemmen, wenn wir ein bisschen Druck ausüben. Notfalls hängen Sie ihm auch so eine Drogensache an wie seiner süßen Mandantin, nicht wahr? So oder so, in spätestens einer Woche muss die Anzeige zurückgezogen sein! Aber zurück zu unserer Preisfrage. Also: Wie kommen die Titten in die Scheißzeitung?«

Brauning strich seinen Schnauzer glatt. Die Rottweileraugen hielten Ben fixiert. »Ganz einfach: Fluchtgefahr, kapiert? Dieses Koksflittchen hat sich so heftig gewehrt, dass Sie Ihr die Handschellen nicht abnehmen konnten, bevor Sie die Festgenommene im sicheren Gewahrsam auf dem nächsten Revier hatten. Und mit gefesselten Händen kann man sich leider nicht anziehen. Ich sorge dafür, dass die Kollegen vom Schutzbereich dasselbe sagen. Alles klar? Können Sie das alles auswendig hersagen, wenn wir um halb elf bei den Obermuftis antanzen, oder müssen wir noch üben? Hat es Ihnen die Sprache verschlagen?«

In diesem Spiel konnte Ben nur den Kürzeren ziehen. Dennoch hatte er das Gefühl, Brauning zu Dank verpflichtet zu sein. Noch hielt dieser ihm den Rücken frei.

»Alles klar.«

»Dann gehen Sie hin und fangen den Mörder des alten Fabian. Tun Sie mir auch einmal einen Gefallen. Und um halb elf sehen wir uns in der Präsidentensuite. Und beten Sie zur Heiligen Mutter Gottes, dass Sonntag und Fanselow Ihre Geschichte schlucken!«

26.

Dreißig Minuten später saß Tom wieder auf Beobachtungsposten, zweihundert Meter vom Eingang zum Depot entfernt. Allein. Seine Fantasie arbeitete. Was wäre, wenn der große Deal zufällig schon heute stattfände, während er auf Lauer lag? Überlange Limousinen mit schwarz getönten Scheiben, Bodyguards in Anzügen, mit Maschinenpistolen und Sonnenbrillen, so stellte er sich das vor. Die Drogenbosse würden sich nach drinnen zur Übergabe zurückziehen.

Er starrte auf das große, offene Tor und hatte Tagträume: Thomas Swoboda, der einen Leibwächter nach dem anderen ausschaltete, in die Halle drang und ganz allein die Mafiosi zum

Aufgeben zwang. Wie Arnold Schwarzenegger in *Terminator II*. *Hasta la vista, Baby!*

Tom nahm die P6 aus dem Holster und legte sie auf den Beifahrersitz.

Es war fürchterlich heiß. Wenn Tom das Fenster öffnete, drangen Wolken aus Staub und Dieselruß von den vorbeifahrenden Lastwagen ins Innere. Also ließ er es geschlossen. Wenn *er* etwas zu sagen hätte, gäbe es fürs Observieren Dienstwagen mit Klimaanlage. Nach einer Weile zog er sein feuchtes Hemd aus. Eine Kolonne von Lastern donnerte vorbei. Wie eine weiße Wand stand der Staub über der Fahrbahn. Für eine kleine Ewigkeit hatte Tom keine Sicht auf die Halle. Schweißtropfen sammelten sich auf seiner Brust zu einem Rinnsal. Sonst tat sich nichts.

Tom griff nach dem *Blitz* und besah sich noch einmal das Titelfoto. Engels Aktion ließ ihm keine Ruhe. Engel war älter als er, groß und bartlos. Der K1-Mann trug einen knittrigen Anzug und wirkte smart. Zugleich war sein Blick streng, fast verbissen. Als hätte sich Engel für den Pressefotografen die Maske des pflichtbewussten Beamten aufgesetzt.

Tom ging ein Licht auf: Es war alles arrangiert! Die Festnahme eines barbusigen Fernsehsternchens für die Kamera der Boulevardzeitung. Zum Vergnügen der voyeuristischen Leserschaft und zur Mehrung des Verlegerprofits. Was mochte Engel dafür kassiert haben? Tausend Mark? Zweitausend?

Plötzlich wurde die Tür auf Toms Seite aufgerissen. Sein Herz machte einen Sprung, er griff nach der Pistole.

Das feiste Grinsen Böntes stand vor Toms Augen. »Mensch, hast du mich erschreckt!«

»Tu mal die Knarre weg! Von Schwester Beate geträumt, was? Und dabei ist dir heiß geworden, wie man sieht. Fehlt nur noch, dass deine Hose offen ist und du dein Ding in der Hand hältst. Für Erregung öffentlichen Ärgernisses gibt es Suspendierung vom Dienst!«

»Was machst du denn hier?«

»Den Jugo hast du gar nicht gesehen, was?«

»Welchen Jugo?«

»Du bist mir ein toller Observierer, Thomas. Schau mal durch dein Glas auf die Halle!«

Das Tor stand offen wie zuvor.

»Weiter links!«

Ein wuchtiger, chromblitzender Sportwagen, der gerade noch nicht dort gestanden hatte. Corvette. Baujahr Anfang der Siebziger, schätzte Tom.

»Der Jugo ist drinnen, holt den Rest. Ivanisevic. Ein Kumpel von Enzo. Hast du eine Kamera dabei?«

Tom griff nach hinten. Über so viel Technik verfügte die Behörde immerhin.

»Das ist er!«

Ein Mann trat aus der Halle und sah sich um. Er hatte die Statur eines Preisboxers und trug langes Haar, grau und zu einem Pferdeschwanz zusammengebunden. Alter etwa vierzig Jahre, schätzte Tom. In der Hand trug der Mann eine schwarze Plastiktüte. Er warf sie auf den Beifahrersitz, als er einstieg.

Die Corvette hinterließ eine Staubwolke, und Tom schaltete die Videokamera ab. Er sah sich um, doch Bönte hatte bereits die Verfolgung aufgenommen, so unauffällig, wie er gekommen war.

Tom lief zur Halle.

Die Holzwolle lag auf dem Boden verstreut, die Sektkartons waren leer. Das Depot war endgültig geräumt.

Während Tom zurücklief, fiel ihm ein, dass er halb nackt war. Er vergewisserte sich, dass niemand zusah, als er sein Hemd überstreifte.

Wie einer der Ganoven, kam es Tom in den Sinn.

27.

Büroarbeit. Telefonate und Akten. Personalblätter, Anzeigen, Protokolle. Die Zeit bis zum Treffen mit den Obermuftis totschlagen.

Die Suche nach der Tatwaffe im weiten Umkreis um den Tatort war inzwischen abgebrochen worden, auch das Klinkenputzen in den Nachbarhäusern an der Markgrafenstraße hatte nichts gebracht.

Dutzende von Wichtigtuern und Spinnern riefen seit dem frühen Morgen an, ein brauchbarer Hinweis war noch nicht dabei gewesen. Als Jüngster des K1 musste Miller den Telefononkel machen und sich die absurdesten Theorien anhören: Hasstiraden fanatischer Vegetarier gegen Fleischkonsum, Vorurteile gegen Kellner, die angeblich alle schwul und damit gefährlich seien, Verschwörungsgeschichten über die italienische Rotweinmafia.

Ben untersuchte alle Fälle, in denen Messer die Tatwaffe waren. Er wühlte sich durch Papier gewordene Kneipenschlägereien, Ehekräche, Raubüberfälle. Ein großer Aktenstapel wanderte von der linken Hälfte seines Schreibtisches auf die rechte. Nach einer halben Stunde hatte er ein kleines Häufchen möglicher Kandidaten abgezweigt: Täter unbekannt oder inzwischen wieder freigelassen. Der nächste Schritt: Parallelen zwischen den Kandidaten und dem Fall Fabian finden, die Vorbestraften einsammeln und verhören. Beim Sortieren hatte keine der Akten Hallo gerufen. Er würde Schranz oder Miller mit der Wühlarbeit beauftragen.

Er sah auf die Uhr – noch eine gute Stunde bis zum großen Anschiss.

Das Telefon klingelte.

»Na so was! Gerade habe ich an dich gedacht, Schranz.«

»Ich bin in einer Zelle und habe keine weiteren Groschen. Hör zu! Ich glaube, ich habe den Grauhaarigen gefunden!«

Ben war völlig elektrisiert. Er wühlte auf dem Tisch nach einem Stift. Er versuchte, den Hörer zwischen Ohr und Schulter zu klemmen. Fieberhaft notierte er die Adresse. Wenn er sich beeilte, konnte er es noch vor dem Termin beim Präsidenten schaffen.

Ein entscheidender Punktgewinn.

28.

Tom verließ die Telefonzelle und brachte den Vectra auf Touren. Fünfzehn Minuten später parkte er unmittelbar hinter Böntes Dienstwagen. Während er überlegte, wie er den Kollegen überraschen könnte, bemerkte ihn dieser. Tom stieg in Böntes Auto.

»Tja, so sieht man sich wieder. Fröhlich meinte, ich sollte dir helfen.«

»Prima, dann kannst du gleich mal was zum Essen holen. Ich hab noch nicht gefrühstückt.«

»Ich hab aber noch keinen Hunger.«

»Stimmt, du hast ja bislang auch nur gepennt!«

»Schon gut, ich hab verstanden.« Tom zog eine gequälte Miene.

»Aber geh nicht in den Schuppen dort drüben«, Bönte machte eine Kopfbewegung zur anderen Straßenseite hin. *Feinkost-Fabian* stand auf dem Ladenschild. »Der Werber-Banker-Ministerialbeamten-Fraß schmeckt mir nicht. Weiter hinten gibt's eine Dönerbude.«

Tom kam mit zwei fettigen Tüten zurück.

»Also hast du doch Hunger«, stellte Bönte fest.

»Nee, aber wer weiß, wann es wieder etwas gibt«, antwortete Tom und stopfte sich den Mund voll. Salat und Fleischkrümel fielen auf seine Jeans.

»Der Jugo ist drüben bei Feinkost-Fabian. Er arbeitet dort.«

Tom hatte alles über Fabians Tod in der *Morgenpost* und im *Blitz* gelesen. »Meinst du, der hat was mit dem Mord zu tun?«

»Meine Güte! Nicht schon wieder!«, rief Bönte statt einer Antwort.

Ein Kadett hatte vor dem Feinkostladen in zweiter Reihe geparkt. Zwei Männer stiegen aus und rannten zur Ladentür.

Wie ein Messerstich fuhr es durch Toms Brust, als er den Großen in seinem Knitteranzug erkannte.

Benedikt Engel.

29.

Das Phantombild hatte den Typ recht gut getroffen. Der stämmige Mann mit Walrossbart und Pferdeschwanz stellte sich als Drago Ivanisevic vor und führte sie ins Büro, das hinter dem Feinkostladen lag. Ivanisevic war der Geschäftsführer des Ladens und des Fabian-Partyservice. Wie goldig er war, signalisierten Ohrring, Kettchen sowie eine ebenfalls goldene Uhr am Handgelenk.

Ben begann mit den Fragen: »Ivanisevic – ist das ein serbischer oder ein kroatischer Name?«

»Gestern war ich Jugoslawe, heute Serbe. Morgen vielleicht Bosnier, wer weiß das schon?«

»Okay, Serbe, warum haben Sie uns verschwiegen, dass Sie am Sonntagabend bei Fabian waren?«

»Sie haben mich noch nicht befragt, also habe ich Ihnen auch nichts verschwiegen.«

»Sie geben es also zu?«

»Ja, natürlich.«

Das Telefon klingelte. Ivanisevic hob ab und gab irgendwelchen Angestellten Anweisungen. Ben verstand nur Schampus und Lachs. Es dauerte ein paar Minuten. Ben wurde ungeduldig.

Als er aufgelegt hatte, fuhr der Serbe fort: »Ich war bei Fabian, aber da war nichts, was Ihnen weiterhelfen könnte. Ehrlich. Der Chef hatte eine Flasche Wein angefordert. Das machte er öfter, vor allem sonntags. Ich brachte sie ihm selbst vorbei, weil noch etwas zu besprechen war. Geschäft, sonst nichts.«

»Und dann?«

»Dann bin ich wieder gegangen. Ich konnte doch nicht wissen, dass er in Gefahr war. Er erwartete auch keinen Besuch, soviel ich weiß. Wir redeten nur übers Geschäft. Alles ganz normal. Ehrlich.«

»Und als Sie gingen, lebte er noch?«

Das Telefon klingelte schon wieder. Ben war schneller. Er hob ab und knallte den Hörer wieder auf die Gabel. »Antworten Sie!«

»Was denken Sie? Natürlich lebte er noch! Ich hab den Chef nicht kaltgemacht!«

Ben erfuhr, dass Ivanisevic sogar ein Alibi hatte. Er hatte Fabian bereits um sieben Uhr besucht. Um acht, dem laut Obduktion frühestmöglichen Todeszeitpunkt, hatte er in der Innenstadt eine Party beliefert. Kalte Meeresfrüchte, frisches Baguette, Champagner – und rund sechzig fröhliche Zeugen. Hieb- und stichfest.

Wieder nichts. *Nothing, no way.*

Ivanisevic ließ sich während des ganzen Gesprächs nicht aus seiner Ruhe bringen. Als sich Schranz und Ben verabschiedeten, fragte er sogar, ob die Polizei nicht daran dächte, ihr Sommerfest von seinem Partyservice ausrichten zu lassen. »Wir organisieren alles, von der Musik bis zur Dekoration, und auch nach dem Tod des Chefs muss das Geschäft weitergehen. Wie wär's? *Feinkost-Fabian* macht für die Polizei einen Sonderpreis!«

Ben winkte ab. Für ein Fest hatte die Behörde noch nie Geld gehabt, geschweige denn für Meeresfrüchte und Champagner.

Dann klingelte das Telefon erneut. Das Geschäft schien zu florieren.

Schlecht gelaunt startete Ben das Auto. »Die Fresse gefällt mir nicht.«

»Ein richtiger Sonnenschein«, stimmte Schranz zu. »Aber ein gutes Alibi.«

»Scheißalibis!« Ben sah auf die Uhr.

Er würde sich verspäten. Und seine Lage hatte er auch nicht verbessern können.

30.

Kurz nach eins verließ Ben die Festung wieder. Er hatte keine Lust auf Kantinenessen. Er wollte raus.

Auf der Fahrt zum *Marktbistro* rekapitulierte er das Treffen mit den Obermuftis.

Er war erleichtert und noch immer verwirrt. Es war ganz anders verlaufen, als er gedacht hatte.

Brauning hatte getan, als sei Kripochef Sonntag sein liebster Freund, und dieser zeigte sich völlig mit Bens Erklärungen zufrieden. Präsident Fanselow hatte zu allem nur genickt, als säße er in Gedanken bereits im Landtag. Und während der ganzen Zeit hatte Fröhlich im Vorzimmer gewartet.

Dann bat Fanselow den K2-Chef in die Präsidentensuite.

Ben hatte ein schlechtes Gewissen wegen der Verhaftung Enzos, doch auch Fröhlich ließ sich seine Verstimmung kaum anmerken.

»Herr Engel leitet die Mordkommission Fabian«, begann Sonntag. »Da gibt es Überschneidungen zu Ihrem aktuellen Fall, Herr Fröhlich. Vielleicht klären wir die Sache rasch. Ich möchte, dass die *Sonderkommission Koks* Priorität besitzt, wenn es um die verdächtige Person Ivanisevic geht.«

Ben war verblüfft. »Sie ermitteln gegen Ivanisevic?«

In blumigen Worten erklärte Fröhlich den Ermittlungsstand seiner *Soko Koks,* doch Ben dachte an Fabian. Vielleicht eine neue Spur: Wenn einer seiner leitenden Angestellten mit Kokain zu tun hatte, warum nicht der Feinkostkönig selbst?

Der K2-Chef war fertig, und Ben begriff. Er sollte vorläufig die Finger von Ivanisevic lassen. Ben stimmte zu, doch er sah eine geringe Chance.

»Ich habe ebenfalls eine Bitte«, sagte er. »Ich weiß, Sie brauchen im Moment jeden Ihrer Leute. Dennoch wäre mir im Fall Fabian sehr geholfen, wenn Sie mir einen Ihrer Ermittler zur Verfügung stellen könnten. Sollte der Mord mit der Kokaingeschichte zu tun haben, könnte das einer Ihrer Männer für mich checken.«

»Klingt vernünftig«, mischte sich ausgerechnet Sonntag ein. »Einen können Sie doch entbehren, nicht wahr, Herr Fröhlich?«

Der Dicke zögerte, doch die Sache war gelaufen. Ben wusste, dass er nicht den besten K2-Mann bekommen würde. Dennoch war die Sitzung für Ben ein unerwarteter Erfolg geworden.

Fast zu gut, um wahr zu sein, dachte er.

Auf dem Rückweg zu ihren Büros hatte ihm der Rottweiler die Pranke auf die Schulter geschlagen. »Das nenne ich Chuzpe, mein Junge! Mit dem Arsch an der Wand, aber dem K2 noch einen Mann abluchsen. Ich traue Sonntag keinen Millimeter weit, aber du hast ihn um den Finger gewickelt. Gratuliere!«

Zum ersten Mal duzte ihn Brauning. Ben fühlte sich geschmeichelt.

Brauning packte Bens Schulter. »Noch etwas.« Er sah sich um und sprach leise weiter. »Ich brauche einen Partner für heute Nacht. Wir treffen uns um Mitternacht hier unten im Hof. Kein Wort zu niemandem, verstanden?«

Ben zögerte.

»Ein guter, fetter Nebenjob.« Ein Rottweilerblick aus kalten Augen. »Ich glaube dafür, dass ich dir den Rücken freigehalten habe, bist du mir einen Gefallen schuldig. Du bist doch kein Hosenscheißer, oder?«

»Der letzte Nebenjob hat mir nur Ärger eingebracht.«

Ben wollte weitergehen, doch Brauning stemmte den Arm gegen die Wand und stoppte ihn. Der Klang der Stimme ließ Ben zurückweichen.

»Pass auf, mein Junge. Mit Ach und Krach hast du es in den gehobenen Dienst geschafft. Nur durch mich hast du es zu dem gebracht, was du heute bist. Und ohne meine Hilfe fliegt dein Arsch schon morgen in hohem Bogen aus der Festung. Du willst doch nicht, dass ich umkehre und den Obermuftis erzähle, was wirklich los war gestern Abend.«

Ben starrte Brauning an. Die Rottweileraugen funkelten zurück. Noch einmal sah sich Bens Chef um. »Ich brauche einen Partner in einer wirklich wichtigen Sache. Es kann gefährlich werden, das will ich dir nicht verschweigen. Und genau deshalb kommst nur du für mich infrage. Ein dreckiger Job, ja. Aber es geht gegen das verdammte Verbrechen. Und es geht um viel Geld. Und ich rede nicht von ein paar einzelnen Scheinen.«

Ben zögerte. »Bleibt mir etwas anderes übrig?«

»Ich sehe, wir verstehen uns«, lachte Brauning und schlug Ben auf die Schulter. Es war ein freudloses Lachen, das nichts Gutes verhieß.

Dann waren sie weitergetrottet, und der K1-Leiter hatte geplaudert, als sei nichts gewesen.

Während der ganzen Fahrt ging Ben das Lachen Braunings nicht aus dem Sinn. Ganz in Gedanken steuerte er den Golf durch das Netz von Einbahnstraßen, in dessen Zentrum der Karlsplatz mit seinen Marktständen lag.

Wie durch ein Wunder war direkt vor dem *Marktbistro* ein Parkplatz frei.

Auch diese Gaststätte gehörte zum Reich von Feinkost-Fabian. Frisch zubereitete Speisen, geschmackvolle Einrichtung, keine Gefahr, einem Kollegen zu begegnen, den man nicht leiden konnte – ganz im Gegensatz zur Polizeikantine.

Ben kannte die Namen des Personals aus den Protokollen von Baumann und Schranz. Nach Kokain roch es hier nicht.

Er bestellte Wasser und einen Salat. *Warme Entenbrust an Marktsalaten.*

Plötzlich sprach ihn eine bekannte Stimme vom Tresen her an: »Herr Kommissar, wissen Sie, dass Sie mein Glücksprinz sind?«

Es war Iris. Ben war erstaunt, Nora Fabians Haushälterin hier zu treffen. Sie kam an seinen Tisch und drückte ihm einen Kuss auf den Mund, bevor er etwas sagen konnte. Ben sah sich um, aber keiner im Lokal schien Notiz von ihnen zu nehmen.

Wie ein Wasserfall plapperte sie auf ihn ein. Auch sie war Schauspielerin, wie er erfuhr, wenn auch bislang recht erfolglos. Nach ihrer Ausbildung hatte sie nur selten Rollen bekommen, und mit Kellnern hatte sie sich über Wasser gehalten. Irgendwoher kannte sie Nora, und als der neue Star des *Watzmannhauses* in die Stadt zog, hatte Iris den Kittelschürzen-Job in der Villa angenommen. Nora sollte sie in der Serie unterbringen, so ihr Hintergedanke, und jetzt schien es tatsächlich zu klappen. Für den Nachmittag hatte *Pro-Sat* sie zum Vorstellungsgespräch bestellt. Sie suchten Ersatz für Barbara Hahn, die Ben aus dem Verkehr gezogen hatte.

»Sie sind mein Glücksprinz! Sie haben einen Wunsch bei mir frei!«

»Verstehe.« Wenigstens ein Mensch, der sich über Bens *Blitz*-Aktion freute.

»Aber Sie sind ja schon vergeben, nicht wahr?«, fragte Iris mit unverhohlener Neugier.

»Wieso?« Ben musterte ihren Fummel. Blümchen in allen Farben, dünne Träger mit Schleifchen und das Ganze so kurz, dass sie nicht die Arme heben durfte.

»Ich weiß Bescheid. Nora hat mir alles erzählt. Sie will Sie übrigens wiedersehen. Heute Abend! Hat sie Sie schon angerufen?«

»Nein.«

Iris bemerkte seinen Blick. »Was ist? Gefällt Ihnen das Kleid nicht?«

»Wollen Sie sich *darin* um eine Rolle bewerben?«

»Das ist jetzt angesagt! Echtes Designerstück, Girlielook! Lesen Sie keine Zeitschriften?«

Vielleicht nicht die, die sie las. Ben fragte: »Meinen Sie, bei *Pro-Sat* stehen sie auf kleine Mädchen?«

»So etwas soll es geben«, antwortete Iris mit frivolem Lachen.

31.

Die Frau am Empfang legte auf. »Frau Franke kommt sofort.« Sie lächelte.

Ben blieb an dem schweren Holztresen stehen, lächelte zurück und begann, ausliegende Touristenprospekte zu studieren.

Er hatte den Tipp von Vogel bekommen, gratis. Der Reporter hatte Angelika Franke bereits am Flughafen abgefangen und für den *Blitz* fotografiert. Angelika Franke, zu Besuch in der Stadt anlässlich der Beerdigung eines ihrer Exmänner.

Bens Erinnerung: *Kaiserin Maria Theresia* in einem Kostümschinken der Sechzigerjahre, die Geliebte eines Mörders in einem Hollywooddrama der Siebziger an der Seite von Richard Widmark. Alex Vogels Information: Nachdem sie die Schauspielerei aufgegeben hatte, wurde sie zur Mutter der Wohltätigkeit. Bälle, Spenden sammeln für Not leidende Kinder in aller Welt, reichen Leuten für ein paar Tausender ein gutes Gewissen verkaufen. »Das wandelnde Kinderhilfswerk«, so hatte Vogel sie genannt. Während all ihrer Ehen hatte die Franke ihren Mädchennamen stets behalten.

Nachdem Ben alle Prospekte durchhatte und mit der Frau hinterm Tresen sein neuntes Lächeln getauscht hatte, kam eine kleine, hagere Dame und sprach ihn an. Sie reichte ihm gerade bis zur Brust und strahlte das Selbstbewusstsein einer Frau aus, die es ihr Leben lang gewohnt war, dass man ihre Wünsche widerspruchslos erfüllte.

Noras Mutter.

Sie setzten sich in eine ruhige Ecke der weitläufigen Lobby. Angelika Franke versank fast in ihrem Sessel. Ihr hellblondes Haar war auftoupiert und die Falten mit Make-up verdeckt. Sie hatte die gleichen hohen Wangenknochen wie ihre Tochter. Ben schätzte sie auf Mitte sechzig.

»Können Sie sich vorstellen, wer Heinz Fabian umgebracht hat?«

Sie zündete eine Zigarette an und schüttelte den Kopf. »Wollen Sie auf etwas Bestimmtes hinaus, oder haben Sie tatsächlich noch keine Ahnung, wer es war?«

»Um ehrlich zu sein, nein. Hatte er Feinde? Kontakt zur Unterwelt? Drogen?«

»Ich weiß es nicht. Drogen? Wie kommen Sie darauf? Nicht, dass ich gewusst hätte. Sie müssen wissen, junger Mann, dass ich seit zwanzig Jahren von ihm geschieden bin und wir nur sehr sporadisch Kontakt miteinander hatten. Er lebte sein Leben, ich lebte meines. So war es immer gewesen.«

»Wer könnte von seinem Tod profitiert haben?«

»Ach Gott, profitiert – als Erbin natürlich Nora. Aber Nora mag alles Mögliche sein – eine Mörderin ist sie mit Sicherheit nicht!«

»Wissen Sie, dass die beiden am Tag vor dem Mord einen heftigen Streit hatten?«

»Nein. Ich wusste gar nicht, dass sie überhaupt noch Kontakt miteinander hatten.«

»Heinz Fabian hat sie aufgesucht. Das war am Samstag.«

Ihre Miene verfinsterte sich. Sie sog heftig an der Zigarette und blies eine Wolke gegen die Decke. »Ach!«

»Warum sollte er keinen Versöhnungsversuch machen?«

»Sie wissen nicht, was war.«

»Dann sagen Sie es mir, Frau Franke.«

»Das kann ich nicht.« Plötzlich fing sie an zu schluchzen.

Ben sah sich um. »Bitte, beruhigen Sie sich.«

»Es ist alles meine Schuld! Ich habe mich zu wenig um das Kind gekümmert! Hollywood und all das. Ich dachte, bei Heinz wäre sie in guten Händen. Wahnsinn!«

Sie nahm Bens Taschentuch und wischte sich die Tränen von den Wangen. Sie sah ihm in die Augen. »Er hat den Tod verdient. Als ich es letzte Woche erfuhr, habe ich ihm für einen Moment den Tod sogar gewünscht.«

»Was erfuhren Sie?«

»Nein. Es hat keinen Zweck, darüber zu reden. Es ist vorbei. Und außerdem hat es mit dem Mord an Heinz nichts zu tun.«

»Vielleicht nicht. Aber ich muss alles wissen, was damit zu tun haben *könnte*.«

Wieder liefen ihre Augen über. Ben wartete, bis sie weitersprach. »Man nannte meine Tochter *Europas kleiner Liebling*. Sie war so ein fröhliches Kind. Aber ich spürte, dass sie sich im Internat nicht wohlfühlte. Also wollte ich ihr eine Familie geben und brachte sie in diese Stadt. Zu Heinz, den ich gerade geheiratet hatte. Da war sie dreizehn. Ich bin an allem schuld.«

Angelika Franke wischte über ihre Wangen und schnäuzte sich laut.

»Nora mochte ihn nicht, von Anfang an. Sie nannte ihn immer nur Herr Fabian oder Mamas zweiter Mann. Nie hat sie mit mir über den Grund gesprochen. Und ich habe die ganze Zeit ihre Signale übersehen. Ihre Krankheiten, ihre Essstörungen, der Selbstmordversuch. Ich habe weggesehen. Ich war ständig auf Reisen. Ich dachte, Heinz wäre ja für sie da.« Die Tränen zogen ihre Bahnen, das Make-up war verschmiert. Die Dame ignorierte es. Ihre Stimme veränderte sich, sie klang jetzt kühl und unbewegt. Angelika Franke legte ihre Beichte ab.

»Ich habe sie vernachlässigt, und deshalb hat sie mir die Schuld gegeben. Als ich aus Hollywood zurückkam und Carlos heiratete, meinen dritten Mann, zogen wir nach Paris und nahmen Nora zu uns. Aber es war schrecklich mit dem Kind! Da war sie fünfzehn. Ich wusste ja nicht, was geschehen war.

Nachts wachte sie oft schreiend auf, tagsüber saß sie da wie gelähmt. Hysterie, sagte der Arzt. Einbildung, keine richtige Krankheit. Ich schob es auf meine neue Ehe und auf die Stadt, und wir zogen wieder nach Deutschland. Doch am Tag nach ihrem sechzehnten Geburtstag zog sie aus. Sie war nicht mehr zu halten.« Ihr Gesicht war fahl geworden. Das Make-up hatte sich in Bens Taschentuch versammelt.

»Stellen Sie sich vor: Letzte Woche hat sie mir alles erzählt. Sie rief mich an. Sie können sich vorstellen, wie schockiert ich war. Mama, sagte sie, dein zweiter Mann hat mich zwei Jahre lang missbraucht. Er hat meinen Körper missbraucht und meine Seele verkrüppelt.« Wieder begann Angelika Franke hemmungslos zu heulen.

Ben wartete, bis sie sich beruhigte. »Glauben Sie, dass Nora sich möglicherweise gerächt hat? Dass sie ihren Vater getötet hat, um mit ihrer Vergangenheit fertigzuwerden?«

Die hagere Frau starrte ihn an.

»Selbst der Staatsanwalt hätte dafür Verständnis«, ergänzte Ben. *Zwei Jahre lang missbraucht. Meine Kindheit war die Hölle.* Ben fielen die Heftchen in Fabians Schlafzimmer ein. Ein verdammter Kinderficker, der seine eigene Tochter gequält hatte.

Angelika Franke warf ihm sein Taschentuch vor die Füße. »Niemals«, fauchte sie. Jede Vertraulichkeit war mit einem Mal weggewischt. »Was fällt Ihnen ein? Sie haben wirklich keine Ahnung! Ich sagte doch, dass meine Tochter keine Mörderin ist. Und jetzt müssen Sie mich entschuldigen, junger Mann. Ich habe Termine!«

Ben stand zögernd auf, doch sie schenkte ihm keine Beachtung mehr. Er ging zur Drehtür, auf halbem Wege wandte er sich um. Angelika Frankes Kopf ragte nur wenig über die wuchtige Rückenlehne hinaus. Sie hatte sich nicht bewegt. Ihr Gesicht hielt sie mit den Händen bedeckt.

32.

»Wir haben alles Mögliche probiert«, sagte Tommaso zu Tom.
Fröhlich lief auf und ab. Es war eine der frisch umgebauten
Zellen für den Polizeigewahrsam. Hell, kühl und geräumig, ein
Bett mit neuer Matratze, Toilette und Waschbecken hinter
einem Paravent. Sein Büro war kleiner, fuhr es Tom durch den
Kopf.

»Wir haben ihn mit Kaffee und Zigaretten nur so vollgestopft.
Wir haben über Sport geredet, Fußball, die ganze italienische
Liga rauf und runter. Wir haben es über das Thema Familie
probiert. Normalerweise funktioniert das bei Italienern. Ich
weiß das, mein Vater kommt von da unten.«

Tom und Tommaso hatten sich auf dem Bett niedergelassen.
Jede Minute musste der Gefangenentransporter kommen.

»Wir sind einfach nicht an ihn rangekommen. Keine Chance,
an sein Gewissen zu appellieren. Der Junge hat keines. Keine
Chance, ihn in Widersprüche zu verwickeln. Der redet erst gar
nicht.«

»Ein zäher Bursche«, bestätigte Fröhlich.

In diesem Moment ging die Tür auf. Ein Uniformierter
brachte Enzo in den Raum. Zum ersten Mal sah Tom ihn aus
der Nähe. Der Spaghetti war dünn und wirkte noch jünger, als
er war.

»Setzen Sie sich.« Fröhlich zeigte auf einen Stuhl. Tom ging
zur *Olympia*, die auf einem Tisch unter der Lampe stand.

Zigaretten, Kaffee, Geplänkel. Toms Finger hatten Schonzeit,
bis Tommaso den Angriff startete.

»Seit heute geht es nicht nur um den Verstoß gegen das Be-
täubungsmittelgesetz.«

»Betäubungsmittel? Was ist das? Vino?« Enzo grinste und
schüttelte seine Strähnen aus dem Gesicht.

»Seit heute geht es zusätzlich um Mord oder Beihilfe zum Mord.«

»Mord?« Enzo hatte aufgehört zu grinsen.

»Der Mord an Feinkost-Fabian!«

»Bin ich Batmans Joker? Wollt ihr mir jetzt alle Verbrechen in die Stadt anhängen? Tutto, eh?«

»Wir wissen, dass Fabian mit euren Kokaingeschäften zu tun hatte«, mischte sich Fröhlich ein. »Wir haben Beweise, dass ihr den Partyservice für euren Handel benutzt habt. Entweder wollte Fabian euch ausbooten oder er wollte mehr Geld. Jedenfalls habt ihr ihn umgebracht.«

Der Junge schüttelte den Kopf. »Und Hänsel und Gretel heißt die andere Märchen.«

In der deutschen Literatur schien sich der Spaghetti auszukennen. Tom hackte in die Maschine.

Der dicke K2-Chef fuchtelte mit seiner Brille und wurde lauter: »Wir haben Beweise, aber wir haben sie noch nicht an die Kollegen weitergegeben, die im Fall Fabian ermitteln!«

»No capisco.«

»Das heißt«, erklärte Tommaso und beugte sich über Enzos Stuhl, »dass uns der Kokaindeal mehr am Herzen liegt als dieser Mordfall. Wir haben zwar die Beweise, aber wir sind eine andere Abteilung.«

Enzo hatte den verständnislosen Blick eines BSE-Rindes.

Fröhlich machte weiter: »Das ist ein Angebot, Enzo. Wir geben unsere Beweise nicht weiter, dafür packst du aus, was du weißt. Du bekommst nicht mehr als die Mindeststrafe. Andernfalls fährst du ein wegen Drogenhandels *und* Mords. Für den Rest deines Lebens. Such es dir aus, Enzo!«

Der Junge wandte sich an Tommaso. »Duzt er mich, bloß weil ich eine Ausländer bin, oder was, eh?«

»Ivanisevic ist auf unser Angebot eingegangen.«

Enzo wurde blass. »Das glaube ich nicht. Ivanisevic redet nicht. Der ist schlauer als ihr alle zusammen. Molto furbo!«

Tom tippte wörtlich mit, auch das, was er nicht verstand.

Tommaso ging auf den Jungen zu. Ganz nah. Ein süßes Lächeln im Gesicht. »Gestern hast du noch behauptet, du würdest Ivanisevic gar nicht kennen.«

Enzo verlor die Fassung. »Ich will mit meine Anwalt sprechen!«

»Du gibst also zu, dass ihr miteinander Geschäfte macht?«

»Ich will mit meine Anwalt sprechen!«

»Wie viel von dem Kokain aus der alten Lagerhalle lief denn über den Jugo?«

Die Stimme des Italieners überschlug sich: »ICH WILL MIT MEINE ANWALT SPRECHEN!«

Fröhlich ließ Enzo ins Gefängnis zurückbringen.

»Den kriegen wir weich«, meinte Tommaso grinsend.

»Übrigens, Swoboda«, sagte Fröhlich. »Das K1 hat Bedarf angemeldet. Die brauchen einen Drogenfachmann. Ich hab an Sie gedacht. Sie sind ein fixer Junge und werden uns dort keine Schande machen.«

»Ich? Das K1?«

Fröhlich lachte. »Ja. Ab morgen arbeiten Sie für ein paar Tage in Braunings Laden.«

Tom war überrascht und aufgeregt. »Um was geht es?«

»Um den Mord an Feinkost-Fabian. Ivanisevic hat zwar ein Alibi, vielleicht hat der Mord aber trotzdem mit dem Jugo und seinen Drogengeschäften zu tun. Kriminaloberkommissar Engel leitet die Ermittlungen. Anscheinend schafft es das K1 mal wieder nicht ohne uns. – Lassen Sie sich durch den Rottweiler nicht ins Bockshorn jagen, Swoboda. Es heißt, er liebt es, neue Kollegen ein wenig einzuschüchtern.«

»Äh, nein nein.«

»Und noch was: Der Kripochef will sich mit Ihnen unterhalten. Sie sollen sich bei ihm melden. Heute noch. Warum, das hat mir Sonntag nicht gesagt. Was ist? Haben Sie etwas ausgefressen, Swoboda?«

Der Dicke und Tommaso lachten.

33.

»Benni!«, rief die Frau hinter dem Schreibtisch erstaunt.

Ben sah sich im Sprechzimmer um. Er erinnerte sich daran, wie er sich über das Fehlen einer Couch mokiert hatte, als er den Raum zum ersten Mal betreten hatte. Bis auf den Kalender hatte sich nichts verändert.

»Mensch, wie lange haben wir uns nicht mehr gesehen?«, fragte Sigrid Romberg. Sie kam hinter dem Tisch hervor und sah an ihm hoch.

»Du bist jetzt Kommissar, stimmt's?«

»Kriminaloberkommissar im K1, Tötungsdelikte.«

Sie nickte. »Klingt nicht schlecht.«

Ben spürte ihre Verlegenheit. Ihm ging es genauso. Sie gaben sich nicht einmal die Hand. Für einen Moment standen sie sich schweigend gegenüber. Sigrid hatte sich verändert, stellte Ben fest. Sie hatte abgenommen, Sorgenfalten hatten sich auf der Stirn festgesetzt, und im schwarzen Haar schimmerten silberne Fäden.

»Hier fehlt die Couch«, brach Ben die gespannte Stille.

»Wie beim ersten Mal. Ganz der Alte«, lachte Sigrid.

»Nein, wirklich nicht. Ich habe mich ganz schön geändert. Das kannst du mir glauben.«

Sie setzten sich. Die Frau bot Ben Kaffee an. Er schmeckte bitter und abgestanden.

»Ich bin diesmal nicht wegen mir da«, fuhr Ben fort. »Ich brauche deinen Rat als Psychologin. Es geht um einen Mordfall, den ich bearbeite.«

Sigrid Romberg nickte verständnisvoll. »Auch dafür bin ich da.«

Ben ignorierte die Unruhe, die in ihm kribbelte. »Ein missbrauchtes Kind. Wie wahrscheinlich ist es, dass es als Erwachsener gewalttätig wird?«

Sigrids Sorgenfalten wurden tiefer. Es musste an ihrem Beruf liegen. »Mann oder Frau?« – »Eine Frau. Von ihrem dreizehnten bis fünfzehnten Lebensjahr wurde sie von ihrem Vater wiederholt missbraucht. Das ist rund zwanzig Jahre her. Jetzt wurde der Vater ermordet, und sie gehört zu den Verdächtigen. Was meinst du?«

»Ich müsste sie natürlich erst mal sehen.«

»Wir haben noch zu wenig in der Hand, um sie festzunehmen.«

»Ist sie in Behandlung, geht sie zu einer Psychotherapie?«

»Ich glaube ja.«

»Nun, ich habe wenig Erfahrung, aber viel darüber gelesen. Man hält sich auf dem Laufenden. Kindesmissbrauch ist mehr als ein Modethema.«

»Und?«

»Ich kenne keinen Fall, in dem sich ein solches Opfer später gegen den Täter wandte. Rein statistisch gesehen wäre es zumindest ungewöhnlich, wenn deine Verdächtige die Tat wirklich begangen hätte.«

»Aber wäre Rache nicht ein plausibles Motiv?«

»Vielleicht für den gesunden Menschenverstand. Aber ein schweres, fortgesetztes Kindheitstrauma prägt die Persönlichkeit anders. Das muss ich *dir* doch nicht erklären, Ben. Das missbrauchte Kind muss Urvertrauen und Geborgenheit bei Eltern suchen, die gewalttätig sind. Es muss eine Persönlichkeit entwickeln in einer Umgebung, die es als Sklave und Sexualobjekt definiert. Daraus resultieren Verdrängungsleistungen als Abwehrmechanismus. Das Mädchen liebt den Vater und sieht die Schuld seiner Misshandlung in sich selbst. Hass entwickelt es allenfalls gegenüber der Mutter, die die Gewalt zulässt, zumindest sieht es aus der Sicht des Mädchens so aus. Mit gesundem Menschenverstand hat das wenig zu tun, Benni. Das Mädchen hält sich selbst für böse und passt sich an, benimmt sich besonders brav, um nicht Anlass zu erneuter Misshandlung zu bieten. Aggressionen ja, aber gegen sich selbst. Das Mädchen hungert oder verletzt sich heimlich. Es gibt eine deutliche Korrelation zwischen Missbrauch und Selbstmord. Aber Mord – nein.«

Sigrid Romberg griff nach einem Buch im Regal neben ihr. »In den USA wurde das Thema weit gründlicher untersucht als hier. Die Frauenbewegung hat dort viel geleistet.« Sie blätterte. »Hier steht es auch: Missbrauchsopfer werden als Erwachsene sehr viel häufiger wieder zu Opfern, als dass sie ihrerseits andere missbrauchen. Natürlich gibt es Ausnahmen. Männer, die als Kind misshandelt wurden, neigen zum Beispiel sehr wohl dazu, ihre Aggressionen an anderen auszulassen.« Sie sah ihm in die Augen. »Aber *das* ist heute nicht unser Thema, stimmt's?«

Sie lächelte komplizenhaft. Ihre Verlegenheit vom Anfang hatte sich offensichtlich gelegt. Bei Ben war es umgekehrt, das Kribbeln in seinen Adern nahm zu. Die Psychologin war der einzige Mensch, den er je kennengelernt hatte, dem gegenüber er sich absolut gläsern fühlte, durchschaubar bis in die letzten Hinterstübchen seiner Gedanken und Gefühle.

Sie schlug das Buch zu. »Habe ich dir geholfen, Ben?«

»Ja. Ich glaube, sie braucht einfach jemanden, der sie bei der Hand nimmt.«

»Ach, denkst du dabei an jemand Bestimmtes?«

»Wieso?«

»Vergiss es. Ich kann mir jedenfalls vorstellen, dass diese Frau in ihrem Leben schon oft Männer hatte, die sie führen wollten. Zu viele. Sie muss lernen, selbstständig zu entscheiden und zu handeln, statt sich anzulehnen und unterzuordnen. Das ist viel wahrscheinlicher ihr Problem. Hoffentlich hat sie einen guten Therapeuten.«

»Sie macht Fortschritte, sagt sie.«

Ben war erleichtert. Sigrids Urteil war eine Art Freibrief für das gestrige Liebesstündchen mit Nora – und für den bevorstehenden Abend. Doch die Sorgenfalten waren nicht von Sigrids Stirn gewichen.

»Sollte sie allerdings doch die Mörderin sein, muss ich sie unbedingt kennenlernen. Versprichst du mir das? Das würde mich sehr interessieren.«

»Also kannst du es doch nicht ausschließen?«

»Natürlich nicht, was verlangst du von mir? Ich bin Psychologin, nicht der Papst. Ich kann mich irren, und manchmal tue ich sogar Dinge, die ich gar nicht tun sollte. Das weißt du doch.«

Ben wechselte rasch das Thema. »Wie geht es deinem Mann?«

Sie brach in herzliches Lachen aus. »Das interessiert dich doch nicht wirklich, Ben.«

»Du kannst das alte Spiel nicht lassen?«

»Nein. Ich spiele gern. Berufskrankheit.«

»Aber nicht mit mir, Sigrid. Nicht mehr.«

»Hast du dich wirklich geändert? Keine Rachefeldzüge mehr? Kein großer Tröster?«

»Nein. Damit ist seit damals Schluss. Ich zitiere wörtlich: Meine Persönlichkeit ist gefestigt, meine psychische Konstitution stabil. Ich habe es schwarz auf weiß. Amtlich.«

»Warum hast du danach nichts mehr von dir hören lassen?«

»Das weißt du selbst am besten. Du bist doch die Psychologin.«

»Auch wenn du glaubst, du seist jetzt ein anderer – ich bin immer noch an dem Fall interessiert.« Sie warf ihm den Blick zu, der bei seinem ersten Besuch gewirkt hatte.

Doch diesmal bedankte sich Ben und ging. Er mochte Sigrid, aber er würde nur wiederkommen, wenn es unbedingt sein musste. Es lag an ihrem Kaffee. An ihren professionellen Sorgenfalten. Und an ihrer verdammten Art zu spielen.

34.

Dieser Teil des Südfriedhofs glich mehr einem Wald als einem Park. Nur als leises, gleichmäßiges Rauschen drang der Lärm des Autobahnzubringers in diesen Winkel. In den Birken und Eichen raschelte der Wind, im Schatten darunter war von der Hitze wenig zu spüren. Ein Witwer in Shorts und mit Hosenträgern schleppte sich an zwei Gießkannen ab. Eine alte Frau zupfte Unkraut von einem Grab und schien auf diese Weise Kommunikation mit einem toten Angehörigen zu halten.

Ben passierte die Grabestempel alter Industriellenfamilien und staunte über den Pomp der verwitterten Bronzefiguren: weinende Jungfrauen, ein segnender Heiland, eine Sphinx. Er erreichte die Trauergemeinde in dem Augenblick, als der Sarg in die Erde glitt. Ben blieb in der Deckung zweier junger Kiefern stehen und beobachtete die Szene aus der Distanz.

Heinz Fabian war Bestandteil der lokalen Prominenz gewesen. Entsprechend groß waren der Berg an Kränzen und die Menge, die Schlange stand, um von dem toten Feinkostkönig Abschied zu nehmen. Einer nach dem anderen ging feierlich und gesenkten Hauptes am Grab vorbei, an Nora Fabian, Angelika Franke und dem Pfarrer. Einige bekreuzigten sich oder warfen etwas Erde dem Toten hinterher.

Asche zu verdammter Asche.

Ben konnte sich denken, was der Pfarrer zuvor in der Friedhofskapelle gesagt haben mochte. Was für ein guter Mensch der Verstorbene gewesen sei, wie groß die Trauer der Hinterbliebenen und wie hilfreich der Trost des Glaubens. Ben kannte die Sprüche und glaubte nicht daran.

Er brütete über dem, was Noras Mutter ihm erzählt hatte.

Angelika Franke hatte sich neu geschminkt und war kaum weniger attraktiv als ihre Tochter. Deren Gesicht war hinter einem Schleier verborgen, der an einem kleinen Hütchen hing. Ben staunte darüber, wie modisch und sexy ein Trauerkostüm sein konnte. Nora trug einen kurzen Rock, gemusterte Nylons und ein Oberteil, das hauptsächlich aus Spitze bestand. Beide hatten den Toten gehasst. Jetzt nahmen sie Beileidsbekundungen entgegen. Schauspielerinnen.

Ben erkannte das Walrossgesicht von Drago Ivanisevic inmitten anderer Angestellter des Fressimperiums. Die Kollegen vom K2, die den Serben überwachten, konnten nicht weit sein. Auch Ivanisevic gab Nora die Hand und ließ dabei seine Goldkettchen blinken.

Erde zu verdammter Erde.

Dicht hinter Ben knirschten Schritte auf dem Kiesweg. Es war Vogel. Er klopfte Ben zur Begrüßung auf die Schulter, rammte ein einbeiniges Stativ neben einen Grabstein und pflanzte eine Kamera darauf, deren riesiges Objektiv über die Kiefernzweige ragte. Wenigstens rückte er der Trauergemeinde damit nicht hautnah auf die Pelle.

Der Zug schien kein Ende zu nehmen. Ben erkannte Iris und Max Traube, der Nora lange und still umarmte. Aus der Distanz entging ihm Traubes Gesichtsausdruck, aber mit seinen Kulleraugen musste sich der Schauspielerkollege nicht groß anstrengen, um Trauer zu mimen.

»Napoleon« Gladisch folgte mit großem Anhang, wahrscheinlich alles Angestellte des Senders und der Produktionsfirma. Ben vermutete, dass die meisten Leute mit Fabian wahrscheinlich gar nichts zu tun gehabt hatten. Ganz nach dem olympischen Motto: Dabei sein ist alles.

Währenddessen klickte und surrte Vogels Kamera unermüdlich. »Smile – und smile«, murmelte der Fotograf. Ben begann zu ahnen, dass die ganze Zeremonie vor allem der Werbung für *Pro-Sat* diente. Jeden Tag eine rührende Geschichte über das *Watzmannhaus*, weil es Vogels Boss so will. Unbewegt stand Nora neben ihrer Mutter.

Staub zu verdammtem Staub.

Ben verlor die Kontrolle über die Gedanken, die durch seinen Kopf schossen. *Dein zweiter Mann hat mich missbraucht.* Ben dachte an das Rendezvous vom Vortag. Hatte sie ihren Spaß nur vorgetäuscht? Hatte sie es getan, um Ben zu bestechen? Der Besuch bei Sigrid hatte ihn ratlos gelassen.

»Das war's, der Film ist voll«, sagte Alex Vogel, packte die Kamera in die Tasche und begann, an seinem Stativ herumzuschrauben.

In diesem Moment gab es den Eklat: Ein Knall, der laut über den Friedhof schallte. Ein alter Herr mit weißem Haar, der sich die Wange rieb. Eine kleine, mollige Frau in Schwarz, die ihn von Nora wegzuziehen versuchte. Entsetzte Mienen. Ein Raunen.

Nora holte erneut aus.

»Spinnt die jetzt total?«, entfuhr es Vogel. Die kleine Mollige fing mit ihrer Handtasche den Schlag ab und brachte den Weißhaarigen aus Noras Reichweite. Vogel wühlte fieberhaft in seiner Tasche nach einem leeren Film.

Der Rest der Trauergemeinde zerstreute sich rasch. Peinlichkeit und Verwunderung hingen zwischen den Friedhofsbäumen. Jeder hielt den Blick gesenkt, als gäbe es auf dem Kiesweg etwas zu erforschen. Nur Vogel zappelte aufgeregt herum.

»Scheiße«, zischte er durch die Zähne und musterte Ben, als sei dieser ein Filmverkäufer, doch Ben hatte nur Augen für die Szene neben dem offenen Grab.

Max Traube redete leise auf Nora ein, die jetzt völlig versteinert und apathisch wirkte. Traube hakte sie unter und führte sie fort, Richtung Parkplatz. Nora setzte ihre Beine, als hätte sie kaum Kontrolle über sie.

Ben fasste einen Entschluss und lief in die andere Richtung. Am Ostausgang stellte er den Weißhaarigen und die kleine Mollige. »Kriminaloberkommissar Engel. Darf ich fragen, wer Sie sind?«

Der Mann tat empört. »Doch nicht hier auf dem Friedhof. Wir trauern um einen Freund.«

Ben ging ihm nicht aus dem Weg. »Wir können gerne einen Termin auf dem Präsidium vereinbaren, wenn Sie jetzt nicht mit mir reden wollen.«

Der Alte studierte nicht vorhandene Wolken. Die Frau antwortete: »Ich heiße Beate Falk, das ist mein Mann, Leo Falk.«

Leo Falk – der Name war Ben bekannt.

»So, ich hoffe, das war's dann«, brummte der Weißhaarige.

Falk: Bürgermeister, Ortsvorsitzender seiner Partei, dann sein Abschied von der Politik. Etwa zwei Jahre war das her.

»Nur noch eine Frage: Wie war denn Ihre Beziehung zu dem Toten?«

Wieder war es die Frau, die antwortete: »Wir waren befreundet. Seit vielen Jahren.«

Leo Falk ergänzte barsch: »Wenn Sie wissen wollen, wer ihn umgebracht hat, dann können wir Ihnen nicht weiterhelfen. Der Mann hatte keine Feinde.« Die fünf Finger Noras glühten in seinem Gesicht.

»Wie ist Ihre Beziehung zu Nora Fabian?«

Der ehemalige Politiker rieb sich unbewusst die Wange. »Keine Ahnung, was diese Frau zu dieser Entgleisung getrieben hat.«

Das Gesicht der Frau war ein einziges Fragezeichen. »Was hast du denn zu ihr gesagt?«

»Mein Beileid. Sonst nichts.« Falk suchte wieder nach Wolken.

Sie bohrte weiter: »Hast du das kommen sehen? Wolltest du deshalb zuerst nicht zur Beerdigung gehen?«

Ben hakte nach: »Sie müssen doch eine Erklärung für das Verhalten von Nora Fabian haben!«

Leo Falk geriet in Rage: »Hysterie, Tablettensucht, Stress! Schock, geistige Verwirrung, was weiß ich? Eine völlig überdrehte Filmdiva! Fragen Sie doch die Fabian selbst!«

»Leo, nicht so laut. Wir sind auf dem Friedhof.«

»Jedenfalls habe ich keine weiteren Erklärungen abzugeben! Es war ihre Entgleisung, nicht meine!«

Der Mann zog die kleine Frau zum Ausgang.

35.

Tom war zum ersten Mal in der Chefetage. Hier hatten sie sogar im Flur Teppichboden statt Linoleum. Er putzte den Schweiß von seiner Brille, bevor er das Vorzimmer betrat.

»Der Kriminaloberrat spricht gerade«, beschied ihm die Sekretärin. Bereits sie strahlte auf ihn mehr Autorität aus als Fröhlich, sein Vorgesetzter im K2.

Sie wies Tom einen Stuhl zu. Es gab sogar Zeitschriften, wie in einem Wartezimmer. Tom warf nur einen Blick darauf. Gewerkschaftsblätter. Er schickte der Sekretärin ein zaghaftes Lächeln, doch sie ignorierte ihn.

Tom spürte eine Aura von Macht. Einer wie Sonntag war nicht nur Kripochef. So einer war auch Parteimitglied, Berater des Ministers, Funktionär in vielen Gremien. Das wusste er von seinem Vater.

»Jetzt hat er aufgelegt. Sie können nun hineingehen, Herr Swoboda.«

Clemens Sonntag war ein schmaler Mann. Ein grauer Seemannsbart zog sich als strenge, schmale Linie um sein Kinn. Trotz der Hitze trug er Anzug und Krawatte. Er begrüßte Tom freundlich. »Sie sehen Ihrem Bruder sehr ähnlich, wenn man sich mal die Brille wegdenkt. Michael Swoboda – er wäre jetzt bestimmt schon Hauptkommissar.«

Tom quälte sich ein Lächeln ab. Ein Ventilator surrte. Das gleiche Gerät, das auch er in seinem Zimmer hatte. Nur schien es hier zu wirken.

Small Talk. Clemens Sonntag und Alfred Swoboda waren gemeinsam Streife gefahren. Das musste in den Sechzigerjahren gewesen sein. Beide hatten als Partner Karriere gemacht, erst bei der Schutzpolizei, dann bei der Kripo. Sonntags Ton klang familiär, doch Tom fühlte sich auf dem Prüfstand.

Er begann zu ahnen, was der Zweck des Gesprächs sein sollte. Schließlich platzte er heraus: »Hat mein Vater Sie gebeten, ein Auge auf mich zu werfen?«

Der Kripoleiter lächelte. »So ähnlich hat er es ausgedrückt.«

»Ich will keine Protektion, Herr Sonntag. Ich will behandelt werden wie jeder andere auch. Keine Vorteile, nur weil Sie und mein Vater befreundet sind.«

»Das ist sehr ehrenhaft, Thomas, und Sie bekommen auch keine Protektion. Weder Vor- noch Nachteile. Solange ich die Kripo leite, gibt es keine Seilschaften, keine Kungeleien. Die Stadt hat das Recht auf eine saubere Polizeibehörde. Kein Schlendrian, keine Korruption, keine Entgleisungen. Dafür stehe ich. Die Zeiten von Bollmann sind ein für alle Mal vorbei. Das ist meine Botschaft, und ich kämpfe dafür, dass sie sich endlich auch in der öffentlichen Meinung durchsetzt. Aber jetzt zur Sache – Fröhlich gibt Sie frei für die Mordkommission Fabian?«

»Ja, sie vermuten, dass der Fall etwas mit Rauschgift zu tun hat.«

Seine anfängliche Begeisterung über die Aussicht, im K1 mitarbeiten zu können, hatte sich inzwischen gelegt. Seit Stunden grübelte Tom darüber nach, warum man ausgerechnet ihn schickte, obwohl er erst seit drei Wochen dabei war und noch nicht viel Ahnung hatte.

Doch Sonntag schien solche Bedenken nicht zu haben. »Prima! Dort können Sie Ihren Spürsinn zeigen. Braunings Leute treten auf der Stelle. Sie kommen nicht weiter. Sie brauchen so was wie einen echten Swoboda.« Der hagere Mann machte den Eindruck, als meinte er das tatsächlich ernst. Tom schluckte.

»Und ich habe zusätzlich einen Auftrag für Sie, Thomas. Einen Sonderauftrag. Es geht um Kriminaloberkommissar Engel, der die Kommission leitet. Kennen Sie die Abteilung *Innere Dienste*?«

»Hat das etwas mit der Verwaltung zu tun?«

Sonntag lächelte milde. »Nein. Ich will es so erklären: Ein Kripoleiter muss seinen Laden kennen. Deshalb braucht er Informationen, die über das hinausgehen, was Kommissariatschefs in ihre Beurteilungen schreiben. Unabhängige Informationen von Leuten, die mir direkt unterstehen und von denen keiner weiß, dass sie mir zuarbeiten. Zuverlässige Leute, die nicht darüber plaudern. Das ist das Prinzip der Abteilung *Innere Dienste*.«

Tom nickte.

Ein Geheimdienst. Die Russen hatten das früher Kaderkontrollkommission genannt. Stalin hatte mit solchen Instrumenten Millionen in den Gulag gebracht.

Tom war nicht wohl bei der Sache. »Also Beamte, die Kollegen aufs Glatteis führen?«

Sonntag strich seine Krawatte glatt. »Nein. Beamte, die Kriminelle aufs Glatteis führen, die im Polizeidienst nichts zu suchen haben.«

»Heißt das, Sie halten Engel für einen Kriminellen?«

»Nein. Das heißt nur, dass ich sichergehen will, ob er die Eignung zum Hauptkommissar besitzt. Im K1 ist eine Stelle frei, die Brauning mit Engel besetzen möchte. Ich will wissen, ob Brauning da eine krumme Seilschaft aufbaut oder ob Engel die Beförderung wirklich verdient. Ich will, dass Sie das für mich herausfinden.«

Tom wagte nicht zu fragen, ob eine solche Bespitzelung vor jeder Beförderung üblich war.

»Brauning hat einen Bären an ihm gefressen«, fuhr der Kripochef fort, als spräche bereits das gegen Engel. »Für meinen Geschmack ist Benedikt Engel aber ein Sicherheitsrisiko. Seine Vergangenheit beweist das.« Er zog eine Schublade auf und warf ein dünnes Aktenpaket auf den Tisch.

»Vor ein paar Jahren wurde Engel schon einmal untersucht, und zwar hochoffiziell. Sie können sich die Akte durchsehen, aber nicht mitnehmen.« Er schob Tom das Paket zu. »Engel war damals im Streifendienst. Da hat man schon ab und zu mit Männern zu tun, die ihre Frauen verprügeln. Der übliche Ehekrach. Bei Engel wurde es zur Manie. Er hat diese Männer jedes

Mal krankenhausreif geschlagen. Ein Wunder, dass er dafür keine Anzeigen bekam. Doch das ist nicht alles. Engel hat sich mehrmals mit den Frauen eingelassen. Der Michael Douglas für gequälte Eheweiber, wenn Sie wissen, was ich meine. Und einmal war es eine unserer Kundinnen. Eine Kriminelle. Betrug und Diebstahl. Wir konnten Engel nicht nachweisen, dass er sie deckte oder ihr sonst wie half. Aber der Mann ist und bleibt ein Risiko, das steht fest!«

Tom blätterte in den Papieren. Beurteilungen, Zeugnisse, ein wissenschaftliches Gutachten. Tom sah sich die Akte näher an: *Aus psychologischer Sicht bestehen deshalb keine Einwände gegen eine Weiterbeschäftigung der untersuchten Person im Polizeidienst.*

»Er wurde von einer Psychologin untersucht?«

»Ja, sie tippte auf eine Art Kindheitstrauma. Wie diese Seelenklempner eben so sind. Für alles eine Entschuldigung. Das Entscheidende war damals, dass wir Engel keine Verstrickung in die Straftaten seiner Freundin nachweisen konnten. Der große Tröster!«

»Wie bitte?«

»Ja, das war sein Spitzname bei der Schutzpolizei. Ein Ehestreit genügte – und Engel sah rot und musste die Frau unter seine persönliche Obhut nehmen. Irgendwie zwanghaft. Bullen aus Leidenschaft sind manchmal die schlimmsten. Sie haben sich nicht unter Kontrolle, sie sind unberechenbar. Brauning ist auch so einer. Ich habe meine Zweifel, ob der Polizeidienst das Richtige für solche Leute ist!«

»Der große Tröster – kam das später noch einmal vor?«

»Sehen Sie, das ist eins der Dinge, die Sie für mich herausfinden werden, Thomas. Nehmen Sie Engel unter die Lupe. Ich setze auf Sie!«

36

Endlich Feierabend.

In der Nähe des Präsidiums war ein Supermarkt, in dem Ben gelegentlich einkaufte. Müde stand er mit seinem Einkaufswagen vor der Tiefkühltruhe und konnte sich nicht entscheiden.

»Hallo, Cowboy!«

Ben drehte sich um. Es war Ria.

Sie deutete auf seinen Wagen. »Wohnst du immer noch allein?«

»Ja.«

»Ich auch. Wieder.« Sie fuhr mit der Hand durch ihre langen Locken und lächelte ihn an.

»Bist du nicht mehr sauer auf mich?«

»Brauning hat mir erzählt, wie es war. Du kannst nichts dafür. Der Italiener, den du geschnappt hast, muss ein übler Bursche sein. Du warst ganz schön mutig, so ganz allein.«

»Hm.«

»Was hältst du von der Schauspielerin?«

Ben schob seinen Wagen weiter. »Ein windiges Alibi, du hast völlig recht, aber ich glaube nicht, dass sie es war.«

»Nach allem, was die Maskenbildnerin mir sagte, muss die Fabian einen Riesenhass auf ihren Vater gehabt haben.«

»Stiefvater. Er hat ihre Kindheit zur Hölle gemacht.« Ben schluckte, als er Rias Augen sah. Er wusste, was sie dachte.

»Verstehe. Aber auch daraus kann sich ein Mordmotiv zusammenbrauen!«

Sie hatten die Schlange vor der Kasse erreicht. »Hier ist nicht der Ort, um so was zu diskutieren«, sagte Ben leise.

»Verliebt, Cowboy?«

»Nenn mich nicht so!« Ben sah, dass die Blicke der Kassiererin nicht nur den Lebensmitteln galten, die er aufs Band legte.

»Früher hast du das gemocht: Der Großstadtcowboy, den so schnell nichts aus dem Sattel wirft.«

»Ria, was soll das?«

Ben bezahlte, gleich nach ihm war auch Ria fertig. Gemeinsam gingen sie zum Parkplatz des Präsidiums.

»Nimm dich vor dieser Schauspielerin in Acht, großer Tröster.«

Ben schwieg.

»Warum hast du mir nie von deinen Schwierigkeiten erzählt? Du hattest die Dienstaufsicht am Hals, stimmt's?«

»Sie hätten mich beinahe rausgeworfen. Sie haben mich sogar zum Seelenklempner geschickt.«

»Und? Hat der Psychologe deine Dämonen besiegt?«

Die Dämonen. Ria ging verdammt weit.

»Es war eine Psychologin«, antwortete Ben ausweichend.

»Ach. Hast du mit der auch geschlafen?«

»Nein.«

»Wieso nicht? Du vögelst doch sonst alles, was dir vor den Schwanz läuft.«

»Was geht dich das alles eigentlich an?«

Sie hatten den Parkplatz erreicht.

»Nichts, du hast recht. Entschuldige.«

Ben sah sie nur an.

»Vergiss es, Benni. Es ist nur ein kleiner Anfall von Eifersucht. Es geht vorbei.«

»Hoffentlich.«

Er schloss den Golf auf. Die aufgestaute Hitze eines verrückten Tages schlug ihm entgegen.

37.

Im K2-Trakt traf Tom auf seinen Kollegen Bönte. Am liebsten hätte er ihm von seinem Auftrag erzählt, doch der Kripochef hatte ihn zum Schweigen verdonnert.

Bönte machte ein grimmiges Gesicht.

»Wie geht's?«

»Ach, Scheiße! Der blöde Jugo hat uns mit seinem Sportwagen abgehängt!«

»Da bin ich froh, dass Fachleute wie du auch mal pennen«, schmunzelte Tom.

»Nein, der ist einfach ein fixer Bursche.«

»Bürgerkriegserfahrung.«

Bönte sah ihn an als wäre er das Christkind. »Meinst du, da unten fahren sie solche Schlitten?«

Tom erfuhr, dass Ivanisevic nach der Beerdigung von Feinkost-Fabian und vor seinem Untertauchen ein Büfett in den MMD-Studios aufgebaut hatte. Plötzlich fiel ihm seine Verabredung mit Jeannette, der Maskenbildnerin ein. Bönte erzählte noch, dass sie als Werkschutz getarnt mit Drogenspürhunden des Bundesgrenzschutzes erfolglos das Büfett nach Rauschgift untersucht hatten.

Doch Tom hatte es eilig und verschwand in seinem Büro. Er wählte zuerst seine Privatnummer.

Gabi war hochgradig sauer. Sie hätte Fisch aufgetaut für das Abendessen, und der ließe sich nicht wieder einfrieren. Tom wusste nicht, wie er sie beruhigen sollte. Er erzählte von einem Schlag gegen die Mafia, der heute Nacht stattfände und bei dem er unentbehrlich sei.

»Seit Tobias auf der Welt ist, verbringst du mehr Zeit im Büro als zu Hause«, beschwerte sich Gabi.

»Aber dafür bekomme ich doch Freizeitausgleich.«

»Wann denn? Ich glaube, du hast jetzt schon Urlaubsanspruch bis zum Beginn der Pensionierung!«

»Heute Morgen ging es dir nicht schnell genug mit meiner Karriere, und jetzt willst du mich zu Hause anbinden.«

Sie beendeten ihr Telefonat im Streit. Auf diese Weise brauchte er wenigstens kein schlechtes Gewissen zu haben, wenn er sich mit Jeannette zum Sommerfest traf.

38.

Zwei blau uniformierte Gorillas von einer privaten Werkschutz-firma ließen sich die Eintrittskarten zeigen. Jeannette winkte mit den großen, bunt bedruckten Lappen und betrat mit Tom die Halle der MMD-Studios.

»Wir sind früh dran. Die ganzen Stars sind noch nicht da«, sagte Jeannette.

Tom schätzte die Maskenbildnerin auf Ende zwanzig, sein Alter. Ihr frisch geschorener Schädel hatte für ihn etwas Exotisches. Sie trug ein schwarzes Bustier mit einer Art eingebautem Wonderbra, jedenfalls kam ihr Dekolleté sehr gut zur Geltung. Ihre Jeans saß tief auf den Hüften, oben eng und unten ausgestellt, ganz im Stil der Siebzigerjahre, passend zu den Plateausohlen ihrer Schuhe. Über den Hosenbund lugte der Rand ihres Slips, schwarze Spitze. Der Bauch war frei. Den Nabel zierte ein kleiner Goldring.

Toms spürte wieder dieses Kribbeln. Er brachte seinen Blick nicht weg von diesem süßen Bauch.

Jeannette bemerkte es. »Interessierst du dich für Piercing?«

»Äh ... – wieso?«

Sie berührte ihren Ring. »Hat gar nicht wehgetan. War wie Ohrdurchstechen. Total cool. Meine Schwester hat mich drauf gebracht. Sie hat schon vierzehn Stück. Stell dir vor!«

Er versuchte es. »Um den Nabel herum?«

Jeannette lachte. »Nein, überall. Ohren, Nase, Schamlippen.« Ihre braunen Augen fixierten Tom.

Sein Herz klopfte so stark, dass er Angst hatte, sie könnte es bemerken.

»Auf *Pro-Sat* haben sie neulich einen gezeigt, der sogar seine Zunge durchstochen hatte«, sagte sie.

»Oh! Ein Ring zu viel, glaube ich«, erwiderte Tom.

Sie wühlten sich zum Büfett durch. Papierdecken und Servietten waren blau-weiß kariert. Die Kellner trugen bayerischen Trachtenlook. Alles stand unter dem Motto *Watzmannhaus*.

»Das wird doch nichts anderes als eine weitere dieser grottenschlechten Seifenopern«, sagte ein älterer Herr mit Halbbrille, der vor Tom stand und nach den Käsehäppchen angelte.

»Was wollen Sie? Trash ist heutzutage Teil der medialen Folklore!«, hörte Tom einen feisten, jüngeren Mann in dunklem Anzug antworten. Trotz der Hitze trug der Feiste eine Weste unter dem Jackett.

Tom sah an sich herab: die Hose seines dunkelblauen Anzugs, dazu ein kurzes, modisch-buntes Hemd, das Gabi ihm gekauft hatte.

Er war nicht ganz sicher, ob er Jeannettes Geschmack getroffen hatte. Einen Augenblick lang hatte er überlegt, seine Brille im Auto zu lassen, doch ohne sie hätte er nicht einmal Jeannettes Nabelring entdeckt.

Die Maskenbildnerin schaufelte die verschiedenen Kleinigkeiten in sich hinein, mit denen sie ihren Teller vollgeladen hatte. Mit vollem Mund wies sie ihn auf weitere Kollegen und Prominente hin.

Es gab eine Bühne, und ringsherum standen Kulissen: Berge, Kühe und Almhütten aus Pappe. Tom fragte die Maskenbildnerin, ob in dieser Halle die Dreharbeiten für die Fernsehserie stattfänden.

»Nein, das ist drüben im großen Studio. Hier werden verschiedene Shows für *Pro-Sat* gemacht, zum Beispiel die *Mini-Karaoke-Show*. Kennst du die Sendung?«

Tom hatte davon gehört. Eine Holländerin führte Kinder vor, die Popstars nachmachten. Jedes Mal, wenn wieder eine Zehnjährige im Nuttenfummel zu Madonna-Liedern tanzte, empörten sich die Feministinnen. Und der *Blitz* schrieb, wie süß die *Mini-Karaoke-Show* doch sei.

»Antje wird heute Abend auch moderieren«, erklärte Jeannette.

Selbst die Band trug Trachtenkostümierung. Sie spielte US-Popmusik, aktuelle Hits. Tom und Jeannette mischten sich unter die Tanzenden. Tom war beeindruckt. Es war das großartigste Fest, das er je erlebt hatte. Immer wieder suchte er beim Tanzen die Berührung mit Jeannette. Sie entzog sich ihm nicht.

Dann machte die Musik eine Pause, und Antje betrat die Bühne. Sie kündigte ein hohes Tier des Senders an und machte ein Theater, als ginge es um die Oscarverleihung.

Jeannette ging auf Zehenspitzen und berührte mit den Lippen fast Toms Ohr. »Marco Gladisch, der große Boss. Es gibt ihn also wirklich!«

Von groß konnte keine Rede sein. Tom erinnerte sich, dass man ihn auch Napoleon nannte. Er hatte sich einen Programmdirektor viel älter vorgestellt.

»Der ganze Sender zittert vor ihm«, ergänzte Jeannette. Tom legte seinen Arm um ihre Taille. Auch er zitterte leicht, jedoch aus einem anderen Grund.

Gladisch griff sich das Mikrofon: »Ich will es kurz machen, denn wir wollen feiern. Wir feiern den Sommer, der dieses Jahr heißer ist als sonst. Und wir feiern den Beginn einer Produktion, die heißer sein wird als alles andere zuvor. Es geht um Freud und Leid, um Herz und Schmerz, um Kabale und Liebe, und vor allem um das, was uns alle antreibt – das wahre Leben!«

Hunderte von Gästen applaudierten.

»Den Mitarbeitern möchte ich sagen, dass es wunderbar ist, zu verfolgen, mit wie viel Freude und Schwung Sie dieses großartige Projekt angehen. Schon nach einer guten Woche ist klar: Das kann nur ein Erfolg werden! Ein Erfolg, der alles bisher Dagewesene in den Schatten stellt!«

Der Applaus wurde stärker.

»Schon jetzt schreiben einige Kritiker, in diesen Hallen würden wir geistiges Junkfood produzieren. Sie wissen, das prallt an mir ab. Jawohl, ich bekenne mich dazu: Das *Watzmannhaus* ist eine Seifenoper, und zwar im besten Sinne. Wir produzieren für die Zuschauer, nicht für die Kritik. Für die Menschen im Lande. Und dafür geben wir unser Bestes!«

Begeisterung.

»Und noch etwas zum Schluss an alle Mitarbeiter: Je weiter die Produktion fortgeschritten ist, desto teurer wird es, Sie zu ersetzen. Also lassen Sie sich bitte in der nächsten Zeit nicht mit Drogen erwischen, zumindest bis die Arbeiten am *Watzmannhaus* zu Ende sind. Danke.«

Gelächter und Bravorufe.

Dann trat ein bärtiger Typ auf, der von den Schuhen bis zum Hut komplett in Weiß gekleidet war. Auch er lieferte sein Bekenntnis zur Seifenoper ab. Er sei ein »passionierter Aficionado jeglicher Pulp Fiction«. Was immer das auch heißen mochte.

»Dietling, der Regisseur«, erklärte Jeannette. Sie streichelte Toms Hand, die auf ihrer Hüfte lag.

Es wurde noch voller und heißer. Tom staunte. Er sah Leute, die er bislang nur vom Bildschirm her kannte: Nachrichtensprecher, Talkmaster, Moderatorinnen.

»Ein tolles Fest. Kennst du die Leute alle?«

»Die meisten. Der dort drüben ist Kurt Kress, der die Nachtshow macht. Nicht so gut wie sein Vorgänger, aber er ist Gladischs persönliche Entdeckung, deshalb darf er weitermachen. Da vorn, der mit dem Dreitagebart, das ist Marcel Feldkamp, der Sportchef von *Pro-Sat*. Nebenher macht er mit Bierreklame ein Riesengeld. Seine Frau wird's ihm wegnehmen. Sie hat ihn rausgeschmissen und will sich scheiden lassen. Sie hat ihn beim Fremdgehen erwischt.«

Toms Gedanken schweiften ab. Er musste schlucken.

»Und siehst du den dort drüben?«

»Wo?«

»Neben der Frau in dem schwarzen Minikleid?«

Auch der kam Tom bekannt vor.

»Das ist Max Traube, einer der Stars der Serie. Ein berühmter Komiker.«

»So komisch sieht der gar nicht aus.«

»Das ist bei diesen Typen immer so. Privat sind Komiker unausstehlich. Traube und die Fabian – die sind wie ein altes Ehepaar. Sie hängen aneinander und kriegen sich ständig in die Wolle. Hassliebe, sie haben wahrscheinlich schon zu oft miteinander gearbeitet.« Die Maskenbildnerin deutete auf den Studioeingang. »Da ist sie ja!«

Nora Fabian betrat die Szene. Tom erstarrte, als er den Mann an ihrer Seite erkannte. Er trug einen teuer aussehenden cremefarbenen Anzug und bewegte sich, als sei er in dieser Szene zu Hause.

Es war Benedikt Engel vom K1.

Der große Tröster. Der unberechenbare Bulle. Nun hatte Tom zwei, um die er sich auf diesem Fest zu kümmern hatte.

39.

Als Erstes begrüßten sie Iris und Max Traube.

»Ihr kennt euch bereits?«, fragte Nora.

Traube zwang sich zu einem Lächeln. Auf seinen Schläfen standen Schweißperlen.

»Na, schon bei meinem Chef beschwert?«

»Ich bitte Sie. So war das doch nicht gemeint. Sie müssen verstehen, mein Lieber, der Schock, dass ausgerechnet Nora als Verdächtige galt. Aber wie ich sehe, haben Sie Ihre Meinung revidiert.«

Iris nahm ein Glas vom Tablett eines vorbeikommenden Kellners. »Auf die Lebenden!« Offensichtlich war es nicht ihr erstes Glas.

»Mach langsam, morgen hast du deinen ersten Drehtag! Du wirst einen klaren Kopf brauchen«, mahnte Traube. Die Trauer seiner Augen schien hier so fehl am Platze, dass sie auf Ben schon wieder komisch wirkte.

»Du alter Griesgram! Immer musst du kommandieren. Heute wird gefeiert!«, erwiderte Iris aufgekratzt.

Sie hatte die erhoffte Rolle bekommen, erfuhr Ben. Das Schulmädchenkleid vom Nachmittag hatte Iris gegen ein noch kleineres Schwarzes getauscht.

Ben und Nora Fabian griffen beide nach Mineralwasser.

Nora fragte: »Trinkst du wirklich niemals Alkohol?«

»Nein. Ein naher Verwandter von mir ist an Alkohol gestorben. Vielleicht deshalb.«

»Und mir würde es wahrscheinlich genauso wie deinem Verwandten gehen. Aber eisern zu bleiben, fällt trotzdem nicht leicht.«

»Heute sind Sie es, der auf sie aufpassen muss, Herr Engel«, mischte Traube sich ein. »Und lass es heute nicht zu spät werden, Nora. Das schadet deinem Teint. Du weißt, du bist nicht mehr die Jüngste.«

Nora ignorierte den letzten Satz. An diesem Abend war sie ganz die Diva.

Sie trug ein erdbeerrotes Kleid, schulterfrei und auf dem Busen mit Tausenden von golden funkelnden Pailletten bestickt. Mit ihrem hochtoupierten Haar und in ihren Stilettos wirkte sie nur wenig kleiner als Ben.

Iris drängte sich an Ben heran. »Probieren Sie doch mal, Herr Engel, es ist Champagner!«

Traube wies sie zurecht: »Lass ihn doch. Wenn Herr Engel das doch nicht mag!«

Iris zog eine Schnute. »Ach, du alter Griesgram.« Sie zwinkerte Ben zu.

Nora zog ihn weiter und stellte ihm einige Mitarbeiter der Serie vor. Sie streute ihr patentiertes Lächeln unter die Gäste: Keiner kann mir auf dieser Welt etwas weismachen.

Ben spürte die Nervosität unter ihrer Fassade.

»Benedikt, das ist René. Er ist Autor. Gewissermaßen der Erfinder der Serie. René, das ist Kommissar Engel. Er versucht, den Mord an meinem Stiefvater aufzuklären. Aber heute Abend ist er privat hier.« Sie strahlte Ben an.

Händeschütteln. René war eine Tunte mit lackierten Nägeln und violettem Seidenhemd.

»Kommissar! Das ist interessant. Wenn ich einmal einen Krimi mache, muss ich unbedingt mit Ihnen reden.«

Nora lachte. »Konzentrier dich erst mal auf das *Watzmannhaus*.«

Ben spielte den Interessierten. »Sie schreiben also die Folgen?«

»Ich leite das Story Department. Insgesamt haben wir ein Dutzend Autoren.«

Nora zündete eine Zigarette an. »Wisst ihr schon, wie die Pilotsendung aussehen wird?«

»O ja! Gladisch hat es heute abgesegnet. Pass auf, Noraschatz: Ein Manager hat seiner Frau erzählt, er müsse zu einem Kongress, in Wirklichkeit macht er mit seiner Tussi Urlaub im *Watzmannhaus*. Seine Schlampe von Frau hat ebenfalls ein Verhältnis und kommt mit ihrem Stecher ebenfalls in das Hotel. Groooßes Tohuwabohu. Schließlich bringst du die beiden wieder zusammen, Noraschatz. – Happy End.« Er klatschte affektiert in die Hände.

»Natürlich, wie jedes Mal. Und wer ist Gaststar?«

René zog die Brauen hoch. »Oh, Napoleon macht ein großes Geheimnis daraus!«

Ein in Weiß gekleideter Typ entführte Nora auf die Tanzfläche.

Ben sah sich um. Er schnappte Fetzen einer Unterhaltung auf.

»Sie müssen zugeben, dass das Fernsehen nur einen sehr oberflächlichen Blick auf die Politik ermöglicht«, sagte ein Intellektueller mit Halbbrille.

»Im Gegenteil. Fernsehen zeigt Politiker exakt so, wie sie sind. Adorno zum Beispiel kaufte sich in den Sechzigerjahren nur deshalb ein Fernsehgerät, weil er mehr über die Politiker erfahren wollte«, antwortete ein schwitzender Dicker.

Plötzlich erblickte Ben Alex Vogel mit seinem Fotoapparat. Für einen Moment setzte sein Herzschlag aus. Ben konnte bereits die Druckerschwärze riechen. Er sah die Schlagzeile:

POLIZIST UND MORDVERDÄCHTIGE –
EIN HERZ UND EINE SEELE!

Ben ballte die Fäuste.

Vogel schlug ihm auf die Schulter. »Hey, Großer, gratuliere! Wie hast du das bloß wieder gemacht? Ausgerechnet *du* bist Nora Fabians Begleiter. Donnerwetter! Da werden meine Leser staunen!«

»Nichts werden sie! Unsere gestrige Aktion hat mir schon genug Ärger gebracht. Ich möchte verdammt noch mal meinen Job behalten!«

Vogel grinste. »Zier dich nicht so! Als Begleiter des Stars bist du eine relative Person der Zeitgeschichte!«

»Alex, ich meine es ernst. Eine Zeile über mich und Nora – und ich prügle dir die Scheiße aus dem Leib, verstanden?«

»Ich hoffe, du deckst keine Mörderin?«

»Ach was. Und verschon mich mit deiner relativen Zeitgeschichte. Ich hoffe, wir verstehen uns!« Ben hieb seinen Zeigefinger in Vogels Brust. Der verzog das Gesicht.

»Ist ja gut, Alter.« Ben sah mit Genugtuung, wie Vogel sich sein Brustbein rieb. »Aber pass auf! Ich kann nicht für die anderen Reporter garantieren. Die Fete ist voll von Kollegen!«

Dietling brachte Nora zurück.

Ihre Blicke signalisierten Ben: Hier gibt es nur einen, mit dem ich wirklich tanzen möchte, und das bist du.

Die Band spielte ein Engtanzstück. Nora machte keine Anstalten, die Tanzfläche zu verlassen. Ihr Becken schob sich gegen seines. Ben spürte Noras Brüste, ihren Atem, den Duft ihres Haars. Sie schien es zu genießen. Leicht glitt sie über den Boden. Nora hatte auch als Tänzerin große Klasse.

Doch Ben war unruhig geworden. Unaufhörlich hielt er Ausschau nach Kameras.

Bauchflattern.

Am Ende des Stücks applaudierte die Menge. »Tanzen kannst du also auch, Cowboy«, raunte Nora in Bens Ohr. Ben klatschte und musterte die Umstehenden.

Nora folgte Bens Blick. »Das ist übrigens meine Maskenbildnerin!« Sie zog ihn zu einer jungen Frau, die offensichtlich Sinead O'Connor nacheiferte.

Der Mann neben ihr trug ein billiges Kaufhaushemd, Brille und den in der Behörde weitverbreiteten Schnurrbart. Ein Bulle, fuhr es wie ein Blitz durch Bens Gedanken.

»Jeanny-Schatz, kannst du mir rasch einen Gefallen tun? Ich brauche deine Hilfe. Die Luft hier drin macht meine Haut ganz kaputt!« Die beiden Frauen verschwanden. Der junge Mann sah wie Hilfe suchend Jeanny-Schatz hinterher.

»Ich glaube, wir sind von der gleichen Fakultät«, sagte Ben.

»Ja. Ich bin Thomas Swoboda, vom zweiten Kommissariat.« Sie gaben sich die Hand. »Und Sie sind Benedikt Engel vom K1.«

Offensichtlich hatte Swoboda das Foto im *Blitz* gesehen. Ben kannte ihn nicht. »Neu in der Festung?«

»Seit drei Wochen.«

»Und? Schon bereut?«

»Äh, nein.« Thomas Swoboda nahm seine Brille ab und begann sie zu putzen.

Ben befühlte Swobodas Hemd. »Schön für den Sommer. Karstadt oder Kaufhof?«

Swoboda wirkte unsicher. »Äh, weiß nicht. Ich hab mal 'ne Frage.«

»Nur zu, Kollege.«

»Sie sind mit Nora Fabian hier, deren Vater ermordet wurde. Ich meine, gehört sie als Erbin denn nicht zum Kreis der Verdächtigen?«

»Ach was. Sie hat ein Alibi. Ich versuche, mehr über ihren Stiefvater herauszufinden. Sehen Sie es mal so: Ich opfere sogar meine Freizeit für den Fall. Was dagegen?«

»Haben Sie was mit der Fabian?«

»Jetzt mal langsam, Kollege.« Ben sah Spuren von Lippenstift auf Swobodas Hals. »Weiß eigentlich Ihre Frau, dass Sie sich hier mit dieser Maskenbildnerin herumtreiben?«

Swoboda machte den Regenbogen. Von blassblau bis leuchtendrot in zwei Sekunden. Treffer. Der kleine Swoboda konnte ihm nichts anhaben.

»Soll ich Ihnen einen Tipp geben? Verraten Sie Ihrer Frau nichts davon. Was sie nicht weiß, macht sie auch nicht heiß. So hat jeder von uns sein süßes Geheimnis. Und das behalten wir jeweils schön für uns, okay?« Ben klopfte dem Kollegen auf die Schulter.

Den Kleinen hatte er in der Tasche.

40.

Tom hasste es, wenn jemand ihm gegenüber den gönnerhaften Großkotz machte. Und er hasste sich dafür, wenn er dem nichts entgegensetzen konnte.

»Nora sagt, ihr Begleiter sei ein Kollege von dir«, sagte Jeannette, als sie zurückkam.

Tom kochte. »Was hat sie dir erzählt? Haben die was miteinander?«

»Sie sagt, sie findet ihn süß, einer zum Anlehnen.«

»Und?«

»In Sachen Männer ist die Primadonna ein Rätsel. Ich glaube, Monogamie hält sie für eine Art Tropenholz.«

»Wie kommt es eigentlich, dass du der Fabian das Make-up richten musst, sobald die das verlangt? Du bist doch heute Abend nicht im Dienst!«

»Was hast du auf einmal? Das war doch nur ein kleiner Gefallen. Sie braucht das. An manchen Tagen ist sie ein einziges Krisengebiet. Eine Nervenpleite. Sie rastet aus und kann sich danach nicht mehr daran erinnern. Andererseits kann sie der feinste Mensch sein.«

»Klingt ja entzückend.«

Jeannette überhörte Toms Ironie. »Manchmal ist sie hilflos wie ein Kind. Und wenn man ihr dann einen kleinen Gefallen tut, kann es sie richtig aufbauen.«

»So hilflos sieht sie gar nicht aus.«

Tom wurde angerempelt. Es war der Feiste im Anzug. Ohne sich bei Tom zu entschuldigen, redete er weiter auf seinen Gesprächspartner ein.

»Schrill sein genügt den Privaten nicht mehr«, hörte Tom ihn dozieren. »Der Qualitätswettbewerb rollt jetzt an, und davon kann der Zuschauer nur profitieren. Der Blues der depressiven Kulturkritik ist heutzutage völlig fehl am Platz.«

»Lass uns tanzen!«, forderte Jeannette Tom auf.

»Glaubst du, dass sie den alten Fabian umgebracht hat?«

»Die Primadonna? Nein. Eigentlich nicht. Aber gestaunt habe ich schon, als die beiden aneinandergekracht sind. So heftig, dass ich mich gar nicht getraut hab zuzugeben, dass ich es war, die ihren Alten in die Garderobe gelassen hat. Aber wie will ich ahnen, dass Nora ihn nicht abkonnte?«

»Aneinandergekracht? Wann war das?«

»Vor drei Tagen, am ersten Drehtag, den wir hier hatten. Aber das habe ich einer Kollegin von dir doch schon alles erzählt.«

Tom zog die Stirn kraus. Streit, ein Motiv – und Engel musste davon wissen. Ganz in Gedanken griff Tom nach einem Weinglas, das ein Kellner gerade vorübertrug.

»He, wir wollten doch tanzen!«, erinnerte ihn Jeannette.

»Was ist denn das für ein Alibi, das die Fabian haben soll?«, fragte er.

»Fabianfabianfabian! Hast du kein anderes Thema? Erzähl lieber von dir! Was macht deine Verbrecherjagd? Die Rauschgiftmafia?«

Das war für Tom nur das nächste Stichwort, sich über Engel zu ärgern. Und ausgerechnet der leitete die Kommission, in der er ab morgen Dienst tun würde.

»Entschuldigung, ich höre gerade, dass Sie über Nora Fabian sprechen«, mischte sich ein älterer, rotgesichtiger Mann ein. Er deutete auf den Fotoapparat, der um seinen Hals hing. »Presse. *Morgenpost.* Eine Frage: Wer ist das eigentlich, mit dem die Fabian gerade tanzt?«

Tom sah hin, und es kochte wieder.

»Kriminaloberkommissar Engel«, sagte Tom leise. Der Pressefritze hielt sein Ohr gegen Toms Gesicht und den Kugelschreiber an sein Notizbuch.

»Benedikt Engel vom K1, das heißt, er ist Kriminalbeamter beim ersten Kommissariat, zuständig für Tötungsdelikte. Und Nora Fabians Vater ist am Sonntag ermordet worden. Bislang hat man keinen Täter. Nora Fabian soll es jedenfalls nicht gewesen sein. Sagt zumindest dieser Engel, wenn Sie wissen, was ich meine.«

Tom sah, wie der Stift auf dem Papier arbeitete, während der Pressefritze im Gewühl abgedrängt wurde.

»Danke«, sagte der Mann, ohne seinen Blick zu heben.

Antje stand wieder auf der Bühne. Sie kündigte die »Jodelkönigin« an, eine dirndltragende Vollschlanke. Jeannette erklärte Tom, dass es sich bei ihr um den Star einer weiteren *Pro-Sat*-Sendung handelte. Die »Jodelkönigin« trällerte etwas unverkennbar Alpenländisches.

Anschließend führte Marco Gladisch die strahlende Nora Fabian auf das Podium. Die Stimmung erreichte den Höhepunkt. Das Scheinwerferlicht ließ Noras Gesicht leuchten. Ich bin eure Traumfrau, schien ihr Lächeln zu sagen.

Der Programmdirektor erklärte, dass in jeder Folge der Serie ein berühmter Gaststar an ihrer Seite auftreten werde. Er hoffe, auch die »Jodelkönigin« dafür gewinnen zu können. Die Gäste applaudierten wie verrückt.

»Die wichtigste Folge einer Serie ist die Pilotsendung«, fuhr Gladisch fort. »Dafür geben wir uns besondere Mühe, denn wir wollen vom Start weg erfolgreich sein. Deshalb freue ich mich besonders, Ihnen heute verraten zu können, wen wir in der Pilotsendung als Gaststar haben werden: Es ist der größte Star, den Deutschland zu bieten hat! Kein Geringerer als Martin Vondermühle!«

Das Studio kochte.

»Sehen Sie, Qualität«, sagte der junge Dicke neben Tom und klatschte.

»Wieso loben Sie eigentlich seit Neuestem die Privaten, Herr Kuschke?«, fragte der Mann mit der Halbbrille. »Vor einem Jahr klang das noch ganz anders!«

»Ganz unter uns: *Pro-Sat* hat mir einen Beratervertrag angeboten. Sagen Sie's noch nicht weiter.«

»Was hast du?«, fragte Jeannette.

Tom reagierte nicht. Er starrte auf Nora Fabian.

Die Schauspielerin schien sich mit »Napoleon« Gladisch zu streiten. Hasserfüllt fuhr sie ihn an, doch was sie sagte, ging in der Musik unter, die jetzt lauter als zuvor einsetzte. Gladisch verließ fluchtartig die Bühne. Die Menge um Tom begann zu tanzen.

Nora Fabian biss sich auf die Lippen. Sie stand wie versteinert, Tränen glitzerten in ihren Augen. Sie schwankte, als ob ihre Beine jeden Moment wegknicken würden. Benedikt Engel, der alle anderen überragte, schob sich zur Bühne, doch ein schmaler, älterer Herr mit grauen Stoppelhaaren war schneller. Es war der Schauspieler, den ihm Jeannette als berühmten Komiker vorgestellt hatte.

Außer Tom schien keiner auf das Geschehen zu achten.

»Hey, Tom! Ich habe keine Lust mehr auf die Fete«, rief ihm seine Begleiterin ins Ohr. »Wie wär's, wenn wir noch zu mir gehen?«

Tom beobachtete, wie der Grauhaarige beruhigend auf die Schauspielerin einredete und sie in Richtung Ausgang bugsierte. Engel folgte ihnen. Sie sprachen miteinander, und Engel nahm die Fabian kurz in den Arm. Tom sah eine Kamera aufblitzen, auch die Presse schien den Nervenzusammenbruch der Diva inzwischen bemerkt zu haben.

Der Komiker führte Nora Fabian nach draußen.

Engel blieb allein zurück.

»Komm schon, Tommiboy. Ich hab noch einen Schampus im Kühlschrank«, drängte Jeannette.

Tom beschloss, dass Sonntags Auftrag, Engel zu überwachen, erst ab morgen gelten sollte.

41.

Es war kurz nach elf Uhr abends. Aus der Villa strömte Licht über den Rasen. Die Hortensienblüten dufteten. Iris kam mit einem Packen Badetücher aus dem Haus.

Ben lag neben dem Pool und sah zu, wie sie sich auszog. Das Kleid glitt zu Boden, dann der Slip. Langsam stieg Iris ins Wasser.

»Hey, Glücksprinz, komm rein! Es ist gar nicht kalt!« Verspielt planschte sie hin und her.

Gut, dass sich Traube um Nora kümmerte, dachte Ben. Sie war mit einem Mal völlig durch den Wind gewesen, apathisch, nicht mehr ansprechbar. Ein blankes Nervenbündel. Ben taugte nicht zum Psychiater. Traube schien zu wissen, was in solchen Momenten zu tun war.

Iris lockte vergebens. Ben roch das Gras und starrte in den Sternenhimmel. Er hätte gar keine Zeit für Nora gehabt. Er konnte Brauning nicht versetzen.

Iris kletterte aus dem Wasser und baute sich mit gespreizten Beinen über Ben auf.

»Du hast dir deine Belohnung noch nicht abgeholt.«

Sie ließ das Becken kreisen. Das senkrechte Lächeln schimmerte. Wasser tropfte von ihrer Haut auf Ben herab.

»Du hast Gänsehaut. Erkälte dich nicht!«, rief er und warf ihr eins der Tücher zu.

Sie zog eine Schnute, wickelte sich ein und legte sich neben ihn. Er spürte, dass sie fror, und nahm sie in den Arm.

Sie schwiegen und schauten in die Sterne.

»Was für ein Verhältnis hat Nora eigentlich zu Max Traube?«

»Eifersüchtig? Die beiden kennen sich seit vielen Jahren. In Paris haben sie mal eine Zeit lang zusammengelebt. Er kümmert sich um sie, wenn sie ihre Krisen hat. Das heißt, fast ständig. Er ist verrückt nach ihr, und sie hasst ihn für seine Anhänglichkeit. Es ist fast wie bei einem alten Ehepaar. Aber ich glaube nicht, dass sie miteinander vögeln, wenn du das meinst.«

»Was weißt du über Noras Kindheit?«

»Noranoranora. Hast du kein anderes Thema?«

Er schwieg.

Iris stützte sich auf und sah ihn an. »Was ich weiß? Ihr Alter hat sie missbraucht. Hat sie es dir erzählt?«

»Nein. Ihre Mutter.«

»Und stell dir vor: Sie hatte das alles vergessen, sagt sie. Erst jetzt durch ihre Psychoanalyse hat sie sich vor einer Woche wieder dran erinnert. Dabei muss es doch grauenvoll gewesen sein!«

Ein Schaudern lief durch Ben. »Vielleicht hatte sie es genau deshalb verdrängt.«

Iris schmiegte sich an ihn. Ihre Hand tastete nach seiner Hose. »Was machen wir nur mit dem angebrochenen Abend?«, fragte sie.

»Nichts. Ich muss jetzt gehen«, sagte Ben.

42.

Es war Mitternacht geworden. Sturm kam auf. Immer wieder verdeckten vorbeijagende Wolkenfetzen die Scheibe des Mondes. Irgendwo braute sich ein Gewitter zusammen, doch an der Stadt würde es vorbeiziehen, hatte der Wetterbericht gesagt.

Die Pappeln am Rand des großen Parkplatzes bogen sich tief durch. Als die Scheinwerfer über die Blätter streiften, sah Ben, wie sie sich im Wind schüttelten.

Der Platz war angelegt worden, damit die morgendlichen Pendler auf die S-Bahn umstiegen. Jetzt stand auf dieser weiten, schwarzen Fläche nur ein kleines Sportcoupé. Frank Brauning stoppte seinen Benz daneben.

Aus seinem Kofferraum holte er zwei Bleiwesten. Sie legten sie an, ohne ein Wort zu wechseln. Dann rollte Brauning ein Bündel auf. Zwei abgesägte Schrotflinten kamen zum Vorschein. Ein so großes Kaliber hatte Ben noch nie gesehen. Er dachte an das, was man damit anrichten konnte, und hatte ein flaues Gefühl im Bauch.

Auf der Herfahrt hatte ihm Brauning kurz erklärt, was er vorhatte. Es klang nach einer Festnahme, bei der sie Beweismaterial verschwinden lassen sollten. Rauschgift und jede Menge Geld.

Sie stiegen in den Flitzer, jeder hielt seine Waffe auf dem Schoß. Brauning fuhr stadteinwärts. Keiner von beiden schien Lust zu haben, ein Gespräch zu beginnen. Ben sah die Lichter der Stadt, der Schiffe auf dem Rhein und die des Kraftwerks am Ende des Hafens. Brauning steuerte genau darauf zu.

Gleich hinter dem Kneipenviertel begannen die Industrieanlagen. Alte Weizenmühlen, Lagerhallen, Speditionen. Vieles lag brach, die Industrie zog sich mehr und mehr aus der Stadt zurück. Sie fuhren an Hafenbecken vorbei, überquerten Bahngleise. Um diese Uhrzeit war Ben noch nie soweit in dieses Gebiet vorgedrungen. Plötzlich schaltete Brauning Licht und Motor aus. Leise knirschend rollte der Sportwagen noch mehrere hundert Meter weiter. Hinter einer Halle brachte Brauning ihn zum Stehen. Es war stockdunkel. Nur langsam gewöhnten Bens Augen sich daran.

Brauning machte ein Zeichen: *Leise.* Sie stiegen aus. Brauning öffnete ein Tor, und sie schoben das Auto hinein. Vor der Halle lagen riesige Kabelrollen. Dort bezogen sie Posten.

Das Warten begann.

Der Wind wehte Staub in Bens Augen. Die Äste eines alten Baumes knarrten. Sonst schien alles tot. Wieder eine verdammte Nacht, die er sich um die Ohren schlug, dachte Ben.

Das durchschwitzte Hemd klebte an seinem Rücken. Die Nacht war warm, doch der Wind kühlte ihn allmählich aus. Ben vermisste sein Jackett, das er im Golf auf dem Innenhof des Präsidiums zurückgelassen hatte.

Er musste niesen.

»Beherrsch dich, verdammt!«, flüsterte der Rottweiler aus seiner Deckung.

»Wenn wir hier noch lange stehen, bin ich morgen krank«, erwiderte Ben, ebenfalls im Flüsterton, obwohl sie seiner Überzeugung nach die einzigen Menschen im Umkreis von zwei Kilometern waren.

»Wenn du Krach machst, bist du morgen tot, verstanden?«

Gegen zwei Uhr morgens hörte Ben das Rasseln eines Dieselmotors. Ein Auto kam näher und hielt etwa auf ihrer Höhe. Ben konnte die Abgase riechen. Plötzlich wurde es hell. Der Lichtkegel eines Suchscheinwerfers tastete über das Gelände. Ben und Brauning hielten sich im Schatten, jeder dicht an seine Kabelrolle gedrängt.

Der Diesel rasselte weiter die Straße entlang und bog um die Ecke. Der Mann am Scheinwerfer arbeitete gründlich. Ben spürte den Herzschlag im ganzen Körper. Dann kam das Auto zurück.

Der Lichtstrahl tastete über die schwarze Fläche des gegen überliegenden Hafenbeckens und über das kleine Gebäude daneben. Ben sah dunkle Fenster und verwitterte Mauern, eine Art Pförtnerhäuschen, offenbar verlassen. Als der Scheinwerfer erlosch, musste Ben sich erst wieder an die Finsternis gewöhnen. Dann erkannte er zwei Gestalten, die langsam auf das kleine Haus zugingen. Sie leuchteten mit einer Taschenlampe ins Innere, dann verschwanden sie durch eine Tür. Drinnen ging ein Licht an, jemand zog einen Vorhang zu.

»Die Verkäufer«, flüsterte Brauning.

Ben nickte, obwohl sein Chef es wahrscheinlich nicht sah.

Das Warten ging in die nächste Runde. Mehrmals ließen Geräusche Ben aufschrecken, doch es war jedes Mal nur der Wind. Bis auf sie und die beiden in der Hütte war dies der einsamste Ort der Welt. Eine halbe Stunde lang.

Dann kam das zweite Auto. Wieder zwei Personen. Sie parkten hinter dem Mercedes und betraten ohne weitere Vorsichtsmaßnahmen das Pförtnerhaus.

»Die Käufer, zusammen sind es also vier Personen.«

Brauning ließ weitere fünf Minuten verstreichen, dann gab er das Zeichen.

Bens Jackentaschen waren voller Patronen. Seine abgesägte Schrotflinte war geladen und entsichert. Sie schlichen über den Asphalt und an der Hauswand entlang. Ben bezog Posten am Fenster und hielt den Atem an.

Er hörte sein Herz schlagen. Wie eine Steelband im Karneval von Trinidad.

Wasser gluckste gegen die Wand des Hafenbeckens. Sand knirschte zwischen Bens Zähnen. Angst kroch seinen Rücken hinauf, Wirbel für Wirbel, und setzte sich im Nacken fest. Dann gab Brauning das zweite Zeichen.

Ben feuerte von unten durch das Fenster gegen die Decke. Ein Höllenlärm, Glas und Putz splitterten, Staub wirbelte. Braunings Schuss zerfetzte fast gleichzeitig das Türschloss. Ben folgte Brauning in das Haus, der schreiend und mit weit nach vorne gestreckter Flinte ins Haus stürmte.

»DAS IST EINE RAZZIA! KEINE SCHEISSBEWEGUNG!«

Von der Decke baumelte eine nackte Glühbirne, darunter stand ein Holztisch. Staub und Brocken von Putz bedeckten eine Waage und verschiedene Tüten. Die vier Männer hatten die Hände erhoben. Sie wussten, was sich gehörte.

Ben erkannte einen Mann mit grauer Mähne, die zum Pferdeschwanz zusammengebunden war: Drago Ivanisevic.

Ein kleiner, ebenfalls mit Goldkettchen behängter Südländer zitterte vor Angst und Wut. Er fuhr Ivanisevic an: »Habt ihr Spitzel bei euch! Verräterbande!«

Ivanisevic begann zu protestieren, und sein Partner, ein blonder Muskelprotz, wollte auf den Kleinen losgehen, doch Brauning stieß ihm den Lauf gegen die Brust. »NOCH EINE SCHEISSBEWEGUNG UND IHR FLIEGT IN STÜCKE, IHR VERDAMMTEN ARSCHLÖCHER!«

Dabei drehte Brauning die Flinte um und drosch den Kolben gegen das Gesicht des Blonden.

Es war ein hässliches Geräusch, das Ben durch Mark und Bein ging.

Der Muskelprotz ging stöhnend zu Boden und spuckte Zähne und Blut. Die anderen wurden still.

»Nimm ihnen die Waffen ab!«

Ben gehorchte wie unter Hypnose. Er ging gründlich vor und fand Pistolen, Messer und Schlagringe, genug für einen mittleren Bandenkrieg. Brauning warf ihm Handschellen zu.

»Ich kenn dich doch«, sagte Ivanisevic, während Ben ihn fesselte. »Ich dachte, du bist hinter dem Mörder von Fabian her!«

Kampfhundbellen: »Ist das der Jugo vom Partyservice?«

Ben nickte.

»Scheißparty, heute Abend, was?«, knurrte Brauning zu Ivanisevic.

»Ihr seid nur zu zweit? Wo sind Blaulicht und Sirenen?«

»Spezialparty«, antwortete Brauning. »Wir ficken euch auch ohne Leuchtreklame!«

»Ich brauche einen Arzt!«, krächzte der Blonde.

»Arzt? Vergiss es, du Arschgesicht!«, kläffte Brauning. »Hinter mir steht nur noch der Herrgott!«

Trockenes Rottweilerlachen.

Ben kam der Gedanke, dass die vier Dealer Rache an ihm nehmen könnten. Immerhin hatte Ivanisevic ihn erkannt. »Was hast du mit ihnen vor?«, fragte er.

»Warte im Auto auf mich. Vergiss die Tüten nicht. Ich will mal sehen, ob der Jugo singen kann.«

Im Hinausgehen sah Ben, wie Brauning einen Schlagring überstreifte.

Ben saß im Wagen, mit dem Rücken zum offenen Hallentor. Längst fror er nicht mehr, im Gegenteil. Er kurbelte das Fenster herunter, doch in der Halle gab es keinen Luftzug.

Er warf einen Blick auf die Beute: Ein paar der Beutel waren durchsichtig und prall gefüllt mit weißem Pulver. Rund zehn Kilo, schätzte Ben. Bei den anderen handelte es sich um Kaufhaustüten voller Geldscheine. Der Großhandelspreis für tausendfachen Rausch. Ein kleines Vermögen.

Ben versuchte, die Schreie zu ignorieren, die vom Pförtnerhäuschen herüberdrangen. *Mal sehen, ob der Jugo singen kann.*

Dann wurde es still. Ein paar Minuten vergingen. Ben wurde nervös.

Plötzlich war jemand am Auto.

Ben fuhr herum. Brauning öffnete die Heckklappe und machte sich im Kofferraum zu schaffen. Nur langsam beruhigte sich Bens Puls.

»Bin gleich wieder da«, sagte sein Chef. »Ich muss nur noch sicherstellen, dass die vier Galgenvögel nicht wegflattern, wenn wir aufbrechen.« Brauning ließ wieder dieses freudlose Lachen hören.

Insgesamt dreimal kam er an den Kofferraum und trug etwas zur Hütte. Ben glaubte, Ketten rasseln zu hören. Brauning keuchte, als schleppe er etwas Schweres. Dann wurde es totenstill. Es verging eine kleine Ewigkeit.

Ein Klatschen ließ Ben aufschrecken. Ein schwerer Gegenstand fiel ins Hafenwasser.

KLATSCH-KLATSCH-KLATSCH-KLATSCH.

Vier schwere Gegenstände.

Die Fahrertür ging auf. Brauning startete den Japaner und setzte zurück. Er roch nach Schweiß, sein Atem ging schwer. Auf der rechten Hand und auf seinem Hemd waren Blutspritzer.

»Keine Angst, mein Junge. Die Arschgesichter krümmen keinem mehr auch nur ein Schamhaar. Weder Zeugen noch Spuren.« Er streifte den Schlagring ab und steckte ihn ein. »Übrigens: Der Jugo hatte wirklich keine Ahnung vom Mord. Schade. Habe mir alle Mühe gegeben.«

Ben hatte einen Kloß im Hals. »Sie haben sie umgebracht. Das war nicht abgesprochen.«

»Sag *du* zu mir, Partner!«

Er reichte ihm die Rechte. Ben starrte auf das Blut.

Brauning zog die Hand zurück und putzte sie an einem Tuch ab.

»Das war Abschaum, und ich habe ihn weggewischt. Das ist alles.« Ein kaltes Rottweilergrinsen. »Ich mag Drogendealer. Egal, was du ihnen antust, du fühlst dich nicht schlecht. Im Gegenteil, je mieser du es ihnen besorgst, desto besser fühlst du dich. Spürst du es auch?«

Ben schluckte. Vierfacher Mord. Und er hatte mitgeholfen. Noch nie hatte sich Ben so sehr auf der anderen Seite des Gesetzes gefühlt. Auf der verdammt falschen.

»Das kommt raus. Irgendwer wird sie vermissen«, sagte er leise.

»Nur Abschaum vermisst Abschaum. Keiner wird eine Vermisstenanzeige erstatten, weder die Süchtigen noch die Kokainmafia. Und wenn schon. Ich hab dafür gesorgt, dass die Arschgesichter unten bleiben. Die küssen jetzt den Grund des Hafens. Für immer.«

»Und ihre Autos?«

»Gestohlen, genau wie dieser kleine Flitzer. Keiner kann die Spuren zurückverfolgen. Nicht zu dir, nicht zu mir, nicht zu den vier Arschgesichtern.« Ein hartes Grinsen, wie eingefroren.

Sie verließen den Hafen und fuhren Richtung Autobahn. Brauning knipste die Innenbeleuchtung an.

»Pack das Geld in drei Tüten. Zwei für mich, eine für dich. Das Scheißgift ist für meinen Informanten, das Bare ist für uns. Du teilst, ich suche mir meine Tüten aus. Gerecht?«

Ben antwortete nicht. Auf seinem Schoß stapelte er stumm die Bündel, zählte ab, verstaute sie wieder in den Plastiktüten.

»Ein Tag Knast kostet den Steuerzahler 175 Mark«, rechnete Brauning vor. »Das musst du dir mal reintun. Mal vier, mal 365, mal die Jahre, die der Richter den Drecksdealern gegeben hätte. Das Geld haben jetzt wir, und nicht der Steuerzahler hat's bezahlt, sondern die Dreckskerle selbst!«

Rottweilerlachen.

Auf dem großen Parkplatz wechselten sie in das andere Auto. Noch einmal fünfzehn Minuten musste Ben festgeschnallt auf dem Beifahrersitz verbringen. Eine Viertelstunde dumpfen Grübelns, nur ab und zu unterbrochen vom Auflachen Braunings, der nicht aufhören konnte, sich über seine Rechnung zu amüsieren.

Partner.

Als Ben schließlich auf dem Hof der Festung aus dem Benz des Chefs stieg, versagten ihm fast die Knie. Er holte tief Luft und presste seine Tüte an sich. Mehr als einhunderttausend Mark, sein Anteil am schmutzigen Geschäft.

Killerlohn.

Hinter ihm gab Brauning Gas und fuhr mit quietschenden Reifen vom Hof.

Ben spürte, wie das Adrenalin plötzlich schal wurde. Säure stieg hoch, er schluckte dagegen an. Doch sein Magen war stärker. Ben stützte sich gegen sein Auto und ließ die Kotze auf den Innenhof der Festung plätschern, solange, bis er völlig leer war.

Diese Nebenjobs nahmen ihn immer mehr mit.

MITTWOCH

43.

Morgenpost, 28. Juni, Seite eins:

LANDESREGIERUNG APPELLIERT:
AUTO STEHEN LASSEN
HITZE TREIBT OZONWERTE IN REKORDHÖHE

Die Sommersonne hat gestern die Ozonwerte bundesweit drastisch ansteigen lassen.

In Hessen und Niedersachsen galt Ozonalarm mit Tempolimits, in Nordrhein-Westfalen rief die Landesregierung dazu auf, das Auto möglichst stehen zu lassen oder langsam zu fahren.

Um 18 Uhr wurde der Höchstwert mit 328 Mikrogramm Ozon pro Kubikmeter Luft in Köln-Rodenkirchen gemessen. Zuvor hatten die Wetterdienste den bisherigen Jahreshöchstwert mit 269 Mikrogramm Seimsdorf in Mecklenburg-Vorpommern zugeschrieben. In Düsseldorf-Lörick kletterte der Wert auf 261 Mikrogramm pro Kubikmeter Luft.

In Hessen und Niedersachsen wurden Tempolimits von 90 Stundenkilometern auf Autobahnen und 60 auf Landstraßen verhängt. Die NRW-Landesregierung wies darauf hin, dass empfindliche Personen auf »ungewohnte körperlich anstrengende Tätigkeiten im Freien« verzichten sollten.

Zahlreiche Oppositionspolitiker kritisierten unterdessen die von der Bundesregierung geplanten Maßnahmen gegen den Ozonsmog als unzureichend. Die Schwelle für die Auslösung des Ozonalarms sei zu hoch gehängt, und die geplanten Fahrverbote für Nicht-Kat-Autos ließen zu viele Ausnahmen zu. Dagegen betonte ein Sprecher des Bundesumweltministeriums, das unmittelbar vor der Beschlussfassung stehende Ozongesetz werde irreführende Alleingänge einzelner Länder unterbinden, die lediglich von einer irrationalen Ablehnung des Autos geprägt seien.

Morgenpost, Lokalteil, Rubrik *»Stadtgeflüster«:*

Angelika **Franke**, 64, trauerte nicht lange. Gleich nach der Beerdigung von Heinz Fabian, ihres zweiten von vier Ehemännern, feierte die Grande Dame des deutschen Films Wiedersehen mit alten Bekannten, darunter Hans-Martin **Jakubiak**, Verleger der Morgenpost (Foto oben). Jakubiak: »Frau Franke war der einzige Star von internationaler Bedeutung, den wir hatten, als das Kino noch zu Recht Traumfabrik genannt wurde.«

Ihre Tochter, Nora **Fabian**, 35, stand Stunden nach der Beerdigung bereits wieder im Mittelpunkt des Sommerfestes, das Pro-Sat in den MMD-Studios gab. Die Schauspielerin: »Ich kann meine Kollegen nicht im Stich lassen, bei allem, was vorgefallen ist.« Tapfer! (ausführlicher Bericht über das Fest in der morgigen Ausgabe)

Barbara **Hahn**, 23, ist wieder auf freiem Fuß. Wegen Rauschgiftbesitzes wird sie sich vor Gericht verantworten müssen. Der als »Schwester Beate« zu Beliebtheit gelangten Schauspielerin droht eine Haftstrafe. Ihre Anzeige gegen die an der Festnahme beteiligten Polizeibeamten hat sie zurückgezogen.

Ihre Nachfolgerin im »Watzmannhaus«, Iris **Breuer**, 26, hatte gestern ihre ersten Aufnahmen im Studio (kleines Foto). Regisseur Reiner **Dietling**. »Ich bin sicher, wir haben einen guten Griff getan.«

Ebenfalls ein guter Griff: Martin **Vondermühle** (Foto rechts) soll im Pilotfilm der Serie einen Auftritt als Gaststar haben. Der in Kalifornien lebende Star wird bereits morgen erwartet. Die Gage, mit der man ihn an den Rhein lockt, soll von sechsstelliger Höhe sein, wird gemunkelt. Eine Woche Dreharbeit hat man für ihn angesetzt, heißt es. Ein Schelm, der da den Stundenlohn berechnet!

Blitz, 28. Juni, Seite eins:

MORDOPFER VERKEHRTE IM ROTLICHTMILIEU
BRACHTE IHN SEIN SEXTRIEB UM?

Der am Sonntag einem brutalen Mord zum Opfer gefallene Großgast-
ronom Heinz Fabian war nur nach außen der brave Geschäftsmann.
In seinem Inneren brodelten die Triebe. In Bordellen ließ Fabian, geschieden und alleinlebend, die Puppen tanzen. Tatjana B., Bordellchefin: »Einmal im Monat kam er in unseren Klub. Er trank Champagner mit den Mädchen (200 Mark pro Flasche) und ging dann mit ihnen
ins Separee.«
Orgien, Fabians heimliches Hobby. Jung mussten die Mädchen sein.
Tatjana B.: »Am meisten stand er auf den knabenhaften Typ.«
War das Laster schuld an seinem Tod? Die Bordellchefin: »In unse-
rem Klub gab es niemals Streit. Fabian war ein angenehmer Kunde.«
Wo verkehrte Fabian noch? Wurde er Opfer eines Bordellkrieges?
Dazu der renommierte Kriminologe Prof. Klaus Maihöfer: »Messer-
morde sind typisch für die Unterwelt.«
Kripoleiter Clemens Sonntag: »Wir gehen derzeit jeder möglichen
Spur gewissenhaft nach.« Doch die Polizei tappt völlig im Dunkeln.

Blitz, ebenfalls Seite eins:

38 GRAD HITZE, 90 % LUFTFEUCHTIGKEIT
GANZ DEUTSCHLAND IST EINE SAUNA

Der Sommer hat uns im Schwitzkasten. Gestern im Südwesten bis zu
38 Grad! Lebensgefährliches Kreislaufwetter! Und im Norden: Immer
wieder Unwetter. Bis 1.000 Blitze in der Stunde, Sintflut-Regen! Ab
morgen Abend auch bei uns! Doch erst mal geht die Hitze weiter …

44.

Er hatte sicher schon tausendmal in seiner Sammlung geblättert, doch jedes Mal pochte sein Herz bereits auf der Hinfahrt vor lauter Vorfreude.

Was für Heinz das Essen gewesen war und der Wein, war für ihn seine Sammlung.

Leo Falk schloss die Tür auf. Kein anderer hatte einen Schlüssel dafür. Nicht einmal seine Frau ahnte, dass in der kleinen Kammer noch etwas anderes war als Rasenmäher, Werkzeug und ausrangierte Gartenmöbel.

Wertvolleres. Aufregenderes.

Es war kurz nach Tagesanbruch. Um diese Zeit begegneten ihm nur wenige Autos, und in der Schrebergartenkolonie war es vollkommen ruhig, menschenleer. Ohne Furcht vor Störung konnte er seine Sammlung genießen. Seine Frau hatte sich daran gewöhnt, dass er häufig hierherfuhr. Wie sich seine Frau doch irrte. Er kam nicht etwa hierher, um die Nachbarin beim Sonnenbaden zu beobachten. Das ließ ihn kalt. Er hatte seine geheime Sammlung.

Im Sonnenlicht, das um diese Zeit noch fast waagerecht durchs Fenster fiel, tanzte der Staub. Seine Frau würde sich jetzt vielleicht gerade mal im Bett umdrehen und überlegen, ob sie aufstehen sollte. Bis sie mit Aufschnitt und Brötchen zum Frühstück angeradelt käme, hätte er nicht nur Kaffee gekocht und den Tisch gedeckt.

Er schloss den Schrank auf. Die Tür knarrte. Von ganz unten zog er eine Kiste hervor. Die ältesten Exemplare seiner Sammlung. Pretiosen allerhöchsten Ranges. Sein Herz klopfte laut und heftig.

Leo Falk rieb sich die Stelle, auf die Nora ihn am Vortag geschlagen hatte. In einem Anflug von falscher Sentimentalität hatte er sich bei ihr entschuldigen wollen. Nein, das hier war so erregend, so großartig, dass Kategorien wie Schuld eine vernachlässigenswerte Größe darstellten.

Ächzend hob er die Kiste auf den Tisch. Sein Atem ging schwer. Er schlug den ersten Ordner auf. Im Sonnenlicht glänzte die Klarsichthülle. Vorsichtig zog er ein Foto heraus, das älteste seiner Sammlung. Es war etwas vergilbt, aber noch immer gestochen scharf.

Damit hatte alles begonnen.

Er spürte eine Erregung, die ihm seine Frau nie verschaffen konnte, auch nicht am Anfang ihrer Ehe. Das war seine geheime Passion.

Es klopfte an der Tür. Verdammt, gerade jetzt.

»Guten Morgen, Herr Nachbar!«

Eine Stimme, die er nicht kannte. Es musste der neue Pächter von Parzelle 13 sein. Um diese frühe Zeit?

»Wer ist da?«, rief Falk zurück. Hastig stellte er den Karton zurück und verschloss den Schrank.

Es klopfte wieder.

»Ja, ich komme schon! Einen Moment, bitte.«

Er zog die Tür zur Gerätekammer zu, ordnete sein weißes Haar und trat zur Vordertür. Er schob den Riegel zurück. Mit einem Kreischen der Scharniere flog ihm die Tür entgegen.

Im gleißenden Gegenlicht sah Falk nur die Umrisse einer Gestalt und langes, leuchtendes Haar. Falk wunderte sich über den Regenmantel, den der Eindringling trug. Seltsam, an diesem schönen, warmen Morgen.

Der Angriff überraschte ihn. Leo Falk spürte einen schweren Schlag gegen seine Brust. Er taumelte zurück in den Raum. Ihm wurde heiß.

Der Eindringling setzte nach und schlug noch einmal zu. Jetzt erst sah Falk die lange Klinge des Messers aufblitzen. Er blutete aus zwei tiefen Wunden. Er musste husten. Es rasselte bei jedem Versuch, Luft zu holen. Auf seiner Zunge hatte er den Geschmack von Eisen. Er sah die blonden Haare und dieses hassverzerrte Gesicht, doch ihm war, als entfernte sich die Welt von ihm.

Ein Racheengel, dachte Falk. Die Strafe des Himmels für seine Leidenschaft.

Der Eindringling stach noch einmal zu.

LEICHTIGKEIT.

Falk stürzte. Der vierte Stich traf endlich das Herz.

LEERE.

Die Blutlache um den Toten dehnte sich immer weiter aus.

Der Eindringling wickelte das Messer in den Regenmantel und putzte sich die Schuhe ab.

Ein weiterer Teil der Mission war erfüllt.

45.

Gnadenlos stach das Tageslicht in seine Augen. Er schloss sie wieder.

Frische Luft drang in das Zimmer. Vogelgezwitscher. Er wollte seinen Kopf zum Wecker hin drehen, doch sein Schädel war voller Blei.

Eine Stimme, wie das jüngste Gericht: »Steh auf, Tommi!«

»Wie spät is's denn?«

»Halb acht!«

Mit einem Ruck kam Tom hoch. Das Blei schlug gegen die Schädeldecke. Dabei hatte er auf dem Sommerfest kaum etwas getrunken, und danach auch nicht mehr viel. »Warum hast du mich nicht geweckt?«

»Hab ich doch. Du bist anscheinend wieder eingeschlafen.« Etwas Unbarmherziges klang in ihrer Stimme mit.

Tom sprang hoch und ging zur Dusche. Jede Bewegung erzeugte einen schweren Elektroschock mitten im Hirn. Das warme Wasser brachte nur wenig Linderung.

Gabi hatte ihm schon Kaffee eingeschenkt. Der Kleine spielte mit Bauklötzen. Unschuld, die keine durchzechten Nächte kannte, geschweige denn … –

»Soll ich dir rasch ein Brot machen?«

»Danke, ich frühstücke im Präsidium. Keine Zeit.«

»Weißt du, wann du heute Nacht nach Hause gekommen bist?« Schärfe in ihrer Stimme.

»So um zwei«, riet Tom.

»Halb vier.«

Dann hatte er höchstens drei Stunden gepennt. »Ich habe vor dem Einschlafen noch mindestens eine Stunde wach gelegen. Es war so heiß, und der Mond schien so hell ins Zimmer.«

»Was hast du so lange gemacht?«

»Schäfchen gezählt.« Nein, er hatte über den Spielfilm nachgedacht, in dem die Geliebte eines Mannes dessen Familie terrorisierte. Er hatte ihn erst neulich zusammen mit Gabi auf *Pro-Sat* gesehen.

»Quatsch! Ich meine vorher! Wo warst du so lange?«

Er hatte Jeannette noch nach Hause gebracht. Dann hatte sie eine Flasche Sekt geöffnet und er ihr schwarzes Bustier. Tom überlegte, was er sagen sollte. Das Pochen im Schädel störte ihn dabei.

»Äh, kann ich mich darauf verlassen, dass du nichts weitererzählst von dem, was ich dir jetzt sage?«

Gabi hielt die Arme verschränkt und legte den Kopf schief.

Ihm fiel der Name des Spielfilms ein. *Eine verhängnisvolle Affäre.* Tom verscheuchte den Gedanken und fuhr fort: »Wir bereiten gerade ein ganz großes Ding vor. Einen Schlag gegen die Kokainmafia. Der Chef hat mich an entscheidender Stelle eingesetzt. Observierungen, verdeckte Ermittlungen rund um die Uhr, verstehst du?« Es lohnte sich nicht, wegen eines einmaligen Abenteuers eine eingespielte Ehe zu riskieren. In diesem Punkt musste er Engel recht geben. Was sie nicht wusste, würde sie nicht heißmachen.

»Dein Hemd stinkt, als wärst du in einer Kneipe gewesen. Und warum hast du noch geduscht, als du nach Hause kamst? Das machst du doch sonst nie.«

Er hatte nicht nach Jeannette riechen wollen, als er zu Gabi ins Bett kroch. »Du erzählst nichts weiter, ja? Wir waren auf dem Sommerfest einer Filmgesellschaft. Es war heiß, und die Luft war fürchterlich.« Tom warf eine Kopfschmerztablette in ein Glas Wasser. »Die ganze Filmbranche ist ein einziger Drogensumpf. Schwester Beate – du hast es sicher in der Zeitung gelesen. Und das war nur der Anfang. Wir haben die Drahtzieher aufs Korn genommen. Übrigens, das Hemd – kann es sein, dass es irgendwie billig aussieht?« Er trank das sprudelnde Zeug. Bitter. Hoffentlich würde es helfen.

»Das habe ich dir beim letzten Sommerschlussverkauf geholt. Gestern früh hat es dir noch gefallen!«

Dann erst sah er diesen Blick.

Sie wusste etwas. Woher?

Ihr Blick ließ ihn nicht los. Er brachte nicht einmal den Kaffee hinunter. »Äh, ich muss jetzt los. Ich rufe dich vom Büro aus an.«

Gabi nahm Tobias auf den Arm. Ein doppelter stummer Vorwurf.

46.

Tom nahm die P6 aus seiner Schublade und befestigte sie am Gürtel. Zerstreut hielt er einen Moment inne. Die Kopfschmerzen tobten noch immer, und auf seiner Zunge klebte ein leichter Geschmack nach Alkohol. Womöglich hatte er eine Fahne.

Er zwang sich zur Konzentration und stand auf. Sein erster Tag im K1. Eine doppelte Aufgabe.

Auf dem Gang traf er Bönte, der Wasser für die Kaffeemaschine holte. »Wie geht's? Du siehst nicht gut aus, Thomas!«

»Die Nacht war etwas zu kurz. Und selbst?«

»Der Dicke ist heute alles andere als fröhlich. Der Jugo ist noch immer nicht aufgetaucht.«

»Na, dann bin ich froh, dass ich damit nichts mehr zu tun habe. Ab heute arbeite ich im K1.«

Bönte schien wenig beeindruckt.

»Die brauchen mich im Mordfall Fabian«, legte Tom nach.

»Komische Familie, die Fabians.«

»Wieso?«

»Ich war gestern auf der Beerdigung, weil der Jugo auch dort war. Da hatten wir ihn noch. Na, und plötzlich ohrfeigt sie einen Trauergast auf der Beerdigung des eigenen Vaters!«

»Nora Fabian?«

»Dieser ehemalige Bürgermeister steht am Grab, und plötzlich klatscht es. Habicht, nein Geier.«

»Was?«

»Jetzt hab ich's: Falk! Ein alter Kumpel von Feinkost-Fabian. Wenn die Leute sie nicht weggebracht hätten, hätte sie den alten Mann regelrecht verprügelt!«

»Ich heiße Inga. Der Chef ist noch nicht da«, sagte die Sekretärin. »Eigentlich müsste die Morgenbesprechung jeden Moment anfangen.«

Auch Braunings Sekretärin hatte gerade Kaffeewasser geholt. Tom folgte ihr ins Vorzimmer.

Von diesem Flügel der Festung ging der Blick auf die Oberfinanzdirektion. Ein hässlicher Klotz, der genaue Zwillingsbruder des Präsidiums.

Als Inga die Kaffeemaschine füllte, blieb er hinter ihr stehen. Er hätte sie gern nach einer Schmerztablette gefragt, aber wahrscheinlich machte das einen schlechten Eindruck.

»Sie können gern schon mal reingehen«, sagte die Sekretärin.

Tom zwang sich, die Augen von dem engen Minirock zu reißen, der ihren Hintern mehr betonte als verhüllte.

Engel saß bereits im Büro des K1-Chefs. Er war unrasiert und hatte ein etwas verquollenes Gesicht. Der lange Kollege steckte in dem gleichen, teuren Anzug wie am Vorabend. Er war zerknittert, die Jacke fleckig. Engels Nacht musste richtig übel gewesen sein. Tom spürte Schadenfreude.

»Na so was!«, sagte Engel und schniefte. »Zufall oder höhere Fügung? Thomas Swoboda, wenn ich mich recht erinnere! Dich haben sie also vom K2 zu uns geschickt? Ist doch okay, wenn wir uns duzen, oder?«

»Ich soll die Mordkommission Fabian ergänzen mit meinem Know-how über alles, was mit Rauschgift und Sitte zu tun hat, sagt mein Chef.«

»Und seit drei Wochen bist du bei der Kripo. Know-how, so-so. Ich hab's von Fröhlich eigentlich auch gar nicht anders erwartet.«

»Was?«

»Schon gut. Willkommen an Bord!« Statt eines Handschlags zog Engel ein Taschentuch und trompetete lautstark hinein. Tom rieb seine Schläfen. Dazwischen pochte es.

»Was machst du da?«, fragte der Kollege.

Tom verstand nicht.

»Sieht aus, als ob du den Schalter suchst!« Engel lachte über seinen eigenen Scherz. Arschloch, dachte Tom.

Brauning betrat das Büro. »Swoboda Junior! Ist das der Mann, den uns das K2 schickt?«, fragte er Engel. Dieser nickte, und Brauning wandte sich an Tom. »Was macht Ihr Ventilator? Ist es Ihnen zu heiß geworden bei der Sitte?« Dann blätterte er in einer Zeitung.

Tom hatte den Eindruck, als erwarte Brauning keine Antwort. Er wusste, was er einem wie Bönte erwidert hätte, aber an seinem ersten Tag in dieser Abteilung wollte er vorsichtig sein.

Das Büro wurde voll. Tom wurde Ria Pohl vorgestellt, Baumann, Schranz und Miller. Inga brachte Kaffee. Tom hoffte, das Gebräu würde seinen Schädel beruhigen.

Brauning schlug mit der zusammengefalteten Zeitung auf den Tisch. »Blödes Geschmiere: Die Polizei tappt im Dunkeln!«

»Das Schlimme ist, der *Blitz* hat recht«, sagte einer der Kollegen.

»Was haltet ihr von der Bordellgeschichte?«, fragte Engel.

»Wer zum Henker ist Tatjana B.?«, erkundigte sich Brauning. »Kennt die jemand?«

»Leider nein.«

»Bei unserem Gehalt?«

Tom fühlte Braunings Blick. »Ich werde das checken«, sagte er.

»Und was ist mit der Kokain-Theorie?«, fragte Miller. Tom schätzte ihn auf sein Alter.

»Zur Sicherheit kann Thomas das auch für uns überprüfen«, sagte Engel.

Tom nickte. »Wir haben neulich für das K2 Drogenspürhunde vom Flughafen angefordert. Wir könnten damit auch durch Fabians Wohnung gehen. Die entdecken auch kleinste Spuren. Soll ich mal beim BGS anrufen?«

Das Telefon klingelte. Brauning hob ab.

»Okay, Thomas, mach das mal«, sagte Engel.

Die Züge des Rottweilers verhärteten sich. »Himmel, Arsch … – Verzeihung, Frau Falk! Wir sind sofort da.« Er knallte den Hörer auf die Gabel. »Der eine ist noch nicht ganz kalt, da gibt es schon den nächsten Mord. Himmel, und wieder einer aus der SM-Szene!«

»*Leo* Falk?«, fragte Engel erstaunt.

»Was meint er mit SM-Szene?«, flüsterte Tom.

»Nicht, was du denkst. Schicki-Micki, Lokalprominenz«, klärte ihn Ria Pohl auf. Eine attraktive Kollegin, die einzige Frau der Mordkommission Fabian. »Der Chef hat manchmal seine eigene Ausdrucksweise.«

Rottweilerbellen: »Swoboda, Sie fahren mit mir. Da kriegen Sie gleich mal was zu sehen!«

Tom bewunderte Braunings Benz, ein gut gepflegtes Modell aus den frühen Siebzigern. Damals hatten sie noch richtige Kühlerhauben und reichlich Chrom. Ob der K1-Chef wusste, dass Liebhaber dafür Spitzenpreise zahlten?

»Schon mal einen Steifen gesehen?«, fragte Brauning unvermittelt.

»Wie bitte?«

»Einen Kalten. Einen Toten.«

»Ja. Im Streifendienst. Eine Selbstmörderin, die Tabletten geschluckt hatte.«

»Aber noch kein Gewaltopfer? Mit richtig viel Blut?«

Tom schwieg. Mord. Sein erster richtiger Fall.

Brauning bog auf eine Nebenstraße, um den Messestau zu umfahren. »Sie sind zum K1 delegiert worden, um uns im Fall Fabian zu helfen. Sie werden sich heute durch verwichste Akten wühlen und sich im K2 umtun. Vielleicht hat der Mord an Feinkost-Fabian mit Sitten- oder Drogengeschichten zu tun. Sie werden das sorgfältig prüfen, verstanden?«

»Ja.« Eine Welle von Stolz lief durch Tom. Er fuhr in diesem schmucken Benz und wurde vom K1-Chef persönlich in sein neues Aufgabengebiet eingewiesen.

Braunings Hände krallten sich ums Steuer. »Aber zuerst zeige ich Ihnen einen schönen, blutigen Steifen. Damit Sie kapieren, wie bei uns die Musik spielt.« Tom spürte den Blick des Rottweilers auf sich ruhen. »Hier geht es nicht um Kleindealer und minderjährige Nutten. Bei uns geht es um den Tod!« Es lag etwas Beunruhigendes in Braunings Blick.

Auf dem weichen Straßenbelag quietschten die Reifen. In dieser Gegend war Tom aufgewachsen. Heute war hier eine Tempo-30-Zone. Brauning ignorierte die Schilder.

»Ich kenne den Tod, mein Junge«, fuhr er fort. »In all seinen Arten. Ich war dabei, als das Gesicht eines Mannes zerplatzte, weil ein Achtmillimeter-Hohlmantelgeschoss von hinten in seinen Schädel fuhr. Ich habe ein kleines Mädchen gesehen, dessen Gesicht aussah wie ein Kirschkuchen, weil es von seiner Mutter misshandelt worden war.« Erst jetzt fielen Tom die dunklen Ringe um Braunings Augen auf. Vielleicht hatte auch er eine schlaflose Nacht hinter sich.

»Und ich habe meinen Sohn verrecken sehen«, brummte der K1-Chef leise. »Auf einem verschissenen Scheißhaus mit einer Spritze im Arm. Wollen Sie noch mehr hören?«

Tom schluckte. »Schon gut.«

»Meinen Sie, der Tod geht Sie nichts an? Gequirlte Scheiße! Der Tod gehört verdammt noch mal dazu. Keiner will das begreifen. Aber ohne Tod ist das Leben nicht zu haben. Der Herrgott gibt es, der Herrgott nimmt es. Denken Sie daran, wenn Sie vor einer Leiche stehen. Schauen Sie sich die Haut genau an – wie Wachs. Die Augen – wie Glas. Inhalieren Sie den verdammten Leichengeruch! Das macht frei. Dann spüren Sie, dass Sie leben. Danken Sie Ihrem Schöpfer dafür!«

Wieder dieser flackernde Blick. Tom starrte nach vorn.

Brauning lachte kurz auf. »Es gibt natürlich auch Leute, die sich in die Hose scheißen, wenn sie einen Kalten sehen. Gleich werden Sie wissen, ob ein Bulle in Ihnen steckt oder bloß ein Behördenarsch.«

Tom dachte an den Namen des Toten, zu dem sie fuhren. Leo Falk. Ein kaltes Ziehen fuhr durch seine Brust. *Wenn die Leute sie nicht weggebracht hätten, hätte sie den alten Mann regelrecht verprügelt.*

47.

Ben versuchte, mit Braunings Benz mitzuhalten. Im Autoradio warnten sie vor Bewegung im Freien wegen der Ozonwerte, die bereits am Morgen über irgendeinem Grenzwert lagen. Ben spürte ein fiebriges Zittern. Seine Gelenke schmerzten, sein Rachen kratzte, und er dachte an die vergangene Nacht.

Braunings Verhalten ihm gegenüber war an diesem Morgen das gleiche gewesen wie jeden Tag. Ben blieb nichts anderes übrig, als mitzuspielen. Die Zähne zusammenzubeißen und zu tun, als habe es die letzte Nacht nicht gegeben. Als stamme die Tüte in seinem Kleiderschrank von einer Erbtante. Zu seiner Erkältung gesellte sich Übelkeit.

»*Que tal está?*«, fragte Ria.

Ben lachte grimmig. »*Hoy es mucho movimiento!*«

»Du kannst es ja noch.«

Sie hatten den Spanischkurs damals gemeinsam begonnen.

»Ich hab Karten für ein Konzert am Samstag«, sagte Ria. »Wenn du Lust hast, Großer, geb ich dir eine ab.« Sie hatte das Fenster heruntergekurbelt. Ihr Haar flatterte im Fahrtwind. Die gleiche Frisur wie vor fünf Jahren, dachte Ben.

»Wer spielt?«, fragte er.

»*The Babes.*«

»Kenn ich nicht.«

»Neo-Punk. Eine reine Frauen-Band. Girlies, weißt du? Freche Gören mit dicken Stiefeln und Schulmädchenkleidern, die auf Lolitas machen.«

»Ist das nicht abartig?«

»Hör auf. Das ist die neue Art von Feminismus!«

»Soweit seid ihr jetzt, dass ihr mit Pädophilen kokettiert?«

»Ich glaube, Benni, du übertreibst jetzt.«

Mit hohem Tempo nahm Ben eine Kurve. Er war sauer. »Erinnerst du dich an die Hefte in Fabians Schlafzimmer? Du fandest sie harmlos.«

»Und du bist völlig durchgedreht.«

»Fabian hat seine Stieftochter missbraucht, von ihrem dreizehnten bis fünfzehnten Lebensjahr.«

»Nein!«

»Noras Mutter hat es mir erzählt. Die Arme ist missbraucht worden. Das hat ihr einen Knacks gegeben. Sie leidet noch heute daran.«

»Ach. Jetzt weiß ich's.«

»Was?«

»Was du an der Schauspielerin findest.«

Ben strich über seine Bartstoppeln. »Ich werde Swoboda sagen, dass er sich darauf konzentrieren soll. Fabian war pädophil. Da soll er ansetzen, wenn er die Sitte-Akten durchstöbert. Kinderpornos, Kinderprostitution, Kinderhandel! Fabian muss Kontakte zu dieser Szene gehabt haben!«

»In der Wohnung war kein Hinweis darauf.«

»Wenn schon. Das sagt nichts!«

»Vielleicht hat sich ja die Schauspielerin für ihre schwere Kindheit gerächt.«

»Unwahrscheinlich.«

Was wusste Ria schon von schwerer Kindheit.

Ben hielt neben Braunings Benz. Vor einem Torbogen stand eine kleine, rundliche Frau neben ihrem Fahrrad. Als die Polizisten näher kamen, brach sie in Tränen aus. Brauning gab ihr die Hand, Ben bot ihr ein Papiertaschentuch an. Beate Falk erkannte ihn.

»Wer tut einem alten Mann so was an?«, schluchzte die kleine Frau.

Sie folgten ihr auf einem schmalen Fußweg zwischen Hecken und Zäunen. Insekten summten, Vögel zwitscherten, sonst herrschte absolute Ruhe. An einer Gartentür blieb sie stehen und zeigte auf das Schreberhäuschen.

Brauning ging voran.

Die Tür stand offen. Blutgeruch hing im Raum. Eine dicke Fliege flog Loopings über der Leiche.

Falk lag auf dem Rücken, die Augen waren weit geöffnet, wie vor Schreck. Die Blutlache reichte von den Füßen bis zu den weißen Haaren.

Brauning beugte sich über das Polohemd, das einmal hellblau gewesen war. »Sieht aus wie Stichwunden.«

Stumm starrten sie auf die Leiche. Die Fliege setzte sich ins angetrocknete Blut und kam nicht wieder hoch. Ben sah, dass es nicht die erste war. Der kleine Swoboda war blass geworden und schluckte.

Es gab jede Menge blutiger Fußspuren rund um den Toten. Nicht groß, Frauenschuhe, schätzte Ben. Eine Waffe war nicht zu sehen. Die Tür war unbeschädigt. Vielleicht hatte Leo Falk seinen Mörder gekannt oder mit Besuch gerechnet. Genau wie Heinz Fabian, dachte Ben.

Brauning brach das Schweigen. »Genug geglotzt. Überlassen wir die Hütte den Jungs von der Kriminaltechnik.«

Vor der Tür sog Ben die Luft ein, als gäbe es nichts Frischeres. Sie umringten Beate Falk.

»Wann haben Sie ihn gefunden?«, fragte Brauning.

»Kurz nach acht. Er war schon seit zwei Stunden hier draußen, ich hab noch fürs Frühstück eingekauft. Bei dem Wetter sind wir gern hier.«

»Haben Sie jemanden bemerkt? Zeugen?«

Die kleine Frau schüttelte den Kopf.

»Irgendwelche Spuren? Ist irgendwas anders als sonst?«

Kopfschütteln, dann heulte sie los. »Nur, dass er jetzt tot ist!«

Die Kollegen von der Kriminaltechnik kamen mit ihren Koffern den Fußweg entlanggetrottet. Einer von ihnen fragte: »Hat jemand etwas da drin angefasst?«

Brauning schüttelte den Kopf.

»Ich hab nur seinen Puls gefühlt und kontrolliert, ob er noch atmet«, sagte Beate Falk. »Dabei bin ich wohl in das Blut reingestiegen. Die Fußabdrücke sind von mir.«

Die Jungs mit den Koffern verschwanden in der Hütte.

Ben musste niesen. Dort drinnen hatte er es kalt empfunden. Fast so kalt wie in der vergangenen Nacht beim Warten zwischen den Kabeltrommeln.

»Hatte Ihr Mann Feinde? Gab es Drohungen?«, fuhr Brauning fort.

»Nein. Er war ein angesehener Politiker. Mein Gott! Seit zwei Jahren war er Pensionär. Wer tut einem alten Mann so was nur an?«

»Frau Falk, es ist nötig, dass Sie uns heute noch ein paar Fragen beantworten. Ria, bitte geben Sie ihr ein Kärtchen. Kriminaloberkommissarin Pohl wird für die Aufklärung verantwortlich sein. Um Ihren Mann brauchen Sie sich erst mal nicht zu kümmern. Es sind noch ein paar Untersuchungen nötig. Wenn Sie einen kleinen Moment warten, bringen wir Sie nach Hause.« Der Rottweiler strich sich über den Schnurrbart. »Verdammt! Thann in Urlaub, Gerres in Urlaub, Nagel noch immer krank! Nur gut, dass wir Sie jetzt haben, Swoboda!«

Ben musste grinsen. Der Kleine verstand die Ironie des Chefs offensichtlich nicht.

Ein lautes Prasseln und Knirschen ertönte. Auf dem schmalen Weg zwischen den Hecken zwängte sich ein Krankenwagen voran. Zwei Weißkittel stiegen aus.

Ein Uniformierter kam aus der Hütte. »Der Tod trat schätzungsweise heute Morgen zwischen sechs und sieben Uhr ein. Nach erster Ansicht scheinen Unfall oder Selbstmord auszuscheiden.«

»Ach was«, entfuhr es Brauning.

»Die Tat könnte mit einem langen Messer erfolgt sein.«

»Wer hätte das vermutet? Und wer war der Täter?«

Beleidigt zog der Kriminaltechniker ab.

»Die Fabian!«, entfuhr es Swoboda. Alle Blicke richteten sich auf den K2-Mann. Sein Gesicht war gerötet. »Nora Fabian hat Leo Falk auf dem Friedhof geohrfeigt. Ein Kollege, der Ivanisevic observiert hat, hat es mir erzählt. Falk und die Fabian hatten Streit.«

Braunings Rottweilergebiss klappte auf.

»Ich weiß«, sagte Ben und trat von einem Fuß auf den anderen. »Ich war auch dort. Ich habe danach mit Leo Falk gesprochen. Er wollte mir nicht sagen, um was es gegangen war. Und seine Frau weiß es nicht.« Ein Blick auf die Uhr. »Die Fabian ist jetzt sicher noch nicht im Studio. Ich werde sie zu Hause erwischen. Mich wird sie nicht anlügen. Und wenn, dann merke ich es.« Ben spürte Rias Blick.

In diesem Moment klickte deutlich vernehmbar eine Kamera. Vier Köpfe fuhren herum und sahen Alex Vogel vom *Blitz*, der festhielt, wie Falks Leiche aus der Hütte getragen wurde und im Krankenwagen verschwand. Der Fotograf winkte und rief: »Schönen Tag und frohes Schaffen noch!« Und verschwand.

»Frechheit«, zischte Ria.

»Ich fahre mit!«, erklärte Swoboda ungefragt.

Die Hecktür des Sanitätsautos knallte zu.

48.

Unheil schien über der Stadt zu brüten.

Die Luft zitterte, und es war, als ob der Asphalt kochte. Ben trieb den Motor des klapprigen Dienstwagens auf Hochtouren. Der Fahrtwind brannte in seinen Augen.

Der junge Kollege auf dem Beifahrersitz räusperte sich. »Wir haben zurzeit Vollmond. Ich konnte heute Nacht kaum schlafen.«

Ben runzelte die Stirn.

»Manche sagen«, fuhr Thomas Swoboda fort, »dass der Vollmond die Irren rauslockt.«

»Nein«, antwortete Ben mit einem Seitenblick. »Die sind immer da.«

Ben steuerte den Wagen in den Rheinufertunnel. Vor ihm übte sich ein polnischer Lastwagen im Giftgaseinsatz, neben ihm putzte sein ungebetener Beifahrer die Brille und faselte vom Mond.

Ben war sauer. Er wechselte auf die Überholspur, doch hier war ein Fahrschüler sein Vordermann. Ben konnte nicht anders, als in der Rußwolke des klapprigen Lkws zu bleiben.

Er warf einen Blick auf seinen Begleiter. Swoboda trug Jeans, weißes T-Shirt und Schweißperlen auf der Stirn. »Beim K2 bist du also. Sitte – für einen Muschijäger wie dich gerade das Richtige, was, Swoboda?«

»Sag Tom zu mir.«

»*Muy bonito.* Du kannst Ben zu mir sagen.« Endlich ging das Fahrschulauto nach rechts. Ben beschleunigte weit über die vorgeschriebene Höchstgeschwindigkeit hinaus und geriet lediglich in den Auspuffqualm des nächsten Lastwagens.

»Ihr habt Ivanisevic observiert?«, fragte Ben und tat möglichst beiläufig.

»Klar. Erst war Spaghetti-Enzo unsere große Hoffnung, um an die Hintermänner zu kommen, dann war es der Jugo. Enzo hast du ja vermasselt.«

Ivanisevic auch, dachte Ben. »Und wie läuft's mit dem Jugo?«

»Erst mal hat er die Kollegen abgehängt. So schnell wie dessen Corvette ist kein Dienstfahrzeug. Jetzt lauern sie überall auf den Jugo, doch wahrscheinlich wickelt der den Deal inzwischen ohne das K2 ab, und Fröhlich guckt in die Röhre.«

Ben wechselte rasch das Thema. »Und du bist also der kleine Bruder von Mike Swoboda? War ein guter Kollege. Schade um ihn.«

»Lass meinen Bruder aus dem Spiel!«

Ben musste schon wieder niesen.

»Erkältet?«, fragte sein Nebenmann.

»Nein. Leichenallergie. Ich frag mich bloß, wieso du jetzt eigentlich neben mir sitzt, Tommiboy.«

»Ich arbeite jetzt auch an diesem Fall, oder? Wenn Brauning wüsste, was du in deiner Freizeit machst, würde er dir den Fall rasch wegnehmen, schätze ich. Zuerst hat die Fabian mit ihrem Stiefvater Streit, dann ist der tot, dann streitet sie mit Falk, und der wird auch erstochen. Die Fabian war's, nur du willst es nicht wahrhaben, weil du lieber mit ihr auf Feten gehst, statt sie einzubuchten.«

Ben schüttelte den Kopf.

»Und nenn mich nicht Tommiboy.«

»Steck deine Nase lieber in die Akten, von denen du etwas verstehst, Kleiner. Dazu haben wir dich ins K1 geholt.«

»Du kannst mir keine Vorschriften machen, Großer.«

»Du drehst mächtig auf, ganz schön forsch für einen Frischling. Na ja, verstehe – Swoboda, alter Polizeiadel. Bei *den* Voraussetzungen wirst du es weit bringen. Ist dein Vater noch so dicke mit Kripochef Sonntag, Kleiner?«

Für einen Moment blendete Ben das Tageslicht, als sie aus dem Tunnel fuhren. An der roten Ampel drehte er sich zu seinem Beifahrer und sah, wie dieser an seinem Schnurrbart knabberte.

»Nenn mich nicht Kleiner«, wiederholte Tom leise. Der kleine Swoboda war schon wieder rot angelaufen. Plötzlich hieb er seine Rechte in Bens Magen. Ben blieb die Luft weg. Er wusste nicht, wie er reagieren sollte.

»Grüner wird's nicht«, sagte Tom Swoboda.

49.

Sie standen vor der Villa. Weiße Mauern, Efeu, kleine, vergitterte Fenster. Tom überprüfte, ob sein T-Shirt korrekt in der Jeans steckte. Ben klingelte. Tom warf einen kurzen Blick auf den knittrigen Anzug des Kollegen. Seit Toms Faustschlag hatten sie kein Wort miteinander gewechselt.

Nora Fabian öffnete. Grelles Tageslicht und kein Make-up – Tom sah die Fältchen um ihre Augen. Eine Frau, die allmählich auf die vierzig zuging, nicht mehr der jugendliche, glamouröse Kinostar, als den er sie noch auf dem Sommerfest wahrgenommen hatte. Heute schien keiner gut auszusehen.

»Guten Morgen, guten Morgen«, grüßte sie. »Jetzt sind es schon zwei. Es geht also doch.«

Tom fand ihre Fröhlichkeit aufgesetzt. Typisch Schauspielerin. Drinnen war ein Mann, sie hatten zusammen gefrühstückt. Ein älterer Herr, schlank, fast zart.

Es war der Komiker, der gestern Nora Fabian aus dem Saal geführt hatte.

Tom beobachtete Bens Reaktion, wartete schadenfroh auf ein Anzeichen von Eifersucht, doch da war nichts. Ben begrüßte Max Traube wie einen guten Bekannten.

Max Traube – Tom überlegte, in welchen Filmen er ihn gesehen hatte, doch er wollte nicht fragen. Der Mann trug seine wenigen grauen Haare fast so kurz wie Jeannette. Wahrscheinlich zu alt, um für den Schönling Engel eine ernsthafte Konkurrenz zu sein, mutmaßte Tom.

»Sie kommen leider ungünstig, meine Herren, wir müssen los«, erklärte Traube. »Nora, eigentlich solltest du schon in der Maske sein.« Auch Traubes Lächeln schien aufgesetzt.

»Ich habe eigentlich nur eine Frage«, sagte Ben. Wir, dachte Tom und begann sich erneut über den Kollegen zu ärgern.

»Nora, wo warst du heute Morgen?«

Die Schauspielerin hatte sich eine Zigarette angezündet und nahm einen tiefen Zug, bevor sie antwortete. »Wieso? Was war heute Morgen?«

Tom glaubte, dass er jetzt an der Reihe war. »Wieder ein Mord. Und wieder mit einem Messer.«

Für einen Moment blieb es still. Zigarettenqualm und Nervosität hingen im Raum.

»Wir haben gefrühstückt«, erklärte Traube. »Ich bin relativ früh gekommen, da ich mir Sorgen um Nora machte.« Er sprach zu Engel und schien Tom zu ignorieren. »Sie war gestern etwa noch eine Stunde bei mir, und als ich sie nach Hause brachte, hatte sie sich noch nicht ganz beruhigt. Deshalb wollte ich heute früh noch einmal nach ihr sehen. Stimmt's, Nora?«

Die Schauspielerin nickte. »Es ist rührend, wie du dich um mich kümmerst, Max.«

Traube breitete die Arme aus. »Aber was faselt Ihr Kollege schon wieder von Mord, Herr Engel?«

»Wann genau sind Sie hier eingetroffen?«, fragte Ben.

»Sehr früh. So gegen halb acht, schätze ich.«

»Nicht früh genug«, sagte Tom. »Der Mord geschah zwischen sechs und sieben Uhr.«

»Was soll das? Sie werden Nora doch nicht schon wieder verdächtigen?« Traubes Stimme wurde schrill.

Jetzt erinnerte sich Tom: *Die Rache des Musketiers* und *Ein Käfig voller Irrer*. Das war vor der Zeit mit Gabi gewesen, lange vor Hochzeit und Kind.

Traube hatte in den Filmen volles, schwarzes Haar gehabt, vielleicht eine Perücke.

»Wo warst du, bevor er kam, Nora?«, fragte Ben.

»Hier natürlich.«

»Kann das jemand bestätigen? War Iris da?«

»Nein. Ich habe geschlafen. Tief und fest. *Rohypnol.* Hat mir mein Arzt gegeben. Mein Gott, Ben, du weißt doch, wie fertig ich gestern war. Nachdem mich Max nach Hause gebracht hatte, habe ich erst mal was zum Beruhigen geschluckt. Ich habe geschlafen wie ein Murmeltier im Winter. Max hat mich wecken müssen. Nicht wahr, Max?«

Tom hatte einen lauernden Blick in Traubes Augen gesehen. Jetzt bestätigte er eilfertig Nora Fabians Aussage. Tom machte sich Notizen, wie er es gelernt hatte. Ben und die anderen ignorierten ihn weiterhin. Die Fabian qualmte hastig.

Traube wurde unruhig. »Wir müssen jetzt wirklich ins Studio. Sie können Nora nicht für jeden Mord in dieser Stadt verantwortlich machen.«

»Sie fragen gar nicht, *wer* überhaupt ermordet wurde«, stellte Ben fest.

»Wer wurde denn ermordet?«, echote die Primadonna.

»Nora, was war zwischen dir und Leo Falk? Warum hast du ihn auf dem Friedhof angegriffen?«

»Falk? Das tut wirklich nichts zur Sache, Ben. Ich war's jedenfalls nicht!«

»Kann ich bitte die Tabletten sehen, Frau Fabian?«, fragte Tom.

Die Schauspielerin zog eine Schublade auf, fast in Griffweite von ihrem Platz am Esstisch. *Rohypnol.* Eine halb volle Packung.

»Damit kann man eine Elefantenherde einschläfern«, sagte Traube. Auch eine Art zu töten, dachte Tom.

Sie hatten das Villenviertel verlassen, und die Straße wand sich hügelabwärts Richtung Innenstadt. Der ältere Kollege hatte heute einen Escort erwischt, dem offensichtlich Hunderte von Kollegen zuvor kräftig zugesetzt hatten. Die Schaltung hakte, und die Federung war ausgeleiert.

Tom brach das Schweigen. »Wohin jetzt?«

Engel würdigte ihn keines Blickes. »Wohin wohl. Ich liefere dich in der Festung ab, wo du hingehörst.«

»Du glaubst doch im Ernst nicht, was die Fabian sagt?«

»Hör mal, Kleiner. Hier geht es nicht um Glaubensfragen. Wenn du willst, dass eine Verdächtige sich verplappert, dann musst du sie erst mal reden lassen. Sag ihr nicht, dass es um Mord geht. Verstehst du? Wenn du Tarzan vorhältst, dass Jane um Mitternacht gekillt wurde, dann war er zu der Zeit garantiert nicht im Dschungel. Oder er hat *Rohypnol* genommen. Wieso muss ich hier eigentlich den Ausbilder spielen?« Engel fuhr über eine Unebenheit, stieß mit dem Kopf gegen das Wagendach und redete sich in Rage. »Verdammt noch mal, kann denn heutzutage jeder Idiot Kommissar werden? Dein Bruder hätte sich jedenfalls geschickter angestellt. Wer hat dir eigentlich gesagt, dass du deine Klappe aufreißen sollst?«

Ende eines Anschisses. Tom fühlte sich neben Engel um einige Zentimeter geschrumpft.

»Ich hätte sie festgenommen«, sagte er leise, mehr zu sich selbst.

50

Eine Stunde später lief Ben die Treppe zu Fabians Wohnung hoch. Kollegen vom Bundesgrenzschutz kamen ihm mit ihrem Spürhund entgegen. Der Schäferhund hechelte und beschnupperte Bens Beine.

»Und, schon fertig? Das ging ja schnell!«, sagte Ben.

»Wer sind Sie?«, fragte einer der Bundesbeamten muffig.

»Benedikt Engel, K1, ich leite die Ermittlungen im Mordfall Fabian.«

»Viel Spaß!«

Das hätte der Uniformierte sich sparen können. Der Hund zerrte an der Leine. Er wollte nach unten.

»Und, irgendwelche Drogenspuren in Fabians Wohnung?«, fragte Ben.

»Nichts. Falscher Alarm, genauso wie gestern bei dem Scheißbüfett in diesem Fernsehschuppen. So schnell bekommt ihr unseren Ralf nicht mehr. Am Flughafen haben wir Wichtigeres zu tun. Tschüs!«

Sie drängten an ihm vorbei nach unten. Ralf. Der Hund war das Einzige, womit sich diese Idioten wichtig machen konnten. Ben rief ihnen hinterher, etwas lauter als nötig: »Stimmt es, dass ihr die armen Tiere süchtig macht, damit sie das Zeug finden können?«

In der Wohnung hing immer noch der Geruch nach Tod. Ben versuchte, die Blutflecken zu ignorieren, und machte sich noch einmal auf die Suche.

Er verrückte Schränke und Regale, hängte Bilder ab, rollte Teppiche zusammen, riss die Matratze aus dem Bett.

Kein versteckter Safe.

Kein Schlüssel für ein Schließfach.

Keine geheimen Papiere.

Sobald er die Wohnung freigab, würde ein Hausverwalter sie renovieren lassen und weitervermieten. Vorher wollte Ben nichts unversucht lassen.

Er nahm jedes Buch aus dem Regal, blätterte durch alle Seiten. Er untersuchte jeden Zettel, den er fand. Zwei Stunden nahm er sich Zeit und machte es gründlich. Er stöberte in den FKK-Heften nach versteckten Notizen, Namen, Telefonnummern.

Am Ende war er schweißgebadet und so weit wie nach der ersten Untersuchung. Kein Hinweis auf Kontakte zur Pädophilenszene. Keine Verbindung zum Drogenring.

Mala suerte.

51.

Tom war erstaunt, so viele der K2-Kollegen in der Kantine anzutreffen. Mit seinem Brokkolibratling setzte er sich zu ihnen.

»Ich dachte, ihr seid hinter Ivanisevic her«, sagte Tom. »Oder ist er vielleicht hier in diesem Raum?«

»Nix mehr Jugo, nix mehr Observierung«, sagte Bönte. »Er ist immer noch nicht aufgetaucht. Wie vom Erdboden verschwunden.«

»KOK Bönte hat sich von der verdächtigen Person abhängen lassen«, stichelte Bernhard.

»Immerhin haben wir die Corvette gefunden, aber vom Halter des Fahrzeugs fehlt jede Spur. Fröhlich hat einen Haftbefehl besorgt, aber seine Wohnung war leer. Und nicht nur das!« Tom erfuhr, dass Fröhlich die Idee nicht als Erster gehabt hatte. Die K2-Kollegen hatten die Wohnung aufgebrochen und durchwühlt vorgefunden.

Anlass für reichlich Spekulationen.

»Statt den Deal zu machen, ist er mit dem Geld der Bande abgehauen.«

»Mit dem Stoff hätte er doch viel mehr Kohle gemacht.«

»Aber dann hätte er teilen müssen.«

»Abgehauen – ohne seinen Rennwagen?«

»Oder die Kolumbianer haben ihn umgebracht und das Geld und den Stoff behalten.«

»Und wer hat dann seine Wohnung durchsucht?«

»Seine Kumpels, auf der Suche nach dem Stoff.«

»Man bringt doch Geschäftspartner nicht einfach um.«

»Oder es ist ihm zu heiß geworden, weil wir ihn beschattet haben.«

»Dein Schatten wird ihm wenig zu schaffen gemacht haben. Dich hat er doch ständig abgehängt.«

»Was isst du da eigentlich?«, fragte Bönte.

»Brokkolibratling«, antwortete Tom.

»Sieht aus wie frittierte Kotze.«

Tom legte die Gabel weg. Tommaso kam an den Tisch. Auch er hatte das vegetarische Gericht auf dem Tablett.

»Was macht Spaghetti-Enzo?«, fragte Tom.

»Du wirst es nicht glauben, aber der Junge spielt plötzlich verrückt. Er hat auf einmal Angst vor seinen Kumpels. Er sagt, sie wollen ihn im Knast ermorden. Weiß der Teufel, was plötzlich in ihn gefahren ist. Namen hat er noch nicht genannt. Aber er will einen Deal machen. Er faselt ständig was von Zeugenschutzprogramm. Namen gegen Sicherheit.«

»Und?«, fragte Tom.

»Zeugenschutzprogramm? So was hat vielleicht das LKA, aber nicht wir. Enzo hat die Hosen dermaßen voll, dass er früher oder später auch so alles auspacken wird. Eher früher, glaube ich.«

»Und wenn er wirklich in Gefahr ist? Vielleicht sollte man das LKA einschalten?«

»Damit *die* sich dann die ganzen Lorbeeren einsammeln? Nein, Fröhlich will den Fall für sich. Ist doch klar.«

»Frittierte Kotze«, sagte Bönte.

»Wieso?«, fragte Tommaso. »An Fröhlichs Stelle würdest du den Spaghetti doch auch für dich behalten. Unser letzter

Trumpf. Vielleicht haben wir Glück. Die Szene scheint jedenfalls in Aufregung zu sein.«

»Dein Essen sieht aus wie frittierte Kotze«, erläuterte Bönte.

Tommaso aß weiter und erklärte mit vollem Mund: »Brokkoli ist Geistesnahrung.«

Bönte guckte ihn skeptisch an. »Geistesnahrung? Was soll das denn sein?«

»Etwas, was du noch nie gegessen hast!«, antwortete Tommaso.

52.

Er hatte Geld eingesteckt. Drogengeld. Blutgeld. Er fühlte sich gut, seine Erkältung war verflogen. Ben staunte, was Geld alles bewirken konnte.

Occasion stand auf den Fenstern des Ladens. Innerhalb von dreißig Minuten gab er weit mehr als tausend Mark aus. Beladen mit Schachteln und Tüten kehrte er zum Auto zurück. Hemden, Hosen, ein Anzug aus leichter Wolle. Krawatten, eine Weste für den Herbst. Schuhe aus durchbrochenem Leder, hergestellt von einer österreichischen Manufaktur. Seine Beute.

Dann fuhr er zum *Marktbistro*. Nie wieder Kantine, schwor sich Ben.

Er fühlte sich gut, als er das Lokal betrat. Der Mittagsandrang war abgeebbt, es war fast leer. Poliertes Holz, goldgerahmte Spiegel, gekühlte Luft. Kellner in weißen Schürzen, die fast bis zum Boden reichten. Und Iris.

»So ein Zufall!« Küsschen links, Küsschen rechts, Ben tat, als wäre es für ihn die natürlichste Begrüßungsform der Welt. Sie hob ihr Glas.

»Auf meinen Glücksprinz! Auch ein Gläschen Prosecco? Ach nein, ich weiß schon. Kein Alkohol, wegen dieses Verwandten.«

»Es war mein Vater.«

»Oh!« Iris ließ ihr Glas sinken.

»Er war ein Trinker und Schläger. Im Suff hat er unsere Familie zerstört. Er landete im Knast, und als er rauskam, hat er sich endgültig totgesoffen.«

»Eine traurige Geschichte.«

»Es ist vorbei.«

Ben bestellte Mineralwasser und warf einen Blick auf die Karte. Iris zeigte auf eine Reisetasche. »Stell dir vor, wo ich das Wochenende verbringe! Dietling, der Regisseur, hat mich in sein Haus auf Ibiza eingeladen. Er sagt, ich habe großes Talent.«

Ben nickte in Richtung auf ihr Dekolleté. »Zwei große Talente.«

»Das ist nicht fein von dir. Erst weist du mich zurück, dann wirst du frech. Nein, Dietling sagt, er wird mich ganz groß rausbringen. Ich sei viel zu gut für diese Watzmannscheiße.« Sie nahm noch einen Schluck.

Ben lachte. »Er will deine Talente ganz groß rausbringen, was?«

»Mein Gott, Benedikt! Was hab ich nicht alles getan, um ins Geschäft zu kommen. Ich habe meine Fotomappe an alle Angestellten des Castingbüros einzeln geschickt. Ich habe das Fitnessstudio gewechselt, um im selben zu trainieren, wo auch die Frau von Napoleon Gladisch hingeht. Ich habe mit meinem Agenten geschlafen, weil er auch der Agent des Chefautors des *Watzmannhauses* ist. Ich habe sogar bei Nora die Küche geputzt.«

Sie leerte das Glas. »Ach, Nora! Kurz nachdem du weg warst, hat Max sie nach Hause gebracht. Ich glaube, die hatten sich auch gestritten. Und dann hat sie sich bei mir ausgeheult. Von dir haben wir übrigens auch gesprochen, Großer. Du solltest dich mal um sie kümmern. Die Arme ist ziemlich durcheinander. Ich meine die Therapie wegen ihrer Kindheit, der Alkoholentzug, der ganze Medienrummel und so. Und jetzt auch noch der Stress mit *Pro-Sat!* – Ich hab ja viel Verständnis, aber was sie sich heute früh geleistet hat, grenzt schon an Altersdepression, oder? Um halb sechs hat sie mich angerufen und mir schon wieder die Ohren vollgeheult. Stell dir vor: halb sechs Uhr früh, mitten in der Nacht! Ich hatte vielleicht gerade mal drei Stunden geschlafen!«

»WAS?«

»Auch einen Prosecco?«, fragte einer der Kellner.

»Ja, äh, nein, danke.«

Der Kellner nahm Iris' leeres Glas und begann, den Tresen zu polieren.

»Wann war das?«, fragte Ben leiser.

»Halb sechs, ich hab auf den Wecker geschaut. Dass sie vor lauter Ärger und Albträumen nicht schlafen kann, hat sie gejammert. Dass sie Streit mit Gladisch hat und Angst, dass der sie aus der Serie rausdrücken will. Dass sie an Selbstmord denkt und lauter solches Zeug. – Ach, da kommt Dietling. Hallo, Schatz!« Iris ging ihm entgegen. Küsschen links, Küsschen rechts. Der auch heute komplett in Weiß gekleidete Regisseur nahm ihre Tasche, und sie folgte ihm nach draußen, wo ein Taxi wartete.

»Tschüs, Glücksprinz!«, rief sie von der Tür aus. »Und kümmer dich um Nora!« Dann war sie verschwunden mit ihrer guten Laune, ihrem Lachen und ihren Talenten.

Ben stand wie gelähmt. In seinem Kopf schlugen die Gedanken Rad.

53.

Zurück in der Festung. Telefonate. Das Labor.

Ben schärfte dem Kriminaltechniker ein, ihn sofort zu verständigen, wenn sie bei der Spurenauswertung weitere Parallelen zwischen den Morden an Falk und Fabian finden sollten. Als der Kollege nachfragen wollte, hatte Ben schon aufgelegt. Dann versuchte er, Nora zu erreichen. Doch sie schien weder bei *MMD* zu sein noch bei *Pro-Sat* oder zu Hause.

Als er auflegte, klingelte es sofort.

Es war Vogel. »Wer zum Teufel war der Tote?«

»Welcher Tote?«

»Der heute Morgen. Mensch, verkauf mich nicht für blöd, Kumpel.«

»Keine Zeit. Auskünfte erteilt unsere Pressestelle.«

»Was soll das, Ben?«

»Alex, sei mir nicht böse, aber ich muss jetzt los.«

»Red schon! Dreimal Clara S., eine Menge Kohle für einen Namen!«

»Ich brauche deine Kohle nicht!«

»Seit wann denn das? Hast du im Lotto gewonnen? Übrigens, deine neue Freundin hat zurzeit eine Menge Ärger, wie es scheint!«

»Wieso?«

»Plötzlich hast du es nicht mehr eilig, was? Dein Star hatte gerade Streit mit ›Napoleon‹ Gladisch in dessen Büro. Und weißt du, warum? Weil sie nicht mit Martin Vondermühle spielen will.«

»Worauf willst du raus?«

»Ich würde es Nervenzusammenbruch nennen.«

»Warum will sie nicht mit Vondermühle spielen?«

»Lies meine Kolumne, morgen früh! *Blitz*-Leser wissen mehr!«

»Red schon!«

»Ben, sei mir nicht böse, aber jetzt muss *ich* los!« – Aufgelegt.

Ben griff sein Sakko und lief aus dem Büro. Er musste Nora erwischen. Auf dem Gang rannte er fast Ria über den Haufen.

»Hey, Großer, nicht so schnell. Hast du nicht einen Tipp für mich? Falk hatte anscheinend tatsächlich keine Feinde.«

»Doch.«

»Wen denn? Sag schon!«

»Na ja, sein Mörder scheint ihn nicht gerade geliebt zu haben.«

»Du Arsch. Hey, Ben, warte! Du hast mir immer noch keine Antwort gegeben!«

»Worauf?«

»Ob du mit mir ins Konzert gehst?«

»Ach, da bist du ja, Benedikt!« Das war Inga, Braunings Sekretärin. »Der Chef will dich sprechen!«

»Später!«

»Nein, sofort!« Leise fügte sie hinzu: »Dicke Luft. Was hast du jetzt schon wieder ausgefressen, Benedikt?«

Der Rottweiler hatte ein hochrotes Gesicht, obwohl es in dem abgedunkelten Büro relativ kühl war. Ohne Einleitung bellte er los: »Was ist mit dir und dieser Fabian?«

Hatte der kleine Swoboda gesungen? »Ich hab's im Griff. Kein Problem. Berührt nicht die Arbeit.«

»Kein Problem? Bist du von allen guten Geistern verlassen?« Brauning knallte eine Klarsichthülle auf den Schreibtisch. Schwarz-weiße Fotoabzüge in DIN-A-4-Größe. Das *Watzmannhaus-Sommerfest.* Ben erkannte sich selbst, wie er Nora in den Arm nahm, ihr vertraulich durch die Haare strich. Nora, die sich Hilfe suchend an ihn lehnte, bevor sie mit Traube das Fest verließ.

Ben hatte den Fotografen gar nicht bemerkt. War es der verdammte Vogel?

»Du kannst mir nicht in den Nacken pinkeln und dann erklären, es würde regnen! Eine Mordverdächtige und der Ermittler, ein Turtelpärchen. Und weißt du, woher ich diese Fotos habe? Vom Präsidenten! Weißt du, was das ist? Verdammte Scheiße hoch zehn! Die Obermuftis toben. Sonntag ist auf zweihundert. Die wollen dich am liebsten in die Verwaltung versetzen! Du hast große Scheiße gebaut! Nur weil deine verdammten Eier größer sind als dein Hirn! Diese Schauspielerin muss eine Muschi wie Kaschmir haben. Sie hat dir mit ihrer Muschi das Hirn frittiert!«

Ben starrte stumm auf die Bilder.

»Was läuft denn zwischen euch?«

»Keine Ahnung.«

»Himmelherrgott! Irgendwas ist doch!«

»Irgendwas.«

»Vergiss sie!« Brauning wischte sich den Schweiß von der Stirn. »Du hast Glück im Unglück, du verdammter Hurensohn. Der Präsident und der Chefredakteur der *Morgenpost* sind gute Freunde. Sie werden es nicht drucken, aber sie haben uns jetzt in der Hand. Ich muss den Fall sauber zu Ende bringen. Sonntag setzt mich unter Druck. Wie viel Urlaubstage hast du noch?«

»Fünfzehn, aber ich will erst im Herbst ...«

»Überstunden, freie Tage?«

»Will ich mir eigentlich lieber auszahlen lassen ...«

»Krankheit? Genau! *Hormonelle Dysfunktion!*« Brauning lachte schallend.

Ben konnte nicht mitlachen.

»Die Ermittlung leitet ab sofort Ria Pohl. In beiden Fällen. Die ist hoffentlich gegen Kaschmirmuschis immun. Lass dich nie wieder mit dieser Fabian blicken! Fick, wen du willst, aber nie wieder die Stieftochter, Erbin oder Feindin eines Ermordeten! Sonntag wartet nur darauf, dass jemand aus meiner Abteilung Scheiße baut. Verstanden?«

»Hm.«

»Ich versteh ja, dass dich so ein Filmstar reizt und dass es dir schmeichelt, wenn sie dich ranlässt. Aber wenn Sonntag merkt, dass es mehr als eine Mischung aus Dienst und Zufall war, dann ist es aus mit dir, und mit mir dazu!« Brauning hämmerte mit der Faust auf die Fotos nieder.

»Es war auch nicht mehr.«

»Dann bete zu Gott, dass Sonntag dir das abnimmt.«

Brauning ging auf Ben zu und klatschte mit seiner Rottweilerpranke auf Bens Schulter. Ben fühlte sich unwohl. Säure stieg aus dem Magen hoch.

54.

»Wie weit sind Sie, Swoboda?«

Tom hörte die Telefonstimme und stellte sich den dazugehörigen hageren Mann mit dem penibel gestutzten Seemannsbart vor. Sonntag war der zweitwichtigste Mann der Behörde, und Tom war sein Vertrauter.

»Heute ist mein erster Tag, den ich mit Engel zusammenarbeite. Er scheint in der Tat unberechenbar zu sein.«

»Das habe ich Ihnen bereits gestern gesagt. Weiter sind Sie noch nicht gekommen?«

Tom spielte seinen Trumpf aus: »Ich habe etwas für Sie. Ich habe ihn gestern nach Feierabend verfolgt. Er war mit Nora Fabian privat zusammen. Auf dem Sommerfest einer Filmgesellschaft.«

»Schon besser. Sie sind also am Ball. Es war das Fest in den großen Studios unten am Rhein. Ich bin bereits informiert. Brauning sagt, es war nicht privat, sondern dienstlich. Aber es sah sehr vertraulich aus. Zu vertraulich für einen ermittelnden Kripobeamten.«

»Das glaube ich auch, Herr Sonntag.«

»Glauben heißt nichts wissen. Bringen Sie mir den Beweis, dass Engel mit der Fabian ein Verhältnis hat! Liefern Sie ihn mir! Bleiben Sie dran, Swoboda! Das K1 ist noch der gleiche Sumpf wie früher. Es reicht nicht aus, Bollmann durch Brauning zu ersetzen. Wir müssen den Sumpf trockenlegen.«

»Jawohl, Herr Sonntag.«

»Ich erwarte Ihren Bericht morgen um diese Zeit, verstanden? Wir dürfen keine Zeit verlieren, da sauber zu machen!«

Tom sah auf die Uhr.

Bald würde Gabi ihn zu Hause erwarten. Er wollte Jeannette anrufen, doch er fand die Nummer nicht. Vor ihm lag ein Riesenberg von Akten. Er wusste nicht, was er zuerst erledigen sollte.

Doch er war stolz. Sonntag hatte *wir* gesagt.

55.

Die Tür der Villa war nur angelehnt.

Ben sah sich um, dann ging er hinein. In der Halle war es dämmrig und angenehm kühl. Er trat an die Wendeltreppe und lauschte.

»Nora?«

Er stieg hinab. Jalousien verwehrten den Blick auf den Garten. Ben suchte die Terrassentür, als er hinter sich ein Rascheln hörte.

Auf dem Sofa lag die Schauspielerin, eingehüllt in eine Decke. Langsam richtete sie sich auf. Das blonde Haar war zerzaust, die Stirn in Falten gelegt. Ihre Stimme klang, als müsse sie sich auf jeden einzelnen Laut konzentrieren. Sie wirkte zart und verletzlich.

»Was willst du hier?«

»Ich dachte, du freust dich vielleicht.« Er hatte sie im Studio vermutet, doch die Leute von MMD hatten ihm gesagt, sie sei nach Hause gegangen.

Sie antwortete in Zeitlupe. »Du kommst doch nur, um zu sch-schnüffeln.«

»Gestern warst du freundlicher, Nora.«

»Du hast es geschafft, dass ich auf dich reingefallen bin, du Sch-Schnüffler.«

»Wie geht es dir?«

»Durst. Holst du mir was zu trinken?«

Ben ging in die Küche. Während er ein Glas mit Mineralwasser füllte, sah er sich um. Er stellte die Flasche zurück in den Kühlschrank und kontrollierte rasch die anderen Schränke.

Kein Alkohol.

Als er zurückkam, sah er, dass Nora Mühe hatte, die Augen offen zu halten. Er griff nach ihrem Handgelenk. Der Puls war schwach, aber regelmäßig.

Ben setzte sich neben sie. »Tabletten?«

Sie nickte. Gierig trank sie das Glas leer. Ben unterdrückte den Impuls, sie in den Arm zu nehmen.

Nora wandte ihm ihr Gesicht zu, doch ihre Pupillen rannten hin und her wie eine Maus im Käfig. »Du bist kein Freund. Du bist ein Schnüffler.« Wieder das Wort mit *Sch*, obwohl ihr die Aussprache so schwerfiel.

»Ich weiß, wie dir zumute ist.«

»Du weißt gar nichts.«

»Du solltest nicht so viel von den Tabletten nehmen.«

»Ich habe wunderbar geschlafen. Bis du mich geweckt hast. Die Pillen vertreiben die Ungeheuer.«

»Ich weiß, wie dir zumute ist, Nora«, wiederholte Ben.

»Gar nichts weißt du«, wiederholte Nora.

»Ich habe mit deiner Mutter gesprochen.«

»Die weiß auch nicht alles.«

»Die Tabletten helfen nicht auf Dauer.«

Keine Antwort. Zittrig kramte Nora nach einer Zigarette und zündete sie an. Ben sah schweigend zu, wie Nora mehrere Züge machte.

»Nimm nicht so viele Tabletten«, echote Nora schließlich. »Wie einfach sagt sich so was. Ich hatte heute Streit mit Marco, dem Programmdirektor bei *Pro-Sat*. Ich war richtig wütend. Marco packte mich bei den Armen, um mich festzuhalten. Er meinte es nicht so, aber plötzlich war alles wieder da. Ich konnte nicht einmal mehr schreien. Ich konnte mich nicht mehr rühren. Ich war gelähmt wie eine Stoffpuppe, wie ein Hase, der nachts auf der Landstraße gebannt in die Scheinwerfer starrt. Versteinert.«

»Wie eine gefühllose Pflanze.«

»Genau. Wie damals bei Mamas zweitem Mann. Starr und gefühllos.«

»Weil jede Gegenwehr, jedes Gefühl nur eine unnütze Energieverschwendung bedeutet hätte.«

»Ja.«

»Und alles verschwamm vor deinen Augen, stimmt's?«

»Als ich ein Kind war, nannte ich es Unwirklichkeit.« Nora war jetzt völlig wach. Sie starrte ihn an. »Woher weißt du das alles?«

»Ich lag auch mal auf der Couch.«

Nora vergaß, an der Zigarette zu ziehen. »Willst du mir davon erzählen, oder ist es dir unangenehm?«

Ben musste an Sigrid Romberg denken. Die Psychologin hatte ihn damals das Gleiche gefragt. »Ich binde es nicht jedem auf die Nase. Aber warum soll ich ein Geheimnis draus machen?«

»Ein Trauma in der Kindheit?«

»Mein Vater war auch ein Tyrann. Er hat uns geschlagen. Er hat meine Mutter getötet. Jahrelang lief ich geduckt durch die Welt. Mein Vater war längst im Gefängnis, doch mein Körper erwartete noch immer Schläge. Sirenen, Gewitter, Türenschlagen – all das löste bei mir Angstzustände aus. Ich hatte Albträume. Später, im Heim, habe ich mich oft mit anderen geprügelt. Es war, als suchte ich die Gewalt, um zu lernen, wie man sie besiegt.«

»Fabian hat mich nicht oft geschlagen. Er drohte meistens nur. Er sagte, er würde meine Katze vergiften, wenn ich etwas verraten würde. Dann hat er mich wieder verwöhnt. Zuckerbrot und Peitsche. Er hat mich zu seiner Hure gemacht. Und so hat er mich auch genannt. Hure, Nutte, Hexe.«

Nora zündete eine zweite Zigarette an der ersten an. »Als ich noch trank, ging ich eine Zeit lang in Kneipen und gabelte die ekligsten, dreckigsten Männer auf, die ich kriegen konnte. Kannst du dir das vorstellen? So habe ich mich selbst gedemütigt. Ich träumte, ich sei voll von schwarzem Schleim. Und wenn ich den Mund aufmachte, kam alles raus. Ich war ein schlammiges Abwasser, in dem Schlangen brüteten.«

Ben erzählte: »Einmal schleuderte mein Vater meinen kleinen Hund durch das Zimmer. Er brüllte und stieß mich herum. Sein Gesicht war wie das eines Fremden. Um mich herum wurde alles weiß. Ich dachte: Jetzt stirbst du. Irgendwas hast du getan, und das ist das Urteil. Ein anderes Mal hielt er stundenlang ein Gewehr auf mich und meine Mutter gerichtet. Ich weiß noch genau, wie die Wand aussah, an der wir stehen mussten.«

Die schrecklichen Bilder, die wie Kaugummi in Bens Hirn klebten. Das Klatschen der Ohrfeigen war das Leitmotiv seiner Kindheit.

»Die Zeit ist ein dünnes Pflaster für unsere Wunden«, sagte Nora.

Ben nickte. »Ich fürchtete mich immer vor dem Nachhausekommen. Ich wusste nie, was passieren würde. Einmal schlug er mich mit dem Schürhaken. Mit der Zeit gewöhnte ich mich daran. Ich rollte mich zusammen wie ein Ball. Wenn er sich beruhigt hatte und die dicken, blaugrünen Striemen sah, fragte er: Wie ist das denn passiert?«

Jetzt war Nora dran: »Ich war oft krank. Anfälle. Ich hörte Stimmen und fühlte, wie mein Körper verbrannte. Ich dachte, ich sei vom Teufel besessen.« Nora streckte ihm ihre Arme entgegen. »Ich ritzte mir immer wieder mit dem Messer die Arme blutig. Heimlich. Indem ich es tat, bewies ich mir, dass ich existierte.« Nora lehnte sich gegen Ben, ihr Haar floss über seine Brust.

Ben nahm sie in den Arm. Er erzählte von seiner Mutter, einer schönen, zierlichen Frau wie Nora. Er erzählte vom Tag der großen Katastrophe.

Bens Vater hatte wieder einmal getrunken. Er wütete durch das Haus, weil Ben oder seine Mutter eine der kleinlichen Regeln verletzt hatte, mit denen er die Familie terrorisierte.

Ben riss aus.

Er rannte nach draußen, über die Felder, in den Wald. Er sprang über Bäche und Zäune, bis seine Lunge brannte.

In der Krone eines Baumes wartete er die ganze Nacht hindurch, frierend und von Dornen zerkratzt. Sein Versteck, hier fühlte er sich halbwegs sicher. Im Morgengrauen hoffte er, die Wut seines Vaters hätte sich gelegt. Ben schlich zurück und fand das Haus verlassen vor. Seine Mutter war tot, und sein Vater von der Polizei weggeschafft.

»Ich war bei einigen Seelenklempnern, Nora. Ich war in Heimen und bei Ärzten. Keiner konnte mir das Gefühl nehmen, meine Mutter hätte überlebt, wenn ich nicht davongerannt wäre. Ich weiß, es ist verrückt, aber das Gefühl geht nicht weg. – Jetzt kennst du meine Geschichte.«

Nora drückte sich an ihn. »Das Leben zieht seine Fäden durch unsere Herzen und näht unerbittlich seine Muster«, sagte sie.

Sie sahen einander an. Noras Augen hatten einen feuchten Schleier. »Bei dir fühle ich mich geborgen«, erklärte sie. »Du kannst zuhören. Du hast Geduld.«

Sie küssten sich. Gegenwart und Vergangenheit verschwammen wie die Aussicht aus einer Achterbahn. Doch die ungeklärten Fragen wirbelten in Bens Kopf weiter.

»Welchen Streit hattest du mit Falk?«

Nora legte einen Finger auf seinen Mund. »Es reicht. Lass uns nicht mehr von der Vergangenheit sprechen«, sagte sie.

»Und warum hattest du mit Gladisch Streit?«

»Hör auf, Benedikt! Warum können wir es uns nicht einfach schön machen?«

»Okay, du hast recht.« Ben hatte einen Entschluss gefasst. Die Lösung aller Fragen. »Pack deinen Koffer und lass uns nach Südamerika fliegen! Es gibt da ein paar Länder, die nicht ausliefern. Ich kann unsere Spuren verwischen.«

Er spürte, wie sie sich anspannte. Senkrechte Linien erschienen auf ihrer Stirn. Er hatte damit gerechnet, dass sie zunächst überrascht wäre. Umso mehr würde sie sich freuen, wenn sie merkte, dass er es ernst meinte. Dass er nicht mehr als Bulle mit ihr sprach.

»Hab keine Angst, Nora! Wir schaffen das! Ich habe genügend Geld. Zumindest fürs Erste ist unser Leben sicher. Sie werden uns am Flughafen nicht aufhalten.«

»Benedikt!«

»Es macht mir nichts aus, was du getan hast. Ich weiß selbst, wie stark Hass sein kann. Ich kann dich gut verstehen und werfe dir nichts vor. Lass uns gemeinsam neu anfangen.«

»Bist du übergeschnappt?«

»Ich weiß, dass deine Alibis falsch sind. Du hast heute früh mit Iris telefoniert und nicht geschlafen. Ich habe es noch keinem gesagt, aber sie werden dahinterkommen. Lass uns abhauen, solange es nicht zu spät ist.«

Er spürte, wie es in ihr arbeitete. Sie musste sich erst an den Gedanken gewöhnen, mit ihm zu fliehen. Doch es war der einzige Ausweg, den Ben sah.

Nora blähte die Nasenflügel auf und atmete tief durch. Dann holte sie aus und schlug Ben ins Gesicht. Es brannte, als hätte sie ihm die Haut abgezogen.

»Du bist und bleibst ein verdammter Schnüffler! Glaubst du, ich fahre mit dir in ferne Länder und gebe hier meine Karriere auf? Gerade noch habe ich gedacht, ich könnte mich in dich verlieben, und dann sagst du, ich sei eine Mörderin! Schnüffler! Verdammter Bulle!« Sie holte erneut aus.

Ben hielt sie fest. »Nora, du musst dich der Realität stellen!«

»Die Realität ist, dass du dich hier einschleichst und mich zur Verbrecherin machen willst!«

»Nora!«

»Die Realität ist, dass ich hierbleibe und Karriere mache. Weihnachten startet das *Watzmannhaus*. Das Fernsehpublikum wird mich lieben. Du kannst mir gestohlen bleiben! Die Realität ist, dass du jetzt sofort aus meinem Haus verschwindest!«

»Nora, hör mir doch zu!«
»LASS MICH LOS! VERSCHWINDE!«

56.

Observieren – das war das Einzige, was Tom in seinen drei Wochen beim K2 wirklich gelernt hatte. Er beherrschte die Regeln. Bönte hatte sie ihm beigebracht. Nicht zu dicht auffahren, auch mal einige Autos zwischen dich und den Verfolgten lassen, damit dieser keinen Verdacht schöpft. Wenn du an der Ampel hinter ihm stehst, darfst du nicht nach vorne starren, denn das könnte ihm im Rückspiegel auffallen. Und wenn der Observierte als Letzter über die Kreuzung kommt und du bei Rot halten musst, brauchst du nicht nervös zu werden. Denn fast immer schafft dein Vordermann die nächste Kreuzung nicht mehr und steht dort, bis ihr beide Grün habt. Dann bist du wieder auf seinen Fersen.

Tom wischte sich den Schweiß von der Stirn. Obwohl die Sonne bereits tief stand, heizte sie noch mächtig ein. Ein Jogger keuchte vorbei. Wahnsinn, bei den Ozonwerten.

Wenn deine Zielperson ein Haus betritt, kann es schwierig werden. Nicht, wenn es ein belebtes Viertel ist, Innenstadt oder anonyme Mietskasernen. Aber in ruhigen, besseren Gegenden gibt es immer Nachbarn, die am Fenster hängen und denen du auffällst, wenn du im Auto sitzen bleibst und eine Tür oder ein Fenster im Auge behältst. In richtig guten Gegenden gibt es diese Nachbarn allerdings nicht mehr. In einer Villengegend wie dieser gibt es nur Mauern und Hecken, und die Häuser stehen weit zurückversetzt in irgendeinem Park.

Die Tür ging auf. Tom stand rund hundert Meter entfernt und saß tief in seinen Sitz gesunken. Er sah auf die Uhr. Fast zwei Stunden war der große Tröster bei ihr gewesen. Viel zu lange für eine dienstliche Vernehmung.

Erst als Bens Auto aus seinem Blickfeld verschwunden war, startete Tom. Er rollte einen Hügel hinab, ein paar Kurven, dann fädelte er drei Autos hinter seiner Zielperson in die Hauptverkehrsstraße ein. Zwei Stunden, in denen Tom hier draußen auf Lauer gesessen hatte, statt in Akten über Kindesmissbrauch, Drogen und Prostitution nach Verbindungen zu Feinkost-Fabian zu forschen. Tom hatte deshalb kein schlechtes Gewissen. Für ihn stand die Mörderin ohnehin bereits fest: Nora Fabian, die Schauspielerin. Auch wenn Engel das nicht wahrhaben wollte.

Benedikt Engel überquerte den Rhein. Und begann, Tom Rätsel aufzugeben.

Es ging wieder stadtauswärts, diesmal nach Osten. Die große Ausfallstraße entlang, vorbei an Arbeitervierteln und heruntergekommenen Gewerbegebieten. Irgendwo dort lag die Halle, wo Tom das Drogendepot gefunden hatte. Engel fuhr weiter, Richtung Autobahn.

An der Auffahrt lag der Park-and-ride-Parkplatz. Fast hätte Tom verpennt, dass Engel abbog. Er hatte Mühe, seiner Zielperson durch die Reihen abgestellter Autos zu folgen. Schließlich sah er, wie Engel neben einem kleinen roten Mazda hielt.

Benedikt Engel öffnete die Heckklappe, verschloss sie wieder und wischte mit einem Tuch über den Griff. Dann machte er sich im Inneren zu schaffen. Schließlich wischte er über beide Türen.

So beseitigt man Fingerabdrücke, dachte Tom und notierte sich die Zulassungsnummer.

Anschließend folgte er Engel stadteinwärts. Nach zwanzig Minuten erreichten sie den Hafen. Es ging vorbei an Industrieanlagen und eingezäunten Brachflächen, bis an das letzte Hafenbecken. Eine gottverlassene Gegend. Tom hielt Abstand.

Der K1-Mann stieg aus und starrte auf das Wasser. Dann betrat er ein Häuschen, vor dem zwei Limousinen parkten. Ein brackiger Geruch wehte um Toms Nase. Engel kam zurück.

Er ging langsam über das Gelände, als suchte er nach Spuren. Wieder blieb er am Hafenbecken stehen. Tom konnte sich keinen Reim darauf machen.

Engel fuhr zurück, Tom blieb.

Er war jetzt neugierig auf die Fahrer der beiden Limousinen. Als sich nach zehn Minuten nichts getan hatte, lief er selbst zu dem Häuschen. Sein Herz arbeitete so heftig, dass es in seinen Ohren knirschte.

Das Häuschen war wie ausgestorben. Die Fensterscheibe zerborsten, das Türschloss aufgesprengt. Auch im Inneren ein Bild der Zerstörung. Der Boden war übersät mit abgebröckeltem Putz. Bis auf einen blanken Holztisch war der Raum leer.

Die Limousinen waren verlassen. An einer fehlten bereits die Radkappen.

Tom notierte die Nummern. Nur langsam beruhigte sich sein Puls. Dies war kein guter Ort, das spürte Tom. Noch fehlte ihm die Verbindung zu Nora oder zum Präsidium. Tom war verwirrt. Und neugierig.

Er würde die Verbindung kriegen.

57.

In der Wohnung war es mindestens so warm wie draußen. Trotzdem zitterte Tom vor der Kälte, die Gabi verströmte.

»Genüge ich dir nicht mehr?« Ihr erstes Wort, als er sie begrüßte.

»Ich liebe dich. Das weißt du doch.«

»Du hast keine andere?« Gefrierpunkt. Minusgrade.

»Natürlich nicht.« Ich lüge, du lügst, er lügt. Die Konjugation des Lebens.

»Jeannette erzählte etwas anderes.«

Jeannette. Tom spürte, wie das Blut in seinen Kopf schoss. Plötzlich fiel es ihm ein: Der Zettel mit Jeannettes Nummer!

»Du hast sie angerufen?« Tom sah, wie es Gabi Mühe machte, ruhig zu bleiben.

»Seit wann geht das mit euch beiden?« Sie konnte nicht viel wissen.

»Ich habe sie gestern erst kennengelernt. Ich kann dir alles erklären, Gabi.«

»Fass mich nicht an! Ich will deine Lügen nicht hören.«

»Es ist alles nur beruflich. Ehrlich. Ich habe mit dieser Frau nur ein bisschen geflirtet, zum Schein, um an Informationen über eine Tatverdächtige ranzukommen. Verdeckte Ermittlung. Du kannst Vater fragen. Das gehört zum Job.«

Tränen rannen über ihre Wangen. Sie würde Vater nicht fragen. »Ich glaube dir kein Wort.«

Sie hatte *nicht* mit Jeannette gesprochen. Tom spürte das.

Er erzählte ihr, dass er jetzt für das K1 arbeitete. Er erzählte vom Fall Fabian und vom Verdacht, der auf Nora Fabian fiel. Er wende die üblichen Mittel an: die Anwerbung von Personen aus dem Umfeld der Verdächtigen als Informanten. Und Nora Fabians Maskenbildnerin könne ihm Informationen liefern, die ihn zum Star unter den Ermittlern machen würden. Tom fühlte, dass Gabi begierig darauf war, eine Entschuldigung zu hören, die sie glauben konnte.

Lügen und Tränen.

Tom erfuhr, dass Gabi die Nummer auf dem Zettel angerufen, aber sofort wieder aufgelegt hatte, als sich Jeannette gemeldet hatte. Nach einer halben Stunde hatte Tom sie kraft seines Charmes soweit, dass sie sich für ihr Misstrauen sogar entschuldigte.

Dann packte Tom die Tüte aus.

»Was ist das?«, fragte Gabi ungläubig.

»Du wolltest doch, dass ich härter wirke, um rascher Karriere zu machen«, sagte er.

»Aber neulich hast du mich noch angebrüllt, als ich davon sprach!«

»Da hatte ich sie schon längst bestellt. Ich war nur sauer, weil du schon genauso wie Vater gesprochen hast.« Er schraubte die zwei Deckel auf, auf denen *L* und *R* stand. »Ich bin es satt, dass die Brille ständig rutscht, wenn ich mal schwitze. Und ich will doch meiner Frau gefallen. Guck, ich kann es sogar schon ohne Spiegel!«

Tom blinzelte. Er hatte die Kontaktlinsen erst einmal zuvor getragen. Das war zur Probe beim Optiker.

»Ohne Brille siehst du ganz anders aus!«

»Enttäuscht?«

»Ach was!«

Es brannte, und Toms Augen begannen zu tränen. Doch er wollte sich an die Linsen gewöhnen. Morgen sollte er sie zwei Stunden am Stück tragen, hatte der Optiker gesagt.

58.

Die *Taverne Paros* hatte den Charme eines Vereinsheims. Am Eingang stand ein Spielautomat, an dem sich ein alter Mann festhielt. Daneben saß ein Kellner und faltete Papierservietten. Vom Band jaulte griechische Folklore.

Ben fragte nach dem Hinterzimmer. Der Kellner überschlug sich vor Beflissenheit und führte ihn zu einer Tür neben dem Tresen.

Drei Tische, keine Musik. Unter einem Poster der *Olympic Airways* saß der K1-Chef. »Hallo, Partner!«

»'n Abend, Herr Brauning.«

»Wir sind per du, Benedikt, wenn du dich erinnerst. Das gilt auch, wenn ich dich heute Nachmittag beurlaubt habe. Ich heiße Frank, wie du vielleicht weißt.«

»Hallo, Frank«, sagte Ben und versuchte ein Lächeln.

»Ich war sauer heute Nachmittag, aber du wirst es verschmerzen, oder? Vergiss die Schauspielerin! Ich kenne den

Typ Frau. Sie reißen dir das Herz raus, stecken es in den Mixer und schalten auf ganz fein pürieren. Sie nehmen deine Eier in den Mund, beißen sie ab, kauen sie durch und spucken sie dir ins Gesicht. Die saugen dir die Seele aus dem Leib. Das sind keine Weiber, sondern Killer. Such dir ein Mädchen, das in die Kirche geht und deine Hemden bügelt.«

Ben schwieg.

»Okay?«, fragte Brauning.

»Okay«, antwortete Ben. Ihm war unwohl. Es roch nach Zwiebeln und abgestandenem Zigarettenrauch.

»Mein Beichtvater sagt immer: Scheiß auf die Weiber. In dem Punkt übertreibt er natürlich, er kann ja nicht anders. Mein Leitsatz ist: Du kannst dich auf die Frauen verlassen, vor allem darauf, dass sie dich betrügen.«

Es musste raus: »Ich glaube, sie war's.«

»Die Fabian?«

»Ja.«

»Wer glaubt das nicht. Aber dass du es sagst, freut mich. Das zeigt mir, dass du auf dem besten Weg zur Besserung bist. Trotzdem, du nimmst dir deine hormonelle Dysfunktion. Es sieht besser aus, wenn du dich aus den Ermittlungen raushältst und Sonntag erst mal nicht über den Weg läufst.«

Der Kellner brachte eine Platte mit gemischten Vorspeisen, eine Flasche *Ouzo* und drei Gläser. Ben bestellte Wasser.

Als der Kellner gegangen war, sagte Ben: »Ich sorge mich um die Autos. Vielleicht hätten wir sie verschwinden lassen sollen. Und was ist, wenn die Leichen doch an die Oberfläche kommen?«

Brauning sah ihn scharf an. »Vergiss es, mach dir nicht in die Hosen! Die bleiben unten, ich bin doch kein Anfänger. Wenn ich gesagt habe, wir treffen uns zur Nachbesprechung, dann meine ich nicht, dass wir das Ganze noch mal durchkauen und Bedenken wälzen. Nein. Wir planen den krönenden Abschluss!«

Eine kalte Klammer legte sich um Bens Herz. »Noch ein Mord? Da mache ich nicht mit!«

»Seit wann so empfindsam? Das war kein Mord, sondern Schädlingsbekämpfung. Und außerdem kann ich dir garantieren, dass es keine weiteren Leichen gibt. Nur ein paar schöne lange Gesichter. Und Ruhm und Ehre für uns beide!« Brauning rieb sich die Hände. »Das kannst du im Moment genauso gut gebrauchen wie ich, schätze ich.«

Sie schwiegen eine Weile.

Brauning trommelte mit den Fingern auf den Tisch, dann sah er auf die Uhr. Er schnalzte mit der Zunge und schüttelte den Kopf.

Ben zeigte auf das dritte Glas. »Für wen ist das?«

»Müsste eigentlich schon da sein. – Da kommt sie ja!« Die Tür hatte sich geöffnet, und der Kellner ließ eine junge Frau mit Kopftuch ein.

»Ihr verdankst du deinen Reichtum!«

Sie nahm das Tuch ab und enthüllte einen kahlen Schädel und reichlich Ringe an den Ohren. Ben erkannte Sinead-Jeanny, Thomas Swobodas Freundin, Noras Maskenbildnerin.

»Setz dich, Jeannette«, bellte der Rottweiler freudig erregt, als sich die Tür wieder geschlossen hatte. »Schieß los! Wie willst du den Stoff anlegen?«

»Es gibt da einen jungen Mann, ehrgeizig und genusssüchtig zugleich. Morgen Mittag will er das nötige Geld zusammengekratzt haben. Es bleibt dabei, dass die Kohle mir gehört?«

»Natürlich! Weiter!«

»Er nimmt zwei Kilo. Das reicht doch?«

»Super! Weiter!«

»Ich bring's ihm ins Haus. Gleich danach hat er ein Treffen mit Leuten, mit denen er ins Geschäft kommen will. Ich denke, da wird er das Pulver als Muntermacher unter die Leute bringen. Als Schmiermittel fürs Geschäft.«

»Was für Leute?«

»Mein Abnehmer ist ein Medienmensch. Er verspricht sich einen dicken Vertrag als Berater bei *Pro-Sat*. Damit das klappt,

will er sich als Schneelieferant unentbehrlich machen. Leute von
Film und Fernsehen werden da sein.«

»Und wir nehmen sie hoch. Das wird ein Fest! Ich sehe
schon die Schlagzeile: Nach Kinderärztin Dr. Gundlach jetzt
der zweite Teil, noch größer, noch deftiger! Das wird ein Fest,
nicht wahr, Benedikt? – Ach, verzeiht, ich habe euch noch gar
nicht bekannt gemacht.«

Jeannette ließ nicht erkennen, ob sie Ben wiedererkannte,
deshalb verhielt sich Ben genauso. Er erfuhr, dass Jeannette als
V-Frau die Drogenszene ausspionierte. Das LKA hatte sie an-
geworben.

»Wir kennen uns schon lang, nicht wahr, Jeannette?«, sagte
Brauning. »Die besten Tipps gibt sie mir, nicht den Landeskri-
minalern. Über das LKA oder über das K2 können die Dealer
doch nur lachen. Der Einzige, der in dieser Stadt wirklich auf-
räumt, ist Frank Brauning. Jeannette weiß das. Wir haben schon
so manchen Hit gelandet, von dem Fröhlich oder die Schnarch-
nasen vom LKA nur träumen können. Jeannette hat überall ihre
Verbindungen. Sie ist großartig.«

»Aus dem K2 erfuhr ich, dass ein Deal bevorstand. Dass er im
Hafen abgewickelt werden sollte, erfuhr ich vom BND«, erklärte
Jeannette.

K2 – damit meinte sie wahrscheinlich den kleinen Swoboda.

»BND? Was hat der Nachrichtendienst mit der Drogenbe-
kämpfung zu tun?«, fragte Ben.

»Alle wollen sich profilieren«, sagte Brauning. »Fröhlich und
sein K2, das LKA, das BKA und jetzt auch der BND. Das sind
die Dämlichsten. Seit der Osten in die NATO will, sucht Pul-
lach neue Feinde. Die sind so geil auf Kokain, dass sie ständig
versuchen, über irgendwelche Scheinkäufe an die großen Dealer
zu kommen. Erzähl mal, Jeannette!«

»Letzten Monat organisierte das LKA in Dortmund einen
Scheinverkauf, um die dortige Türkenmafia auszuhebeln. Die
Leute, die sie festnahmen, waren alle vom BND. Beinahe wäre

die Sache an die Öffentlichkeit geraten«, sagte sie. Braunings Lachen bellte durch das Hinterzimmer. Er goss *Ouzo* nach.

»Jeder konkurriert gegen jeden. Jeder versucht, den anderen auszunutzen. Das ist Politik. Das ist das wahre Leben«, erklärte der Rottweiler. »Und keiner ahnt, dass *wir* die Fäden in der Hand halten. Bis es am Freitagmorgen groß in der Zeitung steht! Danach steht deiner Beförderung zum Hauptkommissar nichts mehr im Weg, Benedikt. Du hast doch noch deine guten Kontakte zur Presse?«

Brauning und das Mädchen stießen mit dem Aniszeug an.

Sie besprachen die Einzelheiten.

Dann hatte Brauning eine Idee. Die Rottweileräuglein blitzten. »Was ist mit deinem neuen Freund aus dem K2, Jeannette? Könnte der nicht auch Gast bei der Party sein? Ein Mann aus Fröhlichs Abteilung, mit dem Strohhalm in der Nase und Koks im Blut? Das wäre die Krönung, nicht wahr, Benedikt? Weichei Fröhlich wäre am Arsch! Meinst du, du kannst das für uns arrangieren, Jeannette?«

»Du bist ein Schwein.«

Brauning lachte schallend.

Jeannette sagte, sie wolle mal sehen.

Brauning verabschiedete sich. »Esst auf und trinkt noch etwas, es ist alles bezahlt. Ich muss jetzt heim zu Mutter und Tochter!« Dann war er verschwunden.

Sie sahen sich an. »Wie bist du an ihn gekommen?«, fragte Ben.

»Ich bin seine Schwiegertochter.«

Ihr Name war Jeannette Brauning. Sie war die Witwe von Frank Brauning Junior, der vor zwei Jahren an einer Überdosis Heroin gestorben war. Seitdem arbeitete sie als Informantin im Drogenmilieu, bezahlt vor allem vom Landeskriminalamt.

Jeannette gestand Ben, dass sie Brauning hasste. Sie gab ihm einen Großteil Schuld an der Sucht seines Sohnes. Sie erzählte von einer Vater-Sohn-Beziehung, die Frank Junior erdrückt hatte.

Sie saßen noch fast eine Stunde. Der Schnaps blieb unangetastet.

»Weißt du eigentlich, was gestern ablief?«, fragte Ben.

»Ich hab's eingefädelt. Ich kann mir denken, was auf dem Grund des Rheinhafens liegt«, antwortete Jeannette.

»Warum machst du dabei mit?«

»Tu doch nicht so scheinheilig! Aus dem gleichen Grund wie du! Geld allein macht nicht glücklich, aber es kann gut dabei helfen. Und noch etwas: Brauning ist der Einzige, der die Dealer zur Strecke gebracht hat, die meinen Mann auf dem Gewissen haben. Er ist der Einzige, der wirklich etwas tut, da hat er recht. Seit dem Tod seines Sohnes ist er ein Fanatiker geworden. Für ihn ist das ein Kreuzzug. Das macht meinen Mann nicht wieder lebendig, aber es tut verdammt gut.«

Ben glaubte, für einen Moment nicht Rauch und Anis zu riechen, sondern das modrige Wasser des Hafenbeckens.

59.

Noch bevor er die Wohnungstür erreichte, hörte er von drinnen das Telefon klingeln. Er schloss auf und stürzte hinein. Es hatte mindestens achtmal geklingelt, als Ben den Hörer in die Hand bekam. Wer auch immer ihn sprechen wollte, meinte es ernst.

»Endlich. Ich habe es schon tausendmal versucht.« Es war Nora.

»Und?«

»Ich muss dich sprechen.«

»Ich dachte, du redest nicht gern mit Schnüfflern.«

»Glaubst du immer noch, ich war's?«

»Ja, klar. Wie du weißt, hat Iris mir gesagt, dass du mit ihr am frühen Morgen telefoniert hast. Also hast du nicht gepennt.

Also hast du Falk ermordet. Oder willst du sagen, dass Iris gelogen hat?«

»Nein, es stimmt, was sie dir gesagt hat, aber ich war es trotzdem nicht!«

»Erwarte nicht, dass ich die Information noch länger zurückhalten kann.«

»Glaub mir, bitte!«

»Gib dir keine Mühe. Ich bin ohnehin raus aus dem Fall.«

»Wieso?«

»Rate mal.«

»Wie wird es weitergehen?«

»Traube wird seine Aussage früher oder später widerrufen, und du wanderst in den Knast.«

»Ich meine, wie wird es mit uns weitergehen?«

»Sag ich doch: Du wanderst in den Knast.«

»Du bist nicht so kalt wie du tust, oder?«

Ben schwieg. Es war schwül in seiner kleinen Wohnung. Er legte sein Jackett über den Stuhl und knöpfte das Hemd auf.

Noras Stimme klang flehend: »Ich habe mir alles noch mal durch den Kopf gehen lassen, und ich weiß, ich habe dir heute Nachmittag unrecht getan. Du hast es gut gemeint. Und ich brauche deine Hilfe, Benedikt. Vergib mir!«

Er schwieg weiter. Wenn sie glaubte, er wäre noch immer bereit, ihr zur Flucht zu verhelfen, hatte sie sich geschnitten. Er hatte ihr den Vorschlag in einem schwachen Moment gemacht, und solche Momente hatte er nicht wie ein Krämer gleich mehrfach auf Lager.

»Bist du noch dran?«

»Ja.«

»Ich will nur, dass du mit mir redest. Dass du mir zuhörst und mir einen Rat gibst.«

»Sprich.«

»Nicht am Telefon. Kann ich zu dir kommen?«

»Sag mir erst, um was es geht.«

»Max setzt mich unter Druck. Wegen der Alibis.«

»Was will er?«

Sie zögerte, dann kam die Antwort mit gepresster Stimme: »Mich.«

»Kann er haben. Es gibt jetzt im Knast diese speziellen Besucherzimmer für Paare.«

Am anderen Ende war es still, dann hörte Ben ein leises Weinen. Er hatte sie getroffen, doch sie legte nicht auf.

Schließlich sagte sie: »Ich kann dir alles erklären. Hilf mir.« Sie schluchzte und schniefte, und was sie sagte, klang echt. Eine heiße Klammer legte sich um Bens Herz bei ihren Worten.

»Ich liebe dich doch, Benedikt. Merkst du das nicht?«

Sie saßen auf seiner Dachterrasse und hielten sich an ihren Cappuccino-Tassen fest. Die Terrasse war klein, Ben hielt weitestmöglich Distanz zu Nora.

»Schön hast du es hier!«, sagte Nora.

Es war nach Mitternacht, und in den Straßen war es still. Hinter den alten Fassaden an der Kreuzung unter ihnen ragte schwarz der Block des Hochhauses empor. In einer der höheren Etagen waren einige Fenster erleuchtet. Der Rest der Stadt schien zu schlafen.

»Was ist das für ein Geräusch?«

»Das kommt vom Rhein. Das ist das Tuckern der Boote. Tagsüber hört man es nicht. Aber nachts, wenn es ganz still ist, dringt es bis hierher.«

»Ein tolles Plätzchen«, wiederholte sie und ließ ihre Zigarette lange aufglimmen.

»Deswegen bist du nicht da.«

Sie sah ihn an. Ihr Haar leuchtete im Mondlicht. Ganz deutlich konnte er ihren Leberfleck erkennen.

»Max weiß, dass ich in der Klemme bin. Von ihm war die Idee, dass ich sagen sollte, ich hätte Rohypnol genommen und den ganzen Morgen geschlafen. Und dass ich am Sonntag den

ganzen Abend bei ihm gewesen sei. Das stimmt auch nicht.«
Mit einem ängstlichen Blick forschte Nora in Bens Gesicht.
»Zuerst habe ich gedacht, er gibt mir das Alibi aus reiner
Freundschaft. Aber jetzt verlangt er, dass wir zusammenziehen
und heiraten. Er sagt, ich soll ihm gehören. Er stellt mich vor
die Alternative: Morgen will er die Verlobung bekannt geben
oder seine Aussagen zurücknehmen. Das Schwein hat mich in
der Hand. Er weiß genau, dass ich nicht sagen kann, wo ich am
Sonntag in Wirklichkeit war.«

»Und warum nicht?«

Hektisch stieß sie den Rauch aus. »Warum? Weil der Mann
verheiratet ist.«

»Welcher Mann?«

Sie zögerte. Ihre Augen schimmerten. Ben zündete ein Wind-
licht an. Jetzt erst sah er ihre Tränen. »Marco Gladisch. Wir
hatten eine Affäre. Es ist vorbei, glaub mir, Benedikt. Gladisch
würde nie bestätigen, dass wir am Sonntag zusammen waren.
Und Max weiß das. Das Schwein nützt es schamlos aus. Max
hat es schon immer auf mich abgesehen. Ich hätte ihm erst gar
nicht vertrauen dürfen.«

»Wo und wann?«

»Was?«

»Dein echtes Alibi. Gladisch.«

»Von sieben bis ungefähr um Mitternacht. In seinem Büro.«

»Im Büro?«

»Du solltest es mal sehen. Er ist ein Aufschneider und macht
auf Filmmogul. Er hat dort alles, vom eigenen kleinen Kino bis
zum Bad mit Sauna und Whirlpool.«

»Aha.« Damit würde Ben nicht dienen können. Schon gar
nicht im Büro.

Nora fuhr aufgeregt fort: »Aber Marco würde es nie bestätigen. Dafür ist er zu feige.«

»Warum gibst du nicht zu, dass du am Sonntagabend auch bei
Heinz Fabian warst?«

Nora starrte ihn an. »Bei meinem Stiefvater? Ich – bei ihm zu Hause? Niemals!«

»Nora sei ehrlich. Ich habe keine Lust, mir die Nacht mit Märchen um die Ohren zu schlagen. Fabians Nachbar hat dich gesehen. Er heißt Schmitz und hängt den ganzen Tag am Spion seiner Tür. So was wird Mördern oft zum Verhängnis.«

Sie sog an ihrer Zigarette und überlegte. »Was hat er genau gesehen?«

»Eine Person in etwa deiner Größe und mit deiner Frisur. Und auch diese Aussage werde ich morgen den Kollegen weitergeben müssen.«

Nora lachte nervös. »Dafür kommen doch allein in dieser Stadt Tausende infrage.«

»Aber Fabian hatte nur eine Stieftochter, die so aussieht. Und darauf kommt es an. So etwas nennt man Indiz.«

Nora schwieg und nahm einen letzten Zug. Sie drückte den glühenden Stummel in einem Blumentopf aus. Plötzlich starrte sie Ben an. Ihre Augen waren weit aufgerissen. »Mein Gott – Max war's! Das ist die Erklärung! Kennst du den Film *Ein Käfig voller Irrer*? Eine Verwechslungskomödie. Max kann das. Er schlüpft in Frauenkleider, setzt sich eine Perücke auf, und du würdest schwören, es wäre eine Frau!«

»Du meinst … – Warum sollte er das tun?«

»Um mich zu kriegen. Max ist verrückt genug, so etwas zu tun. Was meinst du, was der schon alles angestellt hat!«

Ben erinnerte sich vage an den Film und an die wenigen Male, die er Max Traube erlebt hatte. Er war verunsichert und wusste nicht, was er von Noras Theorie halten sollte.

Sie schien überzeugt zu sein. »Das ist die Idee! Der Mörder muss sich tarnen, damit der Verdacht auf jemand anders fällt. Wenn du Max kennen würdest, würdest du ihm das zutrauen.«

»Das heißt, er bot dir ein falsches Alibi an, und indem du das annahmst, hast du in Wirklichkeit dem richtigen Täter ein Alibi gegeben. Das wäre verdammt raffiniert.«

Nora erzählte ihm von ihrer Zeit in Frankreich und von ihrem Verhältnis zu Traube. Sie hätte ihn längst zum Teufel gejagt, wenn er nicht immer wieder für sie gesorgt hätte, wenn es ihr schlecht gegangen war. Und es war ihr sehr oft schlecht gegangen. Sie redeten und kamen sich allmählich näher. Bis sie Arm in Arm in den klaren Himmel sahen und Sternschnuppen zählten.

»Jetzt geht es mir gut«, sagte die Schauspielerin. »Sag mal, Benedikt, hast du vielleicht etwas anderes als Cappuccino, was du mir anbieten kannst?«

»Wasser, Saft, was du willst. Von mir kannst du alles bekommen außer Alkohol.«

»Ich dachte eigentlich ans Bett.«

Ihr Mund war ganz nah, und er küsste sie. Brauning hatte ihn ohnehin vom Fall entbunden, dachte Benedikt. Er hatte nicht viel zu verlieren. *Such dir ein Mädchen, das in die Kirche geht.* Zum Teufel, das war das Letzte, was er wollte.

Eine Stunde später standen sie wieder auf der Dachterrasse. Nora schmiegte sich an Bens Seite, und er nahm sie in den Arm. Sie waren aufgewühlt, erschöpft und zufrieden. Die Nachtluft kühlte ihre nackte Haut, und Ben atmete Noras Geruch. Ein Gemisch aus Sex und einem Rest Parfüm.

Sie fragte: »Liebster, was soll ich jetzt machen?«

»Ich kann dir ein Taxi rufen.«

Sie zwickte seinen Bauch. »Du Witzbold weißt genau, was ich meine.«

»Du bist in einer verdammt schwierigen Situation. Versuch, Traube noch ein paar Tage hinzuhalten. Und du musst unbedingt mit Gladisch reden.«

»Hm. Mit dem habe ich mich doch erst vor ein paar Stunden gefetzt.«

»Trotzdem. Er ist der Einzige, der dich entlasten kann.«

»Darf ich dich um etwas bitten, Liebster?«

»Kommt darauf an«, sagte Ben. Er ahnte, was sie wollte. An ihrer Stelle würde er auch danach fragen.

»Kannst du die Aussagen von Iris und diesem Schmitz noch ein paar Tage für dich behalten? Wenn Gladisch mir hilft, spielen sie sowieso keine Rolle.« Ihre Augen leuchteten im Mondlicht.

»Du willst, dass ich mich strafbar mache. Zurückhalten von Beweismitteln. Du weißt, was das ausgerechnet für einen Polizeibeamten bedeutet.«

»Bitte! Ich weiß nicht, was ich tun soll, wenn du mir nicht hilfst. Du bist meine einzige Hoffnung, Benedikt. Ich könnte Traube niemals heiraten. Oder willst du, dass ich das tue?«

»Na gut.«

Sie gab ihm einen langen Kuss.

»Wünsch mir Glück, Benedikt!«

DONNERSTAG

60.

Morgenpost, 29. Juni, Seite 1:

EHEMALIGER BÜRGERMEISTER ERMORDET
LEO FALK IN SCHREBERGARTEN TOT AUFGEFUNDEN
Der 64-jährige ehemalige Kommunalpolitiker Leo Falk wurde gestern
Morgen auf seinem Schrebergrundstück an der Sudetenstraße von
seiner Frau tot aufgefunden.

Nach Angaben der Polizei war er in den frühen Morgenstunden mehreren Stichwunden erlegen. Der bislang unbekannte Täter konnte un-
beobachtet entkommen.

Über mögliche Parallelen zum Mordfall Fabian – der bekannte Gastronom war am Sonntagabend ebenfalls erstochen worden – wollte die
Polizei keine Angaben machen.

Falk und Fabian waren befreundet, hieß es aus Kreisen der Angehörigen.

Der gelernte Konditor Falk war bereits in jungen Jahren in den Rat der
Stadt gewählt worden. 1973 wurde er Fraktionsgeschäftsführer, 1978
Fraktionsvorsitzender seiner Partei.

1983 wurde er mit den Stimmen beider großer Parteien zum Bürgermeister gewählt, ein Amt, das er mit großem Ansehen bis vor zwei
Jahren innehatte.

»Die gesamte Stadt trauert mit der Witwe. Leo Falk hat sich in hohem
Maße verdient gemacht«, erklärte Oberbürgermeisterin Seifert. Falk
war nach dem Abschied von der Politik noch in zahlreichen Brauch-
tumsvereinen aktiv gewesen.

Blitz, 29. Juni, Seite 1:

XAVER, HÖR AUF!
DER SAHARA-SOMMER MACHT UNS VERRÜCKT

Puuuh! Es ist so heiß wie auf einem Kamel in der Wüste. Das ist der Sahara-Sommer. Die ganze Stadt im Hitzekoller! Alle drehen durch. Auf den Rheinwiesen: Spontandemonstration unter der Sprenganlage. Angestellte des Regierungspräsidenten forderten Hitzezuschlag: »Nieder mit der Hitze, ich will nicht, dass ich schwitze!« Im Hafen: ein Bauarbeiter raubte einer Rentnerin den Sonnenschirm, schrie: »Ich brauche Schatten, die Hitze macht mich verrückt!« Über die Kö radelten zwei nackte Männer. Die Passanten nahmen es gelassen hin. In der Uniklinik verlangte ein Student: »Kastriert mich! Die Frauen sind so leicht bekleidet, ich muss ständig an Sex denken!« Die ganze Stadt im Sommer-Wahn. Xaver (so heißt das irre Hoch), hab Erbarmen!

Blitz, Innenteil, Rubrik »*Watzmannhaus intim*«:

NORA FABIAN: NERVENZUSAMMENBRUCH
KRACH UM MARTIN VONDERMÜHLE

Von Alex Vogel. Nach dem Wetter-Desaster in den Alpen nun Sturm und Donner hinter den Kulissen von Pro-Sat. Zoff um Oscarpreisträger Martin Vondermühle, 61 (»Tod im Hotel«). Der in Malibu, Kalifornien, lebende Filmstar (Foto) soll höchste Einschaltquoten garantieren. Der Sendetermin steht schon fest (1. Weihnachtstag), doch Nora Fabian will offensichtlich Vondermühle verhindern – Rivalität um die Zuschauergunst? Krisensitzung gestern Nachmittag im Büro von Programmdirektor Marco Gladisch. Danach sagte die Fabian einen Drehtermin ab. Man munkelt Nervenzusammenbruch. Offensichtlich hat »Napoleon« Gladisch sich gegen seine Diva durchgesetzt. Bereits heute soll Filmstar und Frauenliebling Vondermühle am Rhein eintreffen.

61.

Immer wieder hatte Tom in dieser Nacht mit Gedanken an Sonntag und Engel, an das K1 und an Brauning wach gelegen. Als er gegen Morgen endlich in Tiefschlaf gefallen war, weckte ihn Tobis Geschrei.

Gabi ging den Kleinen stillen. Als sie zurückkam, begann sie, Tom auf den Leib zu rücken.

Tom war müde. Er hatte gelesen, dass Mütter nach der Geburt des Kindes die Lust am Sex verlören. Seine Frau schien eine Ausnahme zu sein. Tom tat, als würde er noch schlafen. Erfolglos.

»Weißt du, dass wir schon ewig nicht mehr miteinander geschlafen haben?«, fragte Gabi.

»Hm.«

»Die durchschnittliche Koitusfrequenz deutscher Paare liegt bei zweimal die Woche, stand neulich im *Blitz*. Da liegen wir zurzeit drunter, du Sexmuffel!«

Auch das noch. »Aha.«

»In Deutschland droht der Untergang der Erotik, haben sie geschrieben. Bei uns ist er schon Tatsache.« Ihre Hand lag auf seiner Brust und begann sich unter die Pyjamajacke zu schieben. Er drehte sich auf die Seite und wandte ihr den Rücken zu.

Vielleicht hatte jeder Mensch nur einen bestimmten Vorrat an Lust auf seinen Partner. Vielleicht war sein Vorrat für Gabi schon aufgebraucht.

Sie ließ nicht locker. »Schatz, wir sollten wirklich mal ernsthaft darüber reden.« Die Wir-müssen-das-ausdiskutieren-Arie. Ihm blieb nichts erspart.

»Nicht jetzt, ich bin noch zu müde.«

»Dann heute Abend!«

»Da bin ich auch zu müde.«

Schweigen.

Er hörte dem Vogelgezwitscher zu, das von draußen ins Schlafzimmer drang, und dem beginnenden Straßenverkehr. Er wusste, sie würde gleich wieder davon anfangen. Dabei war es höchstens sechs Uhr. Er könnte noch so schön schlafen.

»Bin ich dir langweilig geworden?«, fragte Gabi.

Er spürte, wie sie sich gegen seinen Rücken schmiegte. Ihr Becken an seinem Hintern.

»Soll ich vielleicht etwas an meinem Typ tun? Vielleicht eine neue Frisur? Oder sollten wir mal etwas Neues ausprobieren? Willst du, dass ich mir Reizwäsche kaufe? Würde dich das auf Touren bringen?«

Ihre Hand schob sich über seinen Schenkel. »Sag mir, was dir Spaß machen würde! Sag mir, was du dir wünschst!«

Ihre Finger glitten unter seinen Hosenbund. Erregende Gedanken gingen Tom plötzlich durch den Kopf. »Soll ich's dir wirklich sagen? Ganz ehrlich?«

»Ja«, hauchte sie. »Bitte!«

Ihre Zunge arbeitete an seinem Ohr, ihre Hand in seiner Hose.

»In meiner Fantasie stelle ich mir manchmal vor, dass du dich rasieren und dass du kleine Ringe an den Schamlippen tragen würdest. Und an den Ringen kleine Glöckchen. Und dann wünsche ich mir, dass du unter dem Rock kein Höschen tragen würdest, sodass ich deine Muschi klingeln höre, wenn du gehst.«

Schon bei den ersten Worten hatte sie ihre Hand zurückgezogen. Jetzt rückte sie vollends von ihm ab.

»GROSSER GOTT! ICH HABE EINEN PERVERSEN GEHEIRATET!«

Er drehte sich um. »Was hast du? Du wolltest doch, dass ich dir das erzähle!«

»ABER DOCH NICHT SOLCHE PERVERSEN SCHWEINEREIEN!«

Tom wollte sie beschwichtigen, doch sie gab ihm keine Chance.

»GEH DOCH ZU DEINER JEANNETTE, WENN DU PERVERSITÄTEN BRAUCHST!«

Sie sprang heulend aus dem Bett und rannte ins Bad. Er saß da, allein gelassen mit seiner Erregung und seinen Fantasien.

Jeannette trug lediglich Ringe an den Ohren und einen am Nabel. Alles andere wäre ihm aufgefallen.

62.

»Mutti, guck mal, das Flugzeug hat ein Arschloch!«

»Kind, sei still!«

Martin Vondermühle musste lachen. Der Bus brachte die Fluggäste übers Rollfeld zur Abfertigungshalle. Ein paar Minuten noch, und der Schauspieler würde den Boden seiner alten Heimatstadt betreten.

Das Kind hatte offensichtlich Spaß daran, seine Mutter zu ärgern. »Aber das Flugzeug hat wirklich ein Arschloch, guck doch mal!«

Es zeigte auf eine Boeing, in deren Heck ein drittes Triebwerk saß. Martin Vondermühle war froh, dass er eine Sonnenbrille trug und sein Toupet weggelassen hatte. Keiner würde ihn erkennen und mit dem Finger auf ihn deuten.

Die Passkontrolle verlief rheinisch-lasch. Vor fast zwanzig Jahren hatte er die Stadt verlassen. Jetzt, bei seiner Rückkehr, hing ein Gefühl der Fremde an ihm wie ein Mantel, den er nicht abstreifen konnte.

Vor der Gepäckausgabe suchte der Schauspieler eine Toilette auf. Der Raum war angenehm klimatisiert und sauber. Er rieb sich eine Handvoll Wasser ins Gesicht, als wollte er die Auswirkungen der Zeitverschiebung verjagen. Er hörte, wie die Tür aufging und eine Putzfrau hinter seinem Rücken zu wischen begann. Im Spiegel kontrollierte Vondermühle den Sitz des Toupets. Sein gewohntes Äußeres war hergestellt. Er warf sich selbst ein Lächeln zu. Dann sah er das ungläubige Staunen der Putzfrau.

Das Gepäck kam rasch. Die Zollkontrolle war unbesetzt.

Es waren drei Personen, die auf Vondermühle warteten. Den kleinen, aufgeblasenen Programmdirektor von *Pro-Sat* kannte er bereits. Er rang sich ein Lächeln ab und gab ihm die Hand. Der zweite, ein Fotograf, legte sofort mit seiner Kamera los. Die dritte, eine ansehnliche Blondine, trug einen Regenmantel.

»Bei diesem Wetter?«, fragte der Schauspieler.

»Sie hat nichts drunter an«, erklärte der Fotograf grinsend und nahm für einen Moment den Apparat vom Gesicht.

»Fast nichts«, korrigierte die Blonde mit dünnem Stimmchen und nervösem Kichern. Mein Gott, dachte Vondermühle, hoffentlich spielt die nicht in dieser dämlichen Serie mit. Der Oscarpreisträger befürchtete das Schlimmste.

»Fahren wir gleich zu den Rheinwiesen!«, sagte Gladisch. »Ich lasse Ihr Gepäck ins Hotel bringen. Die Fotos sollen heute noch an die Presse gehen. Frau Gerber spielt im *Watzmannhaus* übrigens Ihre Geliebte, Herr Vondermühle. Unsere PR-Kampagne läuft großartig. Die Dreharbeiten sind schon fast Nebensache.«

Ein widerlicher Typ, dieser Programmdirektor, dachte Martin Vondermühle. Plötzlich hörte er ein anwachsendes Gemurmel hinter sich und fuhr herum.

»Den kenn ich aus dem Fernsehen!«, kreischte eine dicke Frau.

Eine Menschenmenge drängte sich von allen Seiten heran. Vondermühle brach in Schweiß aus. Der blöde Fotograf hat die Leute aufmerksam gemacht, dachte er.

»Kann ich ein Autogramm kriegen?«, krähte ein kleiner Junge.

Der Schauspieler fühlte sich plötzlich wie erschlagen. Er begann sich auf die Rückkehr nach Malibu zu freuen.

63.

»Ich habe mit dem Staatsanwalt gesprochen. Er rät von einer Festnahme Nora Fabians im gegenwärtigen Stadium ab«, sagte Brauning.

»Scheiße«, entfuhr es Tom. Er sah, dass die Kollegen, die im Büro des K1-Chefs versammelt waren, genauso dachten.

Nur der Rottweiler nicht. »Da wir gerade von Scheiße sprechen, was haben *Sie* denn rausgebracht, Swoboda?«

Tom vernahm ein Kichern aus der Reihe der Kollegen. Er beschloss, den Idioten zu ignorieren.

»Ich habe die Verbindung Fabians zum Rotlichtmilieu gecheckt«, sagte er. »Diese Tatjana gibt an, der *Blitz* habe übertrieben. Heinz Fabian war nur zweimal bei ihr. Von Bordellkrieg keine Spur. Der letzte Fall von Streit zwischen Zuhälterbanden liegt mehr als ein Jahr zurück.«

»Und? Was war da? Hatte Fabian damit zu tun?«

»Ich werde das überprüfen.«

Brauning verdrehte die Augen. »Und die Kinderfickerszene? Hatte Fabian Kontakt dorthin?«

»Ich habe mir die Akten bereits kommen lassen. Ich arbeite daran.«

»Na, dann passen Sie auf, dass es *Ihnen* nicht kommt, so schnell wie Sie arbeiten!«

Wieder dieses Kichern. Es kam von Baumann. Arschloch, dachte Tom.

»Mach dir nichts draus, Thomas!«, sagte Ria Pohl nach der Morgenbesprechung zu ihm. »Brauning steht selbst mächtig unter Druck. Das darfst du nicht persönlich nehmen. Er ist halt so. Raue Schale, weicher Kern.«

»So richtig zum Gernhaben«, brummte Tom.

»Du siehst heute irgendwie anders aus«, bemerkte die Kollegin.

Wenigstens eine, die es bemerkte. Gabi hatte ihn schlicht ignoriert.

»Meine Brille.«

»Welche Brille?«

»Ich habe sie gegen Kontaktlinsen getauscht. – Wo steckt eigentlich Engel?«

»Der ist krank geworden, zu allem Überfluss.«

»Er hat Angst, dass er den Fall nicht lösen kann.«

»Du tust Ben unrecht. Brauning hat gesagt, dass auch Ben die Fabian für die Mörderin hält.«

»Ausgerechnet Engel?«

»Warum nicht, er hat sich mit ihr doch am meisten beschäftigt.«

»Eben.«

»Ich glaube, du unterschätzt ihn. Und jetzt mach dich an die Akten! Brauning zerfleischt dich, wenn du keine Ergebnisse bringst.«

Sonntag auch, dachte Tom.

64.

»Ich komme von der Abteilung Innere Dienste und möchte mit Ihnen über Benedikt Engel sprechen.«

»Ich weiß. Der Kripochef hat Sie angekündigt. Sie können alles wissen, was nicht unter die Schweigepflicht fällt. Schießen Sie los!«

Sigrid Romberg faltete die Hände auf ihrem Schreibtisch und fixierte Tom.

Er las Misstrauen in ihren Augen. Bei aller akademischen Arroganz machte die Psychologin auf ihn einen etwas verhärmten Eindruck. Genau der Typ, der bei Engel Trost suchen würde, dachte Tom.

»Warum haben Sie damals befürwortet, dass Benedikt Engel im Dienst bleibt?«

»Meine Untersuchungen ergaben, dass er eine gute psychische Konstitution besaß. Seine gelegentlichen Gewaltausbrüche können gar nicht so schlimm gewesen sein. Es lag keine einzige Anzeige gegen ihn vor. Meine Prognose war, dass sich das nicht mehr wiederholen würde. Und damit lag ich doch wohl richtig, oder?«

»Sie wussten, dass er vorher schon mehrmals in psychiatrischer Behandlung war?«

Sie zögerte. »Er hat es mir gesagt.«

»Sie wussten, dass er eine schwierige Kindheit hatte und in Heimen aufgewachsen ist?«

»Ja.«

»Warum taucht das dann in Ihrem Gutachten nicht auf?«

»Weil er diese Vergangenheit bereits aufgearbeitet und bewältigt hat.«

»Indem er freiwillig Nachtschichten übernahm und wochenlang nichts anderes tat, als darauf zu lauern, dass irgendwo ein Mann eine Frau verprügelte?«

»Sie übertreiben!«

»Nein, so war es! Und Sie wussten das! Warum nehmen Sie ihn in Schutz?«

Die Psychologin wich seinem Blick aus.

Tom griff an: »Man nannte ihn großer Tröster. Hat er Sie etwa auch getröstet?«

»Das geht Sie nichts an!«

Sie hätte genauso gut Ja sagen können.

»Frau Doktor Romberg, ich habe in Engels Vergangenheit gegraben, ich kann auch Ihre durchwühlen! Was halten Sie davon?« Tom sah ihre Knöchel weiß werden. »Wie schnell kann eine Familie zerbrechen, wenn bestimmte Verfehlungen ans Tageslicht kommen. Manchmal genügen schon Gerüchte, ein Verdacht. Das können Sie doch nicht wollen? Ich weiß, dass Sie Kinder haben. Sagen Sie mir nur: Haben Sie – vielleicht aus Sympathie – Engel damals zu milde beurteilt?«

461

Sie sah ihn zornig an. »Vielleicht. Kann sein. Und wenn schon. Er ist als Ermittler tausendmal besser als Sie, auch wenn Sie hier noch so sehr den Harten markieren!«

Tom hatte, was er wollte.

Er war stolz auf sich, als er seinen Bericht für Sonntag in die *Olympia* hackte. In nur einem Tag hatte er genug Material gesammelt, um Engel das Genick zu brechen.

Punkt eins: Engels Verfehlungen als großer Tröster waren laut Aussagen früherer Streifenkollegen weit größer, als die damalige Untersuchung aufgeführt hatte. Punkt zwei: Das Gutachten, das Engel damals dienstfähig geschrieben hatte, war so gut wie nichtig. Punkt drei: Wieder war Engel ein Verhältnis mit einer Frau eingegangen, die in Verdacht stand, eine schwere Straftat begangen zu haben. Folgerung: Engel war in höchstem Maße unzuverlässig, als Polizeibeamter untragbar. Sonntag würde zufrieden sein.

Das Einzige, was nicht in Toms Schema passte, war ein beiläufiger Satz von Ria Pohl: *Benedikt hält die Schauspielerin für die Mörderin.* Tom beschloss, dass dieses Detail für seinen Bericht an den Kripochef unwesentlich war.

Er nahm das Papier aus der Maschine und las es noch einmal durch. Es klopfte.

Ria Pohl stand in der Tür. »Lass uns rasch rausfahren. Es gibt da etwas, das wir uns ansehen müssen.«

Tom ließ seinen Bericht in der Schublade verschwinden. Er überprüfte, ob sein Hemd korrekt in der Hose saß, und folgte Ria.

65.

Er kannte die Statistik. Gut 15.000 Fälle werden jährlich angezeigt. Nur etwa ein Zehntel der Beschuldigten wird verurteilt.

Die Beweislage ist oft dürftig, es steht Aussage gegen Aussage, und Polizei und Justiz sind meist überfordert.

Tom erinnerte sich an eine Diskussion über die Dunkelziffer. Längst nicht jedes dieser Delikte wird gemeldet, das ist klar. Aber geschieht es wirklich hunderttausendfach, Jahr für Jahr? Eine halbe Million Male, wie sogenannte Experten behaupten? Steckt gar in jedem Mann ein Triebtäter, wie eine Mitstudentin auf der Verwaltungshochschule einmal behauptet hatte?

Auch von den Folgen für die Opfer hatte Tom gehört. Sie flüchten sich in Krankheiten, werden magersüchtig oder depressiv, versuchen Selbstmord. Sie sind anfällig für Drogen, kapseln sich ab, werden häufig zu Außenseitern, zu Psychokrüppeln, die ein Leben lang daran leiden. Zweifellos war es eins der verabscheuungswürdigsten Verbrechen. Kindesmissbrauch – bisher für Tom nur Theorie.

Aber das hier war die Praxis. Brutale Realität.

Stapelweise Beweisstücke. Eine Dokumentation grausamster Perversitäten. Ein ganzer Schrank voller Fotoalben, Schundhefte und Videobänder. Dazu ein Rekorder und ein Fernsehgerät.

»Verfluchte Scheiße«, murmelte Ria und starrte auf die Fotos.

Beate Falk brach in Schluchzen aus. Sie hatte den Schrank aufgebrochen und die Kripo verständigt. Mit einem Mal hatte sie die dunkle Seite des Mannes kennengelernt, mit dem sie jahrzehntelang verheiratet gewesen war.

Ria Pohl hielt in Händen, was obenauf gelegen hatte. Das erste Kapitel einer langen Dokumentation des Grauens. Die Aufnahmen waren alt, verblasst und abgegriffen. Doch das Mädchen war unzweifelhaft zu erkennen. Beate Falk hielt es nicht mehr aus. Sie lief hinaus in den Garten. Die beiden Beamten blieben allein zurück.

Voller Entsetzen sah Tom zu, wie Ria weiter in dem Album blätterte. Jedes einzelne Foto war Zeugnis einer Schändung. Das Gesicht der jungen Nora Fabian zeigte Qual und Abscheu, manchmal auch Abwesenheit, als hätte man sie unter Drogen gesetzt. Drei Täter zeigte das Album, manchmal sogar alle drei auf dem selben Foto.

»Das ist der Stiefvater. Heinz Fabian!«, sagte Ria und stieß den Finger auf ein Bild. »Ich habe Hochzeitsfotos von ihm gesehen. So sah er damals aus!«

Tom betrachtete das Unfassbare. Er wusste nicht, was er sagen sollte.

Ria blätterte. Sie übersprang die Großaufnahmen der Geschlechtsorgane. »Sagen dir die anderen beiden Gesichter vielleicht etwas?«

Der eine hatte eine hohe Stirn und trug auffällig lange, breite Koteletten. Die Haare des Zweiten waren sorgfältig gescheitelt und bedeckten die Ohren, wie es der damaligen Mode entsprach. Beide waren auf den Bildern fünfunddreißig bis vierzig Jahre alt und von mittlerer Größe. Keine besonderen Merkmale.

Tom schüttelte den Kopf.

Die nächste Seite. Schweiß auf den Körpern der Täter. Verbissene Gesichter, als sei Vergewaltigung eine Wettkampfdisziplin. Und dieses Album war nur ein kleiner Teil des Grauens, das in dem Schrank zwischen Rasenmäher und Gartenliege archiviert war.

»Du musst schon genau hinsehen, Tom!«, forderte Ria ihn auf.

Tom zwang sich dazu. »Der hier könnte Falk sein, was meinst du? Und der andere kommt mir auch irgendwie bekannt vor, aber ich komm nicht drauf.«

Ria ging mit dem Album nach draußen.

Tom trat ans Fenster der Gerätekammer. Auf dem Nachbargrundstück arbeitete eine mollige Nackte an ihrer Sonnenbräune. Ihre schweren Brüste waren bereits alarmierend gerötet. Doch vor Toms Augen war immer noch das Bild der gequälten Nora Fabian. Er schüttelte den Kopf, als könne er es auf diese Art vertreiben.

Er atmete tief durch und konzentrierte sich auf die Obstbäume und Blumenbeete vor dem Fenster. Auch seine Eltern hatten hier draußen einen Schrebergarten gehabt. Tom erinnerte sich an die Schaukel zwischen den Apfelbäumen, an den Sandkasten, an das aufblasbare Planschbecken. An das Toben mit den anderen Kindern der Kolonie. Eine vergleichsweise unbeschwerte Kindheit, dachte Tom jetzt. Die Sonnenanbeterin drehte sich auf den Bauch, um ihre pralle Kehrseite zu toasten. Allmählich gelang es Tom, das Flattern in seinem Magen zu beruhigen.

»Na, du Spanner?«, sagte eine Stimme, direkt neben Tom. Er fuhr herum. Blut schoss in seinen Kopf.

»Es *ist* Falk, seine Frau hat ihn identifiziert«, fuhr Ria fort und wedelte mit dem Album. »Und den Dritten hat sie auch erkannt. Martin Vondermühle. Ein Hollywoodstar beim Rudelbumsen mit einer Untersechzehnjährigen! Wenn das seine Fans wüssten!«

Sie legte das Album in den Schrank zurück. »Wir lassen das Ganze in die Festung bringen. Deine Kollegen vom K2 sollten sich das mal ansehen. Ein ganzer Schrank voll Material. Und dann fährst du zu Vondermühle. Er soll heute in der Stadt ankommen, habe ich gelesen.«

»Nora Fabian hat Falk aus dem gleichen Grund umgebracht wie ihren Stiefvater.«

»Ja. Jetzt ist der Fall klar. Nora Fabian hatte ein Motiv für beide Morde. Ein sehr starkes Motiv.«

Jetzt war die Festnahme fällig, dachte Tom.

Ria starrte auf den Schrank. »Falk war ein Monster, und nicht einmal seine Frau hat es geahnt. Unfassbar«, meinte sie. Sie sah Tom an. »Was ist – Tränen? Das beruhigt mich, dass die Sache auch einem Mann nahegehen kann.«

Welche Sache? Es war der Staub in dieser Kammer, der Toms Augen reizte. Und es waren die Linsen, die er schon viel zu lange trug. Doch er brauchte einen Spiegel, um sie herauszunehmen. Und außerdem hatte er keine Zeit.

Er musste sich um Vondermühle kümmern.

66.

Das elektrische Mahlwerk brummte, und sein Schädel brummte mit. Ein doppelter Espresso, das war es, was er jetzt brauchte. Der Rote von *Segafredo,* der Ferrari unter den Kaffeesorten, hatte der Verkäufer gesagt. Ein Kilo hatte er umsonst bekommen, als er die Maschine aus Edelstahl erstanden hatte. Ein Kilo, wie die Gratisdroge zum Anfixen, zum Süchtigmachen, dachte Ben.

Er drückte den Hebel nach oben. Die Nadel des Barometers zitterte nach rechts. Es rumorte – im Dampfkessel und in Bens Kopf. Das schwarze Öl floss in dünnem Strahl in die Tasse. Ben sog den Duft ein.

Als er den Hebel senkte, hörte er das Telefon.

Drei Sätze von Ria brachten ihn in Fahrt. Ganz ohne doppelten Espresso. Drei Vergewaltiger – warum, zum Teufel, hatte Nora ihm das nicht gesagt?

»Heilige Scheiße! Und zwei davon sind schon tot!«, rief Ben in den Hörer.

»Sieht ganz so aus, als wolle sich die Schauspielerin an den Männern rächen«, erklärte Ria.

Ben hatte keine Antwort. Um Nora an sich zu ketten, hätte Traube bereits ein Mord genügt. Aber Vernunft war bei Mord ohnehin nie im Spiel. Schon gar nicht in diesem Fall. Dieser Mörder musste krank sein.

Ben zählte eins und eins zusammen. »Martin Vondermühle ist jedenfalls in höchster Gefahr!«

»Ich habe Thomas Swoboda hingeschickt.«

»Ausgerechnet diesen Anfänger?«

»Du weißt genau, dass wir viel zu wenige sind. Und du bist auch noch krank geworden. Wie geht's dir eigentlich?«

»Geht so. Irgendetwas mit den Drüsen, sagt der, äh, Arzt.«

»Soll ich die Fabian mit den Fotos konfrontieren? Ich glaube, ich werde sie vorladen und mit harten Bandagen verhören, auch wenn sie selbst ein Opfer war. Was meinst du?«

Noranoranora.

Die Vorstellung, Nora mit den Erinnerungen an damals zu quälen, gab ihm einen Stich. »Das ist jetzt dein Fall, Ria. Ich mische mich da nicht ein.«

»Meinst du echt, sie könnte auch Vondermühle umbringen?«

»Wer auch immer, der Mörder ist durchgeknallt. Soviel steht fest. Wir müssen damit rechnen, dass er auch einen dritten Mord begehen will! Ich fahre hin«, entschied Ben. »Ich will nicht, dass der Kleine uns die Geschichte vermasselt!«

»Ich dachte, du seist krank?«

Ben legte auf und wählte erneut. Er brauchte zwei Minuten, dann wusste er, wo der Schauspieler abgestiegen war. Den Kaffee hatte er längst vergessen.

67.

Eine Handvoll Autos stand vor dem Hotel. Porsche, Mercedes, Rolls-Royce. Tom schätzte den Gesamtwert auf eine runde Million.

Ein Jaguarfahrer im dunklen Zweireiher gab dem Wagenmeister den Schlüssel und federte die Stufen zum Eingang hoch. Tom folgte ihm. Ein uniformierter Türsteher hielt die Tür auf. Tom bemerkte, dass dieser sich nur für den dunklen Zweireiher verbeugte.

Die Halle war klimatisiert. Gerade richtig für das Hotelpublikum im Anzug oder Kostüm, jedoch zu kühl für Tom, der nur ein kurzes Polohemd trug. Mindestens zehn Grad unter der Außentemperatur, schätzte Tom. Sofort spürte er wieder das Brennen in den Augen. Die Luft war nicht nur kalt, sondern auch trocken.

Er schritt über einen dicken Teppich, vorbei an Ledersesseln und Kunstobjekten. Er spürte den kritischen Blick des Angestellten hinter dem Tresen. *Concierge* stand auf dem Schild. Tom zeigte seinen Ausweis.

»Ach so, Polizei. Sie müssen wissen, dass Herr Vondermühle nicht gestört werden möchte. Es gibt so viele Fans und Journalisten, die zu ihm wollen. Und der Herr von *Pro-Sat*, der gerade nach ihm fragte, hat uns ausdrücklich angewiesen, in der nächsten Stunde keinen zu ihm hinaufzulassen.«

»Welcher Herr? Hat er seinen Namen genannt oder sich ausgewiesen?«

Der Concierge glotzte verständnislos.

»Wann war das?«

»Gerade eben. Vor fünf bis zehn Minuten.«

»Welche Zimmernummer?«

»Vondermühle?«

»Mein Gott, ja!«

»653, sechster Stock, dort drüben sind die Aufzüge.«

Wieder über dicke Teppiche, vorbei an grauen Anzugträgern mit und ohne Handy. Tom hörte ein Sprachengewirr. Englisch, Japanisch, Russisch. Neben der Bar klimperte ein Pianospieler. Eine Reihe von Uhren zeigte die Zeiten ferner Städte. Ein Wasserfall plätscherte, und daneben flatterte ein Papagei mit gestutzten Flügeln.

Der Aufzug war sofort da.

Als sich im sechsten Stock die Tür öffnete, stand Tom vor einer Kreuzung. Drei Hotelflure, in jede Richtung einer. Zimmer 653 – welcher Gang war der richtige?

Kleine Schildchen waren an den Wänden, Tom versuchte sich zu orientieren.

Ein Zimmermädchen kam einen der Gänge entlang und schob einen Wagen, auf dem sich mannshoch Wäsche türmte.

Plötzlich nahm das Brennen zu und Wasser stand in seinen Augen. Sie taten höllisch weh. Ein Fremdkörper musste unter die Linse geraten sein. Staubkörner, eine Wimper, irgendetwas Blödes. Tom war so gut wie blind.

Er geriet in Panik. Er musste die Linsen herausnehmen, doch ohne Spiegel hatte er Angst, sie zu verlieren. Er kniete sich hin, damit sie nicht weit kullern konnten, wenn sie danebenfielen. Mit der Linken riss er die Augenlider auseinander. Es dauerte viel zu lange, bis er die erste Linse draußen hatte. Er kramte nach den Behältern, er durfte die Döschen nicht vertauschen.

Weiter vorn im Flur polterte es laut, das Zimmermädchen schrie auf.

Tom sah immer noch nichts, wie in dichtem Nebel. Der Schmerz lähmte ihn fast. Endlich tropfte auch die zweite Linse in Toms Hand. Tränen rannen über sein Gesicht, doch er war froh, beide Linsen nicht verloren zu haben. Wasser, dachte Tom. Ich muss mir Wasser in die Augen tun.

Jemand rannte an ihm vorbei und riss ihn fast um. Tom sah der Gestalt hinterher. Vor seinen kurzsichtigen, gemarterten Augen hatte er das unklare Bild einer schlanken, blonden Frau.

Plötzlich hatte er eine Erscheinung.

Die Frau nahm im Laufen ihr langes Haar ab, verwandelte sich in einen kurzhaarigen Mann, der sich umsah und dann durch die Tür neben den Aufzügen verschwand. Am anderen Ende des Gangs fluchte unterdessen das Zimmermädchen auf Polnisch.

Tom suchte nach seiner Brille. Er hatte davon gehört, dass Luxushotels bisweilen eigenartige Menschen beherbergen. Vielleicht hatten ihm seine Augen auch nur einen Streich gespielt.

Das Zimmermädchen schrie ein zweites Mal. Diesmal voller Entsetzen.

Tom wusste nicht, wohin er sich wenden sollte. Hinter ihm öffnete sich der Aufzug, und ein zweiter Mann lief an ihm vorbei. Das Schreien hörte nicht auf. Tom versuchte, sich durch den Tränenschleier hindurch zu orientieren, und tastete sich den Gang entlang.

»Was ist mit dir los? Plötzlich erblindet?«, sprach ihn eine bekannte Stimme an. Es war Benedikt Engel.

»Scheißlinsen! Ich brauche Wasser!«

Der Große führte ihn mit hartem Griff den Gang entlang. »Blöder Idiot! Du hast dir wirklich einen tollen Moment ausgesucht, um Kontaktlinsen auszuprobieren!«

Sie betraten eins der Zimmer. Tom hörte das Rauschen eines Wasserhahns. Er beugte sich über das Waschbecken und spülte seine Augen aus. Für einen Moment nahm das Brennen noch zu. Tom zwinkerte, dann ließ der Schmerz langsam nach. Die Fremdkörper waren draußen, vielleicht war es auch nur die Reizung durch die Linsen und die trockene Luft gewesen. Er setzte die Brille auf, und die Welt wurde wieder deutlich. Aus dem Spiegel sahen ihm zwei rote, verheulte Augen entgegen. »Danke«, sagte er voller Erleichterung, doch Engel war längst fort.

Tom trat aus dem Bad und blieb wie vom Blitz getroffen stehen.

In der Mitte des Zimmers lag ein Mann, blutüberströmt und reglos. Tom erkannte ihn sofort. Martin Vondermühle.

Draußen unterhielt sich Engel mit dem Zimmermädchen. Tom näherte sich dem Schauspieler und tastete nach dessen Puls.

»Zu spät«, hörte er Engel sagen. Der Kollege stand in der Tür.

»Scheißlinsen!«, wiederholte Tom. Er hätte den Mord verhindern können.

Auch Engel schien niedergeschlagen. »Ich habe die Kollegen verständigt. Diesmal gibt es eine Zeugin. Jetzt ist Nora Fabian dran. Ich habe gedacht, dass es jemand anderes war, aber was das Zimmermädchen gesehen hat, ist eindeutig.«

»Die Fabian? Nein, es war ein Mann«, protestierte Tom verwirrt. Ein Mann war an ihm vorbeigelaufen und durch den Treppenzugang verschwunden, als er fast blind im Korridor kniete. *Der Herr von Pro-Sat, der gerade nach ihm fragte,* schoss es durch Toms Hirn.

Engel trat auf den Gang, wo die junge Polin sich mühte, den umgestürzten Wäschewagen aufzustellen. Tom folgte mit tränenden Augen.

»Nora Fabian stürmte aus diesem Zimmer, während du drüben am Aufzug mit deinen Linsen beschäftigt warst. Die Fabian riss den Wagen mitsamt der Zeugin um und verschwand über die Treppe, kurz bevor ich eintraf.« Engel ließ die Hotelangestellte für Tom die Aussage wiederholen. Sie hatte nicht mehr wahrgenommen als langes, blondes Haar.

Tom schüttelte den Kopf. »Es war ein Mann.« Er versuchte dem Kollegen klarzumachen, wie er das Geschehen wahrgenommen hatte.

Engel wurde nachdenklich. Sollte der Großkotz ihn endlich einmal ernst nehmen?

Uniformierte Kollegen trafen ein.

Tom hörte, wie Engel die Anweisungen gab: »Sperrt den ganzen Flur ab! Lasst niemanden in das Zimmer, bis die Kriminaltechnik da ist! Durchsucht das Treppenhaus und alle infrage kommenden Ausgänge! Vielleicht hat der Täter die Tatwaffe auf der Flucht beseitigt!«

Engel nahm Tom mit nach unten. In der großen Halle waren inzwischen mehr Polizisten als Gäste. Der Hoteldirektor bestürmte Engel und bat um Diskretion.

Die Kriminaltechniker trafen ein. Engel erklärte ihnen den Weg. Tom fühlte sich wie in einem schlechten Traum. Er stand vor dem künstlichen Wasserfall und fror. Seine Bindehäute brannten noch immer. Er hatte versagt.

»Mit deinen roten Augen siehst du aus wie David Bowie in: *Der Mann, der vom Himmel fiel*«, spottete Engel. »An deiner Stelle würde ich zum Augenarzt gehen.«

Tom fühlte sich zu ausgelaugt, um den Großkotz dafür zu hassen.

Plötzlich nahm Engel ihn in den Arm. »Es ist nicht deine Schuld, Tommiboy. Vondermühle war schon tot, als du oben ankamst. Du hättest es nicht mehr verhindern können, auch ohne dein Malheur mit den Linsen.«

Tom wurde klar: Er war nicht nur ungeschickt gewesen. Er war vor allem zu spät gekommen. Missmutig schüttelte er den Arm des Kollegen ab.

»Danke. Spar dir den Trost.« Plötzlich fiel ihm seine Verabredung ein. »Wie spät ist es eigentlich?«

Engel deutete auf die Uhren an der Wand. »Fünf nach zwölf, zumindest in Mitteleuropa.«

»Scheiße.« Tom würde sich beeilen müssen.

»Hast du etwas vor?«

Tom wollte zum Ausgang laufen, doch Engel hielt ihn fest. »Sinead O'Connor und ihre Fernsehleute? Geh da nicht hin!«

Tom starrte Engel an. Wie kam dieser arrogante Großkotz dazu, sich in seine Angelegenheiten einzumischen? Woher wusste er davon?

Ria Pohl und Miller betraten das Hotel und steuerten auf sie zu.

»Ich mein's verdammt ernst. Geh da nicht hin!«, wiederholte Benedikt Engel leise.

68.

»Jetzt ist er komplett übergeschnappt. Du musst mich vor dem Wahnsinnigen schützen, Benedikt. Ich habe Angst vor ihm!«

Nora hatte ihn angerufen, als er gerade überlegt hatte, wo er sie am besten erreichen konnte. Im Hintergrund waren gedämpfte Straßengeräusche zu hören.

»Vor wem?«

Noras Worte sprudelten los: »Max. Jetzt brüstet er sich damit, drei Leute erstochen zu haben, und sagt, er hätte es für mich getan. Er sagt, er wollte mich von meinen Peinigern erlösen. Ich mache mir schreckliche Vorwürfe! Ich hätte ihm nicht von den Vergewaltigungen erzählen sollen. Aber ich konnte doch nicht wissen, dass er so reagiert! Er hat nicht nur Fabian umgebracht, sondern auch Falk und jetzt auch noch Vondermühle!«

»Langsam. Wann hat er es dir gesagt?«

»Gerade eben. Wir haben uns in seinem Apartment getroffen. Ich wollte ihm die Verlobung ausreden. Es war schrecklich. So habe ich ihn noch nie erlebt. Ich bin jetzt in einer Telefonzelle. Ich habe es keine fünf Minuten bei dem Irren ausgehalten. Er will noch heute die Verlobung bekannt geben und verlangt, dass ich behaupte, wir wären heute Vormittag zusammen gewesen.«

Eine Straßenbahn fuhr mit lautem Klingeln vorbei. Ben wartete ab, bis es leiser wurde.

»Traube braucht ein Alibi. Das ist gut. Damit hast du ihn jetzt auch in der Hand.«

»Aber ich habe auch keines! Er sagt, er hätte eine blonde Perücke getragen und zwei Leute hätten ihn damit im Hotel gesehen. Er will auch diesen Mord auf mich schieben, wenn ich nicht alles tue, was er verlangt. Es ist ein Albtraum!«

Ben atmete tief durch. Was Nora sagte, stimmte mit den Angaben des jungen Swoboda überein. »Und wo warst du kurz vor zwölf?«

»Du fragst schon wieder wie ein Schnüffler.«

»Nora, du weißt, dass ich dir helfen will. Ich riskiere verdammt noch mal den Job und wahrscheinlich noch mehr!«

»Ich weiß, verzeih, ich meinte es nicht so. Ich war bei Marco, wie du es vorgeschlagen hast. Doch der will nichts davon wissen. Er sagt, er wird bestreiten, dass ich am Sonntag bei ihm war, und er wird bestreiten, dass ich heute bei ihm war. Er hat mich aus dem Büro geworfen. Ich kann froh sein, dass er mich nicht auch noch aus der Serie geworfen hat. Marco Gladisch ist ein Arsch. Der denkt nur an seine Ehe und an seinen Ruf. Was soll ich machen?«

»Gib Traube das Alibi, wenn meine Kollegen euch befragen. Pass auf, dass ihr euch nicht widersprecht. Ich glaube nicht, dass man dich vor Freitag vorladen wird.« Ben verwarf den Gedanken, Nora auf die Konfrontation mit Falks Fotoalbum vorzubereiten. So etwas ging nicht schonend, schon gar nicht am Telefon. »Mach Traube klar, dass du ihn genauso in der Hand hast wie er dich, und überrede ihn, diese Scheißverlobung aufzuschieben. Ich weiß, du schaffst das schon.«

»Ich halte das nicht durch. Es hat alles keinen Sinn mehr.«

»Gib nicht auf, Nora. Einer der Zeugen hat gesehen, wie Traube die Perücke abnahm. In seinem Wahn ist Traube leichtsinnig geworden.«

Ben konnte hören, wie Nora wieder Mut fasste. »Sehr gut. Hat er Traube erkannt?«

»Nein. Aus verschiedenen Gründen taugt die Zeugenaussage nicht viel. Sie wird meine Kollegen nicht beeindrucken, fürchte ich. Aber wenn es zu einer Gerichtsverhandlung kommt, kann sie dir vielleicht helfen.«

»Sag mir, dass alles nicht wahr ist. Sag mir, dass das nur ein böser Traum ist! Benedikt, ich brauche dich so. Können wir uns nicht treffen?« Im Hintergrund vernahm Ben ein anschwellendes Stimmengewirr.

»Nein, jetzt nicht. Ich habe eine wichtige Verabredung. Vielleicht heute Abend. Ich rufe dich an.«

»Scheiße, da stehen jede Menge Leute vor der Zelle. Die haben mich erkannt. Wie komme ich da raus?« Sie klang wie in Panik.

»Versuch, ruhig zu bleiben, Nora.«

»Blöde Fans! Das sind schon mindestens ein Dutzend. Heute Abend sehen wir uns, ja? Du bist der Einzige, dem ich vertrauen kann!«

»Keine Angst, Nora. Wir kriegen das schon geschaukelt.«

69.

Als sie am späten Nachmittag in die Festung zurückgekehrt waren, versammelte Ria Pohl die Kollegen der Kommission Fabian in ihrem engen Büro. In den letzten vier Stunden hatten sie Dutzende von Hotelangestellten und Gästen vernommen. Der Direktor hatte Tagungsräume und Schreibmaschinen zur Verfügung gestellt sowie Schnittchen servieren lassen. Dafür hoffte er, dass sie sein Haus aus den Meldungen raushalten würden.

Die Stimmung war gereizt.

Das polnische Zimmermädchen hatte eine Blondine gesehen. Für die Kollegen war damit alles klar. Tom glaubte, dass sie sich irrten, doch er hatte keine einleuchtende Erklärung.

»Alles deutet auf die Schauspielerin hin«, sagte Ria. »Das schwache Alibi, das klare Motiv in allen drei Fällen und vor allem die Aussage der Zeugin …«, sie sah kurz auf ein Protokoll, »… Maria Urban. Wäre da nicht die Beobachtung unseres Kollegen Thomas.«

»Der Augenzeuge mit der Sehschwäche!«, rief Baumann. Die Kollegen lachten. Da war es wieder.

Für Dutzende von Beamten war er den ganzen Nachmittag über die Zielscheibe ätzenden Spotts gewesen. Keiner der verdammten Truppe nahm ihn ernst. Dass Ria Pohl ihn in Schutz zu nehmen versuchte, half nicht viel. Tom hatte keine Lust mehr, auf seiner Version zu bestehen.

»Wer hätte außer der Fabian ein Interesse daran, die drei Vergewaltiger umzubringen?«, fragte Schranz. Auch Tom musste mit den Schultern zucken.

Der Herr von Pro-Sat, der nach Vondermühle gefragt hatte. Tom hatte die Aussage des Portiers protokolliert. Der Mann sah zu viele Menschen, um sich an einzelne gut zu erinnern.

Mittleres Alter, mittlere Größe, schlank, kurze Haare – mit einer so mageren Beschreibung konnte man nicht an die Computer der Kunstabteilung gehen. Selbst wenn sie einen Verdächtigen hätten, würde eine Gegenüberstellung mit dem Portier nichts bringen. Und Tom hatte noch weniger gesehen.

»Sobald Brauning da ist, muss er mit dem Staatsanwalt sprechen«, sagte Ria Pohl. »Entweder wir bekommen einen Haftbefehl, oder wir laden sie zur Vernehmung vor. Wir holen sie gleich morgen früh, bevor sie die Villa verlässt.«

Alle redeten nur noch von der Schauspielerin. Doch Tom hatte nach wie vor ein anderes Bild im Kopf. Es war unscharf und verwackelt, und es gab ihm Rätsel auf.

Der angeblich kranke Benedikt Engel hatte sich aus dem Staub gemacht und die ganze Arbeit ihnen überlassen. Tom ärgerte sich, dass er auf den Kollegen gehört hatte. Er hatte die Verabredung sausen lassen und sich stattdessen an der Vernehmungsaktion beteiligt.

Dabei hätte der Tag so schön werden können. Von einem »geilen Lunch und coolen Drinks« hatte Jeannette ihm vorgeschwärmt. Eine Art Geschäftsessen, bei dem sie ihm vielleicht einen Sicherheitsjob bei den MMD-Studios vermitteln könnte. »Dann können wir uns sehen, ohne dass deine Frau auf dumme Gedanken kommt«, hatte Jeannette gesagt. Tom hoffte, dass eine Chance auf diesen lohnenden Nebenjob nach wie vor bestand.

Ria Pohl verteilte die Aufgaben. Tom dachte an Kripochef Sonntag. *Innere Dienste.* An der geheimen Front hatte Tom Ermittlungserfolge vorzuweisen, die ihm in der Chefetage Ansehen bringen würden. Sonntag war ein Chef, der Wachsamkeit, logisches Denken und entschlossenes Handeln schätzen und belohnen würde. Anders als in der Kommission Fabian, wo man einen Querdenker wie Tom als kleinen Jungen behandelte.

Fantasielose Idioten. Sie verfolgten nur den einfachsten Erklärungsansatz.

»Und passt auf! Sie hat es gelernt, zu täuschen. Sie ist verschlagen und hinterlistig. Und vor allem: Nora Fabian ist bewaffnet und gewalttätig«, hörte Tom Ria Pohl zum Schluss vortragen.

Sie plante ihn nicht einmal mehr für die weitere Arbeit ein.

Tom war es recht.

In seinem Büro stellte er den Ventilator an, um die Hitze zu lindern, dann das kleine Kofferradio, um das Surren des Ventilators zu übertönen.

Er nahm den Bericht über Benedikt Engel aus der Schublade, um ihn noch einmal auf Tippfehler zu überprüfen, bevor er das Werk dem Kripochef übergeben wollte.

Sonntag würde beeindruckt sein. Tom würde bei den Chefs einen Stein im Brett haben, und das völlig ohne Einmischung seines Vaters.

Plötzlich lenkte das Radio ihn ab. Sie brachten ein Liveinterview, und Tom erkannte plötzlich, dass es ihn anging. Er drehte die Lautstärke hoch.

»Woher hatten Sie den Hinweis auf das Kokain?«, fragte ein Reporter aufgeregt.

»Der Tipp kam aus der Szene«, antwortete eine barsche Stimme kurz angebunden. Rottweiler Brauning.

»Und Sie haben die Aktion nur zu zweit gemacht?«

»Ja, wir wollten nicht, dass es sich herumspricht und die Täter gewarnt werden. Außerdem war Eile geboten.«

»Das erinnert an die Festnahme von Barbara Hahn vor drei Tagen. Was ist das für ein Gefühl, so erfolgreich zu sein, Kriminaloberkommissar Engel?«

»Es ist schon toll! Man geht da rein, und da sitzen zehn Leute, jeder mit einem Röhrchen in der Nase und einem Häufchen Schnee vor sich. Wir haben sie mitten in ihrer Koksparty gestört. Wenn dann die Handschellen klick machen, weiß man, dass sich die Arbeit bei der Polizei lohnt.«

»Denken Sie an unsere Kinder, denken Sie an unsere Jugend«, hörte Tom den K1-Chef ins Mikrofon bellen. »Heutzutage macht das Gift nicht einmal vor unseren Schulen halt.«

Der Reporter fragte: »Sie sind eigentlich von der Mordkommission. Was sagen Ihre Kollegen von der Rauschgiftabteilung, wenn Sie denen die großen Fische wegschnappen?«

Brauning antwortete: »Die sind darüber so froh wie alle anderen. Wir arbeiten Hand in Hand. Das K2 wird sich jetzt an die Auswertung machen und früher oder später auch noch die Hintermänner kriegen, davon bin ich überzeugt.«

»Es ist ein Erfolg der gesamten Polizeibehörde. Es kommt nicht darauf an, wer die Verbrecher schnappt, sondern dass sie aus dem Verkehr gezogen werden«, ergänzte Engel. »Es geht nicht um persönliche Eitelkeiten. Wir ziehen alle an einem Strang.«

Die Stimme des Reporters überschlug sich fast vor Begeisterung darüber, dass er ein dermaßen langes Liveinterview führen durfte. »Bescheidenheit ist eine Zier«, rief er. »Das waren Erster Hauptkommissar Frank Brauning und, äh, Kriminaloberkommissar Benedikt Engel, die Helden des Tages – und damit zurück ins Funkhaus zu unserem Helden Matthias!«

»Danke, Norbert«, sagte der fröhliche Studiomoderator, während er langsam den Musikregler hochzog. »Das war unser Livebericht von der Razzia im Haus des bekannten Medienberaters Hermann Kuschke. Zwei Kilogramm Kokain wurden beschlagnahmt und zehn Verdächtige festgenommen. Mehr über den Coup gleich in unserem News-Magazin.«

Tom kaute an seinem Schnurrbart.

Ich meine es ernst. Geh da nicht hin!

Es dauerte einige Minuten, bis er sah, dass er sämtliche Kugelschreiber zerlegt und die Minen verbogen hatte.

Dann zerriss er seinen Bericht in kleine Fetzen.

70.

So früh war Ben selten im *Notorious* gewesen. Anita, die Kellnerin, wischte die Tische, und George stand anstelle seines Chefs hinter dem Tresen und putzte Gläser im Schneckentempo. Da das *Notorious* im Souterrain lag, war es hier deutlich kühler als draußen, wo der Sommer weiter alle bisherigen Rekorde brach.

Bevor er Nora anrief, um sich mit ihr zu verabreden, wollte Ben sich erst noch eine Verschnaufpause gönnen.

Als George ihn sah, kam er an Bens Tisch, um mit ihm über Die neuesten Jazzplatten zu diskutieren. Der gemütliche Schwarze war als Fachmann unschlagbar, und Ben hatte eine Menge von ihm gelernt. Er hörte ihm gern zu. Er liebte sein Lachen, und George lachte viel.

Anita brachte Ben unaufgefordert ein Mineralwasser, und er bestellte *Panzerotti* mit Spinat. Die beiden Männer sahen ihr hinterher.

Ben fragte sich, ob sie Wäsche unter ihrem Cat-Suit trug. Sooft er auch auf ihren Hintern starrte, noch nie hatte er gesehen, dass sich der Rand eines Slips unter dem grauen Elastikstoff abzeichnete.

»Ich spiel dir mal was vor«, sagte George und legte die erste CD des Tages auf.

Es war ein moderner Großstadtrhythmus mit einem Hauch von Afrika. Das Thema ließ nicht lange auf sich warten. Mehrere Bläser, die perfekt harmonierten. Dann die Soli, kurz und rasch aufeinanderfolgend: Trompete, Tenorsaxophon, Posaune, jeder versuchte den anderen an Fantasie und Tempo zu übertreffen.

Und dann wieder der Refrain. Musik wie heißes Fieber, wie ein Rausch.

»Wer ist das?«, rief Ben begeistert.

»Branford Marsalis«, antwortete George, und sein ganzer Körper zuckte im Takt. »Aus meine Heimat California.«

Ben wusste, dass George aus Los Angeles stammte. Wenn dort alles so war, dann verstand Ben nicht, warum George weggegangen war.

Ein zweites Trompetensolo folgte.

»Roy«, sagte George und begann zu schnippen. »Keine andere hat die satte Sound.«

Um das Quintett von Roy Hargrove zu hören, war Ben im letzten Jahr eigens nach Frankfurt gefahren. Er schloss die Augen und träumte.

Es wurde Ben immer gleichgültiger, was die Behörde zu seiner Affäre mit Nora sagen würde und auch, ob die Zwei-Mann-Razzia im Haus des feisten Medienberaters Bens Ansehen mehren würde. Er vergaß sogar seine Enttäuschung darüber, dass er den dritten Mord nicht hatte verhindern können.

Jazz war seine Droge.

George spielte ihm weitere Stücke vor. Seine persönliche Hitparade. Als Anita die *Panzerotti* brachte, setzte sich George erneut an den Tisch, um ihm Gesellschaft zu leisten. Ben fragte ihn aus, über Kalifornien, über L. A.

»Warum bist du eigentlich weggegangen?«

»Crime and violence. Hier ist viel mehr Sicherheit.«

Ben musste an die letzten Tage denken. George bemerkte seinen ungläubigen Blick.

»Oh doch«, sagte der Schwarze. »In die Viertel, wo ich aufgewachsen, ist die Chance, erschossen zu werden, höher als in Sarajewo. It's a bad neighbourhood. Die Unterschied ist, dass in L. A. sich niemand aufregt darüber.«

»Ich würde trotzdem gern mal hinfahren. Hollywood, Sunset Boulevard, die Namen lösen bei mir sofort Fernweh aus.«

»Ich war in die Frühjahr dort, zusammen mit meine Frau. Willst du sehen die Fotos?« Und George zeigte ihm Bilder von der Wüste und vom Meer, von Straßen und Wolkenkratzern, von Hollywood, Venice, Watts. Es war nicht alles so wie die Musik.

»Ich sehe immer nur deine Frau oder Verwandte von dir. Warum bist du nie abgebildet?«, fragte Ben.

»Ganz einfach«, lachte George mit seiner tiefen, rauen Stimme. »Irgendjemand muss die Fotos ja machen!« Ben fiel in das Lachen ein.

Es kamen weitere Gäste, und George bekam zu tun.

Ben tupfte Sahne und Spinatreste mit einem Stück Brot aus dem Teller. Seine Gedanken begannen zu wandern. Er grübelte zum wiederholten Mal darüber nach, wie er Traube eine Falle stellen könnte. Und wieder dachte er an Nora und an den grausigen Fund in Falks Laube.

Plötzlich fuhr ein Blitz durch Bens Nerven. Sein Herz pochte los.

Irgendjemand muss die Fotos ja machen!

»Hast du ein Gespenst gesehen?«, fragte Anita, als sie ihm ein weiteres Wasser brachte.

Ben legte einen Zwanzigmarkschein auf den Tisch und rannte aus dem Lokal.

71.

Draußen waren schwarze Gewitterwolken aufgezogen und sorgten für eine frühe Dämmerung.

Im selben Moment, als Ben sein Auto startete, begannen schwere Tropfen auf die Scheibe zu klatschen. Sie verdampften, sobald sie auf den heißen Asphalt trafen, und im Nu entstand eine Nebeldecke, die für Bens Scheinwerfer fast undurchdringlich war.

Er sah weder Mittelstreifen noch Randstein, dennoch raste er durch die Stadt, als sei der Teufel hinter ihm her. Immer wieder erhellten Blitze für Sekunden den gesamten Himmel.

Im Autoradio sprachen sie bereits über das nächste Hoch und über die Klimakatastrophe, doch Ben hörte nicht hin. Die Wischer arbeiteten im Schnellgang. Eine Ampel schaltete auf Gelb. Ben beschleunigte, doch sein Vordermann hielt an, noch bevor es rot wurde. Ben stieg auf die Bremse, und sein Auto geriet ins Schlingern. Nur Millimeter hinter dem anderen kam der Golf zum Stehen.

Ben fluchte, erst über den Vordermann, dann über sich. Sein Herz klopfte, und als die Ampel grünes Licht gab, fuhr er bedächtiger.

Zehn Minuten später hielt Ben in zweiter Reihe. Die wenigen Schritte bis zur Haustür reichten aus, um ihn völlig nass werden zu lassen.

Die kleine, mollige Frau trug Schwarz, dasselbe wie zwei Tage zuvor auf Fabians Beerdigung. Ihre Augen waren verquollen. Ben nahm den Kaffee an.

»Ich weiß, es war ein Schock für Sie«, entschuldigte er sich. »Erst der Mord an Ihrem Mann, dann der Fund in der Laube. Aber ich muss Sie noch einmal etwas fragen.«

»Mir ist klar, was für ein Schwein Leo war, und trotzdem fehlt er mir.« Beate Falk presste die Lippen aufeinander.

Ben war ungeduldig. Er hatte heute schon einmal einen Wettlauf verloren. »Drei Männer waren auf den Fotos zu sehen. Auf einigen alle drei zusammen.«

Beate Falk heulte los.

»Bitte, erinnern Sie sich«, insistierte Ben. »Da muss es noch einen Vierten geben! Den, der die Fotos *gemacht* hat. Gab es neben Fabian und Vondermühle noch jemanden, mit dem sich ihr Mann damals traf? Einen vierten Mann?«

»Warten Sie«, sagte sie, und ihr Schluchzen ebbte ab. Ben sah, wie die Erinnerung in ihr arbeitete. »Das muss die Skatrunde gewesen sein.«

»Skatrunde?«

»Ja. Einmal die Woche hatten sie bei Fabian ihren Skatabend. Willi hieß der Vierte. Reihum setzte immer einer aus. Wie beim Preisskat. Deshalb spielten sie zu viert.«

Ben interessierte sich nicht für Spielregeln. »Willi, und wie weiter?«

»Willi, Willi …«

»Frau Falk, bitte! Das ist wichtig! Er könnte das nächste Mordopfer sein!«

»Noch ein Mord?«

»Wo wohnt er? Wo arbeitet er?«

»Stimmt es, dass Martin Vondermühle auch tot ist? Ich hab im Radio so etwas gehört.«

»Frau Falk! Wie hieß Willi mit Nachnamen?«

Die kleine Frau schüttelte wieder den Kopf. »Ich komm nicht drauf.«

»Sie müssen sich erinnern!«

»Das ist so lange her!«

»Haben Sie Willi einmal kennengelernt? Hatte er vielleicht einen Spitznamen?«

»Einmal waren wir bei ihm zu Hause, hier in der Stadt, glaube ich. Und im Karneval gingen wir ein paar Mal zusammen aus, die ganze damalige Clique. Er war so ein kleiner Dicker, ein witziger Kerl. Ja, er hatte einen Spitznamen. Jetzt fällt es mir ein! Willi *Macht-nix,* so haben die anderen ihn genannt. Bei jedem Schnaps sagte Leo immer: Prost, Willi Macht-nix. So ähnlich hat auch geheißen. Warten Sie …«

»Kann ich mal Ihr Telefonbuch haben?«

Beate Falk grübelte weiter. Ben blätterte.

Er fand drei Eintragungen, die nach Meinung der Witwe passen konnten. Falls der Mann noch in der Stadt wohnte.

Machnick W. Chlodwig-13

Machnitzke Willi Feld-6

Machnitzky Wilhelm Kölner-72

Ben riss die Seite heraus.

72.

Das Donnern hatte aufgehört, doch der Regen prasselte unvermindert. Die Scheibenwischer wurden mit den Wassermassen nicht fertig, die Kanalisation auch nicht. Ganze Straßen versanken unter tiefen Pfützen. Ohne Rücksicht auf die wenigen Passanten ließ Ben das Wasser aufspritzen, als er durch die Stadt pflügte.

Ein Feuerwehrwagen raste Ben entgegen. Für einen Moment verwehrte ihm das aufgepeitschte Wasser die Sicht.

Als er die Chlodwigstraße erreichte, fuhr er langsam, um die Hausnummern zu erkennen. Hinter ihm hupte es. Ben sah eine Einfahrt, fuhr zur Seite und rannte zur Haustür. Nasser konnte er jetzt nicht mehr werden.

Fünf Klingeln. *Wolfgang Machnick* stand auf der untersten. Ben machte kehrt.

Zehn Minuten später hielt er zum zweiten Mal. Im Haus Feldstraße Nummer sechs gab es eine Zahnarztpraxis, ein Anwaltsbüro und darüber eine Wohnung: *Machnitzke.*

Ben ließ es zweimal lange klingeln, dann summte der Türöffner. Zwei Stufen auf einmal, ein kurzer Sprint nach oben. In der Wohnungstür stand ein junger Mann.

»Sind Sie Willi Machnitzke?«

»Ja.«

»Gibt es noch einen Willi in Ihrer Familie?«

»Mein Opa hieß auch Willi, aber der ist seit über dreißig Jahren tot. Wen suchen Sie denn?«

Ben hastete nach unten, durch den Wolkenbruch zum Auto. Verdammt – seine Schuhe waren nicht wasserdicht.

Die Kölner Straße war nur wenige Minuten entfernt.

Die letzte Chance.

73.

Die Welt war durchweicht und dampfte noch weiter, als der Regen so plötzlich aufhörte, wie er begonnen hatte. Die Wolken brachen auf, und die tief stehende Sonne tauchte die Fahrbahn in gleißendes, rötliches Gold.

Im Radio ging es immer noch ums Wetter. Der Reporter war in seinem Element. Das Sommergewitter als Katastrophe: Zwölf Verkehrsunfälle hatte die Polizei innerhalb einer Stunde registriert, mehr als einhundert Keller musste die Feuerwehr leer pumpen.

Die Sonne blendete Ben, fast wäre er an der Nummer 72 vorbeigefahren.

Es war ein hässliches altes Mietshaus zwischen noch hässlicheren neuen. Ben atmete durch. Die Luft war frisch und etwas kühler geworden.

Neben der obersten Klingel hing ein vergilbtes Plastikschild: *W. Machnitzky.*

Ben klingelte, doch niemand antwortete.

»*Willi Macht-nix*«, murmelte Ben. »Mach schon auf!«

Er drückte noch einmal. Keine Antwort.

Ben versuchte die Klingel einer Arztpraxis, und es summte sofort. Er drückte die Tür auf und rannte die Treppen hoch.

Es war die Dachwohnung. Die Tür hatte ein einfaches Sicherheitsschloss, wie es die meisten Wohnungen trotz der Empfehlungen seiner Kollegen noch besaßen. Ben war wieder einmal froh darüber. Es dauerte keine halbe Minute, es zu öffnen.

Heiße, stickige Luft schlug ihm entgegen. Sofort stand Ben der Schweiß auf der Stirn. Er hatte kein gutes Gefühl.

Ein leises, monoton wiederkehrendes Geräusch kam aus einem Zimmer, dessen Tür nur angelehnt war. Ben hatte das Holster seiner P6 geöffnet und schlich zur Tür, die Hand auf der Waffe, bereit zu ziehen. Er gab der Tür einen leichten Stoß. Langsam glitt sie auf.

Ben betrat das Wohnzimmer und sah in die Augen von Willi Machnitzky, die ihn unter halb gesenkten Lidern anstarrten.

Er erschrak.

Die Sonnenstrahlen fielen durch das Dachfenster und ließen das Wohnzimmer glühen. Willi Machnitzky saß unter der Schräge auf dem Teppichboden. Die Haare, die Machnitzky sonst quer über seine Glatze gekämmt hatte, waren in die Stirn gerutscht. Die Augen waren blutunterlaufen.

Ein Elektrokabel war tief in den Hals eingeschnitten und hielt den Oberkörper an den Rippen des Heizkörpers fest. Zum ersten Mal sah Ben jemanden, der sich an etwas aufgehängt hatte, was niedriger war als er selbst. Ben wusste, dass diese Art des Strangulierens schmerzhaft war. Es konnte Minuten dauern, bis die Blutzufuhr gestoppt war und der Tod eintrat. Und Machnitzky hatte die Zeit gehabt, unter Qualen über seine Sünden nachzudenken.

Das Gesicht des Mannes war aufgedunsen. Hals, Wangen und Augenlider waren rot gepunktet. Die Finger, die sich auf dem Boden abstützten, schimmerten grauviolett. Die ersten Totenflecken. Dem Mann war nicht mehr zu helfen.

In der Nähe der Leiche drehte sich ein Plattenteller. Die gute, alte Diamantnadel war am Ende der Rille angekommen und knirschte das immer gleiche Geräusch. Ben las den Aufdruck auf dem Cover: Das *Requiem* von Mozart.

»Macht nix, Willi«, sagte Ben leise.

Dann sah er den Abschiedsbrief.

Liebe Kinder!
Es ist aus. Meine alten Freunde Heinz und Leo sind tot. Es ist nur eine Frage der Zeit, bis die ganze Wahrheit ans Licht kommt. Ich könnte die Schande nicht ertragen. Es gibt nur einen Ausweg.

Wahrscheinlich ist der Mörder jetzt auch hinter mir her. Ich nehme ihm/ihr die Arbeit ab.
Bitte behaltet mich in Erinnerung. Nicht wegen meiner Fehler, sondern als der Vater, der euch immer über alles liebte.
Vergebt mir!
Euer Vater

Die Skatrunde hatte sich im Jenseits versammelt. Wieder war Ben zu spät gekommen.

Er fühlte die Temperatur an Machnitzkys Wange. Er war noch warm.

Vielleicht eine Stunde zu spät, schätzte Ben. Dann fiel ihm ein, dass die Leiche in dieser heißen Wohnung gar nicht kalt werden konnte. Der Mann konnte schon länger tot sein. Ben ergriff die Hand und bewegte den Arm Machnitzkys. Er spürte leichten Widerstand. Der Beginn der Totenstarre.

Als Machnitzky seinen Hahn für immer abgedreht hatte, hatte Ben im *Notorious* gesessen und sich Urlaubsfotos angesehen.

Er entdeckte das Telefon.

Nora hatte seinen Anruf erwartet.

»Pass auf, Liebes, ich habe Neuigkeiten. Du erinnerst dich wahrscheinlich daran, dass es noch einen vierten Mann gab, dass sie dich damals zu viert missbrauchten. Ich habe ihn.«

»Wo?«

»Hier in der Stadt. Ich bin in seiner Wohnung.«

»Ach.«

»Das ist deine Chance«, sagte Ben, doch Nora begriff nicht sofort.

Ben erklärte seinen Plan: »Traube hat die anderen drei umgebracht, also wird er auch den vierten töten wollen. Du musst ihn nur dezent darauf aufmerksam machen. Ich warte bei Machnitzky auf Traube. Sobald er kommt, habe ich ihn in flagranti. Dann helfen ihm keine Lügen mehr und kein noch so guter Anwalt. Und du kommst sauber aus der ganzen Sache raus.« Ben nannte die Adresse. »Es ist jetzt kurz vor acht. Ich bleibe bis Mitternacht bei Machnitzky. Bis dahin wird er sicher aufkreuzen. Dann ist der Albtraum für dich endgültig vorbei.«

»Nur bis Mitternacht? Was ist, wenn er nicht kommt?«

»Dann sieht es nicht gut für dich aus. Aber keine Angst. Vondermühle war drei Stunden nach seiner Ankunft in der Stadt tot. Dann werden vier Stunden für Machnitzky genügen.«

Nora war begeistert. »Benedikt, ich wusste, dass du mir helfen würdest. Wenn alles vorbei ist, fahren wir in Urlaub. Wir beide, versprichst du mir das?«

»Gern.«

»Ich bin ja so glücklich, dass ich dich getroffen habe. Sehen wir uns heute noch?«

»Sobald ich Traube festgenommen habe.«

»Ich schicke ihn dir. Aber pass auf dich auf. Er ist gefährlich. Er wird bewaffnet sein.«

Als Nächstes wählte Ben Rias Privatnummer. Bereits nach dem zweiten Klingeln war sie dran.

»Benni? Gratuliere zu deinem Drogenfund! Ihr habt für mächtig Wirbel gesorgt! In der Festung gab es heute Nachmittag kein anderes Thema. Es heißt, ihr sollt sogar eine Belobigung bekommen. Die Hauptkommissarstelle ist dir jetzt sicher. Gratuliere!«

»Was macht die Kommission Fabian?«

»Steht so gut wie vor dem Abschluss. Brauning wird morgen als Erstes den Haftbefehl für die Fabian besorgen.«

»Falls es dich interessiert, da gibt es noch einen Vergewaltiger! Es waren vier in der Skatrunde!«

»Skatrunde?«

»Ich bin gerade beim Vierten, der die Fotos gemacht hat. Er ist ebenfalls tot. Selbstmord.«

»Noch 'ne Leiche?«

»Ja. Und ich glaube nicht, dass es Nora war.«

»Nicht schon wieder, Benni.«

»Ich werde dir noch heute den Täter liefern.«

»Soll ich dir Verstärkung schicken?«, fragte Ria.

»Nein, bloß nicht! Bis die eintreffen, beobachtet er vielleicht schon das Haus. Ich muss versuchen, allein klarzukommen.«

»Mir ist nicht wohl dabei«, sagte Ria.

Im Treppenhaus waren Geräusche. Eine Tür wurde zugeschlagen, Schritte polterten.

»Benni, bist du noch dran?«

Die Schritte wurden leiser. Sie entfernten sich nach unten. Falscher Alarm.

»Hat sie dir den Kopf verdreht?«

»Nein. Höchstens die Augen geöffnet.«

»Pass auf dich auf, Benni!«

74.

Allein mit der Leiche.

Um die Stille zu vertreiben, setzte Ben die Platte in Gang. Klassische Musik sagte ihm nicht viel, aber er kannte die Sage, die sich um das *Requiem* rankte: Der Tod habe es in Auftrag gegeben, und Mozart habe es für seine eigene Trauerfeier geschrieben.

Während draußen der Regen für Abkühlung gesorgt hatte, strahlten Dach und Wände die konservierte Hitze des Tages unvermindert nach innen ab.

Ben glaubte, Leichengeruch zu spüren. Er öffnete die Fenster, doch die Schwüle zog nicht ab.

Ben stellte einen Sessel in den Flur. Hier wollte er warten. Wenn der Mörder eintrat, würde die Wohnungstür ihn zunächst verdecken. Ben hätte den Überraschungseffekt auf seiner Seite. Er legte die Pistole auf den Schoß.

Als die Musik zu Ende war, gab es wieder dieses Knirschen. Ben stand auf und drehte die Platte um.

Von seinem Sessel aus musterte er die Bilder, die an der Wand hingen. Schwarz-weiße Grafik, Stierkampfszenen. Jedes Bild trug den berühmten Schriftzug: *Picasso*. Ben fiel die Gewalttätigkeit der Szenen auf: Speere bohrten sich in die Körper, Stierhörner schlitzten Pferdeleiber auf. Ein toter Torero. Blut.

Ben dachte mit Schaudern daran, dass Machnitzky irgendwo in dieser Wohnung eine ähnliche Fotosammlung wie Falk besaß. Traube musste krank sein, aber etwas in Ben ließ ihn die Morde verstehen.

Draußen dämmerte es, und die Konturen der Stiere und der Matadore verschwammen allmählich.

Ben musste gähnen. Längst hatte er den Plattenspieler ausgeschaltet. Er lauschte einer Diskussion, die von der Straße heraufschallte. In der Ferne hupte die Alarmanlage eines Autos. Ein Hit von Michael Jackson dröhnte aus einem Autoradio herauf. Ben stellte sich einen übergroßen Kenwood-Aufkleber in der Heckscheibe eines Opel-Manta vor.

Er fächelte sich mit dem Plattencover Kühlung zu und gähnte in Serie. In den letzten drei Nächten hatte er vielleicht gerade mal zwölf Stunden Schlaf gehabt. Im Haus war es still, und Ben nickte schließlich ein.

Plötzlich war er hellwach.

Es klingelte.

Ben schreckte hoch und entsicherte die Waffe.

Es klingelte ein zweites Mal. Ben atmete durch und drückte auf den Türöffner.

Unten summte es, und die Tür wurde aufgedrückt.

Behutsam öffnete er die Wohnungstür einen Spalt, vielleicht hätte Machnitzky das auch getan. Er sah auf die Uhr: Es war erst zehn Uhr.

Ben wartete und lauschte.

Er vernahm Schritte und ein leises Keuchen, wie von jemandem, der es nicht gewohnt war, viele Treppen zu steigen. Ben hörte, wie die Schritte näher kamen, Stockwerk für Stockwerk. Seine Rechte krampfte sich um die Waffe.

An der Tür hielt der Besucher einen Moment inne.

Er klopfte. Erst zaghaft, dann fester. Schließlich glitt die Tür langsam zur Seite.

Ben hörte ein Schnaufen und vorsichtige Schritte. Die Tür versperrte ihm die Sicht. Endlich trat der Besucher ganz in die Wohnung.

Es war ein Mann, etwas kleiner als Ben. In der Hand trug er ebenfalls eine Pistole. In der Wohnzimmertür blieb der Mann stehen und richtete seine Waffe in den Raum.

Ben spürte das Erschrecken des anderen, als dieser die Leiche entdeckte. »Scheiße«, sagte der Mann und ließ die Pistole sinken.

»Schon gut. Steck die Knarre wieder ein«, antwortete Ben.

Der andere erschrak zum zweiten Mal und fuhr herum.

Ben sah in zwei entzündete Augen und nickte ins Zimmer, Richtung Heizkörper. »Der vierte Skatspieler.«

Thomas Swoboda fasste sich an die Herzgegend und stieß einen Seufzer der Erleichterung aus. »Ich habe schon gedacht, der Mörder sei hier!«

»Dann bist du also dahintergekommen.«

»Ja. Irgendwer muss die Fotos ja gemacht haben. Selbstauslöser war das kaum. Ich habe mir Vondermühles Notizbuch besorgt. Und dort fand ich Machnitzkys Adresse. Unter privat.«

»Du bist schlauer, als ich dachte, Kleiner.«

»Aber du warst schneller, Großer.«

»Nicht schnell genug. Hol dir einen Sessel!«

Sie knipsten das Wohnzimmerlicht an, damit es in der Diele nicht ganz dunkel wurde. Tom legte eine neue Klassikplatte auf. Melodien, die Ben bekannt vorkamen. Er tippte auf Verdi oder Puccini.

Draußen nahm das Gewitter einen neuen Anlauf, fast so heftig wie zuvor.

In Böen prasselte der Regen gegen die Dachfenster.

Ben zählte die Sekunden zwischen Blitz und Donner.

Nach einiger Zeit räusperte sich Tom. »Die Hitze hier weicht einem noch das Hirn auf.«

»Hm.«

»Bist du sicher, dass der Mörder hier aufkreuzen wird?«, fragte Tom.

»Ja.«

»Keiner der Kollegen hat mir geglaubt, dass ich einen Mann im Hotel gesehen habe. Die glauben eher diesem Zimmermädchen als mir.«

»Kein Wunder, du hast mit deinen Linsen gespielt und geheult wie ein Schlosshund, während der Mörder entkam.«

»Fängst du jetzt auch damit an? Ihr seid alle blind!«

Ben musste grinsen. »Der Blinde in der Geschichte bist du, Tommiboy!«

»Ich habe gehört, du gehörst auch zu denen, die glauben, dass es die Fabian war. Ihr seid alle ganz verbohrt in die Vorstellung, dass die Fabian es war! Und du bist am schlimmsten. Erst siehst du nicht ein, dass sie verdächtig ist, dann kann es auf einmal kein anderer gewesen sein. Du bist hoffnungslos auf sie fixiert! *Du* bist blind. Vor Liebe. Vor enttäuschter Liebe.«

Ben grinste noch immer. »Apropos Liebe – hast du schon mit Jeannette gesprochen?«

»Hör mir bloß auf mit dieser Schlampe! Sie ist Rauschgiftdealerin, stimmt's?«

»Nein, sie war Braunings V-Frau.«

»Umso schlimmer! Von der bin ich gründlich geheilt!«

Wieder tauchte ein Blitz die Diele in flackerndes Licht. Nach kaum einer Sekunde krachte der Donner. Das Gewitter musste jetzt über ihnen sein.

Tom war sauer und wollte seine Wut an Ben auslassen. »Du hast die Schauspielerin mit deiner Tröster-Masche nicht rumkriegen können, stimmt's?«

»Hör auf, Thomas!«

Tom bohrte weiter. »Das ist wie mit dem Fuchs und den Trauben, die zu hoch hängen. Sie sind bitter, sagt der Fuchs. Die Filmdiva ist ein paar Nummern zu groß für dich, und du kannst es nicht verkraften. Der große Tröster ist ein schlechter Verlierer. Halt dich lieber an deine gequälten Eheweiber!«

Das war zu viel. Ben hieb Tom die Faust in den Magen. Sein Kollege krümmte sich und rang um Luft.

»Jetzt sind wir quitt«, sagte Ben.

»Du bist gewalttätig«, stieß Tom hervor, als er wieder Luft bekam. »Labil und unberechenbar. Das hast du von deinem Vater geerbt. Dich sollte man aus dem Verkehr ziehen!«

Ben packte Tom am Kragen. »Hey, woher weißt du das alles eigentlich?«

»Du hast die Gewalt im Blut!«, keuchte Tom.

»So etwas vererbt sich nicht. Du bist das beste Beispiel dafür!«, erwiderte Ben und ließ den anderen los.

Der kleine Swoboda starrte ihn an.

Ben setzte nach: »Du wirst niemals so gut sein wie dein großer Bruder! Du eiferst ihm vergeblich nach! Und die Freundschaft deines Vaters mit dem Kripochef wird dir auf Dauer auch nichts nützen, Kleiner!«

Tom hob seine Fäuste. Lauernd starrten sie sich gegenseitig in die Augen.

In diesem Moment hörten sie ein Geräusch im Treppenhaus.

Schritte. Ein Rumpeln. Es kam näher.

Beide hielten die Luft an und lauschten.

Ein Stockwerk tiefer wurde eine Tür geöffnet. Wahrscheinlich Nachbarn.

Schließlich war es wieder still.

»Fehlalarm.«

»Wir sind jetzt wirklich quitt«, sagte Tom.

»Ruhe jetzt!«, raunte Ben. »Sonst warnen wir den Mörder.«

»*Den* Mörder?«

»Du sagst doch selbst, man soll nicht so verbohrt sein.«

»Es muss jemand sein, der von Noras Vergangenheit weiß«, flüsterte Tom.

»Jaja.«

»Vielleicht hat sie einen Killer engagiert. Oder ihre Mutter hat die Morde in Auftrag gegeben.«

»Oderoderoder.«

Tom war eingeschnappt.

»Beruhig dich wieder. Du hast ja recht, Tom.« Leise erzählte Ben dem Kollegen, wie Traube versuchte, Nora unter Druck zu setzen. Er sah, wie Toms Augen immer größer wurden.

»Wahnsinn«, sagte Tom.

»Du hast es erfasst.« Ben streckte die Hand aus. »Frieden?«, fragte er.

Tom schlug ein. »Frieden. Und vielen Dank.«

»Wofür?«

»Dass du mich gewarnt hast. Eure Razzia wäre für mich ziemlich peinlich gewesen.«

Mehr als ziemlich, dachte Ben. Er verschwieg ihm, dass es Braunings Idee gewesen war, Tom auf die Koksparty einzuladen und ihn ans Messer zu liefern.

»War doch klar. Ich lass doch einen Kollegen nicht ins Unglück rennen. Nicht einmal dich, Tommiboy.«

»Ich glaube, du bist ein feinerer Kerl, als ich dachte, Großer.«

Eine Weile saßen sie stumm und studierten den Stierkampf. Sie lauschten den Geräuschen und der Musik von Machnitzkys alten Platten.

Ben sah auf die Uhr: kurz vor elf.

»Und wenn es doch Nora ist?«, fragte Tom plötzlich.

»Was?«

»Wenn mich im Hotel meine Augen getäuscht haben und wenn alles, was die Fabian dir über Traube erzählt hat, Lügenmärchen sind?«

»Dann wird Traube nicht kommen.«

»Und wie lange sollen wir uns hier den Arsch absitzen? In der Wohnung einer Leiche?«

»Ich habe Nora gesagt, dass ich bis Mitternacht warte.«

»Also noch eine Stunde.«

»Nein. Wenn es sein muss, bis morgen Abend.«

»Wieso?«

»Ich habe Nora nicht gesagt, dass Machnitzky tot ist. Wenn Traube nicht der Mörder ist, dann wird Nora kommen, um den vierten Mann umzubringen. Und zwar nach Mitternacht, weil sie glaubt, Machnitzky sei dann allein.«

Tom sah Ben in die Augen. »Also entscheidet es sich um Mitternacht.«

»Ja.«

»Wenn es vorher klingelt, ist es der Komiker. Danach ...«

»... ist es Nora.«

»Du hast dich abgesichert.«

Ben schwieg.

»Du traust ihr nicht.«

Bens Stimme klang heiser: »Doch. Aber ich bin Polizist.«

Die Uhr zeigte zwanzig Minuten nach elf. Ben begann, nervös zu werden.

Tom drehte zum x-ten Mal eine Platte um. »Die Leiche stinkt«, sagte er, als er zurückkam. Gleich darauf nickte er ein.

Zehn vor zwölf. Verdammt, wo blieb Traube?

FREITAG

75.

Um Mitternacht löschten sie das Licht und schalteten den Plattenspieler aus. Zeit für Machnitzky, zu Bett zu gehen. Ben verabschiedete sich von Tom.

Der Regen war schwächer geworden. Nur vereinzelte Autogeräusche drangen von der Straße nach oben. Tom glaubte, Engel wegfahren zu hören.

Tom war verwirrt, weil nichts so war, wie es schien. Er hatte im Hotel eine Frau gesehen, die ihre Haare abnahm und in Wirklichkeit ein Mann war. Deshalb hatte er jetzt mit Max Traube gerechnet, aber gleich würde Nora Fabian kommen. Und er hatte gedacht, Benedikt Engel würde die Schauspielerin in Schutz nehmen, stattdessen hatte er einen Plan ausgeheckt, mit dem sie auch die Schauspielerin schnappen konnten. Und er, Thomas Swoboda sollte plötzlich eine Hauptrolle spielen.

Er fühlte sich unwohl. Im fahlen Mondlicht sah er Machnitzky an der Heizung sitzen und ihn durch halb geöffnete Augen anstarren. Er lauerte darauf, dass die Leiche sich bewegen würde, um ihn ins Totenreich mitzunehmen. Eine irrationale Angst, das wusste Tom, doch er konnte sie nicht verdrängen. Er zog die Wohnzimmertür zu. Jetzt war Machnitzky weg, dafür war es stockdunkel.

So hatte er sich seinen Einsatz für das K1 nicht vorgestellt.

Erst nach etwa zehn Minuten kam Engel zurück.

»Hast du jemanden gesehen?«, fragte Tom.

»Nein. Aber ich hoffe, sie hat gesehen, dass ich rauskam.«

»Wie bist du wieder reingekommen?«

»Über den Hinterhof. Ich bin einmal um den Block gefahren und habe in der Parallelstraße geparkt. Ich habe einen Kaugummi im Auto gefunden. Magst du?« Tom lehnte ab.

Während Ben kaute, bemerkte er, dass Tom wieder einschlief. Der kleine Swoboda machte es sich einfach.

Für eine Weile war das leise Schnarchen des Kollegen das Einzige, was Ben hörte.

Er verlor das Zeitgefühl. Irgendwann war der Kaugummi zäh und geschmacklos geworden, aber er hielt wach.

Als Ben Schritte vernahm, tippte er wieder auf einen Hausbewohner, denn es hatte niemand geklingelt. Ben saß wie versteinert. Es war, als wollte er nicht wahrhaben, dass jemand in Machnitzkys Wohnung eindringen könnte. Als wollte er verdrängen, dass er hier war, die Identität eines Mörders aufzuklären. Ben hatte Angst vor der Wahrheit.

Erst, als bereits die letzten Stufen vor Machnitzkys Tür knarrten, stieß er Swoboda an. Der Kollege fuhr hoch.

Sie griffen nach ihren Waffen und lauschten. Unmittelbar vor der Tür blieben die Schritte stehen.

Einige Sekunden war es totenstill. Dann kratzte es im Schloss. Es schnappte auf.

Die beiden Polizisten hielten die Luft an.

Die Tür schwang auf, und die Schritte tappten leise in die Diele. Sie konnten die Gestalt nur erahnen. Der Eindringling stieß auch die Wohnzimmertür auf.

Aus den Dachfenstern fiel schwacher Lichtschein auf eine schlanke Gestalt und auf die Klinge des Messers, das sie in der Hand hielt.

Ben erwischte den Lichtschalter, Tom streckte die P6 nach vorn. Die Gestalt fuhr zusammen und drehte sich um.

Sie sahen in zwei große, dunkle Augen.

76.

»Hände hoch und an die Wand«, sagte Tom.

Max Traube ließ das Messer fallen und sah den Polizisten fassungslos an.

»Los, mach schon. Umdrehen und Pfoten an die Tapete!«

»Hören Sie nicht?«, sagte Ben. »Es ist aus. Und das ist kein Film.«

Traube drehte sich um und ließ sich abtasten.

»Diesmal hat der Komiker gar keine Perücke dabei«, bemerkte Tom. »Er hat sich sicher gefühlt.«

»Ich verstehe nicht, was Sie meinen«, protestierte der Schauspieler.

»Dabei sind Sie ganz umsonst gekommen.« Ben knipste auch das Wohnzimmerlicht an. Machnitzkys Hände und Kinn waren inzwischen komplett blau verfärbt. Kleine Fliegen kreisten um seinen Kopf.

»Den hätten Sie gar nicht mehr umbringen können. Toter als tot geht nicht.«

»Wieso umbringen?« Seine Augen wanderten unruhig hin und her. »Nora sagte, ich sollte ihn nur zur Rede stellen. Er hätte sie damals auch missbraucht.«

Ben lachte. »Und wozu das Messer?«

»Nora sagte, er sei gefährlich. Sie hat es mir gegeben.«

»Und Hänsel und Gretel heißt das andere Märchen«, sagte Tom. Ein *cooler* Spruch, dachte er. Gut, dass er ihn sich gemerkt hatte.

»Verdammt, sie hat mich reingelegt! Sie hat gesagt, sie würde mich heiraten, wenn ich Machnitzky dazu bringe, alles zuzugeben.«

»Das klingt so faul wie der da drüben«, grinste Tom und wies auf die Leiche.

»Was wollen Sie? Ich habe diesem Mann nichts getan!«

»Aber Fabian und dem Rest der Skatrunde. Das reicht wohl.«

Traubes Miene verfinsterte sich. Er schien seine Chancen auszurechnen. »Als Fabian umgebracht wurde«, sagte er leise, »war ich mit Nora …«

»Sparen Sie sich ihre Ausreden für den Richter«, unterbrach ihn Ben. Er griff nach den Handschellen.

Traube zitterte vor Wut. Seine Stimme überschlug sich. »Sie glauben doch nicht, dass Sie Nora bekommen können? Nora würde nie mit Ihnen nach Südamerika gehen, auch nicht, wenn Sie mir die Morde anhängen!«

Ben ignorierte Toms erstaunten Blick. »Tom, du kannst den Streifenwagen herbestellen. Das Telefon ist auf der Kommode.«

Auf einmal ging alles sehr schnell. Traube bückte sich nach dem Messer. Noch im Hochkommen erwischte er Ben am Arm.

Ben schrie auf und griff dorthin, wo es brannte. Er fühlte, wie sein Hemd nass wurde. Als die Schrecksekunde vorbei war, sah er Traubes hassverzerrtes Gesicht. Der Schauspieler holte aus.

Ben wich zurück und stolperte über einen Sessel. Im Fallen räumte er die Picassos von der Wand. Das Glas des Bilderrahmens knirschte unter Traubes Füßen. Die Klinge blitzte auf. Ben trat nach Traube, doch der schien es gar nicht zu spüren.

Ben sah den Stoß kommen. Er versuchte, zur Seite zu kriechen und Traube zugleich mit der Schuhspitze zwischen den Beinen zu treffen. Im selben Moment krachte ein Schuss. Traube brach über Ben zusammen. Das Messer fuhr in die Diele neben seinem Kopf.

Als Ben sich unter dem reglosen Schauspieler hervorgestrampelt hatte, stand Tom noch immer in der Wohnzimmertür und zielte. Ben sah, wie die Hände des Kollegen zitterten. Er schob ihm den zweiten Sessel hin.

»Scheiße«, sagte Tom. »Ich habe ihn erschossen.«

»Mach 'ne Kerbe in den Griff, Kumpel. Du hast mir das Leben gerettet.«

»Bist du sicher?«

»Es wird eine Untersuchung geben, aber keine Sorge: Die Sache ist eindeutig.«

Ben stellte fest, dass Traube nicht mehr zu helfen war. Danach verständigte er die Kollegen und den Krankenwagen.

Tom saß reglos im Sessel. Ben nahm den jungen Kollegen in den Arm.

So trafen die Uniformierten sie an, die Minuten später in die Wohnung stürmten.

77.

Das *Notorious* hatte bis drei Uhr geöffnet, und so kurz vor Schluss war nicht mehr viel los. George winkte ihm müde zu, und Anita rief etwas zur Begrüßung, doch Ben setzte sich ohne Reaktion an einen Tisch.

Wie in Trance stierte er auf die Flaschen hinter der Bar. Mehrfach war er in den letzten Tagen nicht schnell genug gewesen. Nicht gut genug. Doch der Fall war gelöst.

Ben fühlte, wie ganz langsam die Anspannung von ihm wich. Er konnte aufatmen.

Es pochte unter dem Verband, den die Sanitäter angelegt hatten, die Traube und Machnitzky abholen kamen. Er dachte an Tom.

Vielleicht hatte der Kollege ihm wirklich das Leben gerettet.

Und Ben dachte an Nora. Er hatte versucht, sie zu erreichen, doch sie hatte nicht abgehoben. Wahrscheinlich schlummerte sie tief und fest im Dämmer ihrer Tabletten. Ben war froh über den Ausgang der Geschichte. Noras Unschuld füllte ihn mit Erleichterung.

Die Schauspielerin hatte ihm mehrmals Liebeserklärungen gemacht, und Ben war überzeugt, dass sie es ernst meinte. Aber er war sich auch im Klaren darüber, dass diese Liebe nicht von

Dauer sein konnte. Nora Fabian lebte in einer anderen Welt, so ähnlich sie sich in vielen Dingen auch waren.

Was Ben bleiben würde, war eine Einkaufstüte voller Geld. Er beschloss, es mit Genuss zu verjubeln. Und danach wäre er wieder das, was er vorher gewesen war. Ein Bulle. Ein bisschen korrupt, ein bisschen kriminell. Ein ganz normaler Scheißbulle.

Nur eines wollte er nicht mehr sein: Der große Tröster.

Nie wieder die Kontrolle verlieren.

Der Chef des Ladens hantierte an der Kasse herum, George spielte etwas Populäres von Miles Davis, und Anita trat an Bens Tisch.

»Das Übliche?«, fragte sie mit einem warmen Lächeln.

»Ja«, sagte Ben mechanisch. Als sie sich umdrehte, starrte er wieder auf den hautengen Stoff ihrer Dienstkleidung. Auch diesmal keine Spur eines Slips. Ihre Beine konnten sich wirklich sehen lassen.

Ben rief ihr hinterher: »Nein, ich hab's mir anders überlegt. Alkohol, bitte!«

Anita kam zurück und legte den Kopf schief. »Alkohol? Du?«

»Ja. Alkohol. Und außerdem – ich wollte dich mal was fragen.« Er lächelte sie an.

»Vergiss es! Sag mir lieber, was du unter Alkohol verstehst.«

Ben war ratlos.

»Wir haben 58 Sorten davon. Etwas präziser, bitte!«

Ben sah sich um. Rauchschwaden, die letzten Kneipenschwärmer. Vor jedem stand ein anderes Glas.

»Alt, Pils, Gin-Tonic?«, drängte die Kellnerin. Sie stützte die Hände in ihre schlanke Taille und schüttelte das braune Haar energisch nach hinten.

»Wein«, beschloss Ben.

Anita seufzte. »Rot oder weiß?«

»Ist egal«, sagte Ben und strahlte sie an. »Ich bin farbenblind.«

Sie stutzte, dann begann sie zu grinsen. »Bist du nicht.«

»Okay, ein Glas trockenen Weißwein, bitte.«

Doch Anita machte keine Anstalten zu gehen.

Sie beugte sich weit über den Tisch, bis sich ihre Nasen fast berührten, und sagte mit einem verschwörerischen Lächeln: »Und was wolltest du mich fragen, Großer?«

»Vergiss es. Vielleicht ein andermal.«

78.

Ben stand an der dunklen Holztür, im Schatten des Vordachs und drückte auf den Klingelknopf.

Die Natur hatte den Regen der vergangenen Nacht eingeatmet, der neue Tag strahlte. Amseln zwitscherten, und es roch nach frisch gemähtem Gras. Ben nahm sich vor, das bevorstehende Wochenende so viel wie möglich an der frischen Luft zu verbringen. Und möglichst nicht allein.

Eine ältere, beleibte Putzfrau in hellblauer Kittelschürze ließ Ben in die Villa. Nora sei im Garten beim Frühstück, erklärte sie ihm.

Er würde heute nicht viel arbeiten. Der Papierkram, die Nachgeburt, wie Ben es nannte, das alles konnte bis Montag warten. Sicher würden sie ihn heute zur Tötung Traubes vernehmen wollen. Der junge Swoboda würde Beistand nötig haben. Doch bevor Ben in die Festung fuhr, wollte er Nora sehen.

Ben trat in den Garten.

Er dachte an Noras Worte: *Wenn alles vorbei ist, fahren wir in Urlaub, wir beide.* Hand in Hand mit Nora durch Venedig. Oder ein einsamer Strand, eine tropische Insel in einem Meer voller Korallen und bunter Fische. Sie würden schwimmen, faulenzen und sich lieben. Bens Herz klopfte.

Nora saß hinter dem Hibiskusstrauch, mit dem Rücken zu ihm. Der Kimono glänzte golden in der warmen Morgensonne. Mit einem großen Messer schälte sie eine Grapefruit und löste die Filets aus der Frucht. Sie hatte ihn nicht kommen hören.

Ben blieb neben dem Gesträuch stehen, um den Anblick zu genießen. Eine Welle der Freude ging durch seinen Körper. Ein Gefühl des Verliebtseins, gegen das er sich nicht wehrte, auch wenn er wusste, dass es nicht für immer halten würde.

»Guten Morgen, Nora!«, rief Ben.

Sie drehte sich um und lächelte. »Liebling!«, antwortete sie und sprang auf, um ihn zu begrüßen. Er strahlte zurück und breitete die Arme aus.

Nora Fabian scherte sich nicht darum, dass sich ihr Haar in den Zweigen des Hibiskus verfing.

Ben erstarrte. Sein Verstand hatte Mühe, zu verarbeiten, was er sah. Es erschien ihm wie ein Film, der in Zeitlupe lief.

Nora kam noch immer lächelnd auf ihn zu. Erst als sie seinen Blick bemerkte, erkannte sie, dass die ganze Pracht der langen, blonden Haare zwischen den Blüten hängen geblieben war. Nora fasste sich an den Kopf und riss vor Schreck die Augen auf.

Ihre Haare waren zentimeterkurz, und sie waren grau gefärbt. Sogar daran hatte sie gedacht.

Der Mörder muss sich tarnen, damit der Verdacht auf jemand anders fällt.

Nora Fabian schrie. Ihr Kimono war verrutscht, doch sie achtete nicht darauf. Sie wühlte in der Mähne, die nicht vorhanden war. Die Perücke hing im Strauch. *Flora del mundo.*

Nora Fabian schrie und zitterte vor Wut.

Die Frau, die sich in einen Mann verwandelte, indem sie ihr Haar abnahm. Sie hatte Tom getäuscht, dachte Ben, und sie hatte ihn getäuscht. Ihn vor allem.

Ben griff nach den Handschellen. Ihm war, als hätte er es geahnt, als er sie eingesteckt hatte.

Es tat weh.

LESEPROBE
aus Eckerts brandheißem Thriller *Schwarzer Schwan*

Es war nicht irgendeine Bank und nicht irgendeine Filiale. In seiner Mittagspause suchte Dominik die Zentrale der Rhein-Bank auf, nur wenige Straßenbahnstationen vom Präsidium entfernt an der Westseite der Königsallee gelegen. Ein Prunk-bau aus einer Zeit, in der Krisen noch kein Thema waren: zwei elegante Scheiben aus Glas, Beton und Stahl, jeweils ein gutes Dutzend Stockwerke hoch, dazwischen ein lichtdurchflutetes Foyer, das zu den Aufzügen führte.

Dass der Reichtum der einen die Armut der anderen beding-te, war Dominik klar. Aber beruhte das System nicht darauf, dass jeder versuchte, das Beste für sich herauszuholen? Und wenn es nur eine passable Verzinsung für die Summe war, die sich in der letzten Zeit auf seinem Girokonto angehäuft hatte – Dominik kam nicht dazu, viel auszugeben, und in manchen Monaten genügte für seinen täglichen Bedarf das Honorar, das Jochen ihm für die gelegentlichen Nebenjobs in bar bezahlte.

In der Schalterhalle war es kühl. Graue Trennwände bildeten Nischen, in denen die Beratung für Normalbürger stattfand.

Der Anzugträger hinter dem Schreibtisch lächelte ver-schwörerisch. »Was halten Sie davon, wenn wir in den etwas chancenorientierteren Bereich gehen?«

Klingt gut, dachte Dominik. »Ich habe gelesen, dass zum Bei-spiel spanische Staatsanleihen eine gute Rendite bringen.«

Der Kundenberater hob die Augenbrauen. »Spanien? Viel zu riskant! Wurde gerade erst herabgestuft. Steht kaum besser da als Griechenland oder Portugal. Erinnern Sie sich an die argen-tinische Schuldenkrise vor ein paar Jahren? Ein Kunde von mir hatte argentinische Staatspapiere gekauft – gegen meinen Rat! –

und alles verloren. Nein, da habe ich etwas Besseres für Sie, Herr Roth.«

Der Banker zog eine Schublade auf und legte Dominik einen Hochglanzprospekt vor. »Speziell für unsere Premium-kunden: Schauen Sie, ein Immobilienfonds, der aus-schließlich in exklusive Gewerbeimmobilien in den Toplagen europäischer Metropolen investiert.«

Premiumkunden hörte sich auch nicht schlecht an. Dominiks Handy vibrierte in der Tasche seiner Jeans. Er ignorierte es.

Sein Gegenüber trug eine Uhr, die teuer aussah. Der Anzug wirkte modisch, vermutlich auf der anderen Seite der Kö gekauft. Wenn einer weiß, wie man sein Geld vermehrt, dann ein Berater der RheinBank.

»Mit Immobilien kann Ihnen keine Inflation etwas anhaben. Und der Fonds nutzt eine Lücke im deutschen Steuerrecht. Die Verluste der ersten Jahre wirken sich extrem steuersparend aus.«

»Verluste?«

»Keine Sorge, Herr Roth. Bis zum Ende der Laufzeit wird ein Gewinn von mindestens achtzig Prozent erwartet. Ihre Zehntausend werden sich also in etwa verdoppelt haben. Minimum.« Der Berater wies auf eine Kurve im Prospekt, die immer steiler anstieg. Dann tippte er etwas in seine Tastatur und der Drucker ratterte los.

»Garantiert?«, fragte Dominik.

»Was im Leben ist schon garantiert?«

»Und wenn ich vorher an das Geld möchte?«

»Die Laufzeit beträgt acht Jahre. So lange müssen Sie sich schon gedulden. Aber natürlich können Sie jederzeit Ihren Fondsanteil beleihen. Wir bieten derzeit besonders gute Konditionen. Wie viel benötigen Sie denn?« Der Banker legte ein Faltblatt neben den Prospekt.

Flexi-Plus-Privatkredit, las Dominik. *Ab 3,99 Prozent.* Eigentlich wollte er Zinsen bekommen, nicht bezahlen. »Und wenn ich nur einen Teil …«

»Das geht leider nicht. Zehntausend Euro beträgt die Mindesteinlage. Das haben die Fondsgründer so festgelegt, um ganz in Ihrem Sinne die Verwaltungsgebühren niedrig zu halten.«

»Gebühren kommen da auch noch drauf?«

»Zwei Komma fünf Prozent im Jahr, sagenhaft günstig für einen Fonds dieser Klasse. Und auch der Ausgabeaufschlag fällt mit einmalig drei Prozent ausgesprochen gering aus. Aber warten Sie, ich kann da noch etwas …«

Der Bankangestellte tippte wieder und studierte die Botschaft auf seinem Monitor. »Wenn Sie etwas größer einsteigen könnten, Herr Roth, sagen wir mit zwanzigtausend, kann ich Ihnen noch einmal entgegenkommen. Zwei Prozent Ausgabeaufschlag statt drei. Das würde natürlich die Rendite noch mehr erhöhen. Aber …«, er senkte die Stimme, »das biete ich jetzt nur Ihnen. Und bitte, das muss unter uns bleiben, versprochen?«

Dominik überlegte. Er könnte statt des Flexi-Dingsda-Kredits seinen Freund Jochen anpumpen. Aber wollte er wirklich sein Erspartes so lange fest anlegen? Sein Honda hatte zwölf Jahre auf dem Buckel und würde irgendwann den Geist aufgeben. Eigentlich wollte Dominik nur für diesen Fall sparen.

Aus irgendeinem Grund musste er auf einmal an die Anzeigen denken, die sich auf seinem Schreibtisch stapelten, an die vagen Verheißungen von *Jackpot-Oase* und *Glücks-Fuchs*.

»Schauen Sie«, sagte der Berater und blätterte weiter im Prospekt. »Zaha Hadid, die internationale Star-Architektin, wird in Marbella diesen Traum von Shoppingmall ver-wirklichen. Das ultimative Einkaufsparadies für Scheichs und Oligarchen. Und für jeden Investor eine Goldader. Mit der Vermarktung wird eine renommierte, weltweit tätige Immobilienfirma beauftragt, eine Tochter der RheinBank. Da kann gar nichts schiefgehen. Als Mieter sind nur erstklassige Markenfirmen vorgesehen, kein Billigramsch. Und obendrauf kommt eine Konzerthalle. Lang Lang wird dort auftreten, Anne Sophie Mutter, Shakira …« Er griff nach den Blättern, die der Drucker ausgespuckt hatte, und

begann, Kreuze an die Stellen zu kritzeln, wo Dominik unter-
schreiben sollte.

Das Kleingedruckte am Ende umfasste zwei Seiten.

»Marbella? Ich dachte, Spanien sei viel zu riskant.«

Wieder vibrierte Dominiks Handy. Er zog es aus der Tasche.

Die Nummer auf dem Display gehörte zur Festung, wie das
Polizeipräsidium intern auch genannt wurde. Eine Durchwahl,
die Dominik nicht kannte.

»Marbella ist und bleibt ein Hotspot der High Society, das
können Sie mir glauben. Das Wort ›Krise‹ ist in diesen Sphären
unbekannt. Und als Anteilseigner des Einkaufszentrums genießen Sie natürlich Top-Privilegien. Die hätte ich beinahe vergessen
zu erwähnen: exklusive Einladungen zum Pre-Sale im Sommer
und Winter, Konzerttickets zum ermäßigten Preis, Backstage-
Ausweise. Stellen Sie sich das einmal vor: Shakira hautnah! Sie
erhalten die *Golden-Client-Card* zum Vorzugspreis.«

Das Vibrieren hörte nicht auf. Dominik beschloss, das Gespräch anzunehmen, auch wenn die Mittagspause noch längst
nicht zu Ende war. »Ja, hallo?«

»Thilo Becker, KK 11«, meldete sich der Anrufer. »Hab ich
den Kollegen Roth am Ohr? Wenn ja: Du stehst auf unserer
Reserveliste.«

»Was gibt's?«

»Ich hab da eine Leichensache und meine halbe Mordkommission ist schon anderweitig eingespannt.«

Endlich, dachte Dominik. »Bin im Bilde. Die Sache am Aachener
Platz.«

»Nein, ein neuer Fall. Kannst du sofort herkommen?«

»Wenn mein Dienststellenleiter zustimmt.«

Dominik bemerkte, dass der Berater bereits das Formular ausfüllte. Zehntausend Euro – das Aufstocken der Summe traute er
seinem Kunden in Jeans und Poloshirt offenbar doch nicht zu.
Dominiks Kontonummer las der Mann vom allwissenden Monitor ab und krakelte in geübter Hast die Ziffern in die Kästchen.

Nein danke, dachte Dominik. Er traute dem Anzugträger und seinen Sprüchen nicht. Die *Golden-Client-Card* konnte sich der Typ sonst wohin stecken. Warum zum Teufel sollte er zum Einkaufen nach Marbella fliegen?

»Mit deinem Chef ist alles schon geklärt«, kam Beckers Stimme aus dem Handy. »Am besten, du fährst gleich zum Tatort. Kollegin Winkler wartet auf dich. Ihr kennt euch ja schon. Sie wird dir alles erklären. Hast du etwas zu schreiben?«

»Einen Moment.« Dominik deckte das Handy ab und wandte sich an den Bankberater. »Ich überleg's mir. Danke erst einmal.«

»Aber, Herr Roth, das Angebot besteht nur noch wenige Tage! Bei dieser Renditechance – wissen Sie eigentlich, wie groß der Andrang ist? Sobald der Fonds das nötige Kapital eingesammelt hat, wird er geschlossen. Die RheinBank hatte Glück, dass sie ein Kontingent für ihre Premiumkunden reservieren konnte! Schauen Sie: Ich gebe Ihnen den Ausgabeaufschlag von zwei Prozent auch ohne Erhöhung des Anlagebetrags. Ich hab das alles schon … Sie müssen nur noch hier … und hier …« Er tippte auf die Stellen mit den Kreuzchen.

Dominik nahm dem Mann den Kugelschreiber ab und meldete sich wieder bei Becker vom KK 11, der ihm eine Adresse und Annas Handynummer durchgab. Dominik notierte alles auf der Rückseite des Kleingedruckten, faltete das Blatt, steckte es mit dem Handy ein und erhob sich vom Besucherstuhl. Endlich ein richtiger Fall. Er wandte sich noch einmal um, stützte sich auf den Tisch und beugte sich zu seinem Gegenüber. »Lassen Sie mich raten. Ihr Gehalt ist erfolgsabhängig und in der wöchentlichen Besprechung macht Ihr Chef Sie vor allen Kollegen zur Sau, wenn Sie die Zielvorgabe nicht erfüllen. Zugleich drückt es Ihnen aber aufs Gewissen, dass Sie einfachen Kunden wie mir hochriskante Fondsanteile aufschwatzen sollen, damit die Rhein-Bank-Aktionäre ihre Gewinne einfahren, stimmt's?«

Der Mann im schicken Anzug starrte ihn wortlos an.

Es gibt schlechtere Jobs als meinen, dachte Dominik.

Ausgezeichnet mit dem Krimi-Blitz!

Horst Eckert

Schwarzer Schwan

ISBN 978-3-89425-667-8

Hanna Kauls Welt liegt in Trümmern. Erst sagen die Chefs der Investmentbankerin einen von ihr eingefädelten Milliardendeal überraschend ab. Dann erfährt sie, dass sie ausspioniert wurde, und schließlich verschwindet auch noch ihre Nichte Leonie.

Kripomann Dominik Roth will Hanna helfen – und begibt sich auf verdammt dünnes Eis. Denn im Hintergrund bewegt ein Klub von Topleuten aus Politik und Wirtschaft die Regler von Macht und Einfluss.

Vor dem Hintergrund aktueller Geschehnisse in Politik und Wirtschaft entspinnt sich ein atemlos spannendes Entführungsdrama.

»Trotz der spannenden Dramaturgie sind es in erster Linie die Zwischentöne, die ›Schwarzer Schwan‹ lesenswert machen: Getrieben von der Sucht nach Erfolg und Reichtum scheitern Eckerts Charaktere allesamt kläglich im Zwischenmenschlichen.«
Financial Times Deutschland

»Horst Eckert hat den besten Thriller rund um die Finanz- und Wirtschaftskrise geschrieben – er sticht die Konkurrenz glatt aus.«
Die Presse (A)

»Eckert, früher Journalist, hat akribisch recherchiert. Das Ergebnis ist ein packender Thriller, der den Leser bis zur letzten Seite nicht loslässt.«
VDI Nachrichten

»Kenntnisreich schildert Eckert die Verflechtung von wirtschaftlichen und politischen Interessen.« Frankfurter Rundschau

»›Schwarzer Schwan‹ ist der ganz große Wurf.« MDR FIGARO

Mehr von Horst Eckert

grafit